TOMMEN COLLEGE
RUGBY

13
KAVANAGH

CHLOE WALSH

Keeping 13

LOS CHICOS DE TOMMEN #2

Montena

Papel certificado por el Forest Stewardship Council®

Primera edición en este formato: abril de 2025

Printed in Spain – Impreso en España

ISBN: 979-13-87598-50-1
Depósito legal: B-2.640-2025

Compuesto en Compaginem Llibres, S. L.
Impreso en Liberdúplex
Sant Llorenç d'Hortons (Barcelona)

GT 9 8 5 0 1

Aviso legal

Este libro es un trabajo de ficción. Todos los nombres, personajes, lugares y sucesos son producto de la imaginación de la autora o se utilizan de forma ficticia. Cualquier parecido con sucesos, lugares o personas, vivas o muertas, es una coincidencia.

La autora es consciente de que todos los títulos de canciones, letras de canciones, títulos de películas, personajes de películas, marcas registradas y firmas mencionadas en este libro son propiedad de sus respectivos dueños. La publicación o uso de estas marcas comerciales no está autorizada o vinculada ni patrocinada por sus propietarios.

Chloe Walsh no está afiliada de ninguna manera con ninguna de las marcas, canciones, músicos o artistas mencionados en este libro.

NOTA DE LA AUTORA

Ambientada en Cork, Irlanda, y repleta de jóvenes personajes irlandeses, la serie Los chicos de Tommen relata la vida de Johnny Kavanagh, Shannon Lynch, el adorable Gibsie y sus amigos mientras se abren camino en su prestigioso instituto privado, Tommen College, y se preparan para la vida adulta. Llena de humor y angustia, rugby y romances, la serie de Los chicos de Tommen ha llegado para conquistar tu corazón.

Keeping 13 es la segunda entrega de esta saga. Espero que disfrutes leyendo sobre estos personajes tanto como yo disfruté creándolos.

Debido a su contenido sexual explícito, violencia gráfica, temas para adultos y vocabulario grosero, no es adecuado para lectores menores de 18 años.

La historia transcurre en el Sur de Irlanda, durante el período de 2005 y contiene palabras y argot irlandeses.

Muchas gracias por acompañarme en esta aventura.

Mucho amor,

Chloe

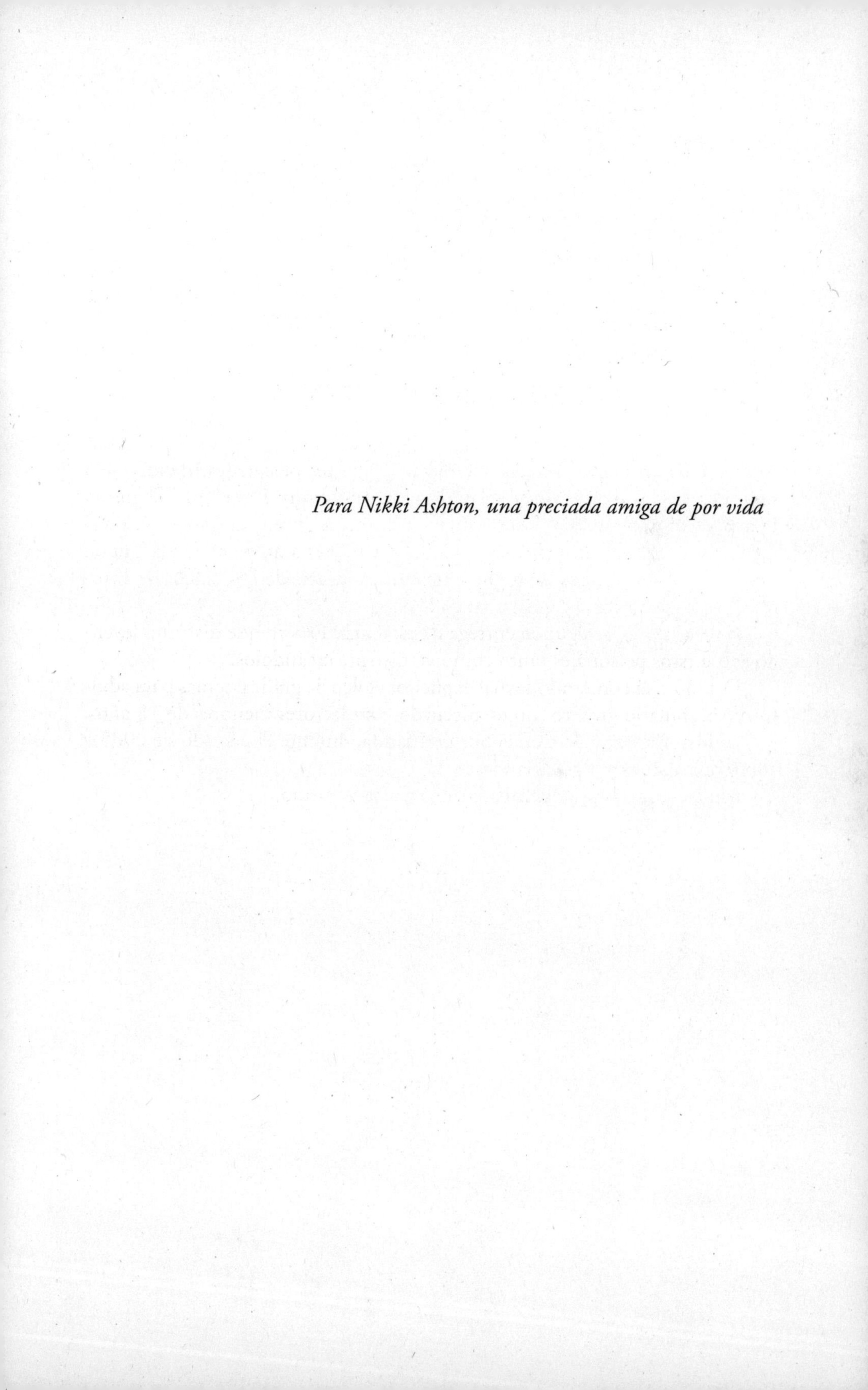

Para Nikki Ashton, una preciada amiga de por vida

1

ÉL O NOSOTROS

Shannon

—Decídete, mamá —dijo Joey—. ¿Él o nosotros?

Entumecida hasta los huesos, me quedé sentada en la desvencijada silla de la mesa de la cocina, con un paño pegado a la mejilla, y contuve la respiración por dos razones.

Primero, mi padre estaba a un metro de mí, y ese conocimiento en particular me anulaba por completo.

Segundo, me dolía respirar.

Dejé caer el paño, que estaba empapado de sangre, sobre la mesa y me giré para intentar apoyarme de lado contra el respaldo de la silla, solo para gemir cuando me atravesó una oleada de dolor.

Me sentía como si me hubieran rociado con gasolina y me hubiesen prendido fuego.

Me ardía cada centímetro del cuerpo, que se desgañitaba cada vez que respiraba demasiado hondo. Comprendí que la cosa no iba bien. Algo iba muy muy mal y, aun así, me quedé exactamente donde estaba, exactamente donde Joey me había dejado, sin la más mínima fuerza dentro de mí.

«Esto es grave».

«Esto es realmente grave, Shannon».

Apenas podía soportar los sollozos y moqueos de mis hermanos pequeños, apiñados detrás de Joey.

Sin embargo, no podía mirarlos.

Si lo hacía, sabía que me rompería.

En cambio, centré mi atención en Joey, sacando fuerzas de su valentía mientras él miraba a nuestros padres exhortante.

Mientras trataba de salvarnos de una vida de la que ninguno de nosotros escaparía.

—Joey, si te calmas un momento… —comenzó a decir mi madre, pero mi hermano no la dejó terminar.

Hecho una furia, Joey estalló como un volcán allí mismo, en medio de nuestra destartalada cocina.

—¡No te atrevas a venirme con palabrería! —Señalando a nuestra madre acusadoramente, gruñó—: Haz lo correcto por una vez en tu puta vida y échalo.

Podía escuchar la desesperación en su voz, las últimas chispas de su fe en ella desvaneciéndose rápidamente, mientras le imploraba.

Mi madre se limitó a quedarse en el suelo de la cocina, paseando la mirada entre cada uno de nosotros, pero sin acercarse lo más mínimo.

No, se quedó exactamente donde estaba.

Al lado de mi padre.

Sabía que le tenía miedo, entendía lo que era sentirse petrificada por el hombre en nuestra cocina, pero ella era la adulta. Se suponía que ella era la adulta, la madre, la protectora, no el chico de dieciocho años sobre cuyos hombros había recaído ese papel.

—Joey —susurró ella, con una mirada suplicante—. ¿No podríamos simplemente…?

—Él o nosotros —repitió mi hermano, la misma pregunta una y otra vez, en un tono cada vez más frío—. ¿Él o nosotros, mamá?

Él o nosotros.

Tres palabras que deberían haber tenido más significado e importancia que cualquier otra pregunta que hubiese escuchado jamás. El problema era que sabía bien que respondiera lo que respondiese, cualquier mentira que se dijera a sí misma, y a nosotros, el resultado final sería el mismo.

Siempre era lo mismo.

Creo que en ese momento mis hermanos también se dieron cuenta de eso.

Joey sin duda.

Parecía muy decepcionado consigo mismo allí de pie frente a nuestra madre, esperando una respuesta que no significaría nada, porque las acciones hablaban más que las palabras y ella era un títere cuyas cuerdas controlaba nuestro padre.

No podía tomar una decisión.

No sin su permiso primero.

Sabía que aunque mis hermanos menores estaban rezando por que se solucionara aquello, esto iba a ser un desengaño.

Nada cambiaría.

No se arreglaría nada.

Sacarían el botiquín, fregarían la sangre, se secarían las lágrimas, se inventarían la historia para encubrirlo, nuestro padre desaparecería durante un par de días y luego todo volvería a la normalidad.

Una promesa en boca es una promesa rota, ese era el lema de la familia Lynch.

Estábamos todos atados a esta casa como un gran roble a sus raíces. No había escapatoria. No hasta que todos cumpliéramos la mayoría de edad y nos largáramos.

Demasiado agotada para pensar en ello, me desplomé en la silla, absorbiendo todo y nada en absoluto. Era casi como ser condenada a prisión sin libertad condicional.

Me incliné hacia delante, me abracé las costillas y esperé a que terminara. La adrenalina en mi interior se estaba disipando con rapidez para ser reemplazada por más dolor del que podía soportar estando consciente. El sabor de la sangre en mi boca era sofocante e intenso, y la falta de aire en los pulmones me hacía sentir aturdida y mareada. Sentía las yemas de los dedos entre entumecidas y hormigueantes.

Me dolía todo y ya no podía más.

Estaba completamente harta del dolor y la mierda.

No quería esta vida que me había tocado.

No quería esta familia.

No quería esta ciudad ni sus gentes.

No quería nada de esto.

—Quiero que sepas algo —soltó Joey finalmente cuando mi madre no respondió. Su tono era frío como hielo cuando escupió el veneno que sabía lo consumía por dentro y necesitaba arrancarse de lo más profundo de su destrozado corazón. Lo sabía porque yo me sentía igual—. Quiero que sepas que en este momento te odio más de lo que nunca lo he odiado a él. —Temblaba de los pies a la cabeza, con los puños apretados a los lados—. Quiero que sepas que ya no eres mi madre, aunque tampoco es que haya tenido ninguna jamás —apuntó, y apretó la mandíbula, esforzándose por contener el dolor en su interior. El orgullo no le permitía mostrar emoción alguna frente a esas personas—. A partir de ahora, estás muerta para mí. Tú te gestionas tu mierda. La próxima vez que te pegue no estaré aquí para protegerte. La próxima vez que se gaste todo el dinero en priva y no puedas alimentar a los niños o pagar la luz, encuentra otro gilipollas a quien sacarle pasta. La próxima vez que te tire por las escaleras o te rompa un puto brazo en uno de sus rebotes de borracho, me haré el loco como tú lo has hecho aquí mismo, en esta cocina. A partir de hoy, no estaré aquí para protegerte de él, al igual que tú no has estado aquí para protegernos a nosotros.

Me encogí con cada palabra que salió de sus labios, pues sentía su dolor mezclarse con el mío en lo más profundo de mi alma.

—No le hables así a tu madre —gruñó nuestro padre, en tono amenazante, mientras se ponía de pie con su metro ochenta de altura y noventa kilos de peso—. Eres un desagradecido, pedazo de…

—Ni se te ocurra hablarme, pedazo de mierda asqueroso —le advirtió Joey, fulminándolo con la mirada—. Puede que comparta tu sangre, pero eso es todo. Tú y yo hemos terminado, viejo. Por mí, puedes arder en el infierno. De hecho, espero sinceramente que lo hagáis los dos.

Entonces sentí una mano posarse suavemente sobre mi hombro, lo que me sobresaltó y me hizo gemir de dolor.

—No pasa nada —susurró Tadhg, sin soltarme el hombro—. Estoy aquí.

Cerré los ojos mientras las lágrimas me resbalaban por las mejillas.

—¿Crees que puedes hablarme así? —Mi padre se limpió la cara con el dorso de la mano y, al hacerlo, se dejó un rastro de sangre en el brazo—. Relájate de una puta vez, niñato…

—¿A mí me llamas niñato? —Joey echó la cabeza hacia atrás y se rio con sorna—. ¿A mí? ¿Al que se ha pasado media vida criando a tus jodidos hijos? ¿Al que ha estado arreglando vuestros problemas, cumpliendo con vuestras responsabilidades, sustituyendo a dos padres que no valen para una mierda? —Joey levantó las manos indignado—. ¡Puede que solo tenga dieciocho años, pero soy más hombre de lo que tú serás jamás!

—No te pases —gruñó mi padre, con los ojos enrojecidos y espabilándose rápidamente—. Te lo adviert…

—¿O qué, joder? —lo desafió Joey, encogiéndose de hombros impasible—. ¿Me vas a pegar? ¿Darme de puñetazos? ¿Patadas? ¿Sacar el cinturón? ¿Partirme las piernas con el hurley? ¿Reventarme una botella en la cabeza? ¿Acojonarme? —Negó con la cabeza y dijo con desprecio—: Adivina. Ya no soy un niño asustado, viejo. No soy un crío indefenso, no soy una adolescente aterrorizada ni soy tu mujer maltratada. —Entrecerrando los ojos, añadió—: Así que, me hagas lo que me hagas, te aseguro que te la devolveré multiplicado por diez.

—Fuera de mi casa —siseó mi padre con una calma mortal—. Ahora, niñato.

—¡Teddy, para! —gimió mi madre, corriendo hacia él—. No puedes…

—¡Cierra la puta boca, mujer! —rugió mi padre, volviendo su furia hacia nuestra madre—. ¡O te parto la cara! ¿Me escuchas?

Intimidada, mi madre miró a Joey con impotencia.

Este permaneció inamovible, claramente librando una batalla interna, pero no fue hacia ella.

—No puedes echarlo… —Las palabras de mi madre se desvanecieron mientras miraba con auténtico terror al hombre con el que se había casado—. Por favor. —Las lágrimas caían por sus pálidas mejillas—. Es mi hijo…

—Ah, ¿así que ahora soy tu hijo? —Joey echó la cabeza hacia atrás y se rio—. No me vengas con favores.

—Esto es culpa tuya, niña —ladró mi padre entonces, girándose para mirarme—. ¡Zorreando por toda la puta ciudad y trayéndole problemas a esta familia! Tú eres el problema aquí...

—Ni te atrevas —le advirtió Joey, alzando la voz—. Que no la mires, joder.

—Es la verdad —gruñó mi padre, observándome fijamente con esos ojos marrones—. No eres más que una inútil y siempre lo has sido. —Con la crueldad grabada en el rostro, añadió—: Le conté a tu madre lo que haces y ella no quiso escucharme. Pero yo lo sabía. Te calé incluso cuando eras pequeña. Eres una maldita enclenque. —Mirándome con el ceño fruncido, escupió—: No sé de dónde has salido.

Le devolví la mirada al hombre que se había pasado la vida aterrorizándome. Estaba de pie en medio de la cocina, un energúmeno de brazos fuertes cuyos puños le habían causado más daño a mi cuerpo del que podía recordar. Pero fueron sus palabras lo que más me dolió.

—¡Eso es mentira, Teddy! —exclamó mi madre ahogadamente—. Shannon, cariño, eso no es...

—Nunca te hemos querido —continuó atormentándome mi padre con su lengua—. ¿Lo sabías? Tu madre te dejó una semana en el hospital, pensando si abandonarte o no, hasta que la culpa pudo más que ella. Pero yo nunca cambié de opinión. Ni siquiera soportaba mirarte, y mucho menos iba a quererte.

—Shannon, no le hagas caso —me dijo Joey, ahora en un tono lleno de emoción—. No es verdad. Es un hijo de puta desquiciado. Ignóralo. ¿Me oyes, Shan? Ignóralo.

—Tampoco te quería a ti —gruñó mi padre, dirigiendo la mirada hacia Joey.

—Me rompes el corazón —replicó este burlonamente.

—Bueno, nosotros sentimos lo mismo por ti —masculló Tadhg, con una mano temblorosa en mi hombro mientras miraba a nuestro padre—. ¡Ninguno de nosotros te quiere!

—Tadhg —advirtió Joey con voz grave y el pánico centellando en sus ojos—. Cállate. Yo me encargo de esto.

—No, no me quedaré callado, Joe —graznó Tadhg, con más rabia de la que cualquier niño de once años debería sentir—. Él es el puto problema de esta familia y alguien tiene que decírselo.

—¡Sácalo de mi vista! —rugió mi padre, dirigiéndose a mi madre, que estaba ligeramente separada de ambos—. ¡Ahora, Marie! —gritó, señalándola con el dedo—. Llévatelo antes de que acabe con este pequeño hijo de puta.

—Me gustaría verte intentarlo —lo desafió Joey, moviendo a Ollie y Sean, que estaban agarrados a sus costados, detrás de él.

—¡No! —Sollozando, mi madre se colocó entre nuestro padre y Joey—. Tú eres quien se va.

Mi padre dio un paso hacia ella y mi madre se encogió automáticamente, tapándose la cara con las manos.

Era el epítome de lo patético.

Ninguno de nosotros tuvo jamás ninguna oportunidad con esta gente.

¿Cómo podían coincidir el amor y el miedo en un corazón humano?

¿Cómo podía quererlo cuando le tenía tanto miedo?

—¿Qué has dicho? —siseó, volviendo su furia hacia nuestra madre—. ¡¿Qué coño has dicho?!

—Vete —graznó mi madre, temblando de pies a cabeza, mientras retrocedía un par de pasos—. Se acabó, Teddy. Estoy harta, hemos terminado. No puedo... ¡Necesito que te vayas!

—¿Estás harta? —se burló mi padre, mirándola—. ¿Crees que me vas a dejar? —se rio con crueldad—. Eres mía, Marie. ¿Me oyes? Eres mía, joder. —Dio otro paso hacia mi madre—. ¿Crees que puedes echarme? ¿Alejarte de mí?

—Que te vayas —alcanzó a decir ella—. ¡Quiero que te vayas, Teddy! Sal de nuestras vidas.

—¿Crees que tienes vida sin mí? ¡No eres nada sin mí, perra! —rugió mi padre, con los ojos desorbitados, llenos de locura desenfrenada—. ¡La única forma en que me vas a dejar es en una caja, niña! Te mataré antes de permitir que me dejes. ¿Me oyes? Quemaré esta puta casa contigo y tus retoños dentro antes de dejarte ir.

—Para. —Un pequeño grito salió de la garganta de Ollie mientras se agarraba de la pierna de Joey—. Haz que pare —sollozó, aferrándose a nuestro hermano como si tuviera todas las respuestas—. Por favor.

—¿Eres una niña ahora? —preguntó mi padre con cara de asco—. ¡Échale huevos, Ollie, hostia ya!

—¡Ya basta, Teddy! —gritó mi madre, agarrándose del pecho—. ¡Vete!

—Esta es mi puta casa —rugió mi padre en respuesta—. ¡No voy a ir a ninguna parte!

—Muy bien —dijo Joey con calma antes de girarse para mirar a nuestros hermanos—. Ollie, sal fuera y llévate a Sean contigo. —Se metió una mano en el bolsillo de los tejanos para sacar el móvil y se lo dio—. Toma, coge esto y llama a Aoife, ¿vale? Llámala y vendrá a buscarnos.

—¡No, no, no! —Mi madre empezó a entrar en pánico—. Joey, por favor, no me los quites.

Asintiendo con la cabeza una vez, Ollie cogió a Sean de la mano y salió corriendo de la cocina, ignorando sin dudarlo los brazos extendidos de nuestra madre.

Tenían nueve y tres años, y no confiaban en ella. Porque sabían, incluso a su tierna edad, tanto si le gustaba como si no, que su madre los decepcionaría siempre.

—Le he pedido que se vaya, se lo he pedido, Joey. Por favor, os elijo a vosotros. ¡Por supuesto, por supuesto que os elijo a vosotros! —Apresurándose hacia mi hermano, mi madre lo cogió de la sudadera con sus frágiles manos y lo miró—. Por favor, no hagas esto…, por favor, Joey. No te lleves a mis hijos.

—¿De qué les sirves si no puedes mantenerlos a salvo? —inquirió Joey, inmóvil. Sin embargo, le temblaba voz cuando nuestra madre se aferró a él, rogándole que le diera otra oportunidad para defraudarnos—. Eres como un puto fantasma en esta casa —soltó—. No pintas nada, mamá. Tan pasiva. —Le pasó una mano temblorosa por el pelo rubio y siseó—: ¡No nos haces ningún bien!

—¡Joey, espera, espera! Por favor, no hagas esto. —Cogió a mi hermano de las manos y se puso a rogarle de rodillas—. No me los quites.

—No puedo dejarlos aquí —graznó Joey, con el pecho agitado—. Y tú has tomado una decisión.

—No lo entiendes —gritó ella, sacudiendo la cabeza—. Tú no lo comprendes.

—Entonces levántate, mamá —suplicó Joey apenas sin voz—. Levántate y sal de esta casa conmigo.

—No puedo. —Sacudiendo la cabeza, mi madre soltó un sollozo entrecortado—. Me matará.

—Entonces muérete —fue todo lo que respondió Joey, sin la menor emoción.

—Deja que se vaya, Marie —ladró mi padre, en un tono lleno de malicia—. Volverá con el rabo entre las piernas. El cabrón es un inútil. No aguantará un día por su cuenta…

—¡Cállate! —gritó mi madre, más fuerte de lo que nunca la había oído gritar. Sollozando, se puso de pie como pudo y se dio la vuelta para mirar a mi padre—. ¡Cállate ya! Esto es culpa tuya. Me has destrozado la vida. Has destrozado a mis hijos. Eres un maldito loco…

Zas.

Las palabras de nuestra madre se convirtieron en un gemido cuando nuestro padre le dio un puñetazo con todas sus fuerza en la cara. Cayó al suelo como un saco de piedras.

—¿Crees que puedes hablarme así? —gruñó mi padre, mirando a mi madre con furia—. ¡Tú eres la peor de todas, puta asquerosa!

Joey tardó dos segundos en retractarse de todo lo que acababa de decir, porque corrió a alejar bruscamente a mi padre de ella.

—Quítale las manos de encima a mi madre, joder. —Lo empujó con fuerza otra vez—. ¡No la toques! —Joey se agachó y trató de ponerla de pie—. Mamá, por favor… —Se le quebró la voz cuando se arrodilló en el suelo y le apartó el pelo de la cara—. Déjalo. —Le cogió la cara entre sus ensangrentadas manos—. Ya se nos ocurrirá algo, ¿vale? Lo arreglaremos, pero no podemos quedarnos aquí. Yo cuidaré de ti…

—¿Quién coño te crees que eres? —lo amenazó mi padre, arremetiendo contra Joey—. ¿Crees que lo sabes todo, niñato? ¿Crees que eres mejor que yo? —Le pasó una enorme mano alrededor de la nuca y lo obligó a ponerse de rodillas—. ¿Crees que puedes apartarla de mí? ¡No se va a ir a ninguna parte! —Mi padre hizo más fuerza, pegando la frente de Joey contra las baldosas del suelo—. Te he dicho que te enseñaría modales, puto desagradecido de mierda. —Le plantó una rodilla en la parte baja de la espalda para inmovilizarlo—. ¿Todavía crees que eres un hombre, niñato? Enséñale a tu madre la clase de hombre que eres, llorando de rodillas como una pequeña perra.

—¡Para! —gritó mi madre, y tiró de los hombros de mi padre—. Quítate de encima, Teddy.

—Soy más hombre que tú —siseó Joey, con la voz apagada por la fuerza que tenía que hacer para no ceder al peso de nuestro padre.

—Oh, ¿tú crees? —dijo este, levantándolo del pelo para luego estamparle la cara contra las baldosas—. Eres un pedazo de mierda, chaval.

Escupiendo una bocanada de sangre, Joey plantó las manos en el suelo una vez más y se irguió, tratando desesperadamente de liberarse de nuestro padre, sin éxito, mientras este seguía golpeando las baldosas con su cara. Oí huesos crujir y se me revolvió el estómago, pero Joey se negó a ceder.

—¿Eso es todo lo que tienes? —Le enseñó los dientes, la sangre brillaba sobre el blanco, mientras gruñía y luchaba salvajemente contra mi padre—. ¡Ya no eres como antes, viejo!

—¡Suéltalo! —siguió gritando mi madre mientras tiraba de los hombros de mi padre—. ¡Teddy, lo vas a matar!

—¡Mejor! —rugió mi padre, echando un brazo hacia atrás y golpeando a mi madre una vez más—. ¡Y tú eres la siguiente, puta traidora!

Temblando violentamente, traté de hacer algo, pero no pude.

No lograba mover las extremidades.

No me quedaban fuerzas para volver a levantarme.

Años de maltrato, sumados a la paliza que acababa de recibir, me habían llevado al punto de no poder valerme por mí misma a los dieciséis años.

Patética, permanecí desplomada en la silla donde Joey me había dejado, con la sangre corriéndome por la cara y el corazón latiéndome cada vez más despacio.

Me di cuenta de que me estaba muriendo. Eso o tenía el cuerpo paralizado. De cualquier manera, me pasaba algo muy grave y no podía ayudar a la única persona que no me había fallado jamás.

Con la cabeza dándome vueltas salvajemente, observé con ojos vidriosos cómo Joey lograba retorcerse hacia un lado, solo para terminar ambos enzarzados en el suelo.

Se me cayó el alma a los pies cuando mi padre se puso sobre él una vez más. Con una mano en la garganta de Joey, se lio a darle un puñetazo tras otro en la cara. Joey se sacudía como un saco debajo de él, tratando desesperadamente de liberarse, pero fue en vano. Nuestro padre tenía al menos veinte kilos encima de él.

«Va a morir», me gritaba el corazón con furia, «sálvalo».

Lo intenté.

Presa del pánico, traté de llegar a Joey, pero no podía moverme.

Me sentía como si estuviera paralizada.

—Ayúdala —escuché que jadeaba Joey, tosiendo y farfullando—. ¡Ayúdala, joder!

¿Ayudar a quién?

¿Ayudar a quién, Joe?

Cada pocos segundos lo veía todo negro y supe que era porque perdía y recuperaba la conciencia. También sabía que era una mala señal, alertándome del hecho de que mi padre me había provocado un daño mayor que nunca antes.

Mucho mayor.

Con el rabillo del ojo, vi que Tadhg se dirigía hacia el armario. Abrió uno de los cajones de un tirón, sacó un cuchillo y, sin dudarlo, arremetió.

«Hazlo», supliqué a los cielos en silencio para que le dieran a mi hermano el coraje para hacerlo de una vez.

—¡Deja a mi hermano! —gritó Tadhg mientras sostenía la punta del cuchillo contra la garganta de nuestro padre, con la mano firme como una roca y la mirada fija en él.

—Tadhg, baja el cuchillo —chilló mi madre, acercándose lentamente hacia él—. Por favor, cariño.

—Vete a la mierda —replicó Tadhg, sin apartar la mirada de nuestro padre—. Deja. A. Mi. Hermano.

«Hazlo, Tadhg —recé en silencio— haz que pare para siempre».

—No seas estúpido, muchacho —se rio mi padre, pero ya no había sarcasmo en su voz, solo temor.

Bien.

Que tenga miedo.

—No soy estúpido —respondió Tadhg, mortalmente impasible—. Y yo no soy Joey. —Se acercó más para empujar la punta del cuchillo—. No pararé porque Shannon lo diga.

Se me rompió el corazón.

Tenía once años y lo habían convertido en eso.

Yo rezaba para que matara a nuestro padre, para que acabara con todo.

¿En qué demonios me convertía eso?

Una parte de mí quería suplicarle a mi hermano que me atravesara con ese cuchillo para poder terminar con todo.

Todos eran fuertes, mientras que yo era débil.

—Tadhg —jadeó Joey desde el suelo, con el pecho subiendo y bajando rápidamente mientras trataba de llenar los pulmones de aire con desesperación, pues nuestro padre todavía tenía una mano alrededor de su garganta—. No pasa nada. —Tenía la cara cubierta de sangre, sin duda porque le había vuelto a romper la nariz. Cogía con ambas manos la que mi padre tenía alrededor de su garganta—. Tranquilo…

—Sí que pasa, Joe —respondió Tadhg, con la voz desprovista de toda emoción—. Pasa, y mucho.

—¿Qué vas a hacer, muchacho? —se burló mi padre, que todavía estaba sentado a horcajadas sobre Joey, pero tenía los ojos inyectados en sangre y llenos de pavor mientras miraba fijamente a mi hermano pequeño—. ¿Apuñalarme?

—Sí.

Tomándolo como un farol, mi padre levantó una mano para quitarle el cuchillo, pero enseguida se estremeció cuando un hilo de sangre le corrió por un lado del cuello.

—¡Hostia puta, Tadhg! —gritó, y tragó con nerviosismo—. Me has cortado.

—Se acabó —respondió Tadhg, dando otro paso adelante—. Quítate de encima de mi hermano y sal de esta casa para siempre, o te corto la garganta.

No estaba segura de si lo que sentí fue un alivio inmenso o el amargo arrepentimiento cuando vi a mi padre soltar a Joey y ponerse de pie.

Una mezcla de ambos, supongo, aunque apenas podía ya pensar con claridad, así que no habría sabido decirlo.

Demasiado cansada para aguantar mi propio peso, me incliné hacia delante y apoyé la mejilla en la mesa. Con respiraciones rápidas y cortas, traté de quedarme quieta, de no mover los huesos.

Me dolía todo tanto.

El sabor de la sangre me bajó por la parte posterior de la garganta y me provocó arcadas.

Temblando, gemí por mi reflejo y dejé de moverme por completo.

Mareada y desorientada, dejé que se me cerraran los párpados, dejando atrás sus voces mientras se gritaban unos a otros y concentrándome en los erráticos latidos de mi corazón, que me retumbaba en los oídos.

—¡Joder, ayúdala!

Bum, bum, bum.

—Te voy a matar, Marie.

B-bum…, bum, bum, bum.

—¡Que te largues, joder!

Bum…, bum…, bu…, bum…

—Estás muerta.

Bum……, bum…, bu…, bum…

Portazos.

Buuuuuum…, bu…, bu…, bum…

«Te quiero, Shannon como el río…».

Bum, bum, bum, bum…

Sentí una oleada de devastación inundarme, unida a un profundo arrepentimiento. El rostro de Johnny era un rayo de esperanza que se apagaba tras mis párpados mientras me dejaba ir.

Cálidas lágrimas de amargura y arrepentimiento me atravesaban las pestañas, me salpicaban las mejillas y se mezclaban con la sangre seca.

Me sentía muy triste, como si me hubieran robado.

Tal vez en otra vida las cosas habrían sido diferentes.

Habría sido feliz.

«Creo que te necesito para siempre…».

—¿Qué le pasa? —escuché a alguien preguntar entonces, una voz que se parecía muchísimo a la de la novia de Joey, Aoife—. ¿Por qué está sangrando por la boca?

«Puedes confiar en mí, no te haré daño…».

—¡Shannon! ¡Shannon! ¡Joder, haz algo!

«Dime quién te ha puesto las manos encima y lo arreglaré…».

—¡Mira lo que has hecho! —escuché a mi madre gritar.

«Yo te cuidaré…».

—Llama a una ambulancia.

«Estás a salvo conmigo…».

—Se está muriendo. Ha matado a mi hermana. ¡Y no estás haciendo nada!

«No dejaré que te caigas… No pasa nada, te tengo…».

—¡Llama a la puta ambulancia!

«Quédate conmigo…».

Sentí el calor de dos manos en la cara y me deleité con su dulzura.

—¿Puedes oírme? —oí que me decía Joey—. Voy a sacarte de aquí, ¿vale?

«No pares de besarme…».

—Shannon, ¿puedes oírme?

«Te quiero, Shannon como el río…».

—¿Shan? —Entonces sentí que algo me tocaba un ojo, supuse que los dedos de Joey, mientras me levantaba los párpados—. Shannon, vamos, háblame.

Parpadeando, me obligué a concentrarme en su cara, que tenía una expresión de terror, mientras Joey me miraba fijamente.

—Voy a conseguir ayuda, ¿vale? —Soltó un suspiro entrecortado—. La ambulancia está en camino.

Abrí la boca para responder, pero no salió nada.

Mis labios no podían formar las palabras que necesitaba.

—Shannon, respira. —Entonces mi madre se agachó frente a mí, arrodillándose junto a los pies de Joey y tocándome la cara con una mano mientras sostenía una bolsa de guisantes congelados contra mi pecho con la otra—. Respira, Shannon —seguía repitiendo—. Respira, cariño.

¿Ayudaba eso?

¿Lo estaba empeorando?

No lo sabía.

Solo sabía que no podía respirar.

Lo más aterrador era que no me importaba.

No había entrado en pánico.

No estaba asustada.

Ya no podía más…

—Shan —repitió Joey, elevando la voz mientras el miedo le cubría el rostro—. Shannon, por favor. —Se agachó frente a mí, me colocó ambas manos sobre los hombros y me sacudió suavemente—. ¡Joder, Shannon, háblame!

Lo intenté, pero no salió nada.

Al toser, me dieron arcadas cuando sentí el extraño sabor metálico que se me derramaba en la boca a borbotones espesos.

Me cayó la cabeza hacia un lado, pero Joey volvió a enderezármela con sus manos.

—Aoife, dame tus llaves —soltó, sin dejar de mirarme con esos ojos verdes. Me soltó la cara y lo perdí de vista—. Me la llevaré yo mismo.

—Joey, no la muevas. Podría tener daños intern…

—¡Dame las putas llaves, nena!

Sin la fuerza de sus manos sosteniéndome, me desplomé automáticamente hacia delante, solo para hundirme con pesadez contra mi madre.

—No pasa nada —susurró, estrechándome entre sus brazos y pasándome los dedos por el pelo—. Todo va a ir bien.

Deseaba poder aguantar mi propio peso y no apoyarme en mi madre. No quería que me tocara, pero no quedaba nada dentro de mí.

Lo último que recordé antes de que la oscuridad me envolviera fue el abrazo de mi hermano, seguido por el sonido de su voz mientras susurraba las palabras «no me dejes» al oído.

2

PUESTO HASTA LAS CEJAS

Johnny

«Nada de rugby durante al menos seis semanas».

Mi padre.

«Reposo en cama de siete a diez días».

Mi padre.

«No volverás a pisar la hierba hasta mayo».

Mi padre.

«Aductor desgarrado, adherencias y pubalgia atlética».

Mi padre.

«Rehabilitación».

—¡Mierda!

Agarrando las sábanas, eché la cabeza hacia atrás y ahogué un grito, porque sabía que si tenía otro rebote, volverían a sedarme. Pisaba terreno pantanoso con las enfermeras apostadas en el pasillo que daba a mi habitación. Salir de la cama para mear y desplomarme en el suelo junto a ella me había puesto en la lista negra. Me echaron una bronca de la hostia por no pedir ayuda, me recordaron que tenía un catéter puesto y luego me pusieron otra inyección de lo que sea que seguían metiéndome por la vía. Me dijeron que era para el dolor, pero no me fiaba. Iba puesto hasta las cejas. Nadie necesitaba tal cantidad de medicación en su organismo. Ni siquiera yo, el gilipollas con el autoproclamado rabo destrozado.

—¡Hostia puta, joder!

Parpadeando para aclarar la vista, traté de concentrarme en la pared opuesta a mi cama, donde estaba el televisor y Pat Kenny presentaba *The Late Late Show*, pero fue inútil. Seguía en babia y mis pensamientos me llevaban de vuelta a esa única palabra que se repetía en mi cabeza como un disco rayado.

Padre.

Padre.

Padre.

—¡Ya vale! —gruñí enfadado, a pesar de que estaba solo en la habitación—. Cállate ya, joder.

Mi mente me estaba jugando una mala pasada, lo que me ponía nervioso y me inquietaba, y tenía una mala sensación en la boca del estómago.

Tenía tanta ansiedad que podía saborearla.

Analgésicos, y una mierda.

Esto era algo que me trastornaba.

Nadie me hacía caso.

No paraba de decirle a todo el mundo que pasaba algo, pero ellos me respondían que todo iba bien y luego me inyectaban más de lo que fuese que me corría por las venas.

Sabía que estaban equivocados, pero no podía pensar con claridad, y mucho menos encontrarle sentido a mi inquietud.

Cuanto menos caso me hacían, más nervioso me ponía yo, hasta que me ahogaba la preocupación por algo que no lograba identificar.

Era una sensación de mierda.

Mi mente le daba vueltas a lo mismo; una sola palabra dentro de mi cabeza sonando como un disco rayado.

Padre.

Y una única voz repitiendo esas mismas palabras una y otra vez.

Shannon.

No tenía idea de por qué estaba reaccionando así, pero el corazón me iba a mil por hora. Lo sabía porque cada vez que pensaba en ella, la máquina a la que estaba conectado empezaba a emitir pitidos y parpadear.

No sabía gestionar la ansiedad. Sin más. La adrenalina, sin duda, pero ¿el miedo? No, no llevaba bien el miedo. Sobre todo cuando lo sentía en lo más hondo y era por otra persona.

Recostándome en el colchón, parpadeé para espabilarme y traté de pensar con claridad.

Furioso, giré la cabeza de un lado a otro, esforzándome más.

Pasaba algo.

En mi cabeza.

En mi cuerpo.

Me sentía como si estuviera atrapado en esta maldita cama, y me tocaba los cojones.

Cabreado con el mundo y todos sus habitantes, tamborileé con los dedos sobre el colchón e hice un recuento de las placas del techo.

Ciento treinta y nueve.

Joder, necesitaba salir de esta habitación.

Quería irme a casa.

A Cork.

Sí, estaba tan jodidamente desesperado que no quería estar más en Dublín. Estaba pasando una crisis existencial y solo quería volver a casa, en Ballylaggin, y estar rodeado de todo lo que me era familiar.

Volver a casa con Shannon.

Joder, la había cagado muchísimo con ella.

Reaccioné fatal.

Era un idiota.

La ira volvió a embargarme, sumada a la depresión y la devastación que la seguían cada vez que pensaba en lo que me deparaba el futuro, lo cual hacía cada minuto del día.

¿Dolor? Tenía muchísimo dolor, pero mi cuerpo era la menor de mis preocupaciones en este momento. Porque había perdido el control de mis jodidos sentidos. Se me iba la cabeza, del todo, a una maldita chica en Cork.

Aburrido e inquieto, miré por la ventana del hospital al cielo oscurecido y luego otra vez a la pantalla del televisor.

A la mierda todo.

Cogí el móvil y me desplacé temblorosamente por mis contactos, esforzándome por distinguir los nombres a través de la neblina en mis ojos, hasta que encontré el número que había marcado al menos doce veces en las últimas vete tú a saber cuántas horas o días, y le di a llamar.

Con mucho esfuerzo, me las arreglé para mantener el teléfono pegado a la oreja y esperé aguantando la respiración, escuchando el desesperante tono de llamada, hasta que me respondió el monótono buzón de voz.

—Joey —dije y salté hacia delante, tratando de ponerme derecho, solo para terminar tirando de algunos cables conectados a mi cuerpo que no tenían por qué estar allí—. Llámame. —Dejé escapar un gruñido de dolor cuando sentí una punzada en la piernas y me concentré en pronunciar la siguiente frase sin arrastrar las palabras—. Necesito hablar con ella. —Estaba bastante seguro de haber arrastrado las palabras de todos modos, teniendo en cuenta que hasta a mí me sonaba extraña mi voz—. No sé lo que está pasando, Joey. Tal vez estoy trastornado, porque voy puesto hasta las cejas, pero estoy preocupado. Tengo un mal presentimiento de la hosti…

Bip.

—Mierda.

Completamente derrotado, colgué y dejé caer el móvil a mi lado antes de desplomarme sobre las almohadas.

¿Estaba alucinando todo esto?

No, sabía que estaba en el hospital.

Sabía que ella había venido a verme.

Pero tal vez me estaba obsesionando con la palabra «padre» porque me sorprendió mucho ver al mío aquí cuando abrí los ojos.

Apretando los labios, ignoré la sensación de hormigueo y entumecimiento y traté de pensar con claridad.

Me estaba perdiendo algo.

Cuando se trataba de Shannon Lynch, siempre tenía la sensación de que iba tres pasos por detrás.

Somnoliento, traté de mantener la cabeza despejada, pero fue imposible con el cálido hormigueo en mi interior que me forzaba a cerrar los ojos y sumergirme en la sensación de vacío.

«... si quieres saber qué pasa dentro de esa cabeza suya, entonces gánatelo...».

—Que te den, Joey el hurler —balbuceé, apartándome las sábanas de encima—. Me lo he ganado.

Dejé caer los pies al suelo y me agarré del gotero para ponerme de pie. Cada músculo de mi cuerpo se quejó dolorosamente por el movimiento, pero me obligué a bajar y me tambaleé hacia la puerta.

—¡Johnny! —exclamó mi madre cuando me encontró en el pasillo unos minutos más tarde. Llevaba dos vasos de plástico en las manos y me miraba con horror—. ¿Qué haces fuera de la cama, cariño?

—Necesito irme a casa —gruñí, arrastrando el gotero conmigo, mientras le enseñaba al mundo el culo por la bata de hospital, que solo llevaba sujeta por mis anchos hombros—. Ahora mismo, mamá —añadí, impulsándome contra la pared en la que me había parado a descansar un momento, e ignorando el dolor punzante que me recorría de arriba abajo, me tambaleé torpemente por el pasillo—. Tengo que irme.

—¿Irte? —preguntó mi madre—. Te acaban de operar. —Apresurándose a interceptarme, me puso las manos sobre el pecho y me miró con dureza—. No vas a ninguna parte.

—Ya lo creo. —Negué con la cabeza y traté de rodearla—. Me vuelvo a Cork.

—¿Por qué? —quiso saber ella, mientras me interceptaba una vez más y me bloqueaba el camino—. ¿Qué pasa?

—Algo va mal —dije entre dientes, con una sensación de mareo y aturdimiento—. Shannon.

—¿Qué? —La preocupación destelló en los ojos de mi madre—. ¿Qué le pasa a Shannon?

—No lo sé —espeté, agitado e impotente—. Pero sé que algo va mal. —Con el ceño fruncido, traté de seguir el hilo de mis pensamientos, de dar sentido a lo que estaba sintiendo, pero solo logré decir—: Tengo que ayudarla.

—Cariño, son los medicamentos —respondió mi madre, mirándome con esa jodida cara de lástima—. No eres tú mismo.

Negué con la cabeza, completamente impotente.

—Mamá —dije con voz ronca—, te digo que algo va mal.

—¿Qué te hace estar tan seguro?

—Que… —Suspirando pesadamente, me desplomé contra la pared y me encogí de hombros sin poder hacer nada— puedo sentirlo.

—Johnny, mi amor, necesitas acostarte y descansar.

—No me estás escuchando —gruñí—. Lo sé, mamá. Lo sé, joder, ¿vale?

—¿Qué sabes?

Me derrumbé derrotado.

—¡No sé lo que sé, pero sé que debería saberlo! —Frustrado y confundido, solté—: Pero ella lo sabe, y yo lo sé, y no me lo cuenta, pero ¡te juro que todo el mundo lo sabe, mamá!

—Vale, cariño —respondió mi madre sin hacerme caso, pasándome un brazo alrededor—. Te creo.

—¿Sí? —farfullé, somnoliento pero ligeramente satisfecho—. Buah, menos mal, porque nadie me hace caso por aquí.

—Por supuesto que te creo —respondió ella, dándome unas palmaditas en el pecho mientras me llevaba de vuelta a la habitación—. Y siempre te hago caso, corazón.

—¿Sí?

—Ajá.

—Odio que me mientan, mamá —añadí, apoyándome demasiado sobre su delgado cuerpo—. Y ella siempre me miente. —Arrugué la nariz y apreté los labios, tratando de deshacerme del entumecimiento en la cara mientras un olor familiar me llenaba las fosas nasales—. Me gusta cómo hueles, mamá. —Olí de nuevo, absorbiendo su aroma—. Hueles a casa.

—Me alegro de que lo apruebes —se rio ella.

—¿Qué se supone que debo hacer ahora? —Fruncí el ceño hacia la cama, mirando a través de una neblina borrosa mientras mi madre retiraba las sábanas y palmeaba el colchón—. ¿Dormir?

—Sí, se supone que debes irte a dormir, mi amor —me persuadió—. Lo verás todo mucho más claro por la mañana.

Arrugué la nariz.

—Tengo hambre.

—Ve a dormir, Johnathon.

—Ya no me gusta Dublín —me quejé, dejándome caer de nuevo en la cama—. Me están matando de hambre aquí. —Cerré los ojos y dejé que mi cuerpo se hundiera profundamente en el colchón—. Y toda esa maldita medicación.

Sentí que las sábanas me cubrían una vez más y luego un suave beso en la frente.

—Duerme, mi amor.

—Padre —musité, quedándome dormido—. Odio esa palabra.

3

SIGUE RESPIRANDO

Shannon

—Shan, ¿me oyes?

«¿Joey?».

—Estoy aquí.

«No te veo».

Sentí una mano deslizarse en la mía.

—Quédate conmigo, ¿vale?

«Tengo miedo».

—Por favor, no me abandones.

«No quiero hacerlo».

—Ya casi hemos llegado, Shan.

«¿Adónde?».

—Tú sigue respirando, ¿vale?

«No me dejes morir aquí, Joey».

—¿Está respirando? Aoife, ¿está respirando, nena?

«Por favor…».

—No lo sé, Joe…, hay mucha sangre.

«¡Ayúdame!».

—Ayúdala…

Sollozos.

—¡Haz que respire, joder!

«No quiero morir…».

4

ENCAJANDO LAS PIEZAS DEL PUZLE

Johnny

Cuando me desperté el lunes por la mañana, fue con la mente clara y asfixiado por el dolor.

Independientemente de cuánto me doliera, no tenía intención de quejarme. No cuando había una gran posibilidad de que me inyectaran algo de nuevo.

Los analgésicos que me pinchaban en vena eran una mala idea.

Va en serio, desde la operación me habían tenido la mayor parte del tiempo puesto hasta el culo, drogado hasta las jodidas cejas, porque cada vez que un maldito médico o una enfermera venía a verme consideraban necesario darle al dichoso botón conectado a la vía en mi mano y meterme más mierda en el organismo.

Según el equipo médico que había conocido esa mañana, aparte de los boquetes que tenía en el cuerpo por la operación, el sábado había estado tan inquieto y poco cooperativo, tirando de mis cables e intentando irme del hospital, que lo más seguro había sido mantenerme parcialmente sedado para que pudiera descansar y curarme.

Mis padres y Gibsie habían estado yendo y viniendo todo el fin de semana, visitándome todo loco, pero yo había estado completamente fuera de mí, despotricando y delirando como un demente, gritando sobre padres y pelotas de rugby.

Sí, fue humillante de la hostia.

Me alegraba de no recordarlo.

Consciente por primera vez en más de cuarenta y ocho horas, me puse derecho ignorando la punzada de dolor en los muslos y cogí mi móvil de la mesita de noche. Por suerte, alguien tuvo el tino de ponérmelo a cargar.

Ignorando el plato de comida que las enfermeras me habían dejado en la bandeja de la cama, parpadeé para espabilarme y me desplacé por el millón de llamadas perdidas y mensajes que había recibido desde el viernes por la noche, cuando mi vida se había venido abajo.

Cuatro llamadas perdidas y un mensaje de voz del entrenador Dennehy.

Joder…

Me estremecí al pensar en lo que tenía que decirme.

Decidí no ser masoquista y pasé rápidamente a revisar todo lo demás en su lugar.

Tres mensajes de Feely. Cinco llamadas de Hughie. Un par de docenas de mensajes en el chat grupal con los muchachos de la Academia. Un millón más de los colegas de clase. Mi fisioterapeuta. Uno de Scott Hogan, un amigo de Royce. Mi entrenador personal. Varios más de chavales con los que jugaba en el club de Ballylaggin. Muchos más de números desconocidos o que no tenía guardados en mi lista de contactos. Dos del señor Twomey, el director de Tommen. Uno del entrenador Mulcahy. Siete mensajes y doce llamadas perdidas de Bella.

—Maldita Bella.

Frustrado, ignoré los mensajes de voz y leí los innumerables mensajes que me deseaban que me mejorara pronto, borrando cada uno a medida que avanzaba hasta que se quedó la pantalla en blanco.

Nada de Shannon.

Ni un miserable mensaje.

Vale, no tenía teléfono en ese momento, pero Joey sí y tenía mi número.

Cabreado, busqué entre mis contactos hasta encontrar el del hurler y llamé. La ira dentro de mí aumentaba con cada tono sin respuesta. Cuando me saltó el buzón de voz, estuve a punto de explotar.

Drogado o no, sabía que lo había llamado al menos una docena de veces durante el fin de semana, lo recordaba sin problema, y no me sentaba bien que me ignoraran.

—Joey. —Cogiendo el teléfono con más fuerza de la necesaria, me esforcé por mantener un tono neutro a pesar de que echaba chispas—. Necesito hablar con ella.

Me importaba una mierda cómo se lo tomara. Ya no me importaba un carajo lo que pensaran los demás. Me molestaba la preocupación que sentía en la boca del estómago y que no lograba disipar por mucho que durmiera o me tomara los medicamentos del hospital.

—Oye… —Cerrando los ojos con fuerza, intenté ser cordial, pero fracasé estrepitosamente—. Sé que está pasando algo muy chungo.

«Buena, Johnny».

—Sueno como un loco. Lo sé. Lo sé, ¿vale? Pero tengo un presentimiento terrible. —Joder, estaba pirado—. Shannon me dijo algo, o soñé que me decía algo, pero se me ha atascado en la cabeza y no puedo… Mira, ya ni siquiera estoy seguro, pero necesito hablar con ella. Necesito aclarar un par de cosas, ¿vale? Así que contesta mis putas llamadas…

Oí un pitido que me hizo saber que se me había acabado el tiempo.

—Imbécil —me quejé, y luego dejé caer el móvil en mi regazo solo para estremecerme de dolor por el contacto. Con cuidado, recogí el aparato y lo volví a colocar en la mesita de noche antes de levantar las sábanas, retirarme la bata de hospital y echar un primer vistazo estando lúcido al daño.

«Mmm. —Incliné la cabeza hacia un lado, estudiándome a mí mismo—. Nada mal».

Tenía las caderas, ambos muslos y la ingle hinchados, feos y magullados, con vendajes que cubrían las partes que me habían abierto, pero mis tres partes favoritas del cuerpo todavía estaban de una sola pieza, por así decirlo. Mi rabo estaba allí y mis pelotas le hacían compañía.

Me estudié con el ceño fruncido, sintiéndome extrañamente violado al ver que alguien me había afeitado las pelotas sin permiso, pero decidí no enfadarme por eso. Tenía una semiempalmada impresionante, probablemente debido a la emoción de estar todavía de una sola pieza, así que lo tomé como una victoria.

Joder, menos mal.

Cubriéndome de nuevo, solté un suspiro de alivio y tiré de la bandeja cargada de comida hacia mí al sentir que me volvía todo el apetito.

«Estás bien —continué canturreándome mentalmente mientras devoraba una loncha de beicon—, te curarás, volverás a la cancha y todo irá bien».

«Pero ella no lo estará —susurró una pequeña voz en mi cabeza—, y sabes por qué».

Desgarrando brutalmente otra loncha de beicon, continué dándole vueltas a cada segundo que había pasado con Shannon Lynch desde el día en que la noqueé con la pelota hasta el momento en que la eché de esta habitación.

Supuse que era un mecanismo de defensa. Evitar lo que sentía respecto a la terapia que me esperaba y la posibilidad de perder la sub-20. No podía pensar en el rugby en este momento. Si lo hacía, había muchas posibilidades de que me derrumbara, así que me centré en Shannon Lynch, obsesionándome con cada pequeño, diminuto e insignificante detalle hasta que estuve seguro de que explotaría.

«Algo va mal».

«Algo va mal y lo sabes».

«¡Abre la puta mente y piensa!».

Dejé caer el tenedor y el cuchillo, aparté la bandeja y volví a coger el móvil. Marqué el número de Joey otra vez y, cogiendo el teléfono con fuerza, recé por que contestara. La ansiedad me consumía por dentro hasta tal punto que no podía pensar en nada más que en ella. Cuando me saltó el buzón de voz nuevamente, se me fue la pinza.

—Mira, cabronazo, sé que recibes mis mensajes, así que contesta al puto móvil o envíame un mensaje. No voy a parar hasta que hable con ella. ¿Me escuchas? No me voy a parar, jod…

—Buenos días, mi amor —canturreó mi madre mientras entraba a la habitación de hospital, interrumpiendo el monólogo que estaba teniendo con el buzón de voz de Joey Lynch—. ¿Cómo tienes el pene hoy?

Qué paciencia…

—Llámame —murmuré antes de colgar y mirar boquiabierto a mi madre.

—Te he traído flores —continuó, sin esperar respuesta, colocando en la bandeja de mi cama un ramo de como fuese que se llamaran—. Has estado tan disgustado… —Sonriendo, se acercó a mi cama y me arregló las sábanas—. He pensado que esto podría animarte.

—¿Cómo tengo el pene? —Cogí las sábanas con fuerza y me las subí hasta el pecho, por si me las apartaba para echar un vistazo—. ¿Crees que es normal preguntarle eso a tu hijo?

Mi madre se encogió de hombros.

—¿Preferirías que lo llamara colita, cariño?

La hostia.

—Bueno, no tengo seis años, mamá, así que no, no lo preferiría —mascullé, mirándola con recelo mientras rondaba junto a mi cama—. Y está bien.

Mi madre se mordió el labio.

—¿Estás segu…

—¡Estoy seguro! —la interrumpí, apartándole la mano cuando, como había predicho, trató de destaparme—. Caray, mamá, ya hemos hablado de esto. ¡Tienes que empezar a respetar mis límites!

Resoplando, mi madre se sentó en el borde de la cama y me dio unas palmaditas en la mejilla.

—¿Se lo enseñarás al menos a tu padre? —Me echó una de sus miraditas—. Estoy tan preocupada.

—No hay nada de qué preocuparse —refunfuñé—. Está bien. Estoy bien. Los dos estamos de puta madre, mamá. Estoy en un hospital, ¿sabes?

—Sí, pero…

—Confía en mí, estoy bien. —Levanté el pulgar—. Todo va bien, mamá.

Mi madre suspiró pesadamente.

—Para ser sincera, no sé si volveré a creerme alguna vez otra palabra que salga de tu boca. —Se mordió el labio y me miró con esa cara horrible de madre herida, la que me destrozaba siempre y está diseñada para hacer que un hijo se sienta como un pedazo de mierda—. Me has decepcionado de veras, Johnny.

Sí, mete el dedo en la llaga, ¿por qué no…?

—Lo sé, mamá, caray —le aseguré con toda sinceridad—. Lo siento mucho. —Sabiendo que no lo dejaría correr hasta que se lo prometiera, me obligué a decir—: Así que, si te hace sentir mejor, se lo enseñaré a papá cuando se pase por aquí.

Mi madre sonrió, satisfecha, y yo me desplomé sobre las almohadas, agradecido de haber esquivado esa bala en particular.

—¿Han pasado los médicos esta mañana?

Asentí.

—Sí, a primera hora.

Ella me miró expectante.

—¿Y?

—Me van a dejar volver a casa por la mañana.

—¿Tan pronto?

Puse los ojos en blanco.

—Han pasado tres días, y no me han operado del corazón.

—Ya lo sé, pero… —La preocupación asomó en su rostro—. Creo que deberías quedarte unos días más, mi amor. Descansar te hará mucho bien. —Se inclinó y me acarició la mejilla—. Pareces mucho más descansado tal como estás. Imagina lo que podrían hacer por ti unos días más.

—Todo irá bien —le dije, sintiéndome como una mierda por preocuparla innecesariamente—. Conozco las reglas.

—Pero ¿las cumplirás? —murmuró.

—No la cagaré con esto —le dije, mirándola directamente a los ojos—. No lo haré, mamá. Haré reposo en cama. Haré rehabilitación. Pero luego volveré.

Se le descompuso el rostro.

Me puse firme, porque no podía ceder ante esa cara de cordero degollado.

—Creo que no deberías jugar más, Johnny.

—Voy a jugar, mamá —respondí en voz baja.

—No puedo soportar la idea de que te vuelvan a hacer daño.

—Mamá, esto es lo que voy a hacer —expliqué, tratando de mantener un tono suave—. Sé que no es lo que habrías elegido para mí, pero es lo que yo elegí para mí, ¿vale? Estoy bien, mamá. Estoy mejor que bien. Esto es lo que estaba destinado a hacer en la vida. No puedo dejar de jugar porque tú tengas miedo de que me hagan daño. —Me encogí de hombros—. Eso podría pasar al cruzar la calle.

—Pero no ha pasado al cruzar la calle —replicó mi madre—. Cada cama de hospital que has ocupado, y han sido más de las que puedo contar con dos manos, ha sido el resultado directo de jugar al rugby. —Sacudió la cabeza—. No entiendo por qué estás tan empeñado en hacerte daño.

—No tienes que entenderlo —respondí, pues sabía que no tenía sentido tratar de explicárselo cuando estaba empeñada en que no jugara—. Solo tienes que apoyarme.

—Oh, Johnny…

—Apóyame y ya, mamá —le dije bruscamente. Me senté recto y la acerqué hacia mí para darle un incómodo abrazo de lado—. Y te prometo que te haré sentir orgullosa.

—Ya estoy orgullosa de ti, pedazo de capullo —sollozó, secándose las lágrimas—. Y eso no tiene nada que ver con el maldito rugby.

—Es bueno saberlo —murmuré—. Supongo.

—Ya basta de hacer llorar a tu madre —dijo mientras forzaba una sonrisa y se ponía de pie—. Dime cómo estás.

—Estoy bien —respondí, receloso de nuevo—. Acabo de decírtelo.

—Emocionalmente —apuntó ella, empujando la bandeja de comida hacia mí—. Quiero saber cómo te sientes. —Abrió una servilleta, me la puso sobre el regazo y sirvió una taza de té de la tetera.

—Apaleado —grazné, cogiendo el tenedor—. Me siento apaleado de la hostia emocionalmente, mamá.

—Esa boca —me regañó, dándome una colleja con la misma mano izquierda que me había pasado esquivando a lo Matrix la mayor parte de mi vida—. No te han criado los salvajes.

Mordiéndome la lengua, me metí un trozo de beicon frío como un témpano en la boca y mastiqué con ganas.

—Buen chico —me elogió mi madre, alborotándome el pelo.

Qué paciencia.

Qué paciencia con esta dichosa mujer…

—¿Cómo está el hombre del momento? —oí la familiar voz de Gibsie, dándome un muy necesario respiro de la mujer que me rondaba como un maldito helicóptero.

—Bien, tío —le respondí, mirando fijamente al imbécil rubio que había sido mi mejor amigo y compinche desde la infancia, mientras estaba de pie en la puerta de mi habitación de hospital.

—Buenos días, Gerard —lo saludó mi madre alegremente—. ¿Has dormido bien, cariño? Te he dejado una muda de ropa limpia frente a la puerta esta mañana… —Entonces hizo una pausa y le echó un repaso rápido a Gibsie antes de sonreír con aprobación—. Ah, bien, la has encontrado. El beige te sienta de maravilla, corazón.

—La he visto, mami K —respondió con una sonrisa de mosquita muerta—. Eres demasiado buena conmigo.

Puse los ojos en blanco.

—Bueno, chicos, os dejo solos para que os pongáis al día. —Mi madre me plantó un beso en la coronilla y se dirigió hacia la puerta, donde Gibsie le dio un beso en la mejilla—. Estaré en la cafetería, por si me necesitáis.

—Adoro a esta mujer —anunció Gibsie cuando mi madre se fue.

Entrecerré los ojos.

—Los tenedores son una buena arma, ¿sabes?

Gibsie se rio entre dientes.

—¿Cómo estás?

—Como si me hubiese atropellado un camión el viernes por la noche —gruñí, bajando el tenedor.

—Así de bien, ¿eh?

—No empieces, Gibs. —Relajando los hombros, pinché una salchicha y le di un mordisco—. Me duele un montón y tengo la sensación de que no he dormido en un mes. Hoy no estoy para bromas.

—Bueno, al menos tu apetito sigue intacto —observó, mirando el enorme plato de beicon, salchichas y tostadas que estaba engullendo.

—No me juzgues —refunfuñé—. Me ha costado un tajo en las pelotas. —Tragándome un trozo de embutido, cogí una loncha de beicon—. Me merezco la grasa.

Hizo una mueca.

—Tienes razón.

—Sí —dije inexpresivamente—. Lo sé.

—¿Y bien? —preguntó, mirándome con entusiasmo apenas contenido—. ¿Dirías que ya has recuperado todos tus sentidos?

Me encogí de hombros.

—Por desgracia.

Gibsie asintió.

—¿Y tu corazón?

Entrecerré los ojos.

—¿Qué pasa con él?

—¿Hoy no hace bum, bum y pumba?

—No —respondí lentamente, sabiendo que me estaba metiendo de alguna manera en la boca del lobo, pero no tenía ni idea de cómo—. Está bien.

—Excelente —respondió—. Porque he estado ocultando más material del que puedo gestionar y me está quemando por dentro, tío. En serio, no puedo dormir por la noche de la emoción. Esperar a que se te pasara el colocón ha sido como esperar a la mañana de Navidad, y sabes cuánto me gusta la Navidad, capi.

Hay que joderse.

—Venga. —Agitando una mano, le hice un gesto para que empezara—. Termina con esto.

Claramente encantado de la vida, Gibsie entró arrasando en la habitación, sin detenerse hasta que estuvo sentado a los pies de mi cama. Aclarándose la garganta, dijo:

—Antes de empezar, necesito preguntarte dónde prefieres celebrar tu despedida de soltero.

Lo miré boquiabierto.

—¿Qué?

—He pensado en Kilkenny —explicó, con un tono ligero y lleno de humor—. Pero podríamos ir a Killarney si prefieres estar más cerca de casa.

—¿De qué coño estás hablando?

—Bueno, es gracioso que me lo preguntes. —Sonriendo, se acomodó en la cama y comenzó con una diarrea verbal que apenas podía asimilar—. Estás comprometido, o tal vez prometido, no estoy seguro de la terminología. Aunque, según tú, ya estás casado.

Me lo quedé mirando sin comprender.

—¿Cómo?

—Ay, chaval. —Echó la cabeza hacia atrás y se rio—. ¿De verdad no te acuerdas?

—Mírame —le dije, dejando caer el tenedor en el plato para señalarme a mí mismo—. ¿Te parece esta la cara de una persona que sabe lo que está pasando?

Mi respuesta solo hizo que se riera más fuerte.

—Me encanta —se carcajeó, disfrutando al máximo de mi incomodidad—. La espera ha valido la pena. Este es el mejor día de mi vida.

—Explícate, Gibs —le pedí, nervioso—. Ya. Antes de que te pinche con una de las jodidas agujas que tengo en el brazo.

—Shannon —se rio—. Vino conmigo a verte el viernes de madrugada.

—Sí, lo sé —gruñí, frotándome la frente—. Lo recuerdo bien.

—Y ¿recuerdas la conversación que tuviste con ella? —contraatacó, con los ojos llenos de picardía—. A la vista de todos.

—No —mascullé—. Todo lo de ese día está borroso.

Solo recordaba pequeños momentos del sábado por la mañana. Aquellos en los que me comporté como un completo capullo con Shannon. Dejé que mi orgullo me dominara y la eché. Después de eso, se me fue la pinza, entré en pánico y exigí que me llevaran a casa. Tenía tantísimo dolor que me habían dado suficientes medicamentos para noquearme.

—¿Qué hice?

—No es lo que hiciste —se rio—. Es lo que dijiste.

—Gibs, te juro que si no me cuentas de qué va esto…

—Tío, le dijiste que estabas enamorado de ella —se carcajeó, dándose golpes en el muslo—. Justo antes de que le pidieras ser la madre de tus hijos.

Abrí los ojos como platos.

—¡No!

Su sonrisa se ensanchó.

—¡Sí!

—Joder, Gibs —exclamé, elevando la voz más de lo normal—. ¿Por qué no me paraste?

—Porque fue la leche. —Riendo, añadió—: Pensé que ibas a hacerle firmar algo de lo emperrado que estabas.

Dejé caer la cabeza entre mis manos.

—¿Qué cojones me pasa?

—Ni papa —se rio Gibs—. Pero si tuviera que jugármela, diría que estabas expresando tus verdaderos sentimientos.

—¿De qué estás hablando? —Lo miré boquiabierto, horrorizado—. No quiero ningún puto hijo.

Gibsie me guiñó un ojo.

—A mí no me engañas.

—Para —gruñí, reprimiendo un escalofrío—. Sabes que es verdad.

—Le suplicaste.

Abrí la boca de par en par.

—No te creo.

—¡Shannon, por favor, sé la madre de mis hijos! —me imitó—. Te lo suplico, Shannon. Lleva mi prole y tócame el rabo…

—Para —le supliqué—. Por favor. No me cuentes nada más.

—Le dijiste a la enfermera que Shannon era tu esposa —añadió, echándome sal en la herida—. Le contaste a tu madre lo bonitas que tiene las tetas y que te morías de ganas de fo…

—Ay, la hostia —dije ahogadamente, interrumpiéndolo antes de que pudiera arruinar mi vida aún más—. Por eso me está evitando, ¿no? —pregunté, horrorizado—. Seguro que piensa que voy a intentar preñarla a la primera oportunidad.

—Bueno, la chorra ya te funciona —apuntó Gibsie, disfrutando como un crío de mi tormento—. Un pequeño fragmento de información que decidiste compartir con ella, semental.

Con razón Joey no contestaba mis llamadas.

Si Shannon le había contado a su hermano la mitad de lo que al parecer le había dicho yo, no cabía duda de que me estaría esperando en Ballylaggin con una jodida escopeta recortada para vengarse.

—Estoy tan jodido —dije con voz ronca, dejando caer la cabeza.

—Qué va. —Con una palmada en el hombro, Gibsie dijo—: La chica también te quiere. Te lo dijo el viernes de madrugada.

Gemí en voz alta, avergonzado hasta lo más profundo de mi alma.

—Porque la obligué.

—No, porque te quiere y ya está —me corrigió.

—Lo dudo —gruñí—. Lo dudo mucho, joder, tío.

—Mira, Johnny, voy a ser claro contigo, tío —añadió Gibsie, en un tono un poco más serio ahora—. Has pasado meses mintiéndote a ti mismo y a todos los demás sobre tus sentimientos. Ha sido demasiado. Tenías que sacar toda esa frustración reprimida tarde o temprano. —Encogiéndose de hombros, sentenció—: La anestesia y la morfina simplemente facilitaron el proceso sacándote la verdad a la fuerza.

—No es verdad —negué, aunque sabía que no tenía sentido hacerlo, pero necesitaba algo a lo que aferrarme—. No quise decir nada de eso.

Gibsie arqueó una ceja.

—¿Te crees que me chupo el dedo?

Hundí los hombros en señal de derrota.

—Sí, vale, lo dije en serio. ¿Feliz?

—¿Y tú? —preguntó, sin pestañear.

—¿Yo qué?

—Si eres feliz.

—No, no soy feliz, Gibs. —Lo fulminé con la mirada—. Mírame —le dije, golpeándome el pecho para enfatizar—. ¡Estoy aterrorizado, joder!

—¿Por el rabo?

—El rabo, las pelotas, la chavala, el rugby... —Hice una pausa y dejé escapar el aire temblorosamente—. Se me está yendo la puta cabeza. —Aparté la bandeja y me desplomé sobre las almohadas con un suspiro—. Y estoy preocupado.

—Es comprensible —asintió—. Pero vas a ponerte bien...

—Por ella —apunté con un gruñido de dolor—. Estoy preocupado por ella, Gibs.

—¿Por qué?

—Me dijo algo la otra noche —admití, totalmente perdido—. Y no logro recordarlo. —Me pasé una mano por el pelo antes de confiarle a mi mejor amigo las dudas que tenía—. Era algo sobre su padre, tío. —Haciendo una mueca, traté de sacar el recuerdo, pero seguía pululando fuera de mi alcance. Frustrado, dejé escapar un suspiro—. Creo... —Me callé de repente y me pellizqué el puente de la nariz, porque sabía que una vez que lo dijera, no podría retractarme.

—¿Crees…? —insistió Gibsie.

—Esto queda entre nosotros —le advertí.

Él asintió.

—Siempre, tío.

Soltando otro suspiro, me senté e, inquieto y agitado, me eché el pelo hacia atrás con ambas manos.

—He estado viendo cosas —comencé lentamente, mirándolo con cautela para medir su lealtad, aunque sabía que no tenía que hacerlo.

—¿Muertos?

—¡Vete a la mierda!

—Vale, vale, lo siento —me aseguró, poniéndose serio—. Cuéntamelo.

Lo miré fijamente, esperando hasta que no quedó ni rastro de diversión en su cara antes de continuar.

—Sobre ella.

Frunció el ceño.

—¿Sobre ella?

Dejé caer las manos en el regazo y me removí inquieto.

—Sobre su cuerpo. —Sintiéndome culpable, lo miré y solté—: Demasiadas cosas que han pasado demasiadas veces y son demasiadas coincidencias para que un accidente las explique.

Gibsie entrecerró los ojos cuando lo pilló.

—¿Cosas como moretones?

Asentí lentamente.

—¿Dónde?

—En todas partes. —Solté un suspiro de dolor—. Por todo el cuerpo, Gibs.

—Mierda.

—Al principio, pensé que la estaban acosando de nuevo… —Hice una pausa y arrugué la nariz, porque me sentía como un pedazo de mierda por romper su confianza, pero esto me estaba consumiendo—. Lo pasó mal en el instituto de Ballylaggin, Gibs. Muy mal, joder. Entonces me encargué de ello, o al menos pensaba que lo había hecho, pero…

—¿Pero?

—Pero sé que hay algo más que eso, Gibs. Sé que sueno como un loco, pero esto es real para mí. Sé que está pasando algo. Recuerdo que me dijo algo la otra noche —gruñí, furioso conmigo mismo por no retener la pieza crucial del rompecabezas. Porque sabía en lo más profundo de mi ser que me estaba perdiendo algo de vital importancia—. Y ahora creo que lo he descubierto.

—Ah, ¿sí? —preguntó Gibsie, más serio de lo que jamás lo había escuchado hablar—. ¿Tienes un nombre?

Asintiendo lentamente, lo miré a los ojos, rogándole que no me juzgara por lo que estaba a punto de decir. Existía la posibilidad de que me equivocara; una posibilidad enorme, colosal, del tamaño del Gran Cañón, pero no creía que anduviera por el mal camino, y valía la pena correr el riesgo por su seguridad.

—Creo que es su padre, Gibs. —Tragándome mi inseguridad, miré a mi mejor amigo directamente a los ojos y le dije—: Creo que el padre de Shannon está abusando de ella.

Yo tenía una inclinación natural por las matemáticas, y el denominador común en todos los problemas que intentaba resolver con respecto a Shannon Lynch era su padre.

Ella dijo «mi padre».

Eso fue lo que me dijo.

Sabía que lo había hecho.

Me contó algo sobre su jodido padre.

Simplemente no estaba seguro.

Llevaba días dándole vueltas en la cabeza, repasando cada conversación que había tenido con ella, tratando de encontrar algo que sabía que me perdía.

No importaba lo que hiciera, o lo mucho que pensara en ello, mi mente seguía volviendo a ese primer día, a la conversación que tuvimos cuando era apenas consciente de lo que decía:

—Aquí. —Recorrí la vieja marca con un dedo—. ¿De qué es esto?

—Mi padre —respondió ella, soltando un profundo suspiro.

—Mi padre me va a matar —continuó balbuceando y agarrándose la falda, que estaba rota—. Tengo el uniforme destrozado.

—Johnny. —Gimió y luego hizo una mueca—. Johnny. Johnny. Johnny. Esto es malo…

—¿El qué? —la insté—. ¿Qué es malo?

—Mi padre —susurró ella.

Si me equivocaba, y había una gran posibilidad de que así fuera, ella nunca me lo perdonaría. Suponía que ya estaba condenado por la forma en que me había comportado, pero acusar a su padre de abusar de ella sería una sentencia de muerte para nosotros.

«Probablemente ya la hayas cagado en eso también, chaval…».

Mierda.

Se me estaba yendo la maldita cabeza mientras a mi cerebro se le ocurrían los pensamientos más depravados, repugnantes, inhumanos y alucinantes.

¿El padre de Shannon le estaba haciendo daño?

¿Estaba yo diciendo tonterías?

Me avergonzaban estos pensamientos que tenía, pero estaban allí, en mi cabeza, altos y claros, y me volvían loco de ansiedad.

¿Estaba abusando de ella?

¿Era eso lo que estaba pasando?

No conocía al tipo, pero seguramente su hermano o su madre habrían intervenido.

Conocí a la madre de Shannon una vez y admito que no fue un encuentro muy amistoso, pero la mujer parecía querer a su hija de verdad.

Tenía buen aspecto.

Parecía saludable y estaba embarazada.

Su hermano era fuerte y estaba en forma.

Sus otros hermanos eran prácticamente bebés.

Así que solo quedaba el padre.

—Mierda. —Gibsie negó con la cabeza—. Es una acusación grave, Johnny.

—Lo sé —gemí, completamente asqueado—. Y sé que si me equivoco, la voy a liar pardísima, pero es que… —Negué con la cabeza y apreté los puños—. No puedo sacármelo de la cabeza. Creo que eso es lo que me pasó —añadí—. ¿Por qué se me ha estado yendo la pinza todo el fin de semana? Quería irme a casa con ella, Gibs. Porque tengo miedo por ella. —Me encogí de hombros, impotente—. Sé que solo es una corazonada, pero no puedo quedarme de brazos cruzados, Gibs. No puedo ignorarlo ni fingir que no está ahí. Algo le está pasando y no estoy preparado para quedarme aquí sin hacer nada. —Solté un suspiro entrecortado—. Ella significa demasiado para mí como para esconder esto debajo de la alfombra. Incluso si me equivoco, vale la pena asegurarse, ¿no? Eso es lo que hay que hacer en este caso, ¿no?

—Dame un minuto para procesar esto —me pidió Gibsie inclinándose hacia delante, y se presionó las sienes con los dedos—. Esto es mucho para asimilar, tío.

No me digas.

Mientras tanto, no podía quedarme quieto. El dolor me consumía, pero mis pensamientos eran peores; me atormentaban hasta tal punto que me había convertido en un manojo de nervios y ansiedad.

Algo iba mal.

Podía sentirlo.

—Tengo que irme —anuncié, sin querer esperar a que asimilara una mierda—. Lo digo en serio, Gibs. Tienes que sacarme de aquí, tío. Tengo que ir a casa y comprobarlo.

—No puedes salir del hospital por una corazonada —respondió Gibsie, mirándome muy serio—. Joder, Johnny, ni siquiera puedes caminar sin ayuda. ¿Cómo quieres que te esconda hasta Cork, tontaco? ¿Debajo del puto jersey?

—Algo le está pasando, Gibs —dije ahogadamente, con el corazón martilleándome en el pecho—. Lo presiento.

—Espera un segundo, tengo una idea.

Haciendo una pausa, Gibsie se sacó el móvil del bolsillo y apretó algunos botones antes de poner el altavoz y dejar el aparato sobre la cama entre nosotros.

—¿Hola? —La voz de Claire rompió el silencio después de tres breves tonos.

—Muñequita —respondió Gibsie, extendiendo una mano hacia mí para que me quedara callado cuando abrí la boca para preguntarle qué demonios pensaba que estaba haciendo.

—Gerard. —Su tono de voz se llenó de alivio—. ¿Estás bien? ¿Cómo está Johnny?

Sin dejar de mirarme, Gibs ignoró sus preguntas y le dijo:

—¿Por qué no me lo contaste?

—¿C-contarte qué? —preguntó Claire, que sonaba preocupada.

—Lo del padre de Shannon.

—¡Qué cojones! —mascullé en silencio, listo para matarlo.

—Espera —me respondió del mismo modo, levantando una mano para callarme—. Confía en mí.

—¿D-de qué estás hablando? —vaciló Claire.

—Sabes exactamente a lo que me refiero —fanfarroneó, poniéndome una mano sobre la boca.

—Se lo contó a Johnny, ¿no? —sollozó Claire—. Ay, madre, y él te lo ha contado a ti.

Se me paró el corazón.

Todo mi mundo se derrumbó.

Tenía razón.

¡Tenía razón, joder!

—Sí, se lo contó —dijo Gibsie, que sonaba furioso—. Lo que quiero saber es por qué no se lo dijiste tú a nadie, Claire.

—No estaba segura —se apresuró a decir, destrozada—. Ella nunca me ha confirmado nada, pero todos los moretones… Sabía que le estaba haciendo algo. Tenía miedo, Gerard. Estaba asustada, ¿vale?

Y luego el recuerdo me golpeó como un maldito tren de carga.

—¿Quién te está haciendo daño, nena? Me encargaré de ello.

—Es un secreto.

—No lo contaré.

—Mi padre.

Como por instinto, cogí mi móvil de la mesita de noche y me arranqué las sábanas. Me bajé de la cama y cojeé hasta la puerta del baño con el 112 ya marcado.

—Johnny, ¿qué estás haciendo, tío? —gritó Gibsie.

—Lo correcto —siseé, furioso.

—¿No deberíamos hablar primero con tu padre? —preguntó. Se bajó de la cama y vino hacia mí—. Es abogado, colega, y no sabemos qué está...

Levantando una mano para mantener a Gibs lejos, me llevé el teléfono a la oreja y me concentré en la voz de la operadora.

—Ciento doce, ¿cuál es su emergencia?

—Mi novia está en peligro —solté, perdiendo el control de mis emociones—. Solo tiene dieciséis años. Es menor de edad y necesita su ayuda. Vive en la urbanización Elk, número 95, Ballylaggin, en el condado de Cork, ¿vale? ¿Lo ha apuntado? 95 de Elk. Ella es muy menuda, ¿vale? Jodidamente diminuta. No puede defenderse y yo no puedo llegar hasta ella... —Temblando de la cabeza a los pies, apoyé la frente contra los fríos azulejos del baño, apreté la mandíbula y gruñí—: Necesito que envíe a alguien a la casa de inmediato, porque el cabrón de su padre le ha estado dando palizas.

—Bueno —dijo Gibsie sombríamente desde la puerta del baño cuando colgué. Cruzando los brazos sobre el pecho, asintió en un gesto de aprobación—. Tú sí que sabes alborotar el avispero.

—Joder, Gibs. —Con un suspiro entrecortado, me llevé la palma de la mano a la frente y susurré—: ¿Cómo no vi esto?

—Para ser justos, tío, ¿cómo ibas a hacerlo? —resopló Gibsie—. Mira a tus padres, Johnny. Joder, apuesto a que John nunca te había levantado la mano.

Cierto.

—Exacto —dijo Gibsie, leyéndome el pensamiento—. Cuesta imaginar que pase algo así cuando sobrepasa lo que es normal para ti a niveles prácticamente inconcebibles.

—No encajé las piezas —grazné, luchando contra el enorme tsunami de culpa que crecía en mi interior—. Es que... no lo vi venir.

—Oye, le he enviado un mensaje a tu padre —respondió—. Está de camino, tío. Él nos ayudará.

—Bien —asentí entrecortadamente, mientras trataba de recuperar el aliento y procesar esto—. Voy a necesitar que se encargue de mi caso cuando me acusen de asesinato.

—¿Crees que también me representará a mí? —preguntó Gibsie. Y encogiéndose de hombros, añadió—: Cuando te adentras en el infierno, siempre es bueno tener a un amigo cerca.

5

TAMBIÉN SOY TU HERMANO

Shannon

Cuando abrí los ojos nuevamente, lo primero que sentí fue la luz del sol que entraba por la ventana y se mezclaba con los pitidos de los monitores, provocándome palpitaciones en el cerebro.

Pum. Pum. Pum.

Confundida, busqué a Johnny, pero no lo encontré.

No estaba allí.

Presa del pánico, di unas palmaditas en el colchón, girando la cabeza de un lado a otro mientras buscaba al señor y la señora Kavanagh o Gibsie.

—Hey, hey, no pasa nada. —Una mano grande envolvió la mía—. Estoy aquí.

—¿Joe? —grazné agitada, con el corazón a mil por hora, mientras lo buscaba desesperadamente—. ¿Joe?

—Chisss, tranquila —respondió una voz masculina vagamente familiar—. Estoy justo aquí, Shannon.

Rechazando la voz del extraño, negué con la cabeza y me toqué los cables de la nariz.

—¿Joey? —grazné, la voz apenas un susurro ronco.

Me arranqué los cables y respiré hondo, aunque con dificultad, inhalando ese precioso aire que me pedía el cerebro. En el momento en que lo hice, el dolor me abrasó todo el pecho y chillé, llevándome las manos automáticamente a un lado.

¿Estaba vendado?

Sorprendida al tocarlo, tiré de la bata que llevaba puesta para revelar un vendaje blanco que me cubría desde el lado izquierdo de la caja torácica hasta el pecho. ¿Qué demonios me estaba pasando?

—Oh, no, Joey…

—Tranquilízate.

Una mano me cogió de la barbilla y cerré los ojos con fuerza, poniéndome rígida como una piedra sobre la cama, mientras el miedo se arremolinaba dentro de mí.

—Coge aire poco a poco, con calma.

«Tranquila, es una caricia», me dije lentamente, pero ya no podía estar segura de nada.

Luchando por mantener el control y no dejar que el pánico me consumiera, fui cogiendo aire poco a poco, estremeciéndome cuando el pecho me ardía en protesta. La cabeza me palpitaba tan fuerte que parecía que iba a estallar. Me llevé la mano libre a la frente, pero me quedé inmóvil cuando rocé con los dedos lo que parecía una gasa en mi mejilla.

Y entonces me acordé.

Mi padre.

El temor se apoderó de mi corazón y el pulso se me aceleró sin control, mientras los recuerdos de mi padre pegándome, pegando a Joey, pegando a Tadhg e hiriendo a mi madre irrumpían en mi mente de una sola vez.

¿Estaba él aquí?

¿Estaba cerca?

¿Me había metido en problemas?

—No pasa nada —continuó diciendo la voz, en tono suave y persuasivo—. Estás en el hospital, pero ahora estás a salvo, ¿vale? Nadie va a hacerte daño.

A salvo ahora.

Sentí ganas de reírme ante la promesa vacía.

Palabras.

Solo palabras.

A regañadientes, abrí los ojos con dificultad y me quedé allí, helada y con el corazón congelado, mientras observaba al hombre que me miraba.

—Hey, peque —dijo, con una voz familiar y cálida como una mañana de Navidad—. Cuánto tiempo.

No respondí.

No pude.

Tan solo lo miré fijamente.

Con un suspiro tembloroso, me soltó la barbilla y me cogió de la mano de nuevo.

La retiré rápidamente para que no me tocara.

No quería que me tocara.

—¿Dónde está Joey? —pregunté cuando finalmente recuperé la voz de nuevo. No parecía la mía. Sonaba rota y ronca, pero las palabras salían de mis labios, así que seguí adelante—. Tengo que hablar con Joey. —Necesitaba saber qué se suponía que debía decir si alguien me preguntaba qué había pasado. Yo no conocía la historia—. ¿Está aquí? —Pateé las sábanas que me sujetaban a la cama, me arrastré por el colchón hasta que pegué la espalda a la cabecera de metal y respiré con dolor. Ignorando el fuego en el pecho, miré alrededor de la habitación iluminada, cautelosa y temerosa—. De veras que necesito a Joey, por favor.

—Shannon, tienes que calmarte…

—Necesito a Joey —dije con voz ronca, estremeciéndome cuando trató de tocarme.

—Estoy aquí, Shannon. —Unos ojos azules muy parecidos a los míos me imploraban que entendiera algo que nunca pude comprender—. He vuelto. Para quedarme.

—Me da igual —dije, sin una pizca de emoción en la voz, mientras luchaba contra la ansiedad—. Necesito a mi hermano.

—Yo también soy tu hermano —respondió con tristeza.

—No —le increpé, negando con la cabeza—. Nos dejaste allí. No eres mi…

—¡Shan! —La voz de Joey resonó en mis oídos, seguida por el sonido de una puerta que se cerraba con fuerza—. Te he dicho que no te acercaras a ella, joder. —Joey cruzó la habitación como un cohete de la NASA, apartó a Darren de un empujón y se hundió en el borde de mi cama—. Se acaba de despertar, imbécil —añadió, agitando nervioso las rodillas mientras me recolocaba las sábanas alrededor de los pies y me cubría las piernas desnudas—. Lo último que necesita es otro puto drama.

—Joe. —Mis manos salieron disparadas por voluntad propia para sujetarle el brazo, que le temblaba—. ¿Qué está pasando?

En cuanto lo miré a la cara, dejé escapar un sollozo de dolor. Tenía la piel bajo los ojos oscurecida y amoratada, la nariz claramente rota de nuevo y el labio inferior partido e hinchado.

—Ay, Joe. —Levanté una mano y le aparté el pelo de la cara para revelar dos ojos inyectados en sangre y con las pupilas tan dilatadas que casi no había verde en ellos. El miedo me envolvió. Sabía lo que representaban esos ojos inyectados en sangre y oscurecidos, y no era una de las palizas de nuestro padre. Representaban algo mucho peor, algo que pensaba que había superado el año anterior—. Dime que no has…

—No te preocupes por eso —se apresuró a decir, en tono áspero, mientras me cogía de la mano y la volvía a colocar en mi regazo—. Estoy bien.

No, no estaba bien.

Estaba colocado.

—Estoy bien, Shannon —repitió Joey, con una mirada que me decía que lo dejara estar.

Junté las manos y permanecí en silencio, tragándome un millón de palabras que se unieron a las otras que guardaba dentro de mí sin pronunciar.

—¿Qué está pasando?

—Estás bien —dijo Joey, girándose para mirarme y prestarme toda su atención—. Llevas dos días medio inconsciente. El médico te dio algo para que pudieran ponerte el... —Sus palabras se interrumpieron y agitó las manos, temblando de la cabeza a los pies—. El... —Tocándose el pelo, sacudió la cabeza y chasqueó los dedos—. Joder, no recuerdo las palabras.

—Te trajeron al hospital el sábado por la noche —explicó Darren en un tono mucho más tranquilo—. Hoy es martes, Shannon. Llevas unos días semiinconsciente.

—Sí, fui yo —gruñó Joey, con los hombros rígidos—. Yo la traje aquí. ¿Dónde coño estabas tú, lumbrera?

—Te han tratado por una conmoción cerebral grave y un neumotórax por traumatismo —continuó explicando Darren, ignorando los comentarios de Joey—. Estabas bastante mal cuando llegaste aquí. Te han dado algunos puntos por el corte en la mejilla y tienes varias costillas magulladas.

—Costillas magulladas —se burló Joey—. Abre los ojos, Darren. ¡Está magullada por todas partes!

—¿Qué narices te pasa, Joey? —preguntó Darren, mirando a mi hermano con los ojos entrecerrados—. ¿Estás colocado? ¿Es eso? ¿Te han dado algo?

—Sí, me han dado algo —replicó Joey, volcando su ira en Darren—. Me han dado la hostia de palizas. Eso es lo que me han dado, imbécil.

—Joe, relájate. —Preocupada, puse una mano sobre la de Joey para calmarlo y miré a Darren—. ¿Qué significa un neumotórax por traumatismo?

—Significa que ese hijo de puta te pateó tan fuerte que te colapsó los pulmones —respondió Joey, temblando de ira—. Significa que tuvieron que meterte un puto tubo por el cuerpo para ayudarte a respirar.

—Ay, madre. —Presa del pánico, me miré y gemí—. ¿Estoy bien? —pregunté, llevándome una mano temblorosa a la herida—. ¿Es malo?

—No es grave —se apresuró a tranquilizarme Darren—. No tuvieron que operarte; pudieron aliviar la presión y ayudarte a respirar insertándote un pequeño tubo en...

—¿No es grave? —soltó Joey—. ¿Estás de puta coña?

—Joey —gruñó Darren—. Cálmate.

—¿Tengo un agujero? —grazné, echando un vistazo debajo de la bata—. ¿Todavía lo tengo dentro?

—No, Shannon —me tranquilizó Darren—. Te lo sacaron ayer por la mañana. Te han hecho radiografías del tórax y algunos TAC. Todo está genial, ¿vale?

Asentí, sintiéndome entumecida.

—Pero estarás dolorida durante un par de semanas —añadió con una mueca—. Y te están tratando con antibióticos para prevenir infecciones. —Sacudiendo la cabeza, dijo—: Las enfermeras te lo explicarán todo mejor que yo.

—¿En serio? —escupió Joey—. Pensaba que todo se te daba genial.

—Lo que sea que te hayan recetado para el dolor, considéralo prohibido para ti —gruñó Darren, mirando a Joey—. Te voy a cortar el grifo.

Joe se rio.

—¿El paracetamol?

—No engañas a nadie —replicó Darren, en el mismo tono.

—¿Por qué has venido? —grazné, con el pánico inundándome el pecho.

—He venido a ayudar, Shannon —respondió Darren—. He venido para cuidaros, a todos. —Miró en dirección a Joey y suspiró—. Incluso a ti.

—No me vengas con favores —escupió Joey.

—¿Por qué? —Juntando las manos, solté aire lentamente y pregunté—: ¿Cómo supiste lo que había pasado?

—Mamá lo llamó —respondió Joey, lanzando otra mirada amenazadora en dirección a Darren—. Al parecer, la perra ha tenido el número del muy cabrón todo este tiempo. —Su tono estaba lleno de un venenoso sarcasmo—. Nos mintieron, Shan. ¿Te lo puedes imaginar?

Darren soltó un gemido de dolor.

—Vamos, Joey, no digas eso. —Pellizcándose el puente de la nariz, añadió—: Estás hablando de nuestra madre…

—¿Nuestra madre? —se rio Joey con sorna, moviendo los pies inquieto—. ¿Acaso tenemos una? Joder, y yo pensando que las madres eran criaturas míticas como los unicornios, porque te aseguro que no he visto a ninguna en persona jamás.

—¿Estuviste en contacto con mamá todo el tiempo? —grazné, turbada—. ¿Durante cinco años y medio?

—Claro que sí —respondió Joey antes de que Darren pudiera hacerlo—. No podía coger el teléfono para ver cómo estábamos, pero mantenía una estrecha relación con su querida mami.

Darren negó con la cabeza.

—Tienes que rebajar la angustia, Joe. No te va bien.

—Y tú no tienes que volver a entrar en nuestras vidas y pensar que puedes dirigir el cotarro —replicó Joey, temblando con lo que sabía era una ira apenas contenida—. No es así como funcionan las cosas. No puedes, Darren, ¡no puedes entrar y salir de nuestras vidas!

¿Dirigir el cotarro?

—¿De qué hablas?

—Tú querido hermano cree que está al mando ahora. —Joey se puso en pie bruscamente y se paseó por la pequeña habitación, como un animal salvaje enjaulado—. Cree que puede salir por la puerta, abandonarnos durante media década y luego volver con su cochazo y la cartera llena e imponer la ley.

Darren lo fulminó con la mirada.

—Eso no es justo, Joey.

—¿Qué esperabas, Darren? —replicó Joey, devolviéndole la mirada—. ¿Una fiesta de bienvenida? ¿Algunos globos y pastel? ¿Vuelves a la ciudad pensando que vamos a caer a tus pies porque has venido a salvarnos? —Sacudió la cabeza y bufó—: Te olvidaste de nosotros. Te largaste, joder. Nos dejaste con ellos. Por lo que a mí respecta, puedes quedarte donde estabas. Yo me encargo de esto.

—No te encargas de una mierda, Joey —espetó Darren—. Mírala.

—Mírate a ti —escupió él, furioso. Aplaudiendo, añadió—: Un traje de la hostia, Darren. Tienes buen aspecto. Arreglado y bien alimentado. Me alegro por ti. —Echando chispas, levantó una mano para señalarse a sí mismo y luego a mí—. Felicidades por el éxito, hermano mayor.

—Tenía dieciocho años —susurró Darren, pasándose una mano por la mata de pelo oscuro—. No pude gestionarlo.

—Sí, bueno, yo también tengo dieciocho años, imbécil —escupió Joey sin la menor lástima—. Y adivina qué: hice por gestionarlo. ¡Me quedé!

—Pues eres un hombre más fuerte que yo.

—No soy más fuerte que tú —alcanzó a decir Joey, con la voz entrecortada—. Simplemente tengo conciencia.

—Parad —supliqué, agarrándome la cabeza con las manos—. Por favor, dejad de pelear. No puedo con esto.

—Lo siento. —Darren se pasó una mano por el pelo, claramente exasperado—. ¿Puedes bajar el tono por su bien, Joey? Tenemos que explicarle esto y pelearnos no ayuda.

Joey mostró los dientes y le hizo la peineta, pero se las arregló para guardarse su opinión.

—Papá se ha ido, Shannon —explicó Darren en un tono tranquilo.

Me invadió una emoción sospechosamente parecida a la esperanza.

—¿Sí?

—No se ha ido —intervino Joey—. Se está escondiendo. Hay una gran diferencia.

Y ahí se fue mi esperanza.

—¿Puedes darle un respiro? —gruñó Darren.

—¿Puedes no darle falsas esperanzas? —respondió Joey acaloradamente—. No le hará ningún bien a largo plazo, joder.

—Por ahora —se apresuró a apuntar Darren, lanzando una mirada de advertencia en dirección a Joey—. La Gardaí lo encontrará y lo encerrarán por esto, chicos. Me aseguraré de ello.

—Seguro que sí —se burló Joey—. El santo de Darren al rescate. —Estirándose el cuello de lado a lado, tamborileó con los dedos sobre el colchón, claramente frustrado—. El sistema judicial es una puta broma en este país y todos lo sabemos. Aunque lo encuentren, lo más probable es que le concedan la libertad condicional y le den un tirón de orejas y una botella de whisky, cortesía de la Seguridad Social, por dar problemas. Te estás mintiendo a ti mismo si crees que será diferente.

—Ayer fui al juzgado con mamá —insistió Darren, ignorando los comentarios de Joey—. Solicitamos una orden de alejamiento en su contra. Se celebrará una vista dentro de tres semanas, a la que deberá asistir, pero nos concedieron la orden de alejamiento temporal. Papá tiene prohibido entrar a casa y contactar con cualquiera de vosotros.

—Deberían encerrarlo por intento de asesinato, joder —escupió Joey.

—Estoy de acuerdo —respondió Darren—. Yo también quiero eso, Joe. Lo odio tanto como tú.

—Lo dudo —masculló Joey—. Lo dudo mucho.

Darren suspiró pesadamente.

—¿Quieres hacer esto, Joe? ¿Pelearnos por ver para quién fue más duro? ¿O quieres que volvamos a ser una familia?

—No hay familia —respondió Joey acaloradamente—. Eso es lo que no pillas.

—Todavía somos una familia —dijo Darren en voz baja—. Y seremos más fuertes si estamos unidos.

—Con ella —graznó Joey, que parecía verdaderamente angustiado—. Termina la frase —le exigió—. Seremos más fuertes con ella. —Joey negó con la cabeza y se rio con sorna—. Es que me parto, joder.

—¿Dónde está? —pregunté nerviosa.

—En casa, con la tata Murphy y tus hermanos.

Se me hundió el corazón.

—¿Por qué? —exclamé.

—¿Por qué? —Darren frunció el ceño—. ¿A qué te refieres con por qué?

—Quiero decir que por qué sigue allí —alcancé a decir, apretando la sábana bajera con el puño.

—¡Por fin! —bramó Joey, levantando las manos en el aire—. ¡Por fin, alguien lo pilla!

—Ella es una víctima como cualquiera de nosotros —dijo Darren lentamente—. Sé que no lo veis así en este momento, y lo entiendo a la perfección, pero tenéis que comprender que ha pasado por…

—Gilipolleces —soltó Joey con desprecio—. ¡Putas gilipolleces, Darren! Ella no es ninguna víctima. Es cómplice. Ella le permitió que hiciera esto. —Señaló donde yo estaba sentada—. Ella tiene tanta culpa de que Shannon esté aquí como él.

—Joey, venga ya.

—No —dijo, sacudiendo la cabeza—. Tal vez fue una víctima la primera vez que le puso las manos encima. Qué narices, tal vez las primeras diez. No lo niego. Era joven y tonta. Pero ¿veinticuatro años? —Negó con la cabeza—. No, ella nos hizo esto, Darren. Ella está metida en esto.

—¿Alguna vez habéis pensado por qué somos tantos? ¿Por qué seguía teniendo hijos con ese hombre? ¿Por qué no se iba? —espetó Darren, mirándonos a los dos—. ¿O por qué está tan perturbada como lo está? ¿Alguna vez se os ha ocurrido que tal vez se quedó porque le aterrorizaba que cumpliera sus amenazas? Todos hemos escuchado eso de «Te mataré a ti y a los niños si me dejas» que lleva soltándole ¡desde que tenía quince años! ¡Por el amor de Dios, ese hombre se ha pasado dos décadas hundiéndola y amenazándola con matarla si se iba! ¿No creéis que eso podría haberla trastornado? ¿Alguna vez se os ha pasado por la cabeza que estaba allí en contra de su voluntad? ¿Que tenía hijos en contra de su voluntad? ¿Que estaba siendo violada, apaleada y maltratada emocionalmente hasta el punto de perder el contacto con la realidad? Tenía quince años cuando me tuvo a mí, ¡se quedó embarazada a los catorce! —añadió—. Pensad en eso por un minuto. Pensad en lo acojonada que debió de estar cuando se vio metida en una vida con ese monstruo. Ella no tiene una madre o un padre que le muestre el camino. Lo único que tenía en todo el puto mundo era a él. ¡Era una cría teniendo críos y eso la destrozó!

—No quiero oírlo —ladró Joey—. No voy a escuchar más excusas.

—¿Alguno de los dos ha pensado alguna vez por qué nos puso voluntariamente bajo tutela? —insistió Darren, en tono duro—. ¿Lo habéis hecho?

—Estaba enferma —dijo Joey con desdén.

—No estaba enferma —gruñó Darren—. Estaba tratando de alejarnos de él. Estaba intentando salvarnos de algo de lo que no podía salvarse a sí misma.

—Entonces ¿por qué no nos dejó allí? —rugió Joey—. Tal vez hubiéramos tenido una puta oportunidad.

—Ya sabes por qué —replicó Darren, temblando ahora—. ¡Lo sabes! —Cogió aire varias veces para tranquilizarse antes de continuar—. Tenía miedo de que os pasara lo mismo a vosotros. Estaba asustada y embarazada de Tadhg…

—Así que, como a ti te violaron, ¿nos llevaron a casa para que nos torturaran? —preguntó Joey—. ¿Es eso? ¿Dos errores hacen un acierto? Porque a mí me parece una lógica de mierda.

—¡Joey! —exclamé ahogadamente—. ¡No!

—Siento lo que le pasó —replicó Joey, temblando—. Siento muchísimo lo que te pasó, Darren, joder, de verdad que lo siento. Pero a mí me castigaron por eso. —Agitó una mano entre nosotros dos—. A todos.

—Ya está, Joe —lo persuadí, desesperada por consolarlo—. No te enfades.

—¡No está! —graznó—. Joder, debería haberos sacado a todos de esa casa hace años. Debería haberlo denunciado. Sabía que esto pasaría… —Se le quebró la voz y respiró hondo—. Pero me asustaron, ¡me hicieron dudar de mí mismo! —Fulminó a Darren con la mirada—. Me aterrorizaste haciéndome creer que vivir con él era mejor que lo que había ahí fuera. —Las lágrimas asomaron a sus ojos verdes, pero parpadeó para alejarlas—. Pasé los mejores seis meses de mi vida con aquella familia. Y ella también… —dijo, señalándome con un dedo—. Éramos felices con ellos. ¡Estábamos a salvo! Pero tú y mamá me convencisteis de que era peligroso, de que era más seguro estar en casa. —Golpeándose la frente con la palma de la mano, siseó—: Tenía seis años y me comiste tanto la cabeza que ya no me creo nada. Ni siquiera puedo confiar en mi propio instinto, joder.

—Tenía miedo de que os pasara a vosotros también —dijo Darren ahogadamente—. Pensé que estaba haciendo lo correcto. Estaba tratando de manteneros a salvo…

—¡Sí, y siento haberte creído! —Temblando con fuerza, Joey siseó—: No cometeré el mismo error dos veces.

Hubo un largo silencio antes de que Darren volviera a hablar.

—Mira —dijo bruscamente—. No tengo todas las respuestas, pero sé que no puedo darle la espalda a nuestra madre.

—Yo sí —sentenció Joey—. No tengo problema.

—Por primera vez en su vida, se está defendiendo —dijo Darren—. Está tratando de hacer lo correcto por nosotros. No es una mala persona y lo sabéis. Es una mujer asustada que deja que el miedo sea quien tome esas terribles decisiones por ella.

—Sus malas decisiones casi nos matan —replicó Joey—. Han puesto a mi hermana en una cama de hospital.

—Nuestro padre ha puesto a nuestra hermana en una cama de hospital —lo corrigió Darren—. No dejes que el enfado te nuble el juicio, Joey.

—No voy a seguir con esto —gruñó este, levantando las manos—. Me niego. No voy a escucharte justificar sus razones para dejar que ese hijo de puta nos hiciera esto.

—Solo digo que no todo es blanco y negro —respondió Darren antes de volverse hacia mí—. La Gardaí vendrá más tarde hoy para tomarte declaración. Mamá o yo tenemos que estar presentes cuando eso ocurra.

—No. —La ansiedad se arremolinó dentro de mí, devorando todo lo que era bueno y puro hasta que no fui más que un manojo de nervios—. No quiero hacerlo.

—No pasa nada —dijo Darren suavemente—. Lo hablaremos y no tendrás que preocuparte de nada.

—Puedo estar yo si quieres, Shan —intervino Joey—. No tienen que ser ellos.

—Lo último que necesitas es estar cerca de la Gardaí en tu estado —gruñó Darren—. ¿Qué es esta vez? ¿Has vuelto con la...

—Me alegra saber que en tus llamadas secretas con mamá te mantuviste al tanto de los rollos familiares —escupió Joey—. Lástima que no te contara los problemas reales que estábamos teniendo. Oh, espera, probablemente lo hizo, pero tú te limitaste a ignorarlos. Debe de ser agradable poder desconectar la conciencia. La audición selectiva debe de ser la hostia.

—Para —gemí—. Por favor.

—Hay una trabajadora social merodeando fuera —anunció Darren, volviéndose hacia mí e ignorando obedientemente a Joey. Se aflojó la corbata, que era azul, y se desabrochó el botón superior de su impecable camisa blanca antes de continuar—: Tendrás que hablar con ella a solas, por supuesto, pero una vez que todos tengamos clara nuestra historia, debería ser bastante sencillo.

—¿Tener clara nuestra historia? —Cualquier pizca de autocontrol al que Joey se hubiese estado aferrando se evaporó en el momento en que esas palabras salieron de la boca de Darren—. ¡A la mierda! —Poniéndose en pie de un salto, comenzó a pasearse por la habitación—. Se acabaron las malditas historias. —Se pasó una mano por el pelo y se tiró de las puntas con un gruñido—. Se acabaron.

—No os estoy pidiendo a ninguno de los dos que mintáis —respondió Darren—. Simplemente estoy diciendo que tenemos que apoyar a mamá...

—Le estás pidiendo que omita la verdad —replicó Joey—. Las partes en las que mamá encubrió lo que él nos hizo, donde se quedó mirando allí plantada. En las que no hizo nada. Y, joder, a mí me parece que omitir la verdad es mentir.

—Pues si queréis seguir juntos, te sugiero que la aceptes y cooperes —ladró Darren, perdiendo la calma—. Porque así es como puedo manteneros juntos, ¿vale? Sin ella, si mamá queda como algo diferente a lo que es, una víctima de violencia doméstica que hizo todo lo posible por sus hijos, entonces Shannon, Ollie, Tadhg y Sean pueden ir haciendo las maletas. Y a saber dónde te enviarán a ti. Nuevas escuelas, nuevos hogares, nuevos amigos, nuevos malditos extraños. Si eso es lo que quieres, adelante, enfréntate a mí en esto, pero no tiene por qué ser así. Podemos hacer que esto funcione, chicos.

—Yo no. —Joey se acercó a la ventana y apretó el marco con tanta fuerza que me sorprendió que no lo arrancara—. No puedo seguir con esto —murmuró para sí mismo—. No puedo seguir viviendo así.

—Joe —grazné—. No pasa nada…

—No. —Se le quebró la voz—. No, Shan —susurró, dándome la espalda—. En realidad sí que pasa.

—Tenemos otro problema —añadió Darren, rompiendo la tensión, que era palpable.

Aparté la mirada de la espalda de Joey y la centré en Darren.

—¿Cuál?

—Johnny Kavanagh.

Joey gruñó en lo que sonaba a aprobación.

—¿Q-qué? —Sacudiendo la cabeza, luché contra la bandada de mariposas que intentaba salirme por la garganta—. ¿Qué tiene que ver Johnny con todo esto?

—El cabrón lo descubrió por su cuenta —murmuró Joey para sí mismo, todavía dándonos la espalda—. Se lo ha ganado después de todo.

—Está siendo una verdadera molestia —confirmó Darren sombríamente—. Llamando a la Gardaí mañana, tarde y noche. Ha hecho que se presentaran cuatro coches policiales en casa desde ayer.

—¿Q-qué? —Me apreté las sienes cuando las palpitaciones del cerebro amenazaban con matarme—. ¿Cómo se ha enterado?

—No te preocupes, Shan. Es bueno que lo sepa —intervino Joey—. Ya no tienes que mentir por esta gente.

—¿Puedes callarte de una vez? —espetó Darren—. Estoy tratando de arreglar esto y tú no estás ayudando en nada.

—Porque esto no tiene arreglo —respondió Joey—. Yo lo sé y Shannon lo sabe. Joder, hasta Sean lo sabe ¡y tiene tres años!

—No sé qué le dijiste a tu novio, Shannon, pero tienes que hacer que pare —dijo Darren, volviendo su atención hacia mí—. Está interfiriendo en algo de lo que no sabe nada.

—Yo no le he contado nada —musité, con el pulso acelerado al pensar en Johnny—. Y no es mi…

—Estás meando fuera de tiesto si crees que mantendrás a su rollete callado —se burló Joey—. No todo el mundo es manipulable, Darren.

—Joey, ¿quieres hacer el favor de callarte? —gruñó Darren—. Si no estás aquí para ayudar, entonces vete a casa.

—Pues me voy —siseó él—. Porque no voy a participar en esto. —Se dio la vuelta y miró a Darren—. Si quieres mentir y joder aún más a estos críos manteniendo a esa mujer en sus vidas, adelante, está claro que no puedo detenerte, pero estoy harto de ser un peón en este juego. He tenido suficiente.

—Esto no es un juego, Joey —gruñó Darren—. Es nuestra vida.

—Entonces no quiero esta vida —respondió Joey ahogadamente, con la cara roja—. Si así es como tenemos que vivir, entonces no quiero estar aquí.

—Joe…

—Luego nos vemos, Shan —dijo con voz ronca antes de encaminarse hacia la puerta—. No contéis conmigo.

Observé, inmóvil en la cama, mientras Joey salía hecho una furia, dejando que la puerta se cerrara de golpe detrás de él. No quería que se fuera. Quedarme sola con Darren era lo último que quería, y no porque le temiera, sino porque no lo conocía. Ahora era un hombre; un hombre con el que, por lo caros que parecían su traje de diseño y su reloj, tenía muy poco en común.

—¿Qué eres ahora? —pregunté, decepcionada conmigo misma por permitir que se impusiera la curiosidad en mí. Con la mano cubierta de cables, señalé su ropa—. ¿A qué te dedicas?

Darren se recostó en la silla, mirándome fijamente a los ojos.

—Trabajo para una empresa internacional de tecnologías de la información. —Se removió en su asiento y se puso la corbata de nuevo—. Estoy en su sucursal de Belfast.

—Entonces ¿ahí es donde has estado? —susurré, tragándome el dolor—. ¿Tanto tiempo y has estado a seis horas en coche?

—Sí. —Asintió lentamente y luego se detuvo—. Bueno, no. Pasé los primeros cuatro años en Birmingham, sacándome el título y trabajando como aprendiz. Me mudé a Belfast a finales de 2003.

—Ah.

No supe qué más decir, así que me quedé callada. En verdad, no estaba segura de que hubiera nada más que decir. Él se fue. Nosotros nos quedamos. Su vida mejoró. La nuestra empeoró. Fin de la historia.

—Tuve que irme, Shannon —añadió en voz baja.

Eso ya lo sabía.

Pero nosotros también.

—¿Mejoró para ti? —me escuché preguntar, y lo miré—. ¿Encontraste la paz?

Darren vaciló antes de decir:

—Encontré una forma de sobrellevarlo.

Con un suspiro tembloroso, asentí.

—Bien.

—Tengo pareja —comentó, un poco inseguro—. Se llama Alex. Llevamos juntos tres años. Compartimos un pequeño apartamento en las afueras del centro de la ciudad.

—¿Te quiere? —pregunté.

Darren asintió.

—Sí, me quiere, Shan.

—Me alegro. —Bajé la mirada a mis manos y me crují los nudillos tratando de encontrar las palabras adecuadas—. Siempre estuve de tu lado —dije en un hilo de voz—. Quería que fueras feliz, que encontraras a alguien que te quisiera. Nunca me importó si era un chico o una chica. Siempre quise que supieras eso. —Me encogí de hombros con impotencia—. Tenía miedo de que no lo supieras.

—Shannon —dijo él con un suspiro—. No quería abandonarte.

—Pero lo hiciste, Darren —susurré, obligándome a no parpadear—. Nos abandonaste.

—¿Me odias?

—No —suspiré—. Pero ya no sé quién eres. —Levanté la mirada para encontrarme con la suya—. Y tú tampoco sabes quién soy yo.

—Sé quién eres, Shannon —respondió con voz temblorosa—. Eres mi hermana pequeña, a la que le encanta cantar, bailar y leer, y eres inteligente. Eres tan inteligente, Shannon. Eres la que saca mejores notas de todos nosotros. Te encanta jugar al baloncesto. Adoras a los animales. Tu color favorito es el rosa. Siempre traes a casa animales y pájaros heridos y los cuidas para que se recuperen. Quieres ir a la Universidad de Dublín para estudiar Veterinaria, y tu máxima ambición en la vida ha sido siempre viajar por el mundo.

—Ya no canto ni bailo. Mi color favorito es el verde y no he cogido una pelota de baloncesto desde que papá me rajó la mía con un cuchillo por hacerla rebotar contra un lado de casa. Dejé de recoger animales hace mucho tiempo porque no quería que estuvieran enjaulados como yo, cuando me di cuenta de que estaban más seguros en la naturaleza que conmigo. No voy a ir a la universidad ni voy a ser veterinaria porque he suspendido todas y cada una de mis asignaturas durante los últimos tres años. —Mantuve la mirada fija en él mientras hablaba—. Incluso si, por algún milagro, lograra mejorar mis notas y aprobar los exámenes, no soy tan tonta como para creer que podría permitirme jamás ir a la universidad. Ya no quiero viajar por el mundo, y mi máxima ambición es sobrevivir. —Se estremeció, pero me obligué a terminar—. La chica que recuerdas no existe, Darren. Ya no soy ella. Lo que sea que fuese, me lo arrancó a golpes hace mucho tiempo.

—Lo siento, Shannon —fue todo lo que dijo.

—Sí —suspiré—. Yo también lo siento, Darren.

—Tenemos que hablar sobre lo que va a pasar a continuación —dijo después de una larga pausa. Su tono era vacilante y su mirada, cautelosa—. Es importante.

Tragando saliva con fuerza, asentí.

—Vale.

—¿Confías en mí?

—No.

Darren se estremeció.

—Me lo merezco.

—No se trata de lo que te mereces —respondí con voz áspera—. Así es como me siento.

—De acuerdo —murmuró, frotándose la mandíbula—. Pero los servicios sociales le están pisando el culo a mamá. Sabes lo que eso significa.

Sí, lo sabía.

No estaba del todo segura de que me importara ya, pero definitivamente sabía lo que significaba para nosotros.

—Estoy preparado para volver a casa y cuidar de vosotros hasta que mamá se recupere y arreglemos todo este lío. A los trabajadores sociales involucrados en el caso les parece bien este acuerdo y consideran que pueden permitirte volver a casa con nosotros —continuó Darren—. Hablé con Alex y lo entiende, y mi jefa está dispuesta a dejarme trabajar principalmente desde casa. Tendré que presentarme en la oficina una vez a la semana, pero podemos arreglar eso cuando volváis a clase después de las vacaciones de Semana Santa. Sin embargo, nada de esto es posible sin mamá. Sin un progenitor decente en la suma. Necesitamos apoyarla a ella también, Shan. Independientemente de lo que diga Joey, debemos mostrarnos unidos.

—Cuando hablas de apoyarla, ¿a qué te refieres?

No estaba segura de por qué había hecho esa pregunta cuando la respuesta era obvia.

—Básicamente, cuando te pregunten sobre tu relación con mamá, debes recordarles que es una buena madre que ha hecho todo lo posible por vosotros, os proporcionó un hogar tan estable como pudo y os mantuvo económicamente a los cinco ella sola. Cuéntales que te inscribió en Tommen cuando se enteró de que te acosaban en el instituto de Ballylaggin y que te quiere mucho.

—Entonces ¿quieres que mienta? —susurré.

—No es mentira. Ella también es una víctima, Shannon —dijo con un suspiro de cansancio—. Y, en este momento, es todo lo que se interpone entre vosotros y un hogar de acogida. —Entonces sus ojos se ensombrecieron y apartó la mirada—. Y diga lo que diga Joey, créeme, no quieres eso.

El dolor por todo lo que había pasado Darren me revolvió por dentro.

—¿Estás bien?

Parpadeó, y parecía un poco sorprendido por mi pregunta.

—¿Yo?

Asentí.

—Estoy bien. —Dejó escapar un suspiro ronco—. Solo estoy preocupado.

—Yo también —grazné.

—No quiero que te pongan bajo tutela —añadió, con la voz entrecortada—. Aparte de todos mis propios problemas, no es un buen lugar para ninguno de vosotros. Te va bien en Tommen. Si se te llevan, te trasladarán a un nuevo instituto y tendrás que empezar de cero.

Se me encogió el corazón de miedo.

—Quiero quedarme en Tommen —dije ahogadamente.

—Lo sé —me aseguró—. Y me encargaré de que lo hagas. Yo pagaré las cuotas. Haré lo que sea necesario, pero necesito que me apoyes en esto.

—Joey no lo hará. —Me temblaban las manos mientras hablaba—. Él no vivirá bajo el mismo techo que ella, Darren. No sabes lo que ha tenido que soportar.

—Joey es irrelevante en esto —murmuró Darren, pellizcándose el puente de la nariz—. Es mayor de edad.

—Eso no lo hace irrelevante —solté, mirando a mi hermano mayor—. Él es lo más relevante en nuestra vida, Darren.

Suspiró pesadamente.

—Lo sé, lo sé. No he querido que sonara así…

—¿Sabías que Sean llamó a Joey «papi» hasta los dos años? —lo interrumpí bruscamente. Tenía los ojos muy abiertos y llenos de lágrimas no derramadas, y los puños me temblaban a los costados—. Sean pensaba que su hermano era su padre. Supongo que era fácil confundirse, ya sabes, teniendo en cuenta que Joey se sentaba la mayoría de las noches a darle el biberón y le cambiaba los pañales cuando mamá trabajaba de noche o se sumía en su depresión. Así que, adelante, dile a Sean lo irrelevante que es Joey. O mejor aún, dile a Ollie y Tadhg que cada vez que Joey durmió frente a la puerta de su dormitorio por temor a que nuestro padre fuera a por ellos fue irrelevante. Cuéntales que todas las palizas que Joey recibió por ellos fueron irrelevantes. Dime a mí lo irrelevante que fue el hermano que nos alimentó cuando nos moríamos de hambre, que nos defendió cuando no teníamos a nadie, que nos daba dinero cuando lo necesitábamos para la escuela… —Se me quebró la voz y respiré profundamente varias veces antes de poder continuar—. Dime a mí lo irrelevante que es Joey, Darren —solté, sintiendo que me ardían los pulmones por el repentino esfuerzo—. ¡Venga, dímelo!

—Sabes que no quería decir eso —suspiró—. Por supuesto que no es irrelevante. Ha sido una mierda por mi parte.

—Sí —alcancé a decir, con el pecho agitado—. Lo ha sido.

—Lo que quería decir es que Joey tiene más de dieciocho años. Legalmente, es un adulto y los servicios sociales no están interesados en él. Se centran en los menores: tú, Tadhg, Ollie y Sean. Joey no les importa.

—¿Ya conoces a Sean? —me escuché preguntar, en un tono más duro de lo que sabía que era capaz—. Ollie está grande, ¿a que sí? Tadhg, también. ¿Qué edad tenían cuando los viste por última vez? Tres y seis, ¿no? —Sabía que debía controlarme y callarme, pero no pude. Me había cabreado muchísimo que pudiera ser tan impertinente. Me dolió que llamara a Joey irrelevante, porque sabía exactamente que era así como se había sentido cuando se había ido furioso antes—. Yo tenía diez años. Joey tenía doce años, apenas un poco mayor que Tadhg ahora. ¿Crees que hemos cambiado, Darren?

—Mucho ha cambiado —susurró.

—Sí que lo ha hecho —coincidí, gorjeando—. Y la madre que fue tan buena contigo, la madre que tú recuerdas, no es la que nosotros tuvimos.

—Sigue siendo tu madre.

—Mira, tú sigue llamándola así, pero yo solo recuerdo haber tenido una.

—Shannon…

—Y su nombre es Joey —grazné, apretando las sábanas—. El irrelevante. Él ha sido nuestra madre, Darren, cuando la verdadera se largó. —Las lágrimas me cubrieron las mejillas mientras hablaba, obligándome a sacarlo todo y que él lo escuchara—: Cuando te fuiste, algo murió dentro de ella. Ya no era la misma. Todo se volvió oscuro. Crees que lo sabes, pero no es así. No puedes saberlo, porque no viste…

—Ya he visto suficiente, Shannon —respondió con cansancio—. Créeme.

—Lo que sea que viste, fue durante el tiempo en que ella estuvo presente —dije entre dientes. No estaba diciendo nada de esto para hacerle daño. Solo necesitaba que lo entendiera—. Hace mucho que no está presente.

—Mira, no voy a obligarte a nada —respondió finalmente—. Haz lo que quieras.

Pero…

—Pero esto no se trata solo de ti —terminó—. El futuro de Tadhg, Ollie y Sean también está en juego.

Así que no tienes otra opción…

—Mamá lo está intentando, Shan —insistió—. Está dispuesta a hacer lo que sea necesario para que esto funcione.

Estás atrapada…

—Solo necesita un poco de orientación —susurró—. Así que si confiáis en mí y me hacéis caso, os prometo que puedo daros una vida mejor. No tendrás que preocuparte de que papá regrese porque no permitiré que eso vuelva a pasar nunca más. Y cuando la Gardaí tenga tu declaración y esto llegue a los tribunales, no tendrás que preocuparte nunca más por…

—¿Q-qué? No voy a ir a juicio —grazné, apresurándome a interrumpirlo—. No voy a enfrentarme a él, Darren. —Negué con la cabeza, temblando violentamente—. Ni de broma.

—Shannon, ya no puede hacerte daño —me presionó Darren—. Te lo juro, esto será…

—Acabas de decirme que no lo han arrestado por esto —mascullé—. Eso significa que está ahí fuera. —Reprimí las ganas de gritar y apreté el colchón—. Esto es malo, Darren. Tú no lo entiendes, pero yo sí. Lo veo. Todo esto pasará, ella volverá con él y luego él me hará pagar haberlo metido en p-problemas. —Sollozando, alargué la mano y me sequé las lágrimas de las mejillas con brusquedad—. Joey tiene razón; no hay justicia para gente como nosotros. Recibirá un tirón de orejas, y eso si tenemos mucha suerte. No, no pienso hablar de él.

—Tiene que pagar por esto, Shannon.

—Para ti es fácil decirlo —respondí, temblando—. No eres el objetivo.

—¿Qué? —preguntó frunciendo el ceño—. Shannon, eso no tiene sentido.

—Lo que tú digas, Darren, tampoco lo entenderías —sollocé—. Eres al que más quería.

Mi hermano reaccionó como si no pudiera creer las palabras que acababan de salir de mi boca.

—No podrías estar más equivocada —soltó—. Estás equivocada de la hostia, Shannon.

—Tú te llevaste las palabras —siseé a la defensiva—. Palabras crueles, horribles, cosas que nunca debieron haberte dicho, y lo siento mucho, pero no sabes lo que nos llevamos nosotros… —Tuve que parar a respirar unas cuantas veces para tranquilizarme antes de poder terminar—. Por muy mal que creas que fuese la situación cuando vivías en casa, por muchas bofetadas que creas que recibiste, te prometo que empeoró un millón de veces después de que te fueras. Te juro que Joey y yo nos llevamos más.

—Ninguno de vosotros se llevó lo que me tocó a mí —ladró, perdiendo la calma conmigo—. Tuvisteis una pequeña familia feliz durante seis meses. Con helados y abrazos de mierda. ¡No os pasó lo que a mí, Shannon, y alégrate por eso, joder!

Me estremecí ante sus palabras.

Darren dejó caer la cabeza entre las manos.

—Lo siento.

—Sí —susurré—. Yo también.

6

NO SOY UN MENTIROSO

Johnny

Ayer, las mismísimas personas que me habían traído a este mundo me hicieron caer en una falsa sensación de seguridad con falsas promesas. Sin embargo, en el momento en que me ayudaron a volver a la cama y llamaron a la enfermera, me quedó bastante claro que me habían engañado. Se hizo aún más evidente cuando me dijeron que una buena noche de sueño en mi propia cama dispersaría mis desvaríos.

Cabrones.

El sueño no me despejó para nada la mente. Cuando me desperté esa mañana, estaba pensando en Shannon y sentía una ira tan intensa en el estómago que estaba seguro de que me saldría una úlcera.

Estuve inquieto y con la cabeza en la mierda todo el viaje a casa desde Dublín. Cuando finalmente cruzamos la frontera y entramos a Cork, juro que nunca había estado tan encantado de volver a aquella mugrienta ciudad, lo cual era más que irónico considerando que había pasado los últimos siete años tramando y maquinando para salir de este lugar.

Pero ahora las cosas eran diferentes.

Yo era diferente.

Tenía gente a la que ver y cosas que hacer.

Mi primera prioridad era Shannon.

En las últimas veinticuatro horas, había llamado a la comisaría local de Ballylaggin más veces de las que podía contar. Después de la séptima u octava vez sin recibir información por su parte, se rompió la relación que tenía con el comisario, quien me había advertido que estaba «pisando terreno peligroso» y que llamara una vez más si quería «pasar la noche en el calabozo».

Quise responderle muchas cosas, pero mis padres nos habían confiscado el móvil a mí y a Gibsie antes de que pudiera causar más daño.

Nadie me contaba una mierda y ese era el problema. Lo único que tenían que decirme era «lo hemos comprobado y la chica está bien». Ya está. Eso era todo lo que quería escuchar para calmarme. En cambio, me salían una y otra vez con el protocolo: «lo estamos investigando» y «me temo que no tenemos la libertad de hablar de esto con usted».

Gilipolleces todo.

—Esto es una gilipollez —expresé lo que pensaba en voz alta cuando mi padre aparcó el Mercedes frente a nuestra casa y no frente a la de Shannon como me habían prometido, antes de que apagara el motor. Debería haber sabido que no hay que confiar en un abogado, sobre todo cuando dicho abogado había dejado a Gibsie en su casa y luego había procedido a retomar el camino de regreso a la nuestra y no la carretera principal hacia Ballylaggin—. Necesito verla.

—No —respondió mi madre por mi padre mientras se giraba en el asiento del copiloto para mirarme muy seria—. Tienes que acostarte y descansar. Órdenes del médico.

Resistiendo el impulso de gritar, apreté el cuero de la tapicería y siseé:

—Estoy bien.

—Y queremos que sigas así —admitió mi madre—, por eso te vas directamente a la cama.

—No me estáis escuchando. —Frotándome la cara con las manos, negué con la cabeza y miré por la ventana el chaparrón que estaba cayendo—. ¿Por qué nadie me escucha?

—Porque has estado bajo muchísimo estrés, Johnny —explicó mi padre con calma—. Por no hablar de la medicación.

—Exacto. —Con una mirada de compasión, mi madre añadió—: Has sufrido un tremendo revés con el rugby, mi amor. No pasa nada si no te sientes tú mismo en este momento.

—Sé lo que estoy diciendo —respondí, furioso—. Sé que la maltrata.

Mi madre gimió en voz alta y mi padre se giró en su asiento para lanzarme una mirada dura.

—Johnny, estás haciendo demasiadas acusaciones y necesitas tranquilizarte si no quieres meterte en problemas.

—No son acusaciones cuando hay pruebas —espeté, devolviéndole la mirada—. Tengo pruebas.

Mi padre puso los ojos en blanco, me puso los ojos en blanco a mí, literalmente.

—El viernes por la noche, delirabas tanto que estabas convencido de que Pat Kenny estaba en la habitación contigo. El sábado por la noche, fue el ruso de la película *Rocky*.

—El domingo por la noche, acusaste a las enfermeras de intentar envenenarte —añadió mi madre con una mueca.

—¿Ahora es el padre de Shannon? —terminó mi padre, que soltó un suspiro de frustración—. ¿Qué se supone que debemos creernos?

—Se supone que debéis creerme a mí —gruñí—. Porque estoy diciendo la maldita verdad, papá.

—Bien. —Mi padre asintió rígidamente—. Dices que tienes pruebas. Enséñamelas.

—Ah, claro —respondí con sorna—. Deja que saque el cuerpo de Shannon del maletero.

—Rebaja ese tono, Johnathon —me advirtió mi madre—. Tratamos de ayudarte.

—Y ¿quién ayuda a Shannon? —pregunté, con la voz quebrada—. ¿Quién la ayuda a ella?

—Johnny…

—Os digo que, si no me lleváis a su casa, encontraré la manera de hacerlo yo.

—No vas a…

—No soy un crío —rugí, desabrochándome el cinturón de seguridad, y abrí la puerta del coche—. ¡Tengo casi dieciocho años, maldita sea! Así que no me pongáis entre la espada y la pared y esperéis que me resigne. —Cogí las muletas y maniobré torpemente para salir del coche—. Puede que vosotros no estéis seguros, pero yo sí —insistí—. ¡Lo sé! Y si no me ayudáis, lo arreglaré yo solo.

—¿Adónde vas? —preguntaron ambos al unísono mientras salían del coche detrás de mí.

Ignorándolos, me apoyé pesadamente en las muletas y me las vi intentando sacarme el móvil del bolsillo. Cuando lo conseguí, lo desbloqueé y marqué el número de Gibsie.

—Ni se te ocurra —me advirtió mi madre—. No vas a ir a ninguna parte…

—Necesito que vengas a buscarme —le dije a Gibsie en cuanto contestó, sin darle la oportunidad de saludarme—. Por favor.

—Está hecho —respondió él automáticamente—. Estoy de camino.

—Gracias, tío.

Colgué y cogí el móvil con más fuerza de la necesaria mientras miraba a mis padres, quienes me observaban boquiabiertos. Sabía por qué. Yo no era así. No me comportaba así. No le hablaba a mis padres como acababa de hacerlo.

—No soy un mentiroso —les dije—. Ni lo he sido ni lo seré. —Temblando, añadí—: Sé lo que he visto y lo que he oído. Tengo razón en esto y estáis cometiendo un error muy grave al no hacerme caso.

—No creemos que seas un mentiroso, Johnny —sollozó mi madre—. Pero estamos preocupados por ti.

—Y yo estoy preocupado por ella —respondí, con la voz cargada de emoción.

Estaba lloviendo a cántaros, pero yo no me moví. No podía.

—Estoy aterrorizado por ella.

—Bien, te propongo algo —dijo mi padre, aclarándose la garganta—. Entra y acuéstate, y yo haré algunas llamadas a ver qué puedo averiguar.

Me desplomé de alivio.

—¿En serio?

Mi padre asintió y se apartó unos mechones de pelo húmedo de los ojos.

—Si estás tan preocupado, iré a comisaría y haré algunas averiguaciones.

—¿No te estás quedando conmigo? —pregunté, imitando su gesto—. ¿Irás a ver cómo está?

Mi padre asintió con rigidez.

—Pero espero sinceramente que te equivoques, hijo.

—Ya —dije con voz ronca, sintiendo que mi madre me pasaba un brazo alrededor de la cintura—. Yo también…

El sonido de mi móvil hizo que me detuviera a mitad de frase. Miré el aparato y cuando leí el nombre de «Joey el hurler» en la pantalla, me empezó a hervir la sangre.

—¿Dónde coño estabas? —pregunté en cuanto descolgué—. Llevo días llamándote sin parar, Joey. ¡Joder!

—Sí, lo sé —respondió en lo que me pareció un susurro—. Hemos pasado unos días complicados.

—¿Complicados? —le increpé, y casi rompí el teléfono—. Pues, mira, esa palabra no me sirve —gruñí—. «Complicado» no explica ni justifica las marcas en el cuerpo de tu hermana. —Tambaleándome hacia el coche, ignoré las miradas de horror en los rostros de mis padres y continué despotricando—: «Complicado» no explica por qué se estremece constantemente y le acojona toda confrontación en el instituto. Y «complicado» no explica por qué, cuando le pregunté quién le estaba pegando, ¡me dijo que era tu padre!

—Johnny…

—Me pediste que le dijera a tu hermana que hubo una emergencia familiar el día que la dejaste en mi casa —continué, interrumpiéndolo, sin poder contenerme, porque la rabia me consumía—. ¿Te acuerdas? Me pediste que le dijera a Shannon que su padre había vuelto. Y ¿sabes lo que pasó, Joey? ¿Sabes lo que hizo ella…? —Tuve que coger aire varias veces para calmarme antes de continuar—. Se derrumbó y lloró. ¡Temblaba tantísimo, joder, que no supe qué hacer! ¡No lograba que se le pasara! Porque me mentiste. ¡Te pregunté directamente a la cara quién le estaba pegando y me mentiste!

—No te mentí —se limitó a responder, lo que solo me cabreó aún más.

—No me dijiste la verdad —gruñí, furioso—. ¡Estaba allí de pie, preguntándote, rogándote que me contaras qué le estaba pasando y no lo hiciste!

—No podía…

—¡Me pediste que cuidara de ella, y luego me la quitaste! Se la llevaste a él —bramé, con el pecho agitado.

—Porque no me quedaba otra —siseó—. No tienes ni idea de lo que he tenido que aguantar.

—Eso es una excusa —espeté, pasándome una mano por el pelo—. Todo el mundo tiene elección.

—Y todo el mundo tiene una puta solución a los problemas de los demás, hasta que se ven en los mismos problemas de los cojones y resulta que están jodidos —respondió Joey con desprecio—. Crees que sabes de lo que hablas, pero no tienes ni idea.

—Esto lleva años pasando, ¿no? —quise saber—. Y todos vosotros simplemente… lo ocultasteis.

—No era una cosa diaria —gruñó al otro lado de la línea—. Nuestro viejo tiene un problema con la bebida. Suelo estar allí para evitar que se líe. ¡Lo intento! Joder, lo intento, ¿vale? Pero no estaba el sábado. Tenía entrenamiento. No sabía…, no esperaba que pasara nada. ¿Cómo iba a saberlo? Pensaba que estaba a salvo. ¡Pensaba que estaba en Dublín contigo! Los días malos son los miércoles…

—Oh, lo siento —escupí, hundiéndome en el asiento trasero del coche—. ¡No sabía que programaba las palizas! ¿Solo le gusta pegarle los miércoles? ¿Debo recogerla los martes y dejarla en casa los jueves? ¿Eso le vendría bien a tu padre?

—Mira…

—¿Dónde está Shannon ahora? —pregunté—. ¿Estás con ella? ¿En casa? ¿Él también está ahí?

Sabía que iba a perder la cabeza si me daba la respuesta equivocada. Para mí, solo había una respuesta a esta jodida pregunta. Su padre no debía estar allí. Tenía que estar tan lejos de ella como fuera humanamente posible. No podía soportar ni pensarlo, joder. Que le pusiera las manos encima. Que la mirara. Que la tocara…

—¿Está cerca de ella? —alcancé a decir—. ¿La ha tocado?

—¿Podrías simplemente dejar de hablar y escuchar…

—Debería haberme fiado de mi instinto —solté, interrumpiéndolo de nuevo—. Sabía que había algo raro en tu familia. Joder, es que lo sabía. La noche que viniste a recogerla, todo mi ser me pedía que no la dejase marchar. Y en lugar de hacer caso a las alarmas que se dispararon en mi cabeza, en lugar de abrir los malditos ojos, me lo tragué. Porque no dejaba de pensar: no, no, este tío quiere a su hermana. Él no se quedaría de brazos cruzados y dejaría que le pasara algo. —Tuve que morderme los nudillos para evitar atravesar la ventana del coche de mi padre—. ¡Venga engañarme!

—¡Vete a la mierda, niño pijo! —respondió ahogadamente—. Qué fácil es juzgarme para ti, que no has tenido un día duro en tu vida de ensueño. He hecho todo lo que he podido por mi familia.

—Excepto lo correcto —respondí con rabia—. Eres consciente de que por eso tu padre tiene tanto poder sobre ti, ¿verdad? —Apreté el móvil con más fuerza—. ¡Callarse no te soluciona nada a ti, pero sí a él!

—¡Tiene dieciséis años, gilipollas! —rugió Joey a la línea—. ¿Qué crees que le habría pasado a Shannon si hubiera ido corriendo a la Gardaí? ¡La habrían metido en un hogar de acogida, eso es lo que le habría pasado! Y no está ella sola. Tengo tres hermanos pequeños a los que cuidar.

Abrí la boca para protestar, pero luego me detuve rápidamente.

Tenía razón.

Dejé caer la cabeza.

—Mierda.

—Sí. Mierda —repitió Joey con desdén—. Esto no es una película, Kavanagh. Es nuestra vida. Es real, da asco, y no sabes nada de ella. Hemos estado bajo tutela. Hemos pasado por eso. Qué narices, a nuestro hermano lo… —Se detuvo en seco y soltó un suspiro entrecortado—. Hemos estado con los servicios sociales y conocemos el percal, así que antes de que me culpes de no hacer nada, ¡pregúntate por qué preferiríamos quedarnos con él que volver a aquello!

Tardé un momento en asimilar sus palabras antes de hablar de nuevo.

—Bueno, esto es lo que sé. Sé que estoy de camino a tu casa ahora mismo, y sé que si lo encuentro allí, si tu padre está cerca de tu hermana, ese desgraciado va a tener graves problemas…

—Shannon no está en casa, imbécil —me gritó Joey al oído—. Es lo que he estado intentando decirte. ¡Está en el puto hospital!

Se me paró el corazón.

—Yo mismo la llevé el sábado por la noche —dijo apenas sin voz—. Después de que nuestro viejo le pegara una paliza en la que casi la mata por magrearse contigo. Algún profesor gilipollas de Tommen llamó a casa e informó de que la había encontrado morreándose contigo en un vestuario, así que vete a la mierda, Johnny Kavanagh. ¡Si esto es culpa mía, entonces también es culpa tuya!

La llamada se cortó y me quedé allí sentado, paralizado del todo, con un millón de emociones diferentes arremetiendo contra mí, y me quedé mirando el teléfono en mis manos.

Oí a mis padres hablando rápidamente entre ellos, pero no logré entender lo que decían. Unos segundos más tarde, mi padre se subió al asiento del conductor y encendió el motor.

—Os lo he dicho —sentencié, con los ojos fijos en su nuca mientras el coche se alejaba por el camino de entrada—. No soy un mentiroso.

7

HOY NO

Shannon

Pasé el resto del día en un estado de pánico apenas contenido. El dolor de cabeza que tenía desde que había abierto los ojos había alcanzado proporciones épicas por el flujo constante de preguntas que me hacían. Primero por la Gardaí y luego por Patricia, una trabajadora social que quería que la considerara una amiga.

Sí, seguro que era mi amiga. Sabía lo que comportaba su amistad. Y no era tan ingenua.

Darren había permanecido en la habitación todo el tiempo mientras la Gardaí estuvo presente, observando en silencio como un búho, vigilando lo que decía, asegurándose de que no metía la pata. Esta no era la primera vez que me encontraba en esta situación, enfrentándome a la autoridad con un miembro de la familia al acecho, asegurándose de que supiera cuál era mi papel en esto. Por lo general, mi padre o mi madre estaban a mi lado para asegurarse de que me comportaba. Hoy, había sido Darren.

No tenía que preocuparse. Sabía cuál era mi papel. Lo había perfeccionado a lo largo de los años. Conté todas las cosas buenas, oculté todas las cosas malas y permanecí en silencio en aquellas preguntas que sabía que iban con segundas, las que sabía que eran trampas.

Los médicos y las enfermeras llevaban todo el día entrando y saliendo de mi habitación, pinchándome y toqueteándome, y haciéndome preguntas para las que no querían respuestas. Desanimada, hice lo que tenía que hacer para evitar que nuestra madre se metiera en problemas, pero lo único que quería era que me dejaran en paz. Cuando terminaron por fin de interrogarme y las enfermeras dejaron de examinarme, me sentí peor de lo que me había sentido en mucho tiempo.

A pesar de todo, solo una cosa me llamó la atención, y fue que lo único en lo que podía pensar era que ojalá Tadhg, Ollie y Sean encontraran los huevos de chocolate en mi mochila el domingo de Pascua. Sabía que, si no, no tendrían nada. Mi padre se había gastado el dinero de la ayuda familiar a principios de mes. No había sobrado dinero para comprar huevos.

Joey no volvió a visitarme por la tarde, pero mi madre sí.

Se me hundió el corazón al verla.

Porque sabía a lo que venía.

—Hola, Shannon.

Con los ojos llorosos y la cara congestionada, se acercó a mi cama y me estrechó entre sus brazos, abrazándome como si fuera importante para ella. En cierto modo, sabía que lo era, porque necesitaba que me mantuviera callada. Me mimaba porque tenía miedo de lo que pudiera hacer.

Pero no tenía de qué preocuparse. No era su vida la que acabaría destrozada si se metían los servicios sociales. Era la nuestra.

Al no corresponderla ni hacer ningún ademán de devolverle el abrazo, mi madre me soltó y ocupó el asiento que Darren había dejado libre hacía una hora.

—¿Como te sientes?

No estaba dispuesta a responderle, así que permanecí rígida y sin moverme, observando el leve moretón en el pómulo de su demacrado rostro. «¿Por qué te haces esto a ti misma? —quería preguntarle—, ¿por qué dejas que te trate así?».

—He hablado con tus médicos —dijo con voz temblorosa, mientras jugueteaba con las mangas de su enorme impermeable—. Han dicho que quizá te dejan volver a casa pasado mañana, o tal vez incluso mañana si tu próxima ronda de pruebas sale bien.

—¿A casa? —pregunté, mirándola impasible—. ¿O bajo tutela?

—A casa, Shannon. —Dejó escapar un suspiro entrecortado y asintió—. Vendrás a casa. —Se le llenaron los ojos de lágrimas mientras hablaba—. Lo siento mucho, cariño. Por todo.

Bajé la mirada a mis dedos. ¿Qué esperaba que dijera, que no pasaba nada y la perdonara? Nada iba bien en nuestra vida.

—¿Y papá? —me obligué a preguntar, manteniendo la mirada fija en mis cortísimas uñas—. ¿Qué pasará ahora?

—Tu padre no va a volver.

Mentiras.

—Ya —murmuré—. Claro.

—Es verdad —me aseguró mi madre, con la voz cargada de emoción—. Fui al juzgado. Hay una orden de alejamiento temporal vigente para evitar que se comunique con cualquiera de nosotros. V-vuelvo al juzgado en tres semanas. Mi abogado nos aseguró que no tendremos ningún problema en obtener una orden permanente en su contra.

Más mentiras.

—Hasta que decidas que no quieres una orden permanente —respondí, muerta por dentro—. Hasta que decidas que quieres barrer esto debajo de la cama, como haces siempre.

—Lo digo en serio esta vez —me aseguró, con la voz ronca y quebrada—. No volverá. No lo hará. Dios, mira lo que te ha hecho...

—¿Lo que me ha hecho? —escupí ahogadamente—. Lo que me ha hecho esta vez, mamá. —Parpadeé para contener las lágrimas traicioneras que me nublaban la vista—. ¡Lo que me ha hecho esta vez! —recalqué.

—Cariño, lo siento mucho.

No respondí.

—Todo va a ser diferente a partir de ahora. —Su voz sonaba débil, al igual que ella. Débil, rota y voluble—. Darren está en casa ahora y nos ayudará a recuperarnos. Te prometo que va a mejorar.

Negué con la cabeza, furiosa por sus palabras.

—Me importa una mierda tu precioso Darren —escupí, odiándome por llorar frente a ella—. No significa nada para mí.

—Hablas así porque estás enfadada —dijo mi madre con voz ahogada—. No es cierto.

—¿Porque estoy enfadada? —Parpadeando para alejar las lágrimas, la fulminé con la mirada—. ¿En qué planeta vives, mamá? No conozco a Darren. No tengo nada que ver con él, ni quiero.

—Shannon —sollozó mi madre—. Eso no es justo.

—¿No es justo? ¿Te has preocupado acaso por Joey? —le pregunté con la voz ronca. Darren había sido siempre su mundo. «Darren esto, Darren aquello». Joey nunca importó. Nuestro padre era el que había estado obsesionado con Joey, pero, una vez más, eso no ocurrió hasta que Darren se fue. Joey simplemente se encontró con un papel que nadie quería que interpretara, y menos aún él mismo—. No lo has hecho, ¿verdad? —continué—. Te has limitado a dejarlo de lado en esto. Has cogido y te has puesto a tomar decisiones sobre nuestra vida con Darren, una persona de la que ninguno ha tenido noticias en más de media década, y no te has parado a pensar ni un segundo en qué opinaría tu hijo, ¡el que realmente dio un paso al frente y nos crio! —Con hipo, me limpié la nariz con el dorso de la mano y me obligué a continuar—. Puede que yo sea la que está en una cama de hospital, mamá, pero es a Joey a quien tú y papá destrozasteis.

—No me habla —sollozó ella—. Hace días que no pasa por casa.

—Por qué será —fue todo lo que respondí.

—No sé qué hacer —dijo en un hilo de voz—. ¿Cómo puedo arreglar las cosas si no me habla?

—No puedes arreglarlas, mamá —contesté, temblando—. Es como un puzle. Nada volverá a unir las piezas. Papá lo hizo pedazos y tú perdiste las piezas que habrían permitido montarlo de nuevo.

—Oh, dios. —Dejó caer la cabeza entre las manos y sollozó—. Lo siento muchísimo. Dame solo una oportunidad para hacer las cosas bien, cariño, por favor.

«No puedes. Nunca repararás este daño».

—Sé que puedo mejorar la situación para todos nosotros.

—¿Ves? Te escucho, estás diciendo todo lo correcto, pero no son más que palabras. —Sacudiendo la cabeza, levanté la mirada hacia ella—. Contigo todo es hablar por hablar —grazné con amargura—. Las mismas palabras que he escuchado un millón de veces ya, para repetir las mismas promesas que has roto una y otra vez.

—Y ¿qué significa eso? —lloró, secándose las mejillas con un pañuelo arrugado—. ¿Ya no quieres estar conmigo?

—Significa que haré lo que sea necesario por Ollie, Tadhg y Sean —alcancé a responder, ahogándome en mis sentimientos—. Para mantenerlos a salvo y fuera de adopción, le daré una oportunidad al plan de Darren. Y ojalá tengas razón, mamá. Realmente espero que estés diciendo la verdad esta vez, y lo espero por el bien de los chicos, no por el mío. Rezo para que mejores la situación por ellos y seas la madre que se merecen, pero es demasiado tarde para nosotros.

—No sé qué decir —sollozó—. Lo siento tantísimo, Shannon. Sé que no puedo arreglarlo, pero… Dios, ya no sé qué hacer.

—Sé que no eres una mala persona, mamá —susurré, retirando la mano que, traicionera, se había movido por sí sola para consolarla—. Y sé que él también te ha hecho daño, de maneras que no entiendo, y lamento lo que te ha pasado. Sé que estabas asustada, y siento muchísimo que hayas tenido que vivir con miedo durante todos estos años… —Furiosa conmigo misma, me enjugué las lágrimas con rabia y solté aire lentamente antes de continuar—. Pero eso no significa que tengas carta blanca por nuestra parte. —Sorbí por la nariz y me la limpié con el dorso de la mano—. Saber lo que estaba haciendo no te exime, porque lo viste y no hiciste nada. Te limitaste a abandonarnos, mamá. Estabas allí, pero no estabas. Joey tenía razón cuando te llamó fantasma. Y, no sé, tal vez fue tu forma de sobrevivir, de aguantar un día más de una pieza, pero tenías más poder que nosotros. Tú eras la adulta. Tú eras nuestra madre. Y tú tan solo… —me encogí de hombros con impotencia— nos abandonaste.

—¿Crees que podrás perdonarme con el tiempo? —susurró, mirándome con esos tristes ojos azules llenos de lágrimas—. ¿Crees que podrás algún día?

—¿Tal vez? —Me encogí de hombros de nuevo—. Pero sé que, a día de hoy, no te perdono.

8

ARRASANDO

Johnny

—Necesito que mantengas la calma —me pidió mi padre mientras avanzaba por el pasillo del Hospital Universitario de Cork hacia el ala 1A sujetándome el brazo por detrás con una mano—. Sin enfados —añadió en voz baja—. Y, por el amor de Dios, nada de acusaciones.

—¿De qué voy a acusar a nadie? —gruñí, cojeando con las muletas—. Ambos sabemos lo que le ha pasado. —Como le dije a él. Como le dije a todo el mundo—. ¡Joder, la ha mandado al puto hospital, papá!

—Johnny… —Mi padre me detuvo en medio del bullicioso pasillo, se pellizcó el puente de la nariz y luego se giró para mirarme—. Estás disgustado, lo entiendo. De veras. Siento haber dudado de ti, ¿vale? Tenías razón y yo estaba equivocado, pero esto… —agitó una mano, señalando a nuestro alrededor— es una situación delicada, una con la que no tienes experiencia. Se trata de violencia doméstica, Johnathon. La Gardaí y los servicios sociales ya estarán en ello. ¿Lo entiendes? Habrá una investigación, y no puedes interferir. Las emociones estarán a flor de piel y lo último que debes hacer es ir por ahí a la que saltas. Puede que te siente bien y te parezca justificable, pero no ayudará a Shannon a largo plazo. Así que, si quieres verla, te sugiero encarecidamente que te guardes tus opiniones y emociones y dejes que sea yo quien hable.

Lo miré boquiabierto.

—Voy a verla, sin condiciones.

Mi padre me miró con cara de «ni lo sueñes».

—Voy a verla, papá —repetí, furioso.

—Entonces mantén la calma y no entres arrasando —respondió antes de soltarme el brazo y caminar delante de mí.

Echándole una mirada asesina a la nuca, me ajusté las muletas y me apresuré a alcanzarlo.

—Que yo no arraso, caray.

Doblé la esquina, persiguiendo la silueta de mi padre mientras este cruzaba otro par de puertas dobles y se perdía de vista.

Sin duda, me había dejado atrás a propósito. Quería llegar antes que yo para poder evaluar la situación con esa frialdad insensible y calculada que tiene sin que el cabezota de su hijo anduviese liándola.

Cuando finalmente volví a verlo, frente al mostrador de enfermería que había al fondo del largo pasillo, aceleré el paso impulsándome con la parte superior del cuerpo sobre las muletas y fui mirando a través de las ventanas de cada puerta que pasaba.

Estaba dejando atrás la sexta puerta a la izquierda cuando me detuve bruscamente y el corazón me dio un vuelco.

Shannon estaba acostada en la cama con los ojos cerrados y la mejilla apoyada sobre ambas manos.

Estaba de lado, mirando hacia la puerta, y al verla tuve que parar a recuperar el aliento.

Me sentí azotado por un millón de emociones mientras me fijaba en los oscuros moretones que le cubrían la cara. Tenía tantos que estaba casi irreconocible. Casi. Reconocería esa cara en cualquier parte.

Entonces lo sentí, una profunda culpa que me asfixiaba. La tristeza en su cara cada vez que la dejaba en esa casa. El miedo en sus ojos cuando llamé a su puerta la primera vez, así como la segunda y la tercera. Era tan asustadiza, tan tímida y complaciente. Pedía permiso para casi todo. No le dejaban ir a ninguna parte. Me lo contó una vez; dijo que sus padres eran muy protectores. Pero ella vino conmigo de todos modos.

—¿Puedes salvarme?
—¿Necesitas que te salve?
—Mmm.
—Aquí. ¿De qué es esto?
—Mi padre.

Las señales estaban allí, lo habían estado durante meses, y yo no las vi porque arraso por donde voy. Tenía los ojos abiertos, pero había estado mirando en la dirección equivocada. No la escuché. No le hice caso. No presté la suficiente atención. No me di cuenta, no vi los indicios, no oí los gritos de ayuda, pero ahora lo escuchaba y lo veía todo.

Solo que ahora Shannon estaba en una cama de hospital porque la besé. Porque la besé demasiado y nos metí en un lío. Eso es lo que había dicho Joey. Su padre había hecho esto porque Shannon se estaba enrollando conmigo.

Entonces pensé en Joey. Cada vez que veía al hermano de Shannon, este tenía algún moretón reciente en la cara. Sin embargo, nunca le di muchas vueltas. Se los atribuía al hurling, sin más, y me olvidaba de ellos. Yo mismo me pasaba la mayor parte del tiempo con heridas. ¿Pero esto? Mi padre tenía razón. Nunca llegaría a entender esto.

Con el corazón latiéndome desbocado, extendí una mano sin darme cuenta y abrí la puerta. Echando un rápido vistazo a mi padre, que todavía estaba en el mostrador de enfermería, hablando con quien supuse que era la supervisora del pabellón, empujé la puerta y me deslicé adentro.

9

NO ME HAGAS DAÑO

Shannon

Un fuerte sonido metálico me sacó de un sueño intranquilo. Luego se oyó una silla siendo arrastrada por las baldosas del suelo. Por un momento, dudé de dónde estaba. Una parte de mí pensó que había vuelto a la cocina, así que mantuve los ojos cerrados con fuerza y me preparé para el encontronazo. Cuando llegó, en forma de una mano cubriendo la mía, miré hacia arriba y me encontré con un par de ojos azules dolorosamente familiares.

—Hola, Shannon.

¿Era real?

¿Me lo estaba imaginando?

Entre los arrítmicos latidos de mi retumbante corazón y el calor de sus manos sobre las mías, supe bien que estaba más que despierta.

Aturdida, bajé la mirada a la mano que tenía cubierta de cables y envuelta firmemente entre las suyas antes de volver a mirarlo.

—Hola, Johnny.

—¿En qué momento me has cambiado el sitio? —bromeó él. El tono de su voz era ligero, pero tenía los ojos ensombrecidos y enardecidos—. ¿Intentas robarme el protagonismo, Shannon como el río?

Esbocé una sonrisa.

—Supongo que yo también quería un poco de tu medicación.

—Aléjate de esa mierda. Te hace polvo la cabeza. —Sonrió con tristeza antes de mirar a su alrededor—. Y ¿no hay nadie aquí contigo? —preguntó con el ceño muy fruncido—. ¿Estás sola?

Negué con la cabeza.

—Mi madre está por aquí, no sé dónde. Puede que esté fuera fumando.

Johnny se inclinó hacia delante y abrió la boca como para hablar, pero se detuvo en seco. Dejó escapar un suspiro, se mordió ambos labios a la vez y preguntó:

—Bueno, y ¿cuándo vas a salir de aquí?

—Puede que mañana —respondí con una pequeña sonrisa—. O pasado mañana.

Johnny asintió rígidamente y supe que quería decir algo más, pero no lo hizo.

—No debería estar aquí —dijo entonces, volviendo a mirarme—. Al menos, eso creo.

—Me alegro de que estés aquí —susurré.

Tenerlo allí, escuchar su voz y mirarlo a la cara, provocó algo en lo más profundo de mi ser. Algo encajó y una sensación casi como de alivio me hormigueó la piel, calmando algo muy dentro de mí. Me sentí como si estuviera en casa. Sabía que parecía una locura. Era más que una locura. Había perdido la cabeza completamente, pero lo sentía. Era real, puro y me empujaba a acercarme, más y más, a no dejarlo marchar.

En ese momento, me pareció que algo se alineaba en lo profundo de mi ser, y cuando lo hizo, el peso que sentía, la pena en mi corazón y la tensión en mis hombros, simplemente se desvaneció.

—Yo también —respondió con brusquedad.

—Y ¿cuándo te han enviado a casa? —pregunté, afónica y algo aturdida.

—Esta tarde. —Me levantó la mano y me dio un beso en los nudillos—. Me ha costado una eternidad volver contigo.

Sus palabras me provocaron un escalofrío por todo el cuerpo.

—Me alegro de que hayas vuelto conmigo —dije. Sabía que me estaba exponiendo a la angustia, por no mencionar al tremendo dolor si me rechazaba de nuevo, pero tenía que decirlo—. Te he echado mucho de menos, Johnny.

—Joder, Shannon, no sé qué… —Suspiró con fuerza y luego se llevó mi mano a la boca—. Estás bien —susurró, dándome un beso en el dorso, cables y todo. Cogió aire profundamente, me puso la mano en su mejilla y se inclinó hacia ella—. Te pondrás bien, ¿verdad?

Asintiendo, le sostuve la cara y susurré:

—¿Tú estás bien?

—No me preguntes eso. —Tenía una mirada tan penetrante al hablar que supe que nunca volvería a ser la misma—: No cuando eres tú la que está aquí.

—Lo siento.

—No lo sientas. —Cerrando los ojos con fuerza, inclinó la cabeza, con mi mano aún en su mejilla—. Yo soy el que lo siente —apuntó con un gemido de dolor, y se apretó más contra mí, frotando la mejilla contra mi palma—. Solo necesito que estés bien —dijo con voz ronca. Tenía unas pestañas tan gruesas y tupidas que apenas podía ver el azul de sus ojos a través de ellas—. Sé que fui un completo capullo cuando desperté después de la operación y lo siento. Joder, siento tanto haberte echado. Me daba tantísima vergüenza… y me acojonaba asustarte, pero no debería haber dejado que te fueras. Debería haberme sabido comportar. Debería haberte pedido que te quedaras conmigo. —Torciendo el gesto, me dio un beso en la palma de la mano y susurró—: Quería que te quedaras conmigo.

Me dio un vuelco el corazón.

—Ah, ¿sí?

—Siempre quiero que te quedes conmigo, Shannon —respondió, claramente agitado—. Y si hubiera sabido gestionar lo que sentía, joder, y te hubiera pedido que te quedaras, habría evitado que esto pasara…

—No, no habrías podido —lo interrumpí, temblando—. Habría tenido que ir a casa en algún momento. Alargarlo uno o dos días más solo habría empeorado las cosas un millón de veces.

—¿Empeorado? —Apretó la mandíbula y terció—: Shannon, mira dónde estás. ¿Cómo puede empeorar?

—Las cosas siempre pueden empeorar, Johnny —musité.

—Entonces ¿él te ha hecho esto? —me preguntó directamente—. ¿Tu padre?

Abrí la boca para responder, pero Johnny habló primero.

—Antes de que digas nada, quiero que sepas que Joey me ha llamado y me ha contado todo lo que necesitaba saber —dijo, mirándome a los ojos—. Tampoco es que me hiciera falta. Lo descubrí yo solo. —Me apretó la mano—. Todas las veces que llegaste al instituto llena de moretones y hecha polvo… —Se le rompió la voz y vi cómo se le hinchaba y palpitaba una vena del cuello—. Todas las veces que me mentiste ¿fue para protegerlo a él?

—No quiero hablar de eso —susurré, recurriendo al mecanismo de evasión que había aprendido a lo largo de mi vida.

—No, no, no vamos a volver a esas. —Johnny me miró fijamente, reprochándomelo—. No puedes excluirme, Shannon. No puedes volver a hacerme esto, porque esta vez no me iré. ¿Me oyes? Estoy aquí, estoy metido en esto, me importas y no me voy a largar, joder.

La cabeza me daba vueltas, tratando de darle sentido a lo que estaba diciendo. ¿Quería decir que…? ¿Iba a…? ¿Quería…?

—¿Te importo?

Un gemido de dolor salió de su garganta.

—Sí, me importas. —Se acercó más—. Me importas tanto que apenas puedo respirar, joder.

Jadeé.

—¿Qué quieres saber?

—¿Qué tal si empiezas contándome qué te pasa? —sugirió, con la mirada clavada en mis ojos—. ¿Cómo es de grave?

—Tengo algunos cortes y moretones —admití—. Y un colapso pulmonar.

—Hostia puta.

Observé, con el corazón en la boca, cómo Johnny se quedaba pálido antes de ponerse rojo como la sangre.

Me soltó la mano, se recostó en la silla y se tocó la frente con las palmas de las manos, poniendo espacio entre los dos y su rabia. No dijo una palabra. Se quedó sentado allí durante un rato, respirando hondo y con dificultad, obviamente luchando con sus emociones.

Tenía la mata de pelo oscuro toda alborotada y barba de varios días. Como era de esperar, el aspecto desaliñado le sentaba bien. Vestía unos pantalones de chándal grises holgados y una sudadera con capucha azul marino. Todavía llevaba en la mano izquierda la pulsera de identificación hospitalaria que le vi la última vez y a los pies tenía un par de muletas.

—Deberías haberme contado la verdad —dijo finalmente—. Lo que te estaba pasando. —Se destapó la cara, se inclinó hacia delante y volvió a cogerme la mano—. Podría haberte ayudado.

—No podías —musité—. Ni yo contártelo.

—¿No? —Había tristeza en su voz, al igual que en sus ojos—. ¿Por qué no?

—Porque… —El corazón me retumbaba violentamente contra la caja torácica—. Porque…

—¿Por qué? —insistió Johnny, con voz suave y persuasiva mientras se acercaba para descansar los codos en el borde del colchón—. ¿Pensabas que no te creería? —Se acercó más y apoyó la barbilla sobre nuestras manos—. Porque lo habría hecho. Cada vez.

—Porque es alcohólico —alcancé a decir, sintiendo de repente que me faltaba el aire—. Y estaba tratando de mantener a mi familia a salvo.

—¿A salvo? —continuó indagando, engatusándome con su irresistible encanto, con la promesa de seguridad—. ¿De él?

Sacudí la cabeza, con los ojos muy abiertos y llenos de un miedo tácito.

—De los servicios sociales. —Sentí como si el corazón se me hubiera subido a la garganta, lo que me dificultó pronunciar la siguiente parte—: Ya hemos estado bajo tutela. —Soltando un suspiro de dolor, le sostuve la mano, agradecida por que me hiciera sentir con los pies en la tierra—. No quiero volver.

—¿Cuándo?

—Cuando era pequeña. —Tragué saliva con dificultad, sintiendo que me ardía la garganta—. No fue… bien.

Johnny asintió, y la intensidad en su mirada me dijo que estaba memorizando mis palabras. Todo acerca de este chico era intenso y extraordinario. Era demasiado inteligente para ofenderlo con más mentiras o medias verdades, así que no lo hice.

Sino que fui con la verdad.

—No quieren que hable de ello con nadie.

Y menos contigo.

—¿Quiénes?

—Mi madre —le dije, insegura y recelosa—. Y Darren.

Confundido, Johnny frunció el ceño.

—¿Darren? ¿El hermano que ya no vive en Cork?

Asentí.

—Ha vuelto.

Levantó las cejas sorprendido.

—¿Cuándo?

—Desde que pasó esto. —Me señalé a mí misma, avergonzada—. Dice que ha vuelto a casa y que va a ayudar a mi madre con los niños y, eh, y mi... mi p-padre.

Me encogí en la última parte, la parte de mi padre.

—¿Dice? —preguntó Johnny entrecerrando los ojos. Como decía, demasiado intuitivo—. ¿Eso es que no le crees?

—Ya no sé qué creer. —Me encogí de hombros con cansancio, demasiado agotada para levantar el muro entre los dos—. Los adultos dicen muchas cosas, todos hablan a mi alrededor y deciden por mí, pero es que yo...

—¿Estás harta de tantas gilipolleces? —aventuró, apretándome la mano.

—Sí —asentí, agradecida por su aguda perspicacia—. Estoy tan harta de gilipolleces, Johnny.

—¿Dónde está tu padre ahora?

Me encogí de hombros.

—No lo sé.

—¿Qué quieres decir con que no lo sabes? —preguntó levantando el tono, casi indignado—. ¿No lo han arrestado?

—Ha desaparecido. Huyó después de lo que pasó y no lo han visto desde entonces —susurré, aterrada ante la idea de que mi padre estuviera en algún lugar—. Darren dice que lo encontrarán y lo encerrarán, pero Joey no está tan seguro. Nadie me cuenta nada... Bueno, excepto Joey. Él cree que mi padre está probablemente con unos amigos suyos en Waterford, escondiéndose hasta que se calmen las aguas y mi madre... —derrotada, dejé escapar un suspiro y murmuré—: vuelva con él.

—¿Que vuelva con él?

Entumecida, me encogí de hombros.

—La verdad es que no debería hablar de esto con…

—Soy yo —me interrumpió, levantándome la barbilla con los dedos. Mirándome a los ojos, añadió—: Puedes contarme lo que sea, ¿vale?

—Tengo miedo —confesé, mordiéndome el labio inferior—. Y no quiero ir a casa.

—¿Con tu madre?

Asentí con rigidez.

—Porque te defraudó —dijo en voz baja—. Porque no confías en ella.

—Promete mucho, pero no es más que eso: promesas vacías. —Temblando, fui a abrazarme, pero me lo pensé mejor y, en su lugar, me aferré a su cálido brazo—. Se supone que debemos sentir lástima por ella por todo lo que ha pasado, porque ella también es una víctima, y lo sé, de verdad que sí, pero es que… no logro sentirlo. —El miedo y la incertidumbre que solían consumirme siempre que estaba en su presencia habían desaparecido. Me sentía totalmente desnuda y expuesta frente a él, y Johnny seguía aquí, mirándome con los mismos ojos y esperando más—. Ha buscado ayuda ahora, y la Gardaí y los servicios sociales obviamente confían en su capacidad para cuidar de nosotros, por eso están con ella. Le están ofreciendo todo tipo de servicios y asesoramiento.

—Pero ¿tú no? —preguntó Johnny—. ¿No crees que sea capaz?

—Sé que nunca nos haría daño —respondí en voz baja—. No a propósito al menos. No es violenta, Johnny, ni cruel. Es débil. Darren no para de decir que debemos tener paciencia y darle una oportunidad, pero es que yo… no puedo hacerme ilusiones. —Le cogí del antebrazo con ambas manos y apreté—. Porque ya he pasado por todo esto. Volverá con él, sé que lo hará, y luego ¿qué? ¿Qué pasará entonces, eh? —Sacudiendo la cabeza, luché furiosamente contra mis emociones, parpadeando para alejar las traidoras lágrimas—. Nada. Como siempre, no pasará nada, y ya estoy harta de todo, Johnny —sentencié, con un suspiro entrecortado—. Quiero salir de esta ciudad, irme muy muy lejos y no volver jamás.

—¿No puedes decírselo? —preguntó—. Que no quieres volver con ella.

—Y ¿adónde iría? ¿Qué pasaría con mis hermanos pequeños si hiciera eso? Quieren quedarse con ella.

—¿Estás segura?

—Ollie y Sean, sí. Tadhg no sé porque no dice mucho, y Joey tiene más de dieciocho años, por lo que puede vivir legalmente donde quiera. —Suspiré derrotada—. Si no accedo a esto, si les digo que no me siento segura con ella, nos meterán a todos bajo tutela y nos separarán. —Fruncí el ceño y me encogí antes de admitir—: Miento más que hablo. Incluso a mí misma.

A veces, ni siquiera sé qué es verdad o mentira. Y tengo que pensarlo largo y tendido porque es lo único que conozco. Llevo tanto tiempo ocultando cosas que ni siquiera estoy segura de si estoy en mis cabales. Y ahora dudo de mí misma porque sigo pensando: ¿y si me equivoco con ella? ¿Qué pasa si me equivoco al pensar mal de ella?

Johnny permaneció en silencio durante mucho tiempo, sin emitir ningún sonido, simplemente se quedó allí conmigo, compartiendo el peso, soportando el dolor conmigo en silencio. Y creo que lo quise más por lo que no dijo en ese momento. No hizo promesas que no podía cumplir. No me ofreció más de lo que podía darme. Simplemente se quedó allí.

Pasaron varios minutos antes de que volviera a hablar.

—¿Cuándo empezó?

—No recuerdo un momento en que no fuera así —admití, sintiéndome expuesta e indefensa.

—¿Y por mí? —Tragó saliva profundamente—. ¿Cuándo empezó por mi culpa?

—Siempre ha sido paranoico —le dije, tras decidir que no tenía nada que perder—. Pero cuando aquella foto nuestra se publicó en el periódico, tuvo una especie de prueba.

Johnny bajó la cabeza.

—Joder, Shannon, eso fue hace meses.

—Lo sé —suspiré con cansancio.

—Yo lo empeoré —dijo casi sin voz.

—Lo hiciste soportable —susurré.

—¿Dónde más? —Pareció arrancarse esas dos palabras desde lo más profundo de su ser. Me recorrió lentamente con la mirada, sin cortarse, y sus ojos se fueron ensombreciendo hasta que al final volvió a mi cara—. ¿Tienes más? —preguntó, acariciándome la mejilla con los dedos—. Enséñame dónde te pegó.

Recelosa y vacilante, dudé si responder.

—Puedes confiar en mí —dijo en una voz tan baja que apenas era audible—. No soy como él, Shannon. Nunca te haré daño, no podría. De ninguna manera.

Lo sabía.

Aparte de Joey, Johnny Kavanagh era la única otra persona en la que confiaba.

Con esta certeza, fui poniendo mi dolorido cuerpo en una posición erguida.

—Con cuidado —me pidió, inclinándose para ayudarme a sentarme—. ¿Estás bien?

—Sí.

Dejé que las piernas me colgaran a un lado de la cama, me senté frente a él y cogí el dobladillo de la camiseta de pijama que me había puesto antes. Con cuidado, levanté la tela para revelar el lado izquierdo de mi amoratada caja torácica.

Johnny ahogó un grito al verlo.

—Maldito hijo de puta —gruñó, y luego pareció controlarse, porque se tragó todo lo que estaba a punto de decir, apretó la mandíbula y susurró—: Necesito verlo todo. Enséñamelo. Necesito verlo.

Así que lo hice.

Le enseñé los brazos y las piernas, el cuello y los muslos, y con cada moretón y corte que revelé sentía que me quitaba un peso de encima.

—Y me hicieron un agujero aquí —le expliqué con voz temblorosa, desabrochándome torpemente la camiseta del pijama para dejar a la vista el vendaje del pecho y el costado. Nerviosa, me tapé mis pequeños pechos y me giré hacia un lado para enseñárselo—. Para ayudarme a respirar.

Johnny se fijó en el vendaje y vi cómo se tensaba de la cabeza a los pies. No me miraba de forma sexual. No, era una mirada de puro horror.

—Joder. —Acercó la silla a rastras a la cama hasta que mis piernas quedaron entre sus rodillas—. ¿Te duele? —Me puso una mano en el muslo y me rozó suavemente el vendaje con la otra—. ¿Mucho?

Sí.

—Estaré bien —respondí, girándome para mirarlo—. El médico me ha dicho que se curará en una semana o dos.

—Te hizo esto por mi culpa… —Haciendo una pausa, Johnny cogió la tela a cada lado de mi pecho y comenzó a abrocharme los botones, sin apartar la mirada de mis ojos en ningún momento—. ¿Fue por lo que pasó en el vestuario? —Cuando terminó de abotonarme la camiseta, sacudió la cabeza, con expresión destrozada—. ¿Porque no debías estar conmigo?

Me encogí de hombros con impotencia. No podía mentir más. No a él, al menos. De todos modos, Johnny vio la verdad en mis ojos, lo que provocó que gimiera por lo bajo desconsolado.

—Lo siento mucho, Shannon. —Descansando la frente sobre mi vientre, me pasó sus enormes brazos alrededor de la cintura y susurró—: Lo siento tantísimo, joder.

Me temblaba todo con tanta fuerza que me costaba contenerme, tragarme las emociones, cuando lo único que quería hacer era acurrucarme en este chico y no volver a levantarme jamás. Sacudiéndome, le cogí la cara entre las manos y dejé escapar un sollozo entrecortado.

—No es culpa tuya —alcancé a decir, con el ardor de las lágrimas, cálidas y saladas, mientras me resbalaban por las mejillas—. No lo es. Si no fuera por ti, habría encontrado otra cosa por la que odiarme. Así funciona en mi familia. Mi padre no necesita una razón para hacer lo que hace, Johnny. Solo necesita una idea. —Temblando, le pasé los dedos por el pelo, obligándome a hacerlo con suavidad y no aferrarme a él para suplicarle que me llevara consigo, como me moría por hacer—. No estés triste por mí.

—¿Triste? No estoy triste, Shannon. Estoy destrozado, joder —graznó, levantando la cabeza—. Estaba convencido de que era alguien de Tommen. Joder, estaba obsesionado con averiguarlo y estuve mirando en la dirección equivocada todo el tiempo.

—Johnny…

—Te llevé a esa casa —gimió angustiado—. ¡Te vi entrar a esa jodida casa y me fui a una cama cálida y segura, sabiendo en lo más profundo de mí que algo iba mal, pero sin abrir mi mente lo suficiente como para verlo! —Sacudiendo la cabeza, soltó un gruñido de frustración—. Lo siento tanto. No merecías que otra persona te decepcionara.

—No pasa nada —balbuceé.

—Sí que pasa. Y mucho. —Resopló con fuerza y susurró—: Shannon, te… —Johnny dejó escapar un suspiro y sacudió la cabeza antes de intentarlo de nuevo—. Te… —estremeciéndose, cerró los ojos— hizo daño. —Era una afirmación, no una pregunta—. Físicamente —apuntó. Luego abrió los ojos y me miró una vez más—. ¿Te hizo algo más?

—¿Qué quieres decir?

—Necesito saber si… —Parecía que le dolía pronunciar las palabras—. ¿Alguna vez te hizo hacer algo que no quisieras hacer?

—¿Cómo qué? —grazné, entrando en pánico.

—¿Alguna vez te tocó? —preguntó, pronunciando las palabras deprisa—. Sexualmente. —Cerró los ojos y soltó un gemido de dolor—. ¿Lo hizo? —Abrió los ojos, me miró con expresión desgarrada y dijo—: ¿Te violó, nena?

—No.

—¿No? —El alivio inundó sus ojos por un breve momento antes de que la duda volviera a instalarse—. No puedes mentirme, ¿vale? No sobre esto. Necesito que me digas la verdad.

—No me tocó así —dije con voz ronca, con el corazón retumbándome violentamente en el pecho—. Nunca me ha pasado nada parecido.

Johnny se me quedó mirando fijamente durante un buen rato antes de soltar un suspiro tembloroso.

—Vale —susurró, asintiendo para sí mismo, y lo repitió varias veces más mientras se le hundían los hombros—. Siento habértelo preguntado, pero tenía que hacerlo.

—No pasa nada.

—Pero necesito que sepas que no estás sola en esto. Ya no. —Hablaba con voz firme y alta ahora—. Me tienes a mí.

Me dio un vuelco el corazón.

—¿Te tengo?

—Ni lo dudes. —Entonces pegó su frente a la mía, en un gesto tremendamente suave, y clavó esos ojos azules en los míos, pidiéndome permiso en silencio. No tenía ni idea de para qué, pero estaba dispuesta a acceder a lo que me pidiera—. Estoy aquí —susurró, acariciándome la nariz con la suya—. Y no voy a irme a ninguna parte.

Ay, madre…

—¿Johnny? —Con voluntad propia, mis manos se aferraron a la tela de su sudadera—. Si vas a decepcionarme… —Agachando la cabeza, cerré los ojos y cogí aire varias veces antes de levantar la barbilla y mirarlo—, entonces necesito que lo hagas ya, ¿vale? No esperes a que sea demasiado tarde y, por favor…, por favor, no hagas que duela…

Johnny me hizo callar poniendo sus labios sobre los míos. Aturdida, no pude hacer nada más que hundirme sobre él, descargando todo mi peso y confiando en que no me hiciera daño.

Fue un beso suave, inocente, apenas un pico sutil, pero en ese momento lo fue todo para mí y significó muchísimo, porque era de él. Porque, por primera vez, me había besado él primero.

—No lo haré —susurró Johnny, rozando sus cejas con las mías y sonriéndome en los labios mientras hablaba—. Siempre tendré cuidado contigo, Shannon como el río. —Con un suspiro tembloroso, me pasó el pelo por detrás de las orejas y me cogió la cara entre sus manos—. Te lo prometo.

—Yo también tendré cuidado contigo —le dije, temblando de pies a cabeza.

Él sonrió.

—Es bueno saberlo, porque tengo la sensación de que podrías causarme graves daños en la…

—No sé dónde puede estar, venía justo detrás de mí, pero si pudiera hablar un minuto con ella… No importa —oí que decía una voz familiar—. Lo he encontrado.

—Mierda —masculló Johnny. Me soltó la cara, se recostó en la silla e hizo un gesto con la mano a modo de saludo sin mucho entusiasmo—. Qué hay, papá.

—Me alegra ver que me haces tanto caso como siempre, hijo —respondió el señor Kavanagh en tono suave—. Shannon —esbozó una sonrisa triste—, es un placer volver a verte, aunque las circunstancias no sean las ideales.

—Hola, señor Kavanagh —susurré, sintiendo cómo se elevaba el muro a mi alrededor con rapidez. No estaba segura de si fue el afable padre de Johnny lo que causó esta reacción o la mirada furiosa en la cara de mi madre, que estaba de pie en la puerta junto a él.

—Bueno —graznó, claramente molesta—. Creo que ha estado más de un minuto.

—Mamá... —comencé a protestar, pero el señor Kavanagh me interrumpió.

—Entendido. —Miró a Johnny e inclinó la cabeza—. Vamos, hijo.

—¿Qué? —Miré horrorizada a mi madre—. ¿Por qué?

—Porque yo lo digo —respondió ella, temblorosa.

—No. —Negué con la cabeza y miré a Johnny—. No, no tienes que ir a ningún lado.

—Ya lo creo que sí, Shannon —intervino el señor Kavanagh—. Vamos, Johnny.

Este parecía sentirse como me sentía yo, completamente indeciso, mientras miraba de su padre a mí. Pasaron unos largos segundos de tenso silencio antes de que Johnny finalmente asintiera derrotado. Se me hundió el corazón cuando lo vi coger las muletas y ponerse de pie tambaleándose.

—Volveré, Shannon.

—Preferiría que no lo hicieras —se apresuró a decir mi madre—. Me refiero a volver. Al menos por un tiempo. Estamos pasando por un problema personal muy grave, es un asunto familiar y la verdad es que no me parece apropiado que estés aquí.

Me quedé boquiabierta.

—¡Mamá!

—Ah, ¿sí? —replicó Johnny, sin ocultar la ira en su voz—. Bueno, yo preferiría que te metieras tu opinión por donde te...

—¡Johnathon! —ladró el señor Kavanagh—. Hora de irse.

—Ya le has hecho bastante daño a esta familia —espetó mi madre, temblando—, lo sepas o no, así que no vuelvas a pasar por aquí. No eres bienvenido.

—Señora Lynch —intervino el señor Kavanagh con calma—. Creo que todos debemos tranquilizarnos...

—Que tu hijo no se acerque a mi hija —saltó mi madre—. Tiene dieciséis años y no quiero que se vea con él. ¡Está aquí por su culpa! Porque no pudo mantenerse alejado. Así que no dejes que se le acerque. ¿Me oyes? ¡Mantén a ese muchacho alejado de mi hija!

—¿De qué estás hablando? —grazné, con el corazón latiéndome tan fuerte que me sentí mareada—. Él no ha hecho nada malo.

—Volveré a ver a tu hija —gruñó Johnny, con la mirada fija en mi madre—. Acaté tus reglas una vez y mira dónde ha acabado, así que ten por seguro que no lo volveré a hacer.

—Johnny, vámonos —ladró el señor Kavanagh—. Ya.

—¡Joder, papá!

—¡He dicho que ya!

Con los ojos encendidos, Johnny apartó la mirada de mi madre y se volvió hacia mí. Ignorando a nuestros padres, recorrió el espacio entre nosotros, me cogió por la nuca con una mano y se inclinó.

—Volveré —susurró antes de darme un largo beso en la frente. Se enderezó, me miró y me guiñó un ojo—. Te lo prometo.

Con los ojos muy abiertos, me lo quedé mirando y musité:

—Te estaré esperando.

—Vamos.

El señor Kavanagh suspiró con cansancio y colocó una mano en la nuca de Johnny.

—¿A qué ha venido eso? —preguntó mi madre en tono acusador y con los ojos entrecerrados.

—Eso era Johnny —respondí, con una mirada desafiante—. Y eso mismo te pregunto yo —añadí—. ¿A ti qué te pasa, mamá? Viene a verme y tú lo echas.

—No pintaba nada aquí.

—¿Qué? —La miré boquiabierta—. ¡Es mi amigo!

—Y ¿tiene tu amigo pensado besarte a menudo? —quiso saber—. ¿Delante de tu madre?

«Uf, eso espero». Me encogí de hombros, evasiva.

—Es demasiado mayor para ti.

—Tiene diecisiete años —respondí desafiante—. Y yo, dieciséis.

—No me gusta esto, Shannon —murmuró, con cara de preocupada—. Él. No me gusta. Hay algo en él. Es demasiado…, demasiado…

—¿Es demasiado qué, mamá?

—Demasiado para ti —sentenció—. Es demasiado mayor, con demasiada experiencia y, definitivamente, demasiado arrogante.

—Bueno, no tiene que gustarte a ti —le dije—, sino a mí.

—¿Lo sabe? —preguntó en un susurro, mirándome con extrema cautela—. ¿Lo de nuestra familia?

—Lo sabe todo —confirmé en voz baja, y sentí que me sacudía una absurda oleada de culpa. La lógica me decía que no debía sentirme mal, pero mi corazón estaba confundido. El corazón me llamó traidora—. Tenía que decírselo —me justifiqué con voz ronca—. Ha visto las marcas.

—Joder, Shannon —graznó mi madre—. No. —Sacudió la cabeza—. No, no, no, esto no está bien.

—Mira dónde estoy. —Me ardían las mejillas—. No podía seguir mintiéndole.

—¡Eso no! —espetó mi madre—. Quiero decir tú y él. —Sacudió la cabeza otra vez—. No, eres vulnerable y él se está aprovechando de una mala situación.

—¿Qué? —La miré boquiabierta—. No puedo creer lo que acabas de decir.

—¿Te estás acostando con él?

—¿Qué?

—¿Estás teniendo sexo con ese chico?

—¡Ay, por favor! Es que es increíble lo que llegas a disociar. —Contuve un grito—. Darren tenía razón. Necesitas ayuda.

—Te hizo daño, Shannon —dijo mi madre apenas sin voz—. Te dejó inconsciente y te mandó al hospital.

—Sin querer —escupí—. A diferencia del hombre que dejaste en nuestra vida, a quien le gusta hacernos daño a propósito. —Gesticulé acaloradamente hacia mí—. Estoy en el hospital otra vez, mamá. ¿También le vas a echar la culpa a Johnny?

Mi madre se estremeció.

—Si te hubiera dejado en paz de un principio, tu padre no habría tenido ninguna razón para...

—¡No! —le advertí, con la voz quebrada—. No te atrevas a culparme por lo que me ha hecho.

—No lo hago —sollozó, y se echó a llorar de nuevo—. Lo siento..., estoy aterrorizada por ti. —Corrió hacia mí y se sentó en la cama a mi lado—. Tu padre lo sabe. ¿Y si intenta encontrarte a través de él? ¿Qué pasa si te ve con él y empeoran las cosas?

—Ya sabe dónde vivimos, mamá —le dije con un suspiro de cansancio—. Si papá quiere venir a por mí, lo hará.

—Shannon... —Mi madre sollozó con fuerza—. No digas eso.

—Es la verdad —respondí, emocionalmente agotada—. Si quiere hacernos daño, no necesita pasar por mis amigos. Lo único que tiene que hacer es llamar a la puerta y tú lo recibirás con los brazos abiertos.

—No —gimoteó ella—. No volveré a hacer eso.

—Ya lo veremos.

—Sabía que esto pasaría —susurró, cogiéndome una mano.

—¿Qué sabías que pasaría? —pregunté, apartando la mano.

—Vi la forma en que te miró aquel día. En el instituto, cuando fui a recogerte. —Lloró entrecortadamente—. Sabía que daría problemas.

—No ha dado ningún problema —insistí—. Es una buena persona, mamá, una gran persona. Venga ya, está entrenando para ser jugador de rugby profesional. Ya juega en la selección nacional. Es inteligente, centrado y amable. Es muy bueno, mamá. No toma drogas ni pierde el tiempo como todos los demás de su edad. No es el monstruo que tú te has imaginado.

—¿Crees que no sé lo que es perder la cabeza por un chico así? —preguntó ella—. Tu padre era todas esas cosas. No era un mal hombre cuando lo conocí. Era maravilloso. Se había ganado el estrellato en el hurling. Todo el mundo quería conocerlo. Lo adoraban, ¿sabes? El prodigio de Ballylaggin.

—No es lo mismo —alcancé a responder, sintiendo que entraba en calor y me invadía el pánico—. Nada de esto es igual.

—Todo es lo mismo —replicó ella entrecortadamente—. Y mírame ahora, Shannon. —Agitó una mano a la habitación—. Mira lo que le hacen los chicos así a chicas como nosotras. Basta con un solo error. Un desliz y tu vida se acaba. Tendrás que soportar más responsabilidades de las que puedas afrontar y él te culpará por todo. Te culpará por destrozar su futuro. Por cambiar el curso de su vida. Por hacerle padre cuando todavía es un crío. Repite mis errores, Shannon, y ese chico te culpará, te odiará y te destrozará hasta que no te quede nada.

—Yo no soy tú —repliqué—. Y él no es papá.

—Todavía —respondió ella con tristeza—. Aún no.

—No puedes hacerme esto —le dije, temblando—. No puedes asustarme para que me aleje de lo único bueno que me ha pasado en la vida.

—No intento asustarte, Shannon. Intento ayudarte —me aseguró, suplicante—. Intento protegerte.

—Sí, de la persona equivocada.

—No. —Sacudió la cabeza—. De cometer los mismos errores que yo.

—Bueno, antes me has preguntado si había alguna posibilidad de que te perdonara. —Tragando saliva con dificultad, me cogí del borde del colchón, miré a mi madre a los ojos y susurré—: Aléjalo de mí y la respuesta será: jamás.

10

ACUSACIONES

Johnny

—Lo siento, Johnny —dijo mi padre cuando aparcó el coche en la parte trasera de nuestra casa, al lado de mi Audi, más tarde por la noche—. Debería haberte hecho caso.

—Lo sé, papá.

Agotado, me desabroché el cinturón y abrí la puerta. Estaba luchando contra lo que sentía, tratando desesperadamente de aferrarme a mis emociones sin que se me fuera la castaña. Pero era difícil, porque cada vez que pensaba en Shannon acostada en ese hospital, cuando pensaba en las marcas en su cuerpo, me acercaba un poco más al límite.

No lograba sacármela de la cabeza, lo cual, para ser justos, no era nada nuevo, pero ahora era diferente. Estaba confundido, mis sentimientos estaban en la mierda y la desesperación me inquietaba. No quería dejarla allí. Si por mí fuera, se la robaría a esa horrenda familia de los cojones y me la quedaría para mí solo.

Me padre me ayudó a salir del asiento del copiloto, cerró la puerta detrás de mí y me pasó un brazo alrededor de la cintura. Me alegré de su ayuda. Tenía la cabeza hecha pedazos, el cuerpo cansado y dolorido, y no creía que me quedara mucho fuelle.

—No volveré a cometer ese error, hijo.

Agradecido por el apoyo, pasé de usar las muletas y me colgué de sus hombros con el brazo derecho, apoyándome pesadamente en él.

—Estoy hecho polvo, papá —admití con los dientes apretados, al sentir que me ardían los muslos y la parte inferior del abdomen—. Tengo el cuerpo destrozado.

—Buen chico —me instó mi padre mientras se colocaba las muletas debajo de un brazo y me guiaba hacia la puerta—. Eso es, cuidado con el escalón, hijo.

—Ya está —solté, obligándome a ahogar un grito mientras cruzaba el umbral con torpeza—. Estoy bien.

Cuando entramos en la cocina, mi madre estaba de pie junto a los fogones con el delantal puesto y una cuchara de madera en las manos. En cuanto nos vio, dejó caer la cuchara en la olla de estofado, olvidándose de remover, y corrió hacia mí.

—¿Estás bien, mi amor? —preguntó, cogiéndome la cara entre sus manos y mirándome con esos ojos marrones llenos de calor y preocupación maternales—. ¿Te duele? ¿Qué hay de Shannon? ¿La has visto? ¿Es verdad? ¿Has podido hablar con ella…?

—Edel, cariño —intervino mi padre con un pequeño movimiento de cabeza—. Esta noche no. El muchacho no puede con su alma.

La expresión de mi madre se derrumbó.

—Oh, Dios. —Dejó caer las manos a los costados mientras nos miraba a mí y a mi padre con horror—. Es cierto, ¿no?

—Es cierto, cariño —confirmó mi padre sombríamente—. Tenía razón en todo.

Mi madre se tapó la boca con las manos.

—¿Su padre?

Mi padre asintió rígidamente.

—Ay, John. —Los ojos de mi madre se llenaron de lágrimas—. Pobre criatura.

—Pero es que no se trata solo ella —solté, crispado—. Esa puta casa rebosa de niños.

Mi madre se estremeció.

—¿Y crees…?

—Ya no sé lo que creer. —Tragándome una oleada de ira por la completa injusticia de ser un adolescente en este mundo, le quité las muletas a mi padre y gruñí—: No tengo ni idea. —Pasé junto a ellos cojeando hacia la puerta—. Me voy a la cama.

—¿Quieres hablar de ello? —preguntó mi madre—. ¿Johnny?

—Necesito un poco de espacio —murmuré, sin mirar atrás—. Necesito algo de tiempo para procesar este… follón.

—Johnny, mi amor…

—Edel, déjalo en paz.

—Pero, John, no puede subir las escaleras por sí solo…

—Edel, deja en paz al chico.

A paso de tortuga, atravesé el pasillo hasta la escalera, ignorando a mis padres mientras discutían entre ellos. Respiraba con dificultad por todo el esfuerzo que debía hacer para que mi cuerpo obedeciera y se moviera.

Cuando finalmente llegué a la parte superior de las escaleras, después de abandonar mis muletas a los tres escalones, me sentía mareado. Recurriendo a la última gota de voluntad dentro de mí, enderecé la espalda y seguí adelante. No fue hasta que estuve dentro de mi habitación, con la puerta cerrada, que lo dejé salir.

Tambaleándome hacia la cama, me hundí en el borde y dejé caer la cabeza entre mis manos. Sookie, mi labradora, que estaba echada al pie de mi cama, recorrió el espacio entre nosotros dando saltitos, claramente emocionada de verme de nuevo.

—¿Cómo está mi bebé, eh? ¿Mamá te ha dejado aquí? Buena chica.

Cansado hasta la médula, le rasqué las orejas y el cuello, mientras dirigía la atención al periódico abierto en mi mesita de noche. Inclinándome sobre mi perra, cogí el periódico y lo desdoblé por la página en la que estaba abierto.

En cuanto vi la cara sonriente y sin marcas de Shannon mientras se acurrucaba a mi lado, sentí como si me hubieran dado un puñetazo en el pecho.

—La cagué, Sook. —Pasé un brazo alrededor de mi perra y hundí la cara en su cuello. Con un gruñido de dolor, parpadeé para alejar el escozor de las lágrimas mientras repasaba mentalmente como un loco todos los malos recuerdos que tenía de Shannon hasta que sentí que iba a explotar—. La cagué tanto, chica —confesé, cerrando los ojos con fuerza mientras un fuerte sollozo me desgarraba el pecho—. Joder.

Llamaron con suavidad a la puerta de mi dormitorio.

—Johnny, ¿puedo pasar?

—No —respondí, tensándome. En realidad, me sorprendió que, por una vez en la vida, mi madre me pidiera permiso—. Déjame... déjame en paz, mamá. Por favor.

Hubo una larga pausa y luego rompió el silencio el sonido de unos pasos alejándose, que fueron perdiéndose, antes de girar y aumentar de volumen. La puerta de mi dormitorio se abrió de repente y mi madre entró.

—Lo siento, mi amor, pero no puedo hacerlo.

Y decían que yo era el que arrasaba.

—Sé que estás enfadado conmigo —dijo, viniendo hacia mí hasta sentarse a mi lado—. Y tienes todo el derecho de sentirte así. Yo también estoy enfadada conmigo. —Con una mano, mi madre le alborotó las orejas a Sookie antes de apartarla para acercarse a mí—. Pero has pasado por un infierno estos últimos días. —Colocándome una mano sobre el hombro, añadió—: Necesito que sepas que estoy aquí. Necesito estar aquí para ti.

—Sé que estás aquí, mamá —murmuré, dirigiendo la mirada a la puerta del baño—. Nunca he pensado lo contrario.

—He hablado con papá sobre lo que le pasó a Shannon —añadió suavemente, apretándome el hombro—. Sé que debes de estar confundido ahora mismo.

Suspiré con fuerza.

—Es una forma de decirlo.

—No pasa nada por sentirse desconcertado con esto.

—Ya no sé cómo me siento —murmuré, pellizcándome el puente de la nariz—. Es que todo va… a todo trapo. —Dejé caer la cabeza y cogí aire varias veces para calmarme, preguntándome cómo narices la vida me había llevado por este camino de mierda—. Siento que me asfixia su dolor, mamá —admití con voz ronca. Siento que me asfixio sin ella.

—Eres un chico inteligente, Johnny, pero no estás preparado emocionalmente para gestionar lo que has vivido esta noche, y no pasa nada.

—Sí que pasa, y mucho —chisté con los dientes apretados—. ¿Un hombre adulto le da una paliza a su hija, la aterroriza durante años, la manda al hospital y simplemente consigue esconderse? —Levanté las manos con frustración—. No lo entiendo, mamá —siseé, sintiendo que aumentaba la ira en mi interior una vez más—. No comprendo cómo un hombre puede hacerle eso a su hijo…

—A veces la gente hace cosas horribles e inexplicables, mi amor —respondió mi madre en voz baja—. No hay manera de entender con sensatez la locura, cariño, así que no te vuelvas loco intentándolo.

—Pero es que me…

—¿Te preocupas por ella? —aventuró mi madre suavemente—. Lo sabemos, Johnny, cariño.

—Meses, mamá —jadeé, lleno de ansiedad—. Conozco a Shannon desde hace meses, y saber que cada día de todos esos meses se iba a casa después de clase con ese pedazo de… —Negué con la cabeza y respiré profundamente varias veces para calmarme antes de continuar—: La defraudé. Solo soy uno más en la larga lista de personas que la han defraudado.

—No la has defraudado, Johnny. No lo sabías.

—Sabía que algo iba mal —rebatí—. ¡Sabía lo suficiente!

—Porque siempre tuviste un gran sentido de lo que está bien y lo que está mal —respondió mi madre—. Eso es lo que te hace especial, mi amor. Siempre has hecho de tu capa un sayo. Defendido a los desvalidos. Nunca has sido de los que cumplen con la norma o siguen al rebaño. Incluso cuando eras pequeño ibas a la tuya, Johnny.

—Eso no ayuda mucho, mamá —rezongué.

—Lo que trato de decir es que obviamente viste algo en Shannon. Algo que querías proteger. Pero no te toca a ti salvar el mundo, Johnny. No tenías por qué saber lo que le estaba pasando, así que no cargues con ello.

—Lo odio —escupí, prácticamente muerto de la rabia—. Quiero buscar a ese gusano y hacerle mucho daño.

—Pero no lo harás.

—No, no lo haré. —Bajé la mirada a mis piernas—. Porque apenas puedo mear yo solo ahora mismo.

—No —me corrigió mi madre, frotándome la espalda—. Porque estás en la cúspide de una carrera por la que has trabajado toda la vida, y no vale la pena echarla a perder por un puñetazo, por muy bien que pueda sentar en el momento.

—Y ella… —continué, mirando a la nada—. No confío en ella.

—¿Ella?

—La madre de Shannon —aclaré—. Hay algo muy chungo en ella. O sea, ¿cómo demonios dejas que tus hijos vivan en una casa como esa? —Miré a mi madre en busca de respuestas—. ¿Cómo, mamá? ¿Cómo es posible?

—No lo sé, Johnny.

—¿No debería estar acusada de algo? —Apreté los puños ante la idea—. Por no intervenir. ¿No es eso negligencia… o incapacidad para actuar?

Mi madre suspiró pesadamente.

—¿Qué dijo Shannon al respecto? Sobre su madre.

—Cosas —murmuré, bajando la mirada a mi regazo.

—¿Cosas?

—No voy a decirte lo que ella me cuenta, mamá —le respondí—. Es privado. Pero tengo un mal presentimiento acerca de esa mujer. —Me llevé una mano al muslo para aliviar el dolor que empezaba a sentir en todo el cuerpo—. Se supone que regresará a casa mañana o el jueves, pero eso significa que volverá allí. A esa casa. Con esa mujer. —Miré a mi madre y le pregunté—: ¿Cómo cojones es eso posible?

—No lo sé, mi amor —respondió mi madre, cuya voz se volvió dura—. Pero tu padre me ha contado cómo te ha hablado esa mujer esta noche y ¡no tenía ningún maldito derecho!

—Joder —murmuré, maldiciendo mentalmente a mi padre por contárselo—. Ni siquiera importa.

—Sí que importa —me corrigió, encendida—. No tiene derecho a mirar por encima del hombro a mi hijo.

—No me estaba mirando por encima del hombro —musité—. Estaba enfadada porque me presenté allí. —Encogiéndome de hombros, añadí—: No le gusto. Nunca le he gustado. —Suspirando pesadamente, me removí, tratando de ponerme algo cómodo—. No desde que le pegué a Shannon con esa maldita pelota —me reproché al recordarlo, porque todavía me sentía culpable—. No quiere que me acerque a su hija.

—Pues que no se acerque ella a mi hijo, joder —gruñó mi madre, temblando visiblemente de la rabia—. Intentó que te expulsaran en enero —añadió, con las mejillas sonrojadas—. Le puso las manos encima a mi hijo, que es menor, en el recinto escolar, algo sobre lo que al señor Twomey se le olvidó convenientemente informar cuando hablé con él de ello. —Entrecerró los ojos y sentenció—: Nadie se mete con mi hijo.

Fruncí el ceño.

—¿Cuándo hablaste con Twomey sobre esto?

Mi madre se irguió.

—Lo llamé después de que Shannon me contara lo que pasó, antes de volver a Londres.

La miré boquiabierto.

—¿Por qué?

—Porque soy tu madre y tengo derecho a ser informada de cualquier problema que involucre a mi hijo en el instituto —replicó ella con brusquedad—. Sé que esa mujer te ha estado causando problemas. También sé que te amenazaron con expulsarte porque ella los presionó y ¡que te hicieron quedar como un matón! —Mi madre apretó sus pequeños puños—. Puede que no me guste el rugby, pero ¿cómo se atreve nadie a poner en peligro todo por lo que has trabajado por culpa de un accidente? Es de lo más inaceptable. El centro no tenía derecho a hacerte eso, ni motivos. Se lo dejé perfectamente claro al director. —Con una sonrisilla, añadió—: Antes de amenazar con sacarte de Tommen, así como con retirar las generosas donaciones de nuestra familia.

—Hay que joderse, mamá. —Pasándome una mano por el pelo con exasperación, miré hacia el techo y gemí—. Para que lo sepas, apenas me tocó.

—Te puso las manos encima —repitió mi madre, enfadada—. Te empujó. Te amenazó. Arremetió contra ti con ira. Puede que eso funcione en su casa, Johnathon, pero te aseguro que en la mía no.

Arqueé una ceja.

Mi madre esbozó una sonrisilla.

—Sé que piensas que soy una controladora insoportable, pero no puedo evitarlo. Eso es lo que hacen las madres. Damos la coña y nos preocupamos sin parar hasta que nos hemos ido al otro barrio. —Se inclinó y apoyó la mejilla en mi hombro—. Eres mi niño, Johnny. —Suspiró pesadamente y añadió—: Puede que me saques una cabeza, pero, pase lo que pase o lo lejos que llegues en la vida, siempre serás mi bebé.

—Sabes que yo también te quiero —musité, avergonzado e incómodo—. Puede que casi siempre me saques de quicio, pero estaría perdido sin ti.

—Lo sé, mi amor. —Mi madre suspiró y me dio unas palmaditas en la mano—. Lo sé.

—Mamá, por favor, no odies a Shannon por esto —le pedí, con la voz apenas un susurro—. Sé que estás enfadada con su madre, pero no lo pagues con ella.

—Pero, por dios, no odio a Shannon, mi amor —se apresuró a tranquilizarme—. Es una chica fantástica y nunca juzgaría a una criatura en función de lo que siento hacia sus padres. —Alargó una mano y me la puso en la espalda—. Después de todo, tus abuelos paternos nunca me juzgaron a mí, y mira de dónde vengo.

—Cierto.

Mi familia materna era, cuando menos, pintoresca. Mi madre tuvo una infancia dura que fue, literalmente, de mal en peor, siendo arrastrada de unos parientes a otros hasta que, a los dieciséis años, acabó hartándose y se fue de Dublín. Sin un duro en el bolsillo y sin más recursos que su talento, se coló en un autocar de Bus Éireann sin ningún destino en mente y fue a parar a Cork. Hizo autostop hasta Ballylaggin, donde llegó a la granja de mis abuelos con un serio problema de actitud y la voluntad de ganarse el sustento. Cuatro años después, vivía en Londres, iba a la universidad y estaba casada con mi padre.

—Pero te diré una cosa —añadió mi madre, dándome un empujoncito en el hombro con el suyo—. Si Marie Lynch quiere meterse contigo, primero tendrá que pasar por encima de mí.

—Mamá… —Negué con la cabeza y suspiré pesadamente—. No es por defender a la mujer, pero es probable que solo esté proyectando su miedo en mí. —Encogiéndome de hombros, añadí—: Todos lo están pasando mal en este momento.

—Lo entiendo, Johnny —coincidió mi madre—. De veras que sí, mi amor. No quiero ni pensar en cómo deben de sentirse sus pobres hijos. —Poniéndose de pie, se alisó el delantal antes de apuntar entrecerrando los ojos—: Pero lo pagará contigo por encima de mi cadáver.

—Tengo que volver mañana. —Observé a mi madre mientras se paseaba por mi habitación, recogiendo la ropa del suelo—. Al hospital.

Suspiró pesadamente.

—No quiero que te acerques a esa mujer, Johnny. No cuando va acusándote por ahí.

Entrecerré los ojos.

—¿Qué quieres decir con que va acusándome por ahí? ¿Estás hablando de la puta pelota otra vez? Porque ya he dicho que fue un maldito accidente.

Mi madre negó con la cabeza.

—No, mi amor.

—Entonces ¿qué? —solté, crispado—. ¿Qué va diciendo sobre mí?

—Le ha dicho algunas cosas a tu padre —respondió ella—. Cosas por las que a él y a mí no nos hace gracia que vayas.

—¿Cómo qué?

—Mira, Johnny, necesitas evitarla por un tiempo —sentenció finalmente, sin dar más detalles—. No digo para siempre, solo hasta que se calmen las aguas, pero lo mejor sería que le dieras a esa familia un poco de espacio.

¿Qué cojones había dicho sobre mí?

—No he hecho nada, mamá —gruñí, a la defensiva y de los nervios—. Así que lo que sea que vaya diciendo sobre mí son gilipolleces.

—Escucha, duerme un poco y hablaremos de eso por la mañana —respondió ella, sin mirarme a los ojos—. Todavía necesitas descansar, Johnny. Estás agotado.

Lo que se me había agotado era la paciencia.

—¿Mamá? —Observé a mi madre mientras se dirigía hacia la puerta—. Mamá, ¿qué ha dicho?

—Duerme un poco, mi amor —fue todo lo que respondió. Fue a cerrar la puerta al salir, pero se detuvo en seco—. Ah, casi me olvido… —Se metió la mano en el bolsillo delantero del delantal y sacó un pequeño trozo de papel doblado—. Encontré esto cuando estaba lavando la ropa que trajiste de Dublín. —Se acercó y me lo dio—. Eres muy dulce. —Sonriendo, me acarició la mejilla con una mano y se volvió hacia la puerta—. Estoy orgullosa de ti —añadió, antes de cerrar la puerta de mi habitación detrás de ella.

Confundido, desdoblé el papel y me lo quedé mirando, sintiendo una oleada de emociones romperme directamente contra el pecho.

«SHANNON COMO EL RÍO, ¿QUIERES SER MI AMIGA?».

El contrato de amistad.

Mierda.

Volví a doblar el papel con cuidado, lo guardé en la mesilla de noche y suspiré.

«Ponte bien —recé mentalmente—. Por favor, ponte bien, Shannon como el río».

11

EN CASA OTRA VEZ

Shannon

Siempre me había sentido insegura. Había permanecido la mayor parte de mi vida en un estado de constante inquietud, intentando sin éxito predecir el próximo paso en falso, aquel que traería dolor y miseria.

De pie en la puerta de la habitación de mi infancia el jueves por la tarde, me sentí más nerviosa e insegura que nunca, porque no podía predecir el peligro. Solo sabía que estaba al acecho en alguna parte.

Tenía el cuerpo en alerta máxima, y el instinto de supervivencia dentro de mi cabeza me gritaba que no estaba a salvo. Impotente, estudié mi habitación solo para comprobar que estaba exactamente igual que siempre: pequeña, limpia y ordenada.

—Te traeré algunas cosas nuevas para tu cuarto —anunció Darren mientras me rodeaba y dejaba mi bolsa de hospital al pie de la cama—. Algo de pintura y cortinas nuevas. Una colcha nueva. Lo que quieras, Shannon. Solo dime qué colores te gustarían y te los traigo.

¿Qué tal una vida nueva? ¿O una familia nueva? ¿O simplemente un poco de paz interior?

—Estoy bien —respondí afónica, con la garganta aún en carne viva—. No necesito que me compres nada.

Obligando a mis piernas a moverse, algo que me estaba costando desde que había cruzado la puerta de entrada, me dirigí hacia mi cama y me senté.

Mi mente pasó automáticamente al recuerdo de Johnny tirado en mi colchón, enseñándome matemáticas, y esbocé una leve sonrisa. Pero luego cometí el error de mirar la pared junto a la puerta y mi único buen recuerdo en esta casa se desvaneció para ser reemplazado por el recuerdo de mi padre estampándome contra la pared con tanta fuerza que dejé una marca en el yeso con la cabeza. Yo tenía siete años en ese momento y me había negado a darle el dinero de mi comunión. Aquello fue un error. Uno que pagué tanto con mi dinero como con mi cuerpo.

—¿Estás bien? —me preguntó Darren, sacándome de mis oscuros pensamientos—. Shannon…

—¿Dónde está todo el mundo? —quise saber, obligándome a alejar los recuerdos.

—Los chicos están con la tata Murphy —me explicó—. No podía llevarlos a recogerte, y mamá está en esa clase que organizó Patricia.

Patricia era la trabajadora social asignada a nuestra familia y la clase, un grupo para desarrollar habilidades parentales.

Casi puse los ojos en blanco ante la idea. ¿Qué le iban a enseñar allí? ¿A no permitir que su marido pegue a sus hijos? ¿A no desaparecer durante días y dejar a sus hijos sin comida? ¿A no pasarse semanas en cama y dejar que nos valgamos por nosotros mismos?

Debería saber todo eso por sentido común.

Por supuesto, los servicios sociales no sabían nada de esto. Se tragaron el rollo de «pobre esposa maltratada que trata desesperadamente de mantener a salvo a sus hijos» que Darren nos había hecho ensayar hasta el hartazgo. Me encogí al pensar en cómo les soltó el discurso a los más pequeños. Debían de sentirse tan confundidos.

«Es una víctima como cualquiera de nosotros», había dicho Darren. Hasta cierto punto, estaba de acuerdo con él, o al menos antes. Pero llegó un momento en la vida en que dejé de justificar a mi madre, y eso pasó hacía meses.

—¿Quieres hablar? —preguntó Darren, que estaba quieto en la puerta—. Acerca de papá.

Negué con la cabeza.

—¿Estás segura?

Lo miré impasible. No me quedaba claro qué esperaba que hiciera. ¿Confiar en él? No lo creo. Era un extraño para mí, al igual que las innumerables figuras de autoridad con las que me había visto obligada a hablar. A mentir.

—¿Qué pasa con Joey? —Esta pregunta era más importante para mí—. ¿Dónde está?

Darren suspiró pesadamente.

—No lo sé.

—Bueno, ¿ha estado en casa? —quise saber, endureciendo el tono por la indignación—. ¿Ha dormido aquí desde que has vuelto?

Sacudió la cabeza.

—No lo he visto desde el hospital.

—¿Has llamado a su novia? —continué, con el corazón latiéndome salvajemente—. ¿Sabes si está con Aoife?

—Joey es mayorcito —respondió Darren—. Es un adulto. Tiene más de dieciocho…

—Apenas —lo interrumpí ahogadamente. Les convenía que Joey se fuera. Sin él, todo volvería a su lugar. Joey era una complicación a la que ni mi madre ni Darren parecían querer enfrentarse—. Cumplió dieciocho años en Navidad, y todavía está en el instituto. No veo cómo eso lo convierte en un adulto.

—Shannon, si quiere quedarse fuera, no hay nada que yo pueda hacer al respecto.

—Él no quiere quedarse fuera, Darren —espeté. Todos éramos un producto de nuestro entorno. ¿Y Joey? Joey estaba muy cabreado—. ¡No quiere estar en casa con ella!

—Pues, le guste o no, resulta que es su madre —ladró Darren—. Tiene una habitación en esta casa si la quiere. Siempre tendrá la puerta abierta. Ha sido su elección comportarse así y no cooperar. No puedo obligarlo a quedarse.

—¿Comportarse así? ¿No cooperar? —Entrecerré los ojos y me obligué a no gritar, como me moría por hacer—. Está haciendo esto porque le duele y nadie le hace caso.

¡Y tú el que menos!

—Entonces necesita sentarse a hablar sobre cómo se siente —gruñó Darren—. No corretear por ahí golpeándose el pecho, joder. —Se pasó una mano por el pelo, claramente frustrado—. Quiero ayudarlo, Shannon. De veras. Pero no puedo hacerlo si no me deja.

Abrí la boca para responder, pero en vez de eso me limité a negar con la cabeza.

No tenía sentido continuar con esta conversación. Darren no lo entendía. No podía o no quería verlo desde la perspectiva de Joey, y yo no iba a desperdiciar más energía intentando convencerlo.

—Le estás fallando —susurré, incapaz de evitar que las palabras salieran a borbotones—. Al igual que hicieron ellos.

—Shannon. —Darren se estremeció como si le hubiera abofeteado, y supongo que lo hice, pero con la verdad—. Estoy aquí para todos vosotros —balbuceó—. Para lo que necesitéis. Día y noche.

Sí, para todos menos para Joey.

—Entonces ¿puedo usar tu móvil? —pregunté, aunque ya sabía la respuesta. Entrecerrando los ojos, añadí—: Has dicho que estás aquí para lo que necesite. Pues ahora mismo necesito hacer una llamada.

Mi hermano se puso rígido.

—Si es para llamarlo, entonces no. Ya has oído a mamá.

No necesitaba que me aclarara a quién se refería. Ambos sabíamos que hablaba de Johnny.

—Entonces ¿puedo tener un móvil propio?

Darren dejó escapar un suspiro de exasperación.

—Shannon, debemos centrarnos en la familia en este momento. Tenemos a los servicios sociales y la Gardaí pegados al culo. No necesitamos más complicaciones. Sé que piensas que estamos siendo injustos, pero tiene que ser así por ahora.

—Entonces no necesito nada de ti —respondí con frialdad—. Excepto que cierres la puerta cuando te vayas.

—Shannon…

—Mamá se equivoca con él —siseé, cansada de oír lo que decían de él. Habían pasado tres días desde que había visto a Johnny. Tres días desde que había ido al hospital a verme. Y tres días desde que mi familia había decidido que era una mala idea. A mi madre nunca le gustó Johnny y ahora sabía por qué. Le ponía nerviosa. Sabía demasiado y eso la asustaba. Debería estarlo—. Y tú le haces caso.

—Yo no le hago caso a nadie —respondió, con cansancio—. Ni siquiera conozco al chaval.

—Exacto —salté con desdén—. No lo conoces.

—Pero mamá tiene razón acerca de que eres vulnerable en este momento —apuntó—. No es saludable que te apegues a él.

—Oh, por favor. —Cerré los ojos y luché contra el impulso de romper algo—. Me dais asco los dos. —Abrí los ojos y miré a mi hermano—. Es amigo mío, Darren. Se me permite tener amigos, ¿sabes?

—¿Un amigo sobre el que un profesor te pilló sentada a horcajadas, con la falda subida hasta la cintura, en algún vestuario?

Me puse roja como un tomate. «Maldito señor Mulcahy».

—Nos estábamos besando —grazné—. Eso es todo.

—No te estoy juzgando, Shannon, estoy cuestionando tu juicio. Hay una gran diferencia —se apresuró a decir—. Sería muy fácil para alguien en tu situación, que ha sufrido un trauma y negligencia graves, meterse de cabeza en algo para lo que no estás preparada emocionalmente solo porque has conocido el afecto. Y… —añadió con cautela— también sería muy fácil para otros aprovecharse de una persona en ese estado.

—Estás tan equivocado…

—Solo escúchame, ¿vale? —me interrumpió de nuevo—. No estoy diciendo esto para hacerte daño. Solo intento que abras los ojos. —Su tono de voz era suave y amable, pero sus palabras eran condescendientes y me dieron ganas de vomitar—. Tienes dieciséis años —continuó—. Has pasado por un infierno, y de repente hay un chaval rondándote, diciéndote cosas bonitas, y haciéndote sentir querida y viva. Lo entiendo, Shannon, de verdad que sí. Todos hemos pasado por eso. Pero debes pararte a pensar en lo que estás haciendo y en lo que estás sintiendo antes de cruzar una línea que no tiene vuelta atrás. No quiero que hagas nada de lo que luego te arrepientas.

—No lo entiendes —susurré.

—Sí que lo entiendo. Todo el mundo en la historia de la humanidad lo entiende. Crees que estás enamorada. Estás convencida de que este chico será el que te salve. Pero no es real. Es por las hormonas y las dificultades de hacerse mayor. —Darren suspiró con cansancio—. Las emociones se intensifican cuando eres adolescente, y las tuyas especialmente por lo que has pasado.

—No me puedo creer que esas palabras estén realmente saliendo de tu boca —siseé al sentirme atacada—. Tú de entre todas las personas.

—Es un vínculo traumático —continuó—. Tal vez no del todo, pero definitivamente te estás apegando a él.

—Porque lo quiero —estallé, perdiendo la calma. Me puse a parpadear como una loca cuando me di cuenta de lo que había dicho y consideré retirarlo antes de reafirmarme—. Lo quiero —repetí, más convencida esta vez—. ¡Y eso no tiene nada que ver con el trauma ni la familia, sino únicamente con él!

—Eres una cría, Shannon —suspiró Darren, menospreciándome una vez más—. Ni siquiera sabes lo que significa el amor todavía.

—¿Has terminado? —dije inexpresivamente, con las lágrimas ardiéndome en los ojos—. Porque ya puedes irte.

Darren se quedó en la puerta durante un largo minuto más, mirándome como si quisiera decir algo, pero no lo hizo. Al final, sacudió la cabeza y se volvió para irse.

—Estaré abajo si me necesitas.

12

ESTAMOS SOLOS

Shannon

Hacía menos de una semana que había vuelto del hospital y ya habían empezado a salir a la luz las fisuras en nuestra renovada unidad familiar. Mi madre estaba abstraída y cuando no estaba en el trabajo, pasaba la mayor parte del tiempo encerrada en su dormitorio o sentada como una zombi en la mesa de la cocina, fumando con la mirada perdida. Esto no era nada nuevo para nosotros, pero sin la presencia de Joey, la casa estaba cayendo en un estado de anarquía.

No parecía importar lo que Darren dijera o hiciera; Ollie y Tadhg no se dejaban impresionar y lo desafiaban constantemente. Incluso el pequeño Sean se resistía a nuestra nueva configuración. No había hablado con nadie desde que mi padre se fue. Sabía que Darren lo estaba intentando, y una parte de mí se sentía mal por mi hermano mayor, pero la otra era más grande y su lealtad hacia Joey era inamovible.

Hacía días que no había vuelto a casa y su evidente ausencia en la rutina diaria de nuestros hermanos menores, aquello a lo que estaban acostumbrados, provocó la confusión y la rebelión. Tenía la sensación de que Darren se arrepentía de haber vuelto a casa. El papel que había asumido era como una losa que lo hundía cada vez más, ahogándolo en las facturas y deudas que nuestros padres habían acumulado imprudentemente y asfixiándolo en la responsabilidad de cuidar de los más pequeños y una madre débil.

Además de las reuniones con los abogados, las sesiones con los terapeutas y las visitas domiciliarias de los servicios sociales y la Gardaí, los chicos seguían teniendo entrenamiento y partidos casi todas las tardes. Debían mantener sus rutinas, e incluso con ayuda de la tata, era mucho para una sola persona.

La presión era inmensa y sin Joey para atenuar los problemas, como solía hacer, y guiar a Darren en la dirección correcta, la cosa se resquebrajaba y los ánimos se crispaban.

Lo único bueno de todo aquel lío era que nuestro padre seguía desaparecido. Lo malo era que, en el fondo, yo sabía que mi madre estaba así por él. Suspiraba por el hombre que hizo de nuestras vidas una miseria. Por eso tenía pocas esperanzas en un futuro a largo plazo sin él.

Sin móvil ni Joey, no tenía forma de contactar con el mundo exterior. Cuatro meses atrás, eso no me habría importado lo más mínimo. Cuatro meses atrás, habría estado agradecida de acurrucarme bajo el edredón y esconderme de este mundo cruel. Pero eso fue antes de Tommen. Eso fue antes de Johnny.

Me di cuenta de que algo me estaba pasando, algo estaba cambiando en lo más profundo de mi mente, y por primera vez en mi vida, me sentía inquieta. Como si quisiera arrancarme las cadenas que me ataban a esta casa y escapar. No tenía ni idea de dónde salía la idea, pero allí estaba, era real y me alentaba a revolverme y luchar. A ser valiente y darle un giro a mi vida por mí misma.

Encontré extraño que ahora, con más moretones en mi cuerpo que nunca, quisiera traspasar los límites, pero eso era lo que estaba pasando.

—¿Sabes algo de Joey? —La voz de Tadhg atravesó mis pensamientos y me devolvió al presente.

Me giré para encontrarlo apoyado contra la pared del baño, mirándome con los brazos cruzados sobre el pecho.

—No —respondí, volviéndome hacia el espejo en el que me había estado contemplando antes de que me distrajera—. Nada. —Me pasé los dedos de la mano libre por el pelo y me estremecí cuando el dolor me recorrió el cuero cabelludo—. No lo he visto desde el hospital. Ya lo sabes.

—Y ¿no estás preocupada? —insistió, endureciendo el tono—. ¿O no te importa una mierda, como al resto?

—Sabes que me importa, Tadhg. —Obligando a mi mano a no temblar, levanté las tijeras que había cogido y lo intenté de nuevo—. Y mucho.

—¿Por qué no viene a casa, Shan?

Quería gritarle que por culpa de nuestra madre, pero me contuve y me obligué a decir en su lugar:

—No lo sé, Tadhg.

—¿Qué estás haciendo? —preguntó entonces, como distraído.

Dejé las tijeras en el lavabo y me di la vuelta para dedicarle toda mi atención.

—Intento arreglarme el pelo.

Sarcástico, arqueó una ceja.

—¿A trasquilones?

—No me estoy dando trasquilones, Tadhg.

—Entonces ¿qué estás haciendo? —repitió, provocador.

Dejé escapar un pesado suspiro.

—Tengo una calva.

—¿Cómo lo sabes? —Frunció el ceño—. A mí me parece que tienes el pelo como siempre.

Me dirigí hacia el inodoro, cerré la tapa y me senté.

—Ven aquí.

—¿Para qué?

—Para enseñártelo.

Tadhg pareció vacilar bastante, pero se acercó a mí.

—Vale. Enséñamelo.

—Aquí. —Agaché la cabeza—. ¿Ves el lateral?

Sentí que me pasaba los dedos por el cuero cabelludo antes de detenerse.

—Te falta un trozo —dijo inexpresivamente, apartando la mano—. Del tamaño de un puño.

—Lo sé. —Tragué saliva con dificultad, luchando contra mis emociones, y me llevé una mano a un lado de la cabeza—. Estaba intentando traer un poco de pelo del otro lado para cubrirlo, pero quedan las puntas desiguales.

Se quedó en silencio durante un buen rato antes de preguntar:

—¿Tienes un peine?

Asentí.

—En el lavabo.

Sin una palabra más, Tadhg se dirigió al lavabo y cogió el peine y las tijeras.

—Eh —farfullé, mirando las tijeras con cautela—. ¿Q-qué estás haciendo?

—Arreglártelo —gruñó—. ¿Quieres que te ayude o no?

Sopesé por un breve momento los peligros de dejar que mi hermano de once años me trasteara el pelo con unas tijeras antes de encogerme de hombros con resignación.

—Adelante. —Hiciera lo que hiciese no podía ser peor que ir por ahí con todo el pelo hacia un lado—. Confío en ti.

La respuesta de Tadhg a eso fue un escueto «Hmm», pero se puso a ello tocándome con una suavidad increíble.

—¿Crees que volverá con él? —preguntó después de un largo silencio—. ¿Cuando se calmen las cosas?

Sí.

—No.

—Mentirosa —fue todo lo que respondió.

Veinte minutos más tarde, me estaba mirando en el espejo, admirando su habilidoso trabajo.

—Te lo he pasado a un lado —me explicó, todavía con el ceño fruncido, mientras se ponía detrás de mí y miraba mi reflejo—. Y luego te he igualado las puntas para que no parezcas tonta.

En lugar de tener el pelo largo hasta el codo y con la raya en el medio como siempre, ahora la llevaba a la derecha para tapar la calva de donde mi padre me había arrancado varios mechones.

—Gracias —balbuceé, sintiendo que me emocionaba muchísimo. Me di la vuelta para mirarlo—. Te debo una.

Tadhg se removió incómodo.

—Ya, bueno, si quieres hacerme un favor, encuentra a mi hermano.

Se me rompió el corazón.

—Volverá, Tadhg. —Se me llenaron los ojos de lágrimas cuando dije—: Joey nunca nos abandonaría.

—Estamos solos —susurró, bajando la mirada a sus pies.

—No. —Negué con la cabeza y me acerqué a él—. No es verdad.

—¿Aún no lo pillas? —escupió, apartándose de mí—. ¿No te has dado cuenta todavía? Estamos solos. —Negó con la cabeza y me miró—. Todos. Completamente. No tenemos a nadie. Y se acabó.

—Tadhg, eso no es cierto…

—A nadie le importamos una mierda, Shannon —me dijo, impasible, con la voz desprovista de toda emoción—. Ninguno de nosotros. O ya habrían venido. Y a Joey tampoco le importamos —gritó antes de irse hecho una furia.

13

COBRARSE UN FAVOR

Johnny

Habían pasado días sin una palabra de Shannon y la preocupación me consumía.

Entre eso y la prohibición de entrenar e ir al gimnasio, estaba completamente perdido. En serio, no tenía ni puta idea de qué hacer con mi vida. Iba a las sesiones de fisioterapia y terapia ocupacional, pero sin la distracción de mi habitual no parar, mi estado de ánimo empeoraba.

También recibí un pedazo de rapapolvo por teléfono por parte de mis entrenadores en la Academia por poner mi cuerpo en riesgo de la forma en que lo hice. Lo que había parecido una buena idea en su momento se había vuelto en mi contra. Mis médicos y entrenadores ya no confiaban en mí, y sabía que pasaría mucho tiempo antes de que lo hicieran de nuevo.

Era deprimente.

Admito, a regañadientes, que lo bueno de estar de baja era que mi cuerpo parecía estar prosperando con el descanso, recuperándose a un ritmo mucho más rápido de lo que había previsto. Ahora podía moverme con más libertad, y los moretones y la hinchazón en las pelotas e ingles que llevaban atormentándome desde Halloween comenzaban a desvanecerse lentamente. Tampoco me dolía al mear. Todavía no me la había jugado intentando meneármela, pero la empalmada mañanera que tenía a diario no me provocaba el mismo malestar que antes.

Nada de eso me consolaba, porque solo pensaba en Shannon.

Debido a mi padre y su obsesión con el cumplimiento de la ley, no había podido verla. Al parecer, su hermano Darren había llamado a mis padres para dejar claro, sin rodeos, que no debía volver al hospital.

Comprendí que mi padre lidiaba con este tipo de cosas a diario, pues estaba acostumbrado a ver discrepancias a su alrededor, pero yo no. Para mí, esto era personal, ella me afectaba personalmente, y me estaba volviendo loco que no me contaran nada.

La traidora de mi madre estaba del lado de mi padre, pero tenía sus propios planes. No quería que me acercara a la señora Lynch. Le había molestado la amenaza de expulsión y no quería que me acercara lo más mínimo a «una mujer así» (sus palabras, no las mías).

Desde la operación era incapaz de ir yo solo de aquí para allá, así que no podía llegar a ninguna parte sin la ayuda de mis padres, lo que me dejaba cabreado y sin coche.

Traicionado y de mal humor, me quedé en cama la mayor parte de la semana, ignorando a mi madre cada vez que asomaba la cabeza por la puerta para ver cómo estaba, lo cual pasaba cada veinte malditos minutos, y regodeándome en mi mal humor.

Para el lunes siguiente, estaba resignado.

Después de una intensa sesión de fisioterapia con Janice por la mañana, seguida de otras dos horas en la piscina, estaba deprimido y agitado. Tumbado de espaldas con Sookie a mi lado, desperdicié el resto del día lanzando una pelota de rugby al aire y atrapándola, mientras contemplaba los peores escenarios posibles que me habían estado atormentando sin descanso.

¿Y si el padre de Shannon volvía y no lo encerraban?

¿Qué pasaría si mi cuerpo no se curaba a tiempo para la gira?

¿Y si Shannon no volvía al instituto la próxima semana?

¿Y si era culpa mía?

¿Qué pasaría si la ponían bajo tutela y tenía que cambiar de centro?

¿Y si hubiese jugado mi último partido en Dublín?

¿Y si le pegaba de nuevo?

¿Y si, y si, y si…?

—Debería haberla dejado en esta habitación con nosotros, Sook —murmuré—. ¡Debería haberme quedado con ella, y punto!

La respuesta de mi fiel labrador fue acurrucarse en mi costado y aullar suavemente.

—Sí, lo sé, bebé. —Suspirando pesadamente, lancé la pelota al otro lado de la habitación y le pasé un brazo alrededor—. La cagué muchísimo.

—Johnny, ha pasado algo y papá ha tenido que volver a Dublín —la voz de mi madre llenó la habitación momentos antes de que llegara a la puerta.

Resoplé ruidosamente.

—Me alegra saber dónde están sus prioridades. Como siempre.

—No seas así —dijo mi madre con un suspiro—. Se ha pasado media noche al teléfono, otra vez, haciendo llamadas por ti.

La miré fijamente arqueando una ceja.

—¿Y?

—Y nada —respondió mi madre—. No puede contarnos nada de lo que haya averiguado, si es que ha averiguado algo. —Suspiró de nuevo—. Ya sabes cómo va esto, Johnny.

Sin molestarme en responder, desvié la mirada hacia el techo sobre mí.

—Se ha dejado algunos papeles en el estudio y tengo que llevárselos —continuó diciendo mi madre—. Apenas serán unas horas, vuelvo esta noche segurísimo, pero, solo por si acaso, he llamado a Gerard para que venga a hacerte compañía mientras yo no estoy. Sabe que no debes salir de casa, cariño, así que ni se te ocurra intentar persuadirlo para que haga nada malo o habrá consecuencias para los dos.

Agucé el oído al escuchar el nombre de Gibsie, y al instante estaba tramando un motín.

En total, me importaban dos cosas en mi vida. El rugby y Shannon. Y ahora mismo, ambos me habían sido arrebatados inesperadamente. Estaba perdiendo el control de las riendas de mi propia vida y eso me estaba volviendo loco. ¿Qué cojones debía hacer? ¿Quedarme en cama y tomarme la medicación como un buen niño con el rabo roto? Creo que no, joder.

—Quédate en la cama —añadió mi madre con severidad—. Gerard puede entrar solo, así que no te molestes con las escaleras, mi amor. Y sé que has dicho que no tenías hambre, pero hay una olla de sopa en el fuego y algunos panecillos recién hechos en la mesa por si te entra el gusanillo más tarde.

Sí, es posible que no haya conseguido que me metan en una cuna como quería tras el alta hospitalaria, pero mi madre había conseguido tener más control sobre mi vida del que había tenido en años y estaba ejerciendo ese nuevo poder. A mí me habían anulado y ella estaba encantada de tenerme vigilado a todas horas.

—¿Me estás escuchando, Johnny? —insistió—. ¿Has escuchado una palabra de lo que acabo de decir?

—Que sí —gruñí—. Gibsie vendrá a hacerme de niñera porque, al parecer, nadie se fía de dejarme solo durante una hora. —Puse los ojos en blanco—. A pesar de que me he cuidado solito durante meses sin ninguno de mis padres.

Mi madre puso los ojos en blanco.

—No seas dramas.

La miré boquiabierto, resistiendo el impulso de gritar porque eso le daría la razón.

—Que te diviertas en el viaje —dije en su lugar, con retintín.

Mi madre arqueó una ceja.

—Y tú con tu pataleta.

Qué paciencia…

—Adiós, madre —dije entre dientes.

Ella esbozó una sonrisilla.

—Adiós, mi pequeño picajoso.

Hay que joderse.

Esperé hasta que mi madre hubo cerrado la puerta del dormitorio al marcharse para salir de la cama.

Veinte minutos después, acababa de darme una ducha y me estaba peleando con los calzoncillos cuando la puerta de mi habitación se abrió de golpe.

—Estoy que te cagas de aburrido —anunció Gibsie, entrando—. Estamos de vacaciones de Semana Santa y ¿qué estoy haciendo? Quedarme encerrado en mi habitación estudiando para el examen de una asignatura que ni siquiera estoy seguro de poder deletrear, y mucho menos estudiar el próximo año, y todo porque decidiste romperte la polla y abandonarme. —Se dejó caer sobre mi cama y soltó un suspiro exagerado—. Eres tan egoísta.

—Perdón por las molestias —gruñí mientras mantenía el equilibrio contra el marco de la puerta del baño y trataba de vestirme sin hacerme daño. Los puntos se me estaban curando muy bien, pero todavía estaba dolorido y magullado—. Olvidé que todo gira a tu alrededor, Gibs…

—¡Guau, pero qué es ese pollón todo hinchado! —se quejó Gibsie, llevándose una mano a la cara—. Estás a tope, ¿eh, chaval? Ahora casi preferiría no haber venido. Me siento como un eunuco. Y un poco rayado. Tal vez debería aprender a llamar a la puerta…

—Cállate —mascullé, colocándome la cinturilla en las caderas—. Estás siendo un morboso otra vez y necesito que seas normal durante una hora.

Él arqueó una ceja.

—¿Solo una hora?

—¡Gibs! —espeté, impaciente.

—¡Vale! —Levantó las manos—. Seré normal.

—Bien. —Suspiré—. Porque necesito que me lleves a un sitio.

—Ah, no, no, no. —Se sentó derecho y me señaló—. Reposo en cama, Johnny. De siete a diez días, colega.

—Sí, y han pasado diez días —respondí.

—Nueve, para ser sinceros —resopló mientras se levantaba y comenzaba a caminar—. Y tu madre ha especificado que eran diez días de reposo en cama cuando me ha llamado antes, ¡por no mencionar el grave daño físico que me causará si llega a considerarme cómplice en tu fuga de casa!

—Bueno, necesito verla. —Me puse el par de pantalones de chándal más holgados que tenía, cogí una camiseta limpia y me la puse rápidamente—. No podré conducir durante al menos otra semana, y me han quitado las malditas llaves del coche, así que necesito que me lleves.

—No es posible —respondió Gibs con un firme movimiento de cabeza—. Mamá Kavanagh me cortará las pelotas y acabaré compartiendo cirujano contigo. —Volvió a negar con la cabeza para enfatizar su desaprobación—. Te quiero, tío, pero no tanto.

—Venga ya, Gibs —solté, frustrado—. Ayúdame.

—Siempre te estoy ayudando, joder —gimió.

—Ya —dije inexpresivamente—. Porque siempre te la devuelvo.

—Tienes que dejar que su familia se encargue de esto, tío —dijo, en tono serio—. No estoy de coña, Johnny. Tienes que apartarte. Me contaste lo que dijeron, que su madre te advirtió que no te acercaras. —Levantó las manos al aire con desesperación—. Así que aléjate por un tiempo. Está claro que quieren gestionarlo ellos mismos. Dale un poco de espacio y ya la verás cuando volvamos a clase.

—¿Y si no la veo? —pregunté—. ¿Y si no vuelve a Tommen?

—Claro que volverá.

—¿Cómo lo sabes?

Gibsie puso los ojos en blanco.

—¡Tal vez porque estudia allí!

Hundiéndome en la cama, dejé escapar un suspiro de dolor y traté de tragarme mis emociones antes de volver a hablar.

—Mira —comencé, un poco más calmado ahora—. No te estoy pidiendo que me lleves al gimnasio. No voy a acercarme a una maldita pelota de rugby, y no te estoy pidiendo que mientas por mí. —Mirándolo directamente a los ojos, le dije—: Te estoy pidiendo que me lleves con ella porque no puedo ir yo solo. Y necesito… y ella necesita que yo… —Me quedé sin palabras y me pellizqué el puente de la nariz—. Si no me ayudas y le pasa algo, te juro que nunca te lo perdonaré, Gibs.

Nunca me lo perdonaré a mí mismo.

—Eso es chantaje emocional.

—Es la única jugada que me queda —respondí con firmeza.

—Tu madre me matará —señaló Gibsie—. Lo entiendes, ¿no? Me destripará.

—Asumo toda la responsabilidad —respondí—. Hazlo por mí, Gibs.

—Vale —soltó, levantando las manos—. Llama a tus putos médicos. Pregúntales si conocen la operación que consiste en quitarle un tacón del culo a alguien, porque eso es lo que me va a pasar a mí cuando saque a su bebé de esta casa, Johnny. Me va a matar. —Gimiendo, añadió—: Diles que me reserven una maldita camilla. Voy a necesitar una.

14

FUGA

Johnny

—Vale, esto tenemos que pensarlo bien —comentó Gibsie mientras salía a la carretera principal junto a mi casa—. Hay que tener preparada algún tipo de excusa, un señuelo en caso de que no nos dejen entrar.

—¿Un señuelo? —Volví la cabeza y lo miré—. ¿De qué cojones estás hablando? No necesitamos excusas ni señuelos, Gibs. Vamos a ir hasta su casa, aparcaremos el coche y llamaremos a la maldita puerta.

Gibsie puso los ojos en blanco.

—Qué sutil eres. Coge mi móvil, anda, lo tengo en el bolsillo.

—No necesito ser sutil —gruñí, pero hice lo que me pidió. Me quitó el teléfono de las manos y cogí el volante mientras él marcaba—. Te quitarán puntos del carnet por esto —murmuré, agradecido de tener el control de algo por una vez, aunque solo fuese del coche.

Gibsie sonrió y se llevó el móvil a la oreja.

—Solo si me pillan. Hey, ¿cómo te va, nena? Necesito que salgas en cinco minutos. Sí, cinco. ¿Por qué? Porque voy a recogerte, por eso. No me hagas perder el tiempo con preguntas. Tú ponte el abrigo y espérame en el camino de entrada. Hace frío, así que ponte el rojo. —Gibsie sonrió, claramente ante el rapapolvo que le estaban soltando al otro lado de la línea, antes de decir—: Sé que estás en casa porque te he visto mirándome desde la ventana de mi habitación antes… Sí, sé que tú también me espías a mí. Sí, me odias. Lo sé. Todo eso ya me lo has dicho, nena. Yo también te quiero.

—¿Vamos a traer a Claire? —le pregunté cuándo colgó.

Gibsie asintió.

—Tiene más sentido que no que se presenten dos chavales solos. —Encogiéndose de hombros, añadió—: Shannon es su mejor amiga, tío. No ha podido hablar con ella desde Dublín. La chica está hecha un manojo de nervios con todo esto.

Me encogí de hombros.

—Me parece bien.

Cinco minutos más tarde, entramos en la calle de Hughie y Gibsie, donde nos recibió una Claire con el ceño fruncido que esperaba de pie en el acceso a su casa con un paraguas rosa neón para protegerse del aguacero.

—¿De qué va esto, Gerard? ¿Cuál es la gran emergencia? —preguntó, subiéndose al asiento trasero cuando Gibsie se detuvo a su lado—. Oh, hola, Johnny —añadió, suavizando un poco el tono—. Espero que te encuentres mejor.

—Todo bien —respondí, incómodo por que ella lo supiera.

—Aquí Kav me ha obligado a ir hasta casa de Shannon —dijo Gibsie—. He pensado que querrías venir.

—Sí. —Claire se inclinó hacia delante y asomó la cabeza entre nuestros asientos—. Pero no te dejarán entrar. Hice que Hughie me llevara el viernes para verla, pero su madre me dijo que estaba en la cama. —Claire arrugó la nariz mientras hablaba—. Ni siquiera me escuchó, chicos. Dijo que Shan estaba demasiado cansada para recibir visitas y simplemente me echó.

Sentí que la furia me atravesaba.

—Relájate, capi —me dijo Gibsie con calma. Fue entonces cuando me fijé en que tenía los nudillos blancos por la fuerza con que apretaba los puños—. La veremos.

—Ni lo dudes, joder.

—Sé que vive en Elk —empezó Gibsie—. Pero es una urbanización grande…

—En el 95, vive en el número 95 —apuntamos Claire y yo al unísono.

—Bis, bis —se rio ella.

—¿Sabes, muñequita? Si me dejaras a mí sin hablar, tengo algo con lo que te haría gritar mi nombre tres veces —señaló Gibsie.

—Gracias, no me gusta gritar —replicó Claire—. Ni los penes.

Me desconecté de su conversación, pues estaba demasiado preocupado por Shannon para entretener a ninguno de los dos. En lugar de eso, puse la radio y dejé que uno de los eclécticos CD de mezclas de Gibsie ahogara mis pensamientos. Mantuve la mirada fija en el parabrisas, sin parpadear y apenas respirar, hasta que subimos la enorme cuesta y entramos en su calle.

—Mierda —murmuró Gibsie cuando nos detuvimos frente a la destrozada casa en Elk—. Qué putada, ¿no?

—Sí, tío —mascullé—. No tienes ni idea.

—Baja la música, Gerard —le regañó Claire cuando aparcamos frente a la casa.

—¿Qué tiene de malo mi música? —preguntó este, cómicamente ofendido.

—¿«Knockin' On Heaven's Door»? —le increpó Claire, fulminándolo con la mirada, y le dio un cachete en el hombro—. ¿En serio? ¿Después de lo que le acaba de pasar? —Se coló entre los asientos delanteros y apagó la música—. Hay que ser insensible.

—Pero... pero ella no está aquí. —Gibsie apagó el motor y se giró para mirarla. Tenía la cara atravesada por la confusión cuando dijo—: Y es de Guns N' Roses.

—Ha sido una mala elección.

—A ver qué te parece esta... —Sus palabras se apagaron cuando encendió la radio y puso la séptima pista. El solo de guitarra de «Jailbreak» de Thin Lizzy resonó en los altavoces—. ¿Mejor? —preguntó Gibsie, meneando las cejas—. ¿Más adecuada para la ocasión, tesoro?

—Mucho mejor —respondió Claire, en tono de aprobación—. Buen trabajo, cariñín.

—Gracias, nena.

—Estáis los dos de pitorreo —dije. Sacudiendo la cabeza, abrí la puerta del coche y salí ayudándome de las muletas—. Esto es serio.

—Lo sé, tío —respondió Gibsie, uniéndose a mí en la acera—. Lo sé.

—Bueno, y ¿cuál es el plan? —preguntó Claire, bajando del coche—. ¿Vamos para allí... —se encogió de hombros con impotencia— sin más?

—Yo sí —dije.

Sin esperar a que ninguno de los dos respondiera, rodeé el muro que separaba el descuidado jardín del sendero de entrada y subí torpemente hasta la puerta. La tensión emanaba de mi cuerpo en oleadas cuando solté una de las muletas y llamé a la puerta con los nudillos.

—Mantén la calma, capi —me advirtió Gibsie al oído. Volviéndose sobre sí mismo, cogió a Claire y la arrastró frente a los dos—. Sonríe, muñequita —le pidió, poniéndole una mano en la cadera—. Nadie podría resistirse a tu sonrisa.

Finalmente, después de lo que pareció una eternidad, la puerta se abrió hacia dentro y nos recibió lo que solo podría describir como la versión masculina de Shannon. Cabello castaño oscuro y unos penetrantes ojos azul oscuro repletos de secretos.

—¿Sí? —preguntó educadamente—. ¿Puedo ayudaros?

—¿Quién eres? —decidí preguntar sin cortarme. Ya sabía que era Darren, pero quería que lo confirmara.

—Estás en mi casa —respondió el hombre—. ¿Quién eres tú?

Reprimiendo el impulso de apartarlo de mi camino, pregunté:

—¿Está Shannon?

Darren se apoyó en el marco de la puerta y cruzó los brazos sobre el pecho.

—¿Quién lo pregunta?

—Yo.

Él arqueó una ceja.

—¿Y quién es ese?

—Soy su...

—Es su Johnny —soltó Claire.

—Buena —se rio entre dientes Gibsie, pasándole un brazo por encima—. Y ya que estamos con las presentaciones, ella es mi Claire y yo soy su *flanker*.

—Me acuerdo de ti —dijo Darren, mirando a Claire con curiosidad—. Has crecido.

—Oye, ¿está Shannon o no? —espeté, con la paciencia pendiendo de un hilo—. Necesito verla.

—No.

¡Maldita sea!

—Bueno, ¿puedes decirme cuándo volverá? —dije, con los dientes apretados—. Para saber cuánto tiempo estaré esperando en el coche.

Porque no voy a irme a ningún lado, hijo de puta.

—No.

Furioso, me apoyé en una muleta y siseé:

—¿Dónde está, Darren?

Sacudió la cabeza y puso la mano en la puerta.

—Vete a casa, Johnny.

—No lo hagas, capi —me advirtió Gibsie, poniéndome una mano en el hombro—. No te pongas en plan buldócer, joder.

Lo escuché. De veras que sí. Pero no podía ver más allá de la ira que me nublaba la mente, asfixiándome hasta el punto de que me costaba pensar con claridad.

—No —gruñí, sacudiéndome su mano—. No voy a ninguna parte. —Intercepté la puerta con una muleta para impedir que Darren me la cerrara en la cara—. Lo sé todo sobre tu familia. —Miré detrás de él y añadí—: Toda la mierda que pasa en esta casa. Y si crees que me iré sin verla, ¡estás muy equivocado!

—No tienes ni idea —ladró—. ¡Crees que sabes mucho, pero no tienes ni puta idea!

—Johnny, tal vez deberíamos irnos...

—¡No voy a ninguna parte! —rugí, furioso y dolorido por estar de pie—. ¡Pienso quedarme aquí hasta que me deje entrar o la haga bajar, joder! —Enderezándome, lo miré fijamente a los ojos y dije—: Tú decides. Me sirve cualquiera de las dos cosas.

—¿Tienes la menor idea de por lo que está pasando mi familia? —preguntó entonces, ya sin esa fachada tranquila—. ¿Por lo que todos estamos pasando en este momento, intentando superar esto? —Me miró con rabia antes de continuar—: Estoy manteniendo a mi familia unida por los pelos, chaval. Me he pasado la mayor parte de la semana junto a la cama de mi hermana en el hospital, tratando de asimilar el follón al que he vuelto. Mi familia tiene suficientes problemas ahora mismo, problemas más complicados de lo que jamás entenderías, así que necesito que te apartes y nos des un respiro.

—Te daré todo el espacio que necesites —respondí acaloradamente—. Después de ver a Shannon.

—Lo último que Shannon necesita es que vengas aquí a confundirla —ladró—. Ha pasado por un infierno. Necesita descanso y tranquilidad. Estoy intentando dárselo. Estoy intentando darle una vida mejor, y que te presentes aquí bombardeándola con preguntas solo la va a traumatizar aún más.

—Shannon puede decírmelo ella misma —respondí, sin querer ceder ni un milímetro—. A la cara.

Darren negó con la cabeza.

—Joder, Johnny, mi madre ya te lo explicó. Hablé con tu padre y se lo expliqué. ¿Qué es lo que no pillas? ¿Por qué no puedes entender que lo que pasa en nuestra familia es privado y necesitamos tiempo para procesarlo todo?

—¿De qué tienes tanto miedo? —lo provoqué—. ¿De que hable conmigo? ¿De que confíe en mí? ¿De que me cuente toda la mierda que debería estar diciéndole a las autoridades pero no lo hace porque la tenéis encerrada como si fuera una puta prisionera? —Lo miré de arriba abajo y añadí—: Sí, sé que hay más. Sé la hostia de cosas. Y puede que seas capaz de controlarla a ella, pero no puedes mangonearme a mí, y no tengo ningún problema en destapar tus trapos sucios. Y otra cosa que no puedes hacer —añadí, enderezándome— es obligarme a largarme.

—Tienes que calmarte —me dijo—. Deja de sacar pecho y buscar pelea, Johnny. Mi hermana está bien y tienes que marcharte.

—Sufrió maltrato y abuso en su propia casa. Y fuera de ella la torturaban. Es un puto milagro que siga viva. ¡Así que no, no me voy a calmar! —exclamé—. Quiero verla y no me iré hasta que lo haga.

—Si no te vas, llamaré a la Gardaí —respondió Darren—. No quiero hacerlo, pero lo haré si no te vas.

—Entonces hazlo, ¡porque no voy a ir a ningún lado, imbécil! —rugí al perder los estribos—. Venga, llama a la puta policía, porque la verdad es que me encantaría hablar con ellos.

—Ay, su madre me va a matar —gimoteó Gibsie.

—¡Cállate, Gibs! —ladré.

—Que se pare el mundo que me bajo —gimoteó.

—Gerard, cálmate. No van a detener a nadie. Johnny… —Claire me puso una mano en el brazo—. Venga. Vámonos.

—No voy a ninguna parte —siseé por quincuagésima maldita vez, sin apartar la mirada de Darren—. ¿Qué ocultas? —le pregunté, entrecerrando los ojos.

—Nada.

—Entonces ¿por qué no puede verme? —quise saber—. ¿Por qué no puedo verla? ¿Qué puto problema tienes conmigo…

Mis palabras se interrumpieron cuando una pequeña figura salió disparada de debajo del brazo de Darren y saltó hacia mí. Mi cerebro apenas tuvo tiempo de procesar que estaba viendo a Shannon antes de que se abalanzara sobre mí y me pasara los brazos alrededor del cuello, lo que hizo que me tambaleara un poco hacia atrás.

—Hola, Johnny —susurró, tropezando con el escalón de la puerta mientras se aferraba a mí—. Has vuelto.

—Hola, Shannon. —Se me cayeron las muletas al suelo cuando la estreché entre mis brazos, sosteniéndola—. Prometí que lo haría —respondí, mirando a su hermano con los ojos entrecerrados.

15

CHICOS GUAPOS Y HERMANOS DESTROZADOS

Shannon

Al principio, ignoré el vocerío que rompió la tranquilidad de mi dormitorio, suponiendo que Darren y Tadhg estaban riñendo de nuevo en la planta baja, pero luego recordé que tanto este como Ollie habían ido a una fiesta de cumpleaños. Sean estaba con la tata Murphy, Joey estaba en paradero desconocido y mi madre estaba en el trabajo. Así que quedaban Darren y…

¿Mi padre?

Se me cortó la respiración y dejé caer el bolígrafo que había estado usando para garabatear apuntes en mi libro.

Por un momento, me quedé sentada en la cama y contuve la respiración, esperando que la puerta de mi habitación se abriera y mi padre apareciera. Al no pasar nada, mi ansiedad disminuyó hasta que pude mover las extremidades nuevamente.

Hecha un tembleque, salí de la cama y me acerqué a la ventana para investigar. La abrí de un empujón y me asomé apoyando los codos en el alféizar para ver dónde estaba el problema.

Ver el familiar Ford Focus plateado aparcado frente a mi casa hizo que se me acelerara el corazón.

Conocía ese coche. Era de Gerard Gibson.

Y dondequiera que estuviera Gibsie…

—Entonces hazlo, ¡porque no voy a ir a ningún lado, imbécil! —tronó una voz dolorosamente familiar con un marcado acento de Dublín.

Johnny.

La veranda bajo mi ventana me tapaba la vista de la puerta principal, por lo que no podía verlo, pero le oía y, madre mía, el corazón empezó a retumbarme violentamente al escuchar su voz.

Me quedé allí un buen rato, conmocionada, absorbiendo su voz y asimilando que estaba allí de verdad, antes de que mi cerebro se pusiera en marcha y mis piernas comenzaran a moverse.

Me dolía cada centímetro del cuerpo, y los moretones de la cara se habían oscurecido, por lo que eran más evidentes, pero no me importaba. Me tragué el dolor, reprimí mis inseguridades y me vestí en un periquete. Los tejanos que me puse me quedaban grandes, y aunque necesitaba un cinturón, sabía que no encontraría ninguno en mi armario, así que usé la goma del pelo para sujetármelos. Metí los pies en las deportivas y cogí una de las sudaderas de Joey que había colgadas en la parte trasera de mi puerta antes de correr hacia las escaleras.

Temerosa de repente, me agarré a la barandilla y bajé medio a trompicones en mi prisa por llegar a él. Cuando alcancé el último escalón, tuve que detenerme un momento a recuperar el aliento porque mis pulmones protestaron ante la repentina actividad.

Darren estaba en la entrada, tapándome la vista, mientras discutían.

Moviéndome por puro instinto, corrí hacia la puerta y me deslicé bajo el brazo de Darren. Sorprendido, Johnny levantó las cejas al verme, pero no le di la oportunidad de decir nada, porque prácticamente me caí sobre él al tropezar con el escalón de la puerta cuando le pasé los brazos alrededor del cuello y me aferré a él. Al instante, una sensación de alivio me recorrió la piel con un calor que me desbordó.

—Hola, Johnny. —Cerrando los ojos con fuerza, me aferré a su cuerpo como si me fuera la vida en ello—. Has vuelto.

—Hola, Shannon. —Escuché sus muletas resonar en el suelo cuando me estrechó entre sus brazos, y luego me envolvieron la calidez y la seguridad que me pareció llevaba persiguiendo toda la vida—. Prometí que lo haría.

«Esto no es seguro para ti —protestó mi mente—, sientes demasiado por este chico, demasiado. Encariñarse con él es una mala idea…».

—¡Shan! —oí que gritaba la voz de Claire y levanté la cabeza de golpe. Fue entonces cuando me di cuenta de que ella y Gibsie estaban un poco apartados de la puerta. Me miró con esos ojos marrones llenos de lágrimas y me saludó nerviosa—. ¡Hola!

Al verla, algo se rompió dentro de mí y un sollozo me desgarró la garganta.

—Hola —respondí ahogadamente, mientras me apartaba de Johnny e iba hacia ella.

—¡Oh! —Nos encontramos a mitad de camino y me dio un abrazo tan fuerte que me estremecí de dolor—. ¿Estás bien? —me preguntó. Sollozando ruidosamente, me soltó y dio un paso atrás para mirarme de arriba abajo—. Ay, madre, Shan, lo que pasó…, no puedo…, ni siquiera sé qué… ¡Tía, más te vale estar bien! —Cogiéndome de la sudadera, me arrastró de vuelta hacia ella para darme un enorme abrazo—. Estoy tan enfadada contigo —susurró mientras las lágrimas le caían sin parar por las mejillas—. Y estoy muy enfadada conmigo… y con él. —Miró a Darren, que todavía estaba de pie en la puerta—. No es tan majo como lo recordaba.

—Estoy bien —le dije, dándole unas palmaditas en la espalda—. Pero ve con cuidado, por favor.

—Claro —sollozó, soltándome una vez más—. Ay, madre… —Sus palabras se interrumpieron e hizo una mueca de dolor—. Tu cara.

—Estoy bien, Claire —repetí suavemente—. Estoy aquí.

Estoy viva.

—Es que te quiero tanto —lloró—. ¡Ni te imaginas lo importante que eres para mí!

—¿Puedo unirme al momento? —preguntó Gibsie, y luego pasó los brazos alrededor de las dos—. Los abrazos en grupo son buenos para el alma —reflexionó, alborotándonos el pelo antes de dar un paso atrás y sacarse un paquete de tabaco del bolsillo de los tejanos. Sonriendo para sí mismo, se colocó un cigarrillo entre los labios y lo encendió.

—Hola, Gibsie —lo saludé, moqueando mientras me secaba las lágrimas con la manga.

—Pequeña Shannon —respondió con un guiño—. ¿Estás bien?

Asentí débilmente.

—Joder, claro que sí —dijo, en tono alentador—. Eres una luchadora.

—Pareces un oso panda —observó Claire con voz ronca, tocándome las ojeras—. ¿Duermes?

No pego ojo porque me atormentan las pesadillas.

—Solo son los moretones.

Ella se estremeció.

—Lo siento.

—No pasa nada —susurré, con una sonrisa insípida—. Estaré bien.

—Pregúntale ahora —ladró Johnny, atrayendo toda nuestra atención hacia donde seguía mirando fijamente a mi hermano—. Pregúntale a tu hermana qué quiere. Pregúntale si quiere que nos vayamos. Venga. ¡Pregúntale, joder!

—Ya te lo he dicho —gruñó Darren—. No pue…

—Quiero quedarme un rato con mis amigos —mascullé, sorprendiendo a todo el mundo. Sentí que me observaban cuatro pares de ojos y me ardieron las mejillas. Poniéndome rígida, miré a mi hermano y dije—: Voy a pasar un rato con mis amigos.

Darren me miró derrotado.

—No deberías estar fuera después de tu intervención. —Se pasó una mano por el pelo y ahogó un gemido—. No deberías ir a ninguna parte sin mí o Joey —apuntó, con una mirada cargada de intención—. Piénsatelo.

No necesitaba pensarme nada. Ya sabía a qué se refería.

Mi padre.

Estaba por ahí en alguna parte y a Darren le aterrorizaba que nos cogiera a alguno.

Mi viejo amigo el miedo cobró vida, como una patada en el estómago, y me estremecí físicamente.

«¿Y si te encuentra?».

«¿Y si vuelve?».

«¿Y si mamá vuelve con él mientras no estás y lo encuentras en casa cuando llegues?».

«¿Y si…?».

—Yo cuidaré de ella —sentenció Johnny en un tono tan sincero que no dejó lugar a dudas. Darren no respondió, así que se volvió con los ojos encendidos hacia mí—. Yo cuidaré de ti —repitió, mirándome fijamente—. Yo lo haré.

Solté un suspiro tembloroso y asentí.

—Vale.

Su expresión se llenó de alivio.

—¿Vale?

—Sí —susurré, juntando nerviosamente las manos—. Quiero ir contigo. —Volví a mirar a mi hermano y vi la decepción en sus ojos, pero me mantuve firme—. Voy a ir con él, Darren.

Este negó con la cabeza, murmuró algo ininteligible y luego salió de casa. Recogió las muletas de Johnny del suelo, se las entregó y siseó:

—Más te vale que lo digas en serio, porque esto no es un juego, chaval.

Entonces volvió a entrar y añadió:

—Acuérdate de lo que te he dicho, Shannon.

Cuando cerró la puerta de golpe detrás de él, solté el aire que había estado aguantando sin darme cuenta.

Claire me sonrió de oreja a oreja.

—Tía, estoy tan orgullosa en este momento que ni te lo imaginas. —Me cogió las manos entre las suyas y las apretó—. ¿Qué se siente al plantar cara finalmente y ganar?

Me encogí de hombros, confundida.

—¿Inquietud?

—Conozco la canción apropiada para esto —dijo Gibsie, pasándole un brazo por encima del hombro a Claire. Tiró la colilla del cigarrillo en el jardín del vecino, agitó una mano frente a sí y dijo—: Bon Jovi, «It's My Life».

—¡Perfecta! —gorjeó Claire, pasándole un brazo alrededor de la cintura mientras recorrían el sendero del jardín hacia el coche—. ¿Sabes qué, Gerard? Eres bastante listo cuando no te comportas como un tontaco.

Riendo, la estrechó más cerca.

—¿A que sí?

—Shannon. —La profunda voz de Johnny me llegó desde atrás, lo que me provocó un escalofrío por el cuerpo—. ¿Estás bien?

—No estoy segura —admití en voz baja, resistiendo el impulso de dejarme caer hacia atrás y sentir su cuerpo contra el mío.

—¿Todavía quieres venir conmigo? —preguntó, tan cerca de mí que podía sentir el calor que emanaba su piel—. No pasa nada si no quieres. Yo me alegro de haberte podido ver.

Asintiendo, me giré para mirarlo.

—Eso es lo único de lo que estoy segura.

El sonido de un coche derrapando con fuerza me sobresaltó y me puse rígida, aterrorizada y con los nervios de punta al instante. Johnny se acercó a mí y me acurruqué automáticamente en su costado.

—No pasa nada —me tranquilizó, frunciendo el ceño a algo sobre mi cabeza—. Creo que es tu hermano.

—¿Mi hermano? —Con una mueca, me di la vuelta para ver a Joey caer de bruces al salir de la parte trasera de un coche en movimiento—. ¿Joey? —grité, corriendo hacia él—. ¡Joe!

El coche que había dejado a mi hermano pitó dos veces antes de salir del vecindario a toda velocidad. Entrecerré los ojos y miré con furia al Honda Civic negro y tuneado mientras desaparecía de la vista.

Como una dolorosa jarra de agua fría, me di cuenta de a quién pertenecía ese coche y qué representaba esa persona para mi hermano.

Nada bueno.

—¿Ese era Shane Holland? —le pregunté cuando llegué hasta él, sin aliento y jadeando—. ¡Pero qué haces, Joey! Pensaba que lo habías dejado.

—Shan —balbuceó él, riéndose para sí mismo, mientras rodaba sobre su espalda y suspiraba de satisfacción—. ¿Cómo va eso?

—Sal de la carretera, idiota —gruñí, sintiendo una mezcla de alivio y terror—. ¡Joey, levántate ahora mismo!

Puso morritos y suspiró.

—Te he echado de menos.

—Te van a matar —siseé, fulminando a mi hermano con la mirada—. ¡Levántate antes de que te atropellen!

—Que lo hagan —se rio—. Ya no me importa una mierda.

—Ya lo veo —refunfuñé, cayendo de rodillas a su lado—. ¿Aoife sabe esto?

—Chisss —gimoteó, tapándose la cara con las manos—. Calla.

—No, por supuesto que no. —Le revisé los bolsillos con una mano y gemí de desesperación—. Bueno, te has quedado sin cartera —le informé—. ¡Y sin móvil!

—La he cagado, Shan —dijo entonces en un susurro—. Siempre la cago. Se me rompió el corazón.

—Joe, sal de la carretera y te ayudaré, ¿vale?

Gimiendo, sacudió la cabeza.

—Estoy harto.

—¿Qué has tomado? —pregunté en voz baja, acercándome a su oído—. Dímelo, Joe. ¿Qué te han dado?

—¿Está colocado? —quiso saber Johnny, de pie junto a nosotros.

Sopesé negarlo y mentir, pero luego lo pensé mejor. ¿Qué sentido tenía? Mi hermano estaba tirado en medio de la carretera a plena luz del día. Difícilmente podía hacerlo pasar por un accidente.

—Sí —grazné, hundiendo los hombros derrotada.

Suspirando profundamente, Johnny me pasó las muletas y se agachó.

—Vas a tener que ayudarme, colega —gruñó mientras cogía a Joey de la mano y lo sentaba. El movimiento hizo que Johnny bufara con fuerza y soltara a mi hermano, que al instante se dejó caer de nuevo al asfalto—. Mierda.

—La estrella del rugby —dijo Joey arrastrando las palabras.

—Joey el hurler —lo saludó Johnny mientras le cogía la mano de nuevo.

—¡Joey, levántate! —le ordené, agitada y avergonzada. Me había esforzado mucho por mantener ocultos nuestros demonios y ahora estaban aquí, a plena vista. No podía soportarlo. Era demasiado. Me sentía demasiado expuesta—. Por favor.

—Vamos, colega —gruñó Johnny mientras intentaba, sin éxito, poner a Joey de pie una vez más. Estaba presenciando la peor parte de mi vida y, aun así, se involucraba, tirándose de cabeza con muletas y todo—. Tienes que echarme una mano en esto.

—¿Qué tenemos aquí? —preguntó Gibsie. Arrodillándose a mi lado, se estiró y le abrió los párpados a Joey—. Uhhh, no estás puesto, ¿verdad, Lynchy? —exclamó, y luego le palmeó el pecho.

—No me jodas —gimió Joey, alejándose de nosotros a rastras—. Este pirado no.

Gibsie se rio.

—Me alegra ver que causé una buena impresión.

—Tengo que sacarlo de aquí —jadeé, presa del pánico—. Esos tipos podrían volver, y no me fío de que Darren no llame a la...

—No te preocupes, pequeña Shannon. Yo me encargo —me aseguró Gibsie. Cogió a Joey por los hombros y lo levantó del suelo sin esfuerzo—. Ahora es a ti a quien más le vale no vomitar en mi coche —le dijo a Joey mientras lo cargaba hasta su Ford Focus y lo dejaba en el asiento trasero.

Muerta de vergüenza, me abracé el cuerpo y me quedé allí, totalmente paralizada y asfixiada por mis emociones.

—¿Hace eso mucho? —preguntó Johnny, viniendo a mi lado.

Negué con la cabeza y le devolví las muletas.

—Normalmente no.

Él arqueó una ceja.

—¿Normalmente no?

Suspiré con pesadez.

—Hacía mucho que no.

Asintiendo en silencio, Johnny se ajustó las muletas y me empujó suavemente con el hombro.

—Vamos, Shannon como el río.

16

DE VUELTA A LA MANSIÓN

Shannon

Sintiéndome completamente expuesta, me senté en el asiento trasero del Ford Focus con Johnny y Gibsie delante y Claire y Joey a mi lado. La radio estaba apagada, nadie había pronunciado una sola palabra desde que habíamos salido de mi casa y la tensión que nos envolvía a los cinco era tan densa que, si hubiera tenido un cuchillo, estaba bastante segura de que podría haberla cortado.

Joey estaba despatarrado en el asiento trasero, con las piernas encima de Claire y la cabeza en mi regazo. La verdad es que Claire no solo no se quejó ni lo apartó, sino que demostró mi teoría de que era la persona más amable del mundo al quitarse el abrigo y echárselo por encima a mi hermano, que estaba temblando.

Aturdida, mantuve la mirada pegada a su cara, observando cómo sus facciones se contraían cada vez que Gibsie pasaba sobre un bache o daba un giro brusco.

—Eres tan tonto —susurré, apartándole suavemente el pelo rubio de los ojos—. ¿Me oyes? Saliendo con Shane Holland y sus amigos otra vez… Sabes que solo te traen problemas. A ellos no les importas, Joey. Nunca lo has hecho. Solo les importa lo que pueden sacar de ti. Te desangrarán. —Le acaricié la mejilla y recorrí con los dedos la decoloración que tenía en la cara—. Uf, estoy tan cabreada contigo, Joey.

—Shan. —Gimiendo, cerró los ojos con fuerza y se puso rígido—. Mierda.

—Sí, mierda —murmuré, pasándole un brazo alrededor cuando Gibsie tomó el desvío hacia la casa de Johnny—. ¿Qué has tomado? —Me acerqué más a él, manteniendo la voz baja—. Sé que estás borracho y hueles a hierba, pero hay más, ¿no? ¿Qué es? ¿Qué te han dado?

Gimió de nuevo y se agarró el vientre.

—Lo siento.

—¡Deja de pedir perdón y empieza a decirme lo que has tomado! —siseé—. ¿Pastillas o algo más? ¡Joey, dímelo, maldita sea!

—Por favor, no me odies —fue todo lo que respondió, sus palabras fueron un chapurreo ahogado mientras se sacudía violentamente en mis brazos.

Devastada, miré a mi alrededor y sentí que me ardían las mejillas de vergüenza. Gibsie y Johnny tenían la vista puesta al frente y Claire miraba diligentemente por la ventana, pero yo sabía que nos estaban escuchando. No podían no hacerlo.

Apretando a mi hermano, permanecí en silencio durante el resto del viaje, conteniendo las emociones que amenazaban con dominarme, mientras contemplaba el desolador futuro que se nos presentaba.

Sin dinero.

Con unos padres de mierda.

Recuerdos dolorosos.

Miedo y resentimiento.

Siempre el miedo…

Nos detuvimos frente a la casa de Johnny un poco más tarde.

Gibsie apagó el motor, salió del coche y dio la vuelta hasta la puerta de mi amiga.

—Kav, dale a Claire tus llaves para que abra —le indicó, ayudando a mi amiga a salir de debajo del cuerpo de mi hermano—. ¿Todo bien, muñequita?

—Todo bien, Gerard.

Johnny, que estaba fuera del coche y forcejeaba con las muletas, se metió una mano en el bolsillo y sacó un juego de llaves que lanzó sobre el capó antes de abrirme la puerta.

—Es la plateada, la del medio.

—Voy.

Claire cogió las llaves al vuelo y adelantó a Gibsie para abrir la puerta.

—Gracias —grazné mientras salía del coche, y luego cerré la puerta detrás de mí.

—¿Estás bien? —me preguntó Johnny en voz baja, observando cada uno de mis movimientos con verdadero interés.

—¿Dónde están tus perras?

—¿Eh?

—¿Bonnie y Cupcake?

—Ah, ya, sí, están en la parte de atrás. —Gesticuló hacia las muletas e hizo una mueca—. No puedo precisamente con ellas en este momento.

Me encogí de hombros, incapaz de formar una respuesta, y volví mi atención a Joey.

—Vale, colega, vamos allá. —Metiéndose dentro del coche, Gibsie arrastró a Joey fuera, se lo echó sobre el hombro y se dirigió con mi hermano hacia la casa—. No me potes en la… —No había terminado de pronunciar las palabras cuando Joey comenzó a vomitar profusamente lo que solo podría describir como una sustancia negra como el carbón—. Espalda. —Gibsie gimió derrotado—. No me potes en la espalda.

—Eso está bien —dijo Johnny, sin duda al ver mi expresión de horror—. Es mejor fuera que dentro.

—Lo siento mucho —respondí. Sacudiendo la cabeza, me abracé el torso y me puse a caminar junto a él mientras cojeaba hacia la casa—. Parece que no hago más que traerte problemas sin parar.

—No te preocupes por eso. —Aguantando la puerta abierta con una muleta, me hizo un gesto para que entrara—. Me estoy encariñando con tus problemas.

—No deberías. —La tristeza creció dentro de mí cuando la fría y cruda realidad de la situación actual de mi hermano eclipsó la emoción que había sentido al ver a Johnny en mi puerta—. No es algo bueno.

Johnny frunció el ceño, pero no objetó nada.

—Vamos —dijo en su lugar, señalando con la cabeza el vestíbulo de entrada.

Me apresuré a resguardarme de la lluvia, demasiado cansada para preocuparme o hacer preguntas cuyas respuestas no necesitaba. No me importaba si sus padres estaban en casa o no. No me importaba si mis inseguridades me hacían cuestionarme si realmente me quería allí o no.

La realidad era que mi hermano había consumido algún tipo de droga ilegal, probablemente una cantidad obscena, y en ese momento lo estaban subiendo por las escaleras de la casa de Johnny. Que estuviera cabreada con él o no era francamente irrelevante. Él me necesitaba y yo estaría ahí.

No sabe nadie cuánto le debía.

—¿Quieres hablar de ello? —me preguntó Johnny. Soltó las muletas, se agarró a la barandilla y subió las escaleras a paso de tortuga—. De Joey, quiero decir —apuntó, deteniéndose a medias—. ¿Qué ha pasado?

—No lo sé.

—No mientas —dijo Johnny en voz baja—. No a mí.

Arrugando la nariz, solté:

—Iba por el mal camino el año pasado. Saliendo por todos los lugares equivocados con las personas equivocadas y tomando todo tipo de sustancias equivocadas.

—¿El año pasado?

Asentí.

—Antes de que llegara Aoife.

—¿Ella lo centró?

«Al parecer no». Me encogí de hombros con impotencia.

—Eso pensaba.

—¿Qué se metía?

—No lo sé —respondí, y esta vez era verdad—. Sé que salía a beber con sus amigos, y que fumaba hierba, pero no estoy segura del resto. ¿Quizá anfetas? ¿Como éxtasis o alguna pastilla? Escuché a mis padres hablar de ello una vez, y no se me ocurre cómo podía conseguir nada más. No tenía dinero. —Me encogí de hombros, confundida—. Pero sé que solía irse en ese coche durante la hora de la comida en el instituto y volvía para las últimas tres clases con los ojos inyectados en sangre y la mirada perdida —me escuché explicar—. Creo que estaba tratando de evadirse. Las cosas no iban muy bien, y era su forma de lidiar con lo que estaba pasando en…, eh…, en…, bueno, ya sabes. —Pasándome el pelo por detrás de la oreja, hundí los hombros abatida—. No es que tuviéramos a nadie con quien hablar sobre ese tipo de cosas.

Johnny me observaba atentamente mientras hablaba, asimilando cada una de mis palabras.

—¿Tenía algún problema?

—No lo sé —respondí sin mentir—. Joey no habla. Con nadie. Ni siquiera conmigo. Lo único que sé es que las cosas le iban mal, peor de lo normal, y cada vez se peleaba más en el instituto.

«Y en casa», apunté mentalmente.

—Estaba teniendo problemas en los entrenamientos. Nuestro p-padre… —me tembló la garganta y tuve que tragar saliva varias veces antes de poder continuar—. Bueno, estaba furioso porque se comentaba que expulsarían a Joey del equipo. Pero luego apareció Aoife y en unas pocas semanas era un chico nuevo. No iba por ahí con los ojos inyectados en sangre ni chocándose contra las paredes. No se peleaba tanto en clase. Tan solo estaba… —Negué con la cabeza, tratando de encontrar las palabras para explicar todo aquello—. Ella calmó algo dentro de él. Era como si Aoife lo castigara de alguna manera, le daba algo que claramente no tenía en… —Dejé que mis palabras se apagaran.

No necesité terminar la frase. Johnny tenía la mirada clavada en mis ojos y la palabra «casa» flotaba pesadamente entre nosotros, tácita y dolorosa. Sintiéndome expuesta y vulnerable, aparté la mirada y subí el resto de la escalera.

Me inundó la preocupación al ver a Johnny subir los escalones restantes a duras penas.

—Oye, ¿estás bien?

—¿Yo? —pregunté.

—Sí, tú. —Extendió una mano y me recorrió el pómulo con el pulgar—. ¿Cómo te sientes?

—Igual que tú —observé en voz baja, incapaz de reprimir el escalofrío que me recorrió el cuerpo cuando me tocó—. Agarrotada y dolorida, pero mejorando. —Hice una pausa, pensando en algo positivo que decir—. Puedo respirar de nuevo —solté y luego me estremecí arrepentida—. Perdón.

El dolor centelleó en sus ojos azules.

—Me está matando —admitió, en voz baja y brusca—. Saber lo que te pasó, ver lo que hizo ese cabrón cada vez que te miro a la cara, y no poder arreglarlo.

Solté un suspiro tembloroso.

—Johnny.

—Llevo días esperando esto —se apresuró a continuar, pronunciando las palabras con rapidez, lo que hizo que se le marcara más el acento mientras hablaba—. Pasar tiempo contigo. Estar contigo y ya está, y ahora te tengo aquí. —Alargó una mano y la entrelazó con la mía—. Donde sé que estás a salvo. No quiero hacer más que… —sacudiendo la cabeza, me acercó más a él— mantenerte aquí conmigo y no dejar que te vayas nunca.

«Uf, yo también quiero eso».

«Quiero quedarme contigo».

—Sé que están pasando muchas cosas en tu vida en este momento con tu familia, y hay una buena liada a nuestro alrededor —añadió, con voz ronca—. Sé que tenemos una conversación pendiente, Shannon, una importante, pero solo quiero que sepas… No, necesito que sepas que estoy…

—¡Un poco de ayuda, Kav! —retumbó en el rellano la voz de Gibsie—. Se ha liado la fiesta de la trallada.

—La hostia —siseó Johnny, echando la cabeza hacia atrás—. No tengo un maldito respiro.

—Lo siento —graznó Claire mientras corría hacia nosotros, con las manos en la barriga—. Pero yo soy muy aprensiva con el vómito y el chaval está echando las tripas ahí. —Agitada, dio unas arcadas antes de añadir—: Juro que me encantaría ayudar, de verdad, pero he comido mucho antes de venir y si me quedo en esa habitación, se va a liar parda.

—Ay, madre.

Me volví para ir a ver a mi hermano, pero Johnny tiró de mi mano y me atrajo hacia él.

—No entres ahí —dijo, soltándome—. No necesita que su hermana lo vea así.

—Sí, Shan —coincidió Claire, que vino a mi lado—. Deja que los chicos se encarguen de él.

—¿Recuerdas la planta baja? —preguntó Johnny, dirigiéndose a mí—. ¿Te acuerdas de dónde está todo?

Asentí, nerviosa.

—Creo que sí.

—Lleva a Claire abajo contigo —me pidió con calma—. Preparad lo que queráis en la cocina o relajaos en la sala de estar. Lo que os apetezca. Gibs y yo lo solucionaremos.

—¿Estás seguro? —pregunté, en absoluto segura de aquello.

—Del todo. —Me echó un último vistazo antes de irse y luego caminó rígidamente en dirección a su dormitorio—. Yo me encargo.

—¿Sabes? —reflexionó Claire—. Cuando me apunté a esta fuga, no esperaba que fuese a haber vómitos. —Me pasó un brazo alrededor de los hombros para conducirme por la impresionante escalera hasta el vestíbulo de entrada y añadió en voz baja—: Estará bien, Shan. Ambos lo estaréis.

—Sí.

Eso espero.

—Venga, vamos —dijo, cogiéndome con fuerza—. Quiero que me lo cuentes todo.

17

CHATIS PELIGROSAS

Johnny

No me explicaba cómo la vida me había llevado al punto de estar bañando a un hurler semicomatoso y drogado, aparte de porque me había enamorado de una chica cuya vida era más profunda y complicada que un cubo de Rubik.

Podía resolver un cubo de Rubik.

La vida de Shannon Lynch, no tanto.

—¿Le has dado debajo de los brazos? —observó Gibsie, que estaba completamente vestido en mi ducha, sosteniendo a un Joey muy desnudo—. Asegúrate de darle bien por todos los recovecos.

—¿Cómo ha pasado esto, Gibs? —le pregunté a mi mejor amigo—. Hace un minuto estábamos jugando a rugby para Tommen, pasando el rato en Biddies con los chavales y entrenando, y al siguiente, estamos limpiando la trallada de un hurler del instituto de Ballylaggin. —Sacudiendo la cabeza ante la absoluta locura de la situación, eché más gel de baño en el pecho de Joey y apunté con la alcachofa de la ducha, con cuidado de evitar los moretones—. ¿Cómo hemos acabado así, tío?

—Tú estás enamorado de su hermana y yo de la mejor amiga de su hermana —respondió Gibsie, frotando a Joey con una esponja—. Podemos decir que una chati nos ha metido en esto, Kav.

Cuánta verdad, joder.

—Toma —dijo Gibs mientras giraba a Joey en sus brazos—. Asegúrate de volver a darle en la espalda.

La bilis me subió a la garganta mientras veía moretón tras moretón y cicatriz tras cicatriz difuminados en su cuerpo.

Tenía toda la espalda llenísima de magulladuras, marcas tenues y cicatrices.

La hostia.

Estudié su piel desnuda con una mirada fría y calculada. No hacía falta ser un genio para saber quién le había hecho esas marcas en el cuerpo.

El asqueroso de su padre.

Tal vez usó un cinturón, o tal vez algo peor. Joder, no lo sabía. Pero tenía cicatrices por todas partes.

¿Cómo cojones había pasado esto desapercibido?

¿Qué había de su novia? ¿O de su madre? ¿Sus entrenadores?

¿Nadie lo vio?

—Para —gimió Joey, temblando violentamente, mientras se impulsaba con el brazo que Gibsie le había pasado alrededor—. Voy a...

Gibsie lo giró justo a tiempo para que cubriera la pared con una nueva capa de tropezones.

—Colega —dijo Gibs mientras le frotaba la cara con la esponja—. No hay que mezclar las drogas.

—Como si tú lo supieras —bufé con sorna.

—Bueno, supongo que es como con la bebida —respondió Gibsie—. ¡Ni de coña se mezcla!

—Es mejor que lo saque todo de su organismo. —Inclinándome junto a los dos, limpié la trallada de la pared antes de volver a enfrentarme al interminable chorro de vómito de Joey—. De todos modos, es lo que le harían en el hospital.

—Exacto —coincidió Gibsie, palmeando la mejilla de Joey—. Considéralo tu propia sesión personal de vaciado de estómago al natural, al estilo de Gibsie.

—Vete a la mierda, cabrón asqueroso —gimió Joey, temblando de pies a cabeza.

—Normalmente, eso me ofendería —resopló Gibsie—. Pero teniendo en cuenta que estamos juntos en una ducha y tengo tu culo desnudo contra mi pene, voy a dejar pasar ese comentario, porque esta situación también me parece un poco asquerosa.

—Te está salvando el cuello —gruñí—. Ambos lo estamos haciendo, así que ¿por qué no muestras tu agradecimiento cerrando la puta boca y vomitando el bacalao?

—Vete a la mierda, Kav...

Más vómitos.

—Eso es —lo animó Gibsie, limpiándole la boca una vez más—. Echa todas las carísimas drogas de primera clase. Buen trabajo. Deja que el agua se lleve tus pecados y tu sueldo por el desagüe.

Mi móvil comenzó a sonar con fuerza en mi bolsillo y fruncí el ceño antes de mirar a Gibsie.

—Estás aquí.

Él puso los ojos en blanco.

—No soy el único que tiene tu número.

Limpiándome la mano en la camiseta, me la metí en el bolsillo y saqué el móvil.

—Mierda —gemí al ver el nombre que parpadeaba en la pantalla—. Es mi madre.

—Ay, mierda —se unió Gibsie a mis gemidos—. Lo sabe, ¿no? Por supuesto que lo sabe. —Continuó frotando a Joey mientras despotricaba—. Probablemente te haya puesto un rastreador en el culo.

—Suéltame —balbuceó Joey, apartándole la mano—. La hostia.

—Mantenlo en silencio —le advertí, mirando a Gibsie mientras aceptaba la llamada y ponía el altavoz—. Mamá, ¿cómo te va?

—Johnny, mi amor —suspiró mi madre al otro lado del teléfono—. ¿Estás bien? Has tardado mucho en responderme.

—Estoy genial, mamá. ¿Qué pasa?

—Oh, cariño, te estaba llamando para decirte que quizá no…

—¡Para! —gimoteó Joey—. Quema.

Gibsie y yo nos quedamos quietos mirándonos con horror.

—¿Qué quema? —quiso saber mi madre—. ¿Estás bien?

—¡Hostia! —siguió mascullando Joey mientras se estremecía—. Está demasiado caliente.

Fulminando a Gibsie con la mirada, gesticulé con la boca:

—Haz que se calle.

Gibsie me miró boquiabierto y susurró entre dientes:

—¿Cómo?

Qué paciencia… Le apunté con la alcachofa de la ducha a la cara y dije en silencio:

—¡Con la mano, lumbrera!

Echando agua por la boca, Gibsie le tapó los labios a Joey con una mano y yo asentí con aprobación. Inclinándome sobre la bañera, ajusté el mando de la ducha y bajé la temperatura del agua.

—¿Contento? —articulé con los labios, mirando a Joey mientras lo mojaba.

—¿Johnny? ¿Gerard está jugando con la cocina otra vez? —preguntó mi madre, que sonaba nerviosa—. Dile a ese chico que mejor no toque las cerillas. Le hizo un agujero al extractor en su última incursión con productos inflamables.

—¡Fuiste tú! —gesticuló Gibsie con la boca, indignado.

—No, mamá, no está cocinando. —Sacudiendo la cabeza, miré hacia el techo y solté lo primero que me vino a la mente—: Ha sido un tipo en la tele.

—¿La tele?

—Sí, estamos, eh… —Entrecerrando los ojos, apunté la alcachofa de la ducha a un tropezón de vómito que se resistía en el hombro de Joey—. Estamos viendo una película.

—Ay, Johnny —se quejó mi madre—. Una de esas guarras no. Los médicos te advirtieron que evitaras tocarte hasta que los puntos se curaran por completo.

Gibsie se rio.

Joder.

—¿Necesitas algo? —pregunté, volviendo al tema.

—Ah, sí, pues, verás, cariño —empezó mi madre, en tono vacilante. Puse los ojos en blanco con impaciencia y esperé a que fuera al grano—. Puede que no llegue a casa esta noche.

¡Menos mal, joder!

—Qué pena.

—El tráfico ha sido una locura al llegar aquí y no soporto pensar en volver conduciendo con una caravana interminable.

Gibsie sonrió de oreja a oreja al oírlo.

—Entonces definitivamente deberías quedarte en la antigua casa con papá —respondí, en un tono tranquilizador—. Estás cansada, mamá, demasiado cansada para hacer ese viaje.

—Tú sola y de noche —observó Gibsie—. Una mujer y sola.

—Gibs —le advertí.

—A mí me parece demasiado peligroso, mami K —continuó, ignorándome—. Conducir por la ciudad de Dublín de noche, tú sola.

—Es de Ballymun, capullo —gruñí—. Te patearía ese culo de paleto en un segundo.

—¡Chicos! —espetó mi madre, y luego suspiró pesadamente por la línea—. Estaré en casa mañana, a la hora de la comida como muy tarde, para llevarte a tu cita con el fisioterapeuta… si estás seguro de que estarás bien sin mí…

—Estoy seguro —la interrumpí rápidamente, guardándome la pulla de que llevaba años arreglándomelas sin ninguno de los dos—. Estaré genial. —Inclinándome sobre la bañera, me estiré y cerré el grifo—. Los dos lo estaremos. —Cogí dos toallas del estante, le lancé una a Gibs y me puse la otra debajo del brazo—. No te preocupes.

—Te quiero, Johnny —dijo finalmente mi madre.

—Ya… —Apoyé el móvil en el borde de la bañera y le puse la toalla sobre los hombros a Joey antes de cogerlo de nuevo—. Yo también te quiero, mamá.

—Oh, antes de que me olvide…

—Me tengo que ir, mamá. Adiós, adiós, adiós… —Colgué, me guardé el móvil en el bolsillo y solté un gran suspiro—. Joder, menos mal.

—Ya ves —asintió Gibsie, quitándole la mano de la boca a Joey—. Yo diría que estamos a salvo, tío.

—Joder —siseó Joey, castañeteando los dientes—. Eres un niñito de mamá, ¿no?

—¿Quieres que te amordacen de nuevo? —Entrecerré los ojos—. Porque eso se puede arreglar.

—Que os jodan a los dos —mascullló Joey, jadeando—. No necesito tu ayuda.

Me quedé boquiabierto.

—¿Estás de coña, Joey?

—Creo que las palabras que estás buscando es «gracias a los dos» —intervino Gibsie alegremente. Me lanzó una mirada cargada de intención y sacudió la cabeza en señal de advertencia—. Así que de nada, Joseph.

Mordiéndome la lengua y controlando mi mal genio, di un paso atrás y observé cómo Gibsie lo ayudaba a salir de la bañera.

—¡Que no me toques, coño! —Joey empujó bruscamente a Gibsie y se tambaleó hacia atrás hasta derrumbarse en el suelo—. No necesito tu ayuda.

—Pues mala suerte, porque te la estamos dando —espeté—. Lo quieras o no.

Respirando con dificultad, Joey dejó caer la cabeza entre las manos y se tiró del pelo.

—¿Dónde está mi móvil? —Soltó un suspiro entrecortado y siseó—: Lo necesito. Necesito llamar a mi… ¡mierda!

—Ya no tienes móvil, tío, ni cartera —respondió Gibsie con calma—. Tu hermana ha dicho que los has vendido, junto con tu dignidad, por ese dolor horrendo que sientes. —Gibsie cogió otra toalla del estante y se la tiró a Joey sobre el regazo para cubrirlo—. Toda esa mierda que estás sacando ahora mismo de tu organismo, todo lo que has vomitado, te ha costado exactamente una cartera, un móvil y el alma. Un poco caro, ¿no? Espero que haya valido la pena —apuntó, y le dio unas palmaditas en el hombro—. Bueno, y si me perdonáis, yo también necesito una ducha.

Sacándose por la cabeza la camiseta, que tenía empapada, la tiró en el cesto de la ropa sucia que había junto a la puerta antes de salir del baño.

Casi esperaba que Joey Lynch estallara justo allí en medio, pero no hizo nada. En su lugar, se abrazó las rodillas y dejó caer la cabeza.

—Mierda.

Con una mano en la nuca, se meció de un lado al otro murmurando la palabra «mierda» una y otra vez.

—¿Qué has tomado?

Silencio.

—Vale. —Me senté en el borde de la bañera, me froté el muslo con una mano y probé un enfoque diferente—: ¿Por qué lo has hecho?

—No me juzgues —siseó, dirigiendo la mirada hacia mí—. No te atrevas a juzgarme, joder… —Cerró los ojos con fuerza, apretó los puños e hizo un sonido entrecortado con la garganta mientras temblaba violentamente—. No si no has estado en mi lugar. Si no has visto lo que yo he visto. Y escuchado lo que yo he escuchado.

Permanecí inmóvil como una estatua y resistí el impulso de acercarme a tranquilizarlo.

—No te estoy juzgando, tío.

—¿No? —Clavó la mirada en mí, con esos ojos verdes atormentados—. Tú la viste. Viste lo que le hizo. Y yo no… no pude… —Sus palabras se interrumpieron y dejó caer la cabeza entre sus manos—. A la mierda. ¿Qué sentido tiene?

—No es culpa tuya —respondí lentamente, con el ceño fruncido—. Tienes que saber eso.

Más silencio.

—No iba en serio —lo intenté de nuevo—. Lo que te dije por teléfono. Era mi pánico el que hablaba, tío.

Nada.

Su silencio hizo que me subiera por la columna una sensación de inquietud.

—Tú no eres responsable de las acciones de tu padre —repetí, luchando contra la enorme oleada de lástima que me inundaba—. No lo eres, así que no te jodas la vida y el futuro pensando que sí.

Se miró las rodillas y susurró:

—No pude protegerla. —Sacudiendo la cabeza, sollozó entrecortadamente—. No pude protegerlos a ninguno.

—Eso no te toca a ti —apunté. El corazón me martilleaba como un loco. Joder. No podía soportar su dolor—. Tú no eres quien se supone que debes protegerlos. Ellos debían protegerlos. A todos vosotros, tío. Tú incluido.

—Pensé que estaba muerta —confesó en una voz tan baja que apenas era audible—. Toda esa sangre. En el suelo. En las paredes. En mi ropa. Saliéndole de la boca. Los gorgoteos que hacía porque no podía respirar. ¡Porque se estaba muriendo, joder! Y luego el silencio. Ningún sonido. —Se llevó las palmas de las manos a los ojos y siseó—: No puedo quitarme la imagen de la cabeza, y créeme, lo he intentado.

Joder.

Aturdido, permanecí allí sentado, helado por completo, y escuché su verdad.

—No podía quitármelo de encima —dijo ahogadamente, con el pecho agitado—. Sabía que ella necesitaba ayuda. Lo sabía, joder. Pero no pude luchar contra él. ¡No pude hacer nada! —Sacudiendo la cabeza, dejó escapar una risa sarcástica mientras las lágrimas le corrían por las mejillas—. Y mi hermano, mi hermano de once años, tuvo que quitármelo de encima. —Moqueando, se limpió la nariz con el dorso de la mano y ahogó un áspero sollozo—. Mientras ella se mantenía al margen, sin hacer nada —escupió.

—¿Tu madre?

—Quién va a ser.

Dejé que esa información se asentara por un momento antes de preguntar:

—¿Y ahora? —Tenía la voz cargada de emoción, pero me obligué a controlarme y continuar—: ¿Qué pasa ahora?

—Lo mismo que siempre —murmuró—. Nada.

—¿Con tu madre? —insistí, apretándome la rodilla con una mano para evitar que me temblara—. O sea, obviamente la Gardaí sabe lo que tu padre os ha estado haciendo, y lo arrestarán cuando lo encuentren, pero ¿ella? —Negué con la cabeza, esforzándome por asimilarlo todo—. ¿No hay consecuencias por mantenerse al margen? ¿Se supone que debes volver y vivir con ella? —Me tragué mi ira y siseé—: ¿En esa casa?

Joey se encogió de hombros.

—¿No lo escuchaste? Ella también es una víctima. Necesita que la apoyen.

—Shannon me lo dijo —murmuré, frotándome la mandíbula—. Eso es muy chungo, tío.

—Sí, bueno, es cosa de Darren ahora —escupió Joey, parpadeando para contener las lágrimas—. Puede resolverlo todo él porque yo me he hartado. N-no puedo… —Sus palabras se interrumpieron y soltó otro sollozo entrecortado— s-seguir con esto, j-joder —terminó, moqueando—. N-no puedo olvidar y no les perdonaré nunca.

No supe qué responder a eso. No sabía qué decir a nada de aquello. Nada en mi vida me había preparado para esta conversación. Para estas personas y su dolor.

—Tu hermana te quiere —le dije, porque sentí que debía hacerlo, para que supiera que le importaba al menos a una persona de su entorno.

—Mi hermana te quiere a ti —respondió con cansancio.

—Te necesita —añadí, ignorando la violencia con que me retumbaba el corazón en el pecho—. Y por lo que tengo entendido, tus hermanos pequeños también te necesitan, tío.

—Porque les doy estabilidad —graznó—. Ya está, eso es todo lo que soy para ellos.

—¿Estabilidad? —Fruncí el ceño—. ¿A qué te refieres con eso?

—A que soy el tío que limpia la mierda de todos los demás en mi familia. —Dejó caer la cabeza y se agarró la nuca—. A que soy la maldita madre.

—Bueno —suspiré con fuerza y estiré las piernas, tratando de aliviar el ardor en los muslos—, pues eres una madre de la hostia, Joey el hurler.

—Alguien tiene que serlo —murmuró mientras se pasaba una mano por el pelo.

—Pues has hecho un buen trabajo —le dije—. Y has llegado demasiado lejos como para tirarlo todo por la borda por un colocón pasajero, tío.

—¿Qué coño sabrás tú de eso? —bufó.

—Sé que estás tratando de escapar —le respondí—. Eso está clarísimo. Quieres olvidarte de la mierda por un tiempo y, joder, no te culpo, pero es algo temporal. No es real, Joey. Y no va a arreglar nada. Todos tus problemas seguirán estando ahí, independientemente de cuánto cristal esnifes o cuántas pastillas te metas. Puedes fumar toda la hierba que quieras, ahogarte en una botella de whisky y pincharte todas las drogas sobre las faz de la tierra, pero eso no cambiará nada, porque la vida seguirá esperando la oportunidad de patearte el culo cuando vuelvas en ti. También sé que si sigues por este camino, llegarás a un punto en el que no podrás volver.

—Es fácil para ti decirlo —replicó en tono amargo—. No has tenido un día difícil en tu vida.

—Tienes toda la razón —asentí—. No sé por lo que estás pasando. No tengo ni puta idea de lo que se siente al ser tú, y me alegro. Pero tengo mis propios fantasmas, tío. Tuve que tomar mis propias decisiones, donde habría sido mucho más fácil meterme algunas pastillas para matar el dolor cuando me desgarraba por dentro, o pincharme esteroides para ponerme fuerte en vez de currármelo en el gimnasio seis horas al día. Sé que parece insignificante en todo este asunto, al menos en comparación con la mierda de tu familia, pero yo no lo hice, Joey, ni una sola vez. Porque sabía que meterme esa porquería en el cuerpo solo sería una elección durante un tiempo antes de que pasara a ser una necesidad.

—Joder —graznó, y luego se rio con sorna—. ¿Dónde coño estabas cuando yo tenía dieciséis años, Kavanagh? —Moqueando, se secó los ojos y suspiró abatido—. Me habría venido bien la charla motivacional por entonces.

—En el instituto equivocado —respondí encogiéndome de hombros.

—En la vida equivocada —susurró.

Suspiré pesadamente.

—Sí.

Hubo un largo silencio antes de que volviera a hablar.

—¿Puedo ayudar? —pregunté al final, sintiendo que sobraba—. ¿Puedo hacer algo por ti?

—Sí. —Con manos temblorosas, Joey se aferró al lavamanos y se puso de pie—. Puedes dejarme algo de ropa.

Ambos sabíamos que no me refería a ropa, pero no lo presioné, no cuando parecía estar al límite.

Sin decir una palabra más, me levanté y volví a mi habitación. Saqué algunas prendas al azar de la cómoda, las lancé al baño y lo dejé solo.

Confundido y nervioso, caminé rígidamente hasta la ventana y miré hacia la oscuridad mientras esperaba a que Joey volviera a salir, observando caer las gotas de lluvia contra el cristal.

«Así que esta es su vida —pensé para mis adentros—, esto es lo que Shannon te estaba ocultando».

Agarrándome al alféizar de la ventana, ignoré el dolor en el cuerpo y me concentré en mis pensamientos, tratando desesperadamente de encontrar una solución a algo que no estaba muy seguro de que pudiese resolverse. Una cosa que sí sabía con certeza era que no podría separarme jamás de esta chica. Y lo que es más: tampoco quería.

Sabía que esto no era bueno. Joder, hasta un ciego vería que debía alejarme todo lo posible de esta situación, pero no podía. Por muy jodido que pareciera todo, me alegraba bastante estar ahí metido, envuelto en su crisis personal. Más que eso, quería involucrarme y hacer algo, cualquier cosa, para ayudar a su hermano. Ya ni siquiera me preocupaba solo por Shannon, sino también por Joey y los tres niños que ni siquiera había visto. Quería ayudarlos a todos. Mi conciencia no aceptaría menos.

Pasaron varios minutos antes de que la puerta del baño se abriera y Joey apareciera en el umbral. Iba vestido con una de mis sudaderas grises y una camiseta blanca, y estaba hecho una auténtica mierda. «Hecho una mierda, pero limpio —reconocí mentalmente—, menos del vómito y el olor».

—Gracias por la ropa —murmuró, con los ojos inyectados en sangre y mortalmente pálido—. ¿Puedes dejarme usar el teléfono?

Tensé la mandíbula. No estaba seguro. ¿Pensaba largarse de aquí?

—¿Por qué?

—Porque necesito llamar a mi novia.

Lo miré con cautela.

—¿Tu novia?

—Sí, mi novia —dijo entre dientes—. ¿Puedo usar tu teléfono o no?

Vacilante, saqué el móvil y se lo entregué.

—No tienes que irte. Puedes quedarte, tío. Todo el tiempo que necesites.

Ignorándome, Joey se apoyó en la cómoda y clavó un dedo tembloroso en el teclado de mi teléfono, equivocándose tantas veces que acabó echando la cabeza hacia atrás y rugiendo:

—¡Hostia ya!
—¿Cuál es su número? —pregunté, cogiéndole el móvil—. Dímelo y yo te lo marco.
Murmuró una serie de números antes de decir:
—No la defraudes. Lo que sea que estés haciendo, Kavanagh, no jodas a mi hermana.
Marqué el número y le di a llamar antes de devolvérselo y responder:
—No lo haré.
Mirándome con cautela y desconfianza, Joey se llevó el móvil a la oreja, temblando y sacudiéndose violentamente.
—¿Aoife? —susurró unos segundos después—. Soy yo.
Lo que sea que le dijera su novia en respuesta hizo que Joey se estremeciera.
Pero de la hostia, físicamente.
—Lo sé —musitó, cerrando los ojos con fuerza—. Lo sé, ¿vale? Sé que lo prometí. La cagué. —Dándome la espalda, se pasó una mano por el pelo y dijo ahogadamente—: Lo siento muchísimo, nena.
Incómodo, decidí bajar en busca de los demás y dejar a Joey Lynch con su humillación. No estaba seguro de querer escuchar aquello de todos modos, y menos cuando ya tenía la cabeza a punto de estallar con más información de la que podía procesar.
Gibsie estaba echando más carbón a un fuego ya avivado cuando entré en la sala de estar, y las chicas estaban acurrucadas en el sofá. Corrijo: Claire estaba acurrucada en el sofá, con las piernas debajo de ella; Shannon, por otro lado, estaba sentada tan rígida como un palo en el borde junto a su amiga. Sin duda, Gibsie había arrastrado el sofá hasta el fuego, algo que siempre hacíamos cuando hacía mal tiempo y un gesto que agradecí. Quería que Shannon estuviera a gusto. Yo necesitaba esa tranquilidad.
Me aclaré la garganta antes de entrar, haciendo un esfuerzo consciente para no asustarla. Saltó como un muelle de todos modos y dio un brinco en el sofá, pero la pequeña sonrisa que me dedicó me aseguró que era una grata sorpresa.
—¿Está bien? —preguntó, perpleja y asustada.
Para nada. Asintiendo, forcé una sonrisa.
—Ay, menos mal. —Sus pequeños hombros se hundieron y se llevó una mano al pecho—. ¿Estás seguro?
No.
—Está seguro —respondió Gibsie por mí. Volvió a colocar la pala en el cubo de carbón, se puso de pie, estiró los brazos sobre la cabeza y me guiñó un ojo—. El mundo vuelve a girar otra vez.

—¿Ves? —observó Claire, con una sonrisa alentadora—. Te he dicho que no tenías nada de qué preocuparte.

Shannon no parecía tan convencida. Paseó la mirada de Gibs a Claire antes de posarla en mí.

—¿Estás seguro? —repitió, mirándome con esos inolvidables ojos azules.

Abrí la boca para mentir, para decirle lo que necesitaba escuchar, que todo iba bien y que no tenía nada de qué preocuparse, pero dije en su lugar:

—No, no estoy seguro. —Y la cagué aún más—. Está hecho polvo, en realidad. Muchísimo. —Y luego lo rematé con—: Estoy preocupado por él.

La expresión de Shannon se hundió y tanto Claire como Gibsie gimieron al unísono.

—Buena, capi —murmuró Gibsie—. No nos hemos pasado la última hora diciéndole lo contrario.

—Sí, muy reconfortante, Johnny —añadió Claire, malhumorada.

—Bueno, no voy a mentirle —solté. Pasándome una mano por el pelo con frustración, miré a Shannon—. No voy a mentirte, ¿vale?

Shannon asintió rígidamente.

—Debería ir a ver cómo está. —Pasó corriendo junto a mí, solo para detenerse en la entrada—. ¿Te parece bien si subo a ver…

—Ve —le dije antes de que terminara—. No me pidas permiso, Shannon. No tienes que hacerlo.

Ella asintió una vez más antes de salir del salón.

—Quizá, de vez en cuando, podrías intentar tergiversar la verdad —sugirió Gibsie, moviendo un dedo en el aire—. Ya sabes, suavizar una situación un poco para ahorrar sentimientos y estrés innecesarios.

—¿Mintiéndole? —Entrecerré los ojos—. Claro, tío, es un consejo buenísimo. ¿Dime en qué me ayuda eso?

Gibsie se encogió de hombros.

—Y yo qué mierda sé, colega. Pero esa chica se está hundiendo bajo el peso de algunos problemas bastante graves en este momento, así que creo que una mentira piadosa podría ser más fácil de aceptar que la cruda verdad.

Abrí la boca para protestar, pero me detuve.

—Tienes razón.

—Sí, ya lo sé —reflexionó Gibsie—. Contrariamente a lo que suele pensar la gente, en especial mi madre, a veces la tengo.

Entonces la canción «Axel F», de Crazy Frog, resonó a través de la sala, estridente e insoportable, con lo que Gibsie cogió su móvil y yo gemí con una desesperación de la hostia.

—Es mío —dijo Claire, levantando su teléfono. Miró la pantalla e hizo una mueca—. Es mi madre otra vez.

—No le digas que estás conmigo —le advirtió Gibsie—. Hagas lo que hagas, nena, no le digas a esa mujer que estoy contigo.

Claire lo miró fijamente.

—¿Con quién voy a estar? ¡Además, no tiene sentido, porque me ha visto subirme a tu coche!

Se encogió de hombros, incómodo.

—Te matará.

—Sí, Gerard, lo sé —dijo Claire entre dientes antes de aceptar la llamada y llevarse el móvil al oído—. Hola, mamá. Sí, sé lo que dijiste... Sí, lo sé, mamá, pero no es lo que crees... —Bajando la cabeza, Claire pasó corriendo junto a mí, hablando tan bajo y rápido que no logré descifrar una palabra.

—¿Por qué la matará su madre? —pregunté, mirando a Gibsie con recelo—. ¿Qué has hecho que no me hayas contado?

Evitando mirarme a la cara, Gibsie murmuró algo sobre «un error de la hostia» antes de salir corriendo tras ella. Esperaba, por su bien, que no hubiese cometido el tipo de error que yo pensaba, porque Hughie Biggs ya estaba cabreado con él cuando se enteró, y yo no estaba en condiciones de evitar que se mataran entre ellos.

—Pues vaya —murmuré, mirándolos a ambos—. El drama no para.

18
QUÉDATE CONMIGO

Shannon

No sabía lo que esperaba encontrar cuando entré en la habitación de Johnny, pero no que mi hermano hubiese perdido el conocimiento en su cama. Estaba acostado en diagonal a los pies de la enorme cama, pero con los pies aún plantados en el suelo.

Me deslicé dentro, me acerqué silenciosamente a la cama y miré el cuerpo de Joey desplomado. Tenía los labios un poco separados y su respiración era profunda y uniforme. Me derrumbé de alivio. Por un momento, había temido que estuviera muerto.

Desvié la mirada hacia donde seguía sujetando el móvil de Johnny. Alargué una mano y se lo quité suavemente, con cuidado de no despertarlo. Me aterrorizaba lo que pasaría cuando despertara. ¿Adónde iría? ¿Volvería a casa? ¿Iría a la de Aoife? ¿Volvería con Shane Holland y sus asquerosos amigos?

La verdad es que no lo sabía y la incertidumbre me preocupaba más que la desaparición de mi padre. Porque quería a Joey. Era importante para mí. Durante la mayor parte de mi vida, él había sido la persona más importante en ella. No podía soportar la idea de que le pasara algo. Era demasiado y, para ser sincera, no creía que pudiera soportar mucho más de nada.

Recordaba cómo había sido el año anterior. Las peleas en casa habían sido terribles y el ambiente, excepcionalmente gélido. Mi padre se pasaba todo el tiempo en el pub y mi madre alternaba entre matarse a trabajar y desmoronarse en su dormitorio.

Mi padre había tenido otro lío con una de las camareras, uno que se había destapado a bombo y platillo unos pocos meses después, y mi madre lo sabía. Lo sabía y, en vez de echarlo, se metió en la cama. Sean aún no había cumplido los dos años y era un trasto. Entre que le estaban saliendo los dientes de atrás y los gritos de noche, todos estábamos agotados.

Las cosas empeoraban para mí en el instituto y Joey perdía los estribos con más frecuencia. Contestaba a los profesores y se metía en peleas en clase y en palizas en casa, hasta que un día tuvo un nuevo grupo de amigos. Gente que era demasiado mayor para andar con un adolescente. Gente que no tenía por qué presentarse en el instituto para pasarle nada.

Después de eso, Joey comenzó a alejarse. Se volvió reservado y disociaba. No le importaba nada. Ni las clases ni el hurling. Simplemente estaba desapareciendo.

Hasta que un día en el instituto, una de las chicas de su clase, la guapísima rubia que siempre lo miraba, una chica con la que seguro no había cruzado más de dos palabras, lo siguió hasta el patio y le impidió subirse a ese coche. Lo sabía porque yo también había seguido a Joey a distancia. Implacable, la chica montó una escena en el aparcamiento, agitando el móvil hacia aquellos chicos mayores en el coche. Y entonces hizo algo que no me esperaba. Cogió a Joey por el jersey del uniforme con ambas manos y acercó su cara a la de ella para besarlo allí mismo, sin pensar en la expulsión si los hubieran pillado.

Nunca supe lo que dijo Aoife ese día, pero, sea lo que sea, hizo que Joey se alejara del coche y se subiera al suyo.

Después de eso, las cosas empezaron a cambiar lentamente para él. Fue volviendo a nosotros poco a poco. Porque Aoife le dio algo ese día, algo a lo que aferrarse. Esperanza en el futuro.

Y luego mi padre le quitó ese algo de nuevo.

Le quitó su esperanza.

Lo vi en sus ojos cuando me visitó en el hospital; la chispa que Aoife había encendido dentro de él se había ido atenuando lentamente hasta que volvió la oscuridad.

Si pudiera dormir la mona y recuperarse de lo que fuera que había echado de su organismo, entonces tal vez se despertaría con algo de claridad. Una mente clara y la capacidad de pensar con calma y racionalmente. Tal vez podría…

—¿Shan? Mi madre ha llamado y tengo que irme a casa.

La voz de Claire interrumpió mis pensamientos y me giré para encontrarla de pie en la puerta. Me llevé un dedo a los labios, suplicándole con los ojos que no hiciera ruido mientras salía con sigilo de la habitación.

—Lo siento —susurró cuando estuvimos fuera de la habitación con la puerta cerrada detrás de nosotras—. No me he dado cuenta de que estaba dormido.

No respondí hasta que estuvimos en lo alto de la escalera y lejos de la puerta.

—No pasa nada. Yo tampoco.

Bajé los escalones con piernas temblorosas, sintiendo el ardor en los pulmones al moverme. Desde que salí del hospital, había pasado la mayor parte del tiempo encerrada en mi habitación. Toda la caminata de hoy me había resentido el cuerpo. Los dolores y molestias constantes estaban resurgiendo y sin los analgésicos que me habían recetado, que había olvidado tomar antes de salir de casa, los estaba sintiendo todos.

—¿Qué era lo que me ibas a decir?

—Tengo que irme a casa —respondió Claire, enfadada—. Mi madre ha estado llamando sin parar. —Puso los ojos en blanco para enfatizar—. Dice que si Gerard no me lleva a casa antes de las diez, me va a dejar en la calle. —Resoplando, añadió—: Son las diez menos cuarto ya.

—¿Tan malo sería eso? —preguntó Gibsie meneando las cejas mientras se unía a nosotras en el pasillo—. Siempre puedes quedarte conmigo.

Claire volvió a poner los ojos en blanco.

—Es una amenaza vacía, nunca me dejaría en la calle, pero Gerard tiene que llevarme a casa —continuó, absteniéndose sabiamente de discutirlo con él—. Y me preguntaba si querías quedarte a dormir.

—¿Quedarme a dormir? —balbuceé.

—Sí. —Claire asintió—. O sea, no hay ningún problema si prefieres ir a casa o lo que sea —apuntó. Luego arrugó la nariz ante eso, dejando muy claro que pensaba que irme a casa era una mala idea—. Pero puedo hacer que mi madre llame a la tuya si prefieres quedarte conmigo.

—No me dejarán —admití con un suspiro. Ir a casa era lo último que quería hacer en este momento, pero tampoco podía no hacerlo exactamente—. Se subirán por las paredes si no vuelvo. —Pensé en todos los problemas que estábamos pasando con las autoridades, y aunque nadie había dicho que no podía pasar la noche en casa de un amigo, sabía que a mi madre no le sentaría bien. No, porque se pasaría toda la noche despierta, muerta del miedo por la paranoia hasta que regresase—. Probablemente sea más fácil para todos si me voy a casa.

—Sin ánimo de ofender, Shan, que se jodan.

Abrí los ojos como platos.

Era más que raro escuchar a Claire soltar tacos y más sobre los padres.

—Que. Se. Jodan —añadió con una mirada cargada de intención.

—¡Eso! Que se jodan —aplaudió Gibsie—. Díselo, nena.

—Cállate, Gerard —dijo Claire antes de volver su atención a mí—. Tienes dieciséis años, son los últimos días de vacaciones de Semana Santa y deberías tener experiencias normales de adolescente, como quedarte a dormir en casa de tu mejor amiga. En lugar de eso, has pasado la primera semana de vacaciones tirada en un hospital y soportando más basura de la que debería aguantar nadie a nuestra edad. Así que tú verás, Shan. Si quieres quedarte en mi casa, entonces quédate, maldita sea.

—Darren se enfadará.

No estaba de acuerdo con mucho de lo que dijo, y me molestaba que creyera que podía darme órdenes, pero sabía que tenía buenas intenciones. Y yo no quería hacerle daño. No quería hacer daño a nadie. Ese era el problema.

—Darren lo superará —replicó Claire, poniendo los ojos en blanco—. Es tu hermano, no tu padre. Ya has tenido uno y mira dónde acabaste. ¡Mira lo que te hizo! —Hice una mueca y Claire se encogió—. Vale —rebajó el tono—, tal vez lo haya expresado mal y he sido un poco insensible dadas las circunstancias, pero sabes a lo que me refiero. Digo esto porque me preocupo por ti, porque te quiero, Shan, y estoy harta de ver cómo te mangonean. Y, sinceramente, tú también deberías estarlo. Deja de preocuparte por los demás y piensa en ti misma para variar. Vive tu vida.

Tenía razón, pero era difícil romper el hábito de toda una vida. Sobre todo cuando las consecuencias siempre me habían traído dolor.

Estaba acostumbrada a hacer lo que me decían, una habilidad básica de supervivencia que había perfeccionado.

Era lo que me había mantenido con vida hasta ahora.

—¿Qué pasa con Joey? —pregunté, mirando nerviosamente a la escalera detrás de mí. Sentí una oleada de emoción mezclada con muchísima ansiedad; la perspectiva de no ir a casa esta noche se volvía más tentadora por momentos—. Está dormido y no creo que deba dejarlo...

—Puede quedarse aquí —anunció Johnny, uniéndose a nosotros en el pasillo—. Ambos podéis. —Me miró fijamente con esos ojos azules—. Si quieres.

—Para el carro, semental —dijo Claire, agitando una mano en el aire—. Calma. He dicho que necesita experiencias normales de adolescente, pero no te vengas tan arriba.

Gibsie se rio por lo bajo.

—Bum.

—No me estoy viniendo arriba, caray —replicó Johnny, a la defensiva—. Mis padres están en Dublín y tengo la casa vacía. Su hermano ya está aquí. Ella ya está aquí. —Se le pusieron las mejillas de un profundo tono rosado mientras se encogía de hombros—. Estaba proponiendo la solución obvia.

—Solución —repitió Claire con ironía—. Ajá. Sí, si así es como lo llamas.

—Es así como lo llamo —respondió Johnny con el ceño fruncido.

—Ya —bufó Claire con sorna—. Te has venido arriba.

—Que no. —Johnny me miró en busca de ayuda—. Te lo juro que no.

—Te creo —le aseguré.

—Claro —dijo Claire arrastrando las palabras—. Sigue diciéndote eso.

—¿Por qué no nos quedamos todos aquí? —intervino Gibsie—. Llamadlo solución, compromiso, fiesta de pijamas o como demonios queráis. Incluso podemos pedir pizza. Pero dejad de volverme loco con tanto ir y venir.

—Yo no puedo —dijo Claire con un profundo suspiro—. No desde que mi madre descubrió que tú… —Cerró la boca de golpe. Se puso de un intenso tono rojo y lanzó a Gibsie una mirada que decía «ya sabes por qué», antes de apresurarse a apuntar—: Simplemente no puedo.

Me sorprendió ver que Gibsie también se había sonrojado.

—Bueno, bueno, bueno —saltó Johnny, con la voz llena de sarcasmo—. Parece que alguien más… —se interrumpió para hacer el gesto de las comillas— se vino arriba.

—Ya te digo yo que no —resopló Claire, cruzando los brazos sobre el pecho—. Deberías saber, Johnny Kavanagh, que yo nunca me vengo arriba.

—Ajá. —Johnny arqueó una ceja y le repitió sus palabras anteriores imitándola—: Sigue diciéndote eso.

—No todos pensamos con nuestros genitales —respondió.

—Teniendo en cuenta que me han recompuesto los míos recientemente con aguja e hilo, diría que eso es muy cierto —replicó enfadado.

—Aguja e hilo —se rio Gibsie—. Gran imagen, tío.

—¡Cállate, Gerard! —gruñeron Johnny y Claire al unísono.

—¿Sabes? Si estás buscando un semental, siempre puedes ensillarme a mí —respondió Gibsie.

—¡Que te calles!

—Me callo, muñeca.

—Creo que me quedaré aquí —solté, en parte porque quería calmar la situación y en parte porque quería ayudar a mi amiga.

Fuera lo que fuera lo que estaba pasando entre ella y Gibsie, Claire era muy reservada al respecto. Hablaría cuando quisiera hacerlo. Hasta entonces, no iba a presionarla. Se lo debía después de todo, por pasarse años sin presionarme ella a mí.

Johnny se relajó visiblemente.

—¿Te quedarás?

Asentí despacio.

—Si quieres.

—Te quiero aquí —me dijo, sin quitarme los ojos de encima—. Quiero que te quedes conmigo.

Ay, madre.

Mi corazón.

Esas palabras.

Este chico.

—¿Estás segura? —me preguntó Claire, cuya una mirada me dio a entender que estaba agradecida por mi intervención y decepcionada por mi respuesta.

—Preferiría quedarme para asegurarme de que Joey está bien. —Me volví hacia Johnny y se me disparó el ritmo cardiaco. «Mentirosa, mentirosa. Quieres quedarte con él»—. Si te parece bien en serio.

Johnny sonreía triunfalmente a Claire, pero se puso serio enseguida y asintió cuando se dio cuenta de que lo estaba mirando.

—Por supuesto —respondió—. T-tengo muchas ganas.

Gibsie soltó una risilla.

—Bum, bum.

—De que te quedes —apuntó Johnny rápidamente, lanzando una mirada de advertencia a Gibsie. Luego volvió a mirarme—. Tengo muchas ganas de que te quedes conmigo.

Mi ritmo cardiaco se salió por completo de la escala de Richter.

—Gracias.

—Bueno —resopló Claire, tirando de mí para abrazarme—. Pero llámame si me necesitas, ¿vale?

—Vale —respondí, sin molestarme en decirle que ya no tenía móvil. Conociendo a Claire, saldría mañana mismo y se gastaría todo lo que ganaba haciendo de niñera para comprarme uno nuevo, y yo no quería ese tipo de relación con nadie.

Por deprimente que sonara, prefería estar sola que con gente simplemente porque se compadeciesen de mis circunstancias. Todavía no estaba del todo segura de quién era como persona ni de dónde encajaba en el mundo, pero sí sabía que necesitaba que mis amigos me quisieran por lo que soy y no porque sintieran lástima por mí.

—Nos vemos pronto, ¿vale? —Claire me soltó y se acercó a Gibsie, que estaba en la entrada aguantándole la puerta abierta, solo para detenerse en seco—. Y tú… —Volviéndose hacia Johnny, le lanzó una mirada mordaz—. Vente arriba, no abajo.

—Ni una ni otra —replicó Johnny sarcásticamente—. Aguja e hilo, ¿recuerdas?

—Sí, bueno, tú mantén el pene en los pantalones —respondió ella, agitada—. Y no te hagas ilusiones, es todo lo que digo.

Dicho eso, se dio la vuelta y prácticamente salió volando por la puerta, con Gibsie pisándole los talones.

La puerta se cerró detrás de ellos y me quedé sola por primera vez en lo que parecía una eternidad con Johnny Kavanagh.

—Hola, Shannon —dijo, medio encogiéndose de hombros con torpeza, prestándome toda su atención.

Avergonzada, me pasé el pelo por detrás de la oreja y le devolví la sonrisa.

—Hola, Johnny.

—Bueno… —Metiéndose las manos en los bolsillos, echó un vistazo a su alrededor brevemente antes de mirarme a los ojos. Se me aceleró el corazón cuando sentí que la atmósfera me engullía. Se notaba en el ambiente; la electricidad crepitando a nuestro alrededor—. ¿Qué es lo que quieres hacer?

Todo.

—Lo que tú quieras. —Recordando que todavía tenía su móvil en la mano, recorrí el espacio entre nosotros y se lo puse contra el pecho—. Eh…, gracias por ayudar a mi hermano. —Me ardían las mejillas cuando lo cogió y sus dedos rozaron los míos—. Y a mí. —Dando un paso atrás, junté las manos frente a mí y solté un suspiro de dolor—. Por ayudarme a mí también —apunté. Apenas podía soportar lo socialmente torpe que llegaba a ser. Y por dejarnos quedarnos aquí —añadí, dando otro paso vacilante, esta vez hacia un lado—. Así que, eh, sí, gracias.

Johnny me miró con cara de perplejidad.

—¿Estás bien?

Asentí con entusiasmo.

—Bueno.

Él sonrió.

—¿Bueno?

—Bien —me corregí con un profundo suspiro, y agaché la cabeza—. Estoy bien.

—¿En qué estás pensando?

Me encogí de hombros y mantuve la mirada fija en mis deportivas.

—No sé.

Johnny suspiró pesadamente.

—¿Qué voy a hacer contigo, eh?

Levantó una mano para cogerme de la cintura y me pegó a él. Mi cabeza se levantó por sí sola y se me escapó el aire de los pulmones de golpe.

—Mantén esa bonita cabecita erguida, Shannon como el río. —Me pasó un mechón de pelo por detrás de la oreja y me rozó la mejilla con los nudillos—. Me cuesta un poco saber qué hacer cuando no puedo leerte —dijo, recorriéndome la barbilla con el pulgar y mirándome fijamente con los ojos encendidos—. Y no puedo leerte si no me miras.

—Vale —asentí y luego retrocedí—. Un momento, ¿qué?

—Tus ojos —dijo, en tono áspero—. Necesito que me mires.

Solté un suspiro tembloroso.

—Ah, ¿sí?

Johnny asintió lentamente, apretándome la cintura.

—¿De qué otra manera voy a saber lo que estás pensando?

—No lo sé —susurré, con el pecho subiendo y bajando un poco más rápido ahora, pues su proximidad me provocaba un tremendo cortocircuito. Incapaz de contenerme, le puse las manos sobre el pecho, resistiendo el impulso de coger la tela de su sudadera—. Podrías preguntarme, tal vez.

—Te he preguntado, pero no me lo has dicho —me increpó, en tono suave y persuasivo—. Te he preguntado qué querías hacer, pero tampoco me lo has dicho. —Se me desbocó el pulso por completo cuando se acercó más y descansó la frente contra la mía. El roce, ligero como una pluma, fue demasiado e insuficiente a la vez—. Necesito que tomes la iniciativa, Shannon —susurró—. Tienes que decirme lo que quieres de mí. —Podía sentir su corazón latiéndole con fuerza en el pecho. Su corazón parecía ir a la par que el mío—. Porque no quiero cometer ningún error contigo.

Bésame, Johnny.

Bésame.

¡Quiero que me beses!

Al no responder, porque la verdad era que no pude hacer que las palabras que había formado en mi cabeza salieran de mi boca, Johnny sonrió y dio un paso atrás.

—Vamos —dijo con tristeza, con un pequeño movimiento de cabeza. Me cogió de la mano y me condujo hacia la sala de estar—. No hay prisa. —Se movía con rigidez y lentitud sin las muletas—. Puedes decírmelo cuando estés lista —me aseguró. Abrió la puerta del salón y me hizo un gesto para que pasara delante de él—. No voy a ir a ninguna parte.

Sintiéndome mareada, un poco sin aliento y muy decepcionada, le solté la mano y entré, notando su ausencia hasta en los dedos de los pies.

—Puedes sentarte, Shannon —me dijo cuando me acerqué al sofá. Caminó rígidamente hasta la ventana y corrió las cortinas, envolviéndonos en la penumbra antes de dirigirse hacia la tele—. No pasa nada.

Muda, me dejé caer en el sofá y mantuve la mirada fija en el crepitante fuego, absorbiendo el calor, la paz y la tranquilidad.

—¿Cuál es tu ingrediente preferido en la pizza?

Lo miré.

—¿Eh?

—Pizza —repitió mientras se sacaba el móvil del bolsillo y tocaba la pantalla—. ¿Cuál es tu ingrediente favorito?

De pie frente al fuego, encendió el enorme televisor y luego se giró para mirarme con el teléfono pegado a la oreja.

—Eh, la piña —murmuré—. ¿Por qué?

Boquiabierto, me miró horrorizado.

—¿Hablas en serio?

—¿Qué? —Me sonrojé—. Está buenísima.

Reprimiendo un escalofrío, empezó a hablar por teléfono.

—Hola, quería hacer un pedido a domicilio.

—Qu-espera, no tienes que hacer eso…

—Elige una película —gesticuló con la boca, señalando el mando a distancia, que estaba en la mesilla de café, antes de continuar haciendo el pedido a la persona al otro lado de la línea.

Aturdida, cogí el mando e hice exactamente lo que me dijo, desplazándome por los millones de canales que tenía y decidiéndome por la primera película que encontré.

—La comida llegará en media hora —anunció Johnny cuando colgó.

—No tenías por qué hacer eso —susurré, muerta de vergüenza—. Comprarme comida, quiero decir.

Johnny me miró fijamente durante un buen rato antes de soltar un suspiro.

—Mira, no vamos a volver a hacer esto.

—¿Eh? —Lo miré, perpleja y petrificada—. ¿Q-qué quieres decir?

—Voy a invitarte a cenar, Shannon —empezó. Recorrió el espacio entre nosotros, se dejó caer en el sofá y se volvió hacia mí—. A veces cenaremos aquí y otras veces saldremos por ahí, pero será algo habitual, así que no le des más vueltas, ¿vale?

No tenía ni idea de cómo responder a eso, así que solo asentí.

—Vale.

—Esta noche será una pizza de mierda —suspiró—. Porque no puedo conducir y todos los sitios buenos de la ciudad cierran temprano los lunes, pero lo haré mejor la próxima vez.

—No necesito algo mejor —dije en voz baja—. Me gusta la pizza.

Y te quiero.

—Tal vez no, pero te mereces algo mejor —musitó.

—No puedo devolverte nada —solté, sintiendo que me subía el calor por el cuello—. No puedo invitarte a cenar ni pagar el cine —añadí, recordando la película que me llevó a ver—. Quiero hacerlo. —Dejé caer la cabeza al sentirme demasiado expuesta como para aguantarle la mirada—. Pero es que no puedo.

—Ni aunque tuvieras un millón de libras en el bolsillo, dejaría que pagaras —me interrumpió Johnny, levantándome la barbilla con los dedos. Me miró con unos penetrantes ojos azules mientras hablaba—. Y puedes llamarlo una forma de pensar sexista o anticuada, pero, para serte sincero, me importa una mierda. Si comemos juntos, corre por mi cuenta.

—Lo es un poco —comenté en voz baja—. Anticuada, quiero decir.

—¿Sí? —Johnny se encogió de hombros—. Entonces puedes culpar a mi madre por eso.

—Yo diría que hizo un buen trabajo —balbuceé, temblando cuando me acarició la barbilla con el pulgar.

—¿Sí? —Johnny sonrió y se acercó más a mí—. ¿Cómo de bueno?

—Le daría un diez —susurré—. Definitivamente, diez de diez.

Tenía los ojos encendidos.

—Yo te daría un diez a ti.

—¿A mí?

—Siempre —susurró, dirigiendo rápidamente la mirada a mi boca—. Me encanta esto. —Me recorrió con el pulgar el pequeño hoyuelo en la barbilla—. Es jodidamente adorable.

Entonces volvió a mirarme a la boca y se mordió el labio inferior con fuerza, antes de soltarlo con un gemido y reclinarse.

Yo también ahogué un gemido, devastada por perder sus caricias.

Johnny apartó la mirada de mí y dirigió su atención al televisor que había sobre la chimenea.

—*¿Love, actually?* —Se le asomó una sonrisa a la cara—. ¿En serio?

—Ha sido la primera película que he encontrado —dije, agitando las manos con nerviosismo—. Puedes cambiarla si quieres. —Me pasé el pelo por detrás de las orejas y me arremangué solo para mirar consternada las mangas cuando se me bajaron—. No me importa.

—No, está bien —se rio entre dientes, acomodándose en el sofá—. ¿La has visto?

—No. —Negué con la cabeza e, imitándolo, me acomodé en el sofá—. ¿Y tú?

Johnny asintió, todavía sonriendo.

—Gibsie me hizo ir a verla con él al cine cuando se estrenó.

Esta vez sonreí.

—¿Hablas en serio?

—Totalmente. Parecíamos dos tontos sentados en el cine rodeados de parejas. —Estiró una mano detrás de nosotros y cogió una manta del respaldo del sofá que me colocó sobre las piernas—. Estaba pasando por su fase Keira Knightley en ese momento y se cabreó un montón cuando se dio cuenta de lo poco que aparecía en la peli—. Se rio suavemente, sin duda recordando algo divertido—. Se metió tanto en ella que lloró durante la parte del collar... —Se detuvo antes de continuar—. Perdona. —Sonrió con timidez—. Casi te hago spoiler.

—¿Por qué fuiste con él? —Devolviéndole la sonrisa, metí las manos debajo de la manta de lana y me acurruqué más en el sofá—. Si no te gustan este tipo de películas.

—Porque es mi mejor amigo —respondió, riendo para sí mismo, mientras estiraba las piernas sobre la mesilla de café—. Y él ha hecho cosas peores por mí.

—¿Cómo qué?

—Como escaparse de la habitación de hotel en plena noche para venir a verme. —Johnny se giró para mirarme entonces—. Como llevarme hoy a verte.

—Gracias —jadeé, sintiendo algo removerse dentro de mí que me atraía hacia él—. Por volver.

—Shannon… —Se detuvo en seco y soltó un profundo suspiro—. Ven aquí —dijo en su lugar, levantando el brazo—. Déjame mantenerte caliente.

Desesperada por el contacto físico, recorrí el espacio entre nosotros y me enterré en su costado. Me rodeó con el brazo y me dio un escalofrío cuando sentí que sus labios me rozaban la coronilla.

—Vamos allá —susurró, subiendo el volumen de la tele.

No dijimos nada más después de eso.

19

¿VAS A BESARME O NO?

Johnny

El novio ganó frente al mejor amigo, y sentaba jodidamente de maravilla. Ronda uno para mí.

Excepto que ni siquiera estaba seguro de si éramos novios.

«Novio» era una palabra estúpida.

Joder, necesitaba controlarme.

Ahora que finalmente tenía a Shannon a solas, no sabía qué hacer. Antes había parecido tan insegura que me removió la conciencia hasta el punto en que retrocedí. Quería besarla, pero no sabía si ella quería que lo hiciera, lo cual era un problema para mí. Porque, contrariamente a las suposiciones de Claire, no quería venirme arriba. No quería volcar mis sentimientos sobre ella y aprovecharme.

Todo en la vida de Shannon había cambiado tan drásticamente y en tan poco tiempo que no quería equivocarme con ella. Sobre todo, no quería que se arrepintiera de mí.

Así que aquí estábamos, de nuevo en mi sofá, sin secretos entre nosotros ni entrenamiento al que ir corriendo. No, lo único que se interponía entre nosotros ahora era el miedo a lo desconocido.

Por primera vez en casi dieciocho años, sentí que estaba en la encrucijada decisiva de mi vida. No necesitaba preguntarme qué camino iba a escoger, porque mis pies ya se estaban moviendo hacia ella, pero dudaba porque sabía que el recorrido duraría poco. Si mi padre y los médicos tenían razón y conseguía entrar en el equipo en junio, eso significaba que me quedaban dos meses con ella. Dos meses y me iría de aquí. En junio, me desviaría de ese camino.

De repente, la perspectiva de la sub-20 no parecía tan atractiva como antes. La estrechez de miras con que había vivido desde siempre, la que solo consideraba el rugby, ahora estaba nublada y borrosa. Tratar de hacer lo correcto para mi futuro y hacer lo correcto para mi presente era la razón por la que me sentía tan indeciso por esta chica.

Solo quería tiempo con ella. Lejos de su familia y del rugby. Lejos de todo. Solos ella y yo. Quería hacer una pausa en mi vida y quedarme con ella. Eran palabras serias para una persona de mi edad, pero confiaba en mi instinto. Y este me animaba a continuar, asegurándome que había dado en el clavo porque Shannon era la chica para mí. Con la que se suponía que debía quedarme.

—¿Estás bien? —La voz de Shannon atravesó mis pensamientos y desvié la mirada de las llamas que crepitaban en la chimenea a su rostro. Estaba sentada con la espalda apoyada en el reposabrazos del sofá, enterrada bajo la manta que le había puesto por encima hacía horas. Tenía los brazos alrededor de las rodillas y me miraba expectante.

Incapaz de recordar una palabra de lo que acababa de preguntarme, me pasé una mano por el pelo y me estiré.

—Perdona, ¿qué has dicho?

—Te has levantado para poner carbón en el fuego hace una hora y has estado mirando la repisa de la chimenea desde entonces —explicó con esa suave voz suya—. La película se ha acabado, Johnny, y la tele está apagada.

—Mierda, ¿en serio? —Miré a mi alrededor y me di cuenta de que estábamos sentados a oscuras, con solo el fuego iluminando la sala—. Lo siento. Me habré distraído.

Shannon frunció el ceño con preocupación y sentí que me acariciaba el costado del muslo con un pie.

—¿Es la medicación que estás tomando? —preguntó con la voz llena de lástima y rozándome el muslo con dulzura con los dedos de los pies—. ¿Te da sueño?

—No, no es la medicación.

«Es el hecho de haber pasado días ensayando mentalmente lo que quiero decirte y ahora no logro pronunciar las palabras».

—No sé qué me ha pasado.

«Tú eres lo que me ha pasado, y ahora estoy jodidísimo».

—Estoy cansado, supongo.

«Porque llevamos aquí sentados toda la noche y aún no hemos tocado el tema incómodo».

—Lo siento, Shan.

Algo de lo que dije hizo que sonriera y arqueé una ceja.

—¿Te divierto?

—Me has llamado Shan —dijo ella, sonriendo.

—Sí… —Le devolví la sonrisa—. ¿Y?

—Mis amigos me llaman Shan —explicó—. Bueno, las chicas y Joey.

—¿No soy tu amigo? —bromeé, dándome la vuelta para mirarla—. ¿O ese diminutivo está reservado solo para los miembros de tu círculo más íntimo?

—No, no, eres mi círculo —soltó y luego hizo una mueca—. Quiero decir que eres de mi círculo. De mi círculo, no mi círculo. —Dejó caer la cabeza entre sus manos y gimió—. Uf, se me da mal socializar.

Riendo, metí la mano debajo de la manta y le agarré el pie. Ni pajolera idea de por qué lo hice, pero ahora tenía su maldito pie en la mano, así que seguí adelante. Gibsie tenía razón: tenía un problema con coger cosas que no eran mías.

—Tranqui —le dije, poniéndome su pie en el regazo—. Sé lo que has querido decir.

Shannon miró hacia donde le tenía cogido el pie, y esperé a ver qué hacía a continuación.

Si lo retiraba, la dejaría estar. Pero no lo hizo.

En lugar de eso, sacó el otro pie de debajo de la manta y me lo colocó en el regazo junto al otro. Me miró a los ojos, claramente esperando mi reacción.

Reaccioné pasándole un brazo por las piernas y sujetándole la rodilla sin apretar, sin apartar la mirada de ella en ningún momento, buscando el más mínimo indicio de cualquier cosa parecida a la duda.

—¿Puedo hacerte una pregunta? —dije, armándome de valor.

Cuando asintió, me obligué a pronunciar las palabras:

—¿Cómo te sientes… acerca de mí?

Abrió mucho los ojos.

—¿Acerca de ti?

—Sí. —Tragué saliva profundamente—. Acerca de mí.

Shannon se quedó en silencio durante tanto tiempo que tuve miedo de que no me fuera a responder, pero luego comenzó a hablar.

—A veces siento que estoy encallada —confesó en un hilo de voz, bajando la mirada hacia donde le tenía cogidas las piernas—. Como si estuviera atrapada y me estuviera ahogando. —Juntando las manos, continuó hablando, para consumirme con su verdad—. Es como si viera el agua crecer, cada vez más y más. La veo acercarse, ahogarme. —Temblando, se mordió el labio—. Es aterrador.

—Apuesto a que sí —respondí bruscamente, arrastrando las yemas de los dedos arriba y abajo por la rodilla de sus tejanos, sin saber qué más decir y aterrorizado de cagarla con mis palabras.

—Y luego llegas tú y el agua retrocede. —Levantó la barbilla y me miró a los ojos soltando un suspiro tembloroso—. Apareces y todo lo malo… se esfuma sin más por un tiempo.

Sentía su mirada clavada en mí, lo cual hizo que algo se encendiera poco a poco dentro de mí. Tenía la piel caliente, y estaba tenso por la frustración y la emoción.

Estaba tan jodido.

—Así es como me haces sentir —susurró, atravesándome el alma con esos penetrantes ojos azules—. Mejor. Viva. Libre. Segura. Importante. Siento que puedo respirar por primera vez en días y solo porque estás aquí, porque estoy contigo. —Entonces hizo una mueca, como si acabara de tener un pensamiento doloroso—. Pero estoy desbaratándote la vida —añadió en voz baja—. Te he arrastrado al lío de mi familia y lo siento mucho.

«Cuidado, Johnny».

«Ten mucho cuidado con lo que dices ahora, chaval».

Shannon era un libro cerrado que, milagrosamente, había logrado abrir. No iba a cometer un error y que se me cerrara en la cara.

—No consigo recordar cómo empezó esto o cuándo me involucré tanto contigo hasta el punto de sentir que me asfixia tu dolor —dije finalmente, cuando recuperé la voz de nuevo—. Pero sé que no quiero volver a ser como era antes de ti.

Era tan fuerte, tan dura, y ni siquiera lo sabía. No podía ni imaginarme pasar por lo que acababa de pasar ella y volver a levantarme. Pero aquí estaba, lista para confiar en mí, saliendo de casa esta tarde a pesar de que su padre todavía andaba por ahí. O sea, esto tenía que volverla loca, ¿no? Pero no dejó que eso la achantara. La chica era la definición de caerse siete veces para levantarse ocho. Parecía no importar lo que se encontrara en el camino, porque siempre se sacudía, se ponía de pie y lo intentaba de nuevo.

—Estoy tan cansada de esto —confesó en voz baja—. Intento, ya sabes, simplemente seguir adelante. No mortificarme y estar agradecida sin más, pero no me siento agradecida y no puedo seguir adelante. Siento que sigo atrapada y cada vez se acerca más el día en que ya no estaré aquí.

No entendí aquello, así que no iba a decirle que sí. No tenía idea de a qué se estaba enfrentando o cómo lo estaba gestionando. Lo único que logré decir fue:

—Estoy aquí.

Y lo cumpliría.

—Me está dando órdenes, Johnny. —Shannon arrugó la nariz, respiró hondo un par de veces y luego soltó—: Más reglas. Más normas… —Suspiró pesadamente y añadió—: Más órdenes que obedecer.

Vale, se me iba a ir la pinza.

«Respira, Johnny».

«Coge aire, joder».

Tardé un segundo en procesar lo que acababa de decirme, y muchos más en controlar mis emociones y la repentina desesperación por desquitarme que sentía dentro de mí.

—¿Darren? —logré preguntar al fin.

Ella asintió débilmente.

—Y sé que tiene buenas intenciones, pero es que... estoy tan harta de que me controlen. —Temblando, añadió—: Cuando me desperté en esa cama de hospital, viva y respirando, me prometí a mí misma que no dejaría que nadie me mandara como mi padre lo había hecho. Juré que nunca dejaría que volviera a pasar.

—No dejaste que eso pasara en ningún momento, Shan —le dije, con voz ronca—. Estaba fuera de tu control.

—Ese es el tema —respondió ella—. Estoy harta de que las cosas estén fuera de mi control, Johnny.

—Ya me imagino —suspiré con fuerza.

—¿Sabes? Todavía recuerdo cómo me sentí la primera vez que me duché en esta casa —dijo entonces, sonriendo suavemente para sí misma—. Me quedé en tu baño durante mucho tiempo y escuché.

—¿Qué?

—El silencio.

—Shan...

—Es difícil de explicar —se apresuró a apuntar—. Pero no quería salir de ese baño jamás, porque me sentía segura, me siento segura contigo. —Sacudiendo la cabeza, soltó un suspiro tembloroso y dijo—: Y eso es horrible porque te presiona.

Aturdido, comencé a estrujarme el cerebro en busca de las palabras que sabía que necesitaba para tranquilizarla. Para recomponerla. No supe. Solo tenía sentimientos. Enormes sentimientos de mierda que me asfixiaban y me hundían en un adictivo patrón simultáneo de destrucción.

Mis muros se habían derrumbado. Todo lo que había construido en mi intento de protegerme de la chica que sabía que me desarmaría se había desintegrado.

—Nadie me obliga a hacer nada —hablé finalmente, sin saber qué decir—. Estás en mi casa porque quiero que estés aquí.

—¿Sí?

—Cien por cien —le aseguré—. Y eso no tiene nada que ver nada más que con el hecho de que solo quiero que estés aquí conmigo, Shannon.

—¿Estás seguro? —preguntó en un susurro.

—Mira —le dije, volviéndome hacia ella para dedicarle toda mi atención—. Hay algo que debes saber sobre mí, y es que no siento las cosas a la ligera. No hago una mierda a la ligera, así no es como funciono. Así que cuando te digo algo o cuando hago algo, voy en serio, es porque lo he pensado bien. Y te digo que quiero que estés aquí conmigo.

Se quedó boquiabierta y sus carnosos labios formaron una pequeña O perfecta.

—Sí. —Sonreí, resistiendo el impulso de acercarme y levantarle la barbilla—. Oh.

—¿Johnny? —dijo entonces, acercándose más—. ¿Puedo preguntarte una cosa más?

—Sí… —La palabra me salió ronca y tuve que aclararme la garganta antes de volver a intentarlo—: Sí, Shan. Puedes preguntarme lo que sea.

—¿Me besarás alguna vez?

Hostia puta.

«Mantén la calma, Kav».

«Tranqui, no la asustes».

«Acabas de recuperarla, así que no hagas que huya».

«No te lances, tío. Calma…».

Tardé unos segundos en procesar sus palabras antes de poder hablar.

—¿Quieres que te bese?

—Estaría bien no tener que dar el primer paso y luego huir. —Su voz era apenas un susurro y agachó la cara por un breve momento antes de volver a mirarme, absorbiéndome con esos ojos azules—. Me ahorraría mucha ansiedad —añadió con un pequeño encogimiento de hombros—. Eso es lo que quiero, no tener que asustarme. —Se mordió el labio inferior un momento antes de continuar—: Para saber qué hay entre nosotros.

—Quiero besarte, Shannon —respondí, ignorando el dolor en la ingle y girándome para mirarla—. Te besaré —apunté, todo acalorado y nervioso—. Si es lo que quieres.

Shannon dejó escapar un suspiro tembloroso.

—Vale.

La miré con cautela.

—Vale.

Permaneció inmóvil como una estatua, mirándome fijamente, con las mejillas sonrojadas y lo que me pareció una expresión expectante.

—Eh, ¿ahora mismo? —pregunté, lo que se dice aterrorizado de la hostia por haberme puesto contra las cuerdas—. ¿Quieres que lo haga ahora? —Qué manera de cargarme el momento—. Pensaba que quizá querías, ya sabes, hablar un poco más.

—No quiero hablar más, Johnny —susurró—. He tenido suficiente charla para el resto de la vida.

—Es que no quiero presionarte —dije ahogadamente, escuchando los nervios en mi propia maldita voz—. Toda la mierda por la que has pasado con tu padre, y ahora Joey. Y la situación de tu madre. Y, joder, tienes la cara toda amoratada y dolorida, y el cuerpo... —Me encogí de hombros, perdidísimo—. Es que... creo que deberíamos seguir hablando. Joder, Shannon, no quiero que pienses que me estoy aprovechando de ti...

—¿Vas a besarme o no? —preguntó ella, para mi sorpresa.

—Es que... yo no... Estoy intentando... —Se me rompió la voz y solté un suspiro de dolor mientras la veía mirarme, con esos brutales ojos azules abiertos como platos, invitándome—. A la mierda...

Incapaz de soportar otro segundo más, la cogí por la nuca para cerrar el espacio entre nosotros y aplasté mis labios contra los suyos.

Gimiendo en mi boca, llevó las manos a la parte delantera de mi suéter y apretó la tela mientras tiraba de ella, animándome a acercarme.

Hay que joderse.

Cogiéndola de las manos, reprimí cada jodido impulso dentro de mí y simplemente le devolví el beso, tratando desesperadamente de mantener la calma y no pasarme. Lo único que quería hacer era levantarla y envolver su cuerpo alrededor del mío, una postura mejor para mí, pero no podía hacer nada de eso.

«Tómatelo con calma —me advirtió mi cerebro, nublado por las hormonas—. No la cagues, chaval».

Sin embargo, en cuanto sentí su lengua tantear la mía, supe que estaba completamente jodido.

No pude soportarlo.

Sinceramente, no podía soportar la presión en el pecho. Me provocó un cortocircuito fatal en mi capacidad de autocontrol.

Mi cerebro se apagó y mi cuerpo se puso al mando.

Mi rabo había tomado las riendas por completo, y me movía puramente por instinto, besándola con fuerza, sabiendo que debía parar por alguna razón, pero sin encontrar la fuerza de voluntad para pisar el freno.

Llevé las manos a su pelo y ella llevó las suyas a mi cintura, tirando de mí y animándome a seguirla mientras se tumbaba de espaldas. Y ya lo creo que lo hice, me lancé como un puto maniaco, desesperado por saborearla mientras nuestras lenguas se batían en duelo por lo que fue, sin duda, el mejor beso de mi vida.

Besarla a ella era diferente porque había sentimientos de por medio.

Sentimientos jodidamente enormes y aterradores que sabía que ella también tenía.

Era diferente porque significaba algo, porque nos importábamos el uno al otro.

Me ardía el cuerpo entero, en parte por el dolor agonizante, que empeoraba cada vez que empujaba imprudentemente las caderas contra las suyas, pero sobre todo por la tremenda excitación de tener sus manos sobre mi piel.

Sentí como si me hubiera clavado un cuchillo en el pecho, me hubiera abierto en canal y cada parte de mí se estuviese fundiendo con ella.

Estaba tenso, dolorosa y jodidamente tenso, y no en el buen sentido que podía aliviarse, pero en este momento no me importaba.

No me importaba si estaba roto.

Ni siquiera me importaba si se me saltaban los puntos.

No me importaba nada más que la chica que gemía y se retorcía en el sofá debajo de mí.

20

UNA PUTA LOCURA

Shannon

Johnny me pidió que le dijera lo que quería. Tardé cuatro horas en pronunciar las palabras, y cuando por fin lo hice, mi franqueza nos sorprendió a ambos.

La vergüenza que sentía por lo inusualmente atrevida que había sido se desvanecía con cada embestida de su lengua mientras me besaba con ansia.

Apenas podía respirar, mis pulmones gritaban en señal de protesta, pero prefería morir antes que parar a coger aire. Lo ansiaba y las emociones que me movían eran abrumadoras.

Johnny era mucho más grande que yo, mucho más ancho, y eso me emocionaba. El peso de su cuerpo sobre el mío era demasiado e insuficiente al mismo tiempo. Cada vez que pensaba que no podía soportar la presión, lo arrastraba hacia abajo con más fuerza.

Rompió el beso y se apoyó sobre un codo.

—¿Estás bien? ¿Peso demasiado? —Su pecho subía y bajaba rápidamente por la respiración, que estaba tan agitada como la mía—. ¿Te hago daño?

Estirándome, le pasé una mano alrededor de la nuca y tiré de su rostro hacia el mío. Le apretaba el cuello con tanta fuerza que estaba segura de que le estaba cortando la circulación en alguna parte, pero no podía soltarlo.

Físicamente, no podía dejarlo ir.

Estaba asustada, y me sentía insegura y dolorida.

Y lo único cierto que supe en ese momento fue que confiaba en este chico.

—No hables —le rogué—. Tú sigue besándome. —Aferrándome a él como si fuera una tabla salvavidas, pasé las piernas alrededor de su cintura y le supliqué—: Quédate conmigo.

—Joder... —Dejó escapar un gemido gutural—. Sí. —Con un suspiro tembloroso, presionó su boca contra la mía—. Me quedaré —me aseguró, rozándome los labios con los suyos al hablar, y la sensación hizo que me atravesara un escalofrío de placer.

Se derrumbó de nuevo sobre mí, hundiéndome más en los cojines del sofá, mientras se acomodaba pesadamente entre mis piernas.

Se me cortó la respiración cuando sus labios aterrizaron de nuevo en los míos, calientes e insaciables, mientras abría la boca y me dejaba alucinando con su habilidosa lengua.

Cerrando los ojos, le apreté la cintura con las piernas, aferrándome a él con todo lo que pude. El movimiento hizo que Johnny emitiera un profundo gruñido de dolor. Sabía que le estaba haciendo daño y que debía soltarlo, pero no podía separarme de él.

Sentía como si mi cuerpo se hubiera pegado al suyo y, a menos que un tornado azotara el salón, dudaba que nada pudiera apartarme de él.

Tenía una mano en mi pelo y la otra en mi cadera, y apretaba los dedos contra mi carne cada vez que respondía a sus hábiles embestidas con una vacilante por mi parte. Movía las caderas a un ritmo lento y embriagador contra mi entrepierna, en círculos y meciéndose contra mí, haciéndome anhelar con avidez algo escondido muy dentro de mí, algo que con cada roce de sus labios y cada caricia de su lengua salía más a la luz.

—Siento que deberíamos tener una conversación… —lo intentó de nuevo Johnny, respirando con dificultad contra mis labios— acerca de en qué punto estamos. —Descansando su frente contra la mía, me besó suavemente de nuevo antes de terminar—: Solo para saber que estamos en la misma página.

—¿En serio? —jadeé, deslizando las manos bajo el dobladillo de su camiseta y temblando cuando encontré un cuerpo caliente y tonificado. Tuve que ahogar un gemido cuando sentí que se le tensaban y contraían los abdominales al tocarlo—. Eh… supongo… —Distraída y muy excitada, negué con la cabeza, tratando desesperadamente de aclarar mis obscenos pensamientos—. ¿Estás seguro?

—No —gimió, como entre sufriendo e indeciso—. Solo creo que tal vez deberíamos hacerlo. —Continuó rozándose contra mí mientras hablaba, inclinando esas caderas mágicas para encenderme al máximo—. Hablar, quiero decir. —Me miró fijamente durante un largo y tenso segundo antes de suspirar con fuerza—. Sobre nosotros —apuntó. Una gran sacudida recorrió su fuerte figura—. Ah, a la mierda… —Y entonces volvió a besarme, a restregarse contra mí, haciéndome estremecerme hasta la médula.

Nos quedamos así durante lo que parecieron horas, completamente vestidos, tan solo besándonos y rozándonos, tocándonos y susurrando, hasta que la verdad es que no me quedó ni un gramo de energía en el cuerpo.

—¿Estás bien? —preguntó en un hilo de voz, acariciándome la mejilla con la nariz.

Asintiendo, suspiré de satisfacción y le clavé las puntas de los dedos en la cintura, deseando nada más que mantenerlo junto a mí para siempre.

—Solo estoy cansada.

Johnny enterró la cara en mi cuello y respiró hondo antes de retroceder hasta quedar de rodillas entre mis piernas. Sentí un escalofrío ante la repentina falta de contacto. El fuego ya casi se había apagado, solo quedaban las brasas, y el aire de la noche me calaba los huesos.

Se inclinó hacia un lado y cogió el móvil de la mesilla de café, derribando la caja de pizza vacía en el proceso.

—Mierda —murmuró, y giró la pantalla hacia mí—. Son las tres y media de la mañana—. Encendió la linterna del teléfono para que pudiéramos ver en la oscuridad antes de volver a dejarlo sobre la mesa y levantarse rígidamente del sofá—. No me había dado cuenta de la hora.

Terriblemente cohibida, me puse de pie y lo vi estirar sus fuertes brazos sobre la cabeza antes de deslizar descaradamente una mano dentro de los pantalones para recolocársela.

—¿Quieres ir arriba? —preguntó, bostezando adormilado—. Hay como media docena de habitaciones libres. Puedo prepararte una.

No, quiero quedarme contigo.

Me removí incómoda, cambiando el peso de un pie a otro.

—Me da igual.

—¿Quieres quedarte aquí abajo conmigo? —preguntó entonces, en un tono un poco más gruñón ahora—. Joey está en mi habitación, así que iba a tirarme en el sofá y…

—Contigo —grazné, ya asintiendo con la cabeza—. Prefiero quedarme contigo.

—Solo a dormir —añadió Johnny, tenso—. ¿Vale?

—Vale.

—Vale.

Asintiendo para sí mismo, se llevó una mano a la parte de atrás de la cabeza y se quitó la sudadera y la camiseta.

Me alegré de la oscuridad en ese momento, porque sabía que se me habían puesto las mejillas rojísimas al verlo.

Era tan guapo que dolía mirarlo.

Todo músculos finamente marcados y un cuerpo tonificado…

—No me estoy haciendo ilusiones, lo prometo —me dijo mientras se bajaba los pantalones de chándal y se los quitaba, lo que lo dejó con un par de calzoncillos ajustados que estaban abultados por delante—. Es que no puedo dormir con ropa o me aso.

—V-vale. —No iba a quejarme—. Lo entiendo.

Clavada en el sitio, lo observé coger el móvil y la manta y luego subirse torpemente al sofá, haciendo una mueca con cada movimiento hasta que estuvo acostado de lado contra el respaldo y tapado con la manta hasta la cintura.

—¿Vienes? —preguntó, levantando la manta con una mano y palmeando el espacio frente a él con la otra.

Con cautela, me agaché para tumbarme de espaldas a él.

Johnny apagó la linterna y lanzó el móvil al suelo antes de cubrirnos con la manta.

—Relájate —susurró, acercándome más con la mano que había metido debajo de mi cuerpo—. Solo vamos a dormir. —Entonces me envolvió con el otro brazo, arropándome con fuerza—. Estás a salvo —me aseguró, rozándome la parte de atrás de la cabeza con los labios, lo que me provocó un escalofrío—. Te lo prometo.

Puse ambas manos alrededor de su antebrazo y me aferré a él, absorbiendo la sensación de su cuerpo pegado al mío. Su fuerza, su olor, su roce, el sonido de su respiración... Devoré cada segundo de ese momento y lo atesoré en una cápsula del tiempo en el fondo de mi mente, a salvo con todos los demás y rezando para poder añadir otros nuevos.

—No me sueltes, ¿vale?

—No lo haré —prometió, estrechándome con más fuerza.

Sabía que al día siguiente tendría problemas. Cuando llegara a casa me recibirían expresiones duras y sermones acalorados, pero esta noche no podía importarme lo más mínimo.

Johnny me pasó una mano por el costado, de un lado a otro, una y otra vez, ligero como una pluma.

—¿Cómo te sentiste? —preguntó, rozándome el lóbulo de la oreja con los labios al hablar. Detuvo los dedos en mi costado—. Aquel día.

Sabía exactamente a qué se refería: a aquel día en la cocina.

—Hum... —Cerré los ojos y pensé largo y tendido antes de responder—. Sentí que... era injusto.

—¿Injusto?

Asentí levemente y lo estreché con más fuerza.

—Porque pensé que se había terminado y no estaba lista para que así fuera.

—¿El qué?

—Mi vida.

Respiró hondo.

—No ha terminado, Shannon.

—No. —Cerré los ojos con fuerza y luché contra una oleada de tristeza, sabiendo en lo más profundo que estábamos pensando en dos cosas opuestas—. No ha terminado.

—Siento que te haya pasado esto —susurró—. Sé que eso no significa una mierda, y probablemente sea lo peor que le podría decir a una persona en tu situación, pero lo siento. —Enterró la cara en mi cuello y añadió—: Siento tanto que te hayan tocado esas personas como padres.

Una lágrima traicionera se deslizó por mi mejilla, seguida por otra y luego otra más.

—Pensé en ti cuando estaba pasando —confesé, mordiéndome el labio con tanta fuerza que sentí el conocido sabor metálico en la boca.

—¿En mí?

Asintiendo, me sequé las lágrimas de la mejilla con su antebrazo.

—Sabía lo que me estaba pasando, sabía que no podía detenerlo, así que pensé en mi recuerdo más feliz y me aferré a él.

—¿Qué era?

—Tú y yo —susurré, temblando—. Las cosas que me dijiste en el hospital. Y el resto de veces también. Te visualicé en mi mente y me concentré en tu cara. Imaginé tu voz y te mantuve allí, en mi cabeza. Hablándome. Tranquilizándome. Haciéndome sentir… —Se me cortó la respiración y tuve que coger aire para calmarme antes de terminar—: a salvo.

—Joder, Shannon —balbuceó, agarrándome aún más fuerte—. Nunca sabrás lo mucho que desearía haber estado allí.

Entonces se hizo el silencio entre nosotros, pero no fue forzado ni tenso.

Sino reconfortante.

Profundamente reconfortante.

Johnny procesó lo que le había contado con calma. No me bombardeó con preguntas. Tan solo se quedó a mi lado, haciendo una pregunta a la vez y luego dándose tiempo a él para digerir mi respuesta y a mí para asimilar mi vida.

—Lo único que recuerdo son los gritos constantes y el miedo al dolor —respondí, varias horas después, cuando me preguntó sobre mi primera infancia. Estaba amaneciendo y el cielo iluminaba el salón con un misterioso tono grisáceo, pero ninguno de los dos había pegado ojo. Alcancé a ver las pecas en su antebrazo, las cicatrices en sus nudillos y las venas que parecían sobresalir de su tensa piel bronceada gracias a la luz que entraba gradualmente a través de los ventanales—. Y esa sensación en la boca del estómago, el pavor, es la que más recuerdo. Casi siento que no estoy bien si no estoy preocupada. No estoy bien si me siento bien. —Suspiré con pesadez y me concentré en sus manos. Tenía los dedos largos, con las yemas ásperas y callosas, y no podía dejar de tocárselos—. Estoy tensa constantemente, siempre, esperando que llegue la tristeza porque eso es a lo que estoy acostumbrada, lo que he aprendido a sentir, esperar y aceptar. —Haciendo una mueca, le pasé un dedo por la yema del pulgar y añadí—: Bueno, al menos eso es lo que dicen Patricia y Carmel.

—Patricia, la trabajadora social —dijo Johnny, recordando su nombre de una de sus preguntas anteriores, mientras me cogía una mano y entrelazaba nuestros dedos para consolarme—. Y Carmel es…

—La terapeuta del hospital —terminé por él, acariciándole el brazo con la nariz—. Aunque solo la he visto dos veces y no voy a volver.

Detuvo la mano que había estado subiendo y bajando por mi torso.

—¿Por qué no?

—¿Se supone que debo confiar en alguien que solo está ahí porque le pagan para que me escuche? ¿Alguien a quien no le importamos un carajo ni mis hermanos ni yo cuando llegan las cinco de la tarde? —Negué con la cabeza—. No, gracias.

Johnny suspiró y reanudó sus caricias. Estuvo en silencio durante mucho tiempo antes de decir:

—Creo que deberías hablar con alguien sobre lo que pasó en esa casa.

—Lo acabo de hacer —susurré.

—No, Shan, conmigo no —respondió con tristeza—. Con un profesional capacitado para darle un giro a tu vida.

—No tiene sentido —musité.

—Yo creo que sí.

—Y yo creo que te equivocas.

—¿Qué pasa con Joey? —preguntó Johnny entonces, cambiando de tema.

Me quedé helada por un momento antes de darme la vuelta para mirarlo.

—¿Qué has dicho?

—Que qué pasa con Joey. ¿Quién lo ayuda a él? —repitió Johnny, pasándome el pulgar por la mejilla—. Has dicho que los niños ven a una psicóloga y hacen terapia de juego. Tu madre está recibiendo su propia ayuda postraumática y está yendo a un curso de paternidad de mierda. Darren está haciendo lo que sea que haga Darren, y el asqueroso de tu padre ha huido. Pero ¿qué hay de Joey? ¿Habla con algún terapeuta? Si es así, necesita uno nuevo, porque antes estaba hecho polvísimo.

¿Qué hay de Joey?

¡Ha preguntado por Joey!

Esas palabras significaban más para mí que cualquier otra cosa que pudiera haber dicho en este momento.

Apoyándome sobre un codo, me incliné y pegué mis labios a los suyos.

—Gracias —susurré, apartándome para mirarlo.

Johnny frunció el ceño, confundido.

—¿Por qué?

—Por preguntar.

—Eh, ¿de nada?

Entonces me vino algo a la cabeza, una pregunta que llevaba días carcomiéndome. Me volví a poner de lado y me aferré de nuevo a su brazo mientras luchaba por reunir el coraje para soltarlo.

—¿Puedo hacerte otra pregunta? —Noté que me temblaba la voz, pero me obligué a no amedrentarme.

—Por supuesto. —Lo oí bostezar detrás de mí y sentí el calor de su aliento en el cuello mientras me estrechaba entre sus brazos, acurrucándose en mi espalda—. Pregunta.

Allá va...

—¿Por qué te gusto?

Johnny se puso rígido.

—¿Por qué me... qué?

—Te gusto —repetí, en apenas un susurro—. ¿Por qué?

Necesitaba saberlo. No quería que me viese como una obra de caridad, o peor, que estuviera conmigo por lástima. La perspectiva me dejó un sabor amargo en la boca.

—¿Es esto una... —Sus palabras se apagaron y se apartó de mí para sentarse en el sofá—. ¿Hablas en serio?

Asentí, deseando no hablar en serio, deseando más que nada decirle que era una broma, pero sabía que nunca podría ser así, porque la respuesta era demasiado importante para mí.

—Sí. —Me puse de rodillas y me volví hacia él para decirle—: Necesito saberlo.

—No solo me gustas, joder... —Sacudiendo la cabeza, Johnny se frotó la mandíbula antes de volver a mirarme—. Shannon, yo te quiero.

Dejé de respirar.

—¿Me quieres?

Asintió lentamente, mirándome con esos sus ojos azules.

—En plan una puta locura.

—¿De verdad?

—De verdad —asintió—. Y lo siento, pero yo tampoco me lo esperaba.

—Oh... Es que... pensé que estabas colocado cuando lo dijiste aquella noche —solté, acercándome hasta que mis rodillas rozaron su muslo desnudo—. No pensé que lo dijeras en serio.

—Claro que estaba colocado aquella noche —coincidió, girándose para mirarme—. Y claro que lo dije en serio.

Me retumbaba el corazón como un loco.

—Ah, ¿sí?

—Te quiero —continuó, sacudiendo mi mundo al repetirlo—. En presente, porque hablo en serio ahora. Y tal vez no debería estar soltándote esto, tal vez la estoy cagando al decírtelo cuando estás en plena crisis familiar, pero es la verdad. —Se encogió de hombros con impotencia—. Estoy enamorado de ti. Creo que desde hace un tiempo, la hostia de tiempo, si te soy totalmente sincero. —Dejó escapar un suspiro entrecortado y añadió—: Y eso me acojona más que la idea de no entrar en la sub-20. Tú me asustas más que nadie con quien me haya enfrentado en un campo.

—Guau. —Solté un suspiro tembloroso—. No puedo creer que acabes de decir todo eso.

—Lo sé. —Parecía un poco mareado cuando dijo—: Menuda putada, ¿eh?

—Yo también te quiero —solté, sintiendo que me acaloraba—. En plan una puta locura —apunté, devolviéndole las palabras.

—¿Sí? —La sonrisa de Johnny fue impresionante, toda hoyuelos, y me quedé sin aire en los pulmones—. ¿De verdad?

Asentí muy seria.

—Es cierto.

Sin dejar de sonreír, sacudió la cabeza como para aclarar sus pensamientos y dijo:

—Y volviendo a tu pregunta anterior, me gustas porque eres tú, Shannon. Nunca he conocido a otra chica como tú.

Arrugué la nariz.

—Te refieres a otra chica tan jodida como yo.

—No, me refiero a una chica tan buena, cariñosa, de confianza y leal como tú —respondió bruscamente—. Y preciosa. Joder, eres tan jodidamente guapa que duele mirarte. Nunca he visto nada como tú en mi vida.

Sentí que me derretía en el sofá.

—Johnny…

—No, no, ahora déjame sacar esto antes de que me achante, ¿vale? —se apresuró a decir, nervioso.

Cerré la boca y asentí.

Con otro suspiro tembloroso, Johnny continuó:

—Es como si me entendieras, y yo a ti. Joder, creo que me entendiste el primer día en el campo del instituto, porque te aseguro que no he sido el mismo desde entonces, Shannon. Te importa una mierda el rugby. Ni te inmutabas, y eso me desconcertó porque no estoy acostumbrado a ello. No estoy acostumbrado a que nadie se interese por mí por…, bueno, por cómo soy, pero tú lo hiciste. Y te tomaste tu tiempo para conocerme. Para ver cosas que nadie más veía, cosas que no quería reconocerme a mí mismo. —Se pasó una mano por el pelo y se desplomó, arqueando los anchos hombros—. Y tenía miedo, Shannon. Estaba acojonadísimo por lo que sentía por ti. Aún lo estoy.

Me asustas muchísimo, por razones de las que todavía no estoy del todo seguro, porque, para serte sincero, no sé qué cojones está pasando aquí. Tengo la cabeza hecha un lío y estoy tan fuera de mi zona de confort que me siento al borde del abismo, pero sé que no hay ninguna otra persona por la que estaría dispuesto a lanzarme como lo he hecho contigo. —Se encogió de hombros con impotencia—. Como lo estoy haciendo ahora mismo.

—Johnny, yo… —Abrí la boca para decir algo, lo que fuese, pero no podía hablar. Sentí que me ahogaba en mis sentimientos. Sabía que me estaba ahogando en él—. Yo…

—Y sé lo que estás pensando —añadió, agitado—. Crees que me quedo por tu padre. Crees que me das lástima.

Se me cortó la respiración.

—No.

—Menuda mentirosa. —Se acercó más, me puso una enorme mano en la mejilla y pegó su frente a la mía—. Puedo leerte como un libro.

—Sí —admití—. Un poco.

—Pues te equivocas. —Notaba su aliento en la cara mientras hablaba, lo que me hacía sentir aturdida—. Te quiero porque me vuelves jodidamente loco. Y sí, no voy a mentir, lo siento por ti —añadió en tono brusco—. Sería un cabrón insensible si no lo hiciera, pero eso no tiene nada que ver con por qué quiero estar contigo. Me quedo porque te necesito.

Me latía tan rápido el corazón que temía que me fuera a estallar.

—¿Me necesitas?

—Tú crees que es al revés, pero no es así —me dijo—. Yo también te necesito, porque calmas algo dentro de mí. Me haces sentir bien. Como si no tuviera que… —Su voz se apagó un momento mientras reflexionaba claramente sobre lo que estaba tratando de decir—. Me haces sentir que soy suficiente tal cual —admitió al fin—. Que si no llego más lejos en la vida, si no entro en el equipo, tampoco pasa nada.

—Eres suficiente —le aseguré, con una mano en su nuca—. Tal como eres ahora. —Desesperada por consolarlo, le pasé una pierna por encima y me subí a su regazo, aunque sabía que no debía porque todavía se estaba recuperando, pero no tenía la fuerza de voluntad para contenerme—. Eres tan bueno —le dije, enredando los dedos entre su pelo y acercándolo más a mí—. Eres una buena persona, Johnny Kavanagh, y ni siquiera lo sabes. No ves lo poco que tiene que ver el rugby con lo especial que eres. Pero yo sí. Lo veo y lo sé.

—¿Ves? —Me apretó las caderas y suspiró temblorosamente—. Si tú lo dices, me lo creo.

—Porque es verdad —alcancé a decir, jadeando con rapidez—. Es que… Madre mía, no tienes ni idea de lo adorable que eres.

—¿Qué necesitas de mí, Shannon? —graznó, con voz pastosa y ronca—. Te daré todo lo que necesites, nena. —Sacudiendo la cabeza, gimió como si le doliera—. Solo… quiero hacerte feliz.

—Tú —susurré—. Todo tú.

—Ya soy tuyo —gimió, antes de cubrir mis labios con los suyos.

El corazón me latía con fuerza y mi cuerpo palpitaba de deseo. Era un profundo anhelo dentro de mí que solo él podía saciar. De hecho, estaba bastante segura de que nunca saciaría mi necesidad de estar con él. Cerrando los ojos, me aferré a sus brazos y le devolví el beso, dejándome llevar por las sensaciones que me desgarraban.

Tal vez Darren tenía razón y estaba pasando por demasiado, pero no logré que me importara lo más mínimo.

Johnny había absorbido todo lo que tenía dentro de mí, y no podía ver más allá de eso, no podía pensar más allá de la oleada de sentimientos hacia él. Incluso mi cerebro, la parte de mí que debería actuar con precaución, me animaba a arriesgar el corazón; apostarlo todo a este chico y confiar en que no me destrozara.

Y yo había ido con todo.

21

LÁGRIMAS, AMENAZAS Y TETERAS

Johnny

Supe que estaba en un lío antes de abrir un párpado.

El tono de voz de mi madre mientras gritaba mi nombre a los cuatro vientos era prueba de ello.

—¡Johnathon Kavanagh! —rompió el silencio su voz, seguida de tacones golpeando el suelo—. ¡Será mejor que salgas de donde sea que te escondes y me expliques qué demonios está pasando!

Sobresaltado, me levanté de un brinco, todavía medio dormido, y parpadeé rápidamente mientras trataba de procesar qué cojones estaba pasando.

—¡Ahí estás! —ladró mi madre—. ¿Qué haces durmiendo en la sala de estar?

¿Estaba en la sala de estar?

Descansando un brazo en el respaldo del sofá, la miré, perdido.

—Yo, eh… —Bostecé ruidosamente y estiré los hombros—. ¿Eh?

—¿Tienes alguna idea de por qué Marie Lynch le ha dejado un mensaje en el contestador a tu padre a primera hora de la mañana preguntando por su hija? —exigió saber mi madre, de pie en la puerta con las manos en las caderas.

—¿Qué? —Rascándome el pecho, pregunté—: ¿Marie qué?

—¡Marie Lynch! —espetó mi madre—. La madre de Shannon.

Oh, cagada.

—¿Y bien? ¡Estoy esperando una explicación, Johnny!

La pequeña bola de calor acurrucada a mi lado comenzó a moverse y un par de ojos azul oscuro asomaron por debajo de la manta.

Doble cagada.

Recordé lo ocurrido la noche anterior de repente, lo que trajo consigo una oleada de calor directamente a mi rabo.

—Hola —gesticuló con la boca Shannon, que me miraba aterrada con los ojos como platos, mientras sujetaba la manta entre sus dedos—. Ayuda.

Desde donde estaba, mi madre solo veía el respaldo del sofá. Casi lloré del alivio momentáneo que me inundó.

—¿Qué hago? —preguntó Shannon, respirando con dificultad—. ¿Me levanto?

¡Joder, no!

—¿Me creerías si te dijera que no lo sé? —respondí a mi madre mientras le tapaba la cabeza a Shannon con la manta y la esquivaba torpemente, reprimiendo las ganas de gritar cuando el dolor me atravesó el rabo como una bala.

«Quédate agachada —le rogué mentalmente a Shannon mientras me ponía de pie—, por favor, quédate agachada».

—Ni lo más mínimo —replicó mi madre, mirándome como un halcón—. ¿Qué haces desnudo?

Me miré los gayumbos y me encogí de hombros, fingiendo indiferencia.

—No estoy desnudo.

Ella entrecerró los ojos.

—Entonces ¿por qué estás tirado sobre mi carísimo cuero en ropa interior?

—¿Ropa interior? —Le lancé una mirada de indignación—. ¿Tengo diez años?

—No, tienes casi dieciocho y estás medio desnudo —replicó mi madre, enfadada—. Y hay una chica de la que no puedo dar cuenta, una a la que le tienes mucho cariño y cuya madre ha estado bombardeándome el móvil.

Me rasqué la cabeza, sabiendo que estaba completamente jodido, pero esforzándome por encontrar una salida de todos modos.

—¿No habías dicho que ha llamado a papá?

—Y tu padre le ha dado mi número —soltó mi madre, poniéndose morada.

Joder, estaba muertísimo.

—He estado al teléfono, escuchando a esa maldita mujer despotricar durante todo el trayecto desde Dublín, exigiéndome que le devuelva a su hija de dieciséis años antes de que te denuncie a la Gardaí.

—No deberías contestar al teléfono cuando estás conduciendo, mamá —tenté mi suerte—. Está mal.

—Auriculares Bluetooth, Johnathon —gruñó ella—. Bueno, ¿sabes dónde está o no?

—Ni idea —mentí entre dientes—. Lo siento.

—Si sabes dónde está, tienes que decírmelo ahora —respondió mi madre, con una de esas miradas de «no me vengas con gilipolleces».

—Ni pajolera idea —repetí—. Lo siento.

—¿Sabes lo que es el abuso de menores, Johnny? —gruñó ella, furiosa—. ¡Porque Marie Lynch me ha soltado muchas veces esa palabra por teléfono! Y si has estado con Shannon, si está aquí ahora y me estás mintiendo, entonces vas a tener serios problemas, jovencito.

—¿Qué cojones? —ladré, horrorizado—. ¿Que ha dicho qué? ¿Hablas en serio?

—Sí, eso ha dicho, y no es la primera vez —sentenció mi madre, con voz temblorosa—. ¿Tienes la menor idea de lo perjudicial que una acusación como esa podría ser para el futuro de un chico, y especialmente uno en tu posición? —Levantó las manos para dar énfasis—. Podrías ir despidiéndote de una carrera en el rugby, ¡eso seguro!

—Yo no he hecho nada —grazné.

—Es menor de edad, Johnny —gruñó mi madre en respuesta—. Su hermano jura que salió de su casa contigo ayer y qué casualidad que no volvió a casa anoche. —Fulminándome con la mirada, añadió—: Tú eres el matemático de la familia, ¡así que haz los malditos cálculos!

Le devolví la mirada, furioso.

—Entonces, que su hermano piense que está conmigo ¿me convierte en un puto violador?

—Significa que si no vuelve, su madre mandará a la Gardaí a esta casa y tú serás el primero…

—No deje que lo denuncie a la Gardaí, señora Kavanagh.

Dejé caer la cabeza.

Hay. Que. Joderse.

Saliendo de debajo de la manta, Shannon se puso de pie de un salto.

—Estoy aquí. —Respirando un poco más fuerte de lo normal, hizo una mueca y se agarró el costado—. Y lo siento mucho. Sé que debería, pero es que… no quería… Nosotros no…

Mi madre se quedó boquiabierta, horrorizada.

—Shannon…

—No es lo que parece —me apresuré decir para calmar la situación, si es que era posible—. Nos quedamos dormidos viendo una película. No hicimos nada, mamá…

—Shannon —balbuceó mi madre, dirigiéndose hacia nosotros.

—Estábamos durmiendo —repetí, poniéndome frente a Shannon—. Solo durmiendo. No la toqué. Lo juro, no le puse un dedo…

—¡Cállate, Johnny! —exclamó mi madre con voz ahogada.

Cerré la boca rápidamente y, con cautela, miré a mi madre acercarse a nosotros.

Con piernas temblorosas, fue a la repisa de la chimenea y apoyó una mano en ella. Todavía se tapaba la boca con la otra y tenía lágrimas en los ojos.

—No hicimos nada —insistí una vez más, con el ceño fruncido—. Y, mira… —señalé los tejanos y la camiseta blanca ligeramente torcida que llevaba Shannon—, está completamente vestida, así que relájate, ¿vale?

Y no me mates demasiado.

Sacudiendo la cabeza, mi madre se acercó a la mesilla de café y se sentó.

—Oh, Dios —alcanzó a decir, dejando caer la cabeza entre sus manos, con la voz tensa—. Jesús, María y José.

Tardé unos segundos en darme cuenta de qué cojones estaba pasando y por qué mi madre no me sacaba a rastras de la oreja, cuando caí en que aquella era la primera vez que veía a Shannon desde la agresión. Sí, lo estaba llamando «agresión» porque eso es exactamente lo que fue. Una agresión.

Shannon tenía toda la cara hecha un mapa entre moretones nuevos y descoloridos, y aquello fue un duro golpe para mi madre.

«Bien —pensé—, ponte en mi lugar y dime qué harías. Dime si la habrías llevado de vuelta a esa casa».

—Lo siento mucho, señora Kavanagh —graznó Shannon, agitándose nerviosa a mi lado.

—Hey… —Le cogí una mano entre las mías y le pasé un pulgar por los nudillos, desesperado por calmarla—. Chisss, no pasa nada.

Shannon miró nuestras manos unidas y luego a mí.

—Lo siento mucho, Johnny.

—No has hecho nada malo —le dije, en tono áspero.

—Es que… no quería ir a casa anoche —continuó, respirando con dificultad, mientras miraba a mi madre—. Lamento mucho haber causado problemas, señora Kavanagh. No quería disgustarla…

—No estoy disgustada contigo, corazón —la interrumpió mi madre, que sonaba un poco más serena, mientras se ponía de pie—. No te preocupes.

—Ya me voy —se apresuró a decir Shannon—. Ahora mismo, lo prometo.

Mi madre suspiró pesadamente.

—No tienes que hacer eso, Shannon, corazón.

—Ah, ¿no?

—¿No?

—Tomemos todos una taza de té primero. —Secándose las mejillas con el dorso de la mano, mi madre sonrió cálidamente a Shannon y añadió—: Y luego resolveremos todo esto, ¿vale, corazón?

—Sí. —Shannon dejó escapar un suspiro tembloroso y asintió—. Vale.

—Bueno… —Volviéndose hacia mí, mi madre dijo—: ¿Tienes más sorpresas para mí? —Había un tono burlón en su voz—. No hay más niños Lynch escondidos en mi casa, ¿verdad?

Me removí incómodo.

—Eh, tal vez uno o dos.

Mi madre se rio.

Yo no.

—Gracias por la cama, Kavanagh —dijo una voz familiar desde el final del pasillo, eligiendo el peor momento posible para despertar de su letargo—. ¿Me prestas una sudadera?

Joder.

A mi madre se le salieron los ojos de las órbitas.

—Y ¿quién es ese?

—Ah, ese es Joey —murmuré, frotándome la mandíbula.

—Y ¿quién es Joey?

—Mi hermano —respondió Shannon débilmente.

—¿Hay más niños Lynch en mi casa, Johnathon?

—No —murmuré, sin mirarla a los ojos—. Solo me llevé a dos.

—Jesús, María, José y la burra —gimió mi madre mientras saltaba hacia el pasillo—. ¿Qué voy a hacer contigo?

—¿Está enfadada? —preguntó Shannon, atrayendo mi atención hacia ella. Tenía los ojos muy abiertos y llenos de pánico. Todo su cuerpo se había tensado hasta convertirse en piedra—. ¿Te vas a meter en un lío por mi culpa?

Probablemente.

—No —respondí, manteniendo un tono suave—. Solo está preocupada.

—¿Y tú? —Tragó saliva profundamente—. ¿Estás enfadado?

Fruncí el ceño.

—¿Contigo?

Shannon asintió, con cara de estar muy angustiada.

—No, Shan —dije lentamente—. No estoy enfadado contigo.

—No dejaré que mi madre te haga nada —soltó entonces, cogiéndome la mano con fuerza entre las suyas. Su pecho subía y bajaba con rapidez mientras hablaba y tuve la sensación de que iba a vomitar o a darle un ataque de pánico—. Diga lo que diga… Te lo juro, Johnny, que no dejaré que te meta en problemas… Te prometo que arreglaré esto… Pero, por favor, no me odies…

A falta de otra forma de aliviar su pánico, me incliné y la besé.

Shannon se relajó en mis brazos, y pude sentir la tensión abandonando su cuerpo cuando dejó caer las extremidades y descansó ambas manos en mi cintura.

—No le tengo miedo a tu madre —le dije, apoyando mi frente contra la suya—. Y no podría odiarte jamás. —Le rocé los labios de nuevo—. Ni en un millón de años.

—Pero ella…

La besé de nuevo, más fuerte esta vez, haciendo énfasis con la lengua.

—Tu madre puede decir lo que quiera. —Irguiéndome todo lo alto que era, le pasé un mechón de pelo suelto por detrás de la oreja y le apoyé las manos sobre los hombros, que eran todo huesos—. Puede amenazarme todo lo que quiera. No cambia nada para mí. —Suspirando ante su expresión de desolación, le cogí la cara entre mis manos y me acerqué a ella—. Porque no voy a ir a ninguna parte.

—¿En serio? —preguntó Shannon en un susurro, mirándome con esos ojos tristes. Me estaba clavando los dedos a los costados con tanta fuerza que pensé que me dejaría marca—. ¿Lo prometes?

Allí estaba ella, pidiéndome promesas que no estaba seguro de poder cumplir y yo haciéndolas de todos modos.

—Sí, Shan —dije con voz ronca—. Te lo prometo.

Juntamos de nuevo los labios, que rozamos suavemente, y supe allí mismo que estaba acabado. Fue un beso suave, tierno e inocente que me marcó de por vida porque, con ese contacto mínimo, Shannon puso a mis hormonas fuera de control y arrasó con mi corazón.

Supe que debía parar mientras aún pudiera, así que rompí el beso respirando con dificultad y cogí mi ropa, porque supuse que sería más seguro enfrentarme a su hermano con los pantalones puestos.

—Vamos —dije, cogiéndola de la mano cuando me vestí.

Tirando suavemente de ella, la conduje fuera del salón y directamente al matadero, que resultaba ser la cocina. Donde mi madre tenía una amplia gama de cuchillos y otros utensilios afilados…

Mierda.

Cuando estuvimos frente a la cocina, me detuve al oír voces detrás de la puerta, que estaba parcialmente cerrada.

—Ay, madre, ¿está hablando con ella? —preguntó Shannon en un susurro, con los ojos muy abiertos, cuando escuchó la voz de Joey.

Bueno, no estaba gritando, lo cual era bueno porque, por mucho que lo sintiera por el hermano de Shannon, si tenía pensado hablarle a mi madre de la forma en que nos habló a mí y a Gibsie ayer, se me iba a ir la pinza. Había una línea en la vida de un hombre que nadie cruzaba. Esa línea era, para mí, mi madre. Nadie se metía con ella.

Empujé la puerta de la cocina hacia dentro y entré con Shannon, que se aferraba a mi mano como una tabla salvavidas.

Busqué inmediatamente con la mirada hasta posarla en Joey, que estaba apoyado en la puerta del lavadero, con aspecto desaliñado y de sentirse acorralado, y sin embargo, observaba a mi madre con una curiosidad casi reticente.

Estaba claramente en la mierda, de bajón tras lo que sea que hubiese tomado, y allí estaba mi madre, calentando unos malditos bollos y hablando con él sobre vete a saber qué.

Lo más chocante de todo fue que tuve la clara impresión de que Joey la estaba escuchando de verdad.

Frunciendo el ceño, lo estudié con atención. Joder, la estaba escuchando sin duda.

Mi madre estaba de espaldas a la puerta, parloteando sobre esto o aquello sin reparar en mi presencia ni la de Shannon. Joey, por otro lado, estaba tan concentrado en lo que le decía que parecía ajeno a todo lo que lo rodeaba.

—Ahora que lo dices, corazón, estoy segura de haber oído hablar de ese taller —dijo mi madre mientras metía un plato de bollos en el microondas y lo encendía—. Definitivamente llevaré el coche la próxima vez que necesite una revisión.

—¿En serio? —le preguntó Joey, en voz baja y vacilante. Se tiró de las mangas, sacudiéndose nervioso—. No tienes que hacerlo.

—Me gustaría —respondió mi madre mientras sacaba varios botes de mermelada del armario superior—. ¿Cuánto tiempo llevas trabajando allí?

—Desde que tenía doce o trece años —murmuró, removiéndose incómodo, todavía mirando con recelo a mi madre—. Llevo currando desde que iba a tercero.

Ella se quedó helada por un momento, antes de recuperarse rápidamente.

—¿Tan joven?

Joey se encogió de hombros sin cortarse.

—Necesitaba el dinero.

—Y ¿te gusta? —preguntó ella, cogiendo la tetera—. La mecánica. ¿Es algo que podría interesarte cuando termines el instituto?

Él se encogió de hombros rígidamente.

—No se gana mal.

—Bueno, creo que tienes mucho mérito, Joey Lynch —lo animó mi madre, dejando caer algunas bolsitas de té en la tetera—. Por trabajar tantas horas después de clase. —Llenó el recipiente con agua hirviendo—. Y en el último año de instituto —apuntó, dejando la tetera, y le sonrió—. Deberías estar muy orgulloso de ti mismo.

Joey frunció el ceño tan profundamente que parecía tener migraña.

—¿Por qué?

—¿Por qué qué, corazón? —preguntó mi madre con dulzura.

—Nada. —Se removió de nuevo, bajándose las mangas hasta los nudillos solo para volver a subirlas un momento después—. Da igual en verdad.

—Yo creo que no da igual —respondió mi madre en voz baja—. Di lo que ibas a decir, corazón. Te escucho.

—Pues, eh…, eh…

Joey me miró con esos salvajes ojos verdes antes de volverse rápidamente a Shannon. Un alivio instantáneo cubrió sus rasgos.

—¿Todo bien, Shan? —graznó, mostrando la primera señal de auténtico afecto que le había visto desde ayer—. ¿Cómo estás? —Lo observé observarla, recorriéndole la cara con la mirada, y una mezcla de culpa y dolor destelló en sus ojos—. ¿Estás bien?

—Hola, Joe —respondió Shannon en un tono lleno de emoción. Y asintió antes de añadir—: ¿Y tú?

—Todo bien —fue su contestación, una mentira como una casa, porque el chaval no podría estar más lejos de estar bien—. Kavanagh —dijo entonces, asintiendo una vez con rigidez—. Gracias de nuevo.

—Joey —lo saludé—. No hay de qué.

Sintiendo la necesidad de hacer algo, solté la mano de Shannon y me dirigí hacia mi madre para coger el plato de bollos del microondas a mi paso.

—Huelen que alucinas, mamá.

Cogí uno del plato y me lo metí en la boca, ignorando el hecho de que me estaba achicharrando la lengua mientras me dirigía a la isla. Los bollos olían muy bien, pero ese no fue el motivo por el que casi me ahogo tratando de engullir uno. Fue porque quería que estos dos comieran algo.

—Esos modales, Johnny —me regañó mi madre, y luego, en un tono mucho más suave, dijo—: Joey, Shannon, ¿por qué no os sentáis a desayunar?

Ninguno de los dos se movió.

Eché otro vistazo a la expresión de cautela de Shannon y luego a su hermano, y me hirvió la sangre hasta tal punto que parecía lava en mis venas.

Joder, pero ¿qué mierda les había hecho esa gente a estos críos?

Dejé el plato encima del mármol, saqué un taburete en el que me senté con cuidado y di unas palmaditas en el de al lado mientras contaba mentalmente hacia atrás desde cinco.

«Cuatro, tres, dos, uno…».

Como un potrillo asustadizo, Shannon se dirigió hacia mí, como esperaba que hiciera, y se sentó en el taburete a mi lado. Le costó tres intentos subirse a él, pero, a diferencia de la última vez que estuvimos solos, no hice por levantarla por dos razones muy obvias.

Primero, mi madre se estaba tomando aquello increíblemente bien, dadas las circunstancias, y no quería tentar a la suerte.

Y, segundo, su hermano me miraba como si no tuviera claro si confiar en mí o estrangularme.

Cuando Shannon finalmente logró sentarse, esbocé una sonrisilla. Se puso rojísima y bajó la mirada hacia la encimera, con los hombros encogidos.

Mierda, ya volvía a estar como un flan.

Era como si lo de anoche no hubiera pasado, y si no fuera porque la tenía sentada a mi lado, habría pensado que me lo había imaginado todo.

Joey esperó un minuto más antes de soltar un suspiro y dirigirse hacia la isla. Sacó un taburete al lado de su hermana, se hundió en él y apoyó los codos en la encimera, sacudiendo la cabeza para sí mismo y tamborileando inquieto con los dedos.

—Vamos. —Empujando el plato hacia Shannon y Joey, mi madre sonrió alentadoramente—. Me ofenderéis si no probáis ninguno.

Con el rabillo del ojo, observé cómo se comunicaban en silencio entre sí. No dijeron ni una palabra, pero yo sabía que algo se estaban diciendo.

Y luego ambos se lanzaron en sincronía hacia los bollos.

Joder, menos mal.

El alivio destelló en los ojos de mi madre cuando observó por encima de su taza de café a los Lynch devorando los bollos. Me miró con los ojos llenos de lágrimas y la correspondí con una expresión de «lo sé».

Con un pequeño movimiento de cabeza, mi madre esbozó una sonrisa de oreja a oreja y comenzó a hacer lo que mejor se le daba: hablar y entrometerse. La mujer tenía el don de la palabra, por lo que podía entablar una conversación con cualquier cosa. No tenía ni puta idea de dónde me había equivocado yo o por qué ese gen en particular me había pasado por alto, pero me sentí agradecido al ver a mi madre charlar con los dos.

Agradecido de que estuviera allí.

Agradecido de que no se hubiese puesto como una loca conmigo por que una chica se hubiese quedado a dormir en casa.

Agradecido de que fuera mi madre.

—Johnny —dijo mi madre después de lo que debió de ser una hora de palique—. Tenemos que irnos pronto. Tienes fisio en una hora, mi amor.

Se me cayó el corazón al suelo.

Dudé por una fracción de segundo, justo lo que tardó Shannon en saltar de su taburete y anunciar:

—Deberíamos irnos, Joe.

—Sí. —Con un movimiento de cabeza, este se puso de pie—. Deberíamos.

—No tienes por qué —me apresuré a decir, entrando en pánico ante la perspectiva de dejarla marchar—. No tengo que ir al fisio. No es tan importante. Puedo perderme un día. No me moriré.

—No, tienes que ir —respondió Shannon—. Y nosotros tenemos que irnos a casa. —Miró a su hermano—. ¿Verdad?

Ahora fue Joey el que vaciló, de pie en medio de la cocina, con cara de estar librando una batalla interna.

—Correcto —respondió finalmente, en tono tenso—. A casa.

—Os llevo —intervino mi madre, sacudiendo la cabeza hacia mí cuando abrí la boca para protestar.

Agitado, me pasé una mano por el pelo.

—Pero es que…

—De lujo, Kavanagh —dijo Joey, lanzándome una mirada cargada de intención—. Ya has hecho bastante, tío.

No, no lo había hecho.

No había hecho bastante ni de lejos.

22

A DUELO

Johnny

La cogí de la mano más fuerte de lo que sabía que debía, pero no pude evitarlo. Llevarla de regreso allí me parecía jodidamente mal. Incluso ahora, sentado en la parte trasera del Range Rover de mi madre con Shannon a mi lado y Joey al frente, luchaba por gestionar el aluvión de emociones. «Mal, mal, mal». Eso fue todo en lo que pude pensar cuando mi madre tomó el ya familiar desvío hacia las casas de protección oficial.

El sudor me perlaba la frente y, con más emociones de las que sabía gestionar, temblaba literalmente de pies a cabeza. Sentí que iba a explotar y quise pedirle a gritos que no volviera. Quería rogarle a mi madre que hiciera algo. Que detuviera aquello.

La lógica me decía que fuera al fisio, me ocupara de mi vida y siguiera el maldito plan. El problema era que mi corazón gritaba otra cosa completamente distinta. Debía pensar en las consecuencias, pero es que no se me ocurrían.

Joder, esta familia iba a acabar conmigo.

Joey estuvo callado durante todo el viaje, tenso, y estaba tan claro como el agua que ir a casa era lo último que quería hacer.

Pero lo estaba haciendo de todos modos.

Por ella.

Shannon tenía puesta toda su atención en nuestras manos unidas. Tenía la mía sobre su regazo y la sostenía con tanta fuerza como yo sostenía la suya.

Con la mano libre, me pasó sus delgados dedos sobre la cicatriz que tenía en el dorso, la que me hice en un partido de rugby años atrás. Siguió tocándola una y otra vez, moviendo los dedos arriba y abajo sobre ella hasta que sentí ganas de apartar la mano porque me asfixiaba su evidente ansiedad. El pelo le caía hacia delante, ocultando su pequeño rostro tras los oscuros mechones, mientras mantenía la cabeza inclinada para estudiar mi cicatriz.

Le detuve la mano varias veces, pero en cuanto se la soltaba, ella comenzaba de nuevo. Al final, me rendí y la dejé hacer lo que quisiera conmigo.

Cuando mi madre aparcó el Range Rover frente a su casa, ni Joey ni Shannon movieron un músculo.

Apagó el motor, suspiró profundamente y luego se desabrochó el cinturón.

—Bueno, vosotros dos —anunció, con la voz tensa por el esfuerzo que le estaba costando sonar feliz—. Vamos.

Quería chillarle, rogarle que hiciera algo que en el fondo sabía que no tenía poder para hacer, porque el pánico que me estaba entrando ante la perspectiva de no volver a ver a Shannon, de no saber si estaba bien o no, me estaba volviendo loco.

—Gracias por traernos, señora Kavanagh —dijo finalmente Shannon. Asintiendo ligeramente para sí misma, me soltó la mano, esbozó una pequeña sonrisa y luego se quitó el cinturón—. Y por los bollos.

—Sí —intervino Joey, en voz baja, empujando la puerta para abrirla—. Gracias a los dos.

—Un auténtico placer, chicos —respondió mi madre, ahora con voz pastosa—. Vamos, os acompaño hasta la puerta. Necesito tener una pequeña charla con vuestra madre.

—Espera —grazné cuando Joey y mi madre salieron. Cogí a Shannon de la mano y la arrastré de nuevo al jeep—. No te vayas.

Tenía los ojos como platos, llenos de confusión, cuando dijo:

—Tengo que hacerlo.

—No lo hagas —repetí, sabiendo que estaba pidiendo lo imposible, pero insistiendo de todos modos. Negué con la cabeza y contuve un gruñido—. Esto no me gusta.

—No pasa nada, Johnny —respondió ella con un pequeño suspiro—. Estoy bien.

¡No, no, no!

—Es que… —Soltando un suspiro de dolor, me recosté en el asiento y traté de pensar en algo, cualquier cosa para evitar esto, pero no se me ocurrió nada—. ¿Estás segura de que no va a volver? —pregunté finalmente, sin soltarle la mano—. ¿Estás segura de que estás a salvo? —Me giré para mirarla—. No puedo soportar… —se me rompió la voz— no saber nada.

—Eh… —Cerró la boca y miró mi mano antes de volver su atención a mí—. Estaré a salvo.

No estaba segura.

No estaba segura, joder, y yo tampoco.

Maldita sea.

—Toma. —Rebuscando en mi bolsillo, me saqué el móvil y se lo entregué—. Llévate esto contigo.

—¿Q-qué estás haciendo? —Miró parpadeando el teléfono que tenía en las manos y susurró—: ¿Por qué me das tu móvil?

—Para que puedas llamarme.

—Pero este es tuyo, Johnny —dijo, con el ceño fruncido—. ¿Cómo se supone que…

—Yo te llamaré, ¿vale? —El corazón me retumbaba en el pecho—. Conseguiré otro y te llamaré.

Shannon empezó a negar con la cabeza.

—No, no, no, no tienes que hacer esto por mí…

—Necesito que tú hagas esto por mí —la interrumpí—. Necesito que cojas mi móvil, Shannon. —Le supliqué con la mirada que hiciera lo que le pedía—. Por favor.

—Está bien, pero te lo devolveré —respondió ella, temblorosa—. Porque no puedo quedarme con esto, Johnny.

—Vale, está bien —le dije, hundiéndome de alivio mientras la veía guardarse el teléfono en los holgados tejanos—. Como quieras. Pero quédatelo por ahora.

—¡Cómo te atreves! —retumbó aguda una voz femenina en el aire, lo que hizo que Shannon diera un respingo—. ¿Dónde está mi hija?

—Ay, madre. —Shannon clavó una mirada llena de pánico en mí—. Johnny, lo siento mucho —graznó antes de salir corriendo del jeep.

Girándome para mirar por la ventana, reprimí un gemido cuando vi a la madre de Shannon señalando a la mía con un dedo.

La señora Lynch estaba llorando y gritando a todo pulmón. Estaban en medio del jardín con Darren de pie entre ellas, levantando las manos. Joey estaba apoyado contra la pared que separaba su patio del del vecino, inmóvil.

—Deberías calmarte —ladró mi madre, aunque ella sonaba lejos de calmarse—. Tus hijos te están mirando.

Fue entonces cuando me di cuenta de las tres versiones de Joey en pequeño que estaban de pie en el porche, mirando impasibles.

—¡Y tú deberías controlar a tu hijo! —respondió la señora Lynch, temblando violentamente—. Porque parece tener un problema con la palabra «no».

—¿Cómo dices? —siseó mi madre, dando un paso hacia la madre de Shannon.

—Mierda —murmuré mientras abría la puerta y salía arrastrándome del jeep.

—¿Qué estás haciendo? —Shannon trotaba por el sendero delante de mí—. ¡Mamá! —gritó mientras doblaba la esquina y corría hacia el jardín, agarrándose el costado—. ¡Mamá, para!

—¡Shannon! —sollozó la señora Lynch, que fue a abrazar a su hija.

—No —siseó esta, alejándose de los brazos de su madre—. No me toques.

La mujer se estremeció.

—¿Cómo has podido hacerme esto? —sollozó—. ¿Por qué no viniste a casa, Shannon? —Gimoteó ruidosamente—. ¿Cómo pudiste no llamar siquiera para decirnos dónde estabas?

—¿Por qué querría volver? —graznó Shannon, mirándola—. Fíjate en esto. —Agitó una mano hacia su madre—. ¡Mira lo que estás haciendo!

—Estaba preocupada por ti —gritó la señora Lynch—. Estaba muerta de miedo.

—Estaba bien —respondió Shannon, temblando—. Estaba mejor que bien, mamá. ¡Estaba a salvo!

—Shannon, corazón, cálmate —le pidió mi madre en voz baja mientras le pasaba una mano por el brazo—. No te alteres, cariño.

—¿Quién demonios te crees que eres? ¡Llevándote a dos de mis hijos a tu casa sin mi consentimiento! —prácticamente gritó la señora Lynch, con la cara roja—. Y no te atrevas a tocar a mi hija —añadió, apartando a Shannon del alcance de mi madre.

Oh, no.

Oh, no, joder.

No lo hagas, mamá.

No pierdas los papeles…

—Tal vez deberías haberle dicho eso a tu esposo —replicó mi madre acaloradamente—. ¡Cuando le estaba dando una paliza a la chica!

Bueno, pues los perdió…

—¡Cómo te atreves! —chilló la señora Lynch—. No tienes ni idea de lo que hemos pasado. Ni puta idea.

—Mamá, tienes que tranquilizarte —le pidió Darren con calma—. Y tú tienes que irte —le dijo a mi madre—. Ahora.

—Lo siento mucho. —Shannon sollozó ruidosamente y se llevó las manos a la cara—. Lo siento tantísimo, señora Kavanagh.

—¡No te atrevas a entrar en mi propiedad! —siseó la señora Lynch cuando me dirigía hacia el jardín—. Mantente alejado.

—Calma. —Levanté las manos como si fuera un puto criminal, pero, a pesar de la advertencia, seguí caminando hacia ellos, porque no contemplaba dejar a mi madre sola—. No sé lo que cree que hice, señora Lynch —añadí con cautela—. Pero le juro que no lo hice.

—Te dije que la dejaras en paz —escupió en voz baja—. Te dije que te fueras y ¿qué hiciste tú? Te llevaste a mi hija de dieciséis años de mi casa durante toda la noche. —Añadió con desdén—: No me faltan ganas de denunciarte a la Gardaí.

—No he hecho nada —repetí lentamente, pasando un brazo alrededor de Shannon cuando esta se abalanzó sobre mí.

—Lo siento —seguía diciendo una y otra vez—. Johnny, lo siento mucho.

—No pasa nada —susurré, estrechándola con más fuerza—. No te preocupes.

Lloraba desconsolada contra mi pecho. Estaba hecha un mar de lágrimas, soltando el dolor y la angustia, la devastación y el miedo, y yo quería salvarla de todo eso. Sus lágrimas cayeron sobre mí, ahogándome junto con ella, y ese fue el momento exacto en que sentí el cambio; cómo aquello pasó de ser algo dulce e inocente a tan profundamente complicado que rozaba el para siempre.

Estaba en un lío de la hostia.

—¿No te preocupes? —siseó la señora Lynch—. Tendrás mucho de qué preocuparte si no dejas en paz a mi hija.

—¡No quiero que me deje en paz! —gritó Shannon. Joder, literalmente gritó a todo pulmón—. ¡Lo quiero! —Se le rompió la voz—. ¡Estoy enamorada de él, mamá!

Por un momento, me quedé allí, mirándola totalmente conmocionado.

Entonces lo repitió.

Dijo que me quería delante de toda su familia.

La hostia...

—Se está aprovechando de ti, Shannon —gimió la señora Lynch—. ¿Cómo puedes no verlo?

Sorprendentemente, ni siquiera estaba enfadado con su madre. Lo único que sentí en ese momento por la mujer fue lástima. Pura lástima por estar tan jodida como sin duda lo estaba.

—Yo no haría eso, señora Lynch —dije, manteniendo un tono suave y persuasivo—. Nunca le haría daño a su hija.

—¿Estás acusando a mi hijo de algo? —preguntó mi madre en ese momento—. Porque entonces vas a tener que decírmelo a mí a la cara.

Ay, madre...

—Tienes que irte, Johnny —me advirtió Darren, con la mirada fija en mí esta vez—. Coge a tu madre y vete.

—Si tu hijo ha tenido relaciones sexuales con mi hija, entonces eso es abuso de menores —soltó la señora Lynch—. Shannon es menor de edad y no puede dar su consentimiento legalmente.

—¡No, no lo es! —gritó esta, que parecía humillada—. ¡Por favor, tienes que dejar de hablar!

—Mamá, para —tuvo la delicadeza de decir Darren, con las mejillas rojas—. Te estás pasando de la raya.

—Una raya de la hostia —siseó mi madre entre dientes, temblando de la tensión.

—Si descubro que tu hijo le ha puesto una mano encima a mi hija, haré que lo arresten —chilló la señora Lynch—. No creas que estás por encima de la ley porque tienes dinero y tu marido es abogado. —Sollozando, añadió—: Si me entero de que se ha aprovechado de mi pequeña, presentaré cargos contra él.

—¡Mamá! —gritó Shannon al mismo tiempo que yo me lanzaba hacia mi propia madre.

—¡Mamá, no! —Con puntos o sin ellos, me moví como una bala, interceptándola justo cuando levantaba una mano—. No —siseé, cogiéndola con ambas manos por la cintura para alejarla—. No vale la pena.

—¡Perra! —gruñó mi madre, empujándome para tratar de liberarse de mí—. ¿Quién demonios te crees que eres para amenazar a mi hijo? —Forcejeando, siseó—: ¡Es un buen chico! ¡Demasiado bueno para gente como tú! Será mejor que mires bien a tu propia familia, porque si se te ocurre causarle problemas a mi hijo, te aplastaré. ¿Me oyes? Te aplastaré, Marie, y no necesito a mi marido ni a ningún otro hombre para hacerlo.

Sin detenerme hasta que estuve en el lado del conductor del Rover, abrí la puerta de un tirón y metí a mi madre dentro.

—¡Ya vale! —ladré, respirando con dificultad por el esfuerzo—. ¡Joder, mamá, cálmate!

Con el pecho agitado, mi madre se dejó caer en el asiento del conductor, temblando de la cabeza a los pies.

—Vale. —Asintiendo rígidamente, cogió el cinturón de seguridad—. Vale.

—Vale —asentí con un suspiro. Cerré la puerta de golpe y rodeé el jeep, cojeando a cada paso mientras el dolor me abrasaba el cuerpo.

—¡No vuelvas! —vociferó temblorosa la señora Lynch desde el jardín, donde seguía de pie, observándome—. O habrá problemas.

Sacudiendo la cabeza, me tragué un millón de «que te jodan» y me giré para mirar a Shannon, que estaba abrazada a Joey.

—¿Shannon Lynch? —grité, ignorando al resto de su jodida familia—. Yo también te quiero.

Sollozando, levantó la barbilla del pecho de Joey y me miró con los ojos rojos y amoratada.

—¿T-todavía?

—Todavía —le confirmé, asintiendo con la cabeza—. En plan una puta locura.

Y luego me di la vuelta y me subí al jeep antes de que mi madre decidiera volver a perder los papeles.

23

TRAPOS SUCIOS

Shannon

Me sentía como si estuviera de pie entre los escombros de la tormenta que acababa de barrer mi mundo y sin saber qué hacer.

Aturdida, traté de dar sentido a lo ocurrido en los últimos dieciséis años de mi vida, pero seguí centrándome en las últimas veinticuatro horas.

Mi madre, Darren, Joey, Johnny, Gibsie, Claire, la señora Kavanagh..., mi padre.

Siempre mi padre.

Nunca me había sentido tan incómoda como antes, en la cocina de la señora Kavanagh, con un Joey que parecía acabar de salir del mismísimo infierno sentado a mi lado, mirando confundido el bollo con crema en su plato. No tenía ni idea de qué decirle a la madre de Johnny, cosa que empeoraba con los sollozos que le entraban cada vez que nos miraba a Joey y a mí.

El trayecto de regreso a casa fue igual de incómodo, aunque ligeramente mejor por tener la mano de Johnny sobre la mía y el murmullo de la conversación entre la señora Kavanagh y mi hermano. Creo que Joey estaba tan sorprendido de que se preocupase tanto por él, tan completamente desprevenido por su amabilidad, que cuando ella le pidió que se subiera al asiento delantero de su Range Rover, obedeció de inmediato.

No tenía ni idea de cómo se las arreglaba para hacer hablar a Joey, pero cada vez que le hacía una pregunta, él le respondía obedientemente. Mantuvo el tono ligero y no nos preguntó nada sobre nuestro padre, sino que escogió temas más seguros, como el instituto, el hurling y su novia, y Joey había respondido con sinceridad y sin sarcasmo, lo cual no era nada habitual en él.

Sin embargo, mi euforia por que mi hermano volviese a casa conmigo fue superada por el conflicto en cuanto nos detuvimos frente a mi casa. Lo que supuse que sería una conversación civilizada entre dos madres se fue rápidamente al infierno en el momento en que la mía acusó con desprecio a Johnny de haberse aprovechado de mí de alguna manera.

Fue impactante ver a una mujer, por lo general de buenos modales, transformarse en mamá osa y atacar.

Nunca había visto a una madre defender a su hijo con tanta ferocidad como lo había hecho la señora Kavanagh.

Ninguno de nosotros…

Ni siquiera Darren, que parecía tener la habilidad de calmar cualquier situación, pudo tranquilizar a nuestras madres, ya que había estallado tal infierno allí mismo, en nuestro jardín delantero, frente a mis hermanos pequeños, que Johnny tuvo que llevarse a su madre a rastras antes de que llegaran a las manos.

La rabia que me crecía dentro, incluso ahora, horas después, era una emoción extraña y dominante.

Nunca en mi vida me había sentido tan furiosa.

Abuso de menores. Daba vueltas en la cabeza a esas palabras, lo que me dificultaba funcionar.

¿Cómo podía decir eso?

¿Cómo podía mi madre siquiera pensar eso?

Estaba tan avergonzada, tan completamente destrozada por todo.

«¿Shannon Lynch? Yo también te quiero…».

El corazón me retumbaba como un loco contra la caja torácica cuando salté:

—¿Cómo has podido hacerme eso? —pregunté por millonésima vez, fulminando con la mirada a mi madre, que ahora estaba sentada a la mesa de la cocina paseándose el habitual cigarrillo entre los huesudos dedos.

No me respondió.

Llevaba más de una hora sin responder a una sola de mis preguntas, pero no podía dejarlo estar.

No podía parar.

Esta vez no.

—¿Por qué, mamá? —siseé, con lágrimas resbalándome por las mejillas—. ¿Tanto me odias?

Se estremeció y sus frágiles hombros se sacudieron violentamente, mientras apagaba el cigarrillo en el cenicero antes de encenderse otro al momento.

—¡Que me contestes! —grité, apenas logrando contenerme de abalanzarme sobre la mesa y sacudirla—. ¡Me lo debes, maldita sea!

—Él no es seguro para ti, Shannon —fue todo lo que dijo, y sus palabras fueron poco más que un susurro entrecortado.

—Te estás volviendo loca —respondí ahogadamente, sacudiendo la cabeza con horror—. ¡Estás perdiendo la maldita cabeza!

—He hecho lo correcto. He hecho lo correcto —susurró mi madre una y otra vez, mientras le daba una calada al cigarrillo—. Te he protegido.

—Él no es un problema para mí —balbuceé—. Johnny es una buena persona. —Un gran sollozo me atravesó la garganta y jadeé, con tanto dolor y resentimiento que sentí que me estaba ahogando—. Y lo has espantado. Me has quitado la única cosa buena en mi vida. —Sorbiendo por la nariz, me sequé las lágrimas, furiosa conmigo misma, con mi madre y con todo el maldito mundo—. No volverá a hablarme jamás —alcancé a decir, sintiendo la amenaza de un inminente ataque de pánico—. ¡Me lo has quitado todo!

—No. —Sacudió la cabeza—. Ya verás, he hecho lo correcto.

—Mamá —intervino Darren, que estaba sentado frente a nuestra madre—. No tiene ningún sentido lo que dices.

—No es capaz de entenderlo —dije ahogadamente, señalándola con un dedo—. Porque sabe que está equivocada.

—No me equivoco —susurró mi madre, temblando—. Es como tu padre.

—¡Mamá! —espetó Darren—. No digas eso.

—Es verdad —musitó ella, tirando la ceniza al cenicero y dando otra profunda calada—. Será como su padre.

—¡Para! —grité—. Deja de intentar hacerle eso.

—Te alegrarás de que lo haya cortado —susurró—. De que te haya impedido cometer mis errores.

—Te equivocas —siseé, parpadeando para contener las abrasadoras lágrimas—. ¡Eres una jodida mentirosa y te odio!

—Venga ya, Shannon —gimió Darren, frotándose la mandíbula—. Gritar e insultar no va a ayudar a nadie…

—Entonces no te quedes ahí sentado y haz algo —le supliqué, temblando tan fuerte que sentí que estaba a punto de convulsionar—. Sabes que esto está mal. —Se me cortó la respiración y solté un sollozo de dolor entrecortado—. Sabes que lo que ha hecho ha sido horrible, y simplemente la estás dejando salirse con la suya.

—No, no es verdad —respondió—. Ella sabe que está equivocada, ¿no es así, mamá?

Silencio.

—Mamá —insistió Darren, en un tono más duro ahora—. Dile a Shannon que sabes que te has equivocado.

Nada.

—¡Mamá! —ladró Darren, que se le quebró la voz—. Respóndenos.

—No te molestes. —La voz de Joey rompió el sepulcral silencio y me di la vuelta para encontrarlo apoyado en el marco de la puerta, observando la situación con indiferencia—. No puede oírte —añadió, impasible—. Porque está rota. —Miró a Darren directamente a los ojos y dijo—: Lo descubrirás muy pronto.

—Joe. —Llorando desconsolada, corrí hacia él, sin detenerme hasta que le hundí la cara en el pecho. Olía a Johnny porque llevaba su ropa—. Haz que esto pare.

—Esto es lo que querías, Darren —dijo Joey en un tono inquietantemente tranquilo mientras me pasaba un brazo alrededor de los hombros—. Querías que estuviese en casa con nosotros. Una gran familia feliz. —Inclinando la cabeza hacia un lado, hizo un gesto hacia nuestra madre y dijo—: Espero que hayamos cumplido con tus expectativas.

Casi esperaba que Darren dijera algo a la defensiva, pero no lo hizo. No dijo una palabra.

En cambio, echó un vistazo a nuestra madre, que miraba embobada su manchada taza de café, y dejó escapar un suspiro entrecortado. Echó la silla hacia atrás, se puso de pie y salió de la cocina sin ni siquiera mirar atrás.

Unos segundos más tarde, el sonido de la puerta principal cerrándose de golpe llenó el aire.

Levanté las manos y ahogué una risa sarcástica.

—Ya no sé ni de qué me sorprendo.

Suspirando pesadamente, Joey me soltó y entró en la cocina para dirigirse directamente hacia los fogones. Observé mientras se ponía a trabajar en silencio, llenando una cacerola de agua y luego vertiendo el contenido de una bolsa de pasta en ella. Puso la cacerola al fuego y encendió el extractor del techo.

Cuando terminó, se limpió las manos con el paño de cocina del escurreplatos antes de volverse hacia nuestra madre.

—Levántate y date una ducha —le ordenó, en un tono desprovisto de toda emoción—. Tengo que dar de comer a los niños y no tienen por qué verte así.

Ella se estremeció, pero no se movió.

Como el millón de veces más que había visto desarrollarse este mismo escenario a lo largo de los años, Joey se acercó a la mesa, le quitó el cigarrillo de los labios y lo apagó. Luego dejó el cenicero y la taza de café en el fregadero antes de regresar a su lado.

—Levántate —repitió—. Apestas a humo y sidra.

Mi madre dejó caer la cabeza entre sus manos y lloró.

—Levántate —dijo por tercera vez.

Una vez más, mi madre no hizo ademán de ponerse de pie. En su lugar, levantó una mano y cogió la de mi hermano con fuerza entre las suyas.

—Joey —sollozó, aferrándose a él—. Joey.

Con un suspiro de resignación, este se agachó y la ayudó a levantarse con cuidado. Mil emociones diferentes cruzaron el rostro de mi hermano mientras mi madre se apoyaba pesadamente en su cuerpo, que estaba tenso, sollozando y moqueando contra su pecho.

—Vigila la cena, Shan —fue todo lo que Joey dijo mientras guiaba a nuestra madre fuera de la cocina y subían la vieja escalera de madera.

«Y aquí estamos —pensé para mí misma—, de nuevo en el punto de partida».

Tardé unos minutos en recomponerme, secándome los ojos y sonándome la nariz, y luego colé la pasta y la mezclé con el tarro de salsa antes de llamar a los chicos, que estaban en la sala de estar.

—A cenar.

Sin decir palabra, Ollie y Sean se acercaron a la mesa y ocuparon sus asientos habituales. Les serví la pasta y les puse frente a cada uno un vaso de agua.

Esperé a que empezaran a comer antes de volverme hacia Tadhg, que estaba apoyado contra la nevera con los brazos cruzados sobre el pecho.

—¿Tienes hambre? —pregunté, ofreciéndole un plato.

Miró la pasta en mis manos durante un buen rato antes de darse la vuelta y alejarse.

El silencio de Tadhg decía mucho y coincidía con mis sentimientos. Sabía que estaba furioso, como yo, pero se estaba controlando porque teníamos algo en casa, algo que ambos estábamos desesperados por conservar.

Sin una pizca de hambre, me senté a la mesa, en la silla que mi madre había dejado libre, y esperé a que los niños terminaran antes de quitarla y lavar los platos.

Entumecida, volví al viejo hábito que era mi vida recogiendo lo que dejaban los chicos y ayudando a Sean a ponerse el pijama para ir a la cama. Mientras tanto, Joey se ocupaba de mi madre arriba.

Me descubrí revisando tanto la puerta delantera como la trasera una y otra vez, asegurándome de que estuvieran cerradas con llave, y luego entrando en pánico cuando el sonido de un coche zumbando fuera resonó en mis oídos.

«Respira, Shannon».

«Estás bien».

«Todo va a ir bien».

Algo más de una hora después, Joey regresó a la cocina.

—Está dormida —anunció, yendo a por el plato de cena que le había guardado—. Le he dado un par de sus váliums.

Asintiendo, abracé mi taza de té con las manos y soplé, sin apartar los ojos de mi hermano ni una sola vez mientras se calentaba el plato en el microondas.

Joey se sentó conmigo a la mesa, donde comió en completo silencio.

—¿Estás bien? —pregunté finalmente.

—No —respondió en voz baja, dejando el tenedor en el plato vacío—. ¿Y tú?

—No.

Me miró entonces.

—Irá bien, Shan.

—¿Qué parte? —susurré.

—La parte de Kavanagh —respondió.

Dejé escapar un suspiro tembloroso y negué con la cabeza.

—No, no es verdad.

Joey apoyó los codos en la mesa y tamborileó con los dedos.

—Aoife está cabreada conmigo.

Levanté la cabeza de golpe.

—¿Desde cuándo?

Se miró fijamente las manos.

—Desde que la cagué.

Se me hundió el corazón.

Maldito seas, Shane Holland…

—Ella te quiere —le dije, cogiéndole de la mano—. Te perdonará, Joe, y lo arreglaréis.

Sacudió la cabeza.

—Tal vez no quiero que lo haga.

Fruncí el ceño.

—¿De qué estás hablando?

—De que soy un puto desastre, Shannon. —Se echó el pelo hacia atrás con ambas manos y dejó escapar el aire entrecortadamente—. Y ella se merece algo mejor.

—¿Habéis roto?

Sacudió la cabeza lentamente.

—No.

—Entonces no pasa nada —le aseguré, desesperada por consolarlo—. Irá bien.

Joey se encogió de hombros.

—Es que… no quiero que me vea convertirme en…

Un fuerte sonido llenó el aire y nos sobresaltó a los dos, lo que hizo que Joey se callara.

Frunciendo el ceño, me palmeé la pierna que me vibraba un momento antes de recordar.

Su móvil.

Temblando, me saqué el teléfono del bolsillo y miré la pantalla. Era un mensaje de «Mamá».

—¿De quién es? —preguntó Joey, frunciendo el ceño.

—De Johnny —susurré, mirando el carísimo aparato en mis manos—. Me lo ha dado. —Miré a mi hermano—. Es un mensaje de su madre.

—Léelo.

—¿Qué? —Lo miré boquiabierto—. No puedo.

Joey puso los ojos en blanco.

—Obviamente es él.

—¿En serio?

Joey me miró con complicidad.

—Lee el puto mensaje, Shannon.

Con el corazón retumbándome salvajemente, abrí el mensaje.

Una puta locura. Besos

—Tienes razón —dije con un suspiro tembloroso—. Es él.

—Te lo he dicho —respondió Joey—. No ha desistido de ti, Shan.

—¿Y tú? —pregunté, mirando a mi hermano—. ¿Has desistido de Aoife?

La culpa le nubló los ojos, pero no respondió.

Y al igual que antes con Tadhg, el silencio de Joey decía mucho.

24

TOCARSE LOS HUEVOS

Johnny

—Quítate los pantalones.

Tres palabras que había escuchado más en los últimos meses de lo que quería recordar. Bajé de la camilla, me quité los zapatos y luego me desabroché la bragueta de los pantalones grises del uniforme antes de bajármelos.

—La ropa interior también.

Apretando la mandíbula, hice lo que me pidió y me saqué los pantalones antes de quedarme en medio de la sala, jodidamente desnudo.

—Maravilloso, Johnny —dijo la doctora Quirke, colocándose las gafas sobre la nariz—. Ahora vuelve a subir a la camilla, por favor, y túmbate bocarriba.

Perdida toda dignidad, ahogué un gemido y me dejé caer en la camilla.

Por un momento, debatí cubrirme la cara hasta que terminara, pero enseguida lo pensé mejor. Si estaban toqueteándome ahí abajo, necesitaba ver qué estaba pasando, maldita sea.

—Muy bien —dijo la doctora, y supuse que no era un mal cumplido, pero era un cumplido que me estaba haciendo una mujer de sesenta años mientras me cogía las pelotas con las manos enguantadas, así que en cierto modo me rechinaba—. Los puntos de ambas zonas se han absorbido y todo parece estar sanando hermosamente.

¿Hermosamente?

Resoplé, porque ¿cómo cojones no iba a hacerlo? Dadas mis circunstancias actuales, era reír o llorar. Tenía a una anciana palpándome el escroto y otras dos enfermeras igual de mayores de pie junto a mí, sonriéndome alentadoramente. En realidad, una de ellas me había levantado el pulgar.

Joder.

Estaba en otra maldita dimensión.

Cuando la doctora me indicó que me pusiera de lado y levantara las piernas, cerré los ojos, porque sabía muy bien lo que se avecinaba y también que existía una gran posibilidad de que nunca recuperara mi dignidad.

—Todo se ve positivo —dijo la doctora Quirke cuando estuve completamente vestido y sentado en la silla frente a ella—. Pero tengo que preguntar... —Se quitó las gafas y las hizo girar al tuntún—. ¿Por qué te arriesgaste así, Johnny?

Me encogí de hombros, incómodo.

—No lo sé.

Tenía miedo de perder mi posición, de que me echaran. Había visto cómo les pasaba a innumerables jugadores desde que me uní a la Academia, a los quince años. Sabía lo que les pasaba a los muchachos que no estaban a la altura del todo y lo que les pasaba a los que sí pero se quedaban fuera debido a una lesión. Era una mierda y yo había trabajado duro para no llegar a ser uno de ellos. Por eso había intentado jugar estando lesionado. Estaba desesperado por impresionar, por seguir siendo relevante y que me tuvieran en gran consideración. La idea de que algún cabronazo más joven, ileso y con las ingles intactas entrara y me robara el puesto era algo que me mantenía despierto hasta las tantas.

—No lo pensé —respondí finalmente—. Lo hice y ya está.

—Bueno —suspiró ella—. Recomiendo otros siete días con muleta, una en lugar de dos, y que te abstengas de conducir durante al menos otra semana.

—¿Y entrenar? —pregunté, aunque sabía que era una posibilidad remota—. ¿Cuál es el trato?

—Mmm. —Mirando las notas en su escritorio, la doctora Quirke hojeó algunas hojas, chasqueando la lengua cada pocos minutos—. Has estado asistiendo a sesiones de fisioterapia —reflexionó, estudiando una página en particular de mi historial— y toda una semana completa, ¿no? ¿Cómo han ido?

—Improductivas —solté, tensando la mandíbula—. Puedo hacer más, estoy listo para más, pero no me presionan.

—Y ¿has estado nadando cada dos días? —continuó, ignorando mi respuesta—. ¿En la piscina de hidroterapia?

—Sí —respondí, tamborileando con los dedos sobre el reposabrazos—. Pero necesito más.

—Tienes que tomarte la recuperación con calma —me corrigió ella—. Despacito y buena letra. —Cogió un bolígrafo y escribió algo en mi historial—. ¿Analgésicos?

—Innecesarios —gruñí—. Estoy bien.

—Ya veo —respondió ella, a pesar de que claramente no veía nada—. Y ¿has estado haciendo tus estiramientos y ejercicios en casa? ¿Has estado siguiendo las pautas?

Frustrado, respiré hondo e intenté un enfoque diferente.

—Escuche, doctora, voy a sincerarme con usted. Tengo una campaña internacional importante en verano, una para la que necesito estar en forma. Estoy haciendo todo lo que me pide. He ido al fisio. He descansado. Lo he hecho todo, caray, así que solo necesito que afloje un poco. Estoy en forma, soy fuerte... —Apoyé los codos en la mesa, me incliné hacia delante y le imploré con la mirada que se apiadara de mí—. Y no puedo esperar otro mes para volver a la cancha.

—¿Te das cuenta de lo tremendamente extenuante que ha sido la operación que ha sufrido la parte inferior de tu cuerpo? —preguntó, parpadeando tras la montura negra de sus gafas—. Tu cuerpo necesita tiempo para recuperarse. Tus músculos y tendones necesitan tiempo...

—Entonces deme otras dos semanas y déjeme volver —la interrumpí—. Eso puedo hacerlo. Puedo esperar otra quincena, pero tiene que ayudarme. Necesito volver a la cancha, doctora...

—Johnny, no me estás escuchando —intervino ella, en tono seco—. Te estás recuperando de dos operaciones, en dos zonas distintas de tu anatomía. Hay que tener paciencia.

—No tengo tiempo para la paciencia —respondí con la mandíbula apretada—. ¿Qué parte de eso no entiende nadie?

—Entiendo que estés ansioso por volver a jugar, pero debes tener cuidado...

—Lo sabe, doctora —intervino mi padre, que estaba sentado en una silla en un rincón de la consulta—. La paciencia es una virtud. —Apartó la mirada de la pila de papeles que estaba revisando y la dirigió hacia mí—. ¿No es así, Johnny?

Miré a mi padre, tratando de transmitirle con los ojos lo poco que me importaban las virtudes. Estaba de mala leche con él y no estaba de humor para sus bromas matutinas. Él lo sabía y, aun así, me pinchaba. Fantástico.

—Cuatro semanas más —reflexionó la doctora—. Eso no es nada en el panorama general.

—Nada excepto para mi futuro —gruñí, completamente derrotado.

—Bueno, creo que ya hemos terminado. —Juntando las manos, me dedicó una amplia sonrisa—. Te veré la próxima semana para tu visita de seguimiento.

—Me muero de ganas —dije sarcásticamente antes de girarme hacia mi padre—. ¿Podemos irnos ya?

—Gracias de nuevo por visitarnos antes de lo normal, doctora —sentenció él, guardándose el papeleo en el maletín—. Es su primer día después de Semana Santa y está como loco por volver al instituto. —El tono de mi padre estaba cargado de humor—. Al parecer, su madre crio a un superdotado.

—Ningún problema, señor Kavanagh —respondió ella, sonriendo con complicidad—. Y siempre es un placer visitar a Johnny, pero estoy segura de que tiene algunos compromisos urgentes que atender en el instituto.

—Seguro que sí —coincidió mi padre con una sonrisa.

Joder…

Tenso, me volví hacia la puerta, bastante harto de toda esta dichosa gente, cuando la doctora gritó:

—Oh, antes de que me olvide: deberías poder eyacular bien ya, Johnathon.

¿Qué cojones?

Me di la vuelta y la miré boquiabierto.

—¿Cómo?

La doctora me sonrió con picardía, me sonrió con puta picardía, antes de aclararse la garganta varias veces.

¿Se estaba riendo de mí?

Parecía que quería hacerlo.

—El dolor que estabas experimentando ya no debería molestarte —dijo en cambio, con una sonrisa tranquilizadora—. Ya puedes marcharte.

—Eh… —Me rasqué la cabeza, si saber cómo gestionar el humillante revés que acababa de soltarme—. Eso es, eh… ¿Gracias?

—¿Has oído, hijo? —se rio mi padre, dándome una palmada en el hombro—. La doctora dice que puedes tocarte los huevos de nuevo.

Hay.

Que.

Joderse.

—¿Tienes todo lo que necesitas? —me preguntó mi padre, menos de una hora después, cuando detuvo el coche lo más cerca posible de la entrada principal de Tommen—. ¿Los libros? ¿El móvil? ¿La cartera? ¿Las…

—¿Pelotas? —dije sarcásticamente—. Joder, papá, esperaba este control de mierda de mamá, pero no de ti. —Negué con la cabeza y me desabroché el cinturón—. Ya cansa.

—¿Soy controlador por llevarte a la revisión médica y a clase? —Su tono estaba cargado de humor—. Vaya, eso es nuevo.

—No, ella es la controladora —respondí—. Y tú simplemente te perviertes por seguirle la corriente.

—Es mi mujer —apuntó—. Tu madre puede pervertirme de la forma que le apetezca…

—¡Para, por favor! —grazné, horrorizado—. Sabes muy bien a lo que me refiero —solté, abriendo la puerta del coche de un empujón—. Quiero recuperar mi vida. ¿Me oyes? Quiero que mamá y tú me dejéis tranquilo y me deis un puto respiro.

Mi padre sonrió.

—Ah, volver a ser joven, con todas esas hormonas.

—No sé de qué te ríes —siseé—. Estoy hablando en serio.

—Se trata de Shannon Lynch —dijo mi padre, poniéndose serio—. Porque tu madre y yo estamos de acuerdo en que es mejor que te mantengas alejado de su familia.

Por supuesto que se trataba de Shannon Lynch. Todo en mi vida parecía estar centrado en la chica últimamente. No lograba sacármela de la cabeza, y tampoco podía verla porque a mis padres se les había metido entre ceja y ceja la jodida idea de que podían decirme qué hacer.

Aparte de algún mísero mensaje enviado desde el móvil de mi madre cuando no miraba y varias llamadas más sin contestar, no había hablado con Shannon desde la semana pasada, siete días para ser exactos, y me estaba volviendo loco.

Me sentía como un cabrón por dejarla allí y no haber vuelto, pero no es que pudiese recorrer a pie los veinticinco kilómetros desde mi casa hasta la suya. Tampoco podía conducir, y había perdido a Gibsie por hacer que me llevara hasta allí en primer lugar.

En otras palabras, llevaba atrapado en casa una semana, perdiendo la maldita cabeza y sumido en la preocupación. La única vez que había salido había sido para ir al fisio y nadar, que no había sido productivo porque no podía concentrarme en otra cosa que no fuera la chica que había dejado atrás.

—Porque estáis tomando decisiones por mí que no os corresponden —discutí, volviendo al presente.

—Nunca te hemos dicho que no puedas ver a la chica —dijo con calma—. Simplemente no tienes permitido verla allí.

—Es absurdo —espeté, tan furioso ahora como lo estaba la semana anterior, cuando me dejaron las cosas claras—. Puede que su madre sea una pirada, pero tú y mamá no vais muy allá.

—Intentamos proteger a nuestro hijo —sentenció con calma—. Solo pensamos en tu bien, y eso implica mantenerte a una amplia distancia de esa familia. —Con una sonrisilla, añadió—: También trato de mantener a tu madre fuera de la cárcel.

Hice una mueca al recordar aquel horrible giro de los putos acontecimientos en el jardín delantero de Shannon la semana pasada y cómo mi madre había estado a punto de pegarle a la señora Lynch.

—Ya sabes cómo se pone mamá cuando se trata de ti —añadió mi padre—. Es dinamita, hijo. Créeme.

—Sí, bueno, no necesito que nadie me proteja —refunfuñé.

—Yo creo que sí.

—Te equivocas.

—Tal vez sí —admitió, volviéndome loco al hacer de abogado del diablo en cada puta conversación—. Pero, en este caso, vale la pena correr el riesgo por la recompensa.

El riesgo, en este caso, era mi indignación.

—Y ¿cuál es la recompensa?

—No meterte en problemas.

Joder…

Cabreado, salí del coche y saqué la mochila.

—Puedo tomar mis propias decisiones —dije, echándomela al hombro, y cogí la muleta—. Y lo haré.

25

VUELTA A TOMMEN

Shannon

Había pasado más de una semana desde la última vez que había visto a Johnny.

Sinceramente, no lo culpaba por no volver a mi casa, porque aunque, por algún milagro divino, todavía quisiera verme, dudaba que sus padres se lo permitieran. El señor y la señora Kavanagh debían de odiarme ya. Si mi hijo se viera con una chica cuyos padres estaban locos, yo también la odiaría. Y querría que mi hijo se mantuviera tan lejos de ella como fuese humanamente posible.

Durante el primer día, releí los cuatro mensajes que me había enviado hasta que se agotó la batería del móvil. No podía cargarlo porque ninguno de nosotros tenía un cable compatible, así que me quedé allí sentada, pensando en sus palabras hasta la saciedad.

No voy a ninguna parte. Y hablaba en serio. Te lo prometo. Besos
Escríbeme cuando te despiertes para que sepa que estás bien. Besos
Te echo de menos. Besos
¿Puedes llamarme? ¿Te llamo yo? ¿Puedes hablar? Besos

En el momento exacto en que el móvil empezó a sonar, se me murió en las manos. Sentí que me subía por el pecho una tremenda oleada de devastación mientras miraba la pantalla en negro deseando que volviera a la vida.

No se había vuelto a encender y no había sabido nada de Johnny desde entonces.

Hacía seis días de eso.

Pero Joey había vuelto a casa, lo que hacía que me sintiera un poco menos sola allí. Incluso me acompañó a mi revisión en el hospital, para consternación de Darren. Los chicos estaban más contentos, o más conformes al menos. Supuse que se sentían igual que yo: más seguros con Joey alrededor. Se había quedado, lo que era a la vez una bendición y una maldición, porque la tensión que emanaba de él era casi insoportable. Para ser justos, yo también estaba supertensa, sobre todo con mi madre, a quien no había dirigido una sola palabra desde la noche en que Joey la ayudó a acostarse.

No podía soportar mirarla, la verdad. El odio y la frustración me carcomían de tal manera por dentro que no confiaba en poder controlar la lengua cuando estaba cerca de ella, por lo que la evitaba como la peste por el bien de todos.

—¿Estás lista para esto? —me preguntó Joey mientras se apoyaba contra el marco de la puerta de mi habitación con su uniforme del instituto de Ballylaggin y me veía pelearme con la tapa de un tubo de maquillaje—. ¿Shan?

Hoy era el primer día de clase tras las vacaciones de Semana Santa. Me miré el uniforme y me estremecí al sentir la familiar oleada de ansiedad recorrerme la piel y traerme ese sabor agrio desde el estómago.

—No. —Suspirando, tiré el tubo sobre la cama y luego me hundí en ella—. Es increíble lo poco lista que estoy para esto.

Joey me observó atentamente durante un buen rato antes de suspirar con fuerza.

—Sí, conozco la sensación.

—Tengo miedo —admití—. Del qué dirán. —Hice un gesto hacia mi cara y mi pobre intento de ocultar la cicatriz costrosa que tenía donde mi padre me había partido la mejilla contra la mesa de la cocina y que aún se estaba curando—. Sobre esto. —Me mordí el labio, vacilante, antes de soltar—: Y de papá. —Hablé en voz baja—. Todos lo sabrán, Joe.

—Shan… —Mi hermano sacudió la cabeza y se acercó a mi cama, donde se sentó a mi lado—. No dirán nada. —Inclinándose hacia delante, apoyó los codos en las rodillas y resopló con fuerza—. Se te ha curado bastante la cara, y lo que no se ha curado lo has cubierto con esa pintura de guerra.

—¿Pintura de guerra? —Arqueé una ceja—. Se llama maquillaje, Joe. —Un carísimo maquillaje—. Claire me lo dio.

—Pintura de guerra, maquillaje… Lo que sea. Para mí es la misma mierda —replicó encogiéndose de hombros sin inmutarse—. El director sabe lo que pasó, ¿verdad?

Asentí, porque sabía que Darren y mi madre se habían reunido con el señor Twomey durante las vacaciones.

—Entonces estarás bien —añadió, en tono tranquilizador—. Te lo prometo.

—No sé qué decir si alguien me pregunta por papá —confesé—. ¿Qué pasa si me pregunta algún profesor? —Negué con la cabeza, alarmada. Me sentía contaminada. Como si estuviera sucia. Volver al instituto sabiendo que había gente que estaba enterada de lo que había pasado era un concepto aterrador. Todo el mundo en Ballylaggin estaba al tanto, y yo me moría de los nervios—. No tengo ni idea de cómo afrontar esto.

—Con la verdad —sentenció Joey con dureza—. O simplemente les dices que se vayan a la mierda y no se metan donde no les llaman si no quieres hablar de eso, pero no mientas más, Shan. ¿Me oyes? No encubras a ese pedazo de mierda ni un minuto más, porque tú no has hecho nada malo. —Enderezándose, añadió—: Y si alguno de esos hijos de puta abre la boca y te suelta alguna mierda, ya iré yo a encargarme.

—La verdad es dura —admití en voz baja.

Mi hermano asintió rígidamente.

—Sobre todo cuando te han enseñado a olvidarla.

—¿Qué vas a decir tú si alguien te pregunta?

—Voy a decirles que se vayan a la mierda y no se metan donde no les llaman.

Suspiré.

—Ojalá yo pudiera hacer eso.

—¿Hacer qué?

—Ser valiente —musité, melancólica.

—Ya lo eres —respondió él. Entonces se giró para mirarme, con esos ojos verdes llenos de dolor—. Eres la hostia de valiente.

—No me siento así —murmuré, con un suspiro tembloroso—. Solo quiero huir.

—¿Quieres hacerlo? —Sonaba esperanzado y un poco desesperado—. Podríamos subirnos a un autobús ahora mismo y largarnos.

Me dio un vuelco el corazón y tuve que luchar contra la inquietud que me subió por dentro.

—Cuando hablas de largarnos… —mantuve la mirada clavada en sus ojos, midiendo su reacción—, te refieres a solo por hoy, ¿verdad?

Joey no respondió de inmediato, sino que se quedó allí sentado, devolviéndome la mirada.

—¿Joe? —pregunté en un susurro, con el pulso acelerado—. Eso es lo que has querido decir, ¿verdad?

Forzó una sonrisa que no acabó de reflejarse en sus ojos, una que no había visto en mucho tiempo.

—Claro.

—No me abandones —dije ahogadamente, cogiéndolo del jersey del uniforme—. No puedes volver a irte.

—Estoy aquí, ¿no? —respondió, en tono tenso.

—¿Qué pasa con Aoife? —pregunté, aferrándome a lo único que sabía que podía mantenerlo cerca—. ¿Cómo va con ella?

Ella es una razón para quedarse…

—Estamos bien.

—Y ¿Shane Holland y sus amigos? —Me dio un vuelco tremendo el corazón—. No vas a…

—No —dijo, en tono más duro ahora—. No voy a…

«No te creo…».

—Joey, tu novia te está esperando fuera en el coche —oí que decía Darren, y levanté la mirada para encontrarlo de pie en la puerta, poniéndose la chaqueta—. Será mejor que te muevas o la harás llegar tarde también.

Sin una palabra más, Joey se puso de pie y salió de mi habitación, apartando bruscamente a Darren al pasar.

—Buenos días a ti también —refunfuñó este.

—Te veré luego, Shan —me dijo Joey mientras desaparecía dentro de su habitación para salir un momento después con la mochila colgada del hombro y el casco y el hurley en la mano—. Anímate, muchacha.

—Joey —comenzó a decir Darren—. ¿Podemos dejar la pantomima de niño herido por hoy y ser simplemente civilizados?

—Que te den —respondió este con desprecio, haciéndole la peineta mientras bajaba las escaleras.

—Encantador —murmuró Darren, frotándose la mandíbula—. Es un amor por las mañanas.

—Depende de la compañía —le recordé, en tono repelente—. Conmigo ha sido un amor.

—Ay, tú también no —se quejó mi hermano—. No puedo con dos adolescentes llenos de hormonas tan temprano por la mañana.

«Entonces vuelve a tu vida».

—¿Dónde está mamá? —pregunté, en lugar de decir lo que pensaba.

—Trabajando. Bueno, ¿estás lista? —dijo—. Los chicos están esperando en el coche.

—No tienes que llevarme —respondí, mirando el juego de llaves que le colgaba de los dedos—. Puedo coger el autobús.

—Venga ya, Shannon —gimió—. No seas tan dura conmigo. Es mi primer día en esto de la ruta escolar.

—Solo digo que podría coger el autobús, como siempre.

—Sí, bueno, demándame por no querer que mi hermana esté en una parada de autobús a las seis de la mañana con los borrachos por ahí rondando —respondió—. A partir de ahora te llevaré yo al instituto y te traeré.

—¿Por Johnny? —insistí, levantando la barbilla, desafiante—. ¿Porque tú y mamá no queréis que me traiga?

—No, Shannon, porque nuestro padre todavía anda por ahí y, si está de juerga, tú eres la primera persona a la que irá a buscar —espetó Darren, y yo me estremecí.

—Gracias por el recordatorio.

—Lo siento —dijo, en un tono más tranquilo ahora—. No intento preocuparte, pero necesito que seas consciente de ello, y necesito que lo tengas presente.

—Sí, bueno, solo para que lo tengas presente: nunca he tenido problemas con ninguno de los borrachos en la parada del autobús. —Cogí mi mochila del suelo y me la colgué con cuidado de un hombro antes de pasar junto a él—. Solo con los borrachos en esta casa.

—Joder —gimió Darren, arrastrándose detrás de mí—. No puedo con tantos cambios de humor.

26

BUM, BUM Y PUMBA, COLEGA

Johnny

—Mirad, si es el mismísimo doctor amor —exclamó Hughie Biggs cuando vadeé el patio y encontré a los muchachos frente a la entrada del edificio principal.

—¿Cómo está el casanova? —me saludó Patrick Feely, palmeándome la espalda—. Felicidades por el matrimonio. Qué callado te lo tenías.

—Ya ves —se rio Hughie—. ¿Algún bebé, tío? ¿Has navegado mucho por el río?

Arqueando una ceja, me volví hacia Gibsie, que estaba apoyado contra la pared. Tenía un cigarrillo escondido en la manga, lo que me pareció una auténtica gilipollez viendo la de humo que flotaba a su alrededor.

—¿Se lo has contado?

—Se lo he contado a todo el mundo —respondió Gibsie, sonriendo, sin remordimientos. Se metió la mano libre por debajo del suéter del uniforme y comenzó a golpearse el pecho—. ¡Bum, bum y pumba, colega!

Joder…

—¿Ya ha llegado? —Ignorando sus bromas, mantuve la mirada en Gibsie—. ¿La has visto?

Feely frunció el ceño.

—¿A quién?

—Imagino que a Shannon Lynch —respondió Hughie, que parecía divertirse.

—¿Estás con ella ahora?

Me giré para mirar a Patrick.

—¿Qué?

—Con Shannon —repitió—. Que si estáis juntos.

—Bueno, estuvo con ella en Dublín —intervino Gibsie—. Y en su casa el fin de semana pasado.

—Me enteré de lo que pasó —dijo Hughie, con los ojos llenos de lástima.

Sí, apuesto a que sí. Era jodidamente increíble lo que le gustaba a la gente de este pueblo cotillear.

—¿Está bien? —insistió.

«No lo sé porque llevo sin verla una semana», quise rugir, pero me contuve.

—Está genial.

—No la ha visto desde que mami K tuvo una charlita con su madre —se rio Gibsie.

Feely puso cara de sorpresa.

—¿Hubo pelea?

—Fue a por ella —continuó Gibsie—. Kav tuvo que alejarla a rastras.

—Hostia —resopló Hughie, que sonaba impresionado—. A tope, mami K.

—Eres un mierda —gruñí, entrecerrando los ojos a mi mejor amigo—. Después de todos los secretos que te guardo yo a ti.

Gibsie se rio.

—Vendrá, así que calma. —Soltó una bocanada de humo e hizo rodar la boquilla del cigarro entre los dedos. Frunció el ceño y me lanzó una mirada peculiar—. Pareces muy… —Hizo una pausa para agitar una mano frente a él antes de decir—: necesitado.

Lo miré boquiabierto.

—¿Necesitado?

—Necesitado y pegajoso —confirmó Gibsie muy serio—. Puede que quieras bajar un poco la intensidad.

—Gracias por el consejo, Gibs —le dije entre dientes—. Lo tendré muy en cuenta.

—De nada —respondió—. Y ya que damos las gracias: dáselas a tu padre otra vez de mi parte por librarme de Twomey. —Suspirando, añadió—: Ya fue bastante mal la semana pasada, y me habría muerto del asco en casa sin ti otra semana más.

Puse los ojos en blanco.

—Yo también me alegro de que no te hayan expulsado, tío.

—¿Puedo ir a tu casa? —preguntó—. ¿Te dejan llevarme ya?

Feely arqueó una ceja.

—¿Os han separado?

—Temporalmente —respondió Gibsie, a la defensiva—. No durará mucho.

Feely se rio entre dientes.

—¿Qué hicisteis?

—Lo normal. —Gibsie se encogió de hombros y agitó una mano al tuntún—. Romper las reglas, secuestrar a una chica, meternos en líos.

—Yo no la secuestré —apunté, elevando el tono—. Ella vino voluntariamente.

—¿Shannon?

—¿Quién si no? —se rio Gibsie.

—Bueno, me alegro de verte recuperado, capi —dijo Hughie, desviando el tema de Shannon astutamente antes de que me diese un aneurisma—. Pero necesitas ponerte a entrenar lo antes posible. Barrettsfield RFC le dio una paliza a Ballylaggin el fin de semana.

Y así, mi mal humor empeoró.

—¿Barrettsfield? —exclamé asqueado, sin ocultar el horror que sentía—. Joder, colega, son de segunda división.

—No necesita preocuparse por eso —intervino Gibsie, en tono serio por una vez en su vida—. Es solo un partido, tíos.

—¿Qué puedo decir? —suspiró Hughie, ignorando las palabras de mi mejor amigo—. Nos faltaba la línea de fondo y un capitán.

Me inundó la culpa.

—¿Puntuación final?

Hughie hizo una mueca antes de decir:

—Cuarenta y ocho a veintiséis.

—¡Mierda! —La ansiedad se agitó dentro de mí—. ¿Qué tal tus saques?

—Dieciséis puntos —respondió—. Dos transformaciones y cuatro golpes.

—Juego limpio, tío. —Le di una palmada en el hombro—. Se lo pusiste difícil.

Hughie sonrió.

—Lo intenté.

—¿Cómo te ha ido la revisión? —me preguntó Feely entonces, aguantándome la puerta abierta.

—Eso. —Gibsie sonrió y dio otra profunda calada a su cigarrillo antes de exhalar una nube de humo—. ¿La doctora te ha dado luz verde?

—Qué va. —Demasiado cabreado para solarle un sermón por fumar, entré—. Como suponía.

—Mala suerte, tío —dijo Feely mientras él y Hughie me seguían al interior del instituto.

—Va, no todo es negativo —apuntó Gibsie, que dio una última calada y tiró la colilla antes de echar a andar junto a nosotros—. Al menos te han quitado una muleta.

—Yuju —solté, ignorando cada sonrisa, saludo con la mano, y «Hola, Kav» y «¿Cómo te va, Johnny?» mientras avanzaba por el pasillo hacia mi taquilla.

—Date tiempo —respondió Feely con calma—. Todo volverá a su sitio.

—Exacto —añadió Hughie, palmeándome el hombro—. Cada cosa a su tiempo.

—Sí, bueno, pues el tiempo puede ir espabilando, tíos —mascullé, apoyándome pesadamente en la muleta con la mano izquierda—. Porque voy un poco justo.

—Todavía tienes dos meses, capi.

—Tengo cuarenta y seis días —le corregí, agitado—. Y bajando.

—Al menos te dejan hacer ejercicio de nuevo —me animó Hughie.

—Solo la parte superior del cuerpo —murmuré—. Que será la hostia de útil cuando tenga que ponerme a entrenar, ¿a que sí?

—Joder, pedazo de gruñón —bromeó Gibsie—. No hay forma de complacerte.

—Bueno, tío, si tres carcamales se hubiesen pasado la mañana magreándote con tu padre en la consulta, no estarías lo que se dice dando saltos de alegría.

Gibsie bufó con sorna.

—Ya te digo que si me hubiesen estado magreando tres mujeres esta mañana, estaría dando saltos de alegría.

Hughie y Feely se rieron.

—Créeme, no lo harías —gruñí.

—¿Qué hay de correrte al menos? —preguntó Gibsie entonces, y no precisamente en voz baja, cuando llegamos a la zona de taquillas de los de primero de bachillerato—. Seguro que te han dado luz verde para…

—No puedes evitarlo, ¿verdad? —suspiró Hughie, apoyándose en la taquilla junto a la mía—. Siempre tienes que pasarte de la raya, Gibs.

—Estoy preocupado —respondió este, enfadado—. Soy un amigo que se preocupa.

—Eres un friki —intervino Feely secamente.

—Me han dado luz verde para correrme, Gibs —decidí decir, porque sabía que, si no se lo contaba, el muy imbécil no me daría un minuto de paz—. Está todo bien.

—¿Sí? —Le brillaron los ojos de emoción—. Entonces ¿qué cojones estás haciendo en el instituto, Johnny?

—Lo que debo hacer —respondí—: ir a clase.

Él arqueó una ceja.

—Sigo esperando una buena razón, tío.

—Porque no es que pueda pedirle a mi padre que me lleve a casa para pajearme —dije sarcásticamente—. Contrólate.

Gibsie me devolvió la mirada sin comprender.

—No veo el problema.

—No lo animéis —solté, mirando a Hughie y Feely, que se reían por lo bajo.

—Necesitas relajarte —respondió Gibsie, todavía mirándome con incredulidad—. A dos manos.

Qué paciencia…

—Hola, Johnny. —La voz de mi peor pesadilla atravesó el aire entonces, tan irritante y desagradable como siempre, y se llevó consigo cualquier rastro de humor. Me estremecí del más puro asco mientras veía a Bella Wilkinson contonearse hacia mí, toda caderas y tetas, como un grano en el culo—. ¿Cómo estás?

—Pasa de mí —le indiqué con frialdad, con los pelos de punta. Putada o no, fui directamente con los chavales en busca del refugio y la seguridad del grupo—. No tengo nada que hablar contigo.

—Vamos, Johnny, solo quiero…

—No voy a discutir más contigo —la interrumpí en tono seco—. Hemos tenido esta charla un millón de veces, joder. Se acabó, se acabó lo nuestro, así que pírate.

—¿Qué? ¿Ni siquiera puedo hablar contigo? —respondió ella, que parecía ofendida—. ¿No puedo preguntarte cómo te encuentras?

—Estoy bien —dije inexpresivamente—. Gracias por preguntar. Ahora déjame en paz.

Ahogó un gemido.

—Johnny…

—Ya lo has oído —terció Gibsie, dejando de lado el buen humor, mientras señalaba con el dedo hacia el pasillo—. Sigue caminando.

—Vete a la mierda, Gibsie —gruñó Bella antes de volver a mirarme con esos ojos azules. Pestañeando, me sonrió esperanzada—. Sé que las cosas acabaron mal entre nosotros, pero estaba preocupadísima por ti.

—Estoy seguro de que sí —comentó Hughie—. Y apuesto a que Cormac te ayudó a aliviar esa preocupación.

—Déjalo ya. —Agotado tras pasar meses yendo y viniendo con la chica, me froté la cara con cansancio y dije—: No quiero discutir contigo. Se acabó, ¿vale? Así que, por favor, lárgate ya.

Bella le lanzó una mirada mordaz a Hughie antes de volverse hacia mí.

—Solo esperaba poder hablar contigo durante cinco minutos…

—Y yo esperaba ganar la lotería el fin de semana —intervino Gibsie, que luego frunció el ceño—. Pero no pudo ser porque me olvidé de echar la primitiva.

—¿Qué quieres decir con eso, Gibsie? —quiso saber Bella, fulminando con la mirada a mi mejor amigo.

—Quiero decir que te vayas a la mierda, Bella —le dijo este—. Vete a la puta mierda, si quieres que me ponga técnico. Lejos, muy lejos, al país de Johnny no quiere estar contigo, así que búscate una vida.

—No puedes hablarme así —lo desafió, temblando ahora.

Gibsie arqueó una ceja.

—Y ¿por qué no?

—¡Porque no! —escupió ella, nerviosa—. Porque…

—¿Porque yo tengo rabo y tú tienes coño? —dijo, a sabiendas—. Venga ya. Vivo en el siglo xxi. Creo en la igualdad de derechos para todo el mundo, lo que incluye mi derecho como dueño de un pene de decirle a una acosadora como tú que se vaya a la mierda.

—Impresionante —comentó Hughie.

—Soy un tipo impresionante —respondió Gibs con una sonrisilla.

—Joder —murmuré, encogiéndome cuando se le llenaron los ojos de lágrimas.

—Ocho meses, Johnny —sollozó, mirándome—. Y ¿así estamos?

Mordiéndome los nudillos, resistí el impulso de gritar.

—Mira —dije finalmente, esforzándome por ser paciente—. Esto es inútil. No tengo nada que hablar contigo, y tú no vas a decirme nada que yo quiera escuchar. No me interesa. Ni siquiera me interesaba cuando se suponía que debía hacerlo. Así que…, ¡por favor! Te suplico que me dejes en paz, Bella. Por favor.

—¿En serio?

—¡Sí!

—¿Eso es lo que quieres? ¿Que me aleje?

Santa paciencia…

—¡Sí!

—¡Muy bien! —gritó ella, y las lágrimas de cocodrilo desaparecieron milagrosamente mientras me fulminaba con la mirada—. ¿Quieres que salga de tu vida, Johnny Kavanagh? ¡Considéralo hecho!

Lancé un gran suspiro y me derrumbé de alivio.

—Gracias. —Obviamente, no reaccioné como Bella quería, porque entrecerró los ojos y le dio una patada a mi muleta, lo que hizo que me tambaleara hacia atrás—. Gracias por eso también —dije entre dientes, cogiéndome a Feely para no caerme.

—Espero que te hayas quedado lisiado —escupió—. ¡Espero que la Academia te eche y no vuelvas a jugar al rugby jamás! —Y añadió con desdén—: De hecho, espero no volver a verte la cara nunca más.

Maravilloso.

—¡Nos vemos en el infierno, zorra malvada! —gritó Gibsie mientras se agachaba para recoger mi muleta y la apoyaba contra la taquilla—. Nos vemos por allí.

—Joder —silbó Robbie Mac, haciéndose a un lado para dejar pasar a Bella junto a él, Pierce y la mitad del equipo—. ¿A qué viene tanta prisa?

—Tiene que llegar a casa antes de que salga el sol —dijo Gibsie en voz alta—. Ya sabes, los chupasangres suelen calcinarse con la primera luz del día.

—¡Que te jodan, Gerard Gibson! —gritó Bella por encima del hombro.

—Tú jamás, princesa —rugió Gibsie a sus espaldas—. ¡Yo no te tocaría ni con la polla de McGarry!

—Para —gemí, levantando una mano hacia Gibs—. Déjalo estar ya, tío.

—Eres un cabronazo —se rio Feely—. Eso ha sido cruel, Gibs.

Gibsie se encogió de hombros.

—Hay que ser un cabronazo a veces, cuando te enfrentas a una mala bicha.

Robbie, Pierce y los muchachos del equipo nos rodearon entonces, cada uno turnándose para palmearme la espalda, darme la bienvenida y hacerme preguntas que ni en sueños les respondería con total sinceridad.

—Chavales, que las desgracias del capi nos sirvan de advertencia frente a todos los peligros que acechan tras un par de tetazas —proclamó Gibsie—. En caso de duda, quedaos solo con una.

Sus comentarios provocaron la risa de todos, la mía incluida.

—Has tenido suerte, tío —coincidió Pierce, con un escalofrío.

—Zorra malvada —observó Robbie.

—Qué me vas a contar, joder —murmuré, frotándome las sienes.

—Y vosotros me la liasteis por enrollarme con Katie en segundo —reflexionó Hughie, todo chulo, mientras se apartaba de las taquillas y sacaba pecho—. Ahora la tranquilidad y la estabilidad no pintan tan mal, ¿a que no?

—Después de ese arranque, eres tú el que no pinta nada mal —dijo Gibsie.

Hughie sonrió, mientras que el resto de nosotros suspiramos profundamente.

No entres al trapo, Hughie…

Estás cayendo…

—¿Estás diciendo que quieres que te dé rabo, Gibs? —lo provocó Hughie.

—Estoy diciendo que quiero la raja de tu hermana —respondió Gibsie, meneando las cejas.

Ahí está…

—Alrededor de mi rabo —continuó.

—Gibs —le advertí.

—En la cara.

—¡Gibsie! —gimió Feely.

—Por todas partes.

La expresión sonriente de Hughie se transformó en una cara de cabreo.

—Retira eso.

—No.

—Retíralo, imbécil.

—No.

—¡Que lo retires, joder!

—Que lo aceptes, joder —se rio Gibsie, dando saltitos de espaldas cuando Hughie intentó pegarle—. Va a pasar, cu-ña-do.

—Sobre mi cadáver —gruñó Hughie, arremetiendo—. Es demasiado buena para ti…

—No seas idiota, Gibs —solté, agarrando a Hughie por la parte de atrás del suéter y arrastrándolo hacia mí—. Ignóralo, Hugh. Solo se está quedando contigo.

—No está de broma. —Furioso, Hughie fulminó a Gibs con la mirada—. ¡Ha estado obsesionado con ella desde que era un puto crío!

—Dile que te estás quedando con él —gruñí—. Díselo, Gibs.

—En realidad no —se rio Gibsie—. Y no solo quiero su raja, aunque eso ocupa un lugar destacado en la lista. Me gusta toda ella, tío, y a ella le gusto también. —Sonrió diabólicamente—. Muchísimo.

—A mi hermana no le gustas —soltó Hughie con desprecio—. Claire no te soporta. Solo te aguanta porque eres amigo mío.

—No era eso lo que me decía anoche —respondió, sin inmutarse lo más mínimo—. Cuando le estaba…

—¡Filtro, Gibs! —ladré—. ¡Joder, colega! Filtro.

—Será mejor que mantengas tu asquerosa polla al otro lado de la carretera —siseó Hughie, apuntando con un dedo a Gibsie—. Follahermanas.

—Todavía no —se rio este por lo bajo, disfrutando muchísimo de la incomodidad de Hughie—. Pero me llevaré ese título muy pronto.

—Te voy a matar…

—¡Ya vale los dos! —espeté, sujetando a Hughie por el suéter mientras fulminaba a mi mejor amigo con la mirada—. Y usa el maldito cerebro antes de hablar, Gibs. No tienes que soltar todo lo que se te pasa por esa jodida cabeza tuya.

—Estoy de coña, estoy de coña —gritó Gibsie entre risas cuando Hughie se liberó de mí y lo tiró al suelo. Rodando hasta ponerse de espaldas, levantó las manos, sin dejar de reír—. No la he tocado.

—Más te vale que no, joder —gruñó Hughie, dándole un guantazo—. ¡Hay un código que no se rompe! ¡No te líes con las hermanas de tus amigos!

—Creo que estás viendo mal todo esto, tío —sentenció Gibsie mientras Hughie lo estrangulaba—. Soy fiel. Soy guapo. Me han dicho que lo como de lujo. Soy una apuesta segura.

—¡Eres un cabronazo, eso es lo que eres! —rugió Hughie—. No olvides que te conozco de toda la vida, gilipollas. ¡Lo que significa que sé dónde has metido la polla!

—Estaba esperando mi momento, y la práctica hace al maestro —se rio Gibsie, que luego gimió cuando Hughie le dio un puñetazo en la mandíbula—. Tío, la cara no. A tu hermana le gusto guapo.

El rostro de Hughie se volvió de un profundo tono púrpura.

—Es ingenua, buena y jodidamente pura, maldita sea, ¡así que no le pongas tus asquerosas manos encima!

—Eh, ¿Johnny? —murmuró Feely, tocándome un hombro—. Tenemos compañía.

Apartando la mirada de los dos idiotas que rodaban por el suelo, eché un vistazo por encima de Robbie y Pierce justo a tiempo para ver a Shannon alejarse a toda prisa.

¿De mí?

Ah, no, ni de coña.

Me abrí paso a empujones entre los muchachos y la seguí, sintiendo que me ardían los muslos, pero demasiado nervioso como para bajar el ritmo o volver a por la muleta.

—¿Shannon? —El corazón me retumbaba en el pecho con una fuerza tan bestia que pensé que me dejaría un moretón mientras la llamaba—: ¡Shannon como el río, vuelve aquí!

27

¿ESTÁMOS JUNTOS?

Shannon

Cuando Darren entró en el aparcamiento de Tommen, un poco después de las nueve menos cuarto de la mañana, me sentí como una tremenda acosadora mientras buscaba el familiar Audi A3, que no vi. Se me cayó el alma a los pies y sentí que me encogía en el asiento, deseando desvanecerme y desaparecer.

—¿Qué crees que le gustaría a Tadhg para su cumpleaños? —me preguntó Darren mientras daba vueltas buscando un sitio donde aparcar—. Es el próximo viernes y no tengo ni idea de qué regalarle.

—No lo sé. —Aturdida, miré por la ventana y sentí que mi ansiedad aumentaba con cada estudiante de Tommen que entraba al edificio principal—. Pregúntale a él.

—Te estoy preguntando a ti —respondió en voz baja.

—Unas botas de fútbol —murmuré, demasiado mareada para prestarle atención—. Tampoco es que espere nada.

Tenía el estómago revuelto y las palmas de las manos sudadas. Casi parecía que alguien me hubiese puesto un cubito de hielo en la nuca.

—Buena idea.

«Respira, Shannon».

«Sigue respirando…».

—¿Quieres que entre contigo? —se ofreció Darren cuando finalmente encontró un sitio donde aparcar en aquel laberinto. Apagó el motor, se desabrochó el cinturón y se giró para mirarme—. Porque lo haré sin problema.

Volví la cabeza hacia él y abrí los ojos horrorizada.

—¿Recuerdas el instituto?

—No soy tan viejo —bromeó.

—Entonces sabrás que lo último que quiere nadie es que su hermano mayor le acompañe adentro —dije ahogadamente—. Jamás.

Él sonrió.

Lo miré recelosa.

—¿Qué?

—Me has llamado hermano mayor.

—Sí, bueno. —Suspiré y eché la cabeza hacia atrás—. Es lo que eres.

—Ha sido agradable oírte decirlo.

Sus palabras permanecieron densamente en el aire, como un peso muerto colgado a mi cuello. No podía hacer esto con él. No esta mañana. No cuando estaba a punto de rogarle que diera la vuelta al coche y me llevara a casa.

—Debería irme —susurré, resignada, con la mirada aún pegada al enjambre de estudiantes que se apelotonaban en varios edificios.

«Puedes hacerlo».

«¡Ya lo creo que puedes hacerlo!».

—Estaré aquí a las cuatro —dijo Darren cuando abrí la puerta del coche y salí a la lluvia—. Intentaré aparcar cerca de este sitio, ¿vale?

Asintiendo, cogí la mochila.

—Gracias por traerme.

—¿Shannon?

—¿Qué?

—Buena suerte.

«La voy a necesitar».

Cerré la puerta del coche, me colgué la mochila a los hombros y me dirigí hacia el patio, toda rígida y con la cabeza dándome vueltas. Cuanto más me acercaba al edificio principal, más me costaba mantener una respiración regular y uniforme. Tenía ansiedad y, con cada paso que daba, más me acercaba a un ataque de pánico en toda regla.

Recitándome mentalmente pequeñas afirmaciones, agaché la cabeza e ignoré todas las miradas y susurros mientras me apresuraba a entrar. Me sentía confundida y desorientada, y ni siquiera el calor que emanaba de los radiadores dentro del edificio principal logró fundir el hielo en mis venas mientras recorría el pasillo a toda prisa, tratando desesperadamente de localizar a Claire y Lizzie.

—Hola, Shan —me saludó una voz familiar detrás de mí.

Me di la vuelta para encontrar a Shelly, una de las chicas de mi clase, saludándome desde la puerta del baño. La sonrisa en su rostro se desvaneció rápidamente en cuanto posó la mirada en mis ojos.

—Ay, madre —susurró entre dientes, señalándome la cara—. Entonces es cierto, ¿no?

—Puede —murmuré, nerviosa.

—Es que pensé… O sea, cuando escuché a unas chicas hablando de eso en el baño, simplemente supuse… —Cerró la boca de golpe y se me quedó mirando durante un buen rato—. Jo, tía —jadeó al fin—. Lo siento mucho.

—¿Sabes dónde está Claire? —pregunté en voz baja—. ¿O Lizzie?

—En el despacho del señor Twomey. Las ha llamado a ambas al llegar. Llevan allí siglos. —Shelly hizo una mueca—. Probablemente se trate de ti.

—Oh. —Me quedé allí durante varios segundos, debatiendo qué responder antes de decidir que no había nada que decir y salir corriendo.

Pensé en huir a la sala común de tercero y esconderme allí hasta que comenzara la primera clase, pero mis pies tenían otros planes. Tenía el pulso acelerado mientras me desviaba del camino habitual y atravesaba pasillos que nunca había usado hasta el ala destinada a los de primero de bachillerato.

La oí antes de verla.

—¡Quítate de en medio, puta!

Apartándome bruscamente de su camino, Bella atravesó volando el pasillo, corriendo tan rápido como no había visto moverse jamás a una chica con tacones de quince centímetros.

Tambaleándome hacia un lado por el impacto, me apoyé en la pared con la mano, respirando con dificultad, y me la quedé mirando.

—¡Esto es culpa tuya! —soltó por encima del hombro antes de desaparecer por otro pasillo—. Me has arruinado la vida.

De alguna manera enfermiza y extremadamente nociva, casi me sentí mejor, como si me hubieran quitado un peso de encima. Por un tiempo, al menos. Porque sabía que se avecinaba bronca. Sabía que me iba a hacer algo.

Las chicas como Bella Wilkinson eran todas iguales. Estaban amargadas y enfadadas con el mundo, y nunca dejaban pasar nada. En el caso de Bella, se trataba de Johnny y la mirada que me echó en el autocar aquel día me aseguró que estaba en la línea de fuego.

«Has sobrevivido a cosas mucho peores que una chica mala —me recordó una pequeña voz en el fondo de mi cabeza—. Dentro de tres años, ni te acordarás de ella».

Fue con este conocimiento que me enderecé y bajé al ala de primero de bachillerato. Tenía todo un discurso pensado, uno que olvidé en cuanto lo miré a los ojos, apoyado en su taquilla, con los brazos cruzados sobre el pecho y rodeado por un pequeño ejército de compañeros de clase. A su lado, descansando contra las taquillas, había una muleta solitaria. Reconocí de inmediato a cuatro de los chicos que había con él como Gibsie, Patrick Feely, Pierce Ó Neill y Hughie Biggs. A otros los conocía del autocar: eran sus compañeros de equipo.

Todos se estaban riendo de algo que decía Gibsie. La sonrisa de Johnny era amplia y le marcaba los dos hoyuelos, y no quería ni imaginar lo que habría dicho su amigo para provocar esa reacción en él mientras Gibsie gesticulaba con las manos animadamente como solía hacer.

Su pelo tenía ese delicioso aspecto despeinado que estaba bastante segura

—no, lo sabía— de que se había levantado así por la mañana, y le brillaban los ojos de diversión.

Entonces Gibsie y Hughie comenzaron a hacer ver que se peleaban cuando este derribó al primero y se echaron a rodar por el suelo, mientras los demás miraban y se reían.

Clavada en el sitio, lo vi interactuar, fijándome en lo despreocupado que parecía con sus compañeros de equipo y amigos, y aquello me entristeció.

«Nunca está así contigo porque no lo haces feliz. Ni lo harás nunca. No eres más que una complicación —dijo un molesto atisbo de duda en mi mente—. Acostúmbrate a verlo de lejos, Shannon, porque pronto se irá. Va a ser una estrella. Míralo, ya brilla tanto que es cegador…».

En un suspiro tembloroso mi valentía me abandonó, así que giré rápidamente sobre mis talones, decidida a huir, a poner un muy necesario espacio entre mi corazón y el chico que me lo había robado.

Todo era demasiado; mis sentimientos, las multitudes, este instituto, mi vida…

—¿Shannon?

Sigue adelante, puede que no sea él.

—¡Shannon como el río, vuelve aquí!

Pillada.

Me quedé de piedra en medio del pasillo de espaldas a él y sopesé mis opciones: fingir que no lo había oído la primera vez o seguir corriendo. La cobarde que había en mí prefería la segunda opción, pero me obligué a quedarme, respirar y pensarlo bien.

«No quieres huir de Johnny —me dije en silencio—, esto es una tontería. No le tienes miedo».

—¿Ibas a ignorarme? —Su voz sonaba más cerca, dolorosamente más cerca, y cuando sentí que me rozaba un omóplato con los dedos, me recorrió sin querer un escalofrío—. ¿Mmm?

Cogí aire profundamente para tranquilizarme, me di la vuelta y puse la sonrisa más amplia que pude.

—Hola, Johnny.

Tenía el ceño muy fruncido y esos ojos azules suyos llenos de confusión mientras me observaba. Dios, era guapísimo. Me costaba concentrarme, porque no podía dejar de mirarle la boca, esos labios que conocía íntimamente.

—Hola, Shannon —respondió, sin sonreír.

—¿Cómo estás? —pregunté, nerviosa.

—Bien. ¿Cómo te encuentras?

—Estoy bien… —Mi sonrisa se desvaneció cuando me di cuenta de la intensidad de su expresión—. ¿Qué pasa?

—Estabas huyendo —respondió Johnny, que parecía ofendido—. De mí.

—Oh, no, solo estaba... necesitaba... o sea, sí, he pensado que debería... —Dejé escapar un suspiro entrecortado y relajé los hombros—. Sí.

Sus mirada se suavizó.

—¿Sí que huías o sí que no?

—Eh... —Hice una mueca al sentirme tremendamente expuesta en ese momento. Me estaba poniendo contra las cuerdas de esa forma suya tan directa—. En realidad no estoy segura.

Una leve sonrisa apareció en sus carnosos labios.

—¿No estás segura de qué?

—De si querías que me acercara a ti. O sea, no sabía si querías verme... o hablar. Es que, después de lo que pasó con mi madre, no estaba segura de si querías seguir hablando conmigo. —Dejé escapar un suspiro tembloroso, fustigándome mentalmente mientras balbuceaba y tartamudeaba—. No sabía lo que querías. —Solté aire con fuerza y agaché la cabeza—. No sé lo que quieres —apunté en voz baja, en apenas un susurro.

—Pregúntamelo.

Reprimiendo el impulso de correr y esconderme, levanté la cabeza y lo miré.

—¿Eh?

—Si quieres saber lo que quiero, pregúntamelo —repitió Johnny, recorriendo el espacio entre nosotros—. Lo único que tienes que hacer es preguntarme. —Bajó una mano y me tocó suavemente el codo—. Y te lo diré.

Me sentí mareada cuando alcancé a decir:

—¿Qué quieres, Johnny?

—Para empezar, quiero que me mires a los ojos cuando me hables —respondió él, con una mirada tan profundamente penetrante que dudaba que volviese a ser la misma—. Segundo, quiero que dejes de preocuparte por cosas que no puedes controlar. Como Darren y tu madre.

—Pero no volviste —solté y luego me sonrojé antes de retractarme rápidamente. El corazón me latía como un loco, y yo temblaba de los pies a la cabeza con una mezcla de ansiedad y emoción—. Perdona. No quería decir que tuvieses que volver ni nada por el estilo, y no esperaba que lo dejaras todo por mí. Sé que estás ocupado y tienes muchas sesiones de rehabilitación...

—No volví porque no pude, Shannon, no porque tu madre me lo prohibiera ni porque no quisiera verte —me explicó Johnny, que sonaba ofendido—. No volví porque no podía llegar a ti físicamente. Todavía no puedo conducir, y mi madre no me perdía de vista. Incluso me separaron de Gibsie, joder. Pero quería hacerlo. —Soltó un suspiro tembloroso—. Me moría de ganas de verte.

Sentí como si me hubieran quitado un gran peso de los hombros. Durante la última semana, no había dormido y apenas había comido nada, y todo porque mis sentimientos y la incertidumbre me asfixiaban literalmente. Lo desconocido era algo aterrador para mí. No saber qué había entre Johnny y yo era aún peor.

—Oh.

—Intenté llamarte —añadió bruscamente—. Te escribí todos los días.

—Te quedaste sin batería —le expliqué, aturdida—. No pude cargar el móvil.

—Sin batería. —Johnny suspiró de lo que pareció alivio—. Tiene sentido.

—¿Me odia? —pregunté entonces, un poco mareada—. Tu madre.

—No, Shan, no te odia —respondió, con la voz entrecortada—. No creo que haya una persona en este planeta que pueda odiarte.

—¿Pero?

Hizo una mueca.

—Es que mi madre está…

—¿Es que tu madre está qué?

Se me aceleró el pulso por el miedo mientras esperaba lo que diría a continuación.

—Preocupada —respondió finalmente—. Mis padres no quieren que vaya a tu casa. Creen que es una mala idea.

Se me hundió el corazón.

«Ay, madre, eres una mala idea».

«Sus padres piensan que no eres buena para él, Shannon».

Me mordí el labio inferior con tanta fuerza que me sorprendió no notar el sabor de la sangre.

—Lo siento. —Perdida, junté las manos, un tic nervioso, y suspiré—. Por todo esto.

Johnny levantó el brazo y me pasó el pelo por detrás de la oreja.

—¿Puedes hacerme un favor?

Asintiendo, me contuve de apoyar la mejilla en su mano.

—Por supuesto.

—¿Puedes no volver a meterte en ese caparazón tuyo cada vez que no nos vemos en unos días?

Tragué saliva con dificultad sin dejar de mirarlo a los ojos.

—¿Mi caparazón?

—Tu caparazón —confirmó—. No me hagas eso, Shannon, no me excluyas. No te me abras un fin de semana y luego te encierres de nuevo. Soy el mismo de la otra noche en mi casa. Soy el mismo de cada vez que hemos estado juntos. Así que no levantes un muro entre nosotros, no cuando ya me has dejado saltarlo.

—No… me había dado cuenta de que estaba haciendo eso —admití.

—Lo estás haciendo ahora —sentenció bruscamente—. Lo haces siempre.

—Eh… —Sacudiendo la cabeza, me encogí de hombros sin saber qué decir—. ¿Lo siento?

—No me pidas perdón —respondió—. Tan solo empieza a confiar en mí, ¿vale?

—Confío en ti, Johnny —grazné, asintiendo ansiosamente, desesperada por que lo supiera—. Pero es probable que tengan razón —añadí, paralizada por la oleada de incertidumbre que me inundó—. Tus padres, quiero decir. —Con un suspiro, me toqué la frente y murmuré—: Sobre que es una mala idea.

—Se equivocan —me corrigió Johnny, con tanta seguridad en ese momento que fue reconfortante escucharlo—. Yo tengo razón.

—¿Razón en qué?

—Tengo razón sobre ti.

Ay, madre.

—Pero soy una mala opción para ti, Johnny —respondí temblorosa, porque quería que me escuchara, darle la salida que, si tenía algo de sentido común, cogería—. Traigo un montón de problemas.

—Me gustan tus problemas —replicó, acercándose.

—Mi vida es complicada.

—Quiero tus complicaciones.

Se me escapó el aire de golpe.

—¿En serio?

Él asintió lentamente.

—Me has preguntado qué quiero. Quiero muchas cosas, pero, para resumirlo, solo quiero estar contigo. —Encogiéndose de hombros, añadió—: Y espero que tú también conmigo. —Dejó escapar una risa nerviosa—. O habré quedado como un tontaco en medio del instituto…

—Sí —solté y luego me encogí—. También a ti. —Sacudiendo la cabeza, dejé escapar un suspiro y lo intenté de nuevo—. Yo también quiero estar contigo.

—¿Sí? —Johnny sonrió, hundiendo los hombros de alivio—. Joder, menos mal.

—Y te he echado de menos —dije ahogadamente, obligándome a pronunciar las palabras para que le entraran a él en la cabeza, porque necesitaba que por lo menos supiera que lo echaba de menos—. Mucho —añadí, ofreciéndole una pizca de confianza—. Muchísimo.

—Ya. —Apretándome el codo, Johnny me acercó hasta que estuve pegada a él—. ¿Cuánto?

—En plan una puta locura —susurré.

—¿Una puta locura? —Puso una sonrisilla e inclinó la cabeza hacia un lado—. Eso suena peligroso.

—Lo es. —Asentí con fuerza—. Y mucho.

Sonriendo, Johnny se agachó hasta acercar su cara a la mía.

—Creo que me arriesgaré —susurró, y luego rozó sus labios con los míos.

Primero, suave como una pluma, después un poco más firme, y luego…, uf.

Me metió la lengua en la boca y acarició la mía, lo que me aceleró la respiración y cerré los ojos.

Mis manos se movieron por voluntad propia para aferrarse al jersey de su uniforme, que era azul marino, mientras me dejaba llevar por completo y le devolvía el beso. Le entregué todo lo que tenía en ese momento, sin poder ni querer contener los sentimientos que brotaban de mí y que eran únicamente hacia él.

Sabía que la gente podía vernos, porque estábamos en medio del pasillo con sus compañeros de equipo a menos de tres metros de distancia, pero ya no me importaba. Oí que sonaba la campana que señalaba el inicio de las clases, las voces a nuestro alrededor, personas gritando su nombre y silbando, pero no pude encontrar la fuerza de voluntad necesaria para apartarme. No me preocupaba lo más mínimo.

Johnny mantuvo una mano en mi codo, sosteniéndome bruscamente contra su pecho, mientras del pelo me cogía con la mano libre para que no me moviera, haciéndome saber con cada embestida de su lengua que sí que le gustaban mis problemas.

Madre mía…

La campana volvió a sonar y luego nos envolvió un repentino silencio.

Temblando, me aferré a él, luchando contra el calor que me subía por dentro. Sentí mucha presión en el pecho y jadeé en su boca, porque necesitaba más y, al mismo tiempo, que parara. Porque no podía contener las sensaciones que habían estallado dentro de mí. No pude evitar que el corazón se me desbocara por completo y latiera solo por él.

—Espera, espera, espera… —Johnny rompió el beso y me miró fijamente, respirando con dificultad—. Eres mi novia, ¿verdad?

Un poco aturdida, levanté la cabeza y lo miré.

—¿Eh?

—Mi novia —repitió, nervioso—. ¿Lo eres?

—Eh, p-pues…

—Porque no he hecho esto jamás. —Miró a nuestro alrededor, al pasillo vacío, antes de volver su atención hacia mí—. Y necesito saber qué somos.

—Oh. —Me encogí de hombros sin saber qué decir—. Yo tampoco.

—Mierda, ya, lo siento —balbuceó nervioso y dejó escapar otro suspiro, con pinta de sentirse dolorosamente vulnerable—. ¿Lo eres entonces?

¿Me estaba pidiendo que le confirmara que era su novia o me estaba pidiendo que lo fuera? ¿O me estaba preguntando si yo pensaba que lo era? Uf, no lo sabía y la cabeza me daba vueltas, demasiado cauta en el fondo como para darlo por sentado por miedo a haberlo interpretado todo mal.

—No lo sé —respondí finalmente, con el corazón latiéndome con fuerza—. ¿Lo soy?

Johnny me tocó una mejilla, rozándome con suavidad la piel con los nudillos.

—Joder, espero que sí, la verdad.

—¿Sí? —Me invadió una profunda sensación de alivio y susurré—: Yo también.

—Y yo soy tu novio. —Sonriendo, deslizó la mano desde mi codo hasta mi culo y me dio un pequeño apretón antes de echarse un paso atrás y soltarme—. Solo para que lo sepas.

El corazón me retumbaba con tanta fuerza contra el pecho que me sentí un poco mareada.

—V-Vale.

Luego se sacó la camisa de la cintura para ocultar el impresionante bulto que tenía en los pantalones.

—Debería estar en Contabilidad con Doyle, y no tengo ni puta idea de cómo voy a concentrarme en las hojas de cálculo —explicó con una mueca—. ¿A qué llegas tarde tú?

—Eh, a… —Sacudiendo la cabeza, traté de aclarar mis pensamientos, pero no podía apartar la mirada de su evidente erección—. Debería estar en Matemáticas.

Cuando me pilló mirándolo, Johnny se encogió de hombros tímidamente.

—Es, eh, sí, probablemente me pase mucho cuando esté contigo —explicó, con un pequeño movimiento de cabeza—. Pero que sepas que no pienso nada raro, ¿vale? Tú solo ignóralo y se me bajará.

¿Y si no quiero ignorarlo?

—Vale —asentí, jadeante—. Lo entiendo.

Sintiendo que todo mi mundo se sacudía una vez más, observé cómo Johnny caminaba rígidamente hasta su taquilla, se colgaba la mochila del hombro y luego cogía la muleta antes de volver conmigo.

—¿No deberías apoyarte en ella? —pregunté cuando me pasó un brazo por los hombros y me acompañó hasta el ala de tercero, dando vueltas al palo de metal como una *majorette*.

—Me frena —admitió, estrechándome.

—Por una buena razón —respondí en voz baja, y me detuve frente a mi clase—. Porque se supone que debes bajar el ritmo, Johnny.

—Así que ¿esto es tener novia? —bromeó, pero bajó la muleta por suerte—. ¿Que me mangoneen y me digan qué tengo que hacer?

—No. —Me sonrojé—. Solo digo que te han mandado llevar muleta por una buena razón.

—Ya lo sé. —Suspirando, me soltó y se volvió hacia mí—. Oye, quería preguntarte cómo van las cosas en casa, pero me he dejado llevar por el momento.

Sentí que la tensión se acumulaba dentro de mí ante la mención de mi hogar.

—Mi padre sigue desaparecido —dije en voz baja—. Si eso es a lo que te refieres.

—¿No lo han visto?

Me encogí de hombros.

—La Gardaí no.

—Joder. —Johnny gruñó con frustración—. Han pasado más de dos semanas. ¿Cómo narices no lo han encontrado a estas alturas?

—No pasa nada —dije, encogiéndome de hombros, más tensa al pensar en mi padre—. No espero ningún milagro.

—No, sí que pasa —respondió, encendido—. Pero estarás bien.

—Sí. —Temblando, me hundí en su abrazo pegando la frente contra su pecho—. Es posible.

—¿Podemos hacer algo después de clase hoy? —preguntó entonces, acariciándome el pelo con la mejilla—. ¿Puedes venir a casa conmigo?

Pff, ojalá.

—No.

—¿No? —Me miró fijamente—. Si esto es porque crees que mis padres no te quieren en casa, te equivocas, Shan.

—Darren viene a recogerme —le dije a regañadientes—. Al parecer, me llevará y me traerá de ahora en adelante.

Gruñendo, me puso una mano en la parte baja de la espalda y me acercó más a él.

—Joder, cómo odio esto.

Cerrando los ojos, me desplomé contra él, con el cuerpo rígido por la tensión.

—Lo siento.

—No pidas perdón —dijo, acariciándome la espalda—. Todo irá bien. Estoy cogiendo fuerzas. He estado cumpliendo con el fisio y esas cosas. Cuando recupere el coche la semana que viene, y pueda volver a conducir, será más fácil. —Gruñó cuando dijo—: Me tendrán pegado al culo como una jodida pesadilla.

—Siento que te hablaran así —solté—. Estuvo muy mal.

—Shan —suspiró él—. Ni te preocupes por eso.

—Pero me preocupa.

—Sé que estás asustada, pero yo no, y tampoco estoy preocupado —respondió bruscamente—. No me importa si toda tu familia me desprecia. Que lo hagan. Solo quiero gustarte a ti, porque tú eres lo único que me importa.

—A Joey le caes bien —dije con voz ronca.

Johnny puso una sonrisilla.

—¿Sí?

Asentí.

—Y a él no le cae bien nadie.

—Está bien saber que tengo la aprobación del hermano mayor —se rio Johnny—. Ah, sí, casi lo olvido… —Se metió una mano en el bolsillo y sacó un móvil de aspecto caro que, aparte de ser de color rosa, era idéntico al suyo—. ¿Tienes mi teléfono? —preguntó, tocando la pantalla del que tenía en las manos.

—Oh… —Me metí la mano debajo del suéter para sacarme su móvil, que estaba apagado, del bolsillo delantero de la camisa y se lo di—. Sí, perdona… Eh, gracias de nuevo por dejármelo.

Johnny lo cogió y se lo guardó en el bolsillo, antes de colocarme el teléfono rosa en la mano.

Miré perpleja el dispositivo.

—¿Qué es esto?

—Es tuyo —respondió.

Se colgó la mochila del hombro, sacó un cargador del bolsillo delantero y luego me lo guardó dentro de mi mochila.

—¿Q-qué estás haciendo?

—Es tuyo —repitió, sin dejar de mirarme con esos ojos azules—. Tiene MP3 incorporado y le he metido un montón de canciones para ti. Tiene saldo de sobra y he guardado mi número, el de Claire, Joey y Gibsie, pero tendrás que añadir el resto de tus contactos tú misma.

Me quedé boquiabierta, literalmente.

—¿Me has comprado un móvil?

—Necesitabas uno, y me perdí tu cumpleaños. —Se encogió de hombros, como si no fuera un regalo gigantesco, y dijo—: Me pareció lógico.

—Me invitaste a cenar por mi cumpleaños —susurré, avergonzada.

—Te invité a malditos Cheerios —se quejó, molesto consigo mismo.

—Y a un sándwich a la plancha —me apresuré a añadir.

—No me lo recuerdes —gimió.

—¿Cuándo lo compraste?

—El otro día, después del fisio —respondió, mirándome con recelo—. ¿Estás enfadada conmigo por esto?

—No, no estoy enfadada —alcancé a decir, aturdida—. Pero no puedo aceptarlo. —Bajé la mirada al móvil que estaba segura le habría costado al menos doscientos euros—. Es demasiado —apunté con un suspiro tembloroso—. Muy caro.

—Es tuyo —dijo—. Así que guárdatelo en el bolsillo y no intentes enviarme a casa con un teléfono rosa. —Sonriendo, añadió—: Gibs no me dejará en paz jamás.

—Pero no tenías que hacer esto por mí...

—Voy a hacer muchas cosas por ti, Shannon —sentenció. Me quitó el móvil, me metió la mano por el suéter y deslizó el teléfono en el bolsillo de mi camisa. Al rozarme el pecho con los dedos, me estremecí—. Y te voy a comprar un montón de cosas. —Dio un paso atrás, sin dejar de mirarme, y se encogió de hombros como si nada—. Solo te aviso.

—Pero no necesito regalos. —Me llevé una mano a la frente, agitada y estresada mientras cargaba con el peso del aparato en mi bolsillo en mi conciencia—. No soy una de esas chicas que espera sacar algo de ti, Johnny. No soy Bella —añadí, implorándole con la mirada que me creyera.

Yo solamente te necesito a ti.

—Ya lo sé, Shannon —respondió él, frunciendo el ceño—. Joder, no pienses así.

—No puedo devolverte nada —grazné, repitiendo lo mismo que le había dicho la semana anterior, rezando para que me escuchara—. No tengo nada que darte a cambio.

—Puedes regalarme una llamada.

—¿Una llamada?

Él sonrió.

—Y puedes enviarme un mensaje.

—Hablo en serio —me quejé.

—Y yo. —Se acercó más—. Hablo que te cagas de en serio contigo.

Ay, madre...

—Necesito poder hablar contigo —explicó, poniéndome una mano en la cadera para tirar de mí hacia él—. Para saber que estás bien. —Con la respiración temblorosa, flexionó los dedos, encendiéndome con una necesidad que desconocía—. No puedo estar en casa sin saber lo que está pasando en tu vida. —Sus ojos se ensombrecieron cuando dijo—: En tu casa.

—Johnny...

—No puedo soportarlo, Shannon —susurró—. No tienes ni idea de cuánto se me va la pinza por no saber si ha vuelto ni si estás a salvo o no. Cada vez que te imagino en esa casa, me ciega el pánico. Literalmente, me vuelvo loco pensando en los peores escenarios hasta que te vuelvo a ver.

—Pero ahora estoy bien —me apresuré a calmarlo—. De verdad.

—Tal vez —respondió en voz baja—. Pero sigo necesitando estar en contacto.

—Por teléfono —apunté.

—Sí. —Cambió el peso de un pie al otro, con aspecto incómodo—. Supongo que es un buen momento para decirte que me obsesiono un poco con las personas a las que quiero, ¿eh?

Allí estaba esa palabra otra vez.

—Bueno —dije con voz ahogada.

—No es bueno —respondió bruscamente—. Porque ya era bastante malo antes, cuando luchaba contra ello, pero ahora tan solo soy... —Dejó escapar un suspiro angustiado—. Solo quiero estar contigo. —Se encogió de hombros casi con impotencia—. Todo el puto tiempo.

—Eso podría cambiar —dije en un hilo de voz, temblando por el impacto de sus palabras.

—Espera sentada —contestó.

«No te preocupes, no lo haré».

—En cuanto recupere mi coche, podremos pasar más tiempo juntos, fuera del instituto, y tal vez no esté tan jodidamente paranoico —continuó—. Podrás venir a mi casa y darme una paliza a la PlayStation, o podemos ir a Biddies. Lo que quieras.

—En realidad, no creo que tus padres quieran que vaya a tu casa —confesé, mordiéndome el labio con fuerza—. Sé que piensas lo contrario, pero la verdad es que no imagino por qué querrían que andes conmigo. —Suspiré—. Y no los culpo, Johnny.

—No voy a andar contigo, Shannon. Estoy contigo —respondió bruscamente—. Y te prometo que mis padres no tienen ningún problema contigo.

Sí, claro...

—Hablo en serio, Shan —añadió, levantándome la barbilla para que lo mirara a los ojos—. Les gustas de veras.

No me lo creía, ni una palabra, pero me abstuve de decírselo. En lugar de eso, murmuré sin mucho entusiasmo:

—Son buenas personas.

—Tú eres una buena persona —replicó Johnny, mirándome con esos penetrantes ojos azules—. Tú, Shannon, eres buena, y tanto mis padres como todos los demás lo saben. Sobre todo yo. Así que no dejes que esa cabeza tuya te diga otra cosa.

Me recorrió un escalofrío.

—Ay, Johnny, ojalá pudiéramos…

—¡Vamos, Thanos! —La voz de Gibsie atravesó el aire, sobresaltándome y haciendo que me apartara de repente. Segundos después, apareció al pie de las escaleras, subiendo los escalones a saltos como un perro sobreexcitado—. Anda, hola, pequeña Shannon.

—Hola, Gibs —respondí tímidamente antes de mirar a Johnny—. ¿Thanos?

Johnny suspiró con cansancio.

—No preguntes.

—Oh… —Fruncí el ceño—. ¿Vale?

—Te veo bien, tía —comentó Gibsie, con una sonrisa amistosa, antes de quitarle rápidamente la mochila a Johnny del hombro y colgársela del suyo—. Siento interrumpir la reunión, pero tu chico tiene que ir a clase. —Los ojos le centellearon de emoción cuando dijo—: Tío, no te lo vas a creer, pero ¡la señora Moore ha aceptado mi sugerencia!

Johnny miró a Gibsie durante un buen rato antes de comprender a qué se refería y abrió mucho la boca.

—Estás de coña.

—Estoy hablando la hostia de en serio en este momento. —Gibsie se puso a dar saltitos en el sitio—. Lo pedí hace meses y supuse que me habían ignorado por esa charla de mierda de exalumnos antes de Navidad, pero me equivoqué. Me han hecho caso, tío. ¡Ya está todo listo incluso! ¡Te juro que este es el mejor día de mi vida!

—¿En serio las han traído para la charla de despedida? —insistió Johnny.

Gibsie asintió con entusiasmo.

—De nada.

—Flipa —gimió Johnny—. Tommen se va a la mierda.

—¿Qué sugerencia? —me escuché preguntar.

Johnny me miró nervioso.

—Eh, es mejor que no lo sepas.

—Tres, tío —añadió Gibsie, claramente encantado consigo mismo—. ¡Tres, Johnny! ¡Tres, joder!

—¿Tres qué? —pregunté con curiosidad.

—Enfermeras —murmuró Johnny, frotándose la mandíbula.

Fruncí el ceño.

—¿Enfermeras?

Johnny abrió la boca para responder, pero Gibsie se adelantó.

—No unas enfermeras cualquiera. Enfermeras sexuales. —Guiñando un ojo, añadió—: Y no se parecen en nada a las que te han estado toqueteando los huevos esta mañana.

Abrí los ojos como platos.

—¿Cómo?

—Joder, no es lo que parece. —El desconcierto en la cara de Johnny era igual al mío—. Y no son enfermeras sexuales, imbécil —añadió, abrumado. Se pasó una mano por el pelo, entrecerró los ojos y dijo—: Son enfermeras normales que casualmente trabajan en la clínica de salud sexual.

—Ya lo sé —respondió Gibsie encantado—. Mejor incluso.

Johnny arqueó una ceja.

—¿Sabes para qué son las clínicas de salud sexual?

—Sé que están repartiendo condones, piruletas y botellas de lubricante gratis —dijo Gibsie alegremente—. No necesito saber nada más. —Golpeando a Johnny en el hombro, corrió hacia las escaleras y gritó—: Vamos, he vaciado mi mochila. Vamos a ahorrarnos un puto dineral hoy.

Miré a Johnny, que observaba a Gibsie con una expresión ligeramente horrorizada.

—¿Cómo crees que es su cabeza?

—¿Un lugar feliz? —aventuré con un débil encogimiento de hombros.

—Mmm. —Frunciendo el ceño, Johnny se volvió hacia mí—. Oye, ¿quieres saltarte el resto de…

—¡Venga, Johnny! —rugió Gibsie a todo pulmón—. ¡Te estás perdiendo la presentación, maldita sea!

—Joder. —Haciendo una mueca, Johnny se inclinó y me dio un beso en la mejilla—. Será mejor que vaya y… lo controle.

—Por supuesto —asentí, y se me fueron poniendo las mejillas rojas mientras lo veía salir tras su amigo—. Adiós, Johnny.

—Adiós, Shannon —dijo por encima del hombro mientras se peleaba con las escaleras—. Te veo a la hora de la comida, ¿vale?

—Sí —suspiré—, nos vemos entonces.

Riendo suavemente para sí mismo, Johnny desapareció por las escaleras y yo me quedé allí de pie, embobada.

Debí de quedarme inmóvil como una estatua, mirándolo fijamente durante unos buenos cinco minutos, porque cuando al final salí de mi trance sentía el cuerpo rígido y las piernas como gelatina.

A regañadientes, giré sobre mis talones, puse las manos en las correas de mi mochila y me obligué a ir a clase.

28

GUÁRDALOS

Johnny

—Muy amable por su parte acompañarnos, señores —ladró el entrenador Mulcahy cuando Gibsie y yo irrumpimos en el aula, repleta de estudiantes de primero y segundo de bachillerato—. Solo llegan quince minutos tarde. —Apoyado contra el escritorio en la parte delantera del aula, se cruzó de brazos y asintió con la cabeza con gravedad—. Buscad un asiento, rápido. Nuestras invitadas quieren empezar la presentación.

—Hola —susurró Gibsie, guiñándoles un ojo a las tres mujeres que había junto al entrenador y que eran realmente atractivas—. Solo quiero que sepan, encantadoras damas, que tengo diecisiete años, estoy soltero y más que dispuesto a ser un conejillo de indias para cualquier demostración práctica…

—Aléjate de ellas, Gibsie —espetó el entrenador, ignorando las fuertes risitas a nuestro alrededor—. Ve al fondo del aula, y no con Kavanagh, Biggs ni Feely. Siéntate con otra persona.

Sacudiendo la cabeza, vi una mesa vacía cinco filas hacia atrás a la izquierda y me acerqué, ignorando las miradas curiosas a mi paso. Idiotas de mierda. Como si no hubiesen visto una muleta en su vida.

—Hablo con todo el mundo, señor —respondió Gibsie con una risita—. Y la última fila está llena. —Moviendo las cejas, añadió—: Parece que voy a tener que sentarme delante con usted.

—Y un cuerno. —Echando un vistazo a la última fila de pupitres, el entrenador señaló con el dedo—: Bella, muévete a la quinta fila con Kavanagh. Gibsie, siéntate.

No…

¿Por qué me pasaba esto a mí?

—Vale —se enfurruñó Gibsie—. Pero me llevo esto —añadió, cogiendo una caja de pañuelos del escritorio mientras caminaba hacia la parte de atrás del aula, donde procedió a limpiar la silla antes de desplomarse en ella—. Toda prudencia es poca hoy en día.

—¿Todo bien por ahí, Kavanagh? —me preguntó el entrenador Mulcahy mientras trataba de abrirme paso entre las estrechas filas de pupitres, ignorando a la ceñuda chica sentada a mi jodida mesa—. ¿Necesitas un cojín para la silla?

—No, señor —escupí mientras me sentaba poco a poco, con cuidado de no rozarla—. Tengo el culo fantástico.

—¿Estás seguro? —insistió el entrenador, mirándome con cautela—. ¿Necesitas ayuda?

Me llegaron fuertes risitas de Hughie y Feely, quienes estaban sentados al fondo de la clase. Dos asientos más allá de ellos, Gibsie estaba doblado sobre su escritorio, riéndose.

Volviéndome, le hice la peineta sin cortarme precisamente.

Gibsie me devolvió el gesto metiendo la mano debajo del pupitre y fingiendo pajearse, una entusiasta actuación con la que tiró una pila de libros de la mesa.

Encantador.

Jodidamente encantador.

—¿Y una mamada? —me susurró con desdén al oído una voz familiar.

Asqueado, me giré para mirar a Bella.

—¿Qué has dicho?

Ella puso los ojos en blanco.

—Era una broma, Johnny.

—¿Crees que porque seas una chavala puedes soltarme esas mierdas? —siseé.

—Relájate —escupió, tamborileando con sus largas uñas sobre la mesa—. Solo intentaba entablar con…

—Conversación —terminé por ella inexpresivamente—. Sí, lo pillo.

Jodida doble moral.

—Bueno, este soy yo conversando: no me hables, joder.

—Eres un imbécil —gruñó Bella, empujándome a propósito con el codo. Supuse que quiso hacerme daño, pero fue simplemente irritante—. Y ¿qué hay entre tú y Lynch?

Apretando la mandíbula, me recliné en la silla y crucé los brazos sobre el pecho, con cuidado de ignorarla.

«No des coba a los locos».

«No des coba a los locos».

—Contéstame —susurró ella entre dientes.

Qué paciencia…

—Será mejor que me respondas, porque voy a seguir…

—Es mi novia —solté al perder la calma—. Ya puedes dejar de hablarme, joder.

La expresión de Bella se hundió.

—¿Tu novia?

Asentí rígidamente y volví mi atención a la enfermera que enumeraba frente a la clase los tipos de ETS en el proyector.

—Has perdido la cabeza —gruñó Bella—. ¿Qué vas a hacer con una novia? Te vas en un par de meses.

«No te pelees con las chicas».

«No te pelees con las chicas».

—Ah, ahora lo entiendo —reflexionó—. Te da pena.

Eso me llamó la atención y giré la cabeza para mirarla.

—¿Perdona?

—Shannon —respondió Bella con una sonrisa astuta—. Está jodida, con un hogar roto y un padre malo, y a ti te pierden las historias tristes —añadió—. No hay más que ver a Gib…

—No vayas por ahí —le advertí, apretando los puños.

—Te sientes mal por eso, así que sigues con esta farsa —continuó—. Sabía que tenía que haber algo más en esto. No tenía sentido que le echaras el ojo a alguien como ella…

—¡Que alguien me cambie el asiento! —rugí, haciendo que la enfermera que se dirigía a la clase diera un brinco y todos los demás se volvieran a mirarme—. ¿Soy una obra de arte? —solté, poniéndome de pie rígidamente—. Dejad de mirarme y empezad a moveros de asiento. ¡Ahora!

—¡Kavanagh! —dijo el entrenador, que parecía confundido—. ¿Qué pasa?

—O la aleja de mí, o me busca otro asiento —siseé con los dientes apretados—. Porque se me va a ir la pinza.

Obviamente, el entrenador me tomó en serio, porque dijo sin dudar:

—Bella, cámbiale el asiento a Gibsie.

—Yujuuu —gritó este desde el fondo del aula.

—¿Por qué tengo que moverme yo? —gruñó Bella—. Él es el que tiene el problema.

—Porque lo digo yo —replicó el entrenador secamente—. ¡Venga!

—Eso es favoritismo porque es tu chico estrella —soltó Bella con desdén mientras empujaba su silla hacia atrás y se ponía de pie—. Disfruta de esa relación que tienes por lástima —me susurró al oído mientras me daba bruscamente con la silla en la pierna—. Lisiado.

—Muévete —advirtió el entrenador—. Vamos, Bella.

Conteniendo un gruñido cuando me subió por la pierna una punzada de dolor, permanecí estoicamente en silencio mientras Bella pasaba junto a mí, temiendo estallar con ella.

—¿Estás bien, tío? —Palmeándome un hombro, Gibsie me rodeó y se hundió en el asiento junto a la pared—. ¿Te ha hecho daño?

—Qué va, estoy genial. —Volviendo a hundirme, estiré las piernas y respiré con calma por primera vez desde que había entrado en clase—. Está como una cabra.

—Pues sí —asintió—. Ahora escúchame, tengo un plan... —Apoyó los codos en la mesa, juntó las manos y miró atentamente al frente—. Cuando lleguen las muestras, mantendré la mochila abierta y tú vuelcas toda la caja dentro y listo, ¿vale?

—Eres un imbécil —me reí entre dientes.

—Lo digo en serio —respondió él, sin apartar la mirada del gran recipiente con condones en el escritorio delantero.

Estudié su rostro.

—Joder, hablas en serio.

—Son míos —respondió, sonriendo diabólicamente—. Y me los voy a llevar todos.

—No tienes medida, joder —gruñí, mirando a mi mejor amigo desde el otro lado de la mesa del comedor.

La charla sobre salud sexual que Gibsie había orquestado sin querer duró tres clases, además de una de las pausas, porque un idiota rubio y grandullón no había dejado de hacer preguntas. Inmediatamente después tuve Francés e Historia y juro que mis niveles de azúcar en sangre habían bajado por la falta de comida.

—Dices de mí, pero ¿tú qué? —Bajando la mirada al recipiente de plástico frente a mí, clavé el tenedor en la pechuga de pollo y la desgarré—. Lo tuyo es de otro nivel, tío.

Gibsie levantó mucho las cejas.

—¿Yo?

—Sí, tú —respondí, señalando con la cabeza su mochila, que desbordaba de suministros que había vaciado sobre la mesa en cuanto nos sentamos a comer.

Devoré cada bocado de carne y verduras en mi táper antes de continuar:

—¿Qué piensas hacer con todo eso? ¿Globos de agua? Porque no los vas a usar todos. Es fisiológicamente imposible.

—¿Fisiológicamente? —bufó con sorna—. Tienes que dejarte de tantos libros, colega —me pareció que dijo. Era un poco difícil entenderlo con media docena de piruletas en la boca.

—¿Cuántos piensas ponerte a la vez? —repliqué, abriendo mi botella de agua—. ¿Media docena? Porque no hay ninguna otra razón para llenarte la mochila hasta el puto borde, Gibs. —Negando con la cabeza, me llevé la botella a los labios y vacié el contenido en cuatro largos tragos—. Estarán caducados en un año y luego ¿qué?

—Di lo que quieras, pero estoy siendo práctico —respondió, chupando ruidosamente las piruletas mientras examinaba sus muestras con orgullo—. Y sensato. —Examinando lo que debían de ser, como mínimo, ochenta envoltorios de condones de colores, hizo un montón a la izquierda de su sándwich—. Uno de los dos tiene que serlo.

—¿Uno de los dos tiene que serlo? —Entrecerré los ojos—. ¿Hablas en serio? ¿De verdad crees que eres el sensato en esta relación?

—Pues ¿dónde están tus condones, Johnny?

Entrecerré los ojos.

—No voy a tener sexo, así que no necesito ninguno.

—Claro. —Él, a su vez, puso los ojos en blanco—. Ya he escuchado esas palabras antes, tío.

—Eres un bocazas —sentencié—. Guárdalos ya, ¿quieres?

—¿Por qué?

—Porque puede verlos cualquiera.

—Y ¿a mí qué me importa? —replicó, sin inmutarse—. Que les den a todos. —Sonriendo, meneó las cejas—. Solo tienes miedo de que tu novia lo vea —apuntó. Riendo, sacudió la cabeza y continuó haciendo pequeños montones—. Tío, no puedo creer que te hayas despedido de la soltería. —Suspiró dramáticamente—. Supongo que ya solo quedamos Feely y yo, ya que tú y Hugh la habéis cagado.

Hay que joderse, qué paciencia para aguantar hoy sus disparates...

Recostándome en la silla, cogí mi botella de agua y practiqué el arte de no estrangular a mi mejor amigo hasta la muerte.

—Tienes que guardar esa mierda —solté cuando me sentí lo bastante calmado como para hablar de nuevo. Miré alrededor del comedor, buscando a Shannon sin éxito—. Lo digo en serio, Gibs.

—Todo es extranjero —reflexionó, inspeccionando los envoltorios—. No puedo leer las instrucciones.

—¿Qué no entiendes? —repliqué—. Te lo enrollas en el rabo cuando estés listo y te lo quitas cuando hayas terminado. Yo diría que todo el proceso se explica por sí solo, colega.

—Bueno, este montón es para ti —dijo—. Ya que eres demasiado cobarde para coger uno tú solo.

—Ya te he dicho que no necesito condones —solté, irritado.

«No necesito la tentación».

—Y, en ese caso, los compraría, porque, lo creas o no, Gibs, soy más que capaz de conseguir estas cosas por mí mismo. Me he estado cuidando durante años.

—Cierto. —Se encogió de hombros, imperturbable—. Pero eso fue antes de que cogieras y te encoñaras.

Sí, podría decirse que esa mañana había arrasado como un buldócer, pero no me arrepentía. Por primera vez en meses, sentí que tenía claros mis sentimientos. Como si algo en mi vida empezara a encajar.

¿La había presionado demasiado y demasiado rápido? Probablemente. ¿Debería haber ido más despacio? Más que probable.

De todos modos, no iba a retractarme.

—No es así con ella —solté, obligándome a salir de mis pensamientos—. Así que guárdalos antes de que entre y la asustes.

—No, no es así con Shannon —coincidió—. Es mucho peor y mucho más peligroso, porque sientes cosas grandes y gordas, ¿no es así, tortolito? Y te digo desde ya que este acto de valentía no significará una mierda cuando te dejes llevar por el momento y estés desnudo y metido hasta el fondo en un apretado conejo virgen. Pregúntaselo a cada pobre imbécil de nuestra edad con un bebé a cuestas o corriendo al súper por algún antojo. —Empujó un montón de condones hacia mí como si fueran fichas de póquer y añadió—: Solo me preocupo por ti. Así que, toma, los grandes para ti, muchachote.

—Hoy no puedo contigo, Gibs —gruñí, levantando las manos totalmente desesperado—. De verdad que no puedo.

—Cógelos.

—No.

—Que los cojas.

—Joder, Gibs…

—Coge los condones o monto un numerito.

—¡Vale! —Cogí dos puñados de envoltorios de aluminio, me los metí en los bolsillos y lo miré—. ¿Contento?

Él sonrió de oreja a oreja.

—Tú sí que lo estarás, cuando estéis en el tema.

—Vale, gracias, Gibs, por preocuparte por mi rabo. ¿Los guardas ya? —prácticamente supliqué.

Asintiendo, comenzó a guardárselo todo de nuevo en la mochila y me derrumbé de alivio. Porque lo último que necesitaba era que Shannon entrara mientras intercambiábamos globos como cartas de Pokémon.

—Y —empezó a decir, en un tono un poco más serio ahora— ¿cómo te encuentras?

Tensé la mandíbula con fuerza.

—Bien.

—Te duele, ¿no? —Me miró a los ojos, con cara de preocupación—. Tío, no pasa nada si necesitas irte a casa.

—Solo estoy agarrotado, Gibs —murmuré—. Todo me frena.

Cogió un puñado de condones y dijo:

—Deberíamos ir a nadar después de clase.

—Sí. —Asentí—. Lo sé.

—Pero no lo harás —aventuró. Sonriendo, dejó caer los condones y se inclinó hacia delante—. ¿Porque tienes otros planes? —Meneó las cejas—. ¿Planes con Shannon?

—No lo sé, tío. —Suspiré pesadamente, me incliné hacia delante y apoyé los codos sobre la mesa—. Está todo jodido.

—¿Ya? —Puso cara de sorpresa—. Hostia, Johnny, te ha durado poco, colega.

—No con Shannon —murmuré, sintiendo que me acaloraba del cabreo—. Es que su familia me odia. —Dejando caer la cabeza entre mis manos, contuve un gruñido—. Es una liada, Gibs.

—¿Una liada?

—Una liada —asentí sombríamente, mirándolo—. ¿Viste cómo reaccionó conmigo su hermano la semana pasada? Bueno, pues eso no fue nada comparado con cómo me trató su madre.

—El hurler no tiene ningún problema contigo —observó—. Bueno, no más que el resto del mundo.

—Uno de siete, tío —murmuré—. Estoy en racha, ¿eh?

—No lo entiendo —comentó, tocándose la mandíbula—. La verdad.

—Pues ya somos dos, colega.

—Tal vez les parezcas una amenaza.

—Si fuera una amenaza, estarían asustados —respondí—. No tienen miedo, tío. Solo quieren desquitarse, y lo hacen conmigo. —Hundí los hombros derrotado—. No puedo tener ni un maldito respiro.

—Con el tiempo se arreglará —me dijo—. La vida tiene sus propias formas de equilibrarse. —Se encogió de hombros—. No puede ser todo malo siempre, al igual que no puede ser todo bueno. Algo tiene que cambiar.

—¿Tú crees? —Hice una mueca—. Espero que tengas razón, tío.

—Tú eres tonto —dijo Hughie entonces, cuando él y Feely se unieron a nosotros en la mesa, poniendo fin de golpe a nuestra conversación. Dejó un sándwich envuelto en papel de aluminio sobre la mesa, se sentó en su silla habitual, a mi derecha, y la arrastró bruscamente hacia delante, sin apartar la mirada de Gibsie—. Guarda esa mierda antes de que venga Katie.

Gibsie miró a Hughie y luego a mí antes de suspirar exageradamente.

—No sé qué he hecho mal con vosotros dos —refunfuñó. Guardándose lo que le quedaba de suministros, tiró su mochila al suelo y resopló con fuerza—. De verdad que no.

—Déjalo, Hugh —dijo con un suspiro Feely, que se había colocado junto a Gibsie—. Que era una broma.

—Sobre mi hermana —subrayó Hughie, frunciendo el ceño.

Con una curiosidad mórbida, me giré para mirar la expresión de Hughie y flipé al ver que seguía dándole vueltas a lo de esa mañana.

—¿Todavía estás cabreado conmigo? —preguntó Gibsie, que parecía divertirse—. Hace horas de eso, tío.

—Pues claro que todavía estoy cabreado contigo —dijo Hughie entre dientes.

—Hola, Johnny —saludó Katie Horgan, la diminuta pelirroja que salía con este, mientras pasaba por detrás de mi silla.

—Qué hay, Katie —respondí, asintiendo con la cabeza.

—Espero que estés mejor —añadió, dándome un pequeño apretón en el hombro antes de ir directamente hacia su novio.

—Estás exagerando —dijo Gibsie, sonriendo a Hughie—. Primero por lo de tu hermana y ahora por los condones. —Suspirando, añadió—: Parece que no hayas visto nunca un par de tetas, por la forma en que te comportas.

—Si quieres ver un par de tetas, Gibs… —Hughie hizo una pausa a mitad de rabieta y murmuró a su novia—: Hola, nena. —Arrastró a Katie hacia su regazo y le dio un rápido beso en la mejilla antes de volverse hacia Gibsie—. Solo tienes que mirarte en el espejo.

—¿Qué pasa? —preguntó Katie, pasando un brazo alrededor del cuello de Hughie.

—Este —cogiendo a su novia por la cintura para acercársela al pecho, señaló a nuestro amigo a través de la mesa—, que es un pequeño hijo de puta.

—Tío —Gibsie echó la cabeza hacia atrás y se rio, para disgusto de Hughie—, soy cinco centímetros más alto que tú. —Arrastró su silla hacia atrás, se subió el suéter y la camisa para dejarse al descubierto el pecho, y sonrió—. Y ¿son estas las tetas de las que hablas? —lo provocó, moviendo los pectorales—. Un buen par, ¿no?

—Eres un imbécil —murmuré con cansancio.

—Un imbécil con las tetas grandes, al parecer —respondió con un guiño.

—No puedo creer que te hayas perforado los pezones —se rio Katie entre dientes, tapándose la boca con una mano—. ¿Qué pasa si se te enganchan en algún partido?

—No le mires los pezones, nena —resopló Hughie—. Míramelos a mí, joder.

Decidí apartarme de la tormenta que se estaba gestando a mi alrededor, me recliné en la silla y desconecté de su conversación mientras esperaba a Shannon.

Miré mi reloj por millonésima vez en los últimos quince minutos y sentí que me atravesaba la inquietud.

¿Dónde estaba?

Solo teníamos una hora para comer y quería pasar esos sesenta minutos con ella, porque, seamos sinceros, era el único rato que iba a poder pasar con ella.

Mirando alrededor de nuevo, vi dos cabezas rubias en el reflejo del ventanal que iba del suelo al techo. Me volví en mi asiento y encontré a Claire y Lizzie justo pasada la arcada de la entrada. Estaban discutiendo sin duda y, de pie entre ellas, varios centímetros más abajo, estaba Shannon.

Me dio un vuelco el corazón y me tomé un segundo para empaparme de ella. Shannon estaba tirando de sus amigas por las mangas para alejarlas de la arcada, con aspecto nervioso y los ojos como platos. En cuanto desapareció de mi vista, mi cerebro se puso en marcha y mis pies comenzaron a moverse.

29

LA MESA DE LOS DE RUGBY

Shannon

—¿Shannon? —escuché la voz de Lizzie Young cuando me senté sobre la tapa del váter de uno de los cubículos en el vestuario de chicas del pabellón de Educación física, con el sándwich intacto sobre el regazo—. ¿Estás aquí?

Me había saltado Matemáticas esa mañana. De hecho, me había saltado las seis clases antes de la hora de la comida. Había llegado hasta la puerta del aula esa mañana, incluso había puesto una mano en el picaporte, pero no me había visto capaz de entrar y enfrentarme a todo el mundo.

Simplemente no había podido hacerlo.

Al principio, había sopesado dejar el instituto por completo e irme a casa, pero cuando llegué a las puertas de la entrada principal, tuve un tremendo ataque de pánico, con la cara de mi padre como catalizador de mi angustia. Giré sobre mis talones y, resguardándome de la lluvia, corrí hacia el pabellón de Educación física, de donde no me había movido desde entonces.

—Hey —dijo una voz desde algún lugar por encima de mí, lo que hizo que pegara un salto.

—¡Ay! —Al levantar la vista, vi a Lizzie, que estaba inclinada sobre la parte superior del cubículo contiguo con una expresión levemente divertida en la cara—. Lizzie, casi me da un infarto.

Ella arqueó una ceja finamente depilada.

—¿Estás a gusto ahí?

—¡Shan! —El rostro de Claire apareció junto al de Lizzie—. ¿Qué estás haciendo ahí?

—Esconderme —admití, con la cara roja.

—¿De qué?

—Del instituto —dije, con un suspiro de cansancio, mientras me levantaba a abrir la puerta—. De la gente en él. —Salí del cubículo, me acerqué a los lavabos, me apoyé en la fría cerámica y suspiré—. De la vida.

—Pues ha sido superfeo —replicó Lizzie. Saltando de la taza del váter sobre la que había estado subida, se limpió las manos en la falda del uniforme y caminó hacia mí. Tenía el pelo recogido hacia atrás en un apretado moño rubio oscuro, y llevaba los labios pintados de un color rojo escarlata, que la hacía aún más guapa de lo normal—. Estábamos muy preocupadas por ti —añadió, antes de abrazarme—. Tontaina.

—Es verdad —apuntó Claire, bajándose de la taza del inodoro en la que había estado subida—. No la parte de tontaina —añadió, viniendo a unirse a nuestro abrazo—. Eso ha sido cruel e innecesario, Lizzie, ya hemos hablado de esto. Pero sin duda coincidimos en lo de estar muertas de la preocupación.

—Lo siento, chicas —susurré, abrumada por mis amigas. Ambas eran altas y rubias, y me miraban como si tuviera las respuestas a todas sus preguntas, y tal vez fuese así, pero eso no significaba que pudiera dárselas—. Es que... necesitaba...

—¿Un minuto? —sugirió Lizzie con una sonrisa de complicidad—. Sí, creo que es comprensible.

—¿Me he metido en un lío por saltarme las clases?

—No. —Claire negó con la cabeza con firmeza—. El señor Twomey solo está preocupado por ti. Él nos ha enviado a buscarte, en realidad. Hemos pasado todo el día fuera de clase, deambulando por Tommen por ti.

—Y es un centro grande —observó Lizzie secamente—. Y tú eres una persona pequeña.

—Estaba aquí —confesé, sintiéndome fatal ahora.

—Ya, en el pabellón de Educación física. —Lizzie se rio suavemente—. La verdad es que era el último lugar donde ninguna de las dos esperaba encontrarte.

—También nos ha llamado a su despacho a primera hora —añadió Claire—. Todos quieren ayudar, Shan.

—No quiero hablar con él ni con ningún profesor —respondí ahogadamente—. Le pedí a Darren que les dijera que no quería hablar. —Negué con la cabeza, un poco mareada ante la idea—. No quiero hablar con nadie.

—Lo sé —me tranquilizó Claire—. Y no tienes que hacerlo.

—Por eso nos llamó —explicó Lizzie con calma.

—Sí. —Claire asintió—. Quería asegurarse de que te cuidábamos.

—Como si tuviera que pedírnoslo —bufó Lizzie.

—Venga —dijo Claire mientras cogía mi mochila de las resbaladizas baldosas y se la colgaba del hombro—. Vamos a comer.

—Y luego iremos a clase —añadió Lizzie mientras me guiaba fuera del baño—. Juntas.

—Tengo miedo —solté, al sentir la familiar punzada de pánico abriéndose camino hasta mi garganta mientras salíamos del vestíbulo y bajábamos los empinados escalones.

—Lo sabemos —respondió Claire, envolviéndome con un brazo mientras atravesábamos el patio—. Pero todo irá bien.

—Eso es —coincidió Lizzie, pasándose un mechón de pelo suelto por detrás de la oreja—. Porque no estás sola en esto.

—Lo siento, chicas —murmuré, sintiéndome fatal—. Soy un grano en el culo.

—Sí, pero eres nuestro grano en el culo —respondió Lizzie—. Y resulta que te tenemos un poco de cariño.

—Gracias —me reí entre dientes—. Supongo.

—Por cierto. —Lizzie se detuvo de repente para mirarme—. ¿Quieres hablar de lo que pasó?

—No —grazné.

—¿Estás segura?

—Solo... compórtate normal conmigo, Liz —le supliqué en voz baja—. Eso es lo único que necesito.

—Me parece bien —asintió ella y continuó hacia el edificio principal—. Pero que sepas que estamos aquí.

—Hablando de lo normal —intervino Claire, cambiando de tema por suerte—. ¿Vas a comportarte cuando entremos? —le preguntó a Lizzie. Abrió la puerta de cristal de un tirón y nos hizo un gesto para que entráramos—. Nada de discusiones, ¿vale? —Cuando pasamos, Claire se apresuró a seguirnos—. Nada de darle el coñazo a Gerard ni a ninguno de los chicos.

Lizzie se encogió de hombros evasiva y se alejó en dirección al comedor.

—Si Thor y su panda de gilipollas no se acercan a nuestra mesa, no tendremos ningún problema.

—Oye, mi hermano está en esa panda de gilipollas —resopló Claire.

—Ya sabes lo que dicen, Claire: si te acuestas con niños, meado te levantas.

—Entonces debes de apestar —replicó Claire—, porque últimamente parece que te acuestas mucho con Pierce Ó Neill. —A Lizzie se le pusieron las mejillas rojas y Claire arqueó una ceja perfectamente formada—. ¿Nada que decir? Ajá. Como suponía.

—Chicas, no os peléis —suspiré mientras me apresuraba a seguir el ritmo de sus largas zancadas, solo para quedarme de piedra cuando llegamos a la arcada. El corazón me dio un vuelco cuando vi a Johnny.

Estaba sentado en su sitio habitual, en el extremo de la mesa de banquete, y de espaldas a mí. Tenía los pies apoyados en una silla y los brazos cruzados detrás de la cabeza. Llevaba el pelo todo despeinado, como si se hubiera pasado la mañana alborotándoselo con las manos.

Varias de las chicas sentadas en las mesas cercanas lo miraban con la misma expresión hambrienta que le había visto provocar por los pasillos.

La misma expresión hambrienta que me provocaba a mí...

Johnny no estaba prestando ni un ápice de atención a ninguna de ellas, ni a nadie más, para el caso. Miraba al frente, con la atención pegada a la mesa en la que normalmente me sentaba con las chicas.

—Eh... —Nerviosa, me aclaré la garganta—. Tengo algo que contaros. —Las cogí por las mangas y tiré de mis amigas para alejarnos de la entrada, con el corazón latiéndome a mil por hora mientras me lo comía con la mirada—. Se trata de Johnny —añadí, desviando mi atención de él—. Y de mí.

—Ay, no. —Lizzie entrecerró los ojos—. ¿Qué has hecho con el Capitán Fantástico?

—Eso. —Claire abrió los ojos como platos de la emoción—. ¿Qué has hecho?

—Pues... —Sentí cómo me ponía roja—. Pues, veréis, es mi... y yo soy su... —Agitada, me callé de repente y me llevé una mano a la frente—. Me ha pedido que sea su novia y le he dicho que sí.

—¡Júralo! —chilló Claire, aplaudiendo y saltando con entusiasmo—. ¡Ay, qué fuerte! ¡Qué fuerte!

Le sonreí débilmente.

—Sí.

—¿Eres su novia? —Lizzie frunció el ceño, confundida—. Pero él no tiene novias.

—Bueno, ahora sí —canturreó Claire, todavía saltando como un gatito juguetón—. ¡Lo juro, este es el mejor día de mi vida!

—Sabes, ni siquiera sé de qué me sorprendo —se quejó Lizzie—. Esto lleva meses gestándose.

—La verdad es que sí —respondió Claire, todavía sonriendo mientras asentía con la cabeza—. Meses y meses.

—Ha pasado hoy, literalmente —les dije.

—Supe que algo estaba pasando entre vosotros el día anterior a las vacaciones de Semana Santa, cuando te marchaste de clase y él se volvió loco en el patio. Qué narices, incluso antes de eso, siempre te estaba mirando como un friki.

—Se besaron —intervino Claire—. En su habitación.

—¡Claire! —siseé.

—Y en Dublín.

Entrecerré los ojos.

—Gracias.

—Bueno, es verdad —se rio—. Porque te quieeere.

—Para.

Me puse roja como un tomate.

—¿Estás segura de que esto es lo que quieres? —me preguntó Lizzie entonces, estudiándome con atención—. ¿De verdad quieres esto, Shan?

—Estoy segura de que quiero estar con él —admití con un suspiro melancólico—. Muchísimo.

—Ay, madre. Es que… no puedo. Estoy tan feliz ahora mismo. —Contoneándose como un conejillo a toda velocidad, Claire me arrastró hacia sí para darme un abrazo tan fuerte que me ardieron los pulmones.

—Bueeeno —gimió Lizzie—. Supongo que podría ser peor que Johnny. —Miró de reojo a Claire—. Al menos es mejor que el otro.

—Claire… —farfullé, y la empujé por los hombros, estremeciéndome cuando una punzada de dolor me atravesó la caja torácica—. A-flo-ja…

—¡Ups, lo siento! —Soltándome de inmediato, dio un paso atrás y sonrió tímidamente—. Me he dejado llevar un poco por la emoción.

—¿La emoción? —Lizzie arqueó una ceja—. Tía, eres demasiado feliz.

—Y tú eres demasiado muermo —bromeó Claire. Volviéndose hacia mí, arrulló—: Y Shan es nuestro pequeño rayo de esperanza.

Sacudiendo la cabeza, Lizzie volvió su atención hacia mí.

—Vale, Shan, solo voy a decir esto una vez y luego puedes hacer lo que quieras.

Claire puso los ojos en blanco.

—Allá vamos.

—Tómate tu tiempo —dijo Lizzie, en tono serio—. No hay prisa, ¿vale? Si quieres estar con él, genial. Si te hace feliz, entonces, a la mierda, estoy contigo, pero no sientas que tienes que hacer algo para lo que no estés lista. Es mayor que tú y tiene muchísima más experiencia en todo, así que ve a tu propio ritmo, no al de Johnny, y si te presiona, ni que sea un poco, entonces lo mandas a tomar por culo, porque…

—¿Porque qué? —preguntó una voz familiar detrás de mí.

Sorprendida y emocionada, me di la vuelta y me encontré cara a cara con Johnny.

Iba, una vez más, sin la muleta, y esta vez tampoco llevaba el suéter del uniforme. Tenía la corbata roja casi colgando, atada toda suelta en un nudo hecho de cualquier manera alrededor de la camisa blanca, la cual se le ajustaba hasta el punto de estirar la tela.

Sentí que el miedo me subía por la espalda cuando vi sus musculosos brazos, su musculoso todo.

Madre mía, el chico realmente estaba allí.

—Buenas, chicas —saludó Johnny en todo seco, y luego me miró acaloradamente—. Hola, Shannon.

—Hola, Johnny —jadeé, con el corazón martilleándome como un loco.

Nerviosa, cerré los puños a los lados, sin la confianza suficiente para tocarlo primero.

«No te achantes, Shannon».

«Sé valiente».

«¡Haz algo!».

Sonriendo de oreja a oreja, le pregunté:

—¿Cómo estás?

«Pff, mejor que nada».

Una pequeña sonrisa asomó a sus labios.

—Estoy bien.

—Estoy bien, gracias —solté, e inmediatamente me encogí cuando me di cuenta de que no me había preguntado—. O sea…

—Ven aquí —se rio entre dientes, cogiéndome de la mano y acercándome a su pecho—. Te he echado de menos —susurró, antes de bajar su rostro hacia el mío.

Sentí que me rodeaba la cintura con las manos y luego sus labios estaban sobre los míos. Aferrándome a sus brazos, me puse de puntillas y le devolví el beso, sintiéndome tremendamente baja y esforzándome por llegar a él.

Sonriendo contra mis labios, Johnny se agachó para pasarme un brazo por la espalda y entonces…, ay, madre, me levantó del suelo irguiéndose todo lo alto que era.

Pasándole los brazos alrededor del cuello, me derretí en el beso, sintiendo toda la tensión en mí desaparecer mientras me relajaba y mi cuerpo se volvía flexible contra el suyo.

—Yo también te he echado de menos —susurré contra sus labios.

Él sonrió sin despegarse de mí.

—Está bien saberlo.

Fue un beso suave y tierno que duró apenas un suspiro, pero fue terriblemente íntimo y me dejó un hormigueo por todo el cuerpo.

—Si te deshaces de tu hermano y vienes a casa conmigo, podemos hacerlo sin público —me dijo Johnny, en un tono lleno de diversión, mientras me volvía a dejar en el suelo.

—¿Eh?

Inclinó la cabeza hacia Claire y Lizzie, que nos miraban boquiabiertas.

—Bueno —dijo Lizzie, recomponiéndose primero—. Has ido derechito, ¿no?

—Ohhh —exclamó Claire, llevándose ambas manos al pecho—. Me encanta veros juntos. —Fingió desmayarse antes de añadir—: Es como un gran danés y un chihuahua tratando de aparearse, pero de alguna manera hacen buena pareja.

—Por favor —refunfuñó Lizzie, dándole un golpe en el brazo—. Tienes un tacto chunguísimo, Claire.

—La ha aupado, Liz —chilló Claire, mientras nuestra amiga se la llevaba a rastras—. ¿Lo has visto?

—Sí, lo he visto, ahora vámonos, pendón. —Manteniendo las manos sobre los hombros de Claire, Lizzie la empujó en dirección a los despachos—. Tenemos que decirle al señor Twomey que la hemos encontrado.

—¡Pero, Liz, es que la ha aupado para besarla!

—Sí, Claire, ya lo sé. Yo también tengo ojos. Deja de ser un bicho raro.

Muerta de vergüenza, miré a las chicas hasta que desaparecieron en el comedor, y luego gemí en voz alta antes de enterrar la cara en el pecho de Johnny.

—Qué vergüenza.

—¿Te hemos encontrado? —Johnny me levantó la barbilla y me miró confundido—. ¿Te habías perdido?

—Eh… Digamos que me he saltado las clases.

Frunció el ceño.

—¿Todo el día?

—Sí, eh…, no he podido enfrentarme a ello —admití en voz baja, dando un paso atrás para recuperar la compostura.

—¿Crees que puedes hacerlo ahora?

Me encogí de hombros.

—Tengo que hacerlo, ¿no?

—Tener que estar listo y estarlo son dos cosas muy diferentes —apuntó en tono suave—. ¿Has ido al despacho de Twomey para hablar con él?

—No. —Dejé escapar el aire pesadamente y me froté las sienes—. Pero sé que tendré que hacerlo tarde o temprano.

—Mira, sé que no quieres, pero si acabas con esto ahora, será una cosa menos de la que preocuparte.

—Simplemente no sé qué decir si me preguntan al respecto —confesé, desarmada y expuesta—. No estoy acostumbrada a hablar de eso.

—¿Quieres que vaya contigo? —me preguntó Johnny, lo que me dejó alucinando—. Podemos ir ahora y acabar con esto de una vez.

Abrí los ojos como platos.

—¿Harías eso?

—Por supuesto —respondió bruscamente.

—¿Puedes entrar conmigo?

—Que intente prohibírmelo —respondió, y luego añadió con una sonrisa—: Y si te pregunta sobre algo de lo que no quieres hablar, le soltaré una de las de mi padre y diré: mi cliente se reserva el derecho de no responder esa pregunta.

Sonriendo, le puse las manos alrededor de la cintura y asentí.

—Vale, lo haré después de la comida.

—¿Sí? —Los ojos le ardían de ternura—. Joder, pues sí que soy persuasivo cuando quiero.

«No tienes ni idea de cuánto».

—¿Va bien? —me escuché preguntar, insegura—. ¿Puedes acompañarme entonces? O sea, no te afecta a las clases…

—Estaré allí —me interrumpió—. Ni te preocupes.

—Pero es que…

—Deja de preocuparte. —Me cogió de la mano, entrelazó nuestros dedos y tiró de mí hacia la arcada—. Estoy contigo.

Ay, madre.

Mi corazón.

Cogí aire para tranquilizarme, me armé de valor y entré en el comedor con Johnny, aferrándome a su mano como si me fuera la vida y rezando por un poco de invisibilidad, aunque sabía que era inútil. Si quería pasar desapercibida, le había cogido la mano al chico equivocado. Sin embargo, no me soltaría por nada del mundo.

Fuera lo que fuera esto, sabía que me aferraría a ello cuanto pudiera, porque la idea de hacer frente a todo en mi vida sin la ilusión de estar con él era impensable ahora. Todo era muy reciente, nuevo y desconocido. Por lo general, me aterrorizaba lo desconocido, pero con él, tenía una curiosidad ardiente. Estaba emocionada; aterrorizada hasta la médula, pero emocionada.

Se hizo el silencio en cuanto entramos, y lo que parecían mil pares de ojos mirándonos con curiosidad hizo que me quedara paralizada del terror.

Mientras tanto, Johnny parecía completamente imperturbable. En serio, o no los vio mirándonos o no le importó, porque permaneció en una postura relajada, con la sonrisa aún firmemente grabada en el rostro, mientras nos conducía a su mesa.

—Johnny —dije apenas sin voz, cogiéndome con más fuerza a su mano—. Todo el mundo nos está mirando.

—Que miren —respondió, apretándome los dedos para tranquilizarme—. Se acabarán aburriendo.

¿Y tú?

Tenía esas palabras en la punta de la lengua, pero decidí luchar contra el demonio social por ahora y me las tragué.

Ya me preocuparía hasta quedarme dormida con el demonio de la inseguridad esta noche.

Con el rabillo del ojo, me fijé en que Bella miraba desde el extremo más alejado de la mesa de los de rugby, donde estaba sentada sobre el regazo de Cormac Ryan. En el momento en que nuestras miradas se encontraron, ella entrecerró los ojos amenazadoramente y sentí al instante el peso de su furia; era aguda, potente y estaba dirigida por completo hacia mí.

Bajando la mirada a mis zapatos, sopesé soltarle la mano a Johnny, pero me contuve.

«No —me reprendí mentalmente—, no le tienes miedo».

«¿A quién estás engañando? —se burló otra voz—. Estás muerta de miedo por ella».

—Haced hueco —ordenó Johnny cuando llegamos a la mesa, distrayéndome de mis frenéticos pensamientos.

Atolondrada, tensé los músculos, obligando a mis pies a permanecer firmes en el suelo, y observé cómo una fila de muchachos, comenzando por Hughie Biggs, se movían obedientemente un asiento.

—Escuchad —anunció Johnny entonces, llamando la atención de sus amigos—. Esta es Shannon, mi novia. Se sentará con nosotros de ahora en adelante, así que acostumbraos a verla por aquí. —Hizo ademán de sentarse, pero rápidamente se detuvo y se enderezó—. Ah, y meteos con ella y os entierro a todos… —Lanzó una mirada significativa alrededor de la mesa antes de añadir—: ¿Queda claro?

¡Ostras!

—Sí, tío, ningún problema.

—Ya lo sabemos, capi.

—Nada nuevo, Kav.

—Bien —asintió Johnny. Para mi sorpresa, se sentó en el hueco que Hughie y su novia habían dejado libre y sacó su asiento habitual, al final de la fila, para mí—. Solo quería aclararlo. —Dio unas palmaditas en la silla junto a él y prácticamente me dejé caer en ella, aunque lo único que quería era esconderme debajo de la mesa.

Si Tommen fuese una jungla y sus estudiantes fueran animales, entonces esta mesa sería la guarida del león. Yo era una gacela perdida, rodeada por los más peligrosos de los depredadores, todos observándome con curiosidad. Por suerte para mí, yo era una gacela que había deslumbrado al rey de esta jungla en particular, y líder de la manada. No sería devorada. No hoy, al menos.

Eso esperaba.

Johnny me pasó un brazo alrededor entonces, envolviéndome así en un reconfortante manto que el sentido común me dijo que era peligroso y temporal.

—Solo relájate, ¿vale? —me susurró, inclinándose tan cerca de mí que me rozó la oreja con los labios—. Estás a salvo conmigo.

Temblando por el contacto, asentí y reprimí el impulso de hundirme en este chico para no volver a salir jamás. Porque me estaba pillando muchísimo por él, dependía demasiado de Johnny y le estaba cogiendo un cariño excesivo. Las alarmas se disparaban a mi alrededor y, aun así, permanecí exactamente donde estaba, exactamente donde quería estar. Con él.

Me llevé las manos al regazo, bajo la mesa, agaché la cabeza y me crují los nudillos. Para mi inmenso alivio, cuando volví a levantar la vista, la única persona que seguía mirándome era Gibsie, que estaba sentado justo frente a mí en la enorme mesa, sonriéndome más feliz que una perdiz.

—Hola, pequeña Shannon.

—Hola, Gibsie —respondí, obligándome a mantener el contacto visual—. ¿Cómo estás?

—De lujo. —Se sacó una piruleta de la boca y la hizo girar al tuntún, mientras nos miraba a Johnny y a mí con la travesura centelleándole en los ojos—. Veo que a ti también te va bien.

Me sonrojé y Johnny lo miró de repente.

—Frena, Gibs —le dijo en un tono de advertencia—. Lo que sea que estés pensando en decir. No lo digas.

—No iba a decir nada —se rio Gibsie con buen humor—. Estaba teniendo una conversación amistosa con tu novia —apuntó, enfatizando la palabra.

—Mmm. —Johnny arqueó una ceja, sin apartar la mirada de su amigo—. Pues que siga así.

—¿Cómo está tu hermano? —preguntó Gibsie entonces, volviendo su atención hacia mí—. ¿Está mejor?

—Eh, sí —murmuré, pasándome el pelo por detrás de las orejas—. Bueno, está en casa y ha vuelto a clase hoy.

Eso esperaba.

—O sea que está mucho mejor.

Gibsie me sonrió cálidamente y respondió:

—Guay.

Cuando vi a Claire y Lizzie llegar a la mesa, me hundí literalmente de alivio.

Lizzie pasó junto a los chicos con la barbilla levantada, dándole una colleja a Gibsie al pasar, y no se detuvo hasta que llegó a la mitad de la mesa, donde sacó una silla vacía junto a su novio, Pierce.

—Oye, ¿a qué ha venido eso? —exclamó Gibsie.

—A que eres un imbécil —respondió Lizzie.

—Y tú eres una víbora —murmuró Gibsie en voz baja, frotándose la nuca—. Joder.

Entonces Claire se dejó caer en la silla junto a él, para gran consternación de Hughie, que se los quedó mirando con la cara roja.

—Hola, muñequita —la saludó Gibsie, sonriendo de nuevo—. ¿Cómo estás?

—Hola, Gerard —suspiró Claire, que sonaba triste, en absoluto tan emocionada como había estado hacía unos minutos. Se arremangó, apoyó los codos sobre la mesa y dejó caer la cabeza entre las manos—. Estoy muy triste.

—¿Por qué? —Gibsie se puso rígido—. ¿Qué ha pasado? —Entrecerró los ojos y preguntó—: ¿Te han hecho algo?

—Dee ha pasado —se quejó ella—. Oootra vez.

Gibsie se quedó boquiabierto y Johnny murmuró algo ininteligible antes de acercarse más a mí.

—¿Dee? —Fruncí el ceño—. ¿La secretaria del centro?

—Esa —respondió Claire y luego resopló consternada—. Te juro que esa mujer me odia sin razón, Shan.

Gibsie se atragantó con la piruleta y varios de los muchachos sentados alrededor de la mesa se rieron. Johnny, por su parte, miraba diligentemente por la ventana, a cualquier cosa menos a Claire, mientras que Hughie echaba chispas por los ojos hacia Gibsie.

Inclinándome sobre la mesa, le toqué suavemente la muñeca a Claire para llamar su atención.

—¿Qué ha hecho?

—Tengo un partido de hockey en Thurles mañana —respondió ella, con esos ojos marrones llenos de tristeza—. No sé cómo, mis permisos han desaparecido y ahora el señor Twomey dice que no puedo ir. —Haciendo pucheros, cruzó los brazos sobre el pecho y añadió—: Dee le dijo que no los entregué cuando se suponía que debía hacerlo, lo cual es una pedazo de mentira, porque recuerdo perfectamente habérselos dado a ella en persona el martes antes de irnos de vacaciones por Semana Santa.

—¿Por qué haría algo así? —pregunté.

—Eso —saltó Hughie con los dientes apretados—. Me pregunto por qué haría algo así.

—¿Una piruleta? —sugirió Gibsie entonces, sacándose el palito de la boca y ofreciéndoselo a Claire.

Esta lo miró fijamente un momento antes de encogerse de hombros, quitárselo de la mano y luego llevárselo a la boca.

—¿Sidral? —Ella arqueó una ceja—. Odias el sidral.

—Lo he cogido para ti —respondió con un guiño—. Sé que es tu favorito.

—No te metas eso en la boca —prácticamente escupió Hughie—. No sabes dónde ha estado, Claire.

—Mmm. —Claire se encogió de hombros de nuevo, como si fuera algo normal intercambiar saliva con Gibsie—. Está bueno.

—Hay que joderse —siseó Hughie con desesperación—. No sé por qué me molesto.

—De todos modos, no puedo jugar mañana —continuó diciendo Claire mientras chupaba la piruleta—. Lo cual es un completo desastre, porque Jenny Kelleher está lesionada y Saoirse Doyle todavía está en Francia con sus padres. Era un partido muy importante para Tommen. —Suspiró profundamente, se sacó el caramelo de la boca y se lo devolvió a Gibsie—. Toma, he terminado.

—Sí, yo también —murmuró Gibsie mientras se metía la piruleta en la boca y se ponía de pie—. Tengo que ir a hacer una cosa.

—Sí, anda, ve —escupió Hughie—. Arréglalo.

—¿Eh? —Con el ceño fruncido, Claire se lo quedó mirando—. Gerard, ¿adónde vas? ¿No comes?

—Es que tengo que, eh… —Dejó que sus palabras se apagaran mientras señalaba hacia la entrada y luego salió disparado del comedor.

Johnny, que estaba observando su interacción, sacudió la cabeza con clara consternación antes de frotarse la cara con la mano.

—¿Qué está pasando? —pregunté en un susurro, volviendo la cara hacia su cuello. Me llegó el olor de su colonia y me estremecí. Siempre olía tan bien—. ¿Adónde va? —insistí, apartándome para poder concentrarme.

Con un profundo suspiro, Johnny dejó caer una mano sobre mi muslo y apretó.

—Créeme, Shan —dijo en voz baja tras acercarse a mi oído—. Cuando se trata de Gibs, es mejor que no lo sepas.

Esa fue la segunda vez ese día que había dicho esas palabras, y por segunda vez ese día, pensé que podría tener razón.

30

MALENTENDIDOS

Shannon

Después de comer, fui al despacho del director a hablar con el señor Twomey y mi tutora de ese año, la señorita Nyhan.

Fiel a su palabra, Johnny me acompañó. Por supuesto, el señor Twomey no lo quería allí y trató de echarlo del despacho, pero él no se movió. Fue bastante cómico ver a nuestro anticuado director, de un metro setenta, con entradas y ese barrigón típico de la edad, espantar a un jugador de rugby de metro noventa. Pero aún más divertido fue la cara de estar flipando que puso Johnny cuando el señor Twomey le dio unas palmaditas en el pecho. Bueno, yo creo que lo estaba empujando, no dándole palmaditas, pero tuvo un efecto tan pequeño en Johnny que me recordó a una mosca zumbándole en la oreja a un oso.

Cuando el director cedió e hizo un gesto para que ambos nos sentáramos, Johnny se colocó a mi lado y, aunque no me cogió de la mano, el hecho de que estuviera junto a mí me infundió extrañamente cierto coraje.

No podía explicarlo, pero me sentía más valiente cuando estaba con él. ¿O tal vez era tan solo que me sentía más segura? Era raro, teniendo en cuenta que nunca estaba tan aturdida como cuando estaba con él, pero era en el buen sentido: un aturdimiento excitante que me revolvía el estómago y hacía que estuviese a punto de desplomarme, sin querer que dejase de tocarme porque me parecía que el corazón me fuese a estallar en el pecho y necesitaba sentirlo por todas partes o reventaría.

Respondí todas las preguntas rutinarias y obligatorias que me hicieron el señor Twomey y la señorita Nyhan, acepté todos los «Lamento mucho que te haya pasado esto» y «No tengas miedo de hablar con nosotros» y luego seguí adelante, obligándome a asistir a mis últimas tres clases.

Sorprendentemente, llevé muy bien las miradas y los cuchicheos de mis compañeros de clase, así como la lástima en las caras de mis profesores. Supongo que ayudó que Lizzie se hubiera pegado a mi lado y emanase un aire de «dime algo y te arranco el corazón».

Cuando sonó la última campana, a las cuatro de la tarde, que indicaba el final de la jornada escolar, me sentía sospechosamente optimista.

Como si pudiera lograrlo después de todo.

Como si tal vez pudiera de veras volver a encarrilar mi vida.

—¿Quieres venir a mi casa? —me preguntó Claire, apoyándose en mi pupitre y observando cómo me guardaba los libros en la mochila después de la última clase. Aparte de la señorita Moore, que estaba sentada en su escritorio, éramos las dos últimas personas en el aula, ya que todos los demás se habían largado en tropel en cuanto sonó la campana, incluida Lizzie, que había salido corriendo para encontrarse con Pierce tras murmurar algo sobre un asunto personal—. ¿Ni que sea una hora?

—Me encantaría —respondí, cerrando la cremallera de la mochila antes de ponerme de pie—. Pero Darren probablemente ya me esté esperando fuera. —Levanté mi silla, la puse sobre la mesa y me giré para mirarla—. Me están controlando.

—Puaj. —Claire arrugó la nariz, asqueada—. Tu familia está fatal.

—Sí. —Echándome la mochila a la espalda, asentí con la cabeza solemnemente—. No podría estar más de acuerdo.

—¿Quieres venir de todos modos? —preguntó mientras salíamos al pasillo—. Puedes dejar plantado a Darren. —Sonriendo con picardía, se colocó a mi lado mientras nos dirigíamos a la entrada principal—. Gerard tiene el coche y sé que nos llevará a las dos a mi casa.

—¿Qué le pasaba en el descanso? —pregunté con curiosidad. Me cogí con más fuerza a las correas de la mochila y apreté el paso para mantener el ritmo—. Simplemente ha salido corriendo y no ha vuelto.

—No lo sé, Shan, y a veces creo que es mejor así. —Suspirando, añadió—: Algo me dice que si lo supiera, me dolería.

—Claire. —Observé su expresión de tristeza—. ¿Estás bien?

Ella asintió y esbozó una sonrisa insípida.

—Estoy bien.

—¿Por qué no le dices cómo te sientes? —pregunté suavemente—. Es obvio que él siente lo mismo.

—No es verdad —murmuró—. Él solo quiere conquistarme. Si cedo ahora, se aburrirá.

Reflexioné sobre sus palabras un momento antes de decir:

—Puede que te sorprenda.

—Y yo lo decepcione a él —musitó.

Dejé de caminar.

—¿Qué quieres decir?

Se giró para mirarme, pero no respondió.

Estudié su expresión de dolor y resoplé.

—Claire, no podrías decepcionar a nadie ni aunque lo intentaras.

—Ya.

—Lo digo en serio —insistí—. Y a Gibsie al que menos. Te adora. Está más claro que el agua que está loco por ti.

—Porque no puede tenerme —murmuró—. Porque soy la única chica que no se ha rendido ante él.

—No creo que sea eso —respondí lentamente—. Ni lo más mínimo.

—Escucha, esto no es nada nuevo, Shan. Tú lo sabes. Gerard y yo hemos sido así desde que tengo memoria. Él siempre me ha buscado y yo siempre le he restado importancia… —Sus palabras se interrumpieron y gimió, como si hablar de esto le doliera físicamente—. Porque no confío en él.

—Ah, ¿no?

—No, no lo hago. —Sus ojos marrones ardían de vulnerabilidad mientras hablaba—: Conozco a Gerard Gibson mejor que nadie en este planeta. Qué narices, lo conozco mejor que él mismo. Y créeme cuando te digo que ese chico no puede prestar atención a nada durante más de un día. He visto cómo es con las chicas. Se lo da todo un día a una y luego pasa a la siguiente. Ni siquiera creo que pueda evitarlo. Sé que no lo hace a propósito. —Se le pusieron las mejillas rojas—. Pero no puedo ser solo un día más para él, solo otra chica más. No quiero abrirle mi corazón solo para que se dé la vuelta y se dé cuenta de que conquistarme fue más divertido que tenerme. —Encogiéndose de hombros con impotencia, añadió—: Creo que eso me destrozaría.

—¿Has hablado con Lizzie sobre esto? —pregunté—. ¿Qué dice ella?

—No se lo he contado a nadie —susurró—. Solo a ti.

Se me rompió el corazón.

—Ay, no, Claire…

—No pasa nada —se apresuró a decir, y esbozó una radiante sonrisa—. Estoy bien.

Echó a andar a paso tan ligero que me hizo trotar para mantener el ritmo, abrió la puerta del edificio principal y me indicó que saliera primero.

—Todo va bien.

Estaba claro que no.

—Vale, voy —solté sin aliento, luchando por seguir el paso de sus largas zancadas mientras Claire atravesaba el patio penosamente—. Si no crees que les importe a tus padres.

—¿Sí? —Toda su expresión se iluminó—. ¡Por supuesto que no! Mis padres te adoran.

Asentí y seguí zanqueando.

—Vale, déjame que se lo diga a Darren. Y frena un poco. No soy un caballo de carreras.

—Perdón —dijo entre risillas, y bajó el ritmo a lo que yo consideraba paso ligero—. Gracias por hacer esto.

—De nada —respondí, tragándome un gemido ante la idea de enfrentarme a Darren—. No hay problema.

Cuando llegamos al aparcamiento y vi el Volvo azul de mi hermano, tropecé y trastabillé un poco. Aún más cuando me fijé en que había un Ford Focus plateado estacionado tres plazas más adelante, por no mencionar a los cuatro chicos apoyados contra el costado del mismo que estaban enfrascados en una conversación con la cabeza gacha.

Enderezándome para no acabar cayéndome de boca en la grava, cuadré los hombros, respiré hondo y me acerqué al Volvo. La sonrisa de mi hermano se desvaneció lentamente cuando se dio cuenta de que iba hacia el lado del conductor en lugar de al del copiloto.

—¿Qué estás haciendo? —preguntó Darren, bajando la ventanilla cuando le di unos golpecitos—. Sube, tengo que llevar a los chicos a casa para entrenar.

Mirando hacia el asiento trasero, sonreí a mis tres hermanos pequeños.

—Hola, chicos.

Ollie y Sean me devolvieron la sonrisa, pero Tadhg me ignoró y mantuvo su mirada ceñuda fija en la nuca de Darren.

—¿Qué está pasando? —preguntó este, recuperando mi atención.

—Voy a ir a casa de Claire una hora —dije, obligándome a tragarme las palabras «si te parece bien». Él era mi hermano. No necesitaba su permiso. No se lo pedí—. Iré a casa más tarde, ¿vale?

—Shannon, ya hemos hablado de esto. —La expresión de Darren se ensombreció—. Tienes que volver a casa inmediatamente después del instituto.

—No —respondí, negando con la cabeza y apretando con más fuerza las correas de mi mochila—. Tú y mamá habéis hablado de esto. Yo nunca accedí a quedarme encerrada las veinticuatro horas del día durante los siete días de la semana.

—Le va a dar un infarto si no vuelves a casa —me increpó—. Ya sabes cómo se pone. No puedo con ella cuando está así, por lo que necesito que vengas a casa y me ayudes.

—No me importa —repliqué, y, sorprendentemente, lo decía en serio. No me importaba. Ya no—. Voy a pasar un rato con mi amiga como una adolescente normal y luego volveré a casa.

—No estamos en circunstancias normales —gruñó, con la mandíbula apretada.

Qué me iba a contar él a mí…

—Puedes decir lo que quieras, pero voy a ir con Claire.

Entrecerró los ojos.

—Entra en el coche.

Me mantuve firme.

—No.

—Entra. En. El. Coche. Shannon.

La ansiedad cobró vida dentro de mí.

—No.

Darren se desabrochó el cinturón, abrió la puerta de un empujón y salió.

—Métete en el puto coche. —Agarrando la puerta con los nudillos blancos, siseó—: Ahora, Shannon.

—Atrás, amigo —le advirtió Claire, que había venido a mi lado—. Tengo un arma ahí mismo… —señaló por encima del hombro de Darren—, y no tengo problema en llamarlo.

—No voy a hacerle daño —replicó mi hermano, que parecía horrorizado—. Solo necesito que se suba al coche y vuelva a casa.

—No pasa nada, Darren —contestó Claire—. Shannon va a venir a mi casa. Comeremos algo de comida basura, miraremos la tele y luego mi madre o Hughie la llevarán a casa. No es nada malo.

—Se supone que debo llevarte a casa —dijo Darren, ignorando a Claire—. Puedes ir a casa de tu amiga otro día, cuando haya hablado primero con sus padres. —Sacudiendo la cabeza, me puso una mano en el hombro y me condujo hacia el lado del copiloto del coche—. Tan solo ayúdame un poco y súbete al coche…

—No —dije con voz ahogada, clavando los talones en el cemento—. No voy a ir a casa.

—Shannon… —Soltando un profundo suspiro, Darren me colocó ambas manos sobre los hombros y me miró—. No es seguro que estés fuera.

—¡No quiere ir contigo! —gritó Claire a todo pulmón—. ¡Te ha dicho que no!

Aturdida, miré a mi amiga, preguntándome por qué de repente había levantado la voz. Darren no me había hecho daño, al menos no físicamente. Pero cuando vi a Johnny, Gibsie, Hughie y Feely observándonos con expresiones feroces, rápidamente me di cuenta de por qué.

Estaba pidiendo refuerzos.

Ay, madre…

—No lo hagas —gritaba Gibsie—. Joder, capi, que no lo hagas…

—Oye, ¿qué cojones crees que estás haciendo? —preguntó Johnny mientras, olvidada su cojera, apartaba a sus amigos a su paso—. ¡Quítale las putas manos de encima! —rugió—. Ahora.

—Hoy no tengo un respiro —se quejó Gibsie. Soltando un gemido de dolor, echó la cabeza hacia atrás, sin molestarse en tratar de detener la posible carnicería—. Adelante, buldócer, y no olvides la muleta.

—No se la des —le increpó Feely, quitándole el palo de metal de la mano a Gibsie antes de que Johnny pudiera cogerlo—. Es un arma.

—¿Has visto el tamaño del chaval? —apuntó Hughie, con un suspiro abatido—. Él es la puta arma.

—Joder —se quejó Darren, girándose para mirar a los chicos—. No te metas en esto, Kavanagh.

—Yo de ti le haría caso si quieres conservar el brazo —gritó Gibsie mientras interceptaba a Johnny antes de que nos alcanzara. Le plantó ambas manos contra el pecho en un intento de alejarlo del coche—. Porque está un poco irritable en este momento, y no voy a poner cuerpo y alma en mantenerte con vida si se me escapa. —Encogiéndose de hombros, añadió—: Solo para que lo sepas...

—¡Ya vale! —Pasando a la acción por una vez en mi vida, me deslicé bajo su brazo y me aparté de él—. No estaba haciendo nada.

—Te estaba tocando —gruñó este, mirando a mi hermano con una expresión que rayaba en lo salvaje—. Estaba intentando meterte en el coche.

—¡Y ella le ha dicho que no! —apuntó Claire, echando leña al fuego—. Un millón de veces.

—Yo no le he hecho daño —dijo Darren con desprecio—. No soy de esos.

—No lo es —me apresuré a defenderlo—. Él no me haría algo así.

—No te creo, Shannon —replicó Johnny, rojo de rabia—. Ya me has mentido antes. —Entrecerró los ojos hacia mi hermano—. Y no le creo a él.

—¿Me estás acusando de maltratar a mi hermana? —preguntó Darren, con una voz mortalmente fría—. Porque estás muy equivocado.

—¿Tan equivocado como cuando tu madre me acusó de ser un violador? —respondió Johnny sin vacilar—. La diferencia es que yo te he visto ponerle las manos encima, Darren. —Entrecerrando los ojos, escupió—: Así que, si yo fuera tú, volvería a subir a ese coche y me largaría de aquí antes de que haga algo de lo que todos nos arrepintamos.

Darren miró fijamente a Johnny durante varios largos segundos de tensión antes de levantar las manos.

—¿Sabes qué, Shannon? —dijo, riendo con sorna—. Puede que a mamá se le haya ido la cabeza, pero ha dado en el clavo con lo de que es como nuestro viejo. —Dio unas zancadas hasta el lado del conductor y abrió la puerta del coche—. Pero, oye, haz lo que te dé la gana.

Dicho esto, se subió y cerró la puerta de golpe. Revolucionando el motor, Darren salió del aparcamiento y se alejó sin siquiera volver la vista atrás. Me quedé mirando las tres caritas que me observaban por la ventana trasera del coche hasta que este se perdió de la vista.

—La que se ha liado —dijo Gibsie en tono alegre, rompiendo el gélido silencio.

31

SIGUE MI CONSEJO, O NO

Johnny

Había arrasado.

No necesitaba que Gibsie ni nadie me dijera lo que ya sabía. Shannon había estado callada como una tumba durante todo el viaje a casa de Claire, manteniendo un asiento vacío entre nosotros para dejarme clarísimo que la había cagado a base de bien. Furioso conmigo mismo, no había dicho una palabra cuando la vi entrar en casa de su amiga, aterrorizado de empeorar una situación ya mala de por sí.

Incluso ahora, mientras subía y bajaba en la barra de dominadas que tenía instalada en la puerta del baño de Gibsie, me sentía incapaz de relajarme. No estaba tranquilo, porque en el fondo sabía que le había empeorado las cosas un millón de veces. Shannon estaba al otro lado de la calle, pero, para el caso, podría haber estado a miles y miles de kilómetros de distancia. Estaba tan cabreado conmigo mismo que podía saborearlo.

—Debería ir —anuncié por quincuagésima vez en un espacio de dos horas.

Y, por quincuagésima vez, Gibsie respondió:

—No, no deberías.

Estaba tirado en el suelo de su habitación con un bolígrafo y una regla en la mano, rodeado de media docena de libros de texto y frunciendo el ceño con profunda concentración mientras usaba ese extraño papel amarillo que lo ayudaba a concentrarse y entender su propia letra.

—¿Qué pone? —preguntó, sosteniéndome en alto el libro de Historia—. ¿Renombramiento?

Deteniéndome en el aire, entrecerré los ojos para ver el texto en la página antes de decir:

—No, tío, renacimiento.

—Renacimiento —repitió, dándole vueltas al término—. Qué puta palabra más estúpida.

Me encogí de hombros y continué levantando el cuerpo, regodeándome en el dolor de mis músculos, que me ardían.

—¿Puedo hacerte una pregunta?

—Ya te he dicho que te pasaría mis apuntes de Historia, tío —le respondí—. No tienes que volver a preguntármelo.

—No, no es de clase —dijo—. Es de rugby.

—Oh. —Fruncí el ceño, interesado—. ¿Qué pasa con eso?

—¿Cuáles crees que son mis posibilidades de conseguir algún contrato en la Academia?

Hice una pausa a mitad de dominada con los brazos apretados y estudié su rostro.

—¿Hablas en serio, tío? —Parecía serio—. ¿No estás de coña?

—No voy a ir a la universidad, Johnny, apenas puedo seguir las clases ahora. —Se encogió de hombros—. Mi madre me ha estado preguntado qué quiero hacer después del instituto, y me gusta el rugby. —Suspirando, añadió—: Si no pienso en algo, terminaré en la pastelería con ella.

—Se te da bien el rugby —asentí—. Sabes que la Academia se interesó por ti hace un par de años.

Él suspiró.

—Sí, lo sé, y la cagué.

—Todavía estás en primero de bachillerato —le recordé—. Tienes otro año para cambiar eso.

—¿Crees que puedo? —preguntó, mirándome fijamente con esos ojos grises.

—Creo que tienes el potencial para hacer cualquier cosa que te propongas —le dije—. Tienes talento, y eso es el diez por ciento de lo que se necesita.

—Y ¿el resto?

—Determinación, dedicación y constancia —respondí.

—Igual necesito una mano con eso —murmuró.

—¿Qué necesitas de mí?

—Que me metas en vereda —admitió—. Creo que puedo hacerlo, Johnny.

—Sé que puedes —respondí—. Siempre lo he dicho.

—Lo sé, pero antes no lo quería.

—Y ¿ahora sí?

—Estoy desperdiciando mi vida —dijo—. Estoy dejando que todas las oportunidades se me escapen de las manos.

—Sí, bueno, también llevo años diciendo eso.

—Entonces ¿qué tengo que hacer?

—Dejar de fumar, reducir el consumo de alcohol y venir a verme a casa mañana a las cinco y media.

—Empezar al anochecer es un poco tarde…

—¿Quién ha dicho que por la tarde? —Arqueé una ceja—. Cinco y media de la mañana, Gibs. A quien madruga Dios le ayuda.

—Coño —gimió—. Me vas a matar, ¿no?

Me encogí de hombros.

—Si hablas en serio y lo quieres de veras, entonces sacarás el culo de esa cama.

—Cierra las piernas —dijo Gibsie entonces, volviendo su atención a su libro.

—No puedo —contesté, respirando con dificultad—. Me duele demasiado.

—Bueno, si fueras a casa y te la cascaras, te sentirías mejor —respondió sin vacilar—. Y serías capaz de cerrar las piernas.

—¿Qué habrías hecho tú, Gibs? —pregunté, ignorando su pulla—. ¿Si hubieses sido yo antes?

—¿Sabiendo lo que sabes sobre su familia?

—Sí —gruñí, sin aliento.

—Exactamente lo mismo —respondió, confirmando que no estaba solo en mi locura—. Pero me habría cortado con las amenazas de violencia. —Tiró el bolígrafo y se irguió—. Es su hermano, tío.

Arqueé una ceja y lo miré con cara de «no me vengas con gilipolleces».

—Vale —se rio entre dientes, antes de admitir—: Lo habría matado.

Asentí con rigidez.

—Gracias.

—Pero no estoy diciendo que eso sea lo correcto —añadió, poniéndose de pie.

—¿Crees que todavía está cabreada? —pregunté, mirando fijamente a la ventana de su dormitorio—. ¿Estoy en un lío?

—Siempre estás en líos —apuntó—. Es muy tú.

—Ya sabes lo que quiero decir —me quejé.

—No lo sé —respondió, en tono ligero—. Nunca he tenido novia. No tengo ni puta idea de cuál es el protocolo de una relación en esta situación. —Sonriendo, añadió—: Por lo general, resuelvo mis problemas con la lengua.

—Gibs…

—Lo digo en serio —insistió—. ¿Se enfada conmigo? Lametón. ¿Hiero sus sentimientos? Me la como entera. —Se encogió de hombros—. Es todo lo que sé, colega.

—¿Eso es lo que has hecho hoy? —Entrecerré los ojos—. ¿Has usado la lengua para arreglar la liada de Claire?

Me miró impávido.

Gruñí.

—Dime que no.

—No te voy a decir nada —replicó él—. Centrémonos en tus cagadas por hoy.

Bien visto.

—Un día —gemí, dejando caer la cabeza—. Un maldito día y ya la he cagado.

—Sí —se rio—. Es un nuevo récord para ti.

—A la mierda… —Volviéndome a bajar, estiré los hombros, gimiendo de alivio cuando mis músculos encajaron en su sitio—. Voy para allá.

—Bien —exclamó—. Ya era hora.

Lo miré boquiabierto.

—Pero has dicho que no debería…

—Hey… —Gibsie levantó las manos y sonrió—. Soy la última persona de la que deberías recibir consejos. —Encogiéndose de hombros, añadió—: Estoy siguiendo tu ejemplo, tío.

—Pues estamos jodidos —murmuré.

—Y que lo digas, colega. Lo estamos —respondió, palmeándome la espalda—. Pero, en serio, ya deberías saber que no tienes que tomarte mis consejos a pecho cuando claramente me he metido en un puto jardín del que no puedo salir.

—¿Qué está pasando, tío? —pregunté, frunciendo el ceño—. ¿Tiene Dee algo sobre ti?

—Qué va. —Sacudió la cabeza—. Nada de lo que no me pueda encargar.

—¿Seguro?

—Totalmente.

Una descarga de inquietud me recorrió la espalda.

—Gibs, si tienes problemas, puedes hablar conmigo.

—Te agradezco la preocupación, pero tú eres el que tiene novia al otro lado de la calle, Johnny —se rio entre dientes—. Y, además, tengo un plan.

Entrecerré los ojos.

—¿Qué tipo de plan?

—Sobre cómo mantener el rabo en los pantalones —me dijo.

—¿Qué…? ¿Y fuera de la secretaria del instituto?

—Exacto —asintió—. Estoy herido ahora. Fuera de combate durante las próximas seis a ocho semanas. —Levantó ambos pulgares con entusiasmo—. Ya no puede tocarme.

—¿Estás herido? ¿Dónde? ¿Cómo? ¿Qué…? —Sacudí la cabeza y lo miré boquiabierto—. Vas a tener que elaborarme eso un poco más, tío, porque si estás usando una foto de mi polla para fingir que es la tuya… —Se bajó los pantalones y ahogué un grito—. ¡Hostia puta!

Boquiabierto de horror, me llevé una mano automáticamente a mi propia entrepierna.

—¿En qué cojones estabas pensando?

—Estaba pensando que necesitaba una manera de mantener el rabo fuera de la secretaria del instituto —respondió, con el pene en la mano.

—¿Cuándo te hiciste eso? —quise saber, indignado.

—Durante las vacaciones de Semana Santa —respondió—. Ya te dije que estaba aburrido.

Me escandalicé.

—¿Así que fuiste y te agujereaste el rabo?

Se encogió de hombros.

—En realidad es una idea genial si lo piensas.

—Gibs, dejaste voluntariamente que alguien te atravesara el pene con una aguja —dije impávido, mirando boquiabierto el piercing en la parte inferior de su miembro—. Eso no es de genio, tío, eso es locura.

—No es tan malo —dijo en tono optimista, tocándose la punta—. Está casi curado, y queda mucho mejor cuando la tengo dura…

—¡No te atrevas a meneártela frente a mí! —le advertí—. Pero ¿a ti qué te pasa? ¡No quiero vértela dura!

—Querías conocer mi plan —resopló, metiéndosela de nuevo en los calzoncillos—. Así que te he enseñado mi piercing del frenillo.

Sacudiendo la cabeza, siseé:

—¿Del frenillo?

—Sí —asintió él con entusiasmo—. Como la escalera de Jacob, pero sin la escalera.

—¿Qué…, cómo…? —Lo miré boquiabierto—. ¿Estás pensando en hacerte otro?

—No —respondió—. Por un tiempo, al menos.

—Estás loco, joder —balbuceé—. Desquiciado, incluso. Y me has marcado de por vida.

—¿Te he marcado de por vida? Sí. Claro —bufó—. Te he enseñado una pieza de arte corporal, chaval. Tú me enseñaste tu escroto gangrenado.

—Por última vez, no tenía puta gangrena —solté—. Tenía el aductor desgarrado.

—Lo que tú digas, colega. —Riendo, Gibsie salió de su habitación seguido de mí, que continuaba claramente traumatizado—. Pero esas fueron las pelotas más amoratadas que he visto en mi vida.

—Te odio —refunfuñe, cojeando por las escaleras detrás de él—. Espero que lo sepas.

—Yo también te quiero —se rio.

—¿Te duele? —pregunté, todavía con una mueca al pensarlo.

—Qué va. Simplemente es más pesado. Me está costando un poco acostumbrarme.

—Ah, mierda…

—Chicos, un poco de respeto —nos ordenó la madre de Gibsie cuando entramos en la sala de estar para despedirnos de ella—. Ha empezado el ángelus.

Con una mueca, Gibsie y yo nos bendijimos y murmuramos las oraciones que nos habían inculcado desde que nacimos mientras la familiar campana de la iglesia sonaba con fuerza en la televisión. Sadhbh Allen era una mujer religiosa, y no se hablaría en la casa de los Gibson durante un minuto completo mientras esperábamos, con la cabeza gacha, que sonara la introducción de las noticias de las seis.

—Bueno —dijo la señora Allen, silenciando la televisión cuando empezó el telediario. Se acercó a nosotros con su gigante gato persa blanco en los brazos y sonrió radiante—. ¿Cómo ha ido el instituto?

—Bien —respondimos los dos al unísono.

—Johnny. —Me dedicó una cálida sonrisa—. ¿Cómo te encuentras desde Dublín, cariño?

—Estoy genial, gracias —respondí, con una sonrisa. Di un paso adelante para acariciar a Brian mientras Gibsie se apartaba del gato—. Estoy volviendo a la normalidad.

—Tu pobre madre debe de haber estado preocupadísima.

—Sí. —Haciendo una mueca, rasqué suavemente a Brian debajo de la barbilla—. Se podría decir que sí.

—¿Dónde está papá? —preguntó Gibsie, refiriéndose a su padrastro, Keith Allen. Llevaba en la vida de mi amigo desde que este tenía ocho años, por lo que quería y respetaba al hombre que había ayudado a criarlo. Un hombre que no era exactamente su padre, pero sí mucho más que solo la pareja de su madre. Había sido un término medio para Gibsie desde que lo conocía—. Pensé que ya estaría de vuelta.

—Todavía está en la obra, corazón. Ha habido un retraso con una entrega, pero estará en casa esta noche.

La señora Allen se acercó a Gibsie, que se lanzó cómicamente hacia atrás.

—Mantén a esa bestia alejada de mí —soltó, mirando a Brian con cautela—. No confío en él, mamá.

—Ay, si es inofensivo —se rio la señora Allen—. No le harías daño a una mosca, ¿verdad, Brian?

—No, las moscas están de lujo porque el problema lo tiene conmigo —se quejó su hijo—. ¿No es así, Brian? —El gato siseó y Gibsie saltó detrás de mí—. Vas a tener que hacer algo con su comportamiento —le advirtió a su madre—. Ya no me siento seguro en mi propia casa.

—Bueno, será mejor que me vaya —anuncié, aclarándome la garganta. Le tenía cariño a la madre de Gibsie y siempre disfrutaba viendo cómo el gato lo despellejaba, pero saber que Shannon estaba al otro lado de la calle me ponía ansioso—. Gracias por invitarme, señora Allen.

—Cuando quieras, Johnny —respondió su madre, despidiéndose de mí con la mano—. Ven más a menudo.

—Voy a salir con él, mamá —le dijo Gibsie mientras corría tras de mí, esquivando por poco un zarpazo de su gato—. Luego vuelvo.

—Cómo no —gritó detrás de nosotros—. Pórtate bien, gordo.

—Mantén la calma —me indicó Gibsie cuando salimos y cerró la puerta detrás de él—. Solo habla con ella, no entres disparando a todo trapo como has hecho antes.

—Mantendré la calma —me quejé.

—Lo digo en serio —replicó—. Nada de soltar mierda de su hermano.

—Yo no hago eso —espeté, nervioso—. Pero te juro, tío, que si tengo que verla con un moretón más, soy yo quien va a acabar en la prisión de Cork, no su padre. Estará en un maldito cementerio con su hijo al lado si alguno de ellos vuelve a ponerle las manos encima.

32

UNA CARRERA EN LAS MEDIAS

Shannon

—Hay movimiento en el frente oeste —anunció Claire desde el alféizar de la ventana de su dormitorio—. La puerta principal se está abriendo poco a poco. No, se cierra de nuevo. Oh, espera, se está abriendo otra vez. ¡Decídete, maldita sea! Vale, un segundo, veo un adolescente masculino…, no, dos. Van juntos. Sin novedad. El sujeto dos está cerrando la puerta. Le está diciendo algo al sujeto uno, y ambos se empujan. Parece que están discutiendo… Oh, oh, se dirigen hacia el coche… No, no, han cambiado de rumbo. Están cruzando la calle. Están cada vez más cerca, más cerca, más cerca…

—¡Claire! —exclamé ahogadamente, entrando en pánico.

—Chisss… —Me levantó una mano y señaló la puerta de su dormitorio—. Espera a ver.

Ding, dong.

Ella sonrió.

—Parece que tenemos una incursión a las puertas.

—¿Jerga militar? —me reí, incapaz de contenerme—. ¿En serio?

—Oye —se encogió de hombros, sonriendo—, cada cual…

—¿Qué hago? —pregunté, mordiéndome el labio. Todo se había ido a tomar por saco en el aparcamiento del instituto, y Johnny no me había dirigido la palabra en todo el trayecto hasta casa de Claire. Cuando Gibsie se detuvo en el camino de entrada de la suya, yo había cruzado la calle con Claire y Johnny se había quedado con su amigo. No sabía qué hacer. No tenía experiencia con este tipo de cosas—. ¿Crees que está enfadado?

—No —respondió Claire, poniendo los ojos en blanco—. Creo que piensa que tú estás enfadada. —Ladeó la cabeza, estudiándome con atención—. ¿Lo estás?

Me encogí de hombros.

—No sé lo que estoy.

—No pasa nada si estás enfadada. Todos te la hemos liado un poco con Darren antes. —Claire arrugó la nariz y se sacudió una pelusa de los pantalones cortos del pijama antes de añadir—: Pero te ha puesto las manos encima, y ahora eso es como una alarma para nosotros.

—Darren no me haría daño —me escuché decir por millonésima vez en el espacio de unas pocas horas—. Así no. Solo está... está preocupado por mi madre y los niños... y mi padre.

Porque sigue ahí fuera.

—Ya lo sé.

Claire se dejó caer desde el alféizar de la ventana hasta el suelo, se enderezó y estiró los brazos sobre la cabeza. Sus pálidos rizos, que llevaba apartados de la cara con un clip, le caían por la espalda como un deslumbrante rayo de sol dorado. Era tan guapa, con unas piernas largas y curvas firmes, que me sentí como una niña a su lado.

—Sé que Darren no te haría daño en ese sentido, y siento mucho haber montado un numerito —añadió, en tono de culpabilidad—. Pero tienes que entendernos. Te lo guardaste todo durante tanto tiempo, enterraste tantos secretos sobre lo que estaba pasando en tu casa, que cuesta creerte.

Me estremecí ante sus palabras y Claire abrió mucho los ojos.

—No lo digo a malas —se apresuró a apuntar—. Confío en ti infinitamente contándote todos mis secretos y demás, lo juro. Solo digo que, cuando se trata de tu familia, todos estamos un poco moscas.

—Lo entiendo. —Cambié de postura en su cama hasta quedarme sentada con las piernas cruzadas de cara a ella y dejé escapar un suspiro de derrota—. Es que es un cacao.

—¿Con Darren? —preguntó ella, con una mirada cálida y cargada de lástima—. ¿O en general?

—Todo —admití—. No creo que Darren lleve bien lo de haber vuelto a casa. —Sentí que la culpa se agitaba dentro de mí—. Ya viste lo bien que Joey hace frente a la vida, Tadhg se ha convertido en una hormona con patas, Sean apenas dice dos palabras seguidas y moja la cama cada noche. Mi madre es..., bueno, es un desastre absoluto, y mi padre está... —Avergonzada, añadí—: El único que parece estar arreglándoselas es Ollie, y solo tiene nueve años.

—Lo siento, Shan. —Claire me lanzó una mirada comprensiva—. Menudo asco.

—Ya —suspiré—. Y sé que debería hacer un esfuerzo con Darren, pero me cuesta mucho. Es que... se había ido, ¿sabes? Durante años. Ni siquiera sabía dónde estaba y ahora ha vuelto de repente, está a cargo y se pone de su parte... —Se me rompió la voz y, nerviosa, me mordí las uñas—. No sé cómo procesarlo todo. Han pasado muchas cosas y siento que...

—¿Qué sientes, Shan?

—Como si me asfixiara todo el mundo —respondí en voz baja.

—¿Yo también? —preguntó ella.

—No. —Negué con la cabeza—. Tú nunca.

—Estoy aquí para ti, siempre. —Claire se apresuró hacia su cama, donde yo estaba sentada, y se abalanzó sobre mí, derribándome de espaldas—. Eres mi mejor amiga —susurró, abrazándome con fuerza—. Y sé que no debería estrujarte, pero no puedo evitarlo porque... —Se le quebró la voz y dejó caer la cabeza sobre mi hombro antes de musitar—: Porque cuando Gerard me llamó y me enteré de lo que te había pasado, tuve muchísimo miedo de no volver a verte jamás. —Sollozando, me abrazó con más fuerza—. Me sentía tan responsable.

—Sigo aquí —dije con voz ronca, apretujándola y dejando que me inundara el olor a fresa de su champú cuando su pelo me cubrió la cara—. Y no fue tu culpa.

—¿No? —murmuró—. Sabía que algo te estaba pasando y no hice nada.

—Fuiste exactamente el tipo de amiga que necesitaba —le dije—. No habría superado nada de esto sin ti, así que no te sientas mal por ser lo que necesitaba.

—Siempre me sentiré mal, Shan —respondió ella—. No creo que eso vaya a desaparecer así como así.

—Uf, necesitas un corte de pelo —farfullé, escupiendo una bocanada de rizos rubios.

—¿Eh?

—Tu pelo, Claire —grazné, apartándomelo de los labios mientras me cubría una montaña de rizos—. Lo tengo en la boca. —La empujé por los hombros—. Te estás convirtiendo en Rapunzel.

—Dice la chica con el pelo hasta el culo —se rio entre dientes, bajándose de mí—. Tengo el pelo grueso y mucha cantidad... —Hizo una pausa para levantarme—. Pero eres tú la que lo tiene largo.

—Porque es lo único que me crece —bromeé, sentándome con las piernas cruzadas frente a ella. Me llevé las manos por detrás de la cabeza para quitarme el coletero y me pasé la castaña melena sobre el hombro izquierdo—. Es todo lo que tengo —añadí, mientras comenzaba a trenzarme el pelo para contenerlo—. Así que no juzgues...

—Yo tengo algo que me crece —dijo una voz masculina familiar—. Y lo está haciendo en este momento.

—Se supone que debes llamar, ¿recuerdas? —arremetió Claire, mirando por encima del hombro a Gibsie, que estaba de pie en su dormitorio—. Conoces las reglas.

Revoloteando en la puerta detrás de él estaba Johnny, cambiando el peso de un pie al otro y con pinta de estar increíblemente incómodo.

Su mirada se clavó en la mía y esbozó una pequeña sonrisa.

Se la devolví.

El alivio inundó sus rasgos y dejó escapar un suspiro.

—Sé que estás hablando, nena —dijo Gibsie, lo que hizo que lo mirara—. Y me estoy esforzando mucho en prestarte atención, pero es un poco imposible cuando te veo con otra tía en la cama que se está haciendo una trenza y te asoma ese culazo de infarto por debajo de los pantaloncitos. —Sonriendo, añadió—: Rápido, haz algo más.

—¿Algo como esto? —respondió Claire dulcemente, antes de coger una almohada y tirársela.

—Jodidamente perfecto —jadeó Gibsie, atrapando la almohada al vuelo—. Añade una pelea de almohadas y es como porno gratis.

—Eres un pervertido.

—Un pervertido que te ha resuelto lo del hockey.

—¿En serio? —Claire abrió los ojos como platos—. ¿Cómo?

Gibsie se encogió de hombros.

—Tengo mis métodos. —Inclinando la cabeza hacia un lado, le echó un repaso al culo y preguntó—: No me jodas, ¿llevas tanga?

—Gerard —suspiró Claire.

—¿Es rojo? —Entrecerró los ojos y luego gimió—. Joder, es rojo, ¿no?

Poniendo los ojos en blanco, Claire se bajó de la cama y caminó hasta él.

—Eres un idiota —lo reprendió, pegándole en el brazo—. Vamos, puedes ayudarme a limpiar la cocina antes de que mi madre llegue del trabajo. Así dejamos a estos dos algo de tiempo para hablar. —Sonriendo alegremente a Johnny, añadió—: Pasa, Johnny.

—Eh, vale. —Metiéndose las manos en los bolsillos, este entró en su habitación—. Gracias.

—Voy donde tú quieras si me enseñas ese tanga —le suplicó Gibsie, poniéndole las manos en la cintura—. Limpiaré todas las ollas. Haré lo que sea. Solo un vistazo. Es lo único que te pido.

—Vas a venir de todos modos —resopló ella, cogiéndolo de la corbata del uniforme y arrastrándolo fuera de su habitación.

—Tienes razón —coincidió Gibsie, siguiéndola como un cachorro con correa—. ¿También llevas el sujetador rojo?

—No llevo.

—Ay, madre mía.

Gibsie cerró la puerta, dejándonos a mí y a Johnny solos en la habitación de Claire, que estaba pintada de rosa chicle.

—Hay, eh…, esto es muy rosa —dijo Johnny, removiéndose incómodo y sacando una mano del bolsillo para agitarla en el aire—. Nunca había visto tantos osos de peluche y muñecas.

—Ya no juega con ellos —expliqué, aguantándome la risa al ver su confusión—. Simplemente los colecciona. —Sin saber muy bien qué hacer, cogí el enorme oso polar de la parte superior de la cama y se lo tendí—. Gibsie le regaló este cuando cumplió trece años y le obligó a ponerle su nombre —le dije—. Ella aceptó y lo llamó Gerry.

—Lo recuerdo —suspiró Johnny y se pasó una mano por el pelo—. Esa cosa le costó ochenta libras. Estuvo cortando césped durante todo el verano para pagarlo.

Abrí los ojos como platos.

—¿Ochenta libras por un oso de peluche?

Johnny se encogió de hombros.

—Ese es el que ella quería.

—Oh —susurré, sin saber qué más decir.

—¿Estamos bien? —preguntó entonces, sin moverse un milímetro de donde estaba.

Asentí.

—Creo que sí.

Johnny resopló con dificultad y se acercó a mí.

—Sé que la he cagado, ¿vale? —soltó, sin detenerse hasta que estuvo sentado en el borde de la cama de Claire, mirándome a los ojos—. He reaccionado exageradamente. Pero justo he visto que te ponía las manos encima y me ha entrado el pánico. —Negó con la cabeza y me cogió de la mano—. Joder, me he sulfurado, Shan. No podía pensar con claridad y me he precipitado.

—Lo entiendo —susurré, acercándome a él—. No estoy enfadada contigo.

—Pero solo te he empeorado las cosas —gimió, y me puso la mano en su regazo antes de mirarme con cara triste—. La he cagado, nena.

¿Nena?

Ay, madre.

—Y ahora tendrás que ir a casa y aguantar más mierda —continuó diciendo, en tono dolido—. Y todo porque no he sabido controlarme…

—¿Johnny? —balbuceé, con el corazón latiéndome salvajemente.

Él soltó un suspiro y me miró con cautela, como si estuviera tratando de medir mis emociones.

—Dime, Shan.

—Te quiero.

No tenía idea de por qué sentí la necesidad de decirle eso, pero las palabras parecían salírseme por la garganta cada vez que lo miraba.

El azul de sus ojos fulguraba.

—Yo también te quiero.

—¿Sí?

—Sí.

No sé quién dio el primer paso después de eso..., porque hubo mucha confusión de extremidades agitándose, pero cuando me abalancé sobre Johnny, él ya estaba a mitad de camino sobre mí. Nuestros labios chocaron al mismo tiempo que caí de espaldas y todo su peso aterrizó sobre mí.

Agotada, me aferré a su cuello con más fuerza y separé las piernas, entre las cuales se colocó con brusquedad.

El contacto hizo que ambos gimiéramos ruidosamente.

Enredé los dedos en su pelo, envolví las piernas alrededor de su cintura y le devolví el beso con una necesidad que rozaba la locura. Apretando los muslos, moví las caderas hacia arriba y le tiré con fuerza del pelo, porque solo quería sumergirme en este chico. Le metí la lengua en la boca y lo besé con fuerza, incapaz de estar lo bastante cerca. Johnny recompensó el movimiento con un profundo y sonoro gruñido de placer. Fue un sonido de lo más excitante.

Noté que se rozaba y restregaba, duro como el acero entre mis piernas, contra mis zonas más íntimas y gemí cuando se acercó más, pues lo que más deseaba era simplemente que se pegara a mí con fuerza.

—Joder. —Me acarició de arriba abajo—. Eres tan suave —jadeó, metiéndome una mano por el dobladillo de la camisa, y me rozó un costado con los dedos—. Me flipa tu sabor.

Sentía sus manos por todas partes; en las piernas, en las caderas, en el pelo. Me tocaba todo excepto donde necesitaba, lo cual solo parecía impacientarme más, desesperada como estaba por él.

Me estaba comportando como una maniaca de manual, pero no podía contenerme ni un segundo más. Notaba el deseo que sentía por él en lo más profundo de los huesos, impulsándome, animándome a pedirle más. El calor se acumuló dentro de mí; un ansia profunda, inquietante y palpitante.

Su lengua y sus dedos solo parecían intensificar esa palpitación hasta que literalmente la sentí abajo. El corazón me iba a mil por hora y tanto la pasión como la necesidad que me sacudían hacían que mis movimientos fueran imprudentes y torpes, mientras mi cuerpo perseguía instintivamente una sensación desconocida que solo el suyo podía proporcionarme.

Yo era virgen, pero eso no significaba que no tuviese ni idea sobre sexo. Había leído suficientes libros, visto bastantes películas y escuchado historias de sobra para saberlo todo sobre el cuerpo masculino y los orgasmos. Y aunque nunca había estado con ninguno, tenía muy claro que las deliciosas sacudidas que me recorrían cada vez que Johnny empujaba las caderas contra mí eran una pequeña promesa de placer.

«Uf, creo que voy a correrme —oí que decía mi mente de repente, lo que me hizo gemirle a Johnny en la boca y levantar las caderas para animarlo—, creo que quiere hacer que me corra».

Deleitándome con la sensación de estar atrapada bajo él, y cegada por la lujuria, deslicé una mano entre nuestros cuerpos y le toqué la parte delantera de los pantalones del uniforme para echarme a temblar cuando encontré su erección.

—No, nena —gimió Johnny en mi boca, apartándome la mano e inmovilizándomela sobre la cabeza—. O me perderé.

—¿Te duele? —jadeé contra sus labios.

—Me estás matando, Shan —volvió a gemir y me hundió la cara en el cuello—. Joder, nena.

Mordisqueándome y succionándome la piel, me recorrió a besos desde la clavícula hasta los labios antes de meterme la lengua en la boca una vez más.

No pude soportarlo.

De veras que no pude.

Desesperada por más, le metí las manos por debajo de la camisa y le arañé la tersa piel de los marcados abdominales. Mis dedos en su vientre le hicieron algo a Johnny, porque me presionó más contra el colchón y se rozó con ímpetu contra mí. Bajó la mano que había usado para inmovilizarme a una de mis piernas.

Tocándome la parte interna del muslo, me levantó la pierna y restregó las caderas contra mí. Me clavó los dedos en la piel con tanta fuerza que noté que se me rasgaban las medias, pero no me importó. Podía hacerlas pedazos, porque no lo detendría. Subió la mano y sentí que recorría el borde de mis bragas con los dedos. Dudó y tuve ganas de llorar. Frustrada, lo cogí de la cinturilla de los pantalones y tiré con fuerza. Ese fue todo el estímulo que necesitaba; llevó la mano a mi culo y, apretándome, me acercó a él sin dejar de restregarse contra mí.

En algún lugar en el fondo de mi mente, sabía que era completamente inapropiado estar revolcándome con mi novio en la cama de mi mejor amiga, pero mi cerebro solo podía concentrarse en la palabra «novio». Todo lo demás era intrascendente en este momento, porque Johnny era mi novio y mi novio me tenía de espaldas, haciendo que mi cuerpo se sacudiera y temblara. Era el único contacto por parte de un hombre que había agradecido. Era grande y masculino, y estaba usando toda su fuerza para hacerme sentir bien.

En ese momento, no me importaba mi familia ni mis acosadores, y no temía a lo desconocido ni estaba preocupada; lo único en lo que era capaz de pensar era en la imperiosa necesidad que sentía por dentro de unirme a él de todas las formas posibles.

El sonido de papel de aluminio crujiendo rompió mis obscenos pensamientos y pegué un salto cuando algo afilado se me clavó en el muslo.

—¿Qué es eso? —pregunté, jadeante mientras separaba mis labios de los suyos. Moví las caderas y sentí el pinchado de nuevo—. Au.

—¿Estás bien? —La preocupación brilló en los ojos de Johnny, ahogando el deseo, y rápidamente se echó hacia atrás para arrodillarse entre mis piernas—. Mierda, ¿te he hecho daño?

—No, no has sido tú… —Palmeando el colchón, tropecé con varios envoltorios cuadrados de bordes afilados—. Ha sido esto —susurré, levantando uno de ellos para inspeccionarlo. Sentí que me subía el calor cuando identifiqué lo que tenía en la mano—. Eh, se te habrá caído del bolsillo —murmuré, mirando hacia la pila de condones a cada lado de mi cintura—. Se te habrán caído del bolsillo —corregí, al contar dieciséis, diecisiete incluyendo el que había cogido.

Johnny miró el condón en mi mano, parpadeó varias veces y luego saltó de la cama más rápido de lo que nunca lo había visto moverse en un partido.

—Mierda —soltó, pasándose una mano por el pelo—. No es lo que parece, lo juro. —Murmurando una serie de palabrotas, comenzó a caminar de un lado al otro—. Maldito Gibsie —gruñó, con la mandíbula apretada—. Va a joderme la vida.

—¿Gibsie?

—Son suyos —balbuceó Johnny—. No míos.

—Oh. —Apoyada sobre los codos, lo vi caminar por la habitación como un loco—. Vale.

—Solo me los he quedado por él —se apresuró a añadir, sin dejar de caminar—. No los he traído por ninguna otra razón que no fuera porque me había olvidado de que los llevaba en los bolsillos.

—No pasa nada.

—No me jodas —gimió, deteniéndose para tocarse la nuca—. No he… Quiero decir que no… no esperaba tener sexo contigo.

—¿No?

—¿Qué? —Me miró boquiabierto—. No, Shannon, por supuesto que no.

—Oh. —Bajé la mirada hacia los condones antes de volver a mirarlo a él—. ¿Por qué no?

—Porque… —Se quedó con la boca abierta y tardó unos segundos en recomponerse—. Espera, ¿qué?

—Eh, nada —murmuré, avergonzada—. No importa.

—¿Quieres tener sexo? —insistió, mirándome con cautela—. ¿Es eso lo que estás diciendo?

—No lo sé. —Nerviosa, me senté al otro lado de la cama, de espaldas a la ventana, mirándolo con la misma cautela—. O sea, lo haré si tú quieres.

—¿Es esto algún truco? ¿Qué co...? ¿Estás...? ¡Joder! —Con una mano levantada, Johnny se llevó la otra a la parte superior de la cabeza y respiró hondo varias veces para calmarse. Parecía que estaba a punto de explotar cuando apretó los labios y me miró fijamente—. Dame un minuto solo.

Asentí.

—Vale.

—No voy a tener sexo contigo —dijo finalmente, cuando fue capaz de hablar de nuevo. Sonaba desgarrado y tenía cara de dolor—. No vamos a tener sexo, Shannon —reiteró, con la voz tensa—. Olvídalo.

Oh, vaya.

—Lo siento. —Aturdida y muerta de vergüenza a más no poder, me bajé la falda rápidamente—. Ha sido una tontería..., ni siquiera sé en qué estaba pensando. O sea, por supuesto que no quieres, ajjj, olvídalo.

—Quiero hacerlo —se apresuró a aclarar—. Créeme, quiero hacerlo. Te lo prometo. Pero es que no puedo.

—Oh. —Dirigí la mirada a la tienda de campaña que tenía en los pantalones del uniforme—. ¿Porque todavía te duele?

—No, nena —dijo con voz ahogada, levantando una mano—. Porque no estás lista.

—Pero he dicho que lo haría si querías —susurré.

—Exacto —gimió Johnny con fuerza—. Has dicho si yo quería, no porque tú quieras. —Sacudiendo la cabeza, se acercó a la cama y se hundió en ella—. Es demasiado pronto.

—Pero cuando estabas con Bella... —Cerré la boca y me quedé junto a la ventana, mirándolo—. Da igual.

—Mierda —murmuró Johnny, dejando caer la cabeza entre sus manos—. ¿Es eso lo que crees que quiero?

Al no responder, se enderezó y me miró.

—Ven aquí —me pidió, palmeando el colchón a su lado—. Ven a sentarte conmigo un rato.

Lo observé atentamente por un momento antes de hundir los hombros derrotada y acercarme para sentarme.

—Háblame —dijo en voz baja—. Dime qué está pasando por esa cabeza tuya.

—Solo... —Me detuve en seco y me tensé, incapaz de pronunciar las palabras.

—¿Solo qué, Shannon?

—Nada.

—Dímelo.

—Solo quiero gustarte de todas las formas en que te gustaba ella —solté y luego ardí de vergüenza.

—No. —Johnny negó con la cabeza—. No quieres eso.

—Es que sí que quiero —admití con tristeza.

—Entonces ¿solo quieres que quiera follarte? —preguntó, exaltado—. ¿Quieres que solo me apetezca tener sexo contigo? ¿Que te folle y me pase todo el rato preguntándome cuándo puedo largarme? —Me miró a los ojos, desafiándome a decirle que sí—. ¿O que me pregunte cuánto tiempo es socialmente aceptable quedarse después de sacártela? ¿Cinco minutos? ¿Media hora? ¿Tengo que besarte y abrazarte o puedo irme y ducharme para quitarme tu olor del cuerpo? Porque así era con ella. —Se pasó una mano por el pelo y gruñó—. No hubo sentimientos de por medio. Era sexo y nada más.

—No, no quiero eso —admití en voz baja—. Solo quiero ser lo que tú quieres.

—Ya lo eres —me aseguró, en tono acalorado—. No quiero lo que tuve con Bella. Quiero lo que tengo contigo.

—¿Lo prometes?

—¡Joder si lo prometo, Shannon! —Se inclinó hacia delante, apoyó los codos en los muslos y suspiró con fuerza—. Mira, Bella fue un error. —Hizo una mueca al pronunciar su nombre—. Creo que sabía que era un error incluso cuando me la estaba…, eh, cuando estaba cometiendo el error —corrigió rápidamente, mirándome con culpabilidad—. Estaba perdido y quería sentir algo por un tiempo. —Suspiró de nuevo—. Veía a mis amigos y a los muchachos del equipo con novia y toda esa mierda. Como Hughie y Katie. Joder, incluso Gibs y Claire. Y no sé, Shan, todos parecían tan despreocupados, tan jodidamente imprudentes con el tema, que estaba celoso. —Me miró cuando dijo—: Te sientes solo cuando escoges un camino y todos tus amigos van por otro, y supongo que solo quería algún tipo de conexión con algo o alguien que no tuviera que ver con el rugby. Pero no lo conseguí. —Enderezándose, apoyó una mano en el colchón y se volvió hacia mí—. Simplemente no pude, ¿sabes? Nunca he sido capaz de conectar con alguien así —explicó, encogiéndose de hombros con impotencia y mirándome fijamente con esos ojos azules—. Hasta que un día aparté la vista de mi vida y ahí estabas tú. Toda ojazos y secretos. —Se aclaró la garganta varias veces antes de decir—: Y nunca había sentido que conectaba tanto con nadie.

—Johnny…

—No, escúchame, Shan —se apresuró a decir, poniendo una mano sobre la mía—. Solo te digo lo que sé —añadió, en tono ronco y con los ojos encendidos—. Y es que desde el día en que apareciste en mi vida, me cambiaste.

La primera vez que te vi despertaste algo dentro de mí. —Soltando un profundo suspiro, se encogió de hombros con la mirada clavada en mí—. Y no he sido el mismo desde entonces.

El corazón se me iba a salir del pecho.

—¿En serio?

Johnny asintió lentamente mientras una sonrisilla se le dibujaba en el rostro.

—Bum.

Solté un suspiro tembloroso.

—Bum.

—Así que, en respuesta a todos esos pensamientos tan chungos que te pasan por esa linda cabeza, no quiero a Bella ni nada parecido a lo que tuve con ella —continuó—. Quiero lo que tenemos tú y yo. Quiero nuestra amistad. Quiero tu compañía. Quiero nuestras conversaciones. Solo quiero pasar tiempo contigo. Y no tengo prisa. No quiero que sientas que no sabes adónde va esto, o que cuando te beso voy buscando más de lo que estás dispuesta a darme. No te haré eso. No aceptaré lo que no puedes darme, y tampoco te presionaré, ¿vale? —Se pasó una mano por el pelo y suspiró—. El sexo ni siquiera es importante. Es solo una parte de la relación, joder, una parte que puede esperar todo lo que quieras.

Tenía razón.

Ay, tenía toda la razón.

Quise que me tragara la tierra.

—No creo que esté lista, Johnny —susurré, con las mejillas encendidas.

—Lo sé —respondió, sonriendo—. Y no pasa nada.

No había ni la más mínima vacilación en su voz, y me aferré a su seguridad.

—Vale —dije con voz ronca, acercándome.

—Me haces feliz —susurró—. Quiero quedarme con eso. Quiero quedarme contigo.

—Johnny… —Mi voz se apagó mientras asimilaba la importancia de lo que acababa de decir—. Tú también me haces feliz a mí.

—Y creo que te debo otro par de medias. —Me tocó la enorme carrera y se encogió de hombros tímidamente—. Lo siento.

Sonreí.

—No importa.

Sonriendo, levantó un brazo y me acurruqué en el hueco.

—Me gusta como estamos, Shan. —Sus palabras me arroparon el corazón como un manto de consuelo—. Ya llegaremos a eso cuando lleguemos —añadió después de un agradable silencio—. No tengo prisa. —Sentí que me rozaba la coronilla con los labios—. No contigo.

33

JODER, MENOS MAL

Johnny

Yo era un santo.

No es broma.

Estaba bastante seguro de que merecía una medalla por el autocontrol que había demostrado en la habitación de Claire antes. Dudaba que hubiera otro chico de mi edad que sintiera por una chica lo que yo sentía por Shannon, por una chica que se pareciera a Shannon, y que hubiese sido capaz de impedir que aquello progresara.

Horas más tarde, todavía estaba asimilando lo mejor y lo peor que había hecho en la vida. Porque quería meterme en esa chica más que respirar. Pero había hecho lo correcto, maldita sea. Había parado. Había antepuesto lo que ella necesitaba a lo que yo quería, y ese conocimiento me tranquilizó un poco. Así que después, cuando hube suavizado las cosas y bajamos las escaleras, bebí chocolate caliente con su amiga, charlamos de tonterías, reconforté a Shannon como sabía que necesitaba y controlé a Gibsie lo mejor que pude, e hice todo esto con las pelotas más amoratadas que se hayan visto jamás en la historia de la humanidad.

Cuando Sinead Biggs llegó del trabajo, poco después de las nueve, y nos despidió a mí y a Gibs, casi lloro de alegría. Aunque suene muy chungo, me sentí aliviado de que la mujer hubiera aparecido y nos hubiera echado, porque necesitaba un tiempo muerto.

Necesitaba irme a casa, y rápido, porque no podía soportarlo más.

Habían pasado más de cinco putos meses y, con dolor o sin él, iba a correrme.

Aunque me matara, maldita sea.

Apenas pude pronunciar una palabra durante todo el viaje de regreso a mi casa. La espera me estaba matando y estaba hecho un manojo de nervios. El miedo, la excitación y la lujuria eran las principales emociones que me sacudían, impulsadas por el recuerdo de Shannon de espaldas, conmigo entre sus piernas.

Afortunadamente, Gibsie conducía cabizbajo y en silencio, y no apagó el motor cuando se detuvo frente a mi casa. En cambio, se despidió con un tono poco entusiasta:

—Te recogeré por la mañana, tío.

Luego volvió a mirar por el parabrisas.

No tenía ni idea de qué le pasaba, aunque supuse que estaba enfurruñado porque la madre de Claire lo había echado, pero ahora mismo no podía preocuparme por eso porque iba a cascármela, maldita sea, y sus problemas no eran mi máxima prioridad.

Cuando entré a casa, tuve la sensación de que el universo me sonreía, porque mi madre estaba en una llamada de trabajo, ladrando órdenes por los auriculares mientras paseaba por la cocina con una carpeta en la mano. Juro que casi me tiro de rodillas al verla. Cuando trató de hacer contacto visual conmigo, corrí rápidamente escaleras arriba, usando la muleta más por ella que por mí.

Desalojando temporalmente a Sookie de mi habitación, cerré la puerta y comencé a quitarme la ropa. Nunca entendería por qué necesitaba quedarme en pelotas, pero estaba ardiendo como un demonio y tenía que aliviarme.

Con una mezcla muy chunga entre la excitación y el miedo recorriéndome el cuerpo, me senté, inmóvil como una estatua en el borde de la cama, y me miré el rabo, que tenía completamente duro.

«Allá voy…».

Tenso de arriba abajo, bajé una mano y contuve la respiración, esperando el dolor que estaba tan acostumbrado a sentir, el que relacionaba con tocarme.

Una sacudida…

Dos sacudidas…

Tres sacudidas tentativas…

Al no llegar el dolor, solté el aire que había estado conteniendo, me dejé caer de espaldas y miré hacia el techo.

—Joder, menos mal.

Cerrando los ojos, recuperé cada imagen depravada que tenía de Shannon y me la meneé.

34

LUCES POLICIALES Y NOTICIAS

Shannon

Estuve tensa de la cabeza a los pies todo el trayecto de regreso a mi casa. El familiar sentimiento de pavor había vuelto a ahogar lo bueno del día. Todos los pensamientos sobre Johnny se habían retirado a ese rincón de mi mente donde los guardaba con celo, mientras me tragaba mis emociones y pasaba al modo de supervivencia. Era como encerrar la luz del sol en un viejo cofre lleno de telarañas, temiendo que la oscuridad que me rodeaba la mancillara.

Como un sexto sentido enterrado muy dentro de mí, supe que había pasado algo antes de verlas. Sentí que me bajaba la temperatura corporal hasta el punto de congelación y que la sangre se me helaba en las venas. Cada músculo de mi cuerpo se tensó con lo que estaba por venir.

No era tan ingenua como para tratar de convencerme de que todo iría bien esta vez. Ver mi casa iluminada como un árbol de Navidad, con cada ventana como esferas amarillas de luz, y la fila de coches aparcados al lado del normalmente desierto sendero, por no mencionar el coche azul y amarillo de la Gardaí, fue suficiente para saber que las afirmaciones mentales serían sin duda inútiles.

—Shannon, cariño —dijo la señora Biggs, preocupada, cuando se detuvo frente a mi casa—. ¿Va todo bien?

—Probablemente —respondí con voz ronca, desabrochándome rápidamente el cinturón, mientras las afiladas garras del pánico me desgarraban por dentro—. Gracias por traerme, señora Biggs —añadí, con una mano en la manija de la puerta.

—Espera, ¿quieres que te acompañe? —preguntó la madre de Claire, en un tono lleno de ternura, mientras me ponía una mano en el hombro—. Puedo aparcar, cariño, y acompañarte…

—No, no, no pasa nada —murmuré, abriendo la puerta del copiloto y agradeciendo a mi buena suerte que Claire se hubiera quedado en casa en lugar de venir con nosotras—. Pero será mejor que entre ya.

La señora Biggs, tan parecida a su hija, se mordió el labio durante un buen rato, claramente nerviosa.

No tanto como yo…

—¿Llamarás a Claire más tarde? —preguntó finalmente, mirándome con cautela—. ¿Solo para ver cómo estás?

Asentí, le dediqué una pequeña sonrisa y luego me apresuré a salir.

«Respiraciones profundas —recité para mí misma todo el camino desde el sendero hasta la puerta de mi casa—. Pase lo que pase, puedes con esto».

«Sigue respirando, Shannon».

Cuando llegué a la entrada, me atravesó un horrible *déjà vu* y, por un momento, me quedé allí, con los dedos alrededor del picaporte y temblando sin control de arriba abajo.

«Está ahí dentro —siseó mi cerebro—. Huye, Shannon. ¡Corre!».

Perdí la oportunidad cuando la puerta se abrió hacia dentro y vi a Joey. Me empapé durante un segundo de su cara, que no tenía ni un rastro de sangre, antes de sentir un gran escalofrío.

—Chisss —susurró cuando abrí la boca para hablar. En lugar de hacerme pasar adentro, Joey salió y cerró la puerta detrás de él—. Necesito hablar contigo.

—¿Qué está pasando, Joe? —grazné, entrando en pánico.

—No pasa nada. —Agarrándome del brazo, tiró de mí suavemente hacia el jardín lateral y fuera de la vista de puertas y ventanas—. Pero tenemos que hablar.

—¿Hablar? —Le fruncí el ceño—. ¿De qué? —Nerviosa, agité una mano hacia los coches aparcados frente a casa—. ¿Qué está pasando? ¿Por qué está aquí la Gardaí, Joe? ¿Por qué está aquí el coche de Patricia?

—Ven aquí… —Arrastrándome a través de la descuidada hierba, nos deslizamos en el pequeño espacio entre el cobertizo del jardín y la pared, la vieja guarida donde habíamos pasado muchas noches escondiéndonos. No era nada del otro mundo; apenas unos pocos centímetros de hierba pisoteada en la parte trasera del cobertizo asegurados por el depósito de combustible sin usar, pero el espacio para salir era demasiado estrecho para que nuestro padre cupiera. Solíamos guardar mantas, linternas y una pequeña lata de galletas aquí cuando éramos pequeños, pero había pasado mucho tiempo desde que ninguno de nosotros había vuelto allí—. Se ha entregado, Shan. —Joey miró hacia atrás y soltó un suspiro tembloroso—. Se lo ha llevado la Gardaí.

—¿Papá? —balbuceé, aunque no estaba segura de si había pronunciado la palabra o no. El corazón me latía a mil por hora, haciendo que el aire saliera de mis pulmones entrecortadamente—. ¿Hablas en serio?

Joey asintió y sentí que me quedaba sin fuerzas.

Cada vez más, más y más, hasta que empecé a desplomarme a cámara lenta.

—Te tengo. —Joey me rodeó con los brazos—. Ya está. —Sentados ambos sobre la hierba húmeda, se agachó a mi lado y me puso las manos sobre los hombros—. Chisss, estás a salvo.

Inmóvil, me apoyé contra la pared de cemento a mi espalda, sintiendo la humedad filtrarse a través de la falda del uniforme, pero fui incapaz de mover un músculo, ya que mi cerebro había puesto el turbo.

¿Lo habían detenido?

¿Se había entregado?

¿Mi padre?

—Voy a vomitar... —Apenas había pronunciado las palabras me volví hacia un lado y vacié el contenido de mi estómago sobre la hierba.

—Buena chica. —Joey me cogió el pelo, me lo apartó de la cara y me palmeó la espalda—. Échalo. Te sentirás mejor.

No, no lo haría.

Nunca volvería a sentirme mejor porque todo esto estaba mal.

Con el estómago en un puño, tosí y di arcadas hasta que estuve vacía y no me quedó nada más dentro.

—¿Por qué? —grazné cuando pude por fin hablar de nuevo. Con el pecho agitado, me limpié la boca con el dorso de la mano y me derrumbé derrotada—. ¿Se ha entregado? —Negué con la cabeza, rechazando la idea. No, mi hermano debía de haberlo entendido mal—. Él no haría eso, Joe. —Nuestro padre nunca se entregaría voluntariamente por nada—. Esto no es real.

—Lo sé —coincidió Joey, hablando en voz baja y queda—. Yo tampoco me lo creo. —Se pasó una mano por el pelo con frustración—. Algo va mal.

—¿Qué más sabes?

—Nada —respondió—. Literalmente, he entrado por la puerta después del trabajo antes que tú y los he encontrado a todos en la cocina. —Hizo un gesto hacia el mono grasiento que llevaba puesto y se encogió de hombros con impotencia—. La Gardaí, Patricia y un par de mujeres más que no había visto nunca, todas allí con mamá y Darren.

—¿De qué están hablando?

—No lo sé, Shan. —Sacudió la cabeza y añadió—: No me han dejado quedarme. Me han echado de la cocina, pero antes de que me cerraran la puerta en las narices he escuchado a uno de la Gardaí decir que papá se había entregado. Luego he oído que llegaba un coche, así que he salido directo para informarte.

Se me hizo un nudo en el estómago.

—Bueno, gracias por el aviso.

—No entiendo de qué va esto —dijo, ignorando mi agradecimiento—. Tiene que haber ido a un abogado o algo así. Recibir asesoramiento… —Dejó escapar un gruñido de exasperación—. No tiene sentido que haya entrado en comisaría sin más y se haya entregado.

—¿Tal vez se sintiese culpable? —sugerí débilmente, aunque sabía que era una idea estúpida.

—Hay que tener conciencia para sentirse culpable —replicó Joey—. Y él no tiene de eso.

Muy cierto.

—Esto es una mierda —dijo una voz familiar, lo que hizo que ambos nos giráramos cuando una sombra se acercó en la oscuridad—. Están ahí hablando de nuestra vida, tomando decisiones por nosotros, y no nos permiten escucharlo.

—Tadhg —grazné, llevándome una mano al corazón cuando salió del pequeño espacio y la luz de las farolas al otro lado de la calle le iluminó la cara.

—¿Dónde están Ollie y Sean? —fue la única pregunta de Joey.

—En la cama, durmiendo —respondió Tadhg antes de acercarse hasta donde estábamos agachados y sentarse en el césped a nuestro lado. Apoyó la espalda contra la pared junto a mí, se abrazó las rodillas y murmuró—: Pero Sean se ha meado en la cama otra vez.

Joey suspiró con cansancio.

—Será mejor que vaya…

—Ya me he encargado —lo interrumpió Tadhg—. Ya está.

Se me rompió el corazón.

Bebés cuidando bebés.

—Y Ollie sigue teniendo pesadillas. Se despierta llorando, diciendo que papá va a venir en plena noche a por nosotros. —Tadhg añadió en tono duro—: No puedo pegar un puto ojo con el llorón.

—Tadhg —dije con cansancio—. Por favor, no digas palabrotas.

—¿Por qué? —soltó, mirándome con rabia—. ¿Qué vas a hacer si lo hago?

—Porque tienes once años y eres demasiado joven para decir palabrotas —respondí con tristeza—. Y no voy a hacer nada. Simplemente no deberías hacerlo.

—Vete a la mierda, Shannon —respondió con desprecio—. Cumpliré doce el viernes, y hay muchas cosas en mi vida que no deberían estar pasando.

—Córtate —le ordenó Joey en tono autoritario, mirando fijamente a nuestro hermano pequeño—. ¿Quieres estar cabreado con mamá y papá, con todo el maldito mundo? Entonces adelante. Hazlo. Lo que sientes es real y está justificado. Deberías estar furioso. No es justo. Pero ni se te ocurra desquitarte con ella, conmigo o con esos dos críos de arriba, porque nosotros no te hemos hecho una mierda, chaval. No hicimos nada para merecer esta vida, al igual que tú, así que recuerda eso antes de venir aquí y pagar tu dolor con nosotros.

Tadhg se quedó mirando a Joey durante un buen rato antes de estremecerse violentamente.

—No quiero que vuelva —dijo al final, con la voz entrecortada. Saltando sobre sus rodillas, se abalanzó sobre Joey—. No quiero esto —lloró, pasándole los brazos alrededor del cuello—. Quiero que desaparezca. ¡Solo quiero que se acabe!

—Lo sé, Tadhg —respondió Joey con la voz ahogada, abrazándolo con fuerza—. Lo sé.

—Y me abandonaste —sollozó, llorando más fuerte—. No puedes abandonarme. Necesito que te quedes conmigo.

—Estoy aquí —susurró Joey, temblando ahora y con los ojos llenos de angustia, mirándome fijamente—. Estoy aquí.

—Y yo también —grazné, abrazando a mis dos hermanos—. Somos un equipo, chicos —añadí, vertiendo todo el entusiasmo que pude en mi voz por mi hermano pequeño—. Lo superaremos.

—Exacto —coincidió Joey, con voz tensa—. Saldremos adelante.

—¿Juntos? —sollozó Tadhg.

Miré fijamente a Joey y pregunté en silencio:

—¿Juntos?

—Claro. —Joey cerró los ojos con fuerza—. Juntos.

Nos quedamos sentados allí, sobre la hierba empapada por la llovizna que estaba cayendo, hasta que el fuerte sonido de unas voces rompió el silencio.

—Gracias por venir a hablar con nosotros. —La voz apagada de Darren resonó en mis oídos y los tres nos pusimos rígidos a la vez—. Agradezco la información.

Tadhg hizo ademán de ponerse de pie, pero Joey y yo lo cogimos por la parte superior del pijama y lo arrastramos hacia abajo.

—No te muevas —le indicó Joey en voz baja.

Tadhg frunció el ceño.

—Pero están…

—Escucha —instó Joey.

Tenía mucho que aprender todavía.

—No hay problema, señor Lynch —respondió una voz masculina que supuse pertenecía a uno de la Gardaí—. Solo lamento que no hayan sido las noticias que esperaban.

Se me hundió el corazón.

No, en realidad, no se hundió.

Permaneció exactamente donde estaba; en la boca de mi estómago.

Porque, al igual que Joey y Tadhg, sabía que aquello no era nada bueno.

Cuando se trataba de nuestro padre, nunca pasaba nada bueno.

—A su madre debería consolarla el hecho de que su padre está asumiendo las responsabilidades —continuó diciendo el policía—. Es un paso al menos.

—No es el paso que esperaba —respondió Darren, en un tono un poco más duro de lo normal—. Ni mi hermana ni mis hermanos, para el caso.

—Sí, bueno, eso está fuera de nuestras manos —intervino una voz femenina en un tono neutral—. La ley es la ley y, lamentablemente, nosotros no la escribimos. Solo estamos aquí para cumplirla.

—La ley es una puta broma —murmuraron tanto Joey como Tadhg al mismo tiempo.

—Bis, bis —susurró mi hermano pequeño con una sonrisilla.

Joey puso los ojos en blanco y le pasó un brazo por encima. Lo arrastró hasta su regazo y le frotó los nudillos en la cabeza a Tadhg.

—Toma esta.

—Chisss —les reñí y me esforcé por escuchar.

—Bueno, no le robamos más tiempo —dijo el agente—. Buenas noches, señor Lynch.

—Sí, buenas noches —respondió Darren—. Gracias.

Se oyó el rugido de un motor unos momentos después y luego se desvaneció lentamente en la distancia.

—Voy a entrar… —comenzó a decir Tadhg, levantándose de nuevo, solo para ser arrastrado hacia abajo por nuestro hermano una vez más—. ¡Quiero respuestas, chicos!

—Quédate quieto —le indicó Joey con calma—. No han terminado.

Resoplando, Tadhg cruzó los brazos sobre el pecho e hizo un puchero.

Joe sacudió la cabeza.

—Tienes mucho que aprender, chaval.

Esperamos hasta que Patricia y las otras mujeres salieron de casa, se subieron a sus coches y se alejaron, y entonces Joey se puso de pie.

—Vale —anunció, señalando la casa con la cabeza—. Ahora vamos a buscar respuestas.

Tadhg salió disparado a toda velocidad, por lo que llegó a la cocina antes de que Joey y yo atravesáramos la puerta principal, gritando:

—¿Qué demonios está pasando?

—Oye, deja que yo me encargue —me dijo Joey en voz baja, dándome un pequeño apretón en el hombro antes de entrar en la cocina delante de mí.

De pie en la puerta, miré directamente a mi madre, que estaba sentada en su lugar habitual en la mesa, con un cenicero frente a ella y un cigarrillo entre sus frágiles dedos. Nada nuevo. Tenía delante su habitual taza de café, a la que le habría echado vodka o cualquier otra sustancia para dormir. Estaba llorando en silencio con una mano en la cara mientras fumaba. Repito: nada nuevo.

Había un pequeño montón de sobres blancos en la mesa junto a ella. Uno de ellos estaba abierto y el trozo de papel estaba sobre la mesa al lado del cenicero.

—¿Qué está pasando? —exigió saber Tadhg, que estaba de pie en medio de la cocina, mirando a nuestro hermano mayor e ignorando por completo a nuestra madre—. ¡Quiero saberlo!

—Cállate, Tadhg —espetó Darren—. Intento pensar... —Paseó de un lado al otro, apretando un sobre blanco con fuerza en el puño—. ¡No puedo pensar!

—Cuéntame qué está pasando y luego sigue pensando —escupió Tadhg, sin vacilar.

Desde la puerta, vi a Joey pasar directamente junto a Darren sin decir una palabra y coger el papel de la mesa.

Sentí como si se me hubiera parado el corazón mientras lo veía leer, frunciendo el ceño cada vez más y más, hasta que cerró los ojos con fuerza.

Rígido, hizo una bola con la carta y la lanzó contra la pared.

—¡Mierda!

—Eso no ayuda —le increpó Darren en voz baja.

—No, ¿sabes lo que no ayuda? —respondió Joey—. Tú, Darren. ¡Tú no ayudas, joder!

—¿Crees que quiero esto? —siseó este, fulminando con la mirada a Joey—. Estás de la puta olla si crees que yo quería esto.

—Oh, Dios. —Mi madre sollozó sonoramente—. No puedo con esto.

—¡Deja ya de llorar! —ladró Tadhg, tirándose del pelo con frustración—. ¡Estamos todos hartos de escucharte lloriquear!

—Contrólate, Tadhg —gruñó Darren—. No le hables así.

—No le digas qué hacer —saltó Joey en su defensa—. El crío tiene razón. Todos estamos hartos de escucharla, incluido tú. Simplemente tiene los cojones para decirlo.

—¿Qué está pasando? —pregunté, sin moverme un milímetro de donde estaba, con la puerta principal a mi espalda por si necesitaba salir huyendo.

—Cuéntales lo que está pasando, Darren —escupió Joey amenazadoramente—. Adelante, cuéntales a Shan y Tadhg las buenas noticias. O mejor aún... —Haciendo una pausa, Joey se acercó a la mesa y cogió el montón de sobres. Los repasó y volvió a dejar dos encima de la mesa antes de caminar hacia nosotros—. Que lo lean ellos. —Tras ponerle un sobre en las manos a Tadhg, Joey se acercó a mí y me entregó el que tenía mi nombre garabateado en el frente, antes de guardarse el último en el bolsillo de su mono azul—. Es una buena lectura, chicos —añadió, en un tono lleno de sarcasmo—. La mejor ficción que he leído en mi puta vida, ¿no es así, mamá?

No me atreví a abrir la carta que tenía en las manos, no cuando mi cerebro había reconocido aquellos garabatos como la letra de mi padre.

—Nos ha escrito una carta a cada uno —dijo Joey con desprecio, todo veneno y sarcasmo—. Qué suerte la nuestra.

Darren negó con la cabeza.

—Joey...

—¿Está muerto? —grazné, con el corazón latiéndome violentamente—. ¿Es eso? —Levanté la carta—. ¿Se ha... —se me hizo un nudo en la garganta y tuve que forzar el resto de la frase— suicidado?

—No tenemos tanta suerte —siseó Joey—. Está tan fresco como una rosa, viviendo en Brickley House.

—¿Brickley House?

—Es un centro de rehabilitación que hay al otro lado de la ciudad —explicó Darren—. Papá ingresó voluntariamente hace dos semanas, Shannon. El día después de que te ingresaran. Ahí es donde ha estado, por eso nadie lo encontraba.

Cerré los ojos un momento, tratando de controlar mis emociones y digerir lo que estaba escuchando, pero cuando hablé de nuevo, lo único que logré decir fue:

—¿Qué?

—¿Qué significa eso? —preguntó Tadhg con voz ronca, palideciendo.

Cuando nadie respondió, gritó:

—¿Qué está pasando?

—Significa que es un hijo de puta muy listo con amigos influyentes y acceso a asesoramiento legal rastrero —dijo Joey con desprecio, plantando las manos en las caderas—. Significa que no pasará un día entre rejas, como predije. ¡Como os dije a todos, hostia!

—No —intervino Darren rápidamente—. Todavía tiene que ir a juicio.

—¿Por qué no está ya en la cárcel? —alcancé a preguntar, temblando de pies a cabeza. Miré a mi hermano y susurré—: Eso es lo que dijiste, Darren. Me dijiste que arrestarían a papá en cuanto lo encontraran. —Un áspero sollozo escapó de mi garganta y me llevé una mano al costado instintivamente, recordando demasiado bien lo que había sucedido en esta cocina la última vez que nuestro padre había estado aquí. Se me agarrotó el cuerpo por el pánico—. Eso es lo que dijiste —repetí sin voz, sintiendo que iba a derrumbarme—. Me lo prometiste.

Darren se estremeció.

—Sé lo que dije…

—Está cooperando —intervino Joey, furioso.

—¿Qué quieres decir? —preguntó Tadhg.

—Ingresar voluntariamente en Brickley House fue suficiente para demostrarle al juez que muestra remordimiento por sus acciones y que está dispuesto a buscar ayuda para sus adicciones —explicó Darren—. Significa que el juez le ha concedido la libertad bajo fianza con la condición de que complete un tratamiento de treinta días, cumpla con la orden de alejamiento que tiene y se presente ante los tribunales en noviembre.

—¿Noviembre? —Abrí los ojos como platos por el miedo—. Pero faltan meses para eso.

—Lo que significa que será un hombre libre en un par de semanas —añadió Joey, aplaudiendo—. Bien hecho, joder. —Dirigiendo su furia hacia mi madre, dijo—: Ya puedes dejar de llorar. Volverá pronto contigo.

—No, no lo hará —soltó Darren—. Pagará por lo que hizo.

—¡No les digas gilipolleces, Darren! —rugió Joey, perdiendo completamente la calma—. Que no les mientas, hostia ya. —Volviéndose para mirarnos, dijo—: Cumplirá los treinta días, saldrá como un hombre nuevo, lleno de remordimientos y arrepentimiento, se presentará en los tribunales con un traje bonito que alguno de los imbéciles de sus amigos le habrá conseguido y el juez lo felicitará por sus esfuerzos, por su abstinencia. Y luego nos vendrán con el rollo de «todo el mundo merece una segunda oportunidad» antes de que lo despidan con un tirón de orejas.

—¡Joey! —espetó Darren—. Ya basta.

—Pasarán algunos meses y los trabajadores sociales se irán retirando, porque, seamos sinceros, chicos, hay la hostia de peña tan jodida como nosotros de la que encargarse —continuó Joey, ignorando a mi hermano—. Mientras todos tengamos comida, ropa, estemos más o menos ilesos y vayamos a la escuela, desapareceremos de su radar. Se olvidarán de nosotros, como antes.

—¡He dicho que ya basta! —rugió Darren—. ¡Los estás asustando!

—Y luego se meterá de nuevo en la cama de mamá como si nada hubiera pasado —añadió Joey, entrecerrando esos ojos verdes hacia Darren—. Eso es lo que va a pasar, y sois tontísimos si creéis lo contrario.

—¡Te odio! —gritó Tadhg, tirándole su carta sin abrir a mi madre, y luego salió corriendo de la cocina, empujándome al pasar.

El sonido de sus pisotones en la escalera rompió el tenso silencio que se había instalado entre nosotros cuando se fue.

Continué mirando a mis hermanos y a mi madre con cautela, deseando poder sentir algo por dentro. Todo se me hacía lejano y distante, y mi vida parecía haberse congelado en el tiempo. No había nada en mí. Estaba vacía.

Toda mi fe, mi esperanza, mi futuro…, puf.

—Voy a salir —anunció Joey finalmente. Frotándose la cara con la mano, soltó un gemido de dolor—. No puedo estar aquí ahora mismo.

—¿Adónde vas? —quiso saber Darren—. Joey, son casi las once y media de la noche…

—A ti qué te importa —escupió este mientras salía de la cocina, evitándome cuidadosamente al pasar y sin hacer contacto visual.

—Joey —lo llamé, con la voz entrecortada—. Por favor, no te vayas…

La puerta principal se cerró de golpe y me quedé sola con mi madre y Darren.

—Todo irá bien —dijo este, girándose para mirarme—. Te lo prometo.

—No hagas promesas que no puedas cumplir, Darren —le respondí, temblando.

—Tiene razón —sollozó mi madre, mirándome—. Porque no lo dejaré volver.

—No digas ni una palabra —susurré y, sin añadir más, giré sobre mis talones y subí a mi habitación, con la carta de mi padre en la mano, deseando haber aprovechado las últimas dos semanas de sueño que había tenido, porque en el fondo sabía que no volvería a dormir tranquila.

«Volverá —fue lo único en que pude pensar mientras me metía bajo las sábanas y me acurrucaba cuanto podía—. Volverá a casa, tú espera y verás».

«Alguien va a morir en esta casa».

«Tarde o temprano…».

No pegué ojo esa noche.

35

PAÑUELOS Y EYACULACIONES

Johnny

—¿Estás muerto?

La voz de Gibsie penetró el mejor sueño que había tenido en años y, de mala gana, parpadeé para despertarme.

—¿Eh? —pregunté, con la voz ronca y espesa por el sueño—. ¿Qué coño? —Irguiéndome sobre un codo, miré alrededor y vi a mi mejor amigo en la puerta de mi habitación—. ¿Qué estás haciendo?

—Ayer te dije que te recogería para ir a clase —respondió, mirándome con curiosidad—. ¿Qué te pasa?

—Nada. —Bostezando ruidosamente, me pasé una mano por el pelo—. Que me has despertado.

—A estas hora siempre estás levantado —afirmó, estudiándome—. ¿Estás enfermo?

—¿Parezco enfermo? —le respondí, cabreadísimo porque me había despertado del primer sueño decente y sin dolor que había tenido en meses—. ¿Qué hora es?

—Las cinco y media —dijo, frunciendo el ceño—. Y no, no pareces enfermo, pero definitivamente estás distinto. —Subiéndose las mangas del jersey azul marino del uniforme, se acercó a mi cama, mirándome con recelo—. Tranquilo —señaló—. Y relajado. —Abrió los ojos como platos entonces—. Tú te has corrido, ¿a que sí?

—Tío, es demasiado pronto para ti. —Dejándome caer de nuevo sobre el colchón, cogí una almohada, me la llevé al pecho y me puse de lado con la intención de volver a dormir—. Dame un par de horas. No tenemos que estar en el instituto hasta las nueve y diez.

—Pero estoy listo para entrenar —insistió—. Dijiste que me ayudarías. Necesito un objetivo en la vida.

—Y lo haré —gemí, acurrucándome más en la almohada—. Pero hoy… déjame dormir, ¿vale?

—¿Te imaginas que esa almohada es tu novia? —preguntó Gibsie—. ¿La pequeña Shannon?

—Vete a la mierda, Gibs —gruñí, cerrando los ojos—. Estoy cansado.

—Sí, estás cansado de cascártela —respondió—. Por eso no te levantas a entrenarme.

—Ve sin mí hoy —murmuré—. Iré mañana..., te lo prometo.

—Una mierda —insistió—. Nunca me levanto tan pronto...

—Chisss —le hice, con los ojos cerrados—. Duerme.

—Johnathon.

—Gerard.

—Te la pelaste hasta el agotamiento, ¿no? —me acusó—. ¡Joder!

—No voy a hablar de esto contigo.

—¿Usaste el lubricante que te regalé?

—Vete a la mierda y déjame dormir.

—¿Daba sensibilidad?

—¡Gibs!

—¿Te la pelaste?

—Joder... —Abrí los ojos, parpadeé y me quedé mirando la pared frente a mí, contando hasta diez mentalmente en un esfuerzo por tener paciencia—. Que te pires.

—No te pongas remilgado conmigo, joder —bufó mientras se dejaba caer en mi cama a mi lado—. No tenemos secretos.

—Bueno, tal vez necesitemos algunos —salté, poniéndome bocarriba para mirarlo—. Joder.

—No voy a parar hasta que me lo digas, así que será mejor que termines con esto. —Con los brazos cruzados detrás de la cabeza, Gibsie soltó un fuerte suspiro antes de añadir—: Estoy más que dispuesto a llevar esto hasta el final, Johnny.

Me lo quedé mirando un buen rato antes de esbozar una sonrisa de oreja a oreja.

Al darse cuenta de mi expresión, Gibsie abrió los ojos como platos.

—Hostia puta. —Sonrió, con los ojos resplandeciendo de emoción—. ¿En serio?

—Funciona —aclaré con un suspiro de satisfacción.

—¿Cómo fue? —me preguntó entonces, como si estuviera encantado de veras por mí—. ¿Igual que antes? ¿Mejor? ¿Peor?

—Fue satisfactorio —le dije—. Pero te aviso de que te has acostado en la parte mojada, tío.

—¡Joder, Johnny! —siseó Gibsie mientras se catapultaba del colchón—. ¿No sabes lo que es una paja de lujo? Te di un montón de globos, joder.

—No me va el lujo —me reí—. Y acabo de conseguir que funcione de nuevo. No voy a reprimirla.

—¡Mírame el culo! —aulló Gibsie, y tuve que apretarme la almohada contra la cara para ahogar la risa—. ¡Mira lo que me has hecho! —gritó, señalando el pañuelo que tenía pegado a la parte trasera de los pantalones—. Quítamelo —me ordenó—. ¡Sácame tu puto esperma del culo en este instante!

—No —tartamudeé entre ataques de risa.

—¡Te has corrido en mi culo, joder! —rugió—. Tu lefa está en contacto con mi cuerpo.

—¡Para, quc sc me van a saltar los puntos por reírme de ti!

—Levántate —me exigió, indignado—. ¡Sal del catre y ayúdame!

—No puedo —solté con un ataque de risa—. Estoy débil.

—Claro que estás débil —gruñó Gibsie mientras se quitaba el uniforme—. Porque disparaste la mitad de tu puto peso corporal sobre el maldito colchón. —Se quitó el jersey y la camisa, luego los zapatos y dejó caer los pantalones al suelo—. Cabrón enfermo —refunfuñó mientras los recogía y me los tiraba—. ¡Eres un… un… pajillero!

Me reí, porque, para ser sincero, ¿qué más podía hacer?

—Siento que todavía tengo —gimió—. ¿Estoy manchado? —Dando arcadas, se retorció de un lado al otro, tratando de verse mejor el culo—. ¡Siento que me ha calado hasta la piel! —Fulminándome con la mirada, escupió—: ¡Me siento violado, joder, Johnny!

—No te ha calado —alcancé a decir, apenas sin poder respirar, mientras le devolvía los pantalones—. Estás bien, lo prometo…

—Lávame el uniforme —exigió, saltando—. ¡Salid tú y tu pollón tieso de la cama y lávame la puta ropa! —Entrecerrando los ojos, siseó—: Me da igual si tienes que arrastrarte a cuatro patas por las jodidas escaleras, pero ¡más te vale que bajes a lavarme la ropa! ¡O me quedo con tu puto uniforme y ya puedes ir por ahí con tu propio semen!

—He limpiado tus fluidos corporales más de lo que me gustaría recordar —respondí, sonriendo.

—¿Chicos? —La voz de mi madre llenó el aire—. ¿Qué pasa? Oh, Gerard, ¿qué haces en ropa interior?

—Tu hijo —Gibsie hizo una pausa para señalarme acusadoramente con un dedo antes de continuar— me ha eyaculado encima.

—¿Eso ha hecho? —preguntó ella con cara de esperanza.

—¡Sí! —gimió Gibsie, sacudiéndose de pies a cabeza.

—Yo no he eyaculado sobre ti —le respondí, sin saber si reír o llorar—. Eyaculé y tú te has sentado encima.

—Es lo mismo —ladró, furioso—. ¡El mismo puto resultado, Johnny!

—Oh, mi amor, me alegro tanto de que puedas volver a hacerlo —dijo mi madre, derrumbándose de alivio—. Pero no deberías tocarte cuando tus amigos están en casa.

—¿Qué? —La miré boquiabierto—. ¿Te das cuenta de lo que acabas de decir?

—Tengo todo el uniforme cubierto, mami K —le dijo Gibsie—. Me lo ha echado a perder.

—Lo sé, Gerard, corazón —lo arrulló, acariciándole la mejilla al cabronazo—. Ve y métete en la ducha que yo te lavo el uniforme. Estará como nuevo.

—También tengo hambre —añadió, mirándola con ojos de corderito.

—Te prepararé algo, corazón —respondió ella—. Ahora ve y dúchate.

Estremeciéndose, Gibsie asintió y entró al baño, haciéndome la peineta disimuladamente mientras se iba.

—Bueno —dijo mi madre con un suspiro de cansancio mientras se agachaba a recoger el uniforme de Gibsie del suelo—. Sé que igual estoy anticuada, porque jamás hubiera imaginado que tendría que decirte esto, pero, Johnny, por favor no eyacules sobre Gerard.

—No lo he hecho —grazné, muerto de la vergüenza—. ¿Por qué haría eso?

Mi madre negó con la cabeza y murmuró algo como:

—Quién sabe con los adolescentes de hoy en día.

—Mamá —solté, agitado—. Me hice una paja. Gibsie se ha sentado sobre el pañuelo y le ha dado una rabieta. No he eyaculado sobre él.

—Virgen santa —gimió mi madre, llevándose una mano a la frente—. Podría haber tenido una hija. Habría entendido a una niña…

—Bueno, me tienes a mí —resoplé, dejándome caer sobre el colchón—. Con rabo y esas cosas.

—¡Johnathon!

—Lo que tú digas, mamá, pero deberías estar contenta —solté, ya sin dignidad alguna—. Puede que, al final, sea capaz de darte nietos algún día.

—No con Gerard, no.

Me quedé flipando.

—¡No soy gay!

—No pasaría nada si lo fueras —apuntó ella.

—Gracias, estoy de acuerdo, pero todavía no soy gay —respondí—. Tengo novia.

Podría haberme dado una patada en el culo a mí mismo por dejar que se me escapara eso.

Mi madre se quedó inmóvil.

—¿Shannon?

A la mierda, de perdidos al río…

—Sí, Shannon es mi novia —respondí, sentándome—. Estamos juntos, y antes de que empieces siquiera, que sepas que nada de lo que tú o papá digáis sobre ella supondrá la más mínima diferencia para mí.

—No iba a decir nada sobre Shannon —respondió mi madre después de una larga pausa—. Creo que es una chica encantadora, mi amor. —Tenía el ceño fruncido mientras me observaba con atención, con esos ojos marrones—. Pero su familia…

—No quiero escucharlo —la interrumpí—. No voy a salir con su familia, mamá, salgo con ella.

—Y ¿qué hay de lo que dijo su madre? —me preguntó en un susurro, palideciendo—. Solo tiene dieciséis años, Johnny.

—Mírame. —Señalé la cama y luego el montón de ropa en sus brazos—. ¿Qué crees que estaba haciendo?

—No lo sé… —Mi madre se mordió el labio—. No quiero que…

—¿Crezca? —pregunté—. Un poco tarde para eso, mamá. Cumplo los dieciocho el mes que viene.

—¿Es serio?

—Voy en serio con ella —respondí, sin vacilar.

—¿Cuánto?

—Lo bastante en serio como para quererla —dije, mirando a mi madre a los ojos con una firmeza férrea—. Lo bastante en serio como para no dejarme amedrentar.

—¿Estáis… —Se le rompió la voz y ahogó un gemido antes de añadir—: ¿Estáis yendo despacio?

—No estamos haciendo nada —le dije—. No soy estúpido, ¿vale? Así que no te preocupes.

Mi madre suspiró aliviada, hundiendo sus pequeños hombros.

—Me gusta, Johnny —añadió—. Creo que es una chica genial y que te hace bien. Creo que es una maravillosa influencia para ti, mi amor, pero es que… —Suspiró de nuevo—. Eres mi bebé y no quiero que te veas envuelto en algo que pueda afectar a tu futuro. —Me miró con complicidad—. No quiero que cometas ningún error.

—Tengo la cabeza bien puesta, mamá —le dije—. Sé adónde quiero llegar y lo que debo hacer para conseguirlo. No me voy a joder la vida.

—Pues entonces… —Mi madre soltó otro profundo suspiro y esbozó una gran sonrisa—. Deberías traerla a cenar pronto.

Parpadeé, confundido.

—¿No dijiste…

—Dije que no podías ir a su casa, pero Shannon siempre será bienvenida aquí —me interrumpió mi madre—. Bajo supervisión.

—Eh… —Rascándome el pecho, observé a mi madre con cautela antes de sacudir la cabeza—. Sí, eso haré.

—Maravilloso. —Mi madre puso una sonrisa radiante—. Y deberías invitar a ese hermano suyo también. Es un chico fantástico, pero parece muy solo. Tú y Gerard podríais hacer un pequeño esfuerzo con él, ¿tal vez podrías llevarlo al gimnasio alguna vez?

—Eh, sí…, vale.

—Buen chico. Bueno, pues trae tus sábanas cuando bajes a desayunar —añadió antes de irse con el uniforme de Gibsie hecho un gurruño—. Y, la próxima vez, sé un poco más cuidadoso. A tu padre le funciona hacerlo sobre la taza del inodoro; es menos lío.

Hay. Que. Joderse.

36

DERRIBAR MUROS Y FUGARSE A LA PLAYA

Johnny

—De verdad, me la podrías haber liado mucho con los condones, tío, y te he perdonado, así que bájate del burro y déjalo ya —le recordé a Gibsie cuando se detuvo en el aparcamiento de Tommen. Se había pasado todo el trayecto desde mi casa quejándose de su uniforme y yo, recordándole las muchísimas veces que, a lo largo de los años, había sido un grano en el culo—. Tienes suerte de que Shannon no se asustara, porque estaríamos teniendo esta conversación en un lugar diferente —añadí mientras abría la puerta del coche y salía—. Como en un hospital. O sobre tu tumba.

—Bueno, nunca te perdonaré por lo de esta mañana —resopló, dando la vuelta al coche para venir a mi lado—. Te me has corrido encima, Johnny.

—Lo que haré si no lo dejas de una maldita vez será mucho peor —espeté.

—¡Oh, mierda!

Cogiéndome por la parte de atrás del suéter, Gibsie tiró de mí para que me detuviese de golpe y luego me arrastró hasta donde estaba él, tieso y echando chispas.

—¿Qué narices, tío? —ladré, estremeciéndome cuando me atravesó una punzada de dolor por las piernas por el inesperado cambio de dirección.

—Mira —escupió, señalando con la cabeza el edificio de delante—. Ese mierdecilla.

Confundido, seguí su línea de visión hasta que vi a Claire. Estaba de pie frente a las puertas de cristal del edificio principal, hablando con quien vagamente reconocí como el chaval al que Gibsie pegó en el baile del instituto el año pasado. Entrecerrando los ojos, pregunté:

—¿Ese es…?

—Jamie Kelleher —asintió rotundamente—. Sí.

—Y lo odiamos de nuevo porque…

—Porque es un imbécil —siseó Gibsie, frunciendo el ceño—. Le gusta Claire.

—¿Es el exnovio? —pregunté, entrecerrando los ojos para verlo mejor—. ¿El de la relación de seis semanas?

—Seis semanas que sobran —soltó Gibsie, temblando por la tensión—. Lo odio. Intentó hacer que le tocara la puta polla, tío. En el baile. —Gruñó y siseó—: ¿A qué cojones está jugando hablando con él otra vez?

—Ni idea —respondí—. Probablemente solo está siendo maja.

—Pues no debería —replicó.

—Gibs, vamos, colega, tienes que calmarte.

—Vete a la mierda —contestó—. Para ti es fácil decirlo.

Jamie obviamente dijo algo divertido, porque Claire echó la cabeza hacia atrás y se rio. Él se acercó, sonriéndole, y ella le puso una mano en el brazo.

—¡Se acabó, joder! —siseó Gibsie—. Voy a matarlo…

—No, no lo harás —le dije, devolviéndole el gesto al cogerlo del jersey con el puño y arrastrarlo hacia mí—. No vas a hacer nada porque no tienes ningún derecho.

—¿No tengo derecho? —balbuceó Gibsie, rabioso—. ¿De qué estás hablando?

—Exactamente lo que he dicho: no tienes ningún derecho —repetí, sin soltarlo—. No estás con ella, tío, así que déjalo antes de que hagas algo estúpido que haga llorar a la chavala y se monte un drama.

—Él será el que llore cuando lo enganche —siseó, con la mandíbula apretada—. Es un baboso, Johnny. No es lo bastante bueno para ella.

—Tal vez —asentí con calma—. Pero tú serás el imbécil en el despacho de Twomey si vas allí disparando a bocajarro.

—Entonces me voy a casa —sentenció con desprecio y sacudiéndose bruscamente mi mano—. A la mierda.

—¡Gibs! —lo llamé—. Venga ya, no seas tonto.

—No quiero verlo —rugió por encima del hombro mientras se dirigía hacia el aparcamiento hecho un basilisco—. No quiero volver a ver esto, joder.

Qué paciencia…

—¿Sabes que lo único que tienes que hacer es pedirle para salir a la chica? —le dije mientras corría detrás de él—. Dirá que sí.

—Lo sé —gruñó, aún más furioso.

—Pues si lo sabes, ¿por qué no lo has hecho ya? —pregunté, frustrado.

—¡Porque no!

—¿Porque no? —insistí, resistiendo el impulso de saltar sobre su espalda y derribarlo al suelo—. Te gusta y tú le gustas a ella. —Levanté las manos—. ¿Cuál es el problema?

Cuando llegamos a su coche, Gibsie se dio la vuelta para mirarme, con el pecho muy agitado y apretando tanto las llaves en el puño que tenía los nudillos blancos.

—¿Sabes cuánto duran las relaciones que se forman durante la infancia según las estadísticas?

Con un suspiro ahogado, negué con la cabeza.

—¿Qué?

—Poco, Johnny —siseó—. Muy poco, joder. Las probabilidades de seguir con tu novia de la infancia dentro de veinte años están por debajo del quince por ciento.

Lo miré boquiabierto.

—Repito: ¿qué?

—No estoy preparado para formar parte de la estadística —respondió ahogadamente, serio como un muerto—. No con ella. Así que haré lo que toca, esperaré mi momento, pero no la ataré. No hasta que esté lista. No hasta que ambos hayamos vivido un poco primero. —Dejó caer la cabeza y gimió atormentado—. Pero no quiero ver eso. —Gruñó de nuevo—. Nunca más, joder.

—Flipa. —Fruncí el ceño—. No sé si eso suena sensato o demente.

—Probablemente ambos —asintió en tono sombrío.

Probablemente…

Mirándolo con curiosidad, dije:

—¿De verdad crees eso?

Al no contestarme, continué:

—¿Eso es lo que te pasa? ¿Por eso te has estado volviendo loco por esa chica desde que te conozco? ¿Tienes miedo de que no dure? —Incliné la cabeza hacia un lado—. ¿Estás asustado?

—No tengo miedo —dijo entre dientes—. Simplemente sé lo que pasará.

—¿Por tus padres? —pregunté con cautela, medio esperando un guantazo en respuesta. Por lo que había deducido, el divorcio de sus padres fue un follón de proporciones épicas que estalló justo en el momento de su comunión. En total, Gibs me había hablado de ello la friolera de una vez en casi siete años de amistad. Era un acuerdo implícito en nuestro círculo no hablar nunca sobre el divorcio de sus padres, ni mencionar jamás de los jamases a su padre y Bethany, pero iba a sacar el tema de nuevo hoy porque claramente le estaba afectando—. ¿Porque eso es lo que les pasó a ellos? ¿Crees que es lo que os pasará a ti y a Claire?

—Vete a la mierda —resopló Gibsie—. No estoy proyectándolo. Estoy protegiéndolo.

Bueno, definitivamente estaba haciendo ambas cosas.

—Oye, no te estoy juzgando, tío —respondí, levantando las manos—. Pero voy a decirte que creo que has procesado las cosas al revés.

Tensó la mandíbula, pero no respondió.

—A la mierda las estadísticas —lo alenté—. Si quieres estar con ella, entonces sal con ella.

—Lo dice el pavo que estuvo huyendo de una chavala superbajita durante meses —respondió secamente—. Y tienes el descaro de decir que yo tengo miedo, cobarde.

Dejé pasar su comentario por alto, centrándome en el tema en cuestión, porque no tenía ninguna excusa. Estuve huyendo de una chavala superbajita durante meses, y hui como si me fuera la maldita vida en ello, pero ya había dejado de huir.

—Entonces ¿me estás diciendo que te parecerá bien que salga con un mierda como Jamie otra vez? —lo presioné—. ¿Estarás perfectamente de acuerdo? —Me encogí de hombros—. Porque así es como suena.

—Sabes que no —dijo con voz ahogada—. Casi me mata la última vez.

Me estremecí de lástima.

—Al menos pudiste partirle la cara cuando todo se fue a la mierda.

—Sí. —Una pequeña sonrisa asomó a sus labios—. Eso fue muy satisfactorio.

—Apuesto a que sí —asentí, aprovechando la oportunidad para quitarle las llaves de la mano para que no pudiera largarse, y luego me las guardé en el bolsillo—. Bueno, ¿vas a dejar que te gane ese mierdecilla flacucho?

—Joder, no —gruñó, pasándose una mano por la mata de pelo rubio.

—Eso es, claro que no —respondí con entusiasmo—. Pues ponte las pilas y ve allí.

—¿Sabes qué, Kav? —Sin necesidad de más incitación, Gibs se arremangó y sentenció—: Eso es exactamente lo que voy a hacer.

—Sin pelear —le recordé, poniéndome frente a él cuando trató de pasar junto a mí—. Con encanto.

Frunció el ceño, perplejo.

—¿Encanto?

—Con encanto —asentí—. Lo creas o no, tienes encanto a palas, tío. Vuelve allí y apártala de él con tu encanto.

—Con encanto —repitió Gibsie lentamente, dándole vueltas a la palabra. Me miró con esos ojos plateados y asintió—. Puedo hacerlo.

—Puedes hacerlo —respondí, apretándole los hombros—. Ahora machaca a esa pequeña sabandija.

Apoyado contra el capó del coche, vi a Gibsie alejarse, murmurando a su paso las palabras «Con encanto, sin peleas» una y otra vez para sí mismo.

Sacudiendo la cabeza, volví a cargarme la mochila al hombro antes de dirigirme al instituto en busca de Shannon. Dejé la muleta en el asiento trasero del coche de Gibsie porque no podía soportar otro día andando con aquella maldita cosa. Además, ya no la necesitaba. Apenas cojeaba ya y, con un poco de suerte, el entrenador Mulcahy me vería ágil y dispuesto y llegaríamos a un trato, porque necesitaba con ganas que alguien se apiadara de mí.

Mi paso vaciló cuando vi a Shannon apoyada contra la barandilla tras el pabellón de Educación física. Estaba envuelta en su abrigo, con un gorro de lana en la cabeza y una bufanda alrededor del cuello, mientras la lluvia caía sobre ella. Para ser sincero, casi no la reconocí con tantas capas de ropa. Ella me vio, sin embargo, y levantó una mano, sonriendo suavemente.

Me desvié de inmediato para dirigirme hacia ella, con el corazón a punto de salírseme del pecho.

«Pasa algo —siseó mi cerebro cuando me acerqué y vi las profundas ojeras bajo sus ojos—. Algo malo».

«Mantén la calma».

«¡No arrases!».

—Hola, Shannon —la saludé cuando estuve lo suficientemente cerca para que me escuchara. Frunciendo el ceño, añadí—: ¿Me estabas esperando aquí?

—Hola, Johnny —respondió en voz baja—. Sí, eh..., esperaba verte antes de clase. —Se mordió el labio, mirándome con cautela antes de decir—: ¿Podemos hablar un segundo?

—Sí, claro.

Me puse frente a ella y le dediqué toda mi atención.

Shannon me sonrió y luego toda su expresión se derrumbó. Sin otra palabra, dejó caer la mochila de sus hombros y vino directamente a mis brazos.

—¿Qué pasa? —El corazón me retumbaba como un loco contra la caja torácica cuando la abracé y la sostuve contra el pecho. Era tan pequeña, tan jodidamente pequeña, que lo único que quería hacer era levantarla y llevármela a casa conmigo, donde pudiera mantenerla a salvo, donde nadie pudiera hacerla llorar de nuevo—. ¿Qué ha pasado?

¿Qué te han hecho?

—Eh..., encontraron a mi padre —dijo, con la voz apagada, mientras me hundía la cara en el pecho—. Me enteré anoche.

—¿Sí? —Joder, menos mal. La estreché con más fuerza—. ¿Dónde estaba?

—Brickley House —murmuró.

Fruncí el ceño.

—¿El centro de rehabilitación?

—Sí. —Asintiendo, sollozó y me miró, con los ojos muy abiertos y llenos de lágrimas—. Pero, eh, no va a ir a la cárcel, Johnny.

¿Qué coño?

«Respira, Kav, respira».

«No pierdas la cabeza».

—¿Cómo lo sabes? —alcancé a decir, apretándola tan fuerte que estaba bastante seguro de que le estaba haciendo daño. Sin embargo, no me veía capaz de aflojar y ella, que me cogía con la misma fuerza, tampoco se quejaba—. ¿Estás segura?

—Estoy segura —susurró ella—. Solo tiene que completar un tratamiento de treinta días en Brickley House y luego podrá volver a salir, y no tiene que presentarse a j-juicio hasta noviembre. Así que estará… —Cerró los ojos con fuerza, me apoyó una mejilla contra el pecho y soltó un sollozo entrecortado—. Oh, Joey tenía razón.

—¿Joey?

Ella asintió rígidamente, con todo el cuerpo tenso.

—Él dijo que esto pasaría. Joey nos dijo que no iría a la cárcel, pero Darren parecía tan convencido que yo solo… —Sollozó desgarradoramente—. Me permití hacerme ilusiones por un tiempo, pensando que tal vez aquello había terminado de verdad. —Moqueando, añadió—: Pero no ha terminado, y Joey se fue de nuevo anoche y no volvió a casa hasta las cinco de la mañana. Nada ha terminado y todo va mal otra vez.

—¿Adónde fue Joey?

—A ningún sitio bueno —respondió apenas sin voz.

Mierda.

—¿Por qué no me llamaste? —grazné, con la voz seca y áspera—. Habría ido.

—Lo intenté —susurró—, pero tenías el móvil apagado.

—Lo dejé cargándose toda la noche —admití, sintiéndome como el peor pedazo de mierda del planeta—. He olvidado encenderlo hasta esta mañana.

—No pasa nada.

No, sí que pasaba.

—No volverá a suceder —le dije—. La próxima vez que me llames, responderé.

—Estoy tan asustada, Johnny —exclamó en un hilo de voz.

—No tengas miedo —me apresuré a decir, en un intento de mierda consolarla—. No dejaré que te pase nada. —Me temblaba la voz, al igual que el resto del cuerpo, mientras las emociones me carcomían por dentro—. Te lo juro, no dejaré que te haga daño nunca más.

Pasó por alto lo que le había dicho.

Porque no me había creído.

Se me rompió el corazón por completo.

—No quiero sentirme así nunca más —me dijo, secándose la mejilla con el dorso de la mano—. No quiero esta vida, no quiero ser así.

—Me encanta como eres —respondí, sin saber qué más decir. No podía pedirle que no se sintiera así. Lo único que podía hacer era tranquilizarla—. Me encantas de todas las maneras.

—Estoy tan cansada —susurró, ignorando mis palabras, que nos sumergieron a ambos en su dolor—. Estoy cansada de tener miedo. Estoy cansada de no saber qué pasará. ¡Estoy cansada de estar mal de la cabeza!

—Joder, Shan —gemí, descansando la barbilla sobre su cabeza—. No estás mal de la cabeza. —La estreché con más fuerza—. ¿Me oyes? Tú no. Son ellos. Ellos son los que están mal de la cabeza.

—Lo odio —balbuceó.

—Ya. —Solté el aire temblorosamente—. Yo también.

La forma en que me abrazaba, aferrada a mí como si fuera su tabla salvavidas, provocó unas emociones dentro de mí que no estaba seguro de tener la edad suficiente para sentir. Y no hablo del sexo. Era algo más profundo. Una sensación de conexión canalizándose en lo más profundo de mi ser que me unía a ella. Esperaba que nunca me dejara, porque no superaría jamás a esta chica.

—Dime qué hacer —le supliqué, abrazándola con fuerza y poniéndome más nervioso con cada estremecimiento de desesperación y sollozo que la desgarraba—. Dime lo que necesitas y te lo daré. —Le di un beso en el pelo, deseando apartarla de todo esto—. Solo dime qué necesitas de mí.

—Solo quiero irme —sollozó—. Quiero marcharme y no volver nunca.

—Pero no lo harás. —Presa del pánico, le levanté la barbilla, obligándola a mirarme—. No me dejarás, ¿verdad?

—No soy b-buena para ti —farfulló entre jadeos—. Ya te darás c-cuenta de eso.

—Gilipolleces. —Le cogí la cara entre las manos, me acerqué y pegué mi frente a la suya—. Eso son gilipolleces, Shannon —repetí, en tono seco, sin dejar de mirarla a los ojos—. No quiero que vuelvas a decir eso, ¿vale?

Sollozando, asintió y me apretó la cintura con más fuerza.

—Vale.

Una feroz necesidad de protegerla surgió dentro de mí, y cada fibra de mi ser me pidió que hiciera exactamente eso, protegerla. Que hiciera algo. Lo que fuese...

Eché un rápido vistazo a nuestro alrededor, sopesando mi próximo movimiento antes de tirar la toalla.

—Venga —le dije, cogiéndola de la mano—. Vámonos.

Al recordar que todavía tenía las llaves de Gibsie en el bolsillo, la conduje hacia el Focus plateado. Shannon caminó en silencio a mi lado, sin hacer preguntas. Tan solo me estaba siguiendo. Aquello fue una muestra tan clara de su evidente vulnerabilidad que me aterrorizó. Podría haberla llevado a cualquier parte y, aun así, cuando abrí el coche, simplemente se subió al asiento del copiloto sin decir una palabra ni preguntar.

Confuso, cerré la puerta en silencio y rodeé el coche antes de sentarme en el lado del conductor. Me abroché el cinturón, alejé el respaldo del asiento todo lo posible y puse los pies en los pedales. Los pisé con cuidado para probar la fuerza en mis piernas.

Nada mal.

Le di al contacto, revolucioné el motor, puse los limpiaparabrisas y salí lentamente de la plaza de aparcamiento donde Gibsie había entrado a toda prisa esa mañana.

—¿Nos arrestarán por cogerle el coche? —preguntó Shannon, rompiendo el silencio, mientras atravesábamos el largo camino arbolado.

—No, Shan, no nos arrestarán —me reí entre dientes, deteniéndome en la entrada principal. Puse el intermitente, me incliné sobre el volante y comprobé la carretera—. Le enviaré un mensaje más tarde para decírselo.

—Oh. —Asintiendo, juntó las manos sobre el regazo—. Vale.

Al salir a la carretera, cogí la palanca de cambios y cambié a tercera y luego a cuarta antes de decidirme finalmente por la quinta mientras aumentaba la velocidad a la par que mi sensación de libertad.

Sentí como si tuviera el control por primera vez en semanas, así que pisé a fondo y apreté el Focus de Gibsie tanto como pude, aunque hubiese preferido estar en mi Audi.

A diferencia de antes, Shannon no se quejó de mi forma de conducir. En cambio, bajó la ventanilla y apoyó la mejilla contra la puerta, sonriendo suavemente cuando el viento le azotó la cara.

No podíamos volver a su casa porque, además de que tenía prohibido poner un pie en la propiedad, era probable que acabara provocando graves daños físicos a ese hermano suyo, y tampoco podíamos volver a mi casa porque, si aparecía en el camino de entrada tras el volante de un coche, era probable que mi madre me provocara graves daños físicos a mí.

Una de las mejores cosas de vivir en la costa sur de Irlanda era que nunca estabas lejos del mar, así que me desvié hacia la autovía litoral y abandonamos Ballylaggin. Eran las nueve y media de la mañana y, excepto por alguna persona que pasease al perro, deberíamos tener algo de paz y tranquilidad.

—¿No me vas a preguntar adónde vamos? —le dije, echando una rápida mirada de reojo en su dirección antes de volver a concentrarme en la estrecha carretera, que estaba llena de baches.

—No —respondió ella suavemente.

—¿No? —Arqueé una ceja—. ¿Por qué no?

Abrió los ojos y se giró para mirarme.

—Porque confío en ti.

Vaya.

Me estiré para cogerle la mano derecha y ponérsela sobre mi regazo.

Varias horas después, Shannon y yo íbamos por lo que debía de ser la centésima vuelta por la playa, y yo trataba de no pensar demasiado en mi estómago. Me había comido todo lo que había traído para comida ese día poco después de aparcar esa mañana (batidos de proteínas y todo) y todavía me moría del hambre. Achacaba ese apetito al aire del mar, porque ni de coña estaba quemando tanta energía para que me apeteciera carne, a menos que tratar de mantener la cabeza con Shannon tan cerca de mí constituyese una actividad extenuante. Mi corazón sin duda pensaba que sí por cómo me palpitaba, martilleándome en el pecho como una puta taladradora. ¿O tal vez eran los nervios los que me daban hambre? A ver, nunca me había dado por comer con la ansiedad, pero, joder, esta chica me provocaba reacciones extrañas en el organismo.

Obligué a mis piernas a moverse para seguirle el paso a Shannon, concentrándome en poner un pie delante del otro y caminar sin más. Ella no hizo ningún comentario sobre mi ritmo o lo jodidamente patético que parecía mientras me ponía con torpeza a su lado, relajando mis agarrotados músculos.

De vez en cuando, tanteaba el terreno manteniéndome ligeramente alejado de ella o apartándome con disimulo, fingiendo mirar algo que no estaba allí, mientras contenía la respiración y esperaba a ver cuál sería su próximo movimiento. Nerviosa, Shannon recorría la distancia entre nosotros cada vez, acercándose más y más hasta que acababa, como quien no quiere la cosa, a mi lado de nuevo. Hice eso al menos cuatro veces solo para asegurarme de que era ahí donde quería estar, conmigo, porque a veces me asustaba no saber lo que le pasaba por la cabeza.

De vez en cuando, se detenía un par de minutos a observar una concha en la arena o fingía ajustarse las medias, pero yo sabía que era una trola. Me estaba ofreciendo una parada en boxes. Se detenía para que pudiera descansar.

La lluvia caía sobre nosotros, pero eso no parecía molestar a Shannon. Se la veía la mar de a gusto conmigo.

También había vuelto a hablar de nuevo; respondía cada pregunta estúpida que se le ocurría a mi cerebro mientras deambulábamos, uno al lado del otro, sobre las rocas y la arena mojada. Cuanto más casuales y absurdas eran mis preguntas, más se relajaba Shannon, así que le pregunté de todo; desde su preferencia entre Nike y Adidas hasta su opinión sobre la teoría del big bang, hasta que se reía y se soltaba a hablar. Toqué los pensamientos y recuerdos más chungos que pude para mantener esa sonrisa en su rostro, sin sacar a su padre en la conversación ni una sola vez. Shannon no quería hablar de su familia y, para ser sincero, yo tampoco.

Quería darle un buen día para compensar los malos o, al menos, hacer que su día fuera un poco mejor.

—¿Estás bien? —me preguntó mientras estaba de pie junto a la base de una roca, esperando en la arena a que yo bajara.

Tenía la cara enrojecida por el viento, al igual que yo, y se pasaba de una mano a la otra la pelota de rugby que habíamos encontrado en el maletero del coche de Gibsie esa mañana.

—Todo bien. —Me ardía cada centímetro del cuerpo y sabía que tanta escalada me estaba causando estragos en la herida, pero, mientras resistía el impulso de sentarme y deslizarme hacia abajo como una maldita cría, respondí con un ahogado—: Solo necesito un segundo.

—Puedes hacerlo, Johnny —me animó, sonriendo de oreja a oreja—. Ya lo tienes.

La verdad es que no estaba seguro de poder o no, pero moví las piernas de todos modos y recé para tener la fuerza necesaria para mantenerme erguido mientras bajaba cojeando por las rocas a paso de tortuga, sintiendo cada punzada de dolor y ardor en los músculos, hasta que estuve frente a ella con los pies firmemente plantados en la arena.

—¿Estás listo? —me preguntó, un poco sin aliento mientras una sonrisa juguetona asomaba a sus labios.

—Sí. —Asentí, sintiendo que me acaloraba por tenerla mirándome fijamente—. Adelante.

Me ofreció la pelota para que la cogiera, pero cuando fui a hacerlo, retrocedió unos pasos.

Esbocé una pequeña sonrisa e incliné la cabeza, estudiando su expresión traviesa.

—Vaya, ¿así que esas tenemos?

Shannon se rio a carcajadas, se estaba partiendo, y asintió.

—Ven a buscarla, estrella del rugby.

Sacudiendo la cabeza, la perseguí a duras penas, con movimientos rígidos y torpes, pero ella no pareció darse cuenta o no le importó. Me sonreía alentadoramente y asentía con la cabeza para que la siguiera mientras se apartaba de mí con un salto cada vez que me acercaba lo suficiente para arrebatarle la pelota.

Estaba jodidamente adorable mientras correteaba por la playa con la pelota de rugby en sus pequeñas manos. Apenas se le veía la cara con el gorro de lana y la bufanda, la mata de pelo oscuro le ondeaba alrededor y tenía mechones húmedos pegados a unas sonrosadas mejillas. La lluvia goteaba de su abrigo, su falda escolar estaba empapada y se le pegaba a las piernas, y juro que nunca había visto nada tan jodidamente precioso.

La libertad le sentaba bien.

—Shannon, no puedo —le grité cuando se alejó demasiado por millonésima vez—. Estoy demasiado agarrotado.

Y avergonzado…

—No, claro que no —me animó, sin aliento y sonriéndome—. Solo estás oxidado. —Se dio la vuelta para caminar hacia atrás, mirándome, y dijo—: No hay nadie más, Johnny, solo tú y yo. Y puedes hacerlo —repitió, con más seguridad en sí misma en este momento de la que nunca le había visto—. Te lo prometo.

—¿Sí?

—Claro.

Saltó delante de mí con la pelota en las manos y mi corazón en el bolsillo. Joder, me tenía bien pillado mientras la seguía como si me hubiese atado una correa a algo muy dentro de mí.

Tragándome la ansiedad, hice lo que me pidió: bajé la guardia y moví las piernas.

—Vaya, vaya, vaya —me provocó Shannon desde la otra punta de la playa un poco más tarde. Pasándose la pelota entre las manos, me miró y dijo—: Parece que he vuelto a ganar.

—Creo que el poder se te está subiendo a la cabeza —respondí, sonriendo—. Dame esa pelota.

—Nunca —se rio—. Es mía. Tú me la has dado y no te la devolveré.

¿Como mi puto corazón?

—Lánzala —la animé.

Abrió los ojos como platos.

—¿Eh?

—La pelota —apunté a gritos—. Lánzamela y te la paso luego.

Ella me miró recelosa.

—¿Lo prometes?

—Sí, Shannon. —Puse los ojos en blanco—. Te prometo que te devolveré el dichoso balón.

—Bueno.

Como un bebé lanzando una pelota, Shannon la sostuvo entre sus piernas y, con el ceño fruncido en profunda concentración, la lanzó al aire, a unos tres metros en la dirección equivocada.

—No me había dado cuenta de que estaba jugando con uno de los benjamines —me reí, mientras iba a por el balón—. Recuérdame que te compre uno de esos toboganes para niños cuando te lleve a jugar a los bolos.

—Oye, soy lo único que tienes, trece —respondió Shannon, sonriendo—. Así que no te burles de mí.

Sí que era lo único que tenía en este momento, la única persona que estaba seguro de que no me juzgaría por no estar en forma.

No podría hacer esto con los muchachos.

Me daría demasiada vergüenza.

Pero era diferente con Shannon.

Todo era diferente cuando se trataba de ella.

37

TE MANTENDRÉ A SALVO

Shannon

—¿Crees que alguna vez parará de llover? —dije pensativa, mirando por el parabrisas el fuerte aguacero.

Llevaba todo el día lloviendo sin parar, lo cual no era nada nuevo en Irlanda, pero considerando que estábamos en abril, casi esperaba ver el sol pronto.

El viento aullaba fuera; azotando contra las ventanas del coche con un silbido atronador. Temblando, me giré para mirar al chico tirado a mi lado, en el lado del conductor.

Johnny había reclinado su asiento hasta ponerlo casi en horizontal y estaba tirado como un león, desplazándose con una mano por el iPod de Gibsie mientras usaba la otra para cogerme. Tenía el pelo pegado a la cabeza y la camisa del uniforme tan mojada que parecía una segunda capa de piel aferrándose a su enorme torso. Hacía rato que se había quitado el abrigo y el jersey empapados, y los había tirado en el asiento trasero junto con los míos tras decidir que nos secaríamos más rápido sin tantas capas.

Volvió a poner el motor en marcha, algo que hacía cada media hora más o menos para evitar que se empañaran los cristales y para calentar el coche. La calefacción estaba a tope, soplando un delicioso aire caliente contra mi piel húmeda, y la última evocadora pieza de Jim McCann, «Grace», sonaba suavemente por los altavoces.

—Ha sido un largo invierno —coincidió Johnny, ojeando canciones antes de decidirse por «Yellow» de Coldplay—. Eh, mira el nombre de esta lista de reproducción. —Riendo por lo bajo, giró el iPod de Gibsie hacia mí—. El chaval está loquísimo.

—«Fóllame, chúpamela y autodestrúyete junto a mí» —leí el nombre de la lista de reproducción en la pantalla—. Suena muy…

—¿Gibsie? —terció Johnny con un movimiento de cabeza—. Sí, es muy él, la verdad.

—Al menos es original —apunté—. Creo que nunca había conocido a alguien como él.

—Eso es porque el mundo solo puede gestionar a un Gerard Gibson —dijo Johnny con una sonrisa.

Se llevó una mano al muslo, casi distraídamente, para frotarse donde sabía que le dolía.

—¿Te duele? —Apretando con más fuerza la manta que me había sacado del maletero, le pregunté—: ¿Te sientes bien?

—No, Shan —respondió Johnny. Dejó el iPod sobre el salpicadero y me prestó toda su atención—. En realidad me siento genial. —Esbozó una sonrisa apacible, lo que hizo que los hoyuelos en sus mejillas se hicieran más profundos—. Mejor de lo que me he sentido en meses.

—¿En serio? —Le devolví la sonrisa—. Entonces ¿soy una buena entrenadora?

Con una sonrisilla, se llevó mi mano a la boca y me rozó los nudillos con los labios.

—Eres única.

Me apretó suavemente los dedos y se colocó nuestras manos unidas sobre el regazo.

Reprimiendo un escalofrío de la cabeza a los pies, me volví para mirar por la ventanilla, suspirando de satisfacción, mientras observaba las olas que se levantaban, formaban espuma y rompían contra los acantilados.

Hoy…

Buf, hoy había sido el mejor día de mi vida.

Cuando me desperté esa mañana, estaba segura de que nunca volvería a sonreír. Saber que a mi padre le quedaban poco más de dos semanas de tratamiento antes de ser un hombre libre había sofocado algo dentro de mí. Había apagado el pequeño destello de esperanza al que me había estado aferrando durante las últimas semanas, mientras me adaptaba a la vida sin él. La carta que me había escrito aún estaba sin abrir, en el bolsillo lateral de mi mochila. No tenía muy claro si alguna vez la leería, pero sabía que no quería hacerlo en este momento. Estaba cabreadísima conmigo misma por bajar la guardia, por permitirme contemplar la posibilidad de una vida sin él.

Al llegar al instituto esa mañana, no tenía pensado ir a buscar a Johnny. Tan solo lo hice. Sin el permiso de mi cerebro, mis pies me habían llevado directamente a él. Cuando abrió la puerta del coche, me subí sin necesitar hacerle ninguna pregunta, porque tenía muy claro que iría adonde fuera con él. Lo supiera o no, me había ofrecido un salvavidas temporal y yo me había aferrado a él con todas mis fuerzas.

Y ahora estábamos aquí, en la playa, después de haberle robado el coche a su mejor amigo para saltarnos las clases y escapar de la ciudad. Pasamos el día sin hacer absolutamente nada y eso significó absolutamente todo para mí.

—¿Te meterás en un lío cuando tus padres se enteren de que has hecho campana? —pregunté.

La tarde ya estaba cayendo, por lo que trajo consigo un cielo oscurecido y la mordedura del aire frío de la noche. Un escalofrío me erizó la piel de las piernas desnudas y supe que tendríamos que irnos pronto. El pensamiento era deprimente, así que lo contuve, negándome a estropear el mejor día de mi vida.

Johnny se encogió de hombros con indiferencia.

—Siempre estoy en algún lío por algo.

Mis labios se curvaron hacia arriba.

—Yo también.

—Vaya dos, ¿eh? —se rio.

—Sí. —Sin saber cómo formular mi siguiente pregunta, pensé mucho antes de renunciar por completo al tacto y decirlo directamente—: ¿Qué pasará en junio? —Era algo que me había estado volviendo loca desde que Joey me habló de la carrera de Johnny. Era la pregunta que me hacía rozar la catatonia cada vez que me lo imaginaba yéndose—. Con el rugby —susurré, y me giré para mirarlo, mordiéndome el labio inferior tan fuerte que noté el sabor de la sangre en la lengua—. ¿Qué pasará cuando te vayas?

Johnny se quedó en silencio durante muchísimo tiempo mientras paseaba la mirada entre mi cara y el volante. Finalmente, se volvió hacia mí.

—Queda mucho para eso, Shan —admitió con sinceridad, observándome con esos ojos azules—. Y ni siquiera sé si entraré en el equipo…

—Lo harás —le interrumpí en voz baja. No había ni una pizca de vacilación en mi voz—. Estoy segura.

Se me quedó mirando muy serio durante un buen rato antes de desviar la atención al techo del coche.

—Ojalá yo estuviera tan seguro.

—Bueno, ya estoy yo segura por los dos —respondí, apretándole la mano—. Va a pasar. —Vas a irte—. Vas a brillar.

Sacudió la cabeza, con el ceño fruncido.

—Tengo tantas ganas, joder. —Con un suspiro de dolor, se pasó una mano por el pelo, que tenía empapado por la lluvia, y gruñó—. Desde que tengo memoria, eso es lo único que he querido hacer, ¿sabes?

—Vas a conseguirlo —le dije, tratando de ofrecerle una pizca del apoyo que él me daba a diario.

—La cagué bastante —murmuró—. No hice caso. Entrené en exceso. Casi me mato. Si lo logro… —hizo una pausa para mirarme—, será un milagro.

—No —lo corregí—. Cuando lo logres, habrá sido por años de duro trabajo que habrán valido la pena.

—¿Crees que puedo conseguirlo?

Asentí.

—Sé que puedes.

Dejó escapar un suspiro de frustración.

—Solo… quiero ser alguien, ¿sabes? No se necesita ningún esfuerzo para ser ordinario —confesó, hablando con rapidez y ese acento de Dublín—. No quiero ser uno más, Shannon. Quiero ser extraordinario. Quiero sobresalir. Pero todo eso, el entrenamiento y el maldito curro, no significará nada si no vuelvo pronto a la cancha. —Bajó la mirada a nuestras manos unidas y murmuró—: Todo habrá sido en vano.

—¿Qué puedo hacer? —salté, desesperada por consolarlo—. ¿Puedo ayudar?

Johnny sonrió.

—Ah, ¿como entrenarme de nuevo?

—Si quieres… —Me encogí de hombros con impotencia—. Solo quiero ayudarte.

—Puedes quedarte conmigo —respondió en voz baja, con una terrible vulnerabilidad en esos ojos azules—. Incluso si no me contratan.

Sentía tal peso en el pecho por él que era físicamente doloroso.

—Oh, Johnny…

Incapaz de contenerme, me levanté la falda para poder cruzar el salpicadero. Me subí a su regazo y coloqué una rodilla a cada lado de su cuerpo antes de bajar suavemente, con cuidado de no hacerle daño. Me encontré con una pared de enormes músculos implacables. No había nada suave en este chico. Con la excepción de su cara, todo él estaba tenso.

Johnny se enderezó y movió las manos automáticamente a mis caderas para acercarme más a él.

—¿Qué estás haciendo? —susurró, mirándome con los ojos entrecerrados. Tragó saliva profundamente y la nuez se le movió de arriba abajo, mientras deslizaba las manos hacia mis muslos desnudos, que apretaba con los dedos cada vez que cogía aire. El calor de sus manos me provocó un delicioso escalofrío mientras trazaba suaves círculos sobre mi piel con las callosas yemas de los dedos—. ¿Shan?

—Estoy aquí por quien eres tú, Johnny —le dije, cogiéndole la cara con manos temblorosas—. No por el jugador de rugby. —Con un suspiro entrecortado, me incliné hacia delante y le planté un beso en la comisura de los labios antes de alejarme para mirarlo a los ojos—. Me quedo con los dos, pero solo estoy enamorada de uno.

Johnny se estremeció y cerró los ojos.

—Lo dices en serio. —No era una pregunta—. No te importa lo más mínimo.

Negué con la cabeza lentamente, obligándome a aguantarle la mirada.

—No es lo que veo cuando te miro, no es lo que he visto siempre. Solo lo quiero para ti porque tú lo quieres —añadí, con la voz ronca—. Pero estoy aquí pase lo que pase: con rugby o sin rugby…, si tú quieres que esté.

—Joder, Shan, me estás matando —gimió Johnny, tirando de mis caderas para quedar pecho contra pecho. El corazón se me aceleró al máximo; no podía soportar la sensación de su pecho subiendo y bajando contra el mío—. Si lo logro, nada cambiará para nosotros. —Gruñó por lo bajo, me enterró la cara en el cuello y cogió aire profundamente—. Yo no cambiaré —añadió, con la voz apagada, mientras me recorría la caja torácica con los dedos—. Ni lo que siento por ti.

—¿En serio? —musité, descansando las manos sobre sus anchos hombros—. ¿Me prometes que no me olvidarás cuando seas una gran estrella?

Levantando su rostro hacia el mío, asintió lentamente y susurró:

—Lo prometo.

Incapaz de soportar la dolorosa necesidad que sentía por dentro un segundo más, deslicé las manos por entre el pelo de Johnny y acerqué su cara a la mía. Él accedió de buena gana y nuestros labios se unieron, provocándome una oleada de calor entre las piernas. Con un gruñido bajo de aprobación, me apretó los muslos con más fuerza y me metió la lengua en la boca, haciendo que me quedara sin aire y prendiendo fuego a todo mi cuerpo.

Pude sentir su erección tensando la tela de sus pantalones, presionando con fuerza contra mí. Desesperada por pegarme más a él, arqueé la espalda y froté las caderas contra las suyas.

—Eres tan perfecta —gruñó Johnny, sus labios rozando los míos mientras hablaba—. Tienes la piel tan suave, joder. —Acariciándome el cuello con la nariz, me dejó un rastro de besos calientes y húmedos en la piel, que recorrió con la lengua para saborearme, mientras me acariciaba las piernas con ambas manos—. Me gustas desde hace tanto tiempo.

Gimiendo, me derrumbé sobre él, restregando las caderas contra él y ofreciéndole el cuello, temblando y estremeciéndome de la cabeza a los pies.

—¡Mierda!

Lo cogí del pelo para acercarlo más, sacando las uñas intermitentemente como un gatito, mientras la necesidad estallaba dentro de mí y me encendía. Uf, me encantaba su pelo. Lo llevaba muy corto a los lados y en la nuca, lo que le dejaba una mata alborotada de pelo castaño, rebelde y despeinada, en la parte superior. Por lo general, se lo peinaba genial, pero ahora que estaba mojado y le había pasado los dedos media docena de veces, estaba aún mejor.

Reclamando mis labios de nuevo, Johnny se dejó caer en su asiento y me arrastró hacia abajo con él. La falda del uniforme se me subió hasta el estómago mientras nos rozábamos y frotábamos el uno contra el otro en una especie de ritmo frenético, pero no me importó. Ni lo más mínimo. Lo único que me importaba en ese momento era mantener a Johnny a mi lado.

No sabía lo que me deparaba el futuro y quería aprovechar al máximo cada momento que pasara con él. Quizá en dos meses ya se habría ido. En dos semanas, podría haberme ido. El miedo tangente a lo desconocido fue lo que me catapultó a la acción. Si mi padre volviera... ¡No!

«No pienses eso, Shannon».

«Tan solo quédate en el momento con Johnny».

«Empápate de él».

Tenía unos labios suaves y un olor adictivo, y notar su cuerpo rozándose contra el mío en todos los puntos correctos me hizo sentir increíblemente irresponsable. Tenía la sensación de que no sabía dónde empezaba yo y dónde terminaba él.

Cuando nos pegamos el uno al otro, el corazón me latía con tanta fuerza que estaba segura de que Johnny podía sentirlo. Con unas tremendas palpitaciones en el pecho y la ansiedad amenazando con asfixiarme, llevé las manos a los botones de su camisa.

—Espera, espera, espera... —Sin aliento, Johnny echó la cabeza hacia atrás para mirarme. Tenía las pupilas tan dilatadas que apenas había una pizca de azul en sus ojos. Me cogió la mano, la sostuvo contra su pecho y dijo—: ¿Qué estás haciendo?

No lo sé.

No tengo ni idea.

—Por favor, déjame —susurré, sorprendida por mi propio atrevimiento, pero sin retractarme.

—Shan... —Se le rompió la voz y gimió—. Hemos hablado de esto...

—Lo sé —asentí, respirando rápidamente y con dificultad—. Pero solo... quiero mirar.

—¿Solo mirar? —Estaba jadeando y el corazón le latía con fuerza, mientras hacía inhalaciones cortas—. ¿Eso es lo que quieres?

Asintiendo, me senté y le puse las manos sobre el estómago.

—Solo quiero mirar. —Con manos temblorosas, me palpé nerviosa los botones de la camisa—. ¿Tú quieres mirar? —pregunté y, agitada, me desabroché los tres botones superiores—. También te enseñaré...

—Por supuesto que quiero mirar —gimió Johnny, apartándome la mano de la camisa—. Pero si miro, no podré parar —graznó, con la mandíbula apretada con fuerza—. Y tengo que parar, nena, así que, por favor, no me enseñes nada.

—No me importa —jadeé, con el corazón retumbándome violentamente—. Quiero que me mires.

—¡Mierda! —Respirando varias veces por la nariz para calmarse, Johnny me soltó las manos y las dejó caer sobre mis muslos—. Adelante. —Asintiendo con rigidez, añadió—: Haz lo que necesites.

Soltando un suspiro entrecortado, me puse a desabrocharle la camisa, solo para pelearme con el primer botón.

Johnny permaneció perfectamente inmóvil debajo de mí, atravesándome con los ojos encendidos y el pecho subiendo y bajando bajo mis dedos.

Reforzando mi determinación, respiré hondo, sacudí las manos y lo intenté de nuevo, sin detenerme hasta que le abrí la camisa del todo y le quedó a los lados.

—Eres tan… —Me quedé sin palabras y suspiré pesadamente, sin apartar la mirada de su vientre desnudo. Tenía pleno permiso para tocar, para rozar con las yemas de los dedos, sus duros músculos abdominales. Y tenía músculos por todas partes. Estaba cincelado como una roca. Le pasé los dedos por el estómago, observando con fascinación cómo sus músculos se contraían al tocarlos.

—¿Soy qué, Shan? —preguntó Johnny, con la voz espesa y áspera, mientras yacía debajo de mí en el asiento reclinado, con las manos en mis muslos. Movía las caderas hacia arriba a un ritmo lento e incitante mientras me observaba mirarlo—. ¿Mmm? —Me recorrió el borde de las bragas con las yemas de los dedos, que deslizó por debajo de la cinturilla de algodón para trazar suaves círculos sobre mis caderas—. ¿Qué soy?

Desvié la mirada hacia sus pectorales y luego al rastro de vello oscuro de su ombligo que desaparecía debajo de la cinturilla de sus pantalones. Músculos y piel. Carne y calor. Eso fue lo único que podía ver. Lo único que podía sentir. Era tan grande. Tan todo.

—Atractivo —susurré finalmente, volviendo la mirada a sus ojos—. Eres muy atractivo.

—Me lo estás poniendo difícil, Shan. —Pasándose la lengua por el labio inferior, metió los dedos en la cinturilla de mis bragas y me arrastró hacia abajo sobre su pecho—. Tienes que dejar de mirarme así. —Me hundió la cara en el pelo y me succionó el cuello, arrancándome un jadeo de la garganta—. Intento portarme bien.

—Lo siento —murmuré, arqueándome contra él. Lo ansiaban partes de mi cuerpo que no sabía que existían hasta que él las exploró, descubrió y reclamó—. Solo quiero…

No estaba segura de lo que quería. Lo único que sabía era que este chico hacía que todo fuera mejor, detenía el torbellino de pensamientos en mi cabeza, y necesitaba que siguiera haciéndolo.

Tal vez era adicta a él, y tal vez eso no fuese saludable, pues mis sentimientos por él sin duda bordeaban la obsesión, pero Johnny me animaba a seguir con cada embestida de sus caderas y cada movimiento de su lengua, asegurándome que quería esto tanto como yo.

Si lo estaba haciendo todo mal, Johnny tampoco se quejó. En cambio, me gimió y jadeó en la boca en señal de aprobación.

Comenzó a tocarme, lentamente al principio y luego con más confianza, rozándome la piel con las yemas de los pulgares. Cuando sentí que me deslizaba las manos por debajo de las bragas, una sacudida de emoción me atravesó, lo que hizo que mis movimientos fueran más frenéticos y torpes.

—¿Te gusta? —Me cogió del culo y apretó con fuerza—. ¿Quieres que pare?

—No pares.

Era dolorosamente consciente de su tamaño. Yo era tan pequeña entre sus brazos. Era frágil para este chico, y eso resultaba un pensamiento preocupante. Podría destruirme en más de un sentido. La cuestión era que no me importaba lo que le hiciera a mi cuerpo mientras me dejara el corazón intacto. Podía hacerme lo que quisiera, con gusto me entregaría por completo a él, siempre y cuando me jurara por su vida que nunca me haría tanto daño como para no poder superarlo. Porque sabía que no superaría esto. A él. Pasándole los brazos alrededor del cuello, presioné mis labios contra los suyos y dije ahogadamente:

—No pares jamás.

Respirando con dificultad, se irguió y me acercó más a él, lo que hizo que ambos gimiéramos cuando nuestros cuerpos encajaron a la perfección.

—Te quiero —susurró—. Y me gustas... mucho. Pero es que... no quiero hacer nada que arruine esto —añadió, en un tono profundo y serio—. No puedo cagarla, Shan. Necesito esto. —Soltando un suspiro entrecortado, pegó su frente a la mía—. Iba en serio cuando dije que te necesitaba para siempre.

—¿Recuerdas haber dicho eso?

Él asintió lentamente.

—Lo recuerdo.

El aire abandonó mis pulmones de repente.

—Bien.

—Voy a quedarme contigo —susurró, y sentí su cálido aliento en la cara—. Si te parece bien.

—Está más que bien —jadeé, poniéndole una mano en la mejilla—. Quiero que te quedes conmigo.

Él sonrió y se le marcaron más los hoyuelos.

—Joder, menos mal.

Le di un beso en la comisura de sus carnosos labios y susurré:

—Yo también me quedaré contigo.

—Joder. —Estremeciéndose, dejó caer la cabeza en mi cuello y gimió—. Así es como voy a morir —respondió ahogadamente, y me eché reír—. ¿Crees que es divertido? —bromeó, levantando la cabeza para sonreírme—. Caerás conmigo.

Uf, ojalá, de veras…

—Pero, por ahora, será mejor que te lleve a casa —dijo con un suspiro de resignación—. O tu madre mandará a la Gardaí a buscarnos.

—Oh. —Se me cayó el corazón al suelo y me aferré a su cuello con más fuerza—. Vale.

—Todo irá bien —me aseguró, mirándome fijamente con esos ojos azules—. Pase lo que pase con tu padre, vas a estar bien.

No, no era verdad, pero me obligué a sonreír por él.

—Lo sé.

—Porque ya no estás sola —susurró, estrechándome con tanta fuerza que no me importó no poder respirar. Quería que el mundo se detuviera y nos dejara en paz a ambos, porque aquí, justo aquí, era donde quería estar, donde quería quedarme—. Tienes amigos —continuó—. Y me tienes a mí.

No supe qué hacer con todo el consuelo que supusieron sus palabras. Johnny era grande, fornido y peligrosamente fuerte. Dada la oportunidad, podría causarme un daño físico grave. Y aun así, no estaba asustada. No desconfiaba. No tenía ni una pizca de miedo en el cuerpo.

—Estoy a tu lado —añadió con voz ronca—. ¿Lo entiendes? Estoy totalmente contigo, Shannon Lynch. Llámame, eso es lo único que tienes que hacer, e iré donde estés. No te defraudaré, y no te dejaré sola en esto. Lo prometo.

—Se me hace raro, porque nunca había tenido a nadie de mi lado. —Temblando, agregué—: No alguien como tú.

—No estoy de tu lado, Shannon —respondió Johnny en un tono brusco—. Estoy justo a tu lado.

Ay, madre.

Sus palabras fueron como un mazazo.

Hundí la cara en su pecho, me acurruqué cuanto pude y recé para que el tiempo se detuviera solo un momento.

—¿A que te gustaría tener una novia normal?

—Lo normal es aburrido —respondió—. Y, además, podría decirte lo mismo. —Se encogió de hombros—. No es que sea un novio normal.

—Solo digo que sería más fácil para ti si…

—Bueno, no quiero lo fácil, te quiero a ti —me interrumpió—. Tal como eres.

Se me cortó la respiración.

—¿En serio?

—En serio —asintió, sin vacilar—. Cada parte de ti.

Hice una mueca.

—¿Incluso las partes rotas?

Me guiñó un ojo.

—Especialmente las partes rotas.

Hice una pausa entonces para escuchar la canción que sonaba por los altavoces antes de soltar una pequeña risa.

Johnny sonrió.

—¿Algo gracioso?

—¿«Proud Mary»? —pregunté, señalando la radio—. ¿Cómo pasa de «Grace» a «Yellow» y a «Proud Mary»?

—Ya. —Riendo, apagó la radio y se dejó caer de espaldas—. Creo que es una buena representación de cómo funciona su cabeza. —Suspiró y me acarició la cintura—. Le da vueltas constantemente.

—¿Puedo enseñarte algo? —pregunté entonces, mientras me bajaba de su regazo y me echaba hacia atrás en el asiento del copiloto—. Es… —Dejé que mis palabras se apagaran, metí la mano en la mochila a mis pies y saqué el sobre doblado.

—¿Qué es eso? —preguntó Johnny con el ceño fruncido mientras se volvía a abrochar la camisa—. ¿Shan?

—Es, eh… —Con las manos temblorosas, desdoblé el sobre y miré la descuidada letra antes de soltar un fuerte suspiro—. De mi padre —añadí antes de ponérselo en las manos.

Con el ceño fruncido, Johnny paseó la mirada entre el sobre y yo.

—¿Te escribió una carta?

Asentí.

—Una para cada uno de nosotros, pero no he podido leer la mía.

Volvió a fruncir el ceño, esta vez con más fuerza.

—¿Quieres que… la lea?

—No creo que quiera saber qué pone —dije ahogadamente, sintiéndome voluble—. Es solo… Quizá si tú la lees, solo para ver…

Johnny no dudó. Rasgó el sobre con los dedos y, con mano firme, sostuvo el papel frente a su cara, concentrándose intensamente en lo que mi padre había escrito.

Vi cómo se le ponían rígidos los hombros y las mejillas rojas.

—¿Es malo? —grazné—. ¿Está enfadado conmigo?

—Dice que lo siente —respondió con los dientes apretados—. Que estaba enfermo, que ha visto el error de sus acciones y está tratando de hacer las cosas bien. —Con la mandíbula tensa, movió los hombros como si estuviera tratando de controlarse antes de añadir—: Dice que espera que con el tiempo encuentres en el fondo de tu corazón la fuerza para perdonarlo y que todos podáis volver a ser una familia.

Se me hundió el corazón.

—Oh.

—Sí.

Con aspecto furioso, Johnny volvió a doblar la carta y me la tendió.

Negué con la cabeza.

—No quiero que me la devuelvas.

—¿Segura?

—Del todo —dije ahogadamente—. Deshazte de eso.

Asintiendo con rigidez, Johnny metió la mano en la guantera y sacó un mechero. Prendió fuego a la carta, bajó la ventanilla y la tiró fuera, donde dejó que el viento se la llevara.

—Gracias —susurré, aliviada de deshacerme de esa parte de mi padre—. Está mintiendo —solté, al sentir que entraba en pánico—. Lo sabes, ¿verdad?

Johnny asintió.

—Lo sé, nena.

—No dice nada de eso en serio —me escuché decir, desesperada por hacérselo entender—. Es un truco, algo que le han dicho que haga. —Negué con la cabeza, angustiada y frustrada—. No se arrepiente, Johnny… —Se me rompió la voz—. Él nunca se arrepiente.

—No voy a dejar que te haga daño, Shannon. —Estaba sentado con la espalda recta, sin apartar la mirada del parabrisas y cogiendo el volante con tanta fuerza que los nudillos se le habían puesto blancos—. Te lo prometo.

Suspiré pesadamente.

—No hagas promesas que no puedas cumplir.

Se volvió para mirarme.

—¿Te he defraudado alguna vez?

Negué con la cabeza.

—N-no.

Él asintió con rigidez y los ojos encendidos.

—Entonces créeme cuando te digo que no dejaré que te vuelva a hacer daño —repitió, pronunciando cada palabra lentamente—. Nunca más. —Se abrochó el cinturón de seguridad y yo lo imité—. Lo único que necesito que hagas es que me cuentes las cosas —añadió, arrancando el motor—. Solo déjame formar parte. —Se volvió para mirarme—. Y te mantendré a salvo.

—Vale —susurré, observándolo con cautela mientras nos alejaba de la playa—. Lo haré.

38

EMPUJANDO HACIA ATRÁS

Shannon

—Shan, ¿quieres quedarte esto? —me preguntó Darren el sábado siguiente por la tarde, subido a una escalera mientras me enseñaba un osito de peluche desaliñado—. ¿O lo tiramos?

—Tíralo —le dije, cogiendo el oso para meterlo en una de las bolsas de basura negras que había a reventar en el rellano.

—Te encantaba esa cosa —comentó, un poco triste, mientras hacía un nudo en la bolsa y arrancaba otra del rollo—. Lo llevabas a todas partes contigo.

—Me gustaban muchas cosas, Darren —respondí, abriendo la bolsa nueva—. Pero he crecido.

—Yo te caía bien —murmuró.

—Y volverías a hacerlo si no me mantuvieras encerrada en esta casa —espeté, nerviosa—. Es sábado.

—Lo sé —coincidió con un suspiro—. Pero necesito que me ayudes a limpiar el ático. Nos hace falta más espacio y, si lo despejamos, puedo trasladarme aquí y devolverle a Joey su habitación.

—Esto es una broma —solté por lo bajo—. Toda esta familia es una broma.

—¿Esto es por él? —preguntó Darren—. ¿Esta rabieta es porque no se te permite salir con él?

Sí. No había visto a Johnny desde el día anterior en el instituto y estaba cada vez más alterada. En toda la semana, solo había podido pasar la hora de la comida con él y me había dado cuenta rápidamente de que no era suficiente. Nada parecía ser suficiente cuando se trataba de él.

—No —solté, obligando a mis pensamientos a volver al presente—. Es porque estoy harta de ser una prisionera en esta casa. —Con un profundo suspiro, añadí—: Siento que estoy encadenada a las paredes, Darren. No puedo soportarlo más.

—Bueno, saltarte las clases para pasar el rato con él no te hará ningún bien —respondió mi hermano—. Tuviste suerte de que yo respondiera la llamada del director y no mamá —añadió—. Te cubrí, ¿recuerdas? Le dije que estabas enferma cuando te largaste a las afueras con él. —Al no responder, porque la verdad es que no tenía ninguna excusa, Darren suspiró—. Venga ya, Shannon. Es tu último año de instituto. Sabes que debes hincar codos y estudiar para los exámenes de junio. Y él no debería ser tu apoyo. No es saludable encariñarse tanto con ese muchacho, por muy tentador que sea.

—Él no es mi apoyo —grazné—. Es mi novio, y no pasa nada por querer pasar tiempo con él.

—Algo de tiempo —apuntó Darren—. No todo el tiempo.

—Tampoco he dicho eso —escupí—. Solo puedo verlo durante la hora de la comida.

—Bueno, novio o no, tienes que ayudarme a llenar estas bolsas, porque no puedo limpiarlo todo yo solo —respondió Darren en un tono desdeñoso—. Haz algo productivo con tu día, en lugar de desperdiciarlo suspirando por un chaval.

—¿Sabes cómo me he pasado todos los sábados durante los últimos seis años? —pregunté, y luego continué rápidamente antes de que tuviera la oportunidad de responder—: Limpiando, Darren. Así he pasado cada sábado. Limpiando lo que ensuciaba todo el mundo en esta casa.

Mi hermano suspiró pesadamente.

—Shan, venga ya.

—No. —Amargada, dejé escapar un suspiro y planté las manos en las caderas—. Esto no es justo. Prometiste que las cosas serían diferentes cuando volviera a casa del hospital, pero no es así. Nada ha cambiado. Ella sigue ahí… —señalé la puerta cerrada del dormitorio de mi madre, a su espalda—, huyendo de sus responsabilidades, mientras yo sigo aquí, limpiando lo que ensucia todo el mundo y Joey sigue arrastrando a los niños a sus entrenamientos y partidos. La única diferencia ahora es que tengo compañía. —Le lancé una mirada cargada de intención para hacerle saber que él era la compañía—. Esa es la única diferencia que veo aquí, Darren.

—¿En serio? Porque a mí las cosas me parecen un poco diferentes —gruñó, bajando de la escalera—. Para empezar, papá no está aquí. En segundo lugar, la nevera y los armarios están llenos. Y tercero, ninguno de vosotros vais por ahí cubiertos de moretones…

—Todavía está aquí, Darren —le respondí temblorosa—. Solo que tiene otra forma.

—¿Qué estás diciendo, Shannon? —preguntó con frialdad—. ¿Mmm? —Furioso, cruzó los brazos sobre el pecho y me lanzó una mirada asesina—. ¿Me estás diciendo que soy nuestro padre?

Me encogí de hombros, culpable por lo que había insinuado pero sin intención de retirarlo.

Darren se rio con sorna.

—¿Sabes qué? Haz lo que quieras. Por mí, puedes salir y quedarte embarazada. Estoy harto de intentar suavizar las cosas contigo y los chicos. De hecho, no sé por qué me molesté en primer lugar, joder.

Permanecí en silencio mientras Darren pasaba junto a mí hecho un basilisco y bajaba las escaleras, y no fue hasta que oí el portazo de la entrada que solté el aire que había estado conteniendo.

Furiosa conmigo misma y con la vida en general, continué guardando en bolsas los juguetes viejos, la ropa y demás cachivaches del ático hasta que despejé el suelo del rellano. Apilé cuidadosamente todas las bolsas en la parte superior de las escaleras y luego hice algo que me sorprendió. Entré en mi habitación, cogí mi abrigo de la parte trasera de la puerta y me lo puse.

Bajé la escalera con el corazón en la boca y atravesé el pasillo, tropezando con juguetes esparcidos por el suelo y piezas de Lego a mi paso. Me estaba asfixiando en esta casa. Me estaba asfixiando en mi propia vida. Necesitaba salir. Necesitaba algo. Solo necesitaba… abrir la puerta.

Lo hice de un tirón y salí en tropel. Sin detenerme, llevé mi cuerpo al límite y eché a correr, pasé zumbando más allá de la familiar fila de casas, luego hice un giro brusco a la derecha y bajé por el oscuro callejón. Sin un destino en mente, me subí la capucha del abrigo y seguí adelante, buscando desesperadamente el adictivo sabor de la libertad que añoraba cada día que pasaba.

Tres horas y una muda de ropa seca más tarde, estaba acurrucada en la cama de Claire con una taza de chocolate caliente entre las manos y los créditos finales de *Dirty Dancing* en la tele.

—Lo quiero —exclamó Claire embelesada a mi lado—. Lo juro, nunca olvidaré a ese hombre mientras viva.

—Pensaba que estabas enamorada de Johnny Depp —bromeó Lizzie, que estaba recostada a los pies de la cama hojeando una revista—. Decídete, tía.

—Los quiero a los dos —suspiró Claire—. Pero Patrick fue mi primer amor, y ya sabes que la dulce llama del primer amor arde eternamente.

Lizzie puso los ojos en blanco, con cara de máximo aburrimiento.

—No sé cómo hemos seguido siendo amigas durante once años.

—Me lo perdí. —Suspiré con satisfacción y di un sorbo de mi taza—. Os eché de menos.

—Nosotras también te echamos de menos —respondió Lizzie—. Tuve que sufrir las aventuras de Thor y su gato yo sola la última vez que vine.

—Deja a Gerard en paz —refunfuñó Claire—. Le gusta su gato. Vaya cosa.

—Pasea a su gato. —Lizzie rodó sobre un costado para mirar boquiabierta a Claire—. Con un collar y una correa relucientes con incrustaciones de joyas. —Entrecerrando los ojos, dijo—: Por favor, no me digas que eso te parece normal.

Claire se encogió de hombros.

—A mí me parece mono.

—Por supuesto que sí, todo lo que hace ese pedazo de imbécil te parece mono —respondió sacudiendo la cabeza—. ¿Qué hay de ti, Shan? ¿Qué piensas de Gerard?

—Yo, eh… —Miré a ambas chicas antes de sonreír tímidamente—. Yo creo que es genial —me reí—. A mí también me gusta su gato.

Claire sonrió de oreja a oreja y Lizzie gimió.

—A Shannon tiene que gustarle —murmuró esta—. Es el siamés de su novio. Hablando de eso, ¿cómo está el Capitán Fantástico?

—Bien —respondí, poniéndome roja como un tomate.

—Bien —corearon las dos burlonamente.

—¿Cómo sabes que estás a punto de tener un or… —Dejé que mis palabras se apagaran mientras observaba a mis dos amigas mirándome boquiabiertas—. Eh, no importa.

—Termina la pregunta —chilló Claire, saltando arriba y abajo—. Un orrrrr…

—… Gasmo —susurré, sintiendo que me ardía la cara.

—¿Tuviste un orgasmo? —A Claire se le desorbitaron los ojos—. ¡Júralo!

—Vaya con el piquito de oro —murmuró Lizzie, que, a su pesar, parecía impresionada.

—¿Le viste el pito? —preguntó Claire—. Ay, madre, ¿era grande? Es grande, ¿verdad? Puaj, apuesto a que la tiene enorme, y tú eres tan pequeña… —Tragando saliva profundamente, Claire agitó una mano frente a sí consternada—. Ay, te dolió, ¿a que sí? ¿Cómo es que sigues de una pieza?

—Calma, señorita, me asustan las chorras —respondió Lizzie antes de volver la mirada hacia mí—. ¿Te acostaste con él? —A diferencia de antes, ahora sí parecía intrigada por la conversación—. Qué fuerte, ¿te hizo correrte la primera vez? Porque eso es impresionante.

—¿Qué? —Negué con la cabeza—. No, no, no he…, quiero decir que no nos hemos…

—¿Te lo comió? —preguntó Lizzie en su lugar—. ¿Usó los dedos?

—No —dije ahogadamente—. Solo me besó.

Ambas parecieron decepcionadas con mi respuesta.

—Solo te besó —repitió Lizzie inexpresivamente—. Guau. Suena excitante.

—No seas cabrona, Liz —intervino Claire—. No todas somos tan precoces. —Con una sonrisa radiante, asintió con la cabeza y dijo—: Continúa, Shan. Cuéntanos lo del beso orgásmico.

Nerviosa, comencé a explicar cómo me había sentido el otro día cuando Johnny y yo estábamos en su cama y luego otra vez cuando estábamos en su coche, cuidándome de ignorar los ojos en blanco de Lizzie mientras hablaba. Me había sentado con él a comer todos los días esa semana, y aunque nos habíamos besado muchas veces antes y después de clase, estas no se parecían en nada a aquellas otras veces. Cuando terminé de explicarlo, busqué el consejo de mis amigas.

—¿Eso es normal?

—Parece que estabas cerca —intervino Lizzie, interesada una vez más—. Y también suena como si Johnny fuera una bestia.

Me sonrojé y Claire se rio.

—Una bestia.

—Imagina lo que podría hacer sin ropa —reflexionó Lizzie, sonriendo ahora. Era guapísima cuando sonreía. Apenas lo hacía últimamente, pero cuando sonreía, era maravilloso—. Creo que deberías deshacerte de la ropa en tu próxima sesión de magreo —añadió—. Y luego informarnos.

—Sí. —Claire asintió con entusiasmo—. Para que Lizzie pueda iluminarte un poco más con la sabiduría de su experiencia, mientras yo escucho como la chafardera que soy.

—Que no soy puta, Claire —se quejó Lizzie—. Joder.

—Ya lo sé —se apresuró a asegurar esta—. Pero has estado con Pierce como un millón de veces. —Encogiéndose de hombros, añadió—: Queremos saber del tema.

—No tienes que contárnoslo, Liz —murmuré.

—Claro que sí. —Claire me hizo callar antes de menear las cejas hacia Lizzie—. Cuéntanos lo que sabes, *sensei*.

—Ni siquiera tienes novio —se rio Lizzie.

—¿Y? —replicó Claire, sonriendo—. Tengo una excelente imaginación y una sed insaciable de conocimiento.

—Vale, vale. —Lizzie se arrastró hasta quedar sentada, sacudió la cabeza y puso una sonrisilla—. ¿Recordáis el videoclip de Shakira con el que Claire nos machacó en sexto para que nos aprendiésemos los pasos?

—Vívidamente —respondí, encogiéndome ante el recuerdo.

—Qué pedazo de canción —comentó Claire, con los ojos brillantes y llenos de ese implacable optimismo.

—Pues cuando estás encima, es un poco así. —Se le pusieron las mejillas de color rosa—. Simplemente mueves las caderas adelante y atrás y en círculos.

—Buah —susurró Claire—. No sé si me gustaría. —Arrugando la nariz, dijo—: Creo que preferiría estar abajo.

—Te sorprendería saber lo que te gusta —fue todo lo que respondió Lizzie.

Suspiré pesadamente.

—Johnny me ha dicho que no quiere tener sexo conmigo.

—¿Qué?

Tanto Lizzie como Claire me miraron boquiabiertas.

—Me ha dicho que no quiere tener sexo conmigo —repetí, muerta de vergüenza.

—¿Quién no quiere tener sexo contigo? —preguntó el hermano mayor de Claire, Hughie, que estaba en el pasillo arqueando una ceja. Entonces abrió mucho los ojos—. ¡Hostia puta! ¿Estás hablando del capi?

—No —solté, horrorizada—. O sea, no… No quería…

—Maldita sea, Claire —exclamó Lizzie—. Te he dicho que cerraras la puerta cuando has subido con el chocolate caliente.

—No esperaba que hubiese pervertidos al acecho —gruñó esta, entrecerrando los ojos hacia su hermano—. Vete, vicioso.

—Sois demasiado jóvenes para este tipo de conversación —dijo Hughie, lanzando una mirada cargada de significado a su hermana—. Sobre todo tú.

—¡Ay, por favor, que tenemos dieciséis años! —se rio Claire—. Y es muy fuerte que me diga eso el chico cuya cabecera está colocada directamente contra la pared de mi dormitorio. —Claire se acercó a su cómoda y comenzó a golpearla con la palma de la mano a un ritmo fuerte—. Oh, sí, nena, dámelo todo —imitó con voz masculina—. Oh, Katie, me encanta lo que haces con la lengua…

—Claire —siseó Hughie en señal de advertencia—. Déjalo ya.

Inmutable, esta siguió imitando su voz, acelerando los golpes.

—Sí, nena. Ahora, ahora, tengo que salir o me coooooo…

Hughie salió del dormitorio dando un portazo justo cuando Claire gritaba «¡Correrme!» y las tres estallamos en carcajadas.

—Vete a la mierda —rugió Hughie cuando oímos cerrarse la puerta de su habitación de un golpe.

—¿Por qué los hermanos se piensan que lo saben todo? —se rio Claire por lo bajo, dejándose caer en la cama—. Imbéciles.

Asentí.

—Y que lo digas.

—Creo que deberías enviarle un mensaje —se rio Lizzie—. A Johnny —apuntó cuando ambas la miramos confundidas—. Envíale un mensaje con ese móvil asquerosamente rosa que te regaló —me alentó—. A ver si quiere… ¿pasar el rato?

—Oh, sí, qué buena. —Claire meneó las cejas—. Pasar el rato.

La emoción vibró dentro de mí.

—No sé. —Me saqué el móvil del bolsillo de los tejanos, miré la pantalla y luego a mis amigas—. Ni siquiera debería estar aquí, chicas.

—Has tenido una semana de mierda —replicó Lizzie—. Una con mucho más drama del que ninguna de nosotras soportaría. Creo que deberías enviarle un mensaje a tu novio y pasar el sábado por la noche juntos.

—Hoy tiene toda la razón, Shan —coincidió Claire con una sonrisa—. Ya has salido, lo que significa que ya te has metido en un lío. —Encogiéndose de hombros, añadió—: Al menos que valga la pena.

—¿Qué pasa si está ocupado? —susurré, mordiéndome el labio.

—No lo está —intervino Claire—. Está en el gimnasio con Gerard.

—¿Cómo lo sabes?

—Porque ahí es donde estaban cuando Gerard me ha llamado antes —respondió Claire—. Y ahí es donde estarán hasta que cierre el local.

Me quedé boquiabierta.

—¿Todo el día?

Claire puso los ojos en blanco.

—Es tu novio, Shan. Ya deberías saber que se pasa cada hora del día haciendo ejercicio. —Claire marcó bíceps y lo besó antes de añadir—: Haciendo músculo.

—Eres tan tonta —se rio Lizzie.

—Es cierto —se carcajeó Claire.

—Escríbele —dijeron ambas al unísono.

Cogiendo aire profundamente, abrí los mensajes y comencé a escribir.

—Pregúntale qué hace esta noche —sugirió Lizzie.

—Oooh, a ver si quiere tener una cita —añadió Claire—. Ay, ay, puedes vestirte aquí.

—Enviado —balbuceé, dejando caer el móvil sobre la cama.

Lizzie me cogió el teléfono y leyó mis mensajes antes de entrecerrar los ojos.

—«Hola, Johnny» —dijo inexpresivamente—. ¿Eso es lo que le has enviado?

Me encogí de hombros y junté las manos.

—Está bien, ¿no?

—Si tienes cuatro años —se quejó Lizzie—. ¿Ni un beso al final?

Me encogí de hombros, sintiéndome perdida.

—¿Tan malo es?

—No si le estás enviando un mensaje a tu hermano —intervino Claire con una sonrisa de lástima.

—Ay, madre, apágalo —gemí, mareada—. Apaga el teléfono.

Ping.

—Ah, te ha respondido —chilló Claire, quitándole el móvil a Lizzie de la mano y saltando de la cama—. «Hola, nena» —comenzó a leer, solo para detenerse y llevarse las manos al pecho—. ¡Ay, que me muero, la ha llamado nena! —Volviendo a acostarse en la cama, añadió—: Y él le ha puesto dos besos al final. —Suspiró de satisfacción—. Creo que yo acabo de tener un orgasmo.

—Dame eso —refunfuñó Lizzie, robándole el teléfono a Claire—. «Hola, nena, ¿cómo estás? ¿Puedo llamarte más tarde? Mua, mua».

Se me iba a salir el corazón del pecho.

—Dile que puede llamarme —le pedí mientras miraba a Lizzie escribir un mensaje—. ¿Le has dicho que podía? —pregunté cuando se puso el teléfono en el muslo—. ¿Liz?

Esta abrió la boca para responder, pero el móvil volvió a sonar antes de que pudiera hacerlo. Mirando hacia la pantalla, sonrió maliciosamente.

—Ay, madre. —Sentí un escalofrío por la inquietud—. ¿Qué has hecho?

—Le he dicho que, en lugar de llamarte esta noche, podía recogerte aquí. —Me guiñó un ojo antes de añadir—: Llegará a las ocho, así que será mejor que te prepares.

—¡Espera! —Me apreté las sienes con los dedos y me obligué a respirar lentamente para no entrar en pánico—. Necesito… un minuto. —Respiré hondo varias veces para calmarme antes de preguntar—: ¿Es una cita?

Claire asintió con la cabeza enérgicamente. Mientras tanto, Lizzie me miraba como si fuera una nueva especie de humano.

—No te entiendo, Shan —suspiró—. Es tu novio. Te pasas cada día la mitad de la hora de la comida con su lengua metida en la garganta. Vas a quedar con él un sábado por la noche. Por supuesto que es una cita.

—¿Debería… llevarle algo? —pregunté, sintiendo que se me disparaba el ritmo cardiaco.

—No —respondió Lizzie, horrorizada—. ¿Para qué?

—¡No sé! —Agité las manos, nerviosa—. Solo estoy entrando en pánico, ¿vale? ¿Y si me lleva a algún sitio? No tengo dinero.

—No importa.

—Sí que importa —dije ahogadamente—. A mí me importa.

—Podrías grabarle una cinta recopilatorio —sugirió Claire entonces—. O un CD para el coche, si quisieras regalarle algo.

—Esa es una buena idea —apuntó Lizzie—. ¿Qué canciones vas a poner?

—No sé. —Recostándome contra las almohadas, suspiré—. Tal vez sea una mala idea.

—No. —Claire se dirigió hacia su escritorio y cogió su portátil—. Es una gran idea —me aseguró, insertando un disco en la ranura lateral del aparato—. Así que hazlo.

—¿A los chicos les gusta ese tipo de cosas? —pregunté, con los dedos sobre el teclado—. Aoife siempre le está grabando CD de mezclas a Joey y él nunca los escucha.

—Bueno, a mí Gerard me los hace y me encantan —respondió Claire—. Dile lo que piensas, Shan. Busca las canciones que hablen de tus sentimientos y revélaselos.

—¿Es eso lo que haces? —preguntó Lizzie inexpresivamente.

—Siempre —gimió Claire—. Y sé que él los escucha. —Suspirando, añadió—: Simplemente elige no hacerles caso.

—Ay, madre mía —murmuró Lizzie—. Ese chico es un cazurro.

—Pero Johnny no es así. Él lo escuchará, Shan. Él siempre te hace caso. Venga, toma… —Claire me lanzó un rotulador negro permanente y sonrió—. Escribe algo en el disco cuando hayas terminado para que no lo confunda con una de las creaciones de Gerard.

—Qué asco das, eres tan pequeña —gimió Lizzie una hora más tarde—. Podría no probar bocado durante el próximo año y medio, y seguiría sin estar como tú.

«Eso es el hambre —pensé a mi pesar—. Alégrate de no haber sufrido nunca ese tipo de dolor».

—¿Qué tal estoy? —grazné, nerviosa, mientras me miraba la ropa—. ¿Estoy bien?

—No. —Lizzie suspiró y me guio hacia el espejo de cuerpo entero en el baño familiar de los Biggs—. Estás increíble y perfecta, y estoy asquerosamente celosa de ti ahora mismo.

—Tachán —chilló Claire, agitando una brocha de base en la mano—. ¡Estás… estás… cañón!

Con la mirada clavada en el espejo frente a mí, observé mi aspecto y dejé escapar un suspiro tembloroso.

—Guau.

—Lo sé —asintió Claire, dándose por aludida—. Material del bueno.

—Me voy a congelar —susurré, observando el vestido rojo con cuello halter que Claire prácticamente me había puesto. Me dijo que era un vestido, pero yo sabía que estaba mintiendo, porque recordaba perfectamente haber admirado el mismo tipo de cuello el mes pasado, cuando se lo puso con vaqueros. Para ser justos, me llegaba a la mitad del muslo. Mirándolo por el lado positivo, me quedaba ajustado y no holgado como la mayoría de las prendas que llevaba.

—La chaqueta te mantendrá abrigada —apuntó Lizzie, sacudiendo la cazadora de cuero negra que llevaba puesta.

—Y la falda es para facilitar el acceso —se rio Claire—. Es broma. Oye, ¿qué talla de zapatos usas?

—Un treinta y cinco y medio —respondí, mirándome con cautela en el espejo. Llevaba los labios rojos como la sangre, a juego con el vestido, y un difuminado en los ojos. Me habían hecho una coleta desenfadada que, a pesar de ser alta, todavía me llegaba por el codo.

—En serio, esto es tan injusto —se quejó Lizzie—. Mataría por tener los pies pequeños.

—Mi madre tiene un treinta y seis. Mmm. Dame un segundo —murmuró Claire antes de salir corriendo del baño.

Regresó unos minutos después con un par de tacones negros.

—Perfecto.

Observé los quince centímetros de tacón con cautela.

—No estoy segura de que eso sea una buena idea.

—Es una gran idea —me aseguró y luego se arrodilló para ponerme los zapatos antes de que tuviera la oportunidad de oponerme—. Qué fuerte, pareces una Bratz con esos pedazo de ojazos y con tanto pelo —dijo emocionada, poniéndose de pie para admirarme—. Eres tan mona que duele.

—Pues no es una muñeca, Claire —le recordó Lizzie—. Es una persona y está… ¡Para ya! —Le dio un manotazo al cepillo de pelo con el que Claire se me acercaba poco a poco y sonrió—. Estás increíble, Shan.

—¿Estáis seguras de que no debería llevar sujetador? —pregunté, sintiéndome expuesta.

—No —resopló Claire—. ¡No deberías llevar sujetador en absoluto! Arruinará todo el conjunto.

—Shan, si yo pudiera librarme del sujetador, iría suelta por ahí todo el día —dijo Lizzie, apretándome el hombro.

—Yo también —apuntó Claire en apoyo—. Presume de esas tetillas, tía.

—¿No creéis que es un poco corto? —preguntó Hughie, arqueando una ceja mientras se apoyaba en la puerta del baño. Frunciendo el ceño, añadió—: Siento que necesito quitarme el suéter y ponértelo.

—¡Cállate, Hughie! —gruñó Claire—. Déjala en paz.

—Muy bien. —Levantando las manos en señal de derrota, dijo—: Va, fuera del baño. Tengo que arreglarme. Voy a recoger a Katie en media hora.

—Katie… —se burló Claire, agitando las pestañas—. Asegúrate de lavarte el pito para tu novia.

—Estás fatal —respondió Hughie, frunciendo el ceño a su hermana—. Mamá y papá trajeron a casa al bebé equivocado del hospital. —Volviéndose hacia mí, añadió—: Por cierto, Johnny está aparcado fuera.

Abrí los ojos como platos.

—Ah, ¿s-sí?

—Yuju, ¡vamos! —Claire aplaudió y empujó a Hughie con la cadera—. Estoy tan emocionada.

—Cálmate —refunfuñó Lizzie—. Tú no vas.

—Tengo un espíritu empático —respondió Claire—. Vivo para estas cosas.

39

NOCHE DE CITA

Johnny

Después de dejarme la piel casi en carne viva en lo que debió de ser la ducha más rápida en la historia de la humanidad, vacié el armario tratando de encontrar algo para ponerme que no fuera un jersey y una sudadera con capucha. Qué pasada, el corazón me iba a mil por hora desde que había recibido ese mensaje de Shannon por la tarde.

S: Puedes pasar a recogerme. Estoy en casa de Claire. Te espero. :**

No tenía ni puta idea de lo que estaba pasando aquí, y me importaba aún menos, porque la idea de pasar tiempo con mi novia fuera del instituto me tenía como una peonza. Había tenido que conformarme con verla por los pasillos y apenas unos minutos a la hora de la comida durante toda la semana, pero ¿ahora? Ahora iba a tenerla para mí solo una noche entera. Agradeciendo que mi madre hubiese decidido devolverme las llaves del coche hoy, recorrí mi habitación con el cepillo de dientes colgando de la boca y pasta goteándome por la barbilla, tratando de encontrar algo decente que ponerme.

¿Era esto una cita?

¿Quería que saliéramos?

¿Deberíamos?

¿Qué cojones iba a hacer?

¿Qué tal un condón?

¿Debería?

¡No!

¡Para!

Eso es tentarte a ti mismo.

Mierda…

—Estás muy guapo —anunció mi madre cuando entré en la cocina, cinco minutos después, para coger las llaves y la cartera.

—Ya ves. —Gibsie, que estaba sentado en un taburete en la isla, se rio por lo bajo con fuerza—. Muy guapo, Johnathon.

Le lancé una mirada advirtiéndole que no se atreviera a abrir la boca, lamentando no haberlo dejado directamente en casa después del gimnasio. Debería haberlo hecho, pero me había trastornado tanto que me llevé al cabronazo a casa. También le había contado mis planes, lo cual fue un error de novato, uno que solo cometí porque, de nuevo, aquel mensaje me había dejado flipando. Para ser justos, sentí que le debía una explicación por casi decapitarlo en el gimnasio antes, al dejar de vigilarlo para enviarle un mensaje a Shannon.

Gibsie puso una sonrisilla e hizo que tenía los labios sellados.

Esa sería la primera vez.

—Estoy como siempre, mamá —refunfuñé, sabiendo que debía entrar y salir de la cocina antes de que la mujer se convirtiera en la versión maternal de la Inquisición española—. Volveré tarde a casa esta noche —añadí, en un tono tan ligero como pude, guardándome la cartera y las llaves en el bolsillo trasero—. Así que no te vuelvas loca, ¿vale?

Ni me bombardees el maldito móvil.

—¿Esa camisa es nueva? —me preguntó mi madre, ignorando lo que acababa de decirle mientras me hacía un repaso.

Uf.

Demasiado tarde, joder…

—No. —Cohibido, tiré de la tela negra que tenía pegada al pecho y me encogí de hombros—. Estaba en mi armario.

Mi madre puso una sonrisilla.

—Y ¿nueva loción para después del afeitado?

—Es el frasco que me regalaron en Navidad. —Me removí incómodo—. ¿Por qué?

—Oh, por nada, mi amor —respondió ella con una sonrisa de complicidad—. ¿Te has cortado el pelo hoy?

—Sí —repliqué con impaciencia, sintiéndome totalmente expuesto—. He parado en la peluquería después del gimnasio y me he cortado el pelo.

Los ojos le brillaban con picardía.

—¿También te lo has engominado?

—Joder, mamá —murmuré, tocándome el pelo—. ¿Y qué si lo he hecho?

—Has puesto tanto empeño en tu aspecto —reflexionó, arqueando una ceja— que debes de ir a algún lugar especial esta noche.

—Con alguien muy especial —añadió Gibsie, el muy traidor, echando leña al fuego.

—Tú también te has cortado el pelo —le recordé.

—Cierto, pero no soy yo el que tiene una cita.

Fulminé a Gibsie con la mirada.

Este levantó las manos y sonrió tímidamente.

—Oh, mi amor, quítate los tejanos —dijo mi madre entonces, recuperando mi atención—. Tienes una arruga en la parte delantera. —Saltó del taburete y se fue hacia la tabla de planchar—. Quítatelos y les paso la plancha.

—¿Qué? —La miré boquiabierto—. Están bien, mamá. Tengo que irme.

—Pantalones fuera —me ordenó bruscamente, enchufando la plancha—. Mi hijo no va a salir por la puerta con la ropa arrugada.

—Hay que joderse. —Murmurando una serie de palabrotas, me quité las botas y me bajé los tejanos—. Tengo que irme —mascullé, mientras me los quitaba y se los daba—. Ya, mamá.

—Tiene buen aspecto —sentenció Gibsie, en tono serio, mientras miraba la cicatriz que me bajaba por el muslo. Por suerte, la otra quedaba oculta tras los calzoncillos—. Realmente está mejorando.

—¿Gracias? —respondí, mirándolo con cara de no entender una mierda mientras pasaba el peso de un pie al otro, esperando mis tejanos—. ¿Puedes darte prisa, mamá? —le supliqué—. Tengo que irme.

—¿Vas a llevar a Shannon al cinematógrafo, mi amor? —preguntó mi madre, con una sonrisa cargada de intención.

—Se llama cine, mamá —gruñí, pasándome una mano por la mandíbula—. Nadie, es que nadie, lo llama cinematógrafo.

—Yo sí —dijo ella alegremente—. Así que ¿es ahí adonde la vas a llevar?

—Todavía no lo sé —murmuré—. Iba a dejar que decidiera ella.

—Ah, eso es encantador. —Volviéndose hacia Gibs, mi madre sonrió—. ¿No es encantador, Gerard?

—Ya lo creo —se rio Gibsie por lo bajo.

—Deberías llevar tú a esa joven al cinematógrafo —añadió mi madre—. ¿Cómo se llama? La hija de los Biggs.

Gibsie se sonrojó y yo sonreí.

«Ja, jódete».

—Claire —dijo, aclarándose la garganta.

—Ah, sí, la hermana de Hughie. —Mi madre sonrió para sí misma mientras me planchaba los tejanos—. Llevas detrás de esa chica desde el día que Johnny te trajo a casa, todo un querubín rubio y gordito.

Me reí por la nariz y fue el turno de Gibsie de fulminarme con la mirada.

—Eras un niño tan precioso. —Mi madre dejó la plancha, levantó mis pantalones y los sacudió, inspeccionando su trabajo, antes de devolvérmelos de una vez—. Se suponía que eras amigo de Hughie, pero tú y esa muchacha siempre habéis sido inseparables. Tan unidos como siameses.

—Bueno, gracias por el momento de nostalgia, mamá —dije con impaciencia mientras me ponía los vaqueros y las botas—. Pero tenemos que irnos. —Puse las manos sobre los hombros de Gibsie y lo conduje hacia la puerta trasera—. Buenas noches.

—Johnny, pórtate bien —gritó mi madre.

—Eso es una canción —respondí por encima del hombro.

—Y una advertencia —replicó ella—. Mantén la bragueta subida.

Joder.

Quince minutos después, había dejado a Gibsie y estaba aparcado frente a la casa de los Biggs con las manos sudorosas y una semiempalmada bajo los tejanos. Joder, solo la idea de ver a Shannon me estaba volviendo medio loco. La emoción y el nerviosismo me hormigueaban en las venas, haciéndome sentir como un pirado, pero eso era lo que provocaba en mí. Cerrando los ojos, respiré hondo varias veces con calma para someter a mis emociones y que no afloraran.

Cuando me sentí un poco más tranquilo, salí y paseé por el camino de entrada, librando una batalla interna sobre qué cojones se suponía que debía hacer cuando llegara a la puerta principal. ¿Llamar? ¿Simplemente entrar como solía hacer? Joder, no lo sabía. No tenía ni puta idea de lo que estaba haciendo.

Por suerte, la puerta se abrió cuando iba por la mitad del sendero del jardín y dos rubias empujaron, literalmente, a Shannon antes de que la puerta se cerrara de golpe detrás de ella.

La hostia.

Mis pasos vacilaron mientras la absorbía con la mirada. Llevaba un diminuto vestido rojo, con una chaqueta de cuero negra y tacones a juego que hacían que sus piernas parecieran más largas que un día sin pan. Tenía el pelo recogido en una coleta que le caía por el hombro derecho y ¿la cara? Joder, los labios…, los ojos…, mierda…, estaba en un buen lío.

Sosteniendo una bolsa frente a ella, sonrió tímidamente.

—Hola, Johnny.

Sacudiendo la cabeza un poco, recorrí el espacio entre nosotros y le di un beso en la mejilla.

—Hola, Shannon —dije bruscamente—. Estás preciosa.

—¿Cómo ha ido el gimnasio? —preguntó, sonriéndome—. ¿Has ido con cuidado?

Apenas había entendido una palabra de lo que acababa de decir, porque tenía toda mi atención puesta en sus carnosos labios, que resaltaban más con ese rojo y me provocaban pensamientos de lo más depravados.

«Céntrate, imbécil».

—Sí —balbuceé y luego me aclaré la garganta—. Ha estado bien. —La cogí de la mano y la conduje por el camino de entrada hasta mi coche—. Estás preciosa, joder.

«Eso ya lo has dicho, tío».

—En serio, increíble.

«Cállate, Johnny».

—Eh, gracias. —Pude ver el rubor en sus mejillas a la luz de las farolas—. Es la ropa y el maquillaje.

—Es la chica —la corregí, dándole un apretón en la mano.

Shannon bajó la mirada y yo me mordí el interior de la mejilla.

—Oye, ¿has recuperado el coche? —preguntó entonces, con los ojos muy abiertos—. Qué bien.

—Sí. —Asintiendo, abrí la puerta del copiloto y le hice un gesto para que entrara—. Me lo han devuelto esta mañana. —Shannon subió y cerré la puerta antes de rodear el coche—. Y ¿cómo has salido tú con Darren controlando? —pregunté, hundiéndome en el asiento del conductor.

Shannon hizo una mueca mientras se abrochaba el cinturón de seguridad.

—Hemos discutido y se ha ido hecho una furia. Mi madre estaba en la cama, así que simplemente… me he ido. —Se encogió de hombros—. No me ha llamado desde entonces, así que supongo que tampoco ha vuelto a casa todavía.

Maldito imbécil.

—Bueno, me alegro de que hayas salido —le dije, abrochándome el cinturón—. Y me ha encantado que me escribieras.

Ella sonrió tímidamente.

—¿Sí?

—Por supuesto.

—Ah, toma… —Metió la mano en la bolsa y sacó la caja de un CD que me puso en las manos—. Te he hecho esto.

—Eh, ¿vale? —Miré el disco—. ¿Gracias?

—De nada. Es un recopilatorio —explicó, con la cara ardiendo—. Un CD con varias canciones.

Miré lo que había escrito en la caja.

«Canciones de Shannon para Johnny».

Uf.

—Estás muy guapo —dijo señalando mi ropa, con las mejillas tan rojas que juro que podía sentir el calor que irradiaba de ellas—. Y hueles muy bien.

—Eh, gracias.

Me removí en el asiento, sintiendo una gran oleada de alivio.

—Me encanta tu corte de pelo —añadió, alargando una mano para pasar los dedos por él—. Te lo has dejado largo por arriba. —Dudó e hizo ademán de retirar la mano, pero luego me la colocó en la mejilla—. Estás guapísimo.

Sus palabras fueron como un mazazo y me recorrió un escalofrío, así que me incliné sobre el asiento. Joder.

—Ven aquí.

Le pasé una mano por el pelo y acerqué su cara a la mía, sabiendo que estaba a punto de embadurnarme con pintalabios, pero me importaba una mierda de todos modos.

En cuanto mis labios se fusionaron con los suyos, estuve acabado. Cada pensamiento coherente, plan e idea que hubiese tenido para esa noche se fueron por la ventana cuando sentí su lengua acariciando la mía. Shannon gimió en mi boca y la vibración contra mis labios enseguida hizo que me pasara de morcillona a una empalmada en toda regla. Escuché el sonido de un cinturón de seguridad y allí estaba ella, trepando por los asientos para sentarse a horcajadas sobre mi regazo.

Madre mía, esta chica me iba a matar.

Mis manos se movieron por sí solas y la sujeté de las caderas para mantenerla quieta mientras me restregaba contra ella, hasta que la necesidad que sentía de hundirme en esta chica y no despegarme jamás me dolió.

—¿Johnny? —jadeó, respirando con dificultad contra mis labios—. ¿Qué quieres hacer esta noche?

Pff, esa era una pregunta con infinitas posibilidades, demasiadas. No necesitaba que fuera dándome ideas. Necesitaba instrucciones básicas en este momento, porque estaba en territorio desconocido y ella era todo lo que quería.

—No sé. —Esforzándome por controlarme, me eché hacia atrás para mirarla—. Estaba esperando a ver qué querías hacer tú.

—Solo quiero estar contigo —se limitó a responder, colocándome esas pequeñas manos en el pecho y encendiéndome de arriba abajo—. No me importa si nos quedamos en el coche toda la noche.

—¿Quieres ir al cine? —sugerí, porque sabía que quedarnos en el coche toda la noche era una idea peligrosa, tentadora pero muy peligrosa—. O podríamos ir a Biddies a jugar al billar. O a Spizzico a cenar. —Me encogí de hombros, nervioso—. Lo que quieras.

—Eh… —Agachó la cara a mi pecho antes de levantar la barbilla y mirarme a los ojos—. ¿No quiero ir a ningún lado?

¿Era una pregunta?

—¿No quieres? —repetí, inseguro—. ¿Quieres ir a casa?

—No. —Shannon negó con la cabeza—. No… —Sus palabras se interrumpieron y volvió a agachar la cabeza.

—¿No qué, nena? —pregunté—. Si no me lo dices, no puedo saberlo.

—Solo quiero estar a solas contigo —susurró, mirándome con los ojos entornados—. ¿Sabes?

Lo sabía.

Pero también sabía que era una idea terrible.

—¿Quieres ir a mi casa? —pregunté, con el cuerpo dolorido por la tensión de tomárnoslo con calma. Sabía que debía hacerlo, pero, joder, no me lo estaba poniendo fácil—. ¿A mi habitación?

Ella asintió.

—Si tú quieres.

Mierda.

40

¡ESTOY A PUNTO!

Shannon

En cuanto Johnny atravesó las puertas de su propiedad, apagó las luces del coche y nos quedamos completamente a oscuras. Emocionada y nerviosa, mantuve la mirada fija en su rostro y no aparté la mano de la suya mientras cambiaba de marcha y frenaba hasta que nos detuvimos por completo a mitad del largo y angosto camino.

Apagó el motor y se giró para mirarme.

—Te llevaré a mi habitación, pero vamos a tener que colarnos por delante, ¿vale?

Asintiendo con entusiasmo, susurré:

—Vale.

—No es porque no seas bienvenida —se apresuró a añadir—. Es porque mi madre no nos dejará un minuto en paz si no lo hacemos así. —Se desabrochó el cinturón, abrió la puerta del coche y salió antes de cerrarla suavemente y dar la vuelta al vehículo—. ¿Estás lista? —preguntó, cogiéndome de la mano cuando salí y cerrando la puerta detrás de mí.

—Sí —respondí, manteniendo la voz baja.

Estaba lloviendo fuerte otra vez y las frías gotas que me caían sobre la piel desnuda me provocaba escalofríos.

—Bonnie y Cupcake deberían estar en su caseta a estas horas —explicó mientras nos colábamos por el sendero, oscuro como boca de lobo—. Está en la parte de atrás de la casa, así que deberíamos estar bien.

—¿Qué pasa con Sookie?

—Sookie no me ladrará —respondió muy seguro.

—¿Cómo sabrá que eres tú?

—Lo sabrá. —Cogiendo las llaves con sigilo cuando llegamos al camino de entrada, Johnny me arrastró por la grava hasta apoyarme contra la fachada de la casa—. ¿Estás bien?

—¿Deberíamos estar haciendo esto? —pregunté, respirando con dificultad.

—¿Sinceramente? Lo más seguro es que no, pero vamos a hacerlo de todos modos.

—Vale —asentí.

—A la mierda… —Sacudiendo la cabeza, me besó con fuerza y luego me arrastró hacia la puerta principal. Me soltó la mano, se llevó un dedo a los labios y luego hizo girar la llave para estremecerse cuando la puerta se abrió con un crujido—. Pasa —me indicó en silencio, inclinando la cabeza hacia el pasillo.

Me quité los taconazos, me agaché y los cogí antes de apresurarme a entrar. Johnny cerró silenciosamente la puerta detrás de nosotros y nos quedamos un momento en la entrada mirándonos a los ojos.

Después de un minuto más o menos en completo silencio, esbozó poco a poco una sonrisa y yo se la devolví.

—Bingo —susurró, antes de pasarme un brazo alrededor de la cintura y pegarme a él.

Extasiada por la lujuria y la adrenalina, ahogué un chillido, le pasé los brazos por el cuello, zapatos y todo, y acerqué su rostro al mío.

Nuestro beso fue cálido y torpe y rezumaba una abrumadora necesidad de más. Johnny hizo un sonido profundo y áspero con la garganta, y luego nos pusimos en marcha, tropezando a ciegas por el pasillo.

—Has vuelto temprano, cariño. ¿Le ha pasado algo al coche? —La voz de la señora Kavanagh atravesó mis obscenos pensamientos y me aparté de Johnny como si quemara.

Muerta de vergüenza, me giré para ver a su madre, que estaba sentada en el último escalón de la impresionante escalera. Tenía un cesto de ropa a los pies y emparejaba calcetines. Tumbada junto a ella estaba la vieja labrador negra de Johnny. En cuando Sookie lo vio, se puso de pie con dificultad y saltó hacia él.

—Joder —murmuró Johnny en voz baja mientras se pasaba ambas manos por el pelo antes de bajar una para acariciar a la perra—. No te he visto, mamá.

—No pasa nada, Johnny, ya te he visto yo —respondió la señora Kavanagh con una sonrisilla—. Buen intento, sin embargo. —Volviendo su atención hacia mí, sonrió cálidamente—. Hola, Shannon. Encantada de verte de nuevo.

—Hola, señora Kavanagh —la saludé ahogadamente, avergonzada más allá de lo imaginable—. ¿C-cómo está?

—Maravillosamente, corazón. —Dejó un par de calcetines que había emparejado en el cesto, se puso de pie y se sacudió la parte de atrás de los vaqueros, sin dejar de sonreír—. Estás despampanante esta noche.

—Eh, ¿gracias?

Sentí que me acaloraba.

¿Debería disculparme por estar aquí?

¿Estaba enfadada?

¿Debería disculparme de nuevo por el comportamiento de mi madre?

¿Debería irme?

—Usted también —jadeé, un poco mareada ahora.

¿Qué demonios debía hacer?

Tomando la decisión por los dos, Johnny me cogió de la mano y tiró de mí hacia la escalera.

—Vamos a ir a ver una película —anunció, mirando a su madre con lo que parecía ser una gran cautela cuando pasamos junto a ella.

—Ah —respondió esta, arqueando una ceja—. ¿Nada bueno en el cinematógrafo?

—Tengo una peli en mi habitación que queríamos ver —replicó Johnny, medio arrastrándome escaleras arriba tras él—. Así que, bueno, eso es lo que vamos a hacer.

—¿Qué película?

—¡Caray, mamá, una película! —gimió él, deteniéndose en lo alto de la escalera para mirar a su madre—. ¿Qué más da?

—*Love, actually* —solté el primer título que me vino a la cabeza.

Johnny asintió con entusiasmo.

—Eso.

—Gibsie nos la ha dejado —seguí mintiendo, dándome cuenta de que a mí se me daba mucho mejor mentir que a él cuando estaba bajo la presión de una figura autoritaria.

Años de práctica.

—Dijo que es su favorita, y lleva toda la semana en el instituto insistiendo en que la veamos.

—Exacto. —Dándome un pequeño apretón en la mano, Johnny me ayudó a subir los dos últimos escalones para unirme a él—. Y Shannon no la ha visto nunca.

—¿Por qué no bajas el DVD y la vemos todos juntos en la sala de estar? —preguntó su madre tras nosotros.

—¿Qué? —Johnny se quedó boquiabierto—. ¡Mamá, no!

Los dos se quedaron mirando fijamente durante un buen rato antes de que la señora Kavanagh soltase un profundo suspiro y asintiera.

—Vale, id a ver la película, pero mantén la puerta abierta —dijo en voz baja y un tono de advertencia—. Abierta de par en par, Johnathon.

Sin otra palabra, atravesamos el pasillo hasta su habitación. Cuando entramos, Johnny cerró la puerta y echó hábilmente el pestillo antes de apoyarse contra ella.

—Lo siento mucho —murmuró, pellizcándose el puente de la nariz—. Está...

—Solo se preocupa por ti —susurré—. No pasa nada.

—Me asfixia —me corrigió, con los hombros hundidos, derrotado—. A la que doy un paso ya me está vigilando como un halcón.

—No creo que quiera que esté aquí, Johnny —confesé, mordiéndome el labio con nerviosismo—. Tal vez debería irme.

—¿Qué? —Sacudió la cabeza y ahogó un gemido—. No, Shan, no es eso. —Vino hasta mí, me cogió de la mano y me llevó hasta la cama—. A mi madre le gustas mucho. Te lo prometo. Solo está... —Hundiéndose en la cama, Johnny soltó un profundo suspiro—. No tiene nada que ver con que estés aquí, sino con que estés aquí a solas conmigo. —Encogiéndose de hombros, me miró y dijo—: Solo tiene miedo de que pase algo entre nosotros.

Me senté a su lado.

—¿Algo?

—Sexo —respondió bruscamente, volviéndose para mirarme.

Se me cortó la respiración.

—Oh. —Tragando saliva con fuerza, asentí—. Vale.

—Pero eso no es lo que vamos a hacer —se apresuró a decir, aunque se acercó más.

—Vale —jadeé, con el corazón a punto de salírseme de pecho.

—No tenemos que hacer nada —añadió, con la voz espesa y áspera, sin apartar la mirada de mis ojos—. Podemos ver una película, si quieres.

—No. —Me arrastré para acercarme—. No quiero hacer eso.

—¿Estás segura? —Se le dilataron las pupilas—. Podríamos jugar a la PlayStation.

—¿Johnny?

—Dime, Shan.

Me incliné hacia delante y le di un beso en la comisura de la boca para apartarme lentamente y estudiar su reacción.

—Shan. —Me miraba con una expresión oscura—. Shan...

Envalentonada, lo hice de nuevo.

Pasó un segundo.

Se le dilataron más las pupilas.

A mí se me aceleró el corazón.

—Ah, a la mierda —gruñó y pegó sus labios a los míos.

Pasándole los brazos alrededor del cuello, trepé por la cama y lo arrastré conmigo. Caí de espaldas, pero los labios de Johnny no se separaron de los míos mientras se dejaba caer con fuerza sobre mí, hundiéndome en el lujoso colchón. No quise apartar mi cuerpo del suyo, así que le pasé las piernas alrededor de la cintura.

—No deberíamos hacer esto —susurró una y otra vez contra mis labios, pero tampoco se detuvo, y yo sabía que nunca lo haría mientras lo besaba con desesperación. La forma en que me besó, como si mis labios y mi boca fueran lo único que le importase en ese momento..., era adictiva y embriagadora.

Bajé las manos de su cuello hasta su pecho y rápidamente hasta los botones de la negra camisa, desesperada por sentir el calor de su piel desnuda contra mí.

—Shan —me gimió en la boca, embistiéndome con las caderas—. ¿Qué estás haciendo, nena?

—Por favor —supliqué, desabrochándole torpemente los botones hasta que la tela se separó a lado y lado—. Quítatela.

—Joder...

Rompiendo nuestro beso, Johnny se puso de rodillas y se quitó rápidamente la camisa, bajándosela por los hombros. Tomé eso como una oportunidad para quitarme la chaqueta. La tiré a un lado, junto a su camisa, en el suelo del dormitorio y me dejé caer hacia atrás, con el vestido subido hasta la cintura, rogándole con la mirada que continuara. Las hormonas invadieron mi mente, lanzaron mi sentido común por la ventana y tomaron el control de mi cerebro, haciéndome saber que mi virginidad corría verdadero peligro de esfumarse esta noche.

Arrodillado entre mis piernas, vestido solo con los tejanos y con el pelo alborotadísimo de magrearnos, Johnny me observó tirada sobre sus almohadas y soltó un fuerte suspiro.

—No pienso dejarte, Shannon Lynch.

—¿En serio? —balbuceé, mirando sus carnosos labios y deseando probarlos una vez más.

—En serio —asintió, mirándome fijamente.

Encogiéndose de hombros casi con impotencia, esbozó una media sonrisa que dejó a la vista un pequeño atisbo de vulnerabilidad, lo que hizo que me enamorara más profundamente de él. A trompicones, me adentraba cada vez más en el oscuro abismo de lo desconocido con este chico, sin red de seguridad que amortiguara mi caída. Pisar el freno no supondría la menor diferencia, porque mi corazón estaba en el asiento del conductor y aceleraba sin pensar en las consecuencias.

—¿Estás segura de que no quieres jugar al GTA? —sugirió Johnny entonces con brusquedad y la voz espesa. Me pasó los dedos juguetonamente por el muslo desnudo, rozándome el borde de las bragas—. Podría ganarte esta vez. —Justo cuando pensé que iba a subir los dedos, cuando todo mi ser le pedía a gritos que los deslizara hacia arriba, apartó la mano para descansarla sobre mi muslo nuevamente—. ¿Qué me dices? ¿Mmm? ¿Quieres la revancha, Shannon como el río?

Negué con la cabeza, respirando con dificultad y entrecortadamente.

—No.

—¿No? —Él arqueó una ceja, sin quitar esa sonrisilla—. Entonces ¿qué quieres de mí?

Aferrándome a la valentía que solo parecía tener cuando él estaba conmigo, me erguí sobre los codos y susurré:

—Quiero que termines lo que empezaste.

El azul de sus ojos se oscureció y su sonrisa se volvió casi salvaje mientras me cogía por los muslos y arrastraba mi cuerpo para acercarlo al suyo.

—Siempre termino lo que empiezo. —Descansando su peso sobre un codo, se cernió sobre mí, con sus labios tan cerca de los míos que sentía su aliento—. Pero no vamos a llegar a eso —dijo. Me dio un beso en la boca que me dejó aturdida antes de hundirme la cara en el cuello—. Aún no. —Acariciándome la piel con la nariz, me dejó un rastro de besos cálidos y húmedos en el cuello, pasándome la lengua para saborearme, reclamándome con lametones pausados que sentí en cada nervio de mi cuerpo. Acurrucado entre mis piernas, se quedó allí quieto, tan solo besándome con movimientos rápidos de lengua que me encendían, volviéndome loca solo con su peso.

—¿En serio? —prácticamente grité mientras le clavaba los dedos en los duros abdominales de la cintura—. ¿Estás seguro?

Gimiendo, Johnny asintió.

—Estoy seguro. —Pasó la mano de mi pelo a mi cadera, de manera que nuestros cuerpos se alinearon a la perfección, y el movimiento provocó que un gemido me desgarrara la garganta. Johnny respondió a mi pequeño jadeo de sorpresa con un gruñido bajo de placer—. Pero puedo hacerte otras cosas —sugirió, y me rozó los labios con los suyos casi con amor antes de retirarse para ver mi reacción—. Si quieres.

Se me disparó el pulso y dejé escapar un suspiro tembloroso, asintiendo.

Le ardían los ojos mientras bajaba sus labios a los míos.

—Te prometo que te haré sentir bien —susurró entre besos—. Dime si no te gusta o si voy demasiado rápido y pararé, ¿vale?

—No pares —dije ahogadamente, extendiendo las manos para cogerlo de los hombros—. Por favor.

Johnny se rio suavemente por lo bajo.

—Todavía no he empezado.

—No me importa —gemí—. No pares jamás.

Johnny se arrodilló una vez más y me miró fijamente. Jadeando y con la respiración acelerada, me quedé bocarriba, hasta las cejas de adrenalina y lujuria, mientras lo miraba observarme durante mucho tiempo. El desconocimiento de lo que estaba por venir me hizo sentir débil y lo único que quise hacer fue arrastrarlo de nuevo sobre mí, pero me contuve, pues no tenía ni idea de qué hacer a partir de aquí, tan solo me moría por seguir.

—Eres tan jodidamente preciosa —susurró, con un pequeño movimiento de cabeza—. Qué pasada. —Me recorrió la mejilla con un dedo, se inclinó y me besó. Me deslizó la mano por el cuello, cada vez más y más abajo hasta que me rozó el pezón con el pulgar—. Te quiero —musitó, y luego me cogió el pecho con toda la mano, acariciando suavemente con el pulgar la tela de mi vestido mientras se me endurecía el pezón hasta el punto de ser doloroso—. ¿Te gusta? —me preguntó contra mis labios mientras continuaba tocándome.

—Johnny… —Temblando violentamente, arqueé la espalda ante sus caricias, besándolo casi con desesperación—. Muchísimo.

Deslizó la mano más abajo y me rozó la cadera con los dedos antes de ponérmela en la parte delantera de las bragas.

—¿Y esto? —Frotó su nariz contra la mía y deslizó la mano dentro de mi ropa interior para tocarme ahí abajo—. ¿Te gusta?

Mi cuerpo se sacudió debajo de él, moví las caderas y asentí como una loca.

—No pares.

Con un suspiro entrecortado, me metió la lengua en la boca al mismo tiempo que deslizaba un dedo dentro de mí.

Con cuidado de no gemir demasiado fuerte y alertar a su madre de lo que estábamos haciendo en su habitación, dejé que mis piernas se abrieran, invitándolo a tocarme, mientras pegaba mis labios a los suyos, aferrándome a sus anchos hombros con todas mis fuerzas y estremeciéndome debajo de él.

—Cómo me gustas —gruñó en mi boca, mientras movía el dedo dentro de mí lentamente, adentro y afuera, hasta el fondo y dejándome extasiada—. Más de lo que me ha gustado nadie en toda mi vida. —Besándome con fuerza, sacó el dedo solo para meterme un segundo—. Joder, estás tan mojada, nena. —Temblando, me aferré a él y moví las caderas con ansia—. Está la hostia de apretado…, mierda, ¿te gusta?

—Sí, Johnny, sí —prácticamente grité mientras arrastraba sus labios hacia los míos, arqueando la espalda para alentarlo—. ¡Deja de hacer preguntas estúpidas y sigue!

Riendo entre dientes contra mis labios, Johnny dobló los dedos, lo que me provocó algo por dentro completamente desconocido pero que me encantó. Sentí que me tensaba en lo más profundo mientras una ráfaga de calor me subía por todo el cuerpo. Fue una sensación que quería perseguir, un instinto básico y primitivo dentro de mí me exigía que lo hiciera.

Empujé las caderas contra su mano, buscando esa sensación. Johnny me puso los labios sobre los míos para ahogar mis gritos mientras movía los dedos más deprisa dentro de mí, excitándome más, llevando mi cuerpo al límite.

Impotente ante aquella sensación, me aferré a él por sus anchos hombros y me entregué por completo. Cuando me metió la lengua en la boca, rozándome la mía al mismo ritmo que movía los dedos, no sé si me rendí o simplemente no pude contenerme. Fuera lo que fuese, sentí como si me hubiese tirado por un precipicio. No podía explicarlo, pero mi cuerpo se relajó y me sacudí violentamente debajo de él mientras lo que solo podría describir como oleadas de éxtasis me atravesaban de la cabeza a los pies.

—Joder —grité, apartando mis labios de los suyos mientras todo mi cuerpo se estremecía intensamente—. ¿Qué está pasando? ¡Oh, dios mío!

—Chisss —me chistó, besándome el cuello—. Tú aguanta. —Me succionó la piel—. Disfrútalo.

—Oh. —Cerrando los ojos con fuerza, me permití absorber lo que estaba sintiendo—. Vale…

—¿Te gusta esto, Shan? —me susurró al oído, metiéndome y sacándome los dedos, prolongando el placer que acompañaba a aquellas convulsiones que me estaban volviendo loca—. ¿Te gusta correrte en mis dedos? —Me besó de nuevo, más fuerte esta vez—. Porque a mí me encanta.

Ay, madre…

Cuando finalmente dejé de temblar, Johnny me sacó los dedos y pensé que se apartaría de mí, pero no lo hizo. En lugar de eso, me cogió de las caderas y se colocó entre mis piernas una vez más para frotarse, lo que provocó que estallara dentro de mí una nueva oleada de sacudidas. Podía sentir su erección pegada a mí, tan dura que era aterrador. El roce de sus tejanos cuando apretó su cuerpo contra el mío fue demasiado. Gritando, le deslicé las manos por la cintura de los pantalones y lo acerqué a mí, deseando con todas mis fuerzas fundirme en este chico y no volver a apartarme jamás.

Johnny me cogió las manos y me las puso por encima de la cabeza, sujetándomelas ambas sobre la almohada con una de las suyas. Me llevó la mano libre a la cadera mientras continuaba frotándose contra mí, sus labios pegados a los míos, metiéndome la lengua con embestidas casi salvajes, descontroladas y llenas de lujuria. Jadeando en su boca, cerré las piernas alrededor de su cintura, siguiéndole el ritmo instintivamente con cada movimiento de sus caderas.

Toc, toc, toc…

—¡Johnny! —La voz de la señora Kavanagh vino desde el otro lado de la puerta cuando sonó otro fuerte golpe—. Creía haberte dicho que mantuvieras la puerta abierta.

Abrí los ojos horrorizada y me quedé inmóvil.

—Ay, madre.

—Hay que joderse —gimió Johnny, rompiendo el beso con un jadeo. Aclarándose la garganta bruscamente, gritó—: ¡Estamos viendo la maldita película, mamá!

—Bueno, ya estoy aquí, así que puedes abrir la puerta para que os vea —respondió su madre.

—¡Dame un minuto! —Rodando hacia un lado, Johnny se dejó caer boca abajo y murmuró una serie de palabrotas en el edredón antes de bajarse de la cama—. Lo siento —se quejó mientras me miraba salir de la cama y recolocarme ropa.

—No pasa nada —grazné, muerta de la vergüenza mientras me bajaba el vestido y me alisaba la coleta—. No te preocupes por tu madre.

—Oye, ¿estás bien? —preguntó, mirándome con preocupación—. ¿Shan?

—Solo estoy… —Miré alrededor de su habitación y me encogí de hombros sin saber qué hacer—. No sé cómo actuar ahora —confesé. Juntando las manos, gesticulé hacia la cama y suspiré—. Me da vergüenza.

Johnny sonrió y recorrió el espacio entre nosotros.

—¿Ha estado bien? —preguntó en voz baja y ronca, mientras me pasaba una mano por el pelo y me levantaba la barbilla—. Lo que he hecho… ¿te ha gustado?

Asentí, con las mejillas ardiendo.

—Sí.

—Entonces no seas tímida conmigo —susurró, acariciándome la barbilla con el pulgar—. Ni te avergüences. Te quiero, ¿vale?

—Yo también te quiero —susurré, hundiendo el rostro en su pecho.

—¡La puerta, Johnathon! —ladró la señora Kavanagh, llamando sin parar desde el otro lado—. ¡Ahora!

—Vale —rugió Johnny—. ¡Joder, que estoy a punto, mamá!

—Eso es lo que me asusta —replicó su madre—. Ahora abre.

41

PORTAZOS

Johnny

Sí, estaba en problemas. La chica sentada en el asiento del copiloto de mi coche era prueba de ello.

El móvil de Shannon no había dejado de sonar en los últimos veinte minutos. Sabía que me iban a culpar por que hubiese salido esta noche, sabía que me iban a amenazar y sabía que me estarían esperando un millón de fatalidades más en cuanto entrara en su calle, pero no pude encontrar en mí preocupación alguna. A la mierda con preocuparse, estaba jodidamente encantado conmigo mismo.

Sin saber cómo, mi sábado había pasado de la tranquilidad a una noche con mi novia tumbada con mis dedos dentro de ella. Joder, no se me olvidarían los sonidos que había hecho al correrse.

No quería llevarla a casa, pero tampoco quería que sufriera el interrogatorio de mi madre. Había ido demasiado lejos esta noche. Lo sabía, pero no me arrepentía, porque ella era simplemente… alucinante. Con toda sinceridad, estaba tan colado por ella que sabía que me ahogaría. Ya podían ir encerrándome, porque estaba acabado.

Shannon agitaba las rodillas inquieta mientras miraba por el parabrisas del coche, observando a los demás coches pasar zumbando junto a nosotros. Quería tranquilizarla, pero no tenía forma de hacerlo. No es que fueran a invitarme a tomar té y galletas cuando la acompañase hasta la puerta. Más bien me esperaban amenazas y esposas.

—Espero que Joey esté en casa —dijo Shannon, sacándome de mis pensamientos.

—¿Mmm?

—Joey —repitió, crujiéndose los nudillos—. Ojalá esté en casa.

Le cogí una mano entre las mías y le di un apretón para tranquilizarla. Shannon estaba temblando y eso me despertó el instinto asesino.

—Estará allí —le dije, rezando con todas mis fuerzas por tener razón.

Por razones que nunca entendería del todo, Shannon estaba muy unida a Joey. Para ella, era como un dios. No pregunté demasiado al respecto porque tenía miedo de la respuesta. Algunas de las cosas que me había contado sobre su infancia me aterrorizaban. No quería enterarme de lo que habían soportado porque no me fiaba de mi reacción.

En cuanto aparqué frente a la casa de los malditos horrores y apagué el motor, me llegó el sonido de los gritos. Joder, ¿qué les pasaba a sus vecinos? Se oía la carnicería desde el muro del jardín.

—Eh… —Tragando saliva profundamente, Shannon se pasó el pelo por detrás de las orejas y fue a desabrocharse el cinturón de seguridad—. Gracias por esta noche, ha sido genial. —Me sonrió de oreja a oreja y cogió la bolsa que había colocado en el coche antes—. Me lo he pasado muy bien, Johnny.

—Guau, para… —Me estiré y cerré su puerta, que ella había abierto—. No hagas eso.

—¿Que no haga qué?

—Fingir que estamos sordos los dos y no oímos lo que está pasando dentro de esa casa.

Shannon se hundió en su asiento.

—No sé qué decir. —Se llevó una mano a la frente—. No es nada fuera de lo normal para nosotros. —Suspiró con fuerza y añadió—: Probablemente sea por mi culpa. —Miró hacia la casa y luego hacia su regazo—. Por haber salido.

Sí, a la mierda eso.

Me desabroché el cinturón de seguridad, salí del coche y fui hasta su lado.

—¿Qué estás haciendo? —preguntó, con cara de estar aterrorizada, mientras salía del coche con la bolsa apretada en su pequeña mano—. Johnny…

—Te acompaño a la puerta —contesté, intentando que no se me notara el enfado en la voz—. Y me estoy asegurando de que estés bien.

—Estoy bien —se apresuró a decir.

—Y quiero asegurarme de que sigas así —respondí mientras la cogía de la mano—. Así que vamos.

Shannon era un manojo de nervios mientras caminábamos hacia su casa. Cuando llegamos a la puerta principal, temblaba visiblemente.

—Gracias por quedarte —dijo en voz baja antes de empujar la puerta.

—Cuando quieras —respondí bruscamente, pero mis palabras fueron engullidas por los fuertes gritos que nos recibieron.

—¿Dónde demonios estabas? —exigió saber Darren, que salía de la cocina hacia nosotros hecho una furia.

Pasó la mirada de Shannon a mí y sus pasos vacilaron.

Apoyándome contra el marco de la puerta, crucé los brazos sobre el pecho y lo miré fijamente.

«Sí, estoy aquí, hijo de puta».

—He ido a casa de Claire —explicó Shannon, entrando y dejando caer la bolsa al suelo—. ¿Por qué estáis todos gritando?

—¡Shannon! —graznó su madre, que salió corriendo de la cocina—. ¿Por qué has hecho esto?

—¿Hacer qué? —preguntó ella, en un tono más duro de lo que estaba acostumbrado a escuchar—. He ido a casa de mi amiga dando un paseo. No hay ninguna ley que lo prohíba, mamá.

El orgullo cobró vida dentro de mí.

Vamos, nena. No dejes que te mangoneen.

—Y ¿qué pinta él en ese paseo? —quiso saber su madre, arrastrando las palabras un poco—. Y ¿esa ropa?

Arqueé una ceja y la observé con más atención. Tenía una mirada soñolienta, se balanceaba de un lado al otro y arrastraba las palabras. Buah, estaba borrachísima. Entrecerré los ojos para estudiarla. ¿O estaba colocada?

—¿Estás borracha? —preguntó Shannon, expresando mis pensamientos en voz alta.

—No —balbuceó su madre—. Me he tomado mis pastillas.

«Colocada —confirmé mentalmente—. Hasta las cejas de válium o algún otro sedante, por lo que parece».

—¿Dónde están tus hijos? —Las palabras salieron de mi boca antes de que tuviera la oportunidad de filtrarlas. Tres pares de ojos se posaron en mi cara, y con lo masoquista que era, decidí seguir con ello—. Tadhg, Ollie y Sean.

—Los niños están en la cama —siseó la señora Lynch, fulminándome con la mirada—. Que es exactamente donde debería estar Shannon.

—Shannon no es una niña —respondí, obligándome a hablar y no rugirle a esta mujer como tanto quería. Tenía la sensación de que no razonaba como el resto de nosotros y que gritar era la única forma de comunicarme con ella, pero me contuve—. Va a cumplir diecisiete. Es una persona independiente, con sus propios amigos y su propia mentalidad, y tienes que apartarte y dejar de asfixiarla en tu jodido intento de compensar no haberla protegido cuando de verdad necesitaba que lo hicieras.

—¿Disculpa? —dijo ahogadamente la señora Lynch, llevándose una mano al pecho.

—Ya me has oído —respondí—. Estabas gritando y chillando tan fuerte que se te oye desde la calle. Tienes las narices de liársela a tu hija estando hasta arriba de pastillas y con tres niños arriba. —Sacudí la cabeza—. Eres una vergüenza.

—¡Cállate de una puta vez, Johnny! —gruñó Darren—. No tienes ni idea de lo que estás hablando.

—Sé mucho más de lo que crees —dije con desdén—. Que aquí todos me habéis juzgado muy rápido, pero ninguno sois quién para hablar.

—Johnny —graznó Shannon, con los ojos muy abiertos—. No pasa nada.

—Sí que pasa, Shan —contesté bruscamente—. Había que decirlo.

—Sal de mi propiedad o haré que te detengan por allanamiento —me advirtió la madre de Shannon antes de echarse a llorar y volver corriendo a la cocina.

Sentí una punzada de culpa, pero no la suficiente como para retractarme de lo que había dicho. A veces, la verdad pica como un demonio.

—Ya la has oído —dijo Darren con frialdad, mirándome—. Y no vuelvas por aquí, Johnny.

—Darren —intervino Shannon con un hilo de voz—. No digas eso.

Entonces apareció otro Lynch, pero este llegó por detrás de mí.

—Kav —me saludó Joey en un tono bastante amistoso mientras atravesaba el sendero, cubierto de maleza, con un mono de mecánico, la cara cubierta de grasa y un táper de plástico en la mano. Me dio una palmada en el hombro al pasar—. ¿Liándola un poco?

—Lo habitual —respondí con voz monótona.

—Me lo creo —comentó—. Qué hay, Shan. —Le alborotó la coleta y apartó bruscamente a Darren al pasar—. ¿Vas a entrar o te vas a quedar ahí dejando que salga el frío?

—Será el calor —murmuré.

—Tal vez en tu casa —respondió sin vacilar, antes de desaparecer en la cocina.

—No va a entrar aquí —escuché gritar a su madre—. ¡Dile que se vaya!

—La hostia, ¿podrías esperar cinco minutos antes de ponerte a llorar? —La puerta de un armario se cerró de golpe y volví a oír la voz de Joey—. Estoy cansado, tengo hambre y acabo de salir del trabajo.

—Vete a casa —dijo Darren antes de cerrarme la puerta en la cara.

Esta se abrió de nuevo segundos después y Shannon asomó la cabeza.

—Lo siento mucho —susurró, con los ojos llenos de dolor—. Te quiero…

—¡Shannon, entra ya!

—Adiós, Johnny.

Y luego la puerta se cerró de golpe en mi cara otra vez.

42

TRAGEDIA EVITADA, YA PODÉIS RESPIRAR

Shannon

—¿Por qué habéis hecho eso? —pregunté, furiosa, fulminando a mi madre y a Darren con la mirada—. Solo me estaba dejando en casa.

—Mira qué pintas —dijo mi madre ahogadamente—. Salir así vestida.

—No hay nada malo en lo que llevo puesto —respondí, desafiante.

Mi madre enrojeció.

—Pareces...

—¿Una puta? —propuse—. Gracias, papá.

Mi madre se estremeció y dejó caer la cabeza entre las manos.

Puse los ojos en blanco, demasiado furiosa para soportar sus lagrimones en este momento.

—Os habéis portado fatal —siseé, centrándome en Darren—. ¡Acabas de cerrarle la puerta en la cara!

—¿Es mi culpa? —gruñó él—. Ya has oído cómo le ha hablado a mamá.

—Estaba diciendo la verdad —escupí, parpadeando para contener las traicioneras lágrimas que se me acumulaban en los ojos—. ¡Y tú lo sabes!

—Y te preguntas por qué tiene mala fama esta familia —comentó Joey pensativamente mientras se comía un sándwich de jamón—. Shan tiene razón. —Dio un trago de su lata de Coca-Cola—. Eso ha sido superborde.

—Nuestra familia tiene mala fama porque no puedes evitar meterte en problemas, así que no me vengas con tus mierdas —replicó Darren enfadado—. Sé que ayer te expulsaron del instituto otra vez por pelearte. El director me llamó, Joey. ¿Qué pasó esta vez? ¿Algún chaval dijo algo que no te gustó y tú fuiste y le arrancaste la cabeza?

Joey se encogió de hombros, inmutable.

—Algo así.

—Si no te calmas y aprendes a controlar ese temperamento, terminarás en la cárcel —le advirtió Darren—. Recuerda lo que te digo.

—Pensaba que esto iba sobre Kavanagh —respondió Joey, rascándose la mandíbula—. ¿Cómo ha acabado volviéndose de repente contra mí?

—No va sobre Johnny —siseé, sin apartar mi mirada asesina de Darren—. Va de que intentan controlar mi vida.

—¿Sabes que sigue fuera? —añadió Joey.

Me dio un vuelco el corazón.

—¿En serio?

—Quédate donde estás, Shannon —me advirtió Darren antes de salir al pasillo y abrir la puerta. Murmurando una serie de palabrotas, dio un portazo y volvió con la cara encendida—. Todavía está ahí.

—Ya lo he dicho —respondió Joey, dándole otro bocado al sándwich—. Ve con él, Shan —añadió, todavía masticando—. No te preocupes por estos dos.

—Ni se te ocurra, Shannon —chilló mi madre—. No quiero que te acerques a ese chico.

—La hostia —gruñó Joey, dejando el sándwich a medias sobre la encimera—. Estás haciendo una puta montaña de nada. Déjala salir a hablar con él, que compruebe todo lo que quiera para ver que no está herida o lo que sea que haga para calmarse, y luego Shannon volverá adentro. No pasa nada.

—¿No pasa nada? —balbuceó mi madre—. Podría pasar mucho, Joey.

—Confía un poco en ella —siseó mi hermano, asqueado—. No es como tú.

Mi madre soltó un lamento y Joey puso los ojos en blanco.

—La inteligencia no juega ningún papel en esto —espetó Darren—. Aquí solo hay hormonas.

—Pues resulta que tengo el antídoto perfecto para las hormonas. —Joey se metió la mano en el bolsillo y sacó la cartera, que abrió para coger un condón y lo agitó en el aire—. Sé que nunca has visto uno de estos —añadió con desdén a nuestra madre—. Y dudo que se cojan siquiera de la mano, pero, por si acaso…, toma, Shan, sujétalo por la punta cuando lo desenrolles. —Me tiró el condón y me guiñó un ojo—. Hala. —Volvió a coger el sándwich, dio un gran mordisco y masticó—. Tragedia evitada, ya podéis respirar.

—¿Qué cojones te pasa, Joey? —gruñó Darren, quitándome el condón de las manos para metérselo en el bolsillo—. Tiene dieciséis años.

—Soy consciente —asintió este, dando otro trago de su Coca-Cola.

—Es demasiado mayor para ella —añadió mi madre entre lamentos.

—No, no lo es —bufó Joey—. Tiene diecisiete años, no setenta. Relájate, mujer.

—Que sí, maldita sea, es demasiado mayor —respondió mi madre con voz temblorosa.

—Bueno, esa es tu opinión —replicó Joey.

—Es la verdad —graznó ella—. Y no deberías animarla.

—Mirad —soltó Joey, limpiándose la mantequilla de los dedos en el mono—. Sé que sois nuevos en esto, pero aquí va un consejo útil para padres: u os tragáis el orgullo y la dejáis estar con él, o todo esto os explotará en la cara. Creo que ya está bastante claro que no se irá a ninguna parte, así que será mejor que lo aceptéis. —Encogiéndose de hombros, añadió—: Shannon tiene novio. Pues vale. Ya no es un bebé y va siendo hora de que dejéis de tratarla como tal.

—Eso es ridículo.

—No, lo ridículo es que le sigas la corriente a esta pirada e intentes mantener a Shan en esta casa después de todo lo que ha pasado —respondió Joey—. Si seguís así, si los obligáis a separarse, al chaval se le irá la pinza. Si le declaras la guerra a ese cabrón, se tirará de cabeza. —Volviéndose hacia mi madre, añadió—: Y si yo fuera tú, dejaría las amenazas, porque tienes mucho más que perder aquí, y muchos más muertos que esconder, si su padre decide hundirte por difamación.

Mi madre tenía la cabeza entre las manos y Darren me daba la espalda, pero Joey estaba frente a mí, y cuando vio que me dirigía a la puerta de la cocina, sonrió y me guiñó un ojo.

—¿Qué estás... —La voz de Darren se apagó y se dio la vuelta, pillándome con las manos en la masa—. Ni se te ocurra —me advirtió.

Atravesé el pasillo corriendo y abrí la puerta principal de golpe.

—Shannon, hablo en serio...

No me paré a escucharlo. En lugar de eso, me apresuré a cruzar la puerta y eché a correr emocionada cuando vi a Johnny apoyado contra el lado de su coche, frunciendo el ceño a mi casa como si lo ofendiera personalmente. El alivio inundó sus rasgos al verme.

—¿Estás bien?

Asintiendo, corrí descalza por el jardín y rodeé el sendero a toda velocidad, sin detenerme hasta que estuve pegada a él.

—No te has ido a casa —jadeé, mientras lo miraba—. No te has ido.

—No podía —respondió Johnny, con la voz espesa. Me puso las manos en las caderas para acercarme más a él—. Necesitaba saber que estabas a salvo.

El corazón me estalló de golpe en el pecho y sentí que me inundaban los sentimientos.

—Estoy a salvo.

—¿Seguro? —Parecía muy vulnerable cuando dijo—: Porque creo que voy a necesitar que me lo prometas.

Ay, madre...

De puntillas, le pasé una mano por el pelo y acerqué su rostro al mío.

—¿Te conformarías con un beso de buenas noches?

—Solo si me prometes que seguirás aquí por la mañana —respondió, rozando sus labios contra los míos—. ¿Lo prometes?

Solté un suspiro tembloroso.

—Estaré aquí.

—Si me necesitas, llámame —susurró, pasándome un mechón de pelo por detrás de la oreja y luego acariciándome la mejilla—. No importa la hora que sea. Dame un toque y vendré, ¿vale?

Incapaz de contenerme, apoyé la mejilla en su mano.

—Vale.

—Te llamaré mañana —añadió bruscamente, acariciándome la mejilla con el pulgar—. Y te recogeré el lunes para llevarte a clase.

—No, no, no. No tienes que hacer eso por mí —me apresuré a decir—. Puedo hacer que…

—Quiero pasar a recogerte —me interrumpió—. Si tú quieres que lo haga…

Asentí débilmente.

—Quiero que me lo hagas… O sea, que quiero que me recojas —grazné.

—Yo también quiero hacértelo —dijo con una sonrisa—. Y pasar a recogerte.

Sentí que me encendía de deseo.

—Yo, eh…, yo…

Johnny no esperó a que respondiera y me plantó un beso en la boca, más firme esta vez. Más profundo.

Aferrada a sus brazos, se lo devolví con todas mis fuerzas, tratando desesperadamente de demostrarle cuánto significaba para mí.

—Si eso es lo que llamas cogerse de la mano, me encantaría saber cómo llamas al resto —escuché decir a Darren desde algún lugar cercano.

—Puede que hayan ido un poco más lejos —respondió Joey—. No siempre puedo tener razón.

43

MÁS VALE PREVENIR QUE CURAR

Johnny

—¿Qué quieres decir con que no me lo vas a contar? —preguntó Gibsie, haciendo girar la pelota en sus manos.

Era domingo por la tarde y estábamos en la cancha, tratando de hacer algunos lanzamientos. Bueno, yo estaba tratando de hacer algunos lanzamientos. Gibs estaba en plan Inspector Gadget, intentando sonsacarme información sobre mi noche con Shannon.

—Exactamente lo que he dicho. —Ignorando la quemazón en la mitad inferior del cuerpo, extendí los brazos y salté para interceptar su pase, que fue pésimo—. No te lo voy a contar, joder.

—Podemos hablar de ello —respondió Gibsie, con los brazos extendidos para atrapar la pelota—. Se te permite contárselo a tu mejor amigo.

—No voy a hablar de ella.

—Guardarse las cosas no es bueno.

—¿Qué quieres que te cuente? —solté, devolviéndole la pelota.

—Quiero… —Sus palabras se interrumpieron mientras interceptaba el pase con un fuerte resoplido para luego tirarla al césped antes de continuar—: que me cuentes qué hicisteis en tu habitación, pillín. —Meneó las cejas—. Cuando colaste a la pequeña Shannon en ella.

—Joder. —Renunciando a tener una conversación normal, cogí mi botella de agua del césped y me dirigí al aparcamiento—. Se acabó por hoy.

—¿Ya?

—Estoy cansado.

Gibsie me empujó con el hombro y dijo:

—Bueno ¿qué tuvimos? ¿Penetración total o solo algún magreo intenso? ¿O se puso encima para restregarse? ¿El clásico mete y saca? ¿Eso de «solo la puntita»? ¿Lo de «no pasaremos de aquí», solo que siempre pasas? —Se le iluminaron los ojos—. No me jodas que lo hicisteis a pelo.

—¿De qué estás hablando?

—Sexo —se limitó a responder.

—No tuvimos sexo —murmuré, sacándome las llaves del bolsillo—. Es demasiado pronto.

—¿Shannon dijo eso?

—Yo lo dije —gruñí, abriendo la puerta y subiendo—. Yo, Gibs. Te digo que es demasiado pronto.

—Pero estuviste tentado, ¿no? —preguntó, dejándose caer en el asiento del copiloto—. Nadie es tan mojigato.

Sopesé encender la radio para no escucharlo. Es lo que debería haber hecho, pero, en cambio, dije:

—Tenía ganas. —Suspirando pesadamente, añadí—: Muchísimas.

—¿Pero?

—Pero no está lista —alcancé a decir, furioso conmigo mismo por hablar de esto—. Y yo tampoco estoy listo, joder.

—Tío, ya has tenido sexo —respondió Gibsie, frunciendo el ceño—. Sé que ha pasado un tiempo, pero no te volviste virgen al salir de la operación.

—Es diferente con ella.

—¿En qué?

—Hay sentimientos, Gibs —solté—. Sentimientos de la hostia.

—Puaj. —Se estremeció—. Suena horrible.

—Todo es más con ella —le expliqué, moviendo las rodillas sin parar. Tamborileando los dedos en el volante, rumié lo que quería decir, buscando una manera de expresarlo con tacto, pero luego pasé de intentarlo y dije—: Estoy perdiendo el control de mi vida. Fue llegar ella y lo puso todo patas arriba. Estoy luchando, literalmente, por recomponerlo todo en un nuevo plan. No sé cómo comportarme con ella y tengo miedo de presionarla demasiado, de ir demasiado rápido y cagarla. Creo que piensa que no me gusta de esa manera, lo cual es una maldita locura porque tú la has visto. Joder, ¿quién no querría estar con ella? Pero ese es el problema. No solo quiero acostarme con ella. Quiero quedarme con ella. ¿Y si le hago daño? Es tan pequeña, Gibs. Y solo tiene dieciséis años. Y su madre no para de amenazarme. Siento que si doy un paso en falso, se acabó, y me acojona cagarla en esto, Gibs. No quiero arruinarlo. Me cuesta respirar cuando estoy cerca de ella. Todo se vuelve confuso y los sentimientos… ¡Es que me asfixian los putos sentimientos! —Dejé escapar un suspiro, aliviado de haberme desahogado—. Estoy completamente jodido, ¿no?

—Creo que sí —asintió Gibsie.

—Ya. —Suspiré—. Yo también lo creo.

—Tu mente da miedo —dijo pensativo, rascándose la barbilla—. ¿No puedes dejar de darle tantas vueltas a todo? —Inclinó la cabeza hacia un lado, estudiándome con una expresión peculiar—. En serio, ¿no puedes apagar ese cabezón saturado y simplemente relajarte?

—No. —Me encogí de hombros con impotencia—. Así es como funciono.

—Pues… —Se dio unos golpecitos en la sien—. Una mente simple tiene muchas cosas buenas.

—Tú eres simple —murmuré abatido—. Y yo también por hacerte caso.

—¿Todavía tienes los condones? —me preguntó entonces.

Lo fulminé con la mirada.

—¿Has escuchado alguna palabra de lo que acabo de decir?

—Te he escuchado —contestó con calma—. Ahora responde la pregunta.

—No —murmuré, con los hombros caídos—. Entré en pánico cuando se me cayeron sobre Shannon en la habitación de Claire, así que los tiré a la papelera.

—Qué desperdicio —gimió Gibsie, mordiéndose el puño—. Ajjj. Bueno, pues tienes que ir a la farmacia. Ya.

Lo miré boquiabierto.

—Pero te acabo de decir…

—Sé lo que me has dicho —me interrumpió con un movimiento de la mano—, y te digo que la paternidad está llena de buenas intenciones.

—Se dice «el infierno está lleno de buenas intenciones», Gibs.

—Teniendo en cuenta que la raja es uno de los principales culpables de la entrada de un hombre en el infierno, yo diría que ambas afirmaciones son bastante acertadas, tío.

—¿Qué?

—Que te compres una caja de condones. Métete uno en la cartera. Aunque no lo uses, ahí estará.

—No quiero tentarme.

—Y ese es tu primer error —me dijo—. No es el condón en la cartera lo que te hará caer en la tentación. Será la chica desnuda despatarrada debajo de ti. —Moviendo las cejas, añadió en tono burlón—: La que hace que te asfixien todos esos sentimientos.

Joder, tenía razón.

¿Cómo demonios tenía siempre razón?

—Más vale prevenir que curar, tío —añadió encogiéndose de hombros.

—Tienes razón —grazné.

Guiñó un ojo.

—Lo sé.

—¿Quieres apartarte, Gibs? —gruñí, crispado por la tensión, de pie en el pasillo de los condones en la farmacia. Lo tenía tan pegado a la espalda que notaba su barbilla apoyada en el hombro—. ¡Te me has pegado al culo, joder!

—¿Por qué hacen eso? —preguntó, sin inmutarse. Me adelantó, se agachó y cogió una caja rosa rectangular del estante inferior—. ¿Por qué ponen las pruebas de embarazo al lado de los condones?

—Ni idea. —Me encogí de hombros—. Pero lo hacen en todas partes.

—Pues no habla muy bien de la confianza que tienen en sus productos, ¿verdad? —continuó, agitando la prueba al tuntún—. Es en plan: «oye, ponte un globo, compra algún lubricante, qué demonios, incluso ponte un anillo vibrador para divertirte un poco y pásatelo de la hostia, pero, si falla, ya sabes adónde volver para confirmar el final de tu vida». —Puso los ojos en blanco—. Creo que es una publicidad malísima.

—No es publicidad, tío —murmuré con cansancio—. Es por comodidad.

—Debería dejar alguna sugerencia —resopló— sobre cómo no traumatizar a sus clientes masculinos.

—Hazlo, Gibs —respondí sin mucho entusiasmo, con los condones en la mano. Me dirigí al frente de la tienda, esquivando a una mujer con una camada de niños pequeños pululando entre sus piernas—. Estoy seguro de que te harán caso.

—Eso espero —refunfuñó Gibsie, poniéndose a mi lado.

—Hola, Johnathon —dijo la mujer—. Hola, Gerard.

Me giré para mirarla y gemí por dentro al reconocerla.

Joder, qué mala suerte.

—¿Cómo le va, profe? —murmuré, pasándome discretamente la caja de condones a la espalda.

—Hey, hola, señorita Moore —la saludó Gibsie, con ese tono de voz que usaba para ligar, lo que me hizo reprimir un escalofrío. Le pirraban las mujeres mayores—. Está tan encantadora como siempre.

—Vaya, gracias, Gerard —respondió nuestra psicoterapeuta—. Qué curioso encontraros a los dos en la farmacia un domingo por la tarde. —Nos sonrió—. Os hacía a ambos correteando por ahí en algún campo con una pelota de fútbol.

—Una pelota de rugby —la corregí en voz baja—. Y lo estábamos. Pero hemos tenido que…

—Hemos venido a por condones —soltó Gibsie, para mi horror. Y luego fue más allá e hizo un gesto a sus cinco hijos pequeños mientras apuntaba—: Algo que su esposo obviamente no compra muy a menudo.

—Tío —siseé, muerto de la vergüenza—. Perdónelo, señorita —me apresuré a decir, sintiendo que me ardía la cara—. No tiene filtro.

—Soy muy consciente —respondió la señorita Moore, afortunadamente sonriendo—. Pues os dejo con vuestras cosas, nos vemos mañana en el instituto.

—Sí, hasta mañana. —Encogiéndome, cogí a Gibsie por la nuca, pasé junto a un par de chicas pelirrojas idénticas y lo arrastré hacia la caja—. Vamos, cabronazo —le siseé al oído—. Antes de que la líes más.

—Ah, y ¿chicos? —nos llamó la señorita Moore.

—¿Sí?

—Si alguna vez necesitáis a alguien con quien hablar… —frunciendo el ceño, hizo un gesto hacia la prueba de embarazo que aún sujetaba Gibs antes de continuar—: mi puerta siempre está abierta.

—No me jodas.

Frotándome la mandíbula con la mano, me di la vuelta y me dirigí a caja con un único objetivo en mente: pagar y alejarme todo lo posible de este lunático.

—Buenas tardes —saludó alegremente la farmacéutica, de mediana edad, cuando dejé caer los condones en el mostrador frente a ella.

—Sí —murmuré, estremeciéndome cuando escuché a Gibsie hablando animadamente con la señorita Moore unos metros detrás de mí—. ¿Puedes darme una bolsa, por favor?

—¿Estás seguro de que necesitas bolsa? —preguntó, pasando los condones por caja—. Son quince céntimos más.

—Sí —gruñí—. Tú dame la bolsa, por favor.

—Vale, vale —canturreó, entregándome una bolsa de plástico—. Son 13,14 euros, por favor.

—Gracias.

Saqué la cartera, le di un billete de veinte y cogí la caja.

—¿Qué ocurre? —me preguntó tras verme pelearme durante un minuto y medio.

—Nada.

No podía abrir la bolsa de plástico.

¡No podía abrir la puta bolsa!

Me sudaban las manos, de la hostia, lo cual era ridículo, porque había comprado condones antes, y a menudo. Vale, había pasado un tiempo desde entonces, pero aun así…

Seis largos meses, joder.

Ay, madre, esperaba que esto no se convirtiera en algo nuevo para mí.

¿Me había quedado atrás?

No conseguía encontrar la maldita abertura de una bolsa de plástico.

Mierda.

¿Me iba a pasar esto con todo?

—¿Quieres que te eche una mano? —me preguntó por maldita tercera vez.

—Puedo hacerlo yo mismo —solté, nervioso, y más que probablemente asustando a la pobre farmacéutica—. Puedo hacerlo —repetí, ahora más tranquilo—. Solo he perdido la práctica.

—¿En comprar? —preguntó ella, frunciendo el ceño.

—En muchas cosas —mascullé por lo bajo antes de finalmente abrir la bolsa—. ¡Ajá! —Sonreí triunfante, con la caja de doce condones en una mano y la complicada bolsa de los cojones abierta en la otra—. Puedo hacerlo.

—Claro que puedes —respondió la farmacéutica, levantándome el pulgar alentadoramente.

Joder…

44

SUBIDAS DE TONO

Shannon

En un mundo donde todo cambiaba a la velocidad de la luz, podía contar con que una cosa permanecería igual, y esta era la evidente aversión que sentían Lizzie y Gibsie el uno por el otro. Durante las casi dos semanas que habían pasado desde que volvimos a clase, se habían pasado cada día a la hora de la comida lanzándose comentarios sarcásticos y pullas el uno al otro. Algunos crueles. Algunos graciosos. Y otros francamente repugnantes.

No entendía cuál era el problema entre ellos, y aunque Lizzie era una de mis mejores amigas, tenía que admitir que ella era quien provocaba todas las discusiones. Parecía encontrar algún problema en todo lo que hacía Gibsie. O respiraba demasiado fuerte, masticaba haciendo demasiado ruido u ocupaba demasiado espacio en la mesa.

El jueves a la hora de la comida, la tensión que se mascaba entre los dos había llegado a un punto límite, y yo estaba empezando a reconsiderar seriamente nuestra disposición en la mesa, preguntándome si no estaríamos mejor sentadas en la de antes. Al menos así estarían lejos el uno del otro. Lo único que me retenía en la mesa de los de rugby era el chico que me había pasado el brazo por encima del hombro.

No podía mirar a Johnny demasiado; simplemente no era bueno para mi pobre corazón. Trataba de respirar y ser normal, concentrarme en otra cosa que no fuera él, porque sabía que si pensaba demasiado en lo que me gustaba sentir todo su peso encima, o en cómo me hacía estremecerme cuando se acercaba para susurrarme algo al oído, o en cómo me acariciaba el brazo distraídamente con el pulgar mientras reía y bromeaba con sus amigos, estallaría en llamas.

El padre de Johnny había vuelto a Dublín y su madre estaba con él, por lo que no volverían hasta tarde esa noche, así que Johnny me había invitado a su casa después de clase. Yo tenía ganas de ir, muchísimas, pero estaba hecha un manojo de nervios de pensar en la que sabía que me caería cuando llegara a mi casa por la noche. Ya estaban furiosos conmigo porque Johnny me llevaba y me traía del instituto, así que sabía que tendría pelea, acentuada por el hecho de que mi padre estaba a punto de ser dado de alta de Brickley House. Traté de no pensar demasiado en él, porque sabía que eso me provocaba ataques de pánico paralizantes. En cambio, me concentré en los aspectos positivos de mi vida. Me concentré en mis amigos y mis hermanos, pero, sobre todo, me concentré en Johnny. Y ni la ira de mi madre o el miedo a mi padre me impedirían ir a su casa. Para ser sincera, no estaba segura de que nada pudiera. Estaba desesperada por pasar tiempo a solas con él. Me hacía sentir segura y querida, y me estaba aferrando a ese sentimiento como si me fuera la vida.

—¿En serio eres tan lerdo? —El agudo gruñido de Lizzie atravesó mis pensamientos y casi me hizo dar un brinco.

—¿Estás bien? —me preguntó Johnny, volviéndose para mirarme.

—Sí —alcancé a decir, resistiendo el impulso de llevarme una mano al pecho—. Es que no me lo esperaba.

—Ignóralos —susurró, volviendo a acariciarme el hombro con el pulgar.

—¿Estás hablando en serio? —siguió siseando Lizzie, lanzando miradas asesinas a Gibsie, que estaba sentado frente a mí—. ¿O es solo otra broma estúpida para ti?

—Relájate —resopló él, cruzando los brazos sobre el pecho—. Solo estaba haciendo una pregunta.

—Pues haz preguntas pertinentes —respondió Lizzie y luego se llenó la boca de ensalada—. No preguntas estúpidas que solo te hacen parecer aún más cenutrio de lo que ya eres.

—«Cenutrio» no existe —bufó Gibsie, y enseguida miró a Johnny para que lo respaldara—. ¿A que no, capi?

—Es un adjetivo calificativo, tío —respondió este, removiéndose incómodo.

Gibsie lo miró inexpresivo.

Johnny dejó escapar un suspiro.

—La palabra existe, Gibs.

—¿Cómo va a existir «cenutrio»? —preguntó—. Suena estúpido.

Johnny se encogió de hombros.

—Yo no he escrito las normas.

—Tal vez la pusieron en el diccionario para describirte a ti —apuntó Lizzie secamente—. En plan: Gerard Gibson es la persona más cenutria que he conocido.

—Eso es… —Gibsie echó la silla hacia atrás y se puso de pie—. Voy a llamar al padre McCarthy para que intervenga. Necesitas un exorcismo y a Jesús.

—Y tú necesitas que te encierren —replicó Lizzie, con las fosas nasales dilatadas—. Imbécil.

—El mundo entero no está para que te desquites, joder —rugió Gibsie, furioso—. No sé quién te dijo lo contrario, pero fue un mal consejo.

—Gerard... —Claire, que estaba sentada a su lado, fue a interponerse, pero Gibsie no se lo permitió.

—No, Claire, estoy harto de su mierda —gruñó, cogiendo su mochila—. Eres una mala persona, Lizzie Young, y me deja estupefacto que hayas logrado que dos chicas decentes sean tus amigas.

—¿Estupefacto? —replicó Lizzie en tono sarcástico—. Guau. Esa es una palabra grande, Gibs. ¿Sabes deletrearla también?

—¿Sabes qué? —Gibsie se echó la mochila al hombro y la miró con auténtico asco—. Vete a la mierda, Lizzie.

Dicho esto, salió del comedor, con la cara roja y echando humo.

—¿Contenta? —preguntó Johnny, fulminando a Lizzie con la mirada—. ¿Eso te ha hecho sentir bien? ¿Menospreciarlo así?

—Es mayorcito —replicó Lizzie a la defensiva—. Sobrevivirá.

—¡Es disléxico! —saltó Johnny—. Y lo acabas de hacer sentir como una mierda frente a la mitad del instituto.

Hubo un destello de sorpresa en los ojos de Lizzie y se le pusieron las mejillas rojas.

—No lo sabía.

—¡Pues ya lo sabes! —Johnny me dio un beso rápido en la mejilla, echó su silla hacia atrás y, antes de salir corriendo en la dirección en la que se había ido Gibsie, dijo—: Te veo luego, Shan.

—¿Tenías que hacer eso? —siseó Claire—. Ha sido cruel.

—Él me las devuelve —se defendió Lizzie, todavía con la cara roja—. Y no sabía que era disléxico.

—No debería importar —soltó Claire—. Lo que le has dicho ha sido algo horrible. —Se levantó de la silla y añadió—: Y hay muchas cosas que no sabes sobre él, ¡así que no juzgues tan a la ligera!

—No lo sabía —murmuró Lizzie, volviéndose hacia mí, cuando Claire ya se había ido.

—Te creo —le dije. Y era verdad—. Pero...

—¿Pero?

—Sé que tú y Gibsie no os lleváis bien, y no pasa nada, simplemente... no os acerquéis el uno al otro y no seas tan cruel —solté—. Creo que has herido sus sentimientos de veras.

—Sí, bueno, no más de lo que sus acciones hieren a otros —siseó Lizzie, mientras se convertía en la cuarta persona en marcharse de la mesa.

—No veas la que se ha liado —dijo Hughie con calma.

Solté un suspiro tembloroso.

—Ya ves. —Eché mi silla hacia atrás, me puse de pie y cogí mi mochila—. Nos vemos luego, chicos.

—Adiós, Shan —dijeron todos a coro mientras me alejaba rápidamente de la mesa, demasiado cohibida para sentarme allí sin Claire, Lizzie o Johnny.

Me colgué la mochila de ambos hombros, sujeté las correas y atravesé el atestado pasillo en dirección al baño, solo para detenerme en seco cuando vi a Bella, que estaba frente a la puerta de los lavabos.

—Zorra —siseó, entrecerrando los ojos.

Ignorándola, esquivé a un grupo de chicos y me alejé rápidamente del baño, tras decidirme por refugiarme en la sala común de tercero en su lugar. Entré y me derrumbé de alivio cuando la encontré vacía. Dejé caer la mochila en el suelo junto a la mesa, me acerqué a la cocina y encendí la tetera. Un fuerte sollozo procedente del sillón me sobresaltó y me di la vuelta.

—¿Lizzie? —Sorprendida, levanté las cejas cuando la vi desplomada en el sillón. Dejé la tetera y me dirigí directamente hacia ella—. ¿Estás bien?

—Estoy bien —susurró, secándose las mejillas con el dorso de la mano.

Claramente no lo estaba.

Hundiéndome en la silla frente a ella, apoyé los codos en las rodillas y esbocé una pequeña sonrisa.

—¿Quieres hablar?

Ella sacudió la cabeza.

—No.

—Eh... —Dudando, me acerqué y le cogí la mano—. ¿Estás segura?

—Estaré bien, Shan —dijo en un hilo de voz, dejando caer la cabeza para que no pudiera verla llorar—. De veras, estaré bien.

—Lo sé —asentí, dándole un pequeño apretón en la mano—. Pero no pasa nada si ahora no lo estás.

—Estoy siempre tan enfadada —confesó, manteniendo la cabeza baja—. No se me pasa.

Con cuidado de no presionarla para que contara más de lo que estaba dispuesta a contar, permanecí en silencio y continué sosteniéndole la mano. Sabía por qué estaba enfadada con el mundo y no la culpaba.

—Es dentro de poco, ¿verdad? —finalmente encontré el coraje para preguntar—. El aniversario de tu hermana.

Apartando la mano de un tirón, se dejó caer en la silla y asintió con rigidez.

—A final de mes.

Solté un suspiro tembloroso.

—Es duro.

—No hay justicia en el mundo —soltó Lizzie.

—No —coincidí con tristeza—. No la hay.

—Odio este puto instituto, Shannon —dijo entre dientes—. Odio a ese equipo y todo lo que representan.

Se me hundió el corazón.

—¿Gibsie te recuerda a él?

Lizzie se estremeció.

—No puedo evitarlo. Cada vez que lo miro, lo veo a él.

—No son la misma persona, Liz —apunté en voz baja—. Gibsie no es Mark.

—Da igual, Shan —dijo con cansancio—. No quiero hablar de ello.

—Vale. —Juntando las manos, estudié su expresión; se había cerrado en banda—. ¿Tú y Pierce estáis bien al menos?

—No —alcanzó a decir, mientras se le llenaban los ojos de lágrimas una vez más—. Todo es un desastre.

—¿Por qué?

—Porque no puedo dejarlo atrás —sollozó—. No puedo seguir adelante y no puedo superarlo. Estoy atascada y solo alejo a Pierce de mí. —Soltando un gruñido rabioso, se secó los ojos y se puso de pie—. Ni siquiera importa. Puede irse a la mierda si quiere. No voy a retenerlo para que se quede. Si quiere que lo dejemos, pues lo dejamos.

—Lizzie...

—No quiero hablar más —me interrumpió—. No puedo.

—Vale. —Me puse de pie y esbocé una sonrisa de oreja a oreja—. No hablaremos.

Ella se hundió de alivio.

—Gracias.

—¿A qué hora vuelven a casa tus padres? —pregunté sin aliento.

—No hasta tarde a la noche —gruñó Johnny y vi cómo una gota de sudor le corría por la frente—. ¿Lo hacemos otra vez?

—Sí. —Dejé escapar un suspiro—. ¿Estás seguro de que puedo estar aquí?

—Totalmente. —Se movió debajo de mí y colocó las manos en posición—. ¿Está bien así?

Temblando, asentí.

—Está bien.

—Queda recta —me indicó—. No te dobles.

—No lo haré —respondí, solo para reírme cuando me tocó con los dedos en una parte particularmente cosquillosa del muslo.

—Venga ya, nena —gruñó, sin aliento debajo de mí, con los brazos tiesos como vigas en mi cuerpo.

Se le notaba la sonrisa en la voz, pero sabía que esto era importante, así que no insistí con el juego.

—Lo siento, lo siento —respondí con una sonrisilla, aguantándome la risa. Cogiendo aire para serenarme, tensé el cuerpo en posición y dije—: Vale, supermán, adelante.

—Uno, dos, tres…

Sus palabras se interrumpieron cuando me levantó en el aire, me mantuvo allí un momento y luego me volvió a bajar. Repitió el movimiento sin esfuerzo una y otra vez.

—¿Estás bien? —me preguntó, con la voz ronca y un poco sin aliento, mientras continuaba subiendo y bajando mi cuerpo.

—Todo bien —le aseguré, manteniéndome perfectamente quieta.

—Voy a ir más rápido —me advirtió, cogiéndome con más fuerza—. Dime si es demasiado para ti.

—Podré soportarlo —le prometí, un poco desorientada y mareada.

—¿Qué coño? —se oyó la voz de Gibsie atravesar los gruñidos y la pesada respiración de Johnny.

Sorprendida, miré hacia donde estaba, a unos metros de nosotros, con una gran sonrisa en la cara.

—¿Te importa? —gruñó Johnny, sin bajar el ritmo—. Estamos ocupados con algo.

—Había oído que hay tíos que usan cosas de casa como pesas improvisadas —reflexionó Gibsie, rascándose la mandíbula, mientras nos miraba de cabo a rabo—. Pero ¿usar a la pequeña Shannon como una barra? Esto es nuevo en ti, Johnny.

—Sus padres no están y cerraron el garaje —dije a modo de explicación, sintiendo que me ardía la cara de vergüenza—. Solo estábamos improvisando.

—¿Así que tienes la casa libre y te pones a hacer pesas? —respondió Gibsie en tono divertido—. Y la gente dice que yo soy raro. —Impulsándose con el marco de la puerta, entró en la sala de estar—. Ten cuidado. Aún no estás fuera de peligro, capi.

—La parte superior del cuerpo —murmuró Johnny, con la mandíbula apretada por la concentración, mientras continuaba levantándome y bajándome.

—Sí —me apresuré a explicar—. ¿Ves? No estamos tocando nada por debajo de la cintura, y eso está permitido.

Gibsie levantó mucho las cejas y ensanchó la sonrisa.

—Ah, ¿sí?

Johnny dejó escapar lo que sonó como un gruñido de dolor.

Traté de asentir con la cabeza, pero fue imposible, porque seguía haciendo pesas conmigo.

—Joder, ¿pongo música de fondo? —dijo Gibsie entonces, lo que hizo que ambos lo miráramos.

Fruncí el ceño.

—¿Eh?

—Oh, no para vosotros —aclaró—. Para mí. Me está poniendo ver esto.

—Hostia ya, Gibs —ladró Johnny, bajándome sobre su pecho, de manera que quedé tendida sobre él—. ¿Qué demonios te pasa?

—No lo sé —gimió, hundiéndose en el sillón—. Me siento muy confundido en este momento. Pero, por favor, continúa. Quiero ver cómo se desarrolla esto.

—Voy a ir, eh…, al baño —alcancé a decir, mientras giraba sobre mí a cuatro patas.

El movimiento no fue mi mejor idea, ya que acabé a horcajadas sobre Johnny. Pero, en su defensa, parecía tan incómodo como yo me sentía. Sus manos se movieron a mis muslos por voluntad propia mientras se sentaba.

—Te voy a llevar a terapia —le dijo a Gibsie mientras seguía sujetándome los muslos—. En serio, tío. Te estás descontrolando.

—¿Puedo irme? —solté, golpeándole las manos para que me soltara—. De veras que necesito hacer pis.

Gibsie se rio por lo bajo y Johnny me apretó las piernas antes de soltarme.

—Tómate tu tiempo —me dijo, sin apartar la mirada de Gibsie—. Necesito hablar con mi amigo.

Me puse en pie de un salto y me apresuré hacia la puerta, solo para vacilar y darme la vuelta.

—Oye, Gibs.

—Dime, pequeña Shannon —respondió, sonriéndome cálidamente.

—¿Por qué haces eso? —pregunté, desviándome del tema.

—¿Hacer qué?

—Llamarme pequeña Shannon.

—¿Porque eres pequeña? —se rio—. Y te llamas Shannon. —Sonriendo, se encogió de hombros—. La pequeña Shannon.

Lógico.

—Bueno, solo quería preguntarte si estabas bien. —Removiéndome incómoda, junté las manos—. Por lo que ha pasado hoy en la comida.

—Todo está bien —me dijo, todavía sonriendo—. No te preocupes.

—Vale. —Encogiéndome de hombros con impotencia, añadí—: Pero, para que conste, yo creo que eres muy inteligente.

Puso cara de sorpresa.

—¿Yo?

—Sí, tú —confirmé en voz baja antes de salir de la sala de estar.

45

A TODA MARCHA

Johnny

—Tío, creo que quiero a tu novia —dijo Gibsie cuando Shannon salió como un rayo de la sala de estar—. Eso es raro, ¿verdad?

—Lo que es raro es que me digas que quieres a mi novia —respondí, poniéndome de pie—. Y peligroso.

—Sabes que no lo digo en ese sentido —se rio entre dientes, levantando las manos—. Solo digo que es una buena chica y me gusta. —Rascándose la mandíbula, me miró pensativo un buen rato antes de añadir—: Hiciste un buen trabajo.

—Sí que lo es. —Frunciendo el ceño, cogí mi botella de agua de la mesilla de café—. Y gracias…, supongo.

—Todavía no comprendo cómo pasaste de Bella a Shannon. —Encogiéndose de hombros, apuntó—: Son como la noche y el día, colega.

«No me lo recuerdes».

Desenrosqué el tapón de la botella y vacié el contenido antes de preguntar:

—Entonces ¿de verdad que estás bien después de lo de antes?

—Sí, estoy genial —refunfuñó, sacándose la máscara—. Es que no entiendo qué problema tiene esa chica conmigo, tío.

—¿Alguna vez la has ofendido? —pregunté, tan perdido como él—. ¿Insultándola o algo así?

—Le ofende que respire, Johnny —respondió con un resoplido—. O sea que sí, yo diría que la ofendo al despertarme cada mañana.

—Yo tampoco entiendo qué le pasa, tío —le aseguré, encogiéndome de hombros—. Creo que tiene algún problema serio.

—Todos tenemos problemas —respondió—. Y no vamos por ahí desquitándonos con los demás.

—Cierto.

—Estoy harto de comerme su mierda —añadió—. Lo digo en serio. No me importa si es amiga de Claire. No voy a pasarle ni una más.

—Nunca he pensado que debieras pasarle ninguna de todos modos, independientemente de quién sea su amiga —le dije—. Enseñamos a la gente cómo tratarnos poniendo límites, tío. Si dejas que alguien te pase por encima, pensará que puede hacerlo.

—Es que me da pena por todo lo que pasó con su hermana hace unos años —murmuró—. Pero ya van tantas veces que no puedo sudar.

—¿Lizzie tiene una hermana? —Fruncí el ceño—. No lo sabía. —Pregunté con curiosidad—: ¿Qué pasó con su hermana?

Gibsie parpadeó rápidamente.

—¿No lo sabes?

—No. —Entrecerré los ojos—. ¿Qué es lo que no sé?

—Se supone que no debo contar nada —murmuró—. Juré, literalmente, guardar el secreto.

—Venga, tío, que soy yo. ¿A quién se lo voy a contar?

—Mira, pasó antes de que te mudaras aquí —dijo—. Y eso es todo lo que puedo decir.

—Gibs...

—Créeme, no quieres saber nada —se apresuró a decir—. Te lo prometo.

Lo pensé por un momento, sopesando toda la mierda que tenía en mi propia vida, el drama que estaba soportando con la familia de Shannon, y decidí que Gibsie tenía razón. No me importaba tanto como para meterme en la vida de Lizzie Young. Yo ya tenía mis propios problemas y ella era una amiga cascarrabias de mi novia a la que apenas aguantaba, pero lo hacía por Shannon.

—Tienes razón —accedí—. No quiero saberlo.

Gibsie asintió.

—Bien. —Frunció el ceño apenas un segundo antes de volver a suavizar la expresión mientras se le dibujaba una sonrisa en el rostro—. Así que tú y Shannon estabais haciendo ejercicio, ¿eh?

—Sí —respondí, mirándolo de reojo, esperando a ver lo que estaba a punto de soltar, que no sería nada bueno fuera lo que fuese—. ¿Qué tiene de malo?

—Nada —comentó—. Aparte de lo obvio.

—¿Qué?

—Tienes la casa libre estando con Shannon y, en vez de hacer un buen uso de ella, te pones a levantarla como un saco de patatas.

—Ya sabes por qué —solté—. Me estoy tomando mi tiempo.

—Mmm. —Gibsie ladeó la cabeza—. ¿Te cortaron el instinto cuando te operaron? Ya sabes, como cuando castran a un perro y pierden el olfato en parte. Porque el Johnny que recuerdo no desperdiciaría una oportunidad única como esta.

—No me castraron, cabrón insensible —espeté, indignado—. Y mis espermatozoides nadan muy bien. ¡Lo comprobaron!

Dos veces.

—Entonces te pasa algo —respondió Gibsie, sin vacilar—. Porque esa chica está como un tren y tú estás pensando en el rugby.

—Oye —le advertí, crispado—. No digas eso de mi novia.

—¿Por qué no? —me provocó—. ¿No crees que esté buena?

—Por supuesto que creo que está buena —solté—. Creo que está cañón, joder.

Gibsie meneó las cejas.

—Ah, ¿sí?

—Sí, pero esa no es la cuestión. —Nervioso, negué con la cabeza y lo señalé—. Tú no puedes decir que está buena. —Entrecerré los ojos—. Mantén tu sucia mirada alejada de ella.

—Bueno, es la verdad —se rio—. Y no estoy ciego, tío.

—¿La miras? —pregunté, horrorizado—. ¿A mi Shannon?

—Tu Shannon —repitió con una risilla—. Sí, lo hago, y no soy el único. Todos la miramos y, por lo que se ve, eso es todo lo que haces tú también.

—¿Te estás quedando conmigo? —exigí saber, furioso.

—No.

—¿Quiénes?

Gibsie se encogió de hombros.

—Aparte de mí, Feely, Hugh, Danny Mac, Luke, Pierce, Donal…

—¡Pues dejad de mirarla de esa manera! —rugí, hecho un basilisco—. ¡Hostia ya!

—Solo digo que es preciosa y todos tenemos ojos —se rio—. Pero eso no significa que me esté imaginando desnudo encima de…

—Si terminas esa frase, te arrancaré la cabeza —gruñí—. Te lo advierto.

—¿Te estás enfadando, Johnny? —se rio Gibsie entre dientes, arqueando una ceja—. ¿Mmm? ¿Te estás calentando, tío?

—¿A ti qué te parece? —refunfuñé, sin molestarme en negarlo.

—Perfecto. —Saltando de la silla, Gibsie sonrió—. Ahora que hemos comprobado que todavía te corre la testosterona por la sangre, ve a hacer algo productivo con tu novia. —Se acercó a la puerta—. Y nada de esa mierda de cogerse de la mano —añadió—. No tienes doce años, Johnny, y ella tampoco.

—Lárgate de aquí —escupí, con la mandíbula apretada.

—Ah, y si todavía no te has decidido por la penetración total, te recomiendo encarecidamente que te bajes al pilón después de unos besuqueos.

—¡Joder, Gibs!

—Es una vista fantástica y muy gratificante. —Me guiñó un ojo—. Salís ganando los dos, tío.

—Vete a casa. —Señalé la puerta—. Ahora mismo si no quieres necesitar reanimación.

—Vale, vale, capi —respondió Gibsie con un gesto de la mano antes de salir escopeteado del salón.

—¡Sí, más te vale que corras, cabronazo! —rugí tras él, con el pecho agitado—. Porque cuando me haya recuperado al cien por cien, te voy a retorcer el p…

—¿Estás bien? —preguntó Shannon, que había aparecido por la puerta, sonrojada y vacilante.

—No —gruñí, con la respiración alterada con una mezcla de ira y lujuria mientras la miraba de arriba abajo, absorbiendo su cuerpo.

Estaba preciosísima, joder, allí de pie con unas mallas negras, calcetines de invierno y una camiseta blanca enorme que se había puesto después de clase. Se había hecho una coleta alta para apartarse el pelo de la cara, que no tenía maquillaje ni moretones, y nunca había visto nada tan jodidamente perfecto.

Estaba acabado.

Había hecho una cagada monumental y ya no podía salir. Estaba pillado: corazón, cabeza, cuerpo, huevos…; cada parte de mí estaba por esa chica. Sentía como si hubiera estado en mi vida desde siempre. Como si nunca hubiera conocido a nadie más que a Shannon. Era mi primer amor, y eso me acojonaba. Estar con ella era una obsesión que amenazaba a diario con consumirme. Tenía que esforzarme mucho para no perder la cabeza, pero mantener los pies en la tierra y bajar de las nubes era más fácil de decir que de hacer cuando estaba con una chica que me desarmaba con una sola mirada. Me ataba el corazón con enredos infantiles, ilógicos e irracionales cada día que pasaba. Estaba perdiendo el control por completo, lo cual era un problema para mí, y mis sentimientos por ella me preocupaban seriamente, porque eran demasiado fuertes para frenarlos, insoportables y tenían pinta de que iban a quedarse. En otras palabras, estaba en la mierda absoluta.

—No estoy bien —alcancé a decir, pasándome una mano por el pelo con frustración.

—¿Q-qué pasa? —susurró, mirándome con los ojos muy abiertos—. ¿Te duele?

—No, no es…

Me callé y gruñí consternado. Me observaba con unos ojos tan penetrantes que tuve que apartar la mirada para no perderme por completo en la chica. Era demasiado. Ella era demasiado, joder.

—¿Qué pasa? —preguntó, acercándose a mí con cautela—. Johnny, ¿qué pasa? —Me puso su pequeña mano alrededor del brazo, vacilante, y la sensación de su piel sobre la mía me encendió por completo—. Puedes hablar conmigo —añadió en voz baja, y el olor de su perfume inundó mis sentidos.

Socorro.

—Puedes contarme lo que sea.

—¿Qué quieres de mí, Shannon? —grazné, sintiéndome increíblemente vulnerable mientras miraba a la única chica de la que me había enamorado.

Necesitaba que me dijera qué hacer. Necesitaba que marcara el ritmo, porque yo era débil cuando estábamos juntos, y necesitaba más de ella de lo que temía que estuviera lista para dar. Gibsie me había comido la cabeza y ahora no era capaz de pensar más que como un maldito energúmeno. La deseaba tanto que no podía pensar con claridad. Saber que estábamos solos no hacía más que intensificarlo un millón de veces más.

—¿Qué quieres decir? —preguntó ella, con cara de asustada.

—De mí —respondí, con el corazón acelerado—. De nosotros. —Me encogí de hombros, impotente—. De nuestra relación. ¿Qué quieres de mí?

—¿Sinceramente?

Asentí.

—Siempre.

—Todo —susurró, mirándome a los ojos—. Sobre todo las partes rotas.

Ay, mierda.

Cuando me repitió mis propias palabras, estuve acabado.

Completamente acabado, joder.

Lo supe en el momento en que acerqué mis labios a los suyos. Lo supe cuando la levanté y se aferró a mi cintura pasándome las piernas alrededor. Y lo supe sobre todo cuando la subí a mi habitación, alentado por sus gemidos mientras me besaba con la misma ferocidad. Cuando abrí la puerta de mi dormitorio de una patada, no sentí ningún dolor, pues había quedado ahogado por la desesperación que sentía por estar desnudos los dos. Di con las rodillas en la base de la cama y caímos los dos sobre el colchón.

—Mierda —gruñí, tratando de apoyarme sobre los codos para no asfixiarla—. ¿Te he hecho daño?

—No hables —suplicó Shannon, aferrándose a mí como la hiedra y arrastrando mi cuerpo hacia abajo, sobre ella—. No pares.

Tampoco creía que pudiese parar aunque quisiera, lo cual definitivamente no era así.

—¿Estás segura? —me obligué a preguntar de todos modos. El corazón me latía tan fuerte que estaba seguro de que Shannon lo notaba—. Podemos parar…

Mis palabras se interrumpieron cuando arrastró mi rostro hacia el suyo y me besó con fuerza.

—O tal vez no —jadeé, sumergiéndome más profundamente en el beso, más profundamente en ella.

Me encantaba cuando me cogía del cuello con sus pequeñas manos, como un gatito que escondía y sacaba las garras, y me dejaba marcas con las uñas que me duraban días.

Shannon movió las manos a mi camiseta y tiró del dobladillo. Sonriendo contra sus labios, descansé mi peso en una mano y usé la otra para pasármela por encima del hombro. Cogí la tela de la camiseta y me la saqué por la cabeza, separando mis labios de los suyos durante la milésima de segundo que tardé en tirarla antes de volver a ella. Y entonces me puso las manos encima, tirando de mi piel desnuda, clavándome las uñas en la carne, mientras restregaba su cuerpo contra el mío casi con fervor.

Más empalmado que nunca, la embestí, gimiendo cada vez que me encontraba con sus caderas a mitad de camino. Tenía la piel caliente y sonrojada, y temblaba bajo mi cuerpo, mientras la necesidad me volvía medio loco.

—¿Johnny? —balbuceó Shannon, poniéndome las manos en el pecho—. ¿Puedes apartarte un segundo?

—Mierda. —Salté hacia atrás como una bala—. ¿Me he pasado? —pregunté, jadeando, mientras me arrodillaba entre sus piernas—. ¿Quieres parar?

—No. —Sacudiendo la cabeza, Shannon se sentó y se cogió del dobladillo de la camiseta—. No quiero parar.

El corazón me latía violentamente y los pantalones me apretaban en la entrepierna.

—Shan, no tienes que…

Se quitó la camiseta por la cabeza y mi mirada se dirigió instantáneamente a su pecho. Tragando saliva con dificultad, la observé llevarse la mano a la espalda y desabrocharse el sujetador. Con una lentitud dolorosa, se sacó los tirantes y tiró la prenda al suelo.

—Hola —susurró, dejando caer las manos a los costados y los pechos a la vista.

—Hola.

Tragué saliva con fuerza, tratando como un desesperado de mantener el contacto visual con ella y no dejar que mi mirada se desviara hacia sus jodidamente perfectas tetas. La hostia, eran la mar de respingonas, con unos pequeños pezones rosados, arrugaditos y duros.

—Eres tan preciosa —le dije, rindiéndome y empapándome de ella—. Ni siquiera sé qué decir.

La cicatriz reciente que tenía entre el costado y el pecho derecho me llamó la atención y me quedé paralizado, como si me hubieran tirado un cubo de agua fría.

—¿Qué? —preguntó Shannon, al notarme distante—. ¿Qué pasa?

Luchando contra un tsunami de ira, alargué una mano y le rocé la cicatriz con las yemas de los dedos.

—¿Te duele?

—Ya no. —Sacudió su cabeza—. Ni siquiera la noto ya.

Pues a mí sí que me dolía; en lo más profundo y más de lo que creía posible. No podía quitarle los ojos de encima. Así fue como la salvaron, como los médicos la ayudaron a respirar cuando aquel hijo de puta casi la mata a golpes.

—Johnny, no pienses en eso —graznó Shannon—. No me mires a mí y veas a mi padre.

—No lo hago —alcancé a decir, luchando por controlar mis emociones.

—Sí que lo haces —respondió ella con voz temblorosa—. Te lo veo en los ojos.

—No lo estoy haciendo a propósito —admití, con los hombros caídos—. Es que es muy duro saber lo que te hizo, y saber que saldrá cualquier día de estos y no puedo solucionarlo por ti.

—No te estoy pidiendo que lo hagas —susurró, estremeciéndose—. Te estoy pidiendo que estés conmigo.

—Lo estoy —le dije.

—Sin sentir lástima por mí —añadió, con los labios temblando—. Ni mirándome como si estuviera rota.

—Shannon, eso no es lo que estoy haciendo —me apresuré a decir, pero ya era demasiado tarde; se había bajado de la cama a por su camiseta.

—Da igual —respondió en un hilo de voz.

Mierda…

—Oye, oye, oye… —Saltando de la cama tras ella, cogí la camiseta antes de que Shannon pudiera hacerlo—. Escúchame primero, y luego puedes volver a vestirte —dije, en tono brusco—. ¿Por favor?

Temblando, se cubrió el pecho con las manos y asintió.

Hundiéndome de alivio, continué:

—Estoy enamorado de ti…

—Johnny…

—No, no, por favor, escúchame —le dije antes de tirarme de cabeza—. Estoy enamorado de ti, Shannon. Estoy pilladísimo por ti, así que me afecta verte herida. Me duele. No puedo fingir que no es así. —Ella se estremeció y se acercó a mí—. Pero eso no significa que esté contigo por lástima… —Le pasé un brazo por la espalda desnuda y tiré de ella hasta que estuvo pegada a mí—. Solo significa que me disgustaré cuando tú estés disgustada y que cuando alguien te haga algo, voy a querer hacerle mucho daño. Estoy contigo,

Shannon. Cicatrices y todo. Padre jodido y todo. Al ciento cincuenta por ciento. —Le pasé la coleta por encima del hombro y tiré suavemente de la punta para obligarla a mirarme—. Siento todo lo que te pasa —admití, temblando por la presión que se me acumulaba en el pecho cada vez que esta chica me miraba—. Y te estoy diciendo todo esto mientras tú estás aquí de pie, la cosa más sexy que he visto en la vida, y rezo para que no salgas corriendo, porque me has provocado una empalmada de campeonato y voy a tardar unos minutos en calmarme antes de poder perseguirte.

Se le cortó la respiración.

—¿Crees que soy sexy?

—Mírame, Shannon... —Dando un paso atrás, señalé el evidente bulto en mi pantalón de chándal, tratando de no sonar como un salvaje—. Mira lo que me haces. ¿No lo entiendes? Eres tan malditamente sexy que ni siquiera me salen las palabras.

Shannon se sonrojó.

—¿En serio?

—En serio —confirmé, atrayéndola hacia mí—. Muy en serio, Shan.

—Si yo tuviera de eso, también la tendría empinada —soltó, con las mejillas de color rosa—. Por ti, quiero decir. Porque siento lo mismo por ti.

—Eh, ¿gracias? —me reí, sacudiendo la cabeza.

—Di algo más —dijo con voz entrecortada—. ¿Por favor?

—¿Cómo qué?

—No sé. —Se encogió de hombros y dejó caer las manos a los costados, poniéndose roja—. ¿Tal vez algo que no sea sobre la cicatriz que me hicieron para el tubo?

Al darme cuenta de lo que había hecho, reprimí un gemido. Joder, qué lento era pillando las cosas. Mi novia estaba aquí de pie, desnuda de cintura para arriba, y la había hecho sentir insegura.

—Eso puedo hacerlo. —Con el brazo todavía a su alrededor, la conduje de espaldas hasta mi cama y la tumbé—. Me vuelves loco —susurré, subiendo al colchón para colocarme entre sus piernas—. Eres jodidamente sexy. —Le di un beso en la boca, le recorrí la mandíbula con los labios y fui besándole el cuello hasta llegar a sus pechos—. Y tienes las mejores tetas que he visto jamás.

Un escalofrío recorrió el cuerpo de Shannon cuando cogió con los puños el edredón debajo de ella.

—Son pequeñas.

—Son perfectas —la corregí con voz ronca, recorriéndole el pezón con la lengua—. Tú eres perfecta.

—Johnny...

Shannon ahogó un jadeo y arqueó la espalda hacia mí.

—¿Te gusta esto? —le pregunté, besándole y succionándole el pezón—. ¿Mmm?

—No pares. —Temblando debajo de mí, me cogió del pelo con una mano y tiró—. Es… Oh, dios…

—Entonces ¿me perdonas? —la engatusé, pasando al otro pecho—. ¿Por mirarte la cicatriz y no las tetas como debería haber hecho?

—Sí… —Shannon asintió enérgicamente—. Todo… Mmm… Per…, uf, donado…

Fui besándola desde los pechos hasta las costillas y luego hasta el ombligo, lamiéndole y mordisqueándole la piel a medida que avanzaba, hasta que llegué a la cinturilla de sus bragas.

«Para ya —me ordené mentalmente—, es más que suficiente por un día, folletis».

Con más autocontrol del que sabía que tenía, di media vuelta y desanduve el camino con la lengua hasta que mis labios encontraron los suyos.

—¿Por qué has parado? —jadeó Shannon contra mis labios, mientras me pasaba los brazos alrededor del cuello.

Joder…

—Porque… —Dejé que mis palabras se apagaran para centrarme en sus carnosos labios y su adictivo sabor—. Me gusta cómo estamos. —La besé de nuevo, más suave esta vez—. No quiero prisas.

—¿Prisas?

—Sí, Shan. —Asentí con la cabeza y le di un beso en la nariz—. No quiero precipitarme en esto contigo. Quiero que nos tomemos nuestro tiempo, que los momentos importantes valgan la pena —me expliqué. Irguiéndome, la arrastré conmigo y me la senté en el regazo—. Quiero hacerlo contigo, ¿vale? —Le pasé un brazo por la espalda para pegarla a mí—. Muchísimo. No lo dudes nunca. —Le puse el pelo por encima del hombro otra vez y la besé suavemente—. Lo que pasa es que no quiero mirar hacia atrás dentro de cinco años y pensar que me cargué las partes importantes por no tener paciencia.

Se le dibujó una pequeña sonrisa en la cara.

—¿Qué? —Sonreí yo también—. ¿Qué es tan gracioso?

—Has dicho «dentro de cinco años» —susurró, pasándome los brazos alrededor del cuello.

—Ya te lo dije, te necesito para siempre —respondí bruscamente—. Lo nuestro no tiene fecha de caducidad.

—Guau. —Shannon soltó un suspiro tembloroso y me sonrió—. Me encantan las cosas que me dices, Johnny Kavanagh.

Le devolví la sonrisa.

—¿Quieres escuchar algo más?

Ella asintió con entusiasmo.

—Tengo una idea.

Shannon inclinó la cabeza hacia un lado, estudiándome con recelo.

—¿Qué tipo de idea?

Me reí.

—Vamos… —La dejé en el suelo y le devolví la camiseta antes de coger la mía—. Voy a enseñártelo.

—Qué narices. —Se pasó la camiseta por la cabeza, se puso de pie y me sonrió—. No tengo nada que perder.

Yo sí.

A ella.

—Esto no es una buena idea —sentenció Shannon media hora después, sentada en el asiento del conductor de mi coche en el patio de mi casa, mirando el volante frente a ella como si fuera una serpiente venenosa a punto de atacar—. No es una buena idea en absoluto, Johnny.

Ahogué una risa y me abroché el cinturón de seguridad. Quién sabe qué se me había pasado por la cabeza para pensar que esto era una buena idea, pero ya estábamos aquí y yo me dejaba llevar. Además, sabía que ella podía hacerlo. Tan solo necesitaba un poco de confianza.

—Puedes hacerlo.

—No. —Levantó las manos y las agitó desamparada—. No puedo.

—Sí que puedes —la animé—. Te lo he explicado paso a paso. Te sabes las marchas, nena, y estamos en un gran patio vacío sin nadie alrededor. Tú puedes.

—No. No. ¡La verdad es que no! ¡No puedo! —Tenía los ojos como platos cuando se giró para mirarme, boquiabierta—. No tengo el carnet. Ni siquiera el de vehículos ligeros. Tengo dieciséis años, Johnny, y este es un coche caro. ¡Ay, madre, nos voy a matar a los dos!

—No, claro que no —le aseguré—. Lo vas a petar.

—Sí —graznó Shannon—. ¡Contra un árbol, Johnny!

Sonriendo, me incliné sobre el salpicadero, puse el coche en punto muerto y le di al contacto.

—Vamos.

—¡Ay, socorro! —gritó Shannon, gimiendo cuando el motor rugió a nuestros pies—. Esto es horrible. —Cogió el volante con los ojos desorbitados, presa del pánico—. ¿Qué pasa si me estrello?

—No te estrelles —le respondí—. Ahora pon el pie en el embrague y yo cambiaré de marcha por ti.

—No dejes que muera —me rogó, mientras ponía primera.

—No lo haré —me reí—. No cierres los ojos, nena... —Alargué una mano y le aparté el pelo de la cara—. Mira hacia delante.

—Ya lo hago, Johnny —se lamentó—. ¡Voy a morir!

—No, Shan, vas a vivir —me reí—. Ahora suelta el embrague poco a poco y pisa suavemente el acelerador...

—¡Me lo he cargado! —gimió cuando el coche se caló—. Lo siento mucho.

—No te has cargado nada —respondí, poniendo punto muerto e inclinándome para darle al contacto—. Empezaremos de nuevo. —El motor rugió una vez más y repetí las mismas instrucciones, cambiando las marchas por ella—. ¡Bien hecho! —la felicité cuando el coche no se caló, sino que comenzó a avanzar poco a poco—. Eso es, Shan. Lo estás haciendo, nena.

—No estoy segura de esto, Johnny —murmuró ella, sentada tan cerca del volante que casi tocaba con la nariz en el parabrisas, mientras el coche traqueteaba—. Esto no se parece en nada al *GTA*.

Una hora después, supe que había despertado a la bestia que había conocido en mi habitación unos meses atrás.

—¡Lo he conseguido! —exclamó Shannon, con los ojos brillantes de emoción, mientras recorría la parte trasera de la casa, usando el camino de entrada como si fuera su pista de carreras personal.

—Frena —le supliqué mientras doblaba la esquina de mi casa a más velocidad de la necesaria—. Por favor, Shannon, ve más despacio.

—¿Qué pasa, tipo duro? —bromeó ella—. ¿Tienes miedo?

Estaba cagado, joder...

—Ay, madre, ¿has visto eso? —chilló encantada—. ¿Has visto cómo metía quinta yo sola?

—Sí —alcancé a decir, cogido al asidero del coche como si me fuera la vida—. ¿Podemos dejarlo ya?

—Por favor, ¿solo una vez más? —suplicó mientras se dirigía al sendero por enésima vez—. Te prometo que luego paro.

—La última vez —grazné, cerrando los ojos con fuerza solo para arrepentirme—. Cuidado con el... —Mis palabras se interrumpieron y contuve la respiración cuando Shannon pegó un volantazo—. Bache —apunté, y solté un suspiro tembloroso.

—Esto es exactamente como el *GTA* —se rio.

—Excepto que no hay un botón de reinicio —gemí—. Así que, por favor, no nos mates.

—Como has dicho —dijo con una risilla y pisando el pedal a fondo—, yo puedo.

46

PIZZA Y NOTICIAS A DOMICILIO

Shannon

Estábamos sentados en el sofá de la sala de estar de Johnny después de mi práctica de coche improvisada, con nuestros libros de clase desparramados tras haber terminado los deberes, y yo no podía dejar de sonreír. Había pasado una tarde genial con él, y ahora sabía conducir. Yo. Podía conducir un coche de verdad. No tenía ni idea de qué lo había llevado a plantarme en su coche antes, pero no me arrepentía. Me había sentido libre tras el volante, y tener tanto poder fue superemocionante.

Satisfecha, absorbí el calor que emanaba de la chimenea mientras escuchaba a Johnny pedir comida.

—Sí, quería una porción de pan con queso con esa salsa de naranja y una pizza grande sin champiñones y con extra de piña. —Johnny me miró y fingió arcadas antes de decir—: Sí, estoy seguro, tío, a tope de piña.

—Oye… —Me estiré para darle con el dedo del pie y susurré—: No me juzgues, señor solo como pollo.

—El mundo te está juzgando —articuló con los labios mientras me cogía del pie y se lo colocaba en el muslo—. En realidad, ¿tienes pollo sin piel? —Ahogué una risa—. ¿Sí? —Me bajó el calcetín un poco y me pasó las yemas de los dedos por el tobillo—. ¿Cómo está hecho? ¿Frito? —Frunció el ceño y tamborileó los dedos sobre mi tobillo, con cara de estar muy indeciso, antes de soltar un suspiro—. A la mierda, ponme una caja grande con una pechuga extra, y deja la piel… Ah, y métele una botella de Coca-Cola. —Me miró y me guiñó un ojo—. Sí, a ella le gusta la de marca. —Colgó el teléfono y sonrió—. A tomar por saco la dieta.

—Siempre puedes empezarla de nuevo el lunes —me reí.

—¿Estás diciendo que necesito hacer dieta? —bromeó, tirándome sobre su regazo—. ¿Eh? —Me acercó los labios al cuello y suspiré complacida.

—Eres tan mono —susurré, mordiéndome el labio mientras me acurrucaba contra él—. No necesitas hacer dieta.

Hizo una pausa a mitad de beso y se apartó para mirarme.

—¿Acabas de llamarme mono?

—Sí. —Sonreí—. ¿Qué tiene de malo?

—Todo —respondió, con pinta de estar horrorizado—. Shan, no puedes llamarme mono.

—Pero eres mono —lo pinché—. Tienes unos ojos monos, un pelo mono y una sonrisa mona.

Johnny me miró boquiabierto.

—Me ofendes.

Me reí de su expresión de horror.

—Eres un chico mono.

—No… —Sacudiendo la cabeza, me tiró de espaldas y luego se abalanzó sobre mí—. No, no voy a aceptar esto. —Me metió las manos por debajo de la camiseta y me hizo cosquillas en las costillas—. ¡Chúpate esa!

—¡Aaah, para! —grité entre ataques de risa mientras me retorcía debajo de él—. No puedo… ¡Tengo cosquillas!

—Lo sé —se rio, sin dejar de torturarme—. Ahora retíralo, o entraré a matar.

—¡Lo retiro! —grité, retorciéndome y girando sobre mí—. No eres mono… Aaaaaah, Johnny, no puedo, ¡eres sexy! Eres sexy, ¿vale? Ah, ah, por favor. ¡Ten piedad!

—No tengo piedad —dijo con una risilla, metiéndome la cabeza por la camiseta para aumentar sus esfuerzos—. La pierna te da un espasmo cuando te hago cosquillas aquí —se rio entre dientes, haciéndome cosquillas en las costillas—. Es superraro.

—Me vengaré por esto —le advertí, casi sin poder respirar de la risa, mientras me retorcía y arqueaba debajo de él—. Tú espera y verás…

El sonido de unos neumáticos en la grava cortó el aire y Johnny sacó la cabeza de debajo de mi camiseta.

—Caray —comentó, con el pelo alborotado, todo de punta—. Menudo récord de entrega.

—No puede ser la pizza. —Me erguí para mirar por la ventana, pero estaba oscuro, así que solo pude distinguir un par de faros—. Uy, ¿y si es tu madre? —balbuceé y luego procedí a bajarme de su regazo a toda velocidad. Con la suerte que tenía, eso es exactamente lo que era—. Debería irme. —Cogí la mochila y me puse a guardar todos mis libros de nuevo mientras me calzaba al mismo tiempo las deportivas—. Deberías llevarme a casa.

—Shan, relájate —se rio entre dientes, poniéndose de pie—. No es mi madre, y si lo es, no es necesario que te vayas.

Toc, toc, toc…

—¿Ves? —me tranquilizó Johnny, que se dirigía hacia la puerta—. Mi madre no llamaría. —Se me hundieron los hombros de alivio y aflojé la mochila—. Tú espera aquí —añadió antes de salir del salón.

Unos segundos después, una voz familiar retumbó en la casa.

—¿Dónde está mi hermana?

¿Darren?

—Está aquí.

—Dile que salga. Tiene que venir a casa conmigo ahora.

Ay, madre…

—Pasa.

—¿Qué?

—No le voy a decir lo que tiene que hacer, así que entra si quieres hablar con ella.

Menos de un minuto después, Johnny volvió a la sala de estar con Darren siguiéndolo con rigidez.

—Ha venido tu hermano, Shan —dijo, mirándome fijamente a los ojos mientras se acercaba y se ponía a mi lado.

—¿Qué pasa? —pregunté, de los nervios al instante—. ¿Q-qué haces aquí?

—Debería preguntarte lo mismo —respondió Darren, pero no sonaba enfadado. Solo cansado—. Deberías venir directamente a casa después de clase. —Desvió la mirada hacia los libros de texto que había abiertos sobre la mesilla de café y hubo un destello de sorpresa en sus ojos antes de que sacudiera la cabeza, con expresión sombría una vez más—. Son casi las ocho, Shannon.

—Iba a volver a casa —le dije—. Queríamos cenar primero.

—Tenemos que hablar —respondió—. Es importante.

El pánico estalló dentro de mí.

—¿Qué pasa? —pregunté, porque algo malo tenía que estar pasando para que Darren consiguiera la dirección de Johnny y condujera hasta aquí. Ni siquiera estaba peleando conmigo. Esto era malo. Iba a decirme algo terrible. Podía sentirlo—. ¿Darren? —Me temblaba la voz, al igual que el resto del cuerpo—. ¿Qué está pasando?

Mi hermano pasó la mirada de mí a Johnny y luego de nuevo a mí antes de soltar un fuerte suspiro.

—Es papá.

Me puse rígida, sintiendo que cada músculo de mi cuerpo se tensaba, mientras esperaba que Darren confirmara lo que en el fondo ya sabía.

—Le han dado el alta de Brickley House hoy, Shannon —anunció, con la voz cargada de emoción—. Ha vuelto a Ballylaggin.

Me quedé sin aire en los pulmones de repente y, en su lugar, respiré una oleada de sufrimiento, dolor, miedo y paranoia. No terminaría jamás. No iba a terminar jamás. Joey tenía razón. Siempre tenía razón. Mi padre volvería y, cuando lo hiciera, me lo haría pagar…

Entonces sentí una gran mano deslizarse en la mía; una cálida y fuerte que me sacó de mis pensamientos de terror. Temblando, miré nuestras manos unidas y luego a Johnny. Estaba de pie justo a mi lado, grande y fuerte, y tan cerca que sentía el calor que irradiaba su cuerpo. Su presencia en este momento fue profundamente reconfortante.

—¿Qué quiere decir eso? —hizo la pregunta que yo no pude pronunciar—. Para tu familia. —Se aclaró la garganta bruscamente—. Para Shannon.

—No te ofendas, Johnny, pero es privado —respondió Darren, mirándolo a los ojos con dureza.

—No te ofendas, Darren, pero me importa una mierda —replicó Johnny, sin vacilar—. Te guste o no, soy su novio, y si ella está en peligro, entonces quiero saberlo. —Irritado, añadió—: Puedo ayudar.

—No necesito tu ayuda —dijo mi hermano con cansancio—. Pero tienes que venir a casa —agregó, dirigiendo su atención hacia mí—. Mamá está hecha un manojo de nervios y tenemos que hablar todos juntos sobre adónde vamos como familia.

—¿Joey está en casa? —pregunté, estudiándolo.

Darren suspiró pesadamente.

—No sé dónde está.

—¿Qué quieres decir con que no lo sabes? —grazné—. ¿Dónde está, Darren?

—Tadhg no se ha tomado muy bien las noticias sobre papá y se ha ido —murmuró, pellizcándose el puente de la nariz—. Joey está tratando de encontrarlo. Pasándose una mano por el pelo, soltó otro suspiro de dolor antes de señalar los libros sobre la mesilla de café—. ¿Puedes recoger tus cosas para que podamos irnos? He dejado a Sean, Ollie y mamá en casa.

—No creo que deba irse a casa —se apresuró a decir Johnny.

Darren le lanzó una mirada mordaz.

—¿Perdona?

—He dicho que no creo que deba irse a casa —repitió Johnny con calma—. Puede quedarse aquí conmigo. Tu padre no sabe dónde vivo.

—Ella se viene a casa —respondió Darren con firmeza—. Ahora.

—No veo por qué tiene que… —empezó a discutir Johnny, pero mi hermano lo interrumpió.

—Córtate —le advirtió—. En serio.

—Vale, iré —dije a regañadientes, deseando poder hacer cualquier otra cosa antes que volver a Elk, pero sabía que no tenía otra opción. Derrotada, solté la mano de Johnny y me puse a recoger las últimas cosas de la mesa. Las lágrimas me nublaron la vista, impidiéndome ver la cremallera del estuche mientras intentaba meter todos los bolígrafos y la regla dentro—. Solo necesito un minuto.

—Te espero en el coche.

Asentí rígidamente, recogiendo mis cosas de espaldas a Darren.

—Vale.

La puerta de la sala de estar se cerró y Johnny vino a mi lado.

—Háblame.

Negué con la cabeza y tiré el estuche sobre la mesilla de café. Temblando, me pasé las manos por el pelo, respirando profunda y lentamente, tratando como una desesperada de mantener mis emociones bajo control.

—Creo… —Cerré la boca, pasé junto a él y caminé hacia la ventana—. Creo… —Negué con la cabeza de nuevo, soltando un fuerte suspiro.

—Shannon, vamos —me instó, siguiéndome—. Dime algo.

—Creo… —Haciendo una pausa, agaché la cabeza y me cogí del alféizar—. Creo que voy a llorar.

—Vale —me dijo Johnny, tan cerca de mí que notaba su muslo contra el mío—. No pasa nada por llorar.

—No quiero volver a hacerlo delante de ti. —Con un suspiro tembloroso, cerré los ojos con fuerza y balbuceé—: No quiero que me veas desmoronarme siempre.

—Bueno, no te queda otra —respondió, dándome la vuelta y atrayéndome entre sus brazos—. Porque no te voy a dejar.

Sacudiendo la cabeza, mantuve los ojos cerrados y susurré:

—Johnny, no puedo…

—No voy a ir a ninguna parte —dijo, apretándome con más fuerza.

Lo intenté de nuevo.

—No puedes…

—No voy a ir a ninguna parte, Shannon.

—No tienes que…

—Estoy contigo. En todo. Cada parte de ti. Las buenas y las malas. Me quedaré. Así que no me escondas esta parte.

Permanecí rígida un buen rato. Él no se inmutó porque tampoco me soltó. Simplemente me retuvo allí, negándose a dejarme ir, negándose a dejarme en paz.

Y cuando cedí, cuando finalmente me desmoroné, fue en sus brazos. Me derrumbé. Perdí los papeles por completo allí mismo, en la sala de estar de Johnny.

No quería hablar.

Solo quería llorar.

Él pareció sentirlo, porque no me hizo ninguna pregunta. No dijo una palabra. En cambio, me mantuvo entre sus brazos, estrechándome, mientras mi vida se derrumbaba a mi alrededor.

47

AYUDADLA

Johnny

No podía dormir. Tenía la mente en alerta máxima y cada músculo del cuerpo tenso. Cada vez que cerraba los ojos y trataba de dormirme, me acribillaban las imágenes de Shannon acostada en la cama de hospital, golpeada y ensangrentada.

Su padre había salido.

Era un hombre libre.

Y estaba ni más ni menos que en el puto Ballylaggin.

Furioso, me puse de lado y traté de dejar la mente en blanco, pero no lo conseguí. Perdido, tiré de las sábanas y me encogí cuando Sookie gimió en sueños.

—Lo siento, bebé —susurré, atravesando la habitación a oscuras.

Salí del dormitorio, encendí la luz del rellano y me dirigí hasta el extremo opuesto de la casa. Debía de hacer al menos nueve años desde la última vez que había entrado en la habitación de mis padres en plena noche, pero ahí es donde me encontraba a la maldita una de la madrugada.

—¿Papá? —susurré, tocándole el hombro mientras lo miraba desde arriba, sintiéndome como un pervertido—. ¿Papá?

—¿Johnny? —Tenía la voz áspera y espesa por el sueño—. ¿Qué ocurre?

—Necesito hablar contigo —susurré, mirando la forma dormida de mi madre y rezando para no despertarla—. Es importante.

—Vuelve a dormir, hijo —se quejó, poniéndose de lado y abrazando a mi madre con más fuerza—. La casa no va a derrumbarse, lo prometo.

Puse los ojos en blanco ante ese último comentario. Los putos tres cerditos y el lobo.

—Papá, de veras que necesito hablar contigo.

Se apoyó sobre un codo y me miró con expresión soñolienta.

—¿De veras?

Asentí.

—De veras.

Bostezando ruidosamente, apartó las sábanas y se levantó.

—Muy bien, hijo, vamos a ello.

—Vale —susurré, tapándome los ojos—, cuando te pongas algo de ropa.

Tres horas y dos tazas de café más tarde, todavía estábamos en la cocina. Mi padre, en calzoncillos, estaba encorvado sobre la encimera con una taza de café en las manos mientras yo paseaba de un lado al otro como si fuera puesto de coca.

—Tiene que haber otra forma —siseé, rascándome el vientre desnudo—. No puede simplemente salir impune después de todo lo que les hizo pasar.

—El derecho de familia es complicado, hijo —respondió mi padre—. Cada caso es diferente.

—Eso no basta... —Cogí la cafetera y me serví otra taza, que me bebí en tres tragos—. ¡Maldita sea!

—Deja eso ya —bostezó mi padre, alargando una mano y quitándome la cafetera—. O no me iré a la cama jamás.

—Deberías haberla visto esta noche —continué, paseando de un lado al otro mientras despotricaba—. La cara de Shannon cuando su hermano le ha dicho que su padre había salido. —Negué con la cabeza—. Estaba aterrorizada, joder, papá.

—Johnny —suspiró mi padre—. No hay nada que puedas hacer.

—Pero tú sí, ¿verdad? —le respondí, alterado y espitoso—. ¿No puedes coger su caso?

—No funciona de esa manera —contestó con otro bostezo.

—¿Por qué? —pregunté—. ¿Por qué no funciona de esa manera?

Mi padre suspiró con cansancio.

—Ya te lo he explicado una docena de veces; el fiscal general tomó la decisión de llevarlo a juicio. Se les ha asignado un abogado de oficio y, además, la señora Lynch dejó muy claro que mis servicios no eran ni necesarios ni bienvenidos.

—Pues es tonta —gruñí, acelerando el paso—. Eres el mejor.

—Lo soy —coincidió mi padre, asintiendo con la cabeza, somnoliento—. Pero sus emociones le están nublando el juicio.

—Es una inepta, eso es lo que es, papá. —Me acerqué a la ventana, apoyé las manos en el alféizar y solté un gruñido de exasperación—. La mujer es un lastre y mi novia no está segura en esa casa —dije, y me giré para mirarlo—. Ninguno de esos niños está a salvo con ella, y menos ahora que su padre está rondando de nuevo por ahí.

—Tienen trabajadores sociales en el caso —explicó mi padre con calma, mientras se dirigía hacia el fregadero y vaciaba la taza de café por el desagüe—. Eso implica visitas a domicilio y supervisión estricta.

—No significa una mierda, papá, y lo sabes —respondí, frustrado—. No está segura en esa casa.

—Y ¿qué quieres que haga, Johnny? —preguntó, enjuagando su taza y colocándola en el escurridor—. Habrán hablado con todos los niños después del accidente de Shannon. No se los habrían devuelto a su madre sin una investigación ni, por supuesto, preguntarles cómo los trataba esta. Obviamente, los trabajadores sociales involucrados consideraron a la señora Lynch capaz de criarlos.

—Les han lavado el cerebro a todos —siseé—. ¿No lo entiendes? ¡Están la hostia de aterrorizados de que los envíen a un hogar de acogida y los separen, así que mienten y encubren a sus padres porque les han comido la cabeza para que crean que están más seguros donde están!

—¿Qué está pasando? —preguntó mi madre, de pie en la puerta de la cocina, envuelta en su bata blanca—. Son las cuatro y media de la mañana. ¿Qué hacéis despiertos?

—Tu hijo quería tener una charla —explicó mi padre con calma—. Nada de qué preocuparse. Vuelve a la cama, cariño.

Mi madre arqueó una ceja y le puso su cara de «¿en serio crees que voy a tragarme eso?» antes de entrar en la cocina y dirigirse a la cafetera.

—¿Shannon está bien, mi amor?

Dejé de pasear de un lado al otro y fruncí el ceño a mi madre.

—¿Cómo…

—¿Sé que esta conversación nocturna es por Shannon? —terminó ella por mí con una sonrisa de complicidad—. Porque te conozco. —Se sirvió una taza de café y se unió a mi padre en la isla—. Bueno. —Dio un sorbo y miró a mi padre—: Empieza a hablar, cariño.

Con un suspiro de resignación, este recapituló lo que habíamos hablado mientras yo lo iba interrumpiendo cuando se dejaba alguna parte.

—Y ahí lo tienes, mamá —sentencié cuando mi padre terminó—. ¡El horror absoluto que es nuestro sistema de justicia! —Cogí su taza de café de la encimera, la volví a dejar y me acerqué a la cafetera—. ¿Qué se supone que debo hacer yo ahora, eh? ¿Irme a dormir en la comodidad de mi cálida cama y esperar una llamada que me diga que ha vuelto al hospital o algo peor? —Sacudiendo la cabeza, me serví otra taza de café, salpicando agua por toda la encimera en el proceso—. Se merece muchísimo más que la vida que le ha tocado.

—Estoy de acuerdo —dijo mi madre con voz triste—. Todos se merecen algo mejor.

—Entonces haz algo, mamá —supliqué, completamente perdido—. ¡Porque se me va a ir la pinza si tengo que dejarla en casa después de clase cada día y tener que esperar al día siguiente en el instituto para saber si ha sobrevivido a esa noche!

A mi madre se le llenaron los ojos de lágrimas cuando preguntó:

—¿Y su hermano? ¿Darren?

Frustrado, di un sorbo a mi café antes de responder.

—Él no los conoce —escupí—. Se fue hace años. Se preocupa por lo que más le conviene a su madre, no a los niños. Joey no confía en él y yo tampoco.

Mi madre y mi padre se miraron entonces, y sentí que me estaba perdiendo la discusión que estaban teniendo en silencio.

—¿En qué pensáis? —pregunté, ansioso—. ¿Podéis hacer algo?

Mi padre suspiró pesadamente.

—¿Qué quieres que hagamos, hijo?

—Quiero que encierres a ese cabrón —le dije—. Quiero justicia para esos niños. Quiero justicia para mi novia. No me sirve que su padre pueda alejarse de esto cuando ellos no pueden. —Me volví hacia mi madre—. Están completamente jodidos, mamá. ¡Por su culpa!

Mis padres se quedaron en silencio durante tanto tiempo que desistí de que me respondieran.

—Da igual —gruñí, dejando mi taza en el fregadero—. No debería haberme molestado.

Disgustado, me fui hacia el pasillo, pero me detuve en seco cuando mi madre habló.

—Haremos lo que podamos, Johnny.

Me giré para mirarlos.

—¿Qué significa eso?

—Significa que haremos lo que podamos para ayudar —explicó mi padre con calma, apoyando una mano sobre la de mi madre—. Ahora, ve arriba e intenta dormir un par de horas antes de ir al instituto.

Abatido, subí a mi habitación con los hombros hundidos y un nudo en el estómago. Los pájaros ya cantaban cuando llegué a mi cuarto y me dejé caer en el borde de la cama para mirar por la ventana el cielo oscuro. Cogí el móvil de la mesilla de noche, lo desbloqueé y revisé mis mensajes, leyendo y releyendo todos los que me había enviado Shannon hasta que me volví medio loco.

—A la mierda —murmuré para mí mismo mientras la buscaba en mi lista de contactos y aparecía su número.

Tenía un dedo en el botón de llamada cuando el móvil comenzó a vibrarme en la mano: era Shannon.

Con el corazón acelerado, acepté la llamada y me llevé el teléfono al oído.

—¿Shan?

—Hola, Johnny —dijo en voz baja al otro lado de la línea—. ¿Te he despertado?

—No, estaba despierto —respondí, con un suspiro tembloroso—. ¿Estás bien?

—Estoy bien —susurró, y me derrumbé de alivio—. Es que…

—¿Es que qué, Shan?

—Quería oír tu voz —admitió con voz ronca—. ¿Es raro?

—Si lo es, entonces yo también soy un raro. —Me recosté en la cama y crucé un brazo por detrás de la cabeza—. Porque estaba a punto de llamarte.

Ella suspiró pesadamente en el teléfono.

—¿En serio?

—En serio —confirmé bruscamente—. Llevo toda la noche pensando en ti.

—Yo también —respondió ella—. En ti, quiero decir —se apresuró a corregirse—. Llevo toda la noche pensando en ti, no en mí.

—Sé lo que has querido decir —le aseguré, sonriendo para mis adentros por la monada de su gazapo—. ¿Te levantas ahora? Solo son… —estirando el cuello, miré la hora en mi despertador antes de decir—: las cinco menos cuarto.

—He pensado que quizá ibas al gimnasio —susurró—. Te iba…, bueno, te iba a preguntar si podía acompañarte y esperar en el coche.

Sentí que la inquietud me subía por la columna vertebral.

—¿Qué está pasando, nena?

—Nada.

—Shan…

Ella resopló con fuerza.

—Tengo miedo.

Me incorporé.

—¿Quieres que vaya a buscarte ya?

—No, no, no —se apresuró a decir en voz baja—. No pasa nada malo. Solo estoy nerviosa. —Soltó otro suspiro tembloroso antes de añadir—: ¿Puedes quedarte al teléfono conmigo? No tienes que hablar. Es solo que… me siento mejor cuando sé que estás cerca.

Cerrando los ojos, me dejé caer hacia atrás y me tragué un gruñido de rabia.

—Por supuesto —alcancé a decir en su lugar, manteniendo un tono suave. Me acomodé bajo el edredón y susurré—: Estoy justo aquí, Shannon.

48

CORTE DE ROLLO

Shannon

Mi padre llevaba fuera de rehabilitación una semana y yo estaba teniendo problemas para dormir. Cada vez que daba una cabezada por la noche, me acribillaban las pesadillas, tan aterradoras que me despertaba de golpe y pasaba el resto del tiempo muerta del pánico, con el cuerpo en alerta máxima, esperando oír el sonido de la llave girando en la cerradura. Todavía no había ocurrido, pero eso no significaba que no fuera a hacerlo. Eso era lo más aterrador: saber que nuestro futuro dependía de que nuestro padre obedeciera la orden de alejamiento y nuestra madre se mantuviera firme. No era tan ingenua como para albergar muchas esperanzas en ninguno de los dos.

Obligándome a apartar todos los pensamientos sobre mi padre, me concentré en el presente. En el chico sentado junto a mí en la hierba que bordeaba la cancha. Aislándome del resto del mundo, me concentré por completo en mi novio.

No lograba comprender cómo un chico en la posición de Johnny, con todo a su favor, se había atado tan voluntariamente a alguien tan dañado como yo. Pero así era. Y cada día que había pasado desde entonces había sido soportable porque lo tenía a él.

Cuando Joey y Darren peleaban en casa, me aislaba.

Cuando mi madre se sentaba catatónica a la mesa de la cocina, pasaba de largo.

Cuando el miedo a que mi padre volviera amenazaba con provocarme un ataque de pánico, me distraía enviándole un mensaje a Johnny con alguna pregunta sobre los deberes.

Descubrí que ahora podía hacer esas cosas, porque sabía que tenía algo que esperar con ilusión. Johnny se había convertido en el lugar seguro donde podía bajar la guardia. No pensaba en mi familia todo el rato. No me obcecaba con lo negativo porque mi novio era la personificación de lo positivo. Esta casa se había convertido en una parada temporal para mí. No era la celda donde había pasado atrapada la mayor parte de mi vida. Era un medio para un fin. Un lugar donde descansar por la noche. Porque por la mañana, cuando despertaba, sabía que me esperaba algo mejor.

Mucho mejor.

Sabía que sonaba patética, pero, para mí, una persona que nunca había tenido a nadie aparte de Joey, aquello era alucinante. Por primera vez en mi vida, tenía a alguien que era solo para mí. No tenía que compartirlo con mis hermanos o mis amigos. No tenía que ceder ni dudar. Él era mío. Solo mío.

Saboreaba cada minuto que podía pasar con él en el instituto, e incluso entonces, nunca era suficiente. Los besos no eran suficientes. Cogernos de la mano no era suficiente. Y tampoco las noches que me escabullía de casa para dar vueltas en su coche hasta que amanecía. Nada parecía ser suficiente cuando mi cuerpo y mi corazón me pedían más a gritos continuamente.

Cada mañana, cuando me levantaba para ir a clase, era con esperanza en el corazón, porque sabía que iba a verlo. Sabía que a las ocho menos cuarto en punto, Johnny Kavanagh se detendría frente a mi casa, después de su sesión de gimnasio, y se sentaría en la pared de mi jardín para castigo de mi madre y Darren hasta que saliese y me subiera a su coche. Era como un reloj, muy estricto en su rutina, y yo lo encontraba profundamente reconfortante. Cuando Johnny decía que estaría allí, estaría allí. Nunca llegaba tarde y nunca se echaba atrás.

Cuando me subía al coche con él, comenzaba la mejor parte de mi día. La hora de la comida, los besos robados entre clase y clase, las ventanas empañadas de su Audi… lo significaban todo y, al mismo tiempo, nada era suficiente.

Obligándome a salir de mis pensamientos, me giré para mirar a Johnny. Habían acabado las clases y estábamos sentados en la cuesta donde me había noqueado hacía tantos meses, viendo entrenar al equipo, y sabía que estaba disgustado. Llevaba todo el día callado. Lo notaba. Ni todas las sonrisas del mundo podían ocultarlo. No a mí. La semana anterior también había sido dura para él. Tommen había perdido la final contra Levitt, y sabía que sentía esa pérdida en lo más profundo de su ser mientras observaba consternado desde la banda. Entrelacé un brazo con el suyo, apoyé la mejilla en su hombro y susurré:

—Lo vas a lograr, Johnny.

—No apuestes por ello —respondió en voz baja, llevándose la mano al muslo—. No creo que vaya a conseguirlo, Shan —añadió, con la voz apenas un susurro, mientras se ajustaba el vendaje que sabía llevaba en el muslo, bajo los pantalones del uniforme—. No este verano.

—Yo sí —respondí, deslizándole la mano por el brazo para cogerle la suya—. Lo sé. —Entrelazamos los dedos y le di un apretón reconfortante—. Tienes cita con tu médico mañana, ¿verdad?

Johnny asintió, con los hombros caídos.

—Pero aunque me dé permiso para jugar, no hay tiempo suficiente para recuperar esto…

—Johnny, no tienes nada que recuperar —le aseguré—. Ya eres el mejor. —Le solté la mano y giré el cuerpo hacia un lado, de manera que le tocaba con las rodillas los muslos, y volví a cogerle de la mano—. Puede que solo te queden seis semanas para entrenar y prepararte, o lo que sea que hagáis —arrugué la nariz al imaginar que lo placaban en el campo, pero deseché esa horrible imagen de mi cabeza y continué—: pero ya has hecho todo el trabajo duro. Ya has impresionado a los entrenadores y te has recuperado semanas antes de lo esperado. Te has ganado esto. Es tuyo. —Apretándole la mano, le sonreí de oreja a oreja—. Vas a conseguir ese puesto en el equipo y vas a brillar. Lo sé.

Una sonrisa asomó a sus labios y arqueó una ceja.

—Claro, lo sabes, ¿no?

—Sí. —Asentí con la cabeza—. Soy muy sabia.

Riendo, me acarició la mejilla con el pulgar.

—Uf, eres tan adorable.

—¿Adorable? —Hice una mueca—. Sookie es adorable, Johnny. Se supone que yo debo ser…

—¿Qué? —me instó, acercando su rostro al mío—. ¿Qué se supone que eres, nena?

—Más que adorable —jadeé, distraída ahora que sus labios estaban tan cerca de los míos.

—¿Mona? —susurró seductoramente, deslizando los dedos bajo el dobladillo de mi falda—. ¿Guapa? —Sonriendo con picardía, se acercó más y rozó su nariz contra la mía—. ¿Sexy?

Asintiendo, solté un suspiro tembloroso.

—Eso último.

De repente, y sin previo aviso, Johnny me besó con fuerza y me puso encima de él. Coloqué una pierna a cada lado de sus caderas y me acomodé en su regazo, sin apartar los labios el uno del otro en ningún momento mientras nos besábamos casi con violencia.

Incapaz de contenerme, le pasé una mano por el pelo y tiré. Él recompensó mi valentía con un pequeño movimiento de pelvis. Me tenía cogida por las caderas, lo cual me persuadía y alentaba. A ninguno de los dos parecía importarnos que estuviéramos en el recinto escolar, con sus compañeros de equipo a un tiro de piedra en la cancha.

—Me gustas tanto, joder. —Su voz era profunda y ronca, y sus palabras me dejaron sin aliento—. Me vuelves loco, Shannon como el río —susurró contra mis labios, restregando mis caderas contra las suyas—. Te tengo tantas ganas que ya no puedo pensar con claridad.

Un delicioso escalofrío me recorrió la espalda y me desplomé contra él cuando la presión que sentía en el pecho fue demasiado para soportarla, pues sus palabras me adentraron más en el oscuro y aterrador camino que recorríamos los dos.

—¿Johnny?

—Dime, Shan.

—No habrá nadie en mi casa hasta las seis. —Con el corazón acelerado, me eché hacia atrás para mirarlo a los ojos—. ¿Quieres venir?

Se le dilataron las pupilas y me apretó la cintura con más fuerza.

—¿Ahora?

—Ahora —confirmé, sin aliento.

—¿Debería haber aparcado más arriba? —me preguntó Johnny entre besos mientras entrábamos a trompicones en mi habitación, enredados el uno con el otro—. Por si tu madre o Darren vuelven pronto…

Sacudiendo la cabeza, estiré una mano y cerré la puerta del dormitorio antes de girarme para pegar mis labios a los suyos.

—Olvídate de ellos —lo insté, respirando con dificultad, mientras apretaba los muslos contra su cintura—. Deja de pensar.

—Ah, mierda —gimió, recorriendo el pequeño espacio desde mi puerta hasta mi cama—. Quieres que me maten, ¿no?

Se dio con las espinillas en la base de la cama y caímos sobre el colchón, donde Johnny aterrizó pesadamente encima de mí.

Haciendo piruetas en mi pequeña cama individual, salí de debajo de su enorme figura y me senté a horcajadas sobre sus caderas. Triunfante, cogí sus manos entre las mías y se las sujeté por encima de la cabeza, inmovilizándolas contra el colchón.

—Te tengo.

Gruñendo, Johnny movió las caderas bruscamente, lo que hizo que cayera sobre su pecho.

—Ahora te tengo yo —susurró antes de buscar mis labios con los suyos.

Sentía el pulso retumbarme en las venas mientras la sangre se me convertía en lava y mi determinación se desintegraba con cada caricia de su lengua.

—Oye, no quiero presionarte para hacer nada para lo que no estés lista —dijo contra mis labios—. Tengo dedos y una imaginación excelente, llena de recuerdos tuyos. —Me cogió la cara entre las manos, se echó hacia atrás y me miró fijamente—. Puedo esperar.

Me lo quedé mirando, y en ese momento sentí más de lo que había sentido en toda mi vida. Notaba su corazón retumbándole en el pecho como un pájaro enjaulado aleteando salvajemente, al igual que el mío. Incapaz de formar una frase coherente, me tiré del suéter del uniforme y me lo saqué por la cabeza, llevándome la corbata con él. Los ojos de Johnny se oscurecieron cuando pasé a la camisa y empecé a desabrocharme torpemente los botones.

—No… —comenzó a decir, pero sus palabras se transformaron en un gruñido de dolor cuando dejé que me cayera la camisa por los hombros—. Joder —gimió, recorriéndome el cuerpo con una mirada llena de hambre. Se pasó la lengua por el labio inferior sin dejar de contemplarme.

El aire se me escapó en una bocanada sonora y entrecortada cuando me llevé las manos a la espalda y me desabroché el sujetador, deseando que fuese de encaje como los de Claire y no uno sencillo de algodón.

—Mierda —gruñó Johnny, levantando las caderas. Ahogó un gemido cuando me quité el sujetador y lo tiré al suelo. Sentí cómo se endurecía debajo de mí y la sensación me provocó un escalofrío—. Eres tan preciosa.

Se sentó conmigo en su regazo y se pasó una mano por detrás de la cabeza para quitarse rápidamente el jersey del uniforme antes de tirarlo al suelo de mi habitación. Me pasó los dedos por el pelo y atrajo mi cara hacia la suya, besándome con fuerza y precipitadamente. A horcajadas sobre sus caderas, con nada más que la falda y las bragas, me restregué contra él con el mismo ímpetu en mi propio calentón.

Apartó las manos de mi pelo y se las llevó a la parte delantera de su camisa para desabrochársela, sin apartar sus labios de los míos mientras tanto. Yo me bajé la cremallera de la falda, que quedaba atrás. Rompiendo el beso, salté de la cama, temblando de pies a cabeza, y dejé que esta me cayera al suelo, sin dejar de mirarlo a los ojos.

De pie con nada más que unas bragas blancas de algodón, solté un suspiro tembloroso y susurré:

—Hola, Johnny.

—Hola, Shannon —respondió él, con la voz tensa, los ojos oscuros y encendidos, mientras se quitaba la camisa y la corbata y las tiraba al suelo—. Joder, ¿qué me estás haciendo, Shannon?

Mi pecho subía y bajaba rápidamente cuando volví a sentarme a horcajadas sobre él.

—Te quiero —dijo bruscamente, rozando sus labios contra los míos. Me estremecí cuando sus brazos me rodearon y el calor de su piel abrasó la mía—. Tantísimo, joder. —Me cogió del culo con una mano para acercarme más a él durante un buen rato que me dejó extasiada, mientras me mecía en su regazo, frotando nuestros cuerpos. Johnny gruñó y profundizó el beso, metiéndome la lengua en la boca mientras se giraba y me tiraba de espaldas—. Tan sexy. —Sonaba totalmente desgarrado, y un poco esperanzado, mientras se acomodaba entre mis piernas—. Tan preciosísima. —Sus manos recorrieron toda mi carne desnuda mientras me iba dando besos por el cuello—. Tú eres todo lo que quiero.

Gimiendo para alentarlo, levanté las caderas y jadeé cuando su cuerpo se alineó con el mío de la manera más primitiva, pegándose con fuerza contra mí.

—No debería estar haciendo esto —susurró, con la boca sobre mis pechos—. Es… —Su voz se apagó mientras se metía un pezón en la boca y lo chupaba.

—Johnny —jadeé, cogiéndolo del pelo, mientras me atormentaba con deliciosos lametones—. No pares.

—Joder… —Soltándome el pecho, se movió hacia mis labios y me embistió con fuerza, tanto que la cabecera de mi cama golpeó contra la pared—. Mierda —masculló, escondiendo la cara en el hueco de mi cuello—. Debería parar —gimió, pero hizo lo opuesto y siguió acariciándome, besándome y restregando sus caderas contra mí.

«No pares».

«No me importa».

«Simplemente no pares».

—Chisss. —Lo cogí por las caderas y tiré de él hacia mí, mientras la necesidad estallaba en mí y me abrasaba por dentro. Quería que me hundiera más en el colchón. Quería sentir cada centímetro de él sobre mí, en mí, todo él dentro de mí. Quería más—. No pasa nada.

—No, no, no… —Johnny negó con la cabeza y gimió más fuerte, acercándose más, hundiéndome más la cara en el cuello—. No estoy pensando con claridad… —Me puso una mano en la cadera, tiró de mí hacia él y me sujetó con fuerza—. Pídeme que me vaya.

—No —respondí, arqueándome contra él con el corazón a mil por hora—. No te vayas.

—Mierda —gimió, mientras su gran cuerpo se estremecía bajo mi embestida. Soltó un brusco suspiro contra mi cuello que hizo que se me erizara la piel—. Es demasiado pronto…

Temblorosa, le acaricié el vientre con las yemas de los dedos, sin detenerme hasta que llegué a la hebilla de su cinturón.

—No me importa. —Deslicé los dedos por la cinturilla de sus pantalones, cogí aire profundamente y tiré con fuerza—. Sigue.

Johnny respiraba con dificultad y entrecortadamente.

—¿Qué estás haciendo? —jadeó, mientras yo buscaba a tientas la hebilla de su cinturón—. Shannon, no podemos…

—¿Por favor? —resollé, desabrochándole el cinturón y el botón de los pantalones—. Quiero hacerlo.

—No tengo condón —gimió en mi boca, empujando las caderas salvajemente—. Lo siento.

—Condones —jadeé, arqueándome para recibir sus embestidas—. En la habitación de Joey.

Asaltar el dormitorio de mi hermano no era un comportamiento fuera de lo común para mí, pero saquearle el alijo de los condones era un asunto completamente diferente. Para ser sincera, no tenía ni idea de en qué pensaba. Solo deseaba a Johnny. Muchísimo.

—No… —Rompiendo nuestro beso, Johnny negó con la cabeza y me miró fijamente, con los ojos casi negros de deseo—. Así no.

—¿No quieres hacerlo conmigo? —susurré, con el corazón hundido.

—Sabes que sí —jadeó, apoyando su frente en la mía—. Solo te quiero a ti.

—Entonces ¿por qué…

—¡Porque no voy a desvirgarte en esta casa, Shannon! —gruñó, con la mandíbula apretada—. Por un calentón después de clase y con un maldito condón de tu hermano. —Sacudió la cabeza—. No voy a hacer eso, nena.

—No me importa, Johnny —insistí—. De veras que no.

—Bueno, a mí sí me importa —respondió él, irguiéndose sobre los codos—. No voy a acostarme contigo y escabullirme por la puerta una hora más tarde porque tu familia esté al caer. —Gimiendo, me dio un pico y se bajó de mí—. Te mereces algo mejor, y no te voy a hacer eso. —Con el pecho agitado, se acercó a la ventana de mi habitación y se apoyó contra el alféizar—. Cuando nos acostemos, quiero que durmamos juntos —apuntó, mirándome por encima del hombro con esos ojos azules encendidos—. Toda la noche.

Me arrastré hasta quedar sentada sin emitir ningún sonido, pues estaba demasiado concentrada en tratar de controlar mi agitada respiración, mientras sus palabras me atravesaban el corazón.

—Quiero que disfrutes —añadió, volviéndose hacia mí—. Y no puedo hacer eso si estoy pendiente del reloj.

—Oh —susurré finalmente, observándolo mirarme—. V-vale.

—Eso no significa que no quiera hacerlo. —Suspirando con fuerza, Johnny volvió a la cama y se sentó a mi lado—. Porque sí quiero, Shannon —dijo bruscamente, subiéndome a su regazo. Me echó el pelo hacia atrás y me dio un suave beso en los labios—. Es que… necesito hacer lo correcto contigo.

—Vale —musité, hundiendo la cara, que me ardía, en el hueco de su cuello.

—¿Estás enfadada conmigo? —preguntó con voz ronca, acariciándome el hombro desnudo con la nariz mientras me recorría la columna con los dedos.

Negué con la cabeza, sin levantarla de su cuello.

—No, no estoy enfadada contigo, Johnny.

—¿No? —Me dio un beso en el hombro—. ¿Segura?

—Segurísima —susurré, abrazada a su cuello como si me fuera la vida—. Solo quiero que te quedes conmigo.

Él se rio suavemente.

—Lo haré.

—¿Lo prometes? —grazné, cerrando los ojos con fuerza y aferrándome aún más a su pobre cuello.

—Lo prometo —respondió bruscamente, dándome otro beso, esta vez en la clavícula—. Ya soy tuyo.

—¿Qué vamos a hacer, Johnny? —me atreví a preguntar lo que llevaba semanas atormentándome—. Cuando te seleccionen.

Johnny suspiró pesadamente.

—Si lo hacen, no cuando, Shannon, hay una gran diferencia.

—Van a seleccionarte —alcancé a decir, mordiéndome el labio con nerviosismo—. ¿Qué pasará cuando te vayas?

—No sé cómo va a acabar eso —respondió finalmente.

—Da miedo —admití en voz baja—. Pensar en que te irás pronto.

—Lo sé —me dijo, con la voz espesa—. A mí también me da miedo.

—¿En serio? —pregunté temblorosa.

—¡Por supuesto! Shannon, no quiero dejarte aquí —dijo, apretándome más—. Pero si entro en el equipo, solo será por un mes durante el verano y luego volveré contigo.

Dejé escapar un suspiro entrecortado, muerta de los nervios ante la sola idea de pasar tanto tiempo lejos de él.

—Lo sé.

—No estés triste —me pidió, estrechándome entre sus brazos—. Puede que ni siquiera pase.

Iba a pasar.

Johnny se iba a ir.

Tal como me advirtió meses atrás…

—Te quiero, Shannon como el río —dijo entonces, atravesando mis deprimentes pensamientos—. Solo a ti. —Se echó hacia atrás para que no tuviera más remedio que levantar la cara y mirarlo, y sonrió—. En plan una puta locura.

—Yo también te quiero —respondí ahogadamente, con la voz cargada de emoción, y repetí sus palabras—: En plan una puta locura.

Me dio un ligero beso en los labios, se apartó y susurró:

—Quiero que disfrutes.

Se me iba a salir el corazón del pecho.

—Ah, ¿sí?

Asintió lentamente, mirándome a los ojos.

—¿Puedo?

Dejé escapar un suspiro entrecortado y asentí débilmente.

—Sí.

Nos recolocamos para que yo quedara debajo de él con las piernas colgando a un lado de la cama y me puso la palma de la mano contra el vientre, animándome a acostarme.

—Quiero probarte —me dijo mientras se arrodillaba en el suelo y me cogía de la cintura de las bragas—. ¿Puedo?

¿Podía?

Ay, madre.

—Sí. —Asintiendo con entusiasmo, me desplomé contra el edredón, levantando las caderas mientras Johnny me quitaba la ropa interior y me separaba los muslos.

Respiraba entrecortadamente cuando me apoyé sobre los codos para verlo, entre avergonzada y curiosa.

Con las manos en mis muslos para mantenerlos separados, Johnny agachó la cabeza y me acarició con la boca el interior del muslo antes de pasar su atención al otro.

—Eres perfecta —susurró, rozándome con los labios mi zona íntima.

Sentí su lengua acariciándome, saboreándome, y se me pusieron los ojos en blanco. Lo hizo de nuevo, y luego una y otra vez, hasta que me dejó hecha polvo, jadeando sin aliento y arqueándome salvajemente contra su cara.

—Oh, Dios mío… —Retorciéndome en la cama, llevé las manos a su cabeza y le clavé las uñas en el cuero cabelludo, mientras él continuaba atormentándome con sus labios, lengua y dedos—. Johnny, voy a…

—Calla, Shan —me persuadió, arrastrando mis caderas hasta el borde de la cama y colocándome las piernas sobre sus hombros—. Apenas he comenzado. —Y luego volvió a bajar, jugando con la lengua, metiéndome y sacándome los dedos, y haciendo que me arqueara hacia él.

—Oh, mierda… —Mordiéndome el puño con fuerza, le tiré del pelo, delirando por completo a causa de toda las sensaciones e incapaz de controlarme—. No puedo… —Mi cuerpo se estremeció violentamente mientras me sacudía de arriba abajo con un placer ilícito—. Oh, dios, necesito…

Toc, toc, toc…

—¿Shannon? —La voz de Darren resonó en mis oídos y quise llorar—. ¿Qué estás haciendo ahí?

—¡Mierda! —La cabeza de Johnny apareció de entre mis piernas, con los ojos muy abiertos y sonrojado—. Tu hermano.

No…

—No pares —le supliqué, tirándole del pelo—. Johnny, por favor…

—Shannon, si no me respondes, voy a entrar —me advirtió Darren.

—¡No entres! —grité a pleno pulmón cuando Johnny se abalanzó hacia la puerta y echó el pestillo—. Me estoy vistiendo.

Rebusqué los pantalones del pijama debajo de la almohada y me los puse rápidamente sin dejar de mirar a Johnny, que estaba hurgando entre la pila de ropa desechada en busca de la suya. Me tiró la camisa para que me la volviera a poner antes de coger sus cosas.

—Johnny está ahí, ¿no es así? —preguntó mi hermano desde el otro lado de la puerta mientras me abrochaba torpemente la camisa—. ¿Es su coche el que está aparcado ahí fuera?

—Mierda —articuló Johnny con los labios mientras se ponía la camisa. Sin abrochársela, se puso el suéter, solo para quitárselo cuando se dio cuenta de que era el mío—. ¿Ves? Debería haber movido el coche.

—Abre la puerta, Shannon —exigió Darren, golpeando con fuerza—. Ahora mismo.

—Vete a la mierda —dijo Johnny en silencio, haciéndole la peineta a la puerta de mi habitación—. Capullo.

Sofocando una risita, salté de la cama y abrí la ventana del cuarto.

—Sal por aquí.

—No puedo saltar —siseó Johnny, señalándose la entrepierna—. Mi rabo.

Ahora sí que me reí, en voz alta.

Johnny entrecerró los ojos.

—No es divertido, Shan. Acabo de conseguir que vuelva a funcionar.

—Te matará si sales por la puerta —le respondí, gesticulando con los labios.

Johnny puso los ojos en blanco.

—Qué miedo… —Con una sonrisilla, añadió—: Te sacudes con ganas justo antes de que te…

—Abre la maldita puerta, Shannon —rugió Darren.

—¡Que me estoy vistiendo! —le grité en respuesta—. ¡Caray! —Volviéndome hacia Johnny, articulé con los labios—: ¿Qué hago?

—Abre la puerta —respondió.

Negué con la cabeza.

—Ni de coña.

Él asintió.

—Que sí.

—Johnny.

—Shannon.

—¡Shannon Maud Lynch, abre la puta puerta o la echo abajo a patadas! —gritó Darren.

Johnny arqueó una ceja.

—¿Tu segundo nombre es Maud?

Encogiéndome, asentí.

—Mis padres me odian.

Hizo una mueca de lástima.

—Au.

—Echo la puerta abajo en cinco, cuatro, tres, dos...

—¡Vale, vale, ya voy! —Reuniendo hasta la última gota de valentía dentro de mí, respiré hondo, me acerqué a la puerta y corrí el pestillo—. Tranquila —me susurré a mí misma mientras abría la puerta lo suficiente para asomar la cabeza—. Hola, Darren, ¿qué pasa?

—Dile que salga —fue la escueta respuesta de mi hermano—. Ya.

—¿A quién? —pregunté, haciéndome la tonta.

—Tu novio.

—¿Mi novio?

Darren se puso rojísimo.

—Shannon, corta ya el rollo.

—No pasa nada, Shan —intervino Johnny mientras me apartaba suavemente de la puerta y la abría del todo—. Antes de que digas nada, ya me iba —le dijo a Darren—. Y no, no lo volveré a hacer.

—No tan rápido —gruñó mi hermano, cruzando los brazos sobre el pecho—. ¿Estás tomando precauciones con mi hermana?

—No voy a hablar de Shannon contigo ni con nadie más —respondió Johnny, con la mandíbula apretada.

—Oh, no te quepa duda de que sí, pez gordo —gruñó Darren—. Soy su hermano.

—Su hermano —apuntó Johnny, cruzándose de brazos—. No su maldito guardián.

—Darren —farfullé—. Para.

—No me vengas con «Darren» —respondió, fulminándome con la mirada—. Llevas la camisa del revés y mal abrochada, estabais encerrados en tu dormitorio... —Tenso, hizo un gesto hacia Johnny—. Y este parece el sueño húmedo de cualquier adolescente.

—Oh, por favor —grazné, muerta de vergüenza—. Cállate ya.

—¿La estás respetando? —continuó, dirigiendo su pregunta a Johnny—. ¿Estás tomando precauciones? ¿O voy a tener que preocuparme de que vuelva a casa con uno más?

—¿A ti qué te importa lo que haga o deje de hacer con Shannon? —replicó Johnny, totalmente enfurecido—. Déjalo de una puta vez.

—Me importa si llega a casa embarazada…

—No —lo interrumpió Johnny—. Si eso pasa, será cosa mía. No tuya ni de ningún otro miembro de tu jodida familia. Mía. —Volviéndose hacia mí, me dio un beso en la mejilla y dijo, antes de salir de mi habitación—: Adiós, Shannon.

—Adiós, Johnny —grazné.

—Que no vuelva a pillarte en la habitación de mi hermana otra vez, Kavanagh —gritó Darren detrás de él.

—Sí, sí —respondió Johnny, sin vacilar—. Te llamo luego, nena.

—Vale —susurré, mirándolo mientras desaparecía por las escaleras.

—Si mamá lo llega a pillar aquí, esto habría terminado de manera muy diferente —refunfuñó Darren cuando la puerta principal se cerró de golpe.

Incapaz de borrar la sonrisa de la cara, me acerqué a la cama y me dejé caer con un suspiro de satisfacción.

—¿Shannon? —insistió Darren, apoyándose en la puerta de mi dormitorio—. ¿Me estás escuchando siquiera?

—No —respondí suavemente—. La verdad es que no.

—Joder —murmuró para sí mismo—. Tienes un problema, chica.

Qué me iba a contar…

Poco después de medianoche, me vibró el móvil en el bolsillo, pero estaba demasiado ocupada escabulléndome de casa para leer el mensaje. Además, al ver el Audi aparcado allí delante, supe quién me lo había enviado.

Tras alejarme de la puerta principal sin hacer ruido, me encaramé a la ventana del salón a cuatro patas y atravesé a la carrera el camino de entrada.

—Hola, Johnny —jadeé, mientras subía corriendo al coche, con las mejillas encendidas y los ojos llenos de emoción.

—Hola, Shannon —respondió él, con esa sonrisa arrolladora que le marcaba los hoyuelos—. Cuando te he escrito, no estaba seguro de si al final podrías escaparte.

—Haría lo que fuera por ti —admití con una risa entrecortada—. Pero será mejor que arranques.

Di unos golpecitos en el salpicadero mientras asentía con rapidez.

—En serio, me ha parecido ver que Darren encendía la luz de su cuarto.

—Hostia —masculló Johnny, revolucionando el motor para alejarnos de mi casa, viendo desaparecer Elk por el retrovisor.

Con «Chocolate» de Snow Patrol a todo volumen, me sentí como en una nube cuando Johnny entrelazó su mano con la mía sobre el cambio de marchas.

Estar con él.

A su lado.

Sentí que nos fundíamos.

Aparcamos junto al acantilado de la playa al cabo del rato, y tuve que hacer uso de todas mis fuerzas para mantener a raya mis hormonas. Toda una hazaña, teniendo en cuenta lo adictivos que eran sus labios (como si supiera lo que era ser drogadicta).

—¿Johnny?

—¿Hummm?

—¿Puede surgir el amor en apenas cinco meses? —pregunté sin aliento, pegando mi cuello a su boca cuando sus labios rozaron mi piel—. ¿Crees que es posible?

—Creo que me enamoré de ti a los cinco minutos —respondió, poniéndome las manos en las caderas para restregarme contra su entrepierna—. A las cinco horas segurísimo —continuó, recorriéndome la piel con los labios y la lengua mientras notaba su empalmada a través del pantalón de mi pijama—. Así que sí, Shan, creo que sí.

—Tienes un pico de oro, Johnny Kavanagh —jadeé, conteniendo la respiración cuando me metió una de sus enormes manos por debajo de la camiseta—. Y qué manos...

—Tú me haces ser así, Shannon —confesó antes de besarme—. Joder, te quiero muchísimo.

Ay, madre.

Hecha un manojo de nervios, le agarré la mano que tenía sobre mi sencillo sujetador y se la coloqué en la cinturilla de mi pantalón.

—Y yo a ti, Johnny Kavanagh.

—Mala idea —gimió él, deslizando los dedos dentro de mis bragas—. Esto es peligroso.

—¿Peligroso? —gemí, animándolo a continuar, animándolo a dar el paso—. ¿En serio?

—Muy en serio —asintió secamente, metiéndome los dedos hasta el fondo—. Estamos solos.

—Mejor —lo incité, moviendo las caderas—. Quiero estar a solas contigo.

—No es buena idea, Shan. Es una idea pésima, joder —gruñó, antes de romper nuestro beso con la respiración entrecortada—. Como no paremos ahora, no podré hacerlo después.

—¿En serio? —jadeé mirando sus carnosos labios con ganas de más.

—En serio —respondió, no muy convencido, sin apartar sus ojos de los míos.

Pasó un segundo.

Se le dilataron las pupilas.

Mi corazón empezó a martillear.

—A tomar por culo —gruñó, antes de volver a besarme.

Me deshice de amor entre sus labios.

—No deberíamos estar haciendo esto —continuó, aunque no hizo por detenerse, ni yo tampoco.

Incapaz de apartarme de él, me contoneé sobre su mano, embistiéndola, gimiendo cuando el placer hizo que encogiera los dedos de los pies.

—Hazlo otra vez.

Lo hizo.

Y sentí que se me ponían los ojos en blanco.

—Johnny.

—Lo sé, nena —me aseguró, repitiendo el movimiento—. Móntatelo con mis dedos.

—Quiero hacerlo contigo —confesé, aferrándome a su fuerte espalda—. Contigo.

—Hoy no —respondió Johnny, con la voz ronca y pastosa—. Pronto.

«¿Pronto?».

—¿Me lo prometes?

—Sí, Shan —dijo, antes de besarme con ansia—. Te lo prometo.

49

SUJETADORES VOLADORES

Johnny

—Tengo que hablar contigo, Johnathon Kavanagh —anunció mi madre, entrando en mi habitación con un cesto de ropa doblada en los brazos—. Ahora mismo.

—¡Joder, mamá! —Me lancé a por la toalla que había tirado al salir del baño, me la envolví alrededor de la cintura y la miré boquiabierto—. ¿Te suena lo de llamar?

—Soy tu madre, Johnny. Te llevé dentro de mí durante nueve meses, así que no, no creo en llamar a la puerta —respondió ella, impasible—. Y estate quieto, ¿quieres? No tienes nada debajo de esa toalla que no haya limpiado, secado y suavizado con talco.

Hay que joderse…

—Bueno. —Dejó el cesto en mi cama y se volvió para mirarme, con las manos en las caderas—. ¿Hay algo que quieras contarme?

—¿Como qué?

—Saldrás mejor parado si confiesas ahora —me dijo, con los ojos entrecerrados.

La miré alucinado.

¿Hablaba en serio?

¿Qué cojones había hecho?

—¿Es por el entrenamiento? —pregunté, confundido—. Porque ya escuchaste a la doctora Quirke. Puedo hacer sesiones ligeras a partir de esta semana.

La semana pasada me habían dado el visto bueno nada más y nada menos que tres médicos diferentes. Me sometieron a pruebas físicas, entrenamientos de fuerza, exámenes pélvicos y un montón de tonterías más antes de considerar finalmente que estaba lo bastante en forma como para volver a la cancha.

—No —respondió mi madre de manera uniforme—. Inténtalo otra vez.

Fruncí el ceño.

—¿No es por el entrenamiento?

—No.

Levanté las cejas.

—¿Estás segura?

—Completamente.

Me rasqué la nuca.

—¿Es por el rugby?

—Última oportunidad —dijo mi madre, golpeando el suelo con el pie—. Haz que me sienta orgullosa.

—Lo haría si supiera lo que debo decir —respondí ahogadamente, nervioso.

—Muy bien, pues —sentenció mi madre, en ese tono que me provocaba escalofríos por la espalda—. Déjame darte una pequeña pista. —Metió la mano en el cesto de la ropa y sacó un sujetador blanco de algodón—. Imagina mi sorpresa ayer cuando estaba aspirando tu habitación y encontré esto debajo de tu cama.

Ups, cagada…

Mi madre arqueó una ceja mientras sostenía el sujetador de Shannon con un dedo.

—¿Te importaría explicármelo?

—¿Me creerías si te dijera que es mío? —dije débilmente.

—No es tu talla —gruñó mi madre antes de apuntarme con el sujetador—. ¡En mi casa! —se lamentó, golpeándome en la cabeza con él—. Y luego fui a ordenar tu mesilla de noche y adivina qué encontré en el cajón. —Me dio otro golpe con el sujetador—. ¡Una caja de condones!

—Sin abrir, porque no he hecho nada… —En modo de control de daños, me sujeté la toalla con más fuerza y esquivé sus ataques—. Mamá, no nos acostamos juntos, ¡te lo juro!

—Voy a quitarte el pestillo de la puerta —me advirtió—. Lo digo en serio, Johnny. No se puede confiar en ti.

—Vale —grazné, retrocediendo mientras ella acechaba hacia mí—. No lo necesito, porque no estoy haciendo nada.

—Entonces ¿por qué estaba el sujetador de tu novia debajo de tu cama? —exigió saber mi madre—. ¿Eh?

—Se cambió aquí después de clase hace unas semanas —mentí entre dientes—. Debió de olvidarse de guardárselo en la mochila.

—¿Es eso cierto?

—¡Sí! Lo es. —Miré a mi madre fingiendo estar ofendido e indignado—. Otras, mamá, no puedo creer que pienses tan mal de mí. —Resoplé y añadí—: Sé que no soy perfecto, pero duele mucho saber que mi propia madre me ve así.

Ella entrecerró los ojos.

—A mí no intentes manipularme, listillo. ¡Yo te he enseñado todo lo que sabes, cachorro!

Mierda.

—Mira, no nos hemos acostado —dije tranquilamente, sin apartar la mirada de mi madre, esperando como un desesperado que me creyera y soltara el sujetador que apretaba con tanta rabia—. Te lo prometo, mamá. No lo hemos hecho. —Contuve la respiración y esperé su próximo movimiento.

—Solo quiero que estés a salvo —sentenció ella finalmente, con un profundo suspiro, mientras se sentaba en el borde de mi cama—. No, rectifico: quiero volver atrás en el tiempo y que tengas diez años otra vez.

—No tengo diez años —respondí, acercándome a ella con cautela—. Cumpliré dieciocho el mes que viene.

—Están pasando demasiadas cosas —continuó llorando—. Has vuelto a entrenar esta semana y tienes novia. Cualquier día de estos, voy a parpadear y te habrás ido. A Francia con el equipo. Y entonces ¿qué?

—Vamos, mamá —protesté, sentándome a su lado—. Ni siquiera sé si voy a entrar en el equipo este año.

—Yo sé que sí —respondió ella, apoyándome la mejilla en el brazo—. Y estaré muy orgullosa de ti.

—Entonces ¿por qué estás triste?

—Porque eres mi bebé. —Suspiró pesadamente—. Y es duro verte dejar el nido.

—No voy a saltar de ningún nido —le respondí—. Moriría yo solo.

—Johnny —me reprendió mi madre en tono triste—. Estoy hablando en serio.

—Yo también. —Le pasé un brazo alrededor y le di un apretón en el hombro—. Estoy hablando muy en serio. No sobreviviría una semana sin ti.

Ella sonrió.

—¿Tú crees?

Asentí.

—Lo sé.

Mi madre se quedó en silencio durante un buen rato antes de preguntar:

—¿Estás emocionado por hoy? —Secándose las lágrimas, se giró para sonreírme—. ¿Por tu primer día de vuelta en el campo?

—Estoy acojonado —admití.

Hubo un destello de preocupación en sus ojos.

—No tienes que volver —se apresuró a decir—. Si no estás listo, puedo llamar a tus entrenadores…

—Estoy listo —la interrumpí—. Solo estoy preocupado.

—¿Por qué, mi amor?

—Por si no soy el mismo —murmuré.

«Por si no soy lo suficientemente bueno».

—Ya sabes lo que pienso del rugby —dijo mi madre—. Nunca lo he ocultado, pero debes saber que te apoyo incondicionalmente. Sé que eres brillante, mi amor, y sé que triunfarás. Eres un jugador fenomenal, que no se te olvide. No pasa nada por estar nervioso. Has pasado unos meses difíciles con la operación y la recuperación, pero que sepas que hay muchachos que matarían por jugar como tú lo haces en tus peores días.

—¿En serio piensas eso?

—Llevo viéndote jugar desde las gradas desde que estabas con los benjamines en Blackrock —respondió mi madre—. Y he perdido la cuenta de la cantidad de entrenadores y otros padres que se me han acercado para decirme que mi hijo estaba destinado a jugar en la selección irlandesa. —Sonriendo, añadió—: Siempre he estado orgullosa de ti, mi amor, y siempre he sabido que eras brillante.

—Nunca me habías contado nada de eso —reflexioné, rascándome la mandíbula.

Mi madre sonrió.

—Porque todavía tengo la esperanza de que te pases al golf.

—Dudo que eso pase, mamá. —Me encogí de hombros tímidamente—. Lo siento.

—Bueno, tú mantén el cerebro a salvo —murmuró, poniéndose de pie—. No dejes que ninguno de esos matones te golpee en la cabeza.

—Haré lo mejor que pueda —me reí.

—Y no quiero a Shannon desnuda en tu habitación —añadió, lanzándome una mirada mordaz mientras me tiraba el sujetador en el regazo—. Ni para cambiarse de ropa ni para nada.

50

ES UNA LARGA HISTORIA

Shannon

Johnny había vuelto a la cancha hacía poco más de una semana y yo todavía tenía la ansiedad por las nubes. Estaba entrenando a tiempo completo otra vez, poniéndose en forma al máximo. Era aterrador verlo, porque me daba pánico que se hiciera daño, pero tuve que admitir que esta vez era diferente. Él era diferente. Ahora contaba las cosas y estaba haciendo frente al dolor, trabajando con fisioterapeutas, terapeutas, médicos y entrenadores, y acatando todo lo que le mandaban.

Aterrada y nerviosa, me senté en las gradas del Ballylaggin RFC el sábado por la mañana, rebotando las rodillas mientras lo observaba con el corazón en la boca. Tenía un vaso desechable lleno de un espeso chocolate caliente entre las manos, que llevaba cubiertas con guantes, y soplaba en el borde, disfrutando del calor que se evaporaba y me golpeaba las mejillas. Llevaba lloviendo todo el día, por lo que me alegraba de estar sentada bajo el toldo de plástico de las gradas.

Como siempre, mi atención se centraba en el chico que vestía la camiseta con el número trece. Llevaba una gorra en la cabeza con el escudo del club bordado en la parte delantera y una camiseta térmica negra de manga larga debajo de la que usaba para entrenar. Por los pantalones, unos cortos de color negro, le asomaba el vendaje de apoyo que llevaba en el muslo, lo cual me hizo sentir un poco mareada.

Lo observé durante mucho tiempo, estirando y corriendo, siguiendo órdenes y completando ejercicios sin esfuerzo.

«Que consiga esto».

«Por favor, que lo logre».

«Se lo merece».

«Se lo ha ganado».

—Míralo cómo corre —observó Claire, señalando hacia Johnny, que zumbaba por el campo como una bala, superando a su oponente con relativa facilidad—. Está a tope hoy.

—Sí.

Sentí alivio cuando lo vi esquivar al enorme y fornido chico que corría directamente hacia él y le devolvió el balón a Feely, quien fue directo a los postes. Todos chocaron entre sí, incluido Johnny, y gemí tapándome la boca.

—¡Ay! —Levanté una mano y me bajé el gorro de lana para cubrirme los ojos hasta que dejaron de desplomarse unos sobre otros—. Odio este deporte.

—Eres tan mona —se rio Claire suavemente—. Y ¿cómo has conseguido salir de casa?

Arrugué la nariz ante el recuerdo de esa mañana, cuando Aoife se había ofrecido a dejarme en casa de Claire, mi madre gritando a pleno pulmón que me quedara dentro o mi padre me encontraría. Por si eso no fuera suficientemente malo, me había seguido hasta el jardín delantero llorando y gimoteando a la vista de todos los vecinos. No sabía qué esperaba que hiciera, ¿quedarme en mi habitación estremeciéndome? No me sentía segura allí.

La verdad es que era más probable que viera a mi padre sentado a la mesa de nuestra cocina que en el club de rugby. Además, quería animar a Johnny. Esto era superimportante para él y quería que supiera que lo apoyaba, independientemente de lo que sucediera en mi vida familiar. Pensar solo en él mantenía a raya el pánico que me sacudía por dentro. Estar allí me proporcionaba el escape que necesitaba. Sentía que tenía un propósito, que había una razón para no acostarme a llorar sobre la almohada. Como si tuviera un motivo para luchar.

«Puedes hacerlo —susurré mentalmente, centrando toda mi atención en él, mientras lo observaba desde mi posición—. Sé que puedes».

—¿Puedo contarte un secreto? —me preguntó Claire en voz baja, cogiéndome del brazo—. Pero no puedes contárselo a nadie.

—Por supuesto —respondí, girándome para mirarla—. Y nunca lo haría.

—Ha pasado algo con Gerard.

Abrí mucho los ojos.

—¿Qué quieres decir con que ha pasado?

Claire se sonrojó, pero no dio más detalles.

Dudé si insistir para que me contara más o esperar a que ella lo hiciera a su ritmo. Finalmente, me decidí por:

—Lo que sea que haya pasado entre vosotros dos… —hice una pausa, buscando las palabras adecuadas—, ¿ha sido reciente?

—Algo así —susurró, mordiéndose el labio inferior.

—¿Estás… contenta?

Ella se encogió de hombros.

—No sé.

—¿Te arrepientes?

—Creo que él sí —dijo Claire en un hilo de voz.

Frunciendo el ceño, me volví hacia la cancha, donde Gibsie estaba lanzando miradas furtivas a Claire.

—Sea lo que sea lo que hayáis hecho, no creo que Gibsie se arrepienta, Claire —le aseguré, pillándolo por millonésima vez mirando hacia donde estábamos sentadas—. Lleva observándote toda la mañana.

—Todo esto no es más que un gran juego para él —se quejó—. Y voy a perder.

—¿Qué? —Negué con la cabeza—. Venga ya, Claire, no pienses así.

El entrenador cortó el aire con el pitido de su silbato para indicar el final del entrenamiento y puso fin así a nuestra conversación.

—No digas nada cuando venga —susurró Claire mientras Gibsie se dirigía directamente hacia nosotras, cubierto de barro de los pies a la cabeza. En serio, estaba tan sucio que no podías distinguir de qué color tenía el pelo—. Por favor, Shan.

—No lo haré —prometí, y planté una radiante sonrisa mientras se acercaba—. Hola, Gibs.

—Hola, pequeña Shannon —respondió antes de dirigir su atención a mi mejor amiga—. Muñequita —la saludó seductoramente, con una sonrisa diabólica—. Tengo algo para ti.

Claire levantó las cejas, sorprendida.

—Ah, ¿sí?

—Ajá. —Asintiendo, Gibsie se apoyó en la valla que separaba el campo de las gradas e hizo un gesto con el dedo—. Ven aquí y te lo enseño.

Trepando sobre su asiento, Claire se acercó a él con cautela.

—Más te vale no estar pensando en… ¡No, Gerard, no lo hagas! —gritó cuando él la arrastró todo lo larga que era sobre la valla y se la colgó del hombro—. ¡Bájame!

—¿Estás segura de que quieres bajarte de mí? —se rio, manchándola a propósito con barro mientras la ponía de pie—. Soy un chico muy sucio.

—¡Capullo! —jadeó ella, sin poder parar de reír, cuando Gibsie le tiró al pelo un montón de hierba fangosa que tenía pegada al muslo—. No hace gracia.

—Entonces ¿por qué te ríes? —preguntó con una risilla, esquivando el puñetazo que Claire le lanzó cuando se liberó.

—Intentaba darte una falsa sensación de seguridad —respondió ella, cargando hacia él.

—Hola, Shannon. —La voz de Johnny resonó en mis oídos y miré hacia donde estaba apoyado, contra la valla, sonriéndome.

Casi se me sale el corazón del pecho en ese instante.

—Hola, Johnny. —Con un suspiro tembloroso, me puse de pie y me acerqué a él, solo para vacilar—. No me vas a hacer eso, ¿verdad? —pregunté, señalando hacia el campo, donde Claire y Gibsie estaban teniendo un combate de lucha libre en toda regla—. Porque no me va eso.

Johnny rio suavemente.

—Solo si no vienes y me das un beso.

Sonriendo, recorrí el espacio entre nosotros y le pasé los brazos alrededor del cuello para darle un beso en los labios.

—Hola.

—Hola. —Con una ternura totalmente opuesta a su comportamiento en la cancha, Johnny pegó su frente a la mía y me achuchó. Dejó escapar un profundo suspiro, me dio un beso en la nariz y me acarició la mejilla con el pulgar—. Tienes los mofletes rojos.

—Y tú estás cubierto de hierba —susurré, quitándole algunas hebras del pelo—. ¿Cómo te sientes?

—Me siento bien, Shan —respondió, con los ojos brillantes y llenos de emoción—. ¿Cómo me has visto?

—Como una gran estrella brillante —le dije con orgullo—. Has sido el mejor de lejos.

Sonriendo, se inclinó hacia delante y me dio un beso en la mejilla. Fue un gesto de cariño delicado, dulce y más íntimo que si me hubiese metido la lengua hasta la garganta.

—Vamos… —Levantándome por las axilas, Johnny me ayudó a cruzar la valla y luego me cogió de la mano—. Solo tengo que cambiarme y podemos salir de aquí.

—Pensaba que tenías gimnasio —aventuré, poniéndome a su lado—. Iba a ir a casa de Claire.

—Ya he ido —explicó, pasándome un brazo por la cintura para levantarme sobre un charco gigante de barro.

Fruncí el ceño.

—Pero solo son las tres y media.

—A quien madruga Dios lo ayuda, Shan —replicó—. Llevo despierto desde las cinco.

Guau.

—Y dicen que ya no quedan caballeros —observó Johnny en tono divertido, mirando a Gibsie, que había ganado el combate contra Claire y estaba sentado encima de ella, golpeándose el pecho con los puños en señal de victoria. Ambos estaban cubiertos de barro y el precioso abrigo blanco de mi amiga estaba todo marrón, a juego con su ahora fangoso pelo—. Gibs, bájate de ella, idiota.

—Este no tiene nada de caballero, Johnny —gruñó Claire antes de pegarle a Gibsie en el estómago con los puños—. ¡Toma eso, burraco!

Rodando sobre su espalda exageradamente, Gibsie se agarró del estómago y se retorció en la hierba, riéndose a carcajadas.

—Burraco.

Claire aprovechó aquella oportunidad para contraatacar. Ignorando a todos los demás chicos, que estaban aullando y gritando comentarios sugerentes mientras salían del campo, mi amiga se puso de rodillas y se abalanzó sobre Gibsie.

—Tú sigue riéndote —gruñó mientras se sentaba a horcajadas sobre su pecho—. Pero vas a caer.

—¿Sobre ti? —replicó este, meneando las cejas—. Sí, por favor.

—¡Gerard!

—Claire —ronroneó él—. Otr…

Ella le plantó una mano sobre la boca.

—No te atrevas a terminar esa frase —siseó Claire, acercándose a la cara de Gibsie—. Y deja de chuparme la mano.

—¿Pref… qu… t… upe… el… ño…? —respondió él, pero sus palabras quedaron amortiguadas por la mano con que Claire le tapaba la boca—. Mmmmmm…

—¡Para! —se rio ella, retorciéndose cuando le puso las manos a los costados para hacerle cosquillas—. Gerard, no puedo…

—¡Claire! —ladró Hughie, corriendo hacia nosotros junto a Feely—. ¿Qué demonios estás haciendo? —Entrecerrando los ojos, gruñó—: ¡Quítate de encima de mi hermana, cabronazo!

—Oh, genial, ha llegado la alegría de la huerta —gimió Claire, dejando caer la mano de la boca de Gibsie—. Solo estoy matando a tu amigo, Hugh, relájate.

—Y es tu hermana la que está encima de mí —añadió Gibsie con una sonrisa lobuna.

Hughie se puso de un tono púrpura oscuro.

—Gibs, te juro que si no la dejas en paz, te voy a hacer daño. —Dio un paso amenazador hacia ellos—. Fuera coñas…

—Ya vale —intervino Feely con calma mientras se colocaba frente a Hughie—. Solo están haciendo el tonto, tío. Relájate.

—Ella está haciendo el tonto —balbuceó Hughie, mirando a Gibsie—. Él tiene otras intenciones.

Johnny gimió a mi lado.

—Esto va a terminar en lágrimas —anunció, frotándose la mandíbula.

—¿Qué? —Fruncí el ceño—. ¿Claire y Gibs?

Johnny asintió.

—Lo veo venir de lejos.

—Cálmate, Hughie —resopló Claire, poniéndose de pie—. Estás haciendo una montaña de un grano de arena. —Pisando a propósito la barriga de Gibsie a su paso, se alejó en dirección al aparcamiento—. ¡Como siempre!

—¡Gibson! ¡Kavanagh! —rugió su entrenador desde el otro lado del campo—. ¡No quiero novias en los entrenamientos! Esto no es una puta discoteca.

—Es mi hermana, no su novia —rugió Hughie—. No la insultes.

—Todavía —apuntó Gibsie con una risita.

—Nunca —respondió Hughie, furioso, mientras se alejaba en dirección a la casa del club.

—Ya veremos —le gritó Gibsie, que se ganó una peineta por parte de Hughie.

—A mí esto me parece un follón de proporciones épicas —reflexionó Feely—. Sigue así con su hermana y me da que te esperan tiempos difíciles.

—Sí, bueno, yo encantado mientras la cosa siga húmeda —dijo Gibsie con un guiño.

—Guau. —Johnny negó con la cabeza—. Eso ha sido más asqueroso de lo habitual, tío.

—Sí, me acabo de escuchar —respondió Gibsie, frunciendo el ceño un segundo antes de sonreírle tímidamente—. La verdad es que sonaba mucho mejor en mi cabeza.

—Tal vez algunas cosas deberían quedarse en tu cabeza, Gibs —sugirió Johnny.

—Venga, pedazo de imbécil —dijo Feely, tendiéndole una mano al grandullón, que todavía estaba tirado en el césped—. Vámonos antes de que te metas en más problemas.

—Sabes que no puedo evitarlo, tío —se rio Gibsie mientras se ponía de pie y salía de la cancha con Feely—. Los problemas me persiguen.

—Se acabó el entrenamiento, Kavanagh —ladró el entrenador—. ¡Y no quiero a tu novia aquí la próxima semana!

Un poco con pinta de enfadado, Johnny se rascó la nuca y le respondió:

—Vale, entrenador. —Se volvió hacia mí, me cogió del codo y se agachó—. Solo tengo que cambiarme. —Me dio un pico—. Y luego saldremos de aquí, ¿vale?

Solté un suspiro tembloroso y asentí.

—Vale.

—Vuelvo enseguida —susurró, dándome un rápido apretón en el culo antes de soltarme, con una firme sonrisilla en la cara y sin dejar de mirarme con esos ojos azules mientras retrocedía lentamente.

Juro que sentía el calor de su mirada en los huesos mucho después de que hubiese desaparecido de mi vista.

—Oooh —exclamó Claire, levantando un periódico para enseñármelo—. Miraos a los dos.

Después del entrenamiento, habíamos vuelto a la habitación de Johnny. Vi la enorme foto a doble página de varios meses atrás, cuando Tommen ganó la liga escolar. En la imagen, Johnny me rodeaba con el brazo y yo sonreía como una desquiciada a la cámara.

—Deberías tenerla en tu muro de la fama —dijo, lanzándole a Johnny una mirada mordaz, mientras saltaba de la cama con el periódico en la mano—. Es ridículo que no tengas una foto de tu novia aquí.

Johnny refunfuñó, acariciándome el vientre con la nariz.

—No he tenido tiempo de redecorar.

—Bueno, yo puedo hacerlo por ti.

—Claire —le advertí, sintiendo que se me encendían las mejillas—. No importa.

—Por supuesto que importa —respondió ella, arrancando con cuidado ambas páginas—. Eres un bombón —añadió, frente al escritorio de Johnny, examinando el corcho que colgaba sobre este—. Bueno, ¿quién de vosotros se va a quedar sin chincheta? —Hizo un chasquido con la lengua antes de coger una foto del tablero—. Lo siento, O'Driscoll, tesoro —sentenció, dándole un beso a la fotografía en su mano—. Pero necesito tu sitio.

—Claire...

—Déjala —me interrumpió Johnny—. Hace mil que quiero colgarla de todos modos.

—¿Queréis ir a algún sitio? —preguntó Gibsie entonces—. Estoy aburrido.

—Siempre estás aburrido —replicó Johnny.

—Porque eres un aburrido —respondió Gibsie.

—Si soy aburrido, pírate a tu casa y búscate a alguien a quien martirizar —se quejó Johnny.

—No puedo —musitó Gibsie—. Puede que seas un cabronazo aburrido, pero te tengo mucho cariño y te echo demasiado de menos cuando no estamos juntos.

—Hay que joderse... —Refunfuñando para sí mismo, Johnny rodó sobre su espalda y dijo—: Vale. ¿Qué quieres hacer, Gibs?

—No lo sé, Johnny —respondió este, sonriendo—. ¿Qué quieres hacer tú?

—¿Por qué no vamos al centro? —sugirió Claire, mientras reorganizaba todo el tablero de fotos firmadas de Johnny—. Podemos comer algo primero e ir al cine después.

Johnny se dejó caer hacia atrás para descansar la cabeza en mis muslos.

—¿Qué opinas, Shan? —preguntó, mirándome desde mi regazo—. ¿Quieres ir?

—Eh… —Avergonzada, paseé la mirada por la habitación sin fijarme en nada en concreto antes de acercarme a su oído y susurrar—: No tengo dinero.

—Yo sí —respondió Johnny en voz baja, sujetándome la cabeza con una mano—. Y yo pago. —Me dio un beso en los labios y añadió—: Así que no le des demasiadas vueltas.

—¿Estás seguro? —pregunté, avergonzada.

—Siempre —respondió—. Deja de preocuparte.

—Si vamos, tendrás que desenredarte de la pequeña Shannon para conducir —intervino Gibsie—. Porque todavía no me siento cómodo con las rotondas.

—Ya. —Suspirando con fuerza, Johnny me soltó la cara y se puso de pie—. Probablemente sea más seguro que conduzca yo —asintió. Me cogió de la mano y me ayudó a levantarme—. Al menos llegaremos de una pieza.

—Todavía no te he matado, ¿a que no? —resopló Gibsie.

Johnny arqueó una ceja.

—«Todavía», esa es la palabra, tío.

—Serás desagradecido —soltó Gibsie—. Te llevé arriba y abajo durante semanas cuando te rompiste el rabo, y ¡sigues con vida!

—Muchas gracias por llevarnos a mí y a mi rabo roto sin matarnos, Gerard —dijo Johnny, poniendo los ojos en blanco—. ¿Cómo voy a pagártelo?

—De nada, Johnathon —respondió Gibsie con una sonrisa—. Y puedes pagármelo no volviendo a eyacular sobre mí.

—¿Qué? —nos reímos Claire y yo al unísono.

Johnny entrecerró los ojos.

—Estás muertísimo, joder.

—Es una larga historia, chicas —se rio Gibsie, saliendo disparado hacia la puerta—. Os lo contaré todo en el coche.

51

MANIQUÍES Y PELÍCULAS

Johnny

Iba a matar a mi mejor amigo y, después de aguantar durante siete años sus tonterías, estaba seguro de que ningún juez en todo el país me condenaría. Y menos después de la última que me hizo.

—Sal del escaparate antes de que las chicas vuelvan del baño —gruñí por quinta maldita vez.

Pero no sirvió de nada. Mis palabras le entraban por un oído y le salían por el otro. Gibsie ni siquiera se inmutó, inmóvil como una estatua frente al escaparate de los grandes almacenes Debenhams, en el centro comercial Mahon Point, posando con las manos en las caderas cono si fuese Superman, los vaqueros bajados hasta los tobillos y una cabeza sin rostro de maniquí escasamente vestido pegada al rabo.

—Hay niños alrededor —siseé cuando una señora con dos críos me miró mal mientras pasaba corriendo—. Venga, tío —le supliqué al ver que Shannon y Claire venían en nuestra dirección—. Sal y te compro un combo de palomitas.

—Quiero el combo extragrande, con Minstrels —sentenció antes de convertirse en piedra una vez más.

—Vale —acepté, nervioso, saludando a Shannon con la mano—. No hay problema, pero sal del escaparate antes de que los de seguridad nos echen.

Con una amplia sonrisa, Gibsie se subió los tejanos y salió del escaparate, riendo para sí mismo.

—Tío, es tan fácil sacarte de quicio.

—Sal ya de la tienda —gruñí, reprimiendo el impulso de estrangularlo.

—¿Qué estabais haciendo vosotros dos? —preguntó Claire, mirándonos con recelo—. ¿Estabais de compras?

—Tal vez —bromeó Gibsie—. ¿Quieres que haya estado de compras?

—Definitivamente no —murmuré, dirigiéndome directamente a mi novia, agradecido de tenerla aquí para no tener que sentarme junto a ese idiota durante toda una película—. ¿Todo listo?

—Sí. —Con una sonrisa de oreja a oreja, Shannon asintió y se acurrucó a mi lado—. Cuando quieras.

Con un brazo por encima de su hombro, entramos en el vestíbulo del cine para hacer cola y comprar nuestras entradas.

Había ido al cine innumerables veces con Gibsie y Claire a lo largo de los años, y estaba más que preparado para la discusión que siguió cuando hice la temida pregunta: «¿Qué vamos a ver?». Tenían la misma discusión antes de cada maldita película. Como un matrimonio de ancianos, se enzarzaron allí mismo, frente a la taquilla.

—Te equivocas, Gerard —gruñó Claire, cruzando los brazos sobre el pecho—. Te digo que tenemos que ver *Amores, enredos y una boda*.

—No pienso hacerte caso —respondió él, mirándola fijamente—. No después de que me liaras con *El diario de Noa*.

—Esa fue una gran película —dijo ahogadamente, con una mano en el pecho—. Tienes el gusto en el culo.

—¡Lloraste! —escupió él—. ¡Durante días!

—¡Y tú también! —replicó ella—. Más fuerte que yo.

—Exacto —gruñó Gibsie—. Por eso no voy a hacerte caso de nuevo.

—Ya lo creo que sí.

—No, no lo haré —le dijo—. No, Claire. No esta vez.

Golpeando el suelo con el pie, esta le hizo pucheros.

—No me mires así —le advirtió Gibsie—. No va a funcionar esta vez. Me toca a mí elegir.

—¿Qué decís de *Sin City*? —sugerí.

—No —respondieron ambos al unísono.

—Vamos a ver *La casa de cera*.

—¡No, no vamos a verla!

—Que sí.

—¿Alguien quiere saber qué queremos ver Shannon y yo? —pregunté.

—No —ladraron ambos de nuevo.

Shannon se rio entre dientes a mi lado.

—Son tan graciosos.

—Claire, me toca a mí —siseó Gibsie—. ¡Tú llevas los últimos diez jodidos años escogiendo!

—No es verdad —respondió ella—. Me hiciste ir a ver la película de *Pokémon*.

—¡Porque tú me hiciste ir a ver la de las Spice Girls! —replicó Gibsie, horrorizado—. ¿Sabes cuánta mierda tuve que aguantarles a los chavales por eso? ¿Eh?

—Vale —lo engatusó Claire—. Déjame elegir solo esta noche y te juro que puedes escoger tú la próxima vez.

A Gibsie se le salieron los ojos de las órbitas.

—Eso es lo que dijiste la última vez.

Ella puso los ojos en blanco.

—No iba en serio la última vez.

—No —gruñó Gibsie, manteniéndose firme—. Esta noche vamos a ver la película que yo diga, Claire. La mía. Yo. La que yo escoja. —La señaló con el dedo—. ¡Y te va a gustar!

—Vale —dijo ella inexpresivamente.

—No, no, no —se quejó Gibsie, frustrado—. Vale no. Esa es una palabra peligrosa cuando sale de tu boca.

—He dicho que vale, Gerard —sentenció Claire secamente—. Elige la película. No me importa.

—Estás mintiendo —la acusó—. No te parece bien y me vas a hacer sufrir.

—Haz lo que quieras, Gerard.

—¡Deja de manipularme!

—Vale.

—No digas eso.

—Vale.

—¡Pues vale! —Levantó las manos al aire—. Vale, joder. Tú ganas. —Se volvió hacia el hombre sentado tras el mostrador y dijo—: Dos entradas para *Amores, enredos y una boda*, por favor, y una caja para que la chica se guarde mis pelotas. —Suspirando con cansancio, me señaló por encima del hombro—. Y ese pobre cabronazo detrás de mí querrá lo mismo.

—¡Hurra! —chilló Claire feliz y le pasó los brazos alrededor de la cintura a Gibsie—. Te va a encantar.

—No es justo, pero bueno —murmuró él mientras pagaba y le daba las entradas a Claire. Luego se hizo a un lado para que yo comprara la mía y la de Shannon—. Da igual lo que yo quiera.

—Eres el mejor. —Le plantó un beso en la mejilla y dio un paso atrás, agitando las entradas en el aire—. Compartiré mis palomitas contigo.

—Hummm —gruñó Gibsie, con la barbilla levantada—. Ya no tengo hambre.

—Oh, venga, grandullón cascarrabias —lo engatusó, cogiéndolo de la mano—. Tienes hambre y lo sabes. Vamos a hacer cola.

Gibsie cedió con un resoplido y dejó que Claire lo arrastrara en dirección a los puestos de comida.

—Vale, pero tú te quedas con los Maltesers y yo me quedo con los Minstrels, así estamos en paz.

—Obviamente —resopló ella.

—¿Quieres algo para comer? —pregunté, girándome para mirar a Shannon.

Ella se encogió de hombros y se pasó el pelo por detrás de la oreja.

—No sé.

—¿No lo sabes? —Arqueé una ceja—. ¿Tienes hambre?

—¿Tú te vas a comprar algo? —preguntó a modo de respuesta.

—Puede. —La observé atentamente—. Solo si tú te coges algo.

Ella dejó escapar un pequeño suspiro, con las mejillas rojas.

—Si estás seguro…

—¿Es por el dinero? —solté directamente—. Porque ya te he dicho que pago yo.

Con cara de estar avergonzada, bajó la mirada a sus pies y luego la volvió a levantar.

—Te cogeré algunas palomitas si te compras.

Sabiendo que eso era todo lo que le sacaría, asentí y la llevé al mostrador para pedir un gran cubo de palomitas, una Coca-Cola grande y una botella de agua.

—Gracias —susurró mientras atravesábamos la zona de restaurantes detrás de Gibsie y Claire—. Te agradezco mucho…

—Como me des las gracias por comprarte una maldita Coca-Cola, voy a montarte un pollo peor que el de Gibs. —Le pasé el vaso, abrí la puerta de la sala uno y le hice un gesto para que pasara delante de mí—. Lo digo en serio, Shan.

—Vale —se rio ella—. Cuando se apaguen las luces, te lo compensaré.

—¿Lo prometes? —murmuré.

—Lo prometo —susurró, dándome un apretón en el culo.

Uf…

52

SU HIJA

Shannon

Salíamos del cine en Mahon Point más tarde esa noche cuando sucedió, cuando lo vi. Johnny, Gibsie y Claire caminaban a mi lado, enfrascados en una conversación sobre la película que acabábamos de ver, pero el corazón me latía con tal violencia que no logré escuchar una palabra de lo que decían. Vacilante, me puse rígida hasta el punto de no poder dar un paso más. Parpadeé rápidamente y traté de desechar la imagen de mi mente, fingir que me lo había imaginado, pero cuando volví a mirar, todavía estaba allí. Él seguía allí. Sentado en un coche, tres plazas más allá del Audi de Johnny. Con una mujer.

—¿Shan? —Sentí que Johnny me apretaba una mano—. ¿Estás bien?

Fui incapaz de contestar.

No me respondían los labios.

Le solté la mano a Johnny y comencé a retroceder, andando como un fantasma, rezando para que no me hubiera visto.

—¿Shannon? —me llamó Johnny, que sonaba muy preocupado—. ¿Nena? —Estaba justo frente a mí ahora, con las manos en mis mejillas y mirándome fijamente—. ¿Qué pasa?

Sacudiendo la cabeza, abrí la boca para responderle, pero lo único que me salió fue una bocanada de aire.

—Oh, no —susurró Claire, cuando vio por fin lo que yo estaba mirando—. Shan, no pasa nada.

—¿Qué pasa? —preguntó Johnny, mirando a su alrededor, al débilmente iluminado aparcamiento—. ¿Qué cojones está pasando?

Gibsie se encogió de hombros.

—Ni idea, tío.

—Es su padre —dijo Claire con voz ahogada—. Está allí, en ese coche negro.

—Tengo que irme —logré decir finalmente mientras continuaba alejándome a trompicones. Había entrado en pánico total y se activó mi aletargado instinto de supervivencia—. Tengo que irme… —Me di la vuelta y corrí hacia la entrada del centro comercial—. ¡Tengo que irme ahora mismo!

—No, no, Shannon, no corras… —Johnny me cogió por la cintura y me estrechó contra su pecho—. Estoy aquí contigo —me susurró al oído—. No dejaré que te pase nada.

—¿Me ha visto? —Me derrumbé entre sus brazos, cerrando los ojos con fuerza mientras las lágrimas resbalaban por mis mejillas—. ¿Y si me viera, Johnny?

—No importa —me aseguró, dándome la vuelta en sus brazos—. No puede tocarte.

—Sácame de aquí —susurré entrecortadamente, mientras hundía la cara en la tela de su sudadera—. Por favor, sácame de aquí.

—Vale. —Sentí que Johnny se tensaba y luego me acercaba más a él, si es que eso era posible, con ambos brazos sujetándome con fuerza—. Te lo prometo.

El estómago se me revolvió violentamente y me liberé de su abrazo, tambaleándome mientras me cogía del vientre y el familiar sabor de la bilis asaltaba mis sentidos.

—¿Vas a vomitar? —preguntó Johnny, en tono grave y brusco—. Shan…

Sacudiéndome de la cabeza a los pies, me doblé hasta caer a cuatro patas y jadeé violentamente mientras vaciaba el estómago en la acera.

—Chisss, ya está —me tranquilizó Johnny, apartándome la coleta de la zona de peligro—. No pasa nada, nena. —Se agachó a mi lado y continuó sujetándome el pelo y frotándome la espalda—. Respira, Shan. Con calma… Bien hecho. Eso es… —Se sacó las llaves del Audi del bolsillo, se las lanzó a Gibsie y le dijo—: Trae el coche hasta aquí, colega.

—Lo siento —balbuceé mientras me ponía de rodillas y jadeaba.

—No lo sientas —dijo en voz baja—. ¿Ya estás?

Asentí débilmente.

—Lo siento.

—No pasa nada, Shan —respondió Johnny, ayudándome a ponerme de pie—. Estás bien, nena.

Un coche se detuvo junto a nosotros en ese momento: el Audi de Johnny, con Gibsie en el asiento del conductor y Claire sentada en la parte de atrás. Sin apagar el motor, este echó el freno de mano y trepó por encima de los asientos para unirse a mi amiga.

Johnny abrió la puerta del copiloto, me ayudó a entrar y cerró detrás de mí antes de marcharse.

—Ay, madre —lloré, volviéndome para verlo dirigirse hacia el coche de mi padre—. ¡Johnny, no lo hagas! —Abrí la puerta de un empujón y salí corriendo—. ¡Déjalo, Johnny! —grazné, tropezando débilmente tras él—. Por favor, no hagas nada…

Bum.

Observé con una mezcla de conmoción y horror cómo mi novio golpeaba con la palma de la mano el parabrisas del coche de mi padre, tan fuerte que me sorprendió que no se rompiera.

El impacto lo sobresaltó tanto a él como a la mujer que tenía la cabeza apoyada en su regazo. Ambos dieron un brinco, con los ojos muy abiertos y mirando fijamente.

—Sal del coche —le ordenó Johnny, tratando de abrir la puerta del conductor, que tenía el seguro puesto. Mi padre no hizo ningún ademán de obedecer, así que Johnny cogió la manija de la puerta con ambas manos y comenzó a tirar de ella con violencia, haciendo que el coche se sacudiera—. ¡Sal del puto coche! —rugió, golpeando la ventana junto a la cabeza de mi padre con un lado del puño.

Observé cómo se desarrollaba la escena como si fuera un accidente de tráfico, petrificada pero incapaz de apartar la mirada. La mujer en el coche miraba horrorizada. Por un instante, me pregunté si sabría que estaba casado. Si sabría que era malvado…

Mi padre parecía enfurecido mientras abría el coche y daba un empujón a la puerta. A Johnny se le veía igual de cabreado, pero dio un paso atrás para darle el espacio necesario para obedecer su orden y salir del coche.

Me acerqué más; vacilé, pero necesitaba acercarme, necesitaba ir con mi novio.

—Tú —gruñó Johnny, con el pecho agitado, cuando mi padre se puso de pie y lo miró—. Eres el pedazo de mierda más grande con el que he tenido la desgracia de encontrarme, y eso es mucho teniendo en cuenta que he recorrido todo el puto mundo.

Estaban cara a cara, frente contra frente como dos toros furiosos en un acalorado enfrentamiento. El miedo me ahogó. Si mi padre le pegaba, ¿qué haría Johnny? Me sentí tan débil como mi madre, e igual de inútil.

—No me entra cómo te las arreglaste para engendrarla —rugió Johnny—. Porque te juro que no entiendo cómo algo tan bueno pudo salir de una cosa tan jodidamente venenosa.

—¿Quién coño eres tú? —gruñó mi padre, con la cara roja.

—Deberías conocerme —escupió Johnny, empujando a mi padre con tanta fuerza que se golpeó de espaldas contra el costado del coche con un gran ruido—. Soy el idiota del rugby, ¿recuerdas? —Lo cogió con el puño por la parte delantera de la camisa, echó la cabeza hacia atrás y le pegó en la cara. La sangre salpicó por todas partes y me estremecí—. Soy el novio de tu hija

—continuó, empujando a mi padre contra el coche una vez más antes de levantar el puño y estampárselo en la mandíbula—. Y me moría por conocerte.

—¿Quién cojones te crees que eres, pedazo de mierda? —gritó mi padre, escupiendo una bocanada de sangre—. Lo que eres es un gilipollas malcriado que va a una escuela privada.

—Te diré quién soy —gruñó Johnny, claramente furioso y manteniendo a mi padre clavado contra el costado del coche—. Soy el que está intentando arreglar el trauma de por vida que le has provocado. Jodiste a tus hijos y ni siquiera te importa. ¡Eres un puto cáncer y mereces ser sacrificado como la gentuza que eres!

—¡Por favor, no! —Aterrorizada, llegué hasta el capó del coche, demasiado asustada para acercarme más—. Johnny —continué sollozando una y otra vez mientras las lágrimas me caían por las mejillas—. Por favor, déjalo.

—¡Vuelve al coche, Shannon! —me ordenó Johnny.

Mi padre se giró para mirarme.

—Shannon…

Sintiéndome desfallecer, me tambaleé hacia atrás, sacudiendo la cabeza como si de alguna manera pudiera evitar que me hablara.

—¡Que no la mires, joder! —rugió Johnny, pegándole a mi padre de nuevo—. ¡Quítale los ojos de encima!

—Johnny, tío —gritó Gibsie mientras corría hacia nosotros—. Tienes que dejarlo…

—¡Que te apartes, Gibs! —masculló él—. No he terminado.

Levantando las manos, este asintió y dio un paso atrás.

—¡Devuélveme el golpe, cobarde de mierda! —gruñó Johnny—. No parece que te cueste ponerle las manos encima a tu mujer e hija, ¡inténtalo conmigo! Vamos, grandullón, pégame. ¡A ver dónde acabas!

—Lárgate antes de que llame a la pasma —rugió mi padre—. Chulo de mierda.

—Y ¿qué les vas a decir? —se rio Johnny en su cara—. No puedes tocarme, sabandija. —Lo empujó de nuevo—. Y tus pequeños juegos mentales, o lo que sea que hagas para comerle la olla, no funcionarán conmigo. —Sacudió la cabeza y masculló—: Estoy hecho a prueba de putas balas.

—Johnny —dije ahogadamente—. Por favor, llévame a casa…

Él se estremeció y un gruñido de rabia lo desgarró.

—Así es como va a ir esto —siseó, soltando a mi padre de la camisa—. Vas a volver a tu coche y conducir lejos de aquí. Vas a respetar la orden de alejamiento y vas a dejarla en paz. No te vas a acercar a la casa de tu hija y vas a seguir ignorándola mientras yo sigo arreglando los destrozos que le has provocado. Y si alguna vez vuelves a tocarla, lo sabré. Si veo un puto moretón, sabré quién se lo ha hecho —gruñó, con el pecho agitado—. Y luego iré a por ti, y cuando lo haga, no te salvará ni dios. —Lo empujó de nuevo—. ¿Está claro, pedazo de mierda venenosa?

Mi padre no respondió y, por un momento, me aterrorizó que Johnny no se marchara, pero lo hizo. Muy rígido, dio media vuelta y caminó hacia donde yo me encogía de miedo y me tendió una mano.

Di un paso adelante, respiré hondo y la acepté, momento en que sentí que el compromiso que me estaba proponiendo se aferraba a mi cuerpo como la hiedra. Al tocarlo, algo se calmó muy dentro de mí, aplacando el terror que me envolvía por estar en presencia de mi padre otra vez.

—Le has pegado a mi padre —dije con voz ronca, entumecida, mientras me pasaba un brazo alrededor de los hombros y me conducía hacia su coche.

—Sí —escupió, estrechándome con más fuerza.

—Mucho —susurré, aferrándome a su sudadera.

—Se lo merecía.

—Sí.

—¿Estás bien?

—¿Y tú?

—No lo sé.

—Yo tampoco.

Johnny abrió la puerta del copiloto de un tirón y me hizo entrar antes de cerrarla y dirigirse hacia el lado del conductor. Se subió al coche, dio un portazo y se puso el cinturón de seguridad con la mandíbula apretada, rezumando tensión.

—Buen trabajo, tío —dijo Gibsie, subiéndose al asiento detrás del de Johnny y palmeándole el hombro—. Estoy orgulloso de ti por alejarte.

—Debería haberlo matado —gruñó él, mirando por el parabrisas y cogiendo el volante con los nudillos ensangrentados—. No ha sido suficiente.

—¿Estás bien, Shan? —me preguntó Claire, inclinándose hacia delante para estrecharme entre sus brazos.

Sollozando, la cogí del antebrazo.

—¿Podemos irnos, por favor?

Asintiendo rígidamente, Johnny puso el coche en marcha y salió del aparcamiento, haciendo chirriar las ruedas con un acelerón innecesario.

—¿Deberíamos llamar a la Gardaí? —preguntó Claire—. Se supone que no debe acercarse a ti.

—No se ha acercado a ella —respondió Gibsie con calma—. Johnny se ha acercado a él.

—Vale —murmuró Claire—. Nada de policía.

—¿Qué pasa si te denuncia? —pregunté ahogadamente, entrando en pánico. Volviéndome para mirar a Johnny, susurré—: ¿Qué pasa con la Academia?

—No hará nada, pequeña Shannon —intervino Gibsie—. No podría aunque quisiera, e incluso si lo intentara, el señor K lo resolvería en una hora, así que no te preocupes por eso.

—Exacto, y Johnny todavía es menor de edad —apuntó Claire—. Se ha dejado llevar por las emociones. Nadie lo culparía.

—Estoy justo aquí —soltó Johnny—. Dejad de hablar sobre mí.

—Lo siento, tío —respondió Gibsie—. Solo estamos intentando resolver esto.

Suspirando pesadamente, Johnny se pasó una mano por el pelo y me miró de reojo.

—¿Estás enfadada conmigo?

Se me cortó la respiración.

—¿Por q-qué?

—Por empeorarte las cosas —admitió bruscamente—. Es que… —Sacudiendo la cabeza, soltó otro suspiro de frustración—. Estaba justo allí, y me entró la rabia. No he podido largarme. Sabía que debía, pero es que… no he podido. —Apretó el volante con más fuerza—. No después de lo que te hizo.

—Se merecía todo lo que le has dado y más, tío —intervino Gibsie.

—Lo siento, Shannon —dijo Johnny en voz baja, ignorando a los demás—. Lo siento tanto, joder.

Mi mano salió disparada como si tuviera voluntad propia y fue a parar a su antebrazo, que tenía apoyado en la palanca de cambios.

—Te quiero tanto —susurré, tan emocionada en ese momento que temí que fuera a estallarme el corazón—. No pidas perdón.

Visiblemente aliviado, giró la mano y entrelazó nuestros dedos.

—¿Vendrás a casa conmigo esta noche? —Me miró con esos ojos azules ardiendo—. ¿Te quedarás conmigo? Así sé que estás a salvo.

—Sí. —Dejé escapar un suspiro tembloroso y asentí, pues no quería estar en ningún otro lugar que no fuera con él—. Me quedaré contigo.

Tenía la mirada clavada en el móvil que parpadeaba silenciosamente en la mesita de noche, junto a la cama. No me atreví a cogerlo y contestar. De hecho, me imaginé saliendo de la cama y tirándolo por la ventana. Debería haber apagado el teléfono tras enviarle ese mensaje a Joey donde le decía que me quedaría en casa de Johnny. Sabía que era Darren quien llamaba, o peor aún, mi madre. No podía tratar con ellos en este momento.

Inmóvil, me sumergí en la sensación del corazón retumbándome contra la caja torácica y en el sonido del pulso martilleándome en los oídos como un loco, mientras trataba desesperadamente de recordarme que estaba bien.

«Por ahora…».

«Solo por ahora, Shannon».

Un suspiro tembloroso me desgarró el pecho entonces, una respuesta involuntaria a la ansiedad, mientras contemplaba lo que me deparaba el futuro. Oí un profundo gemido cerca y rápidamente miré al chico que dormía al otro lado de la enorme cama, tirado en calzoncillos sobre las sábanas.

Me puse de lado, pegué la mejilla a la almohada y simplemente me empapé de él.

—¿Johnny? —balbuceé, ansiosa y desesperada por algún tipo de consuelo que ni siquiera estaba segura de que pudiera darme—. ¿Estás despierto?

Silencio.

Mordiéndome el labio, sopesé mi próximo movimiento.

¿Debería levantarme?

¿Salir a caminar?

¿Tratar de despertarlo?

Mis pensamientos se dispersaron cuando sentí una cálida mano cubrir la mía.

—Hola, Shannon —susurró Johnny, ahora con los ojos abiertos y mirándome fijamente.

—Hola, Johnny —jadeé, temblando por el contacto físico.

—¿No puedes dormir?

Negué con la cabeza.

—¿Por el miedo?

Asentí, incapaz de hablar ahora.

Me apretó la mano.

—Te mantendré a salvo.

—Ven aquí —susurré, cogiéndole de la mano con todas mis fuerzas—. Te necesito cerca.

—¿Segura?

Asentí.

—Sí.

Soltándome la mano, Johnny se puso de pie y retiró las sábanas antes de meterse en la cama a mi lado.

—Más cerca —le supliqué, girando sobre el otro costado—. Te necesito.

Me pasó un brazo alrededor y pegó mi espalda contra su pecho desnudo antes de colocarme una mano en el bajo vientre.

—Estoy justo aquí, nena. —Sentí el calor de su aliento en la nuca, y luego sus labios sobre mi piel, dándome besos suaves y cálidos en el cuello y la clavícula—. No te hará nada, porque no dejaré que eso pase. Jamás.

—Te quiero, Johnny Kavanagh —dije con voz ahogada, cerrando los ojos con fuerza mientras me aferraba a su brazo y lo sostenía contra mi pecho—. Más que nada en el mundo.

—Yo también te quiero, Shannon Lynch —me susurró al oído, y sentí la conexión que tenía con él en lo más profundo de mi alma—. Más que nada en el mundo.

—¿Para siempre? —musité.

Me dio un beso en el hombro.

—Para siempre.

53

NO PUEDES SECUESTRAR NIÑOS, TÍO

Johnny

Shannon Lynch me había cambiado.

Sabía que sonaba a arrepentimiento, pero era la verdad.

Aquel día de enero, cuando la noqueé con la pelota, estaba perdidísimo y destrozado. No me había dado cuenta de cuánto hasta que miré esos ojos azul oscuro y me encontré con una réplica casi exacta de mis propios secretos y dolor. Yo estaba dolido y asustado por razones completamente distintas a las suyas, pero algo cobró sentido para mí aquel día, y no había sido el mismo desde entonces.

Shannon llegó cuando menos la esperaba. No la quería, no estaba dispuesto a aceptar el cambio que sabía que traería. Así que la aparté. La mantuve a distancia. Hasta que un día, no pude más.

Tardé un tiempo en darme cuenta de lo que me estaba pasando, en entender los sentimientos que me sacudían por dentro, pero una vez que lo hice, en cuanto acepté lo que estaba sintiendo y le eché el ojo, estaba completamente pillado.

Habían pasado cinco meses desde el día en que irrumpió en mi vida y lo puso todo patas arriba, y mis sentimientos por ella eran más profundos que nunca. La verdad es que sentía que me había metido de cabeza en toda su persona. Su dolor, sus sonrisas, su asquerosa familia de mierda, esa personalidad juguetona que se asomaba cuando estábamos solos... Estaba completamente pillado por ella.

Estaba bastante seguro de que ninguno de los dos tenía ni idea de lo que estábamos haciendo, yo desde luego no, pero sabía que fuera lo que fuese, no tenía intención de parar. No era un examen para el que pudiera estudiar ni un partido para el que pudiera prepararme con entrenamiento e incontables horas en el gimnasio. Por primera vez en mi vida, me sentía como un pez fuera del agua y no estaba del todo seguro de qué corriente seguir en aquella relación, pero los sentimientos que Shannon despertaba en mí eran adictivos.

Entre que su familia me despreciaba y mi estricto horario de entrenamiento, que estaba de nuevo en pleno apogeo, me estaba costando pasar tiempo juntos los dos solos. Hacía malabares entre el rugby y mi novia, y la mayoría de los días pasaba de dejarme los huesos en el gimnasio o en la cancha a querer saltarme el entreno, subirme al coche e ir a buscarla.

Me sentía más fuerte que nunca y me deslomé, volviendo a empezar mis sesiones de gimnasio a las cinco de la mañana y entrenando horas de más para recuperar el valioso tiempo perdido. Estaba dándolo todo para volver a estar en forma cuando llegara el momento, ansioso por reclamar mi puesto y mantenerlo. Shannon no se quejaba jamás de cuánto entrenaba o de la frecuencia con que iba al gimnasio. Simplemente me animaba con un constante apoyo silencioso, que era más reconfortante que cualquier otra cosa, mientras me repetía sin parar que creía en mí. «Tú puedes hacerlo, Johnny, sé que puedes». Sus palabras me daban fuerzas. Me llegaban más adentro de lo que se imaginaba. Esas pequeñas afirmaciones me ayudaban a sacar el culo de la cama cada mañana cuando mi cuerpo protestaba.

Trataba de no pensar en lo que nos deparaba el futuro, en lo que pasaría cuando me seleccionaran, porque, por primera vez en mi vida, me importaba algo más que el rugby. Me importaba ella.

El sonido del móvil me sacó de mis pensamientos y detuve el coche frente a la casa de Shannon antes de sacármelo del bolsillo para contestar. Me lo quedé mirando y sonreí al ver su nombre parpadear en la pantalla.

—Hola, Shannon.

—Hola, Johnny —fue su suave respuesta—. ¿Cómo ha ido el entrenamiento?

—Como siempre. —Suspirando satisfecho, me recliné en el asiento—. Estoy fuera.

—Uy —murmuró ella—. No estoy ahí.

—Ah, bueno —respondí, tragándome la oleada de decepción que se agitó dentro de mí.

—Estoy en casa de Claire —dijo—. Nos vamos de compras.

—¿De compras? —Sonreí para mis adentros y me saqué una pelusa del muslo—. ¿Tienes pensado comprarte algo bonito?

—Eh, no, yo no —respondió ella, con la voz apagada—. Pero podemos quedar más tarde, si todavía te apetece. Hughie me ha dicho que me dejaría en tu casa si todavía quieres que vaya.

—Más te vale que vengas —bromeé—. O voy a tener que escalar la fachada de tu casa y secuestrarte.

Ella rio suavemente.

—Oh, espera... —Oí susurros y roces apagados antes de que Shannon volviera al teléfono—. Claire quiere saber si Gibsie está contigo.

—No, ha venido a entrenar en coche hoy —respondí, mirando el reloj—. No creo que tarde en llegar a casa.

—¿Lo has oído? —escuché que le preguntaba a Claire—. Te echo de menos —añadió entonces, dirigiéndose a mí—. Un montón.

—Yo también te echo de menos, nena.

—Sois muy desagradables —se rio la voz de Claire al otro lado de la línea—. Os visteis ayer en el instituto.

Entonces, algo en la ventana delantera de la casa de Shannon me llamó la atención y me distrajo de la conversación. Me asomé por encima del muro y observé cómo las cortinas volvían a moverse.

—¿Quién hay en tu casa, Shan? —pregunté con curiosidad.

—¿Eh?

—En tu casa —repetí—. ¿Dijiste que Darren estaba en Belfast este fin de semana por trabajo?

—Ah, sí —respondió ella.

—Entonces ¿no hay nadie en casa?

—No debería —contestó.

—Oh. —Las cortinas se movieron y luego una pequeña cabeza rubia apareció y desapareció rápidamente—. Hummm.

—¿Por qué? —se apresuró a preguntar Shannon, el pánico evidente en su voz—. ¿Pasa algo?

—Qué va —respondí, manteniendo un tono tranquilo mientras salía del coche—. Me estoy yendo para casa, así que voy a tener que colgar.

—Vale, gracias por llamar.

—Me has llamado tú, Shan —le recordé mientras rodeaba el muro del jardín, en dirección a la casa.

—Ay…, sí, claro. Lo siento.

—No te preocupes. —Me reí para mis adentros al imaginármela sonrojándose—. Te veré más tarde, ¿vale?

—Adiós, Johnny.

—Adiós, nena.

Colgué, me guardé el móvil en el bolsillo y me agaché frente a la ventana. Menos de un minuto después, la tela se movió y un par de ojazos de color chocolate se clavaron en los míos.

«Sean», me dije mentalmente mientras el niño me miraba a través del cristal, muy serio y con la cara sucia.

—Hola —articulé con los labios, saludándolo.

Él no respondió.

Tan solo se quedó allí, mirándome fijamente.

Sin saber qué hacer, puse una mano contra la ventana y contuve la respiración. Pasaron los segundos, y justo cuando pensé que el crío se había convertido en piedra, presionó su pequeña y regordeta mano contra el cristal, justo sobre la mía.

Sonriendo, me puse de pie lentamente, y aunque sabía que debía volver al coche y alejarme de esa casa, me dirigí hacia la puerta principal. Llamé suavemente y esperé una respuesta, aguantándome las ganas de irrumpir dentro y preguntar qué cojones estaba pasando.

Finalmente, la puerta se abrió y me encontré con el mismo niño rubio de la ventana.

—Hola, Sean —dije con mi voz más persuasiva—. ¿Cómo estás?

Otro niño, de no más de once o doce años, corrió hacia nosotros entonces, interceptando al niño y cogiéndolo en brazos. Se dio la vuelta y clavó una mirada de desconfianza en mí.

—Lárgate.

—¿Cómo va? —me escuché decir mientras retrocedía un par de pasos—. Soy Johnny.

—¿Sí? Pues vete a la mierda, Johnny.

Con la mandíbula apretada, me tragué una respuesta sarcástica y lo intenté de nuevo.

—Tú eres Tadhg, ¿verdad? —Esperaba recordar bien el nombre—. Soy el novio de tu hermana. Y también conozco a tu hermano Joey.

Entonces apareció un tercer niño, que se asomó por lo que sabía era la puerta de la cocina.

—¿Tú eres ese Johnny? —preguntó con una vocecita esperanzada—. A Shannon le gustas un montón.

—No hables con él, Ollie —dijo Tadhg con frialdad. Endureció la mirada y me siseó—: Vete.

No me iba a ir.

No podía.

—¿Dónde está tu madre? —pregunté.

—¿A ti qué cojones te importa? —escupió Tadhg.

Joder, este niño era casi tan agresivo como Joey.

—¿Dónde está Joey?

Sin respuesta.

—¿Estáis solos en casa?

Con una mirada mordaz, Tadhg fue a cerrarme la puerta.

Extendí la mano y la detuve.

—Puedes decirme dónde está tu madre —le dije con calma— o puedes decírselo a la Gardaí.

—Joey tenía que ir a un partido —se puso a largar el mediano—. Mamá nos tenía que dejar en casa de la tata, pero todavía está en la cama y no se despierta.

—Hostia ya, Ollie —rugió Tadhg.

—Ha preguntado —respondió este, haciendo pucheros.

—¿Y tú vas y le cuentas nuestras cosas? —soltó Tadhg—. ¡Sabes que no hacemos eso!

El mediano agachó la cabeza y sollozó.

—Lo siento.

—Si llamas a la Gardaí, te la guardo —siseó Tadhg, girándose para mirarme—. Soy peligroso.

Me mordí el labio para evitar sonreír.

—Te creo —le dije, manteniendo una expresión seria—. Eres un chaval grande para tu edad.

—Sí, tengo doce años —gruñó, hinchando el pecho—. Podría contigo.

Asentí solemnemente.

—Sin duda.

—Habla raro —dijo Ollie entonces—. ¿Por qué hablas raro?

—Porque es un dublinucho —se burló Tadhg, lanzándome una mirada mordaz—. Todo el mundo sabe que Cork es la verdadera capital de Irlanda.

¿Estaba buscando pelea conmigo por mi lugar de nacimiento?

Joder…

—Y ¿a qué hora debería volver Joey de su partido? —pregunté, tratando de mantener un tono de indiferencia, mientras me apoyaba contra el marco de la puerta.

—Unas pocas horas —dijo Ollie, parlanchín—. Pero si luego va a trabajar, entonces llegará muy muy tarde.

—Maldita sea, Ollie. —Tadhg sacudió la cabeza con resignación—. No puedes callarte nada.

—Solo estoy respondiendo a su pregunta —resopló este.

—¿Habéis cenado ya? —pregunté, sonriendo a Sean, quien me miraba con los ojos muy abiertos—. ¿Tenéis hambre?

—Estamos bien —gruñó Tadhg.

—Yo tengo hambre —opinó Ollie—. Y no hemos cenado porque no sabemos cómo funciona la cocina.

Se me rompió el corazón, pero lo oculté con una pequeña risa.

—Ya, ni yo —les dije, tratando de tranquilizarlos—. Yo tampoco sé mucho sobre cocinas.

—Joey cocina —apuntó Ollie—. Shannon también.

Sonriendo, asentí.

—Sí, Shannon es una gran cocinera.

Abrió los ojos como platos.

—¿Has probado sus espaguetis? Son mi plato favorito.

—Todavía no —respondí—. Tengo que pedirle que me los prepare algún día.

—Deberías —asintió Ollie—. Están muy ricos.

—Buah, ¿sabéis lo que me encanta a mí? —dije—. McDonalds. —Ellos abrieron mucho los ojos y me apresuré a añadir—: ¿Queréis ir?

«¡Qué cojones estás haciendo, Johnny!».

—¿Contigo? —preguntó Ollie, con cara de emoción.

«Di que no, gilipollas. ¡Di que no, joder!».

—Claro —respondí.

—¿Ahora? —intervino Tadhg, que parecía emocionado a su pesar.

«Irás a la cárcel…».

—Claro —balbuceé—. Por qué no.

Tres horas, un viaje al parque infantil y dos pedidos en McDonalds más tarde, estaba hecho polvísimo. Presa del pánico, me detuve en la calle de Gibsie, en busca de apoyo y algunos consejos vitales.

—Chicos, esperad en el coche, ¿vale? —les pedí, mirando a las tres cabezas rubias en la parte trasera de mi Audi. Ollie y Sean se estaban atiborrando de caramelos. Tadhg sorbía un granizado. Había cajas vacías de Happy Meal esparcidas por todo el suelo del coche y rezaba para que no tuvieran ninguna alergia, porque los había inflado a más mierda de la que me atrevía a pensar—. Solo he venido a recoger a mi amigo.

—¿Puedo conducir ya? —preguntó Tadhg, desabrochándose el cinturón de seguridad para trepar por los asientos—. Estamos en una calle sin salida.

—No —respondí—. Ya te lo he dicho.

Resoplando, volvió a sentarse y sorbió de su pajita.

—Eres un rollo.

Menudo cabronazo con jeta.

—Esperad aquí —murmuré, saliendo del coche antes de estrangular al hermano de mi novia.

—¿Qué has hecho? —preguntó Gibsie, observándome desde la puerta de su casa mientras corría por el sendero del jardín hacia él—. ¿Johnny?

—Estoy en un lío —grazné cuando llegué hasta él—. Uno gordo.

—Lo sé —respondió Gibsie, mirándome receloso—. Te lo noto en la cara. ¿Qué narices has hecho?

—¡Me los he llevado! —dije ahogadamente, señalando mi coche.

—¿Qué te has llevado, Johnny? —preguntó Gibsie con cautela.

Tragándome un gemido, lo cogí del brazo y lo arrastré por el camino hasta mi coche.

—A ellos —grazné, señalando a los tres niños rubios que nos miraban.

—Te los has llevado —dijo Gibsie sin inmutarse—. ¿Simplemente has cogido y te has llevado a unos niños?

—¡Tú no estabas allí! —Con un gruñido de rabia, me pasé la mano por el pelo y siseé—: No has visto lo que yo, así que no me juzgues, joder.

—¿Que no te juzgue? —balbuceó Gibsie, con los ojos muy abiertos—. Tío, has secuestrado a unos putos críos. —Elevó la voz hasta alcanzar un tono agudo mientras continuaba despotricando—. ¡Y los has traído aquí, a mi casa, y ahora soy cómplice!

—Yo no los he secuestrado —gruñí—. Me los he llevado.

—Secuestrar, llevárselos, da lo mismo, Johnny —espetó—. No son un producto de tu jodido rabo, así que no tienes por qué llevártelos a ningún lado. —Pasó junto a mí y miró por la ventana—. ¿Qué le pasa a ese? —preguntó, señalando a Sean—. ¿Por qué se está mordiendo los dedos?

—No lo sé, no habla —gemí, nervioso—. No sé qué cojones debo hacer ahora.

—Devuélvelos al parque donde los has encontrado.

—Es un poco más complicado que eso —mascullé, sonriendo y levantándoles los pulgares a los niños. Ollie y Sean me devolvieron el saludo. Tadhg me hizo la peineta—. Podemos devolver a ese —murmuré por lo bajo—. Escucha —le dije a Gibsie, volviéndome hacia él—, ¿podemos entrar?

—¿A mi casa? —se negó Gibsie—. Claro, porque no suena para nada a abusador chungo que dos chavales de diecisiete años se lleven a tres niños pequeños a su casa.

—¿Podemos o no?

Gibsie me miró boquiabierto, como si hubiera perdido la cabeza, y la verdad era que probablemente lo había hecho. Pero ya me había metido en esto y lo había liado a él.

—¡Joder, no!

—Entonces ¿qué se supone que debo hacer con ellos?

—Devolverlos.

Negué con la cabeza.

—No puedo hacer eso.

—No puedes secuestrar a niños —siseó—. Es una norma fundamental en la vida.

—Lo sé —balbuceé—. Pero necesito que me ayudes con estos.

—¿Por qué? —preguntó Gibsie—. ¿Qué es lo que no me estás contando, Johnny? Joder, no puedo ayudarte si no me dices lo que está pasando.

—Son los hermanos de Shannon. —Dándole la espalda al coche, susurré—: Estaban solos, tío. Su madre estaba en la cama y tenían hambre. No podía dejarlos allí. —Me encogí de hombros con impotencia—. ¿Cómo voy a llevarlos de vuelta a esa casa? —Señalé de nuevo el coche—. Ese es solo un bebé.

—Mierda. —Gibsie bajó la cabeza y gimió—. ¿Deberíamos llamar a Shannon?

—No —respondí, nervioso—. Se lo está pasando bien por una vez en su vida. No voy a arruinarle el día con más mierda.

—Entonces los llevaremos a tu casa —sentenció—. Tu madre está allí. Ella sabrá qué hacer con ellos.

—Me va a matar —murmuré abatido.

—Sí —respondió Gibs, palmeándome la espalda—. Y a mí contigo.

—¡Guau! —corearon Tadhg y Ollie cuando nos detuvimos frente a mi casa, un poco más tarde—. Qué pedazo de casa.

—Ninguno de vosotros le tiene miedo a los perros, ¿verdad? —pregunté mientras Bonnie, Cupcake y Sookie saltaban por el jardín trasero.

—Qué va —respondió Ollie, abriendo la puerta y corriendo directamente hacia las perras.

—Me gusta el negro —dijo Tadhg mientras salía disparado detrás de su hermano.

—Se llama Sookie —le indiqué, bajando del coche—. Es mayor, así que sé bueno con ella.

—Hola, Sookie —gritó Tadhg, corriendo por el césped hacia donde Ollie estaba rodando con las dos golden retrievers de mi madre.

—¿Qué vamos a hacer con este? —preguntó Gibsie, mientras se apoyaba contra el costado de mi coche y señalaba a Sean, quien todavía estaba sentado en el asiento trasero, mordiéndose los dedos—. ¿Por qué sigue comiéndose a sí mismo?

—No se está comiendo a sí mismo, Gibs —respondí de malas, sintiéndome extrañamente a la defensiva—. Solo está nervioso. Todo esto es nuevo para él, así que… déjalo en paz, ¿quieres?

—Caray —murmuró Gibsie, levantando las manos—. Lo siento, papá.

Ignorando a mi mejor amigo, fui hasta la puerta trasera y me agaché.

—Hola, colega —lo saludé, haciendo contacto visual con él—. ¿Quieres entrar conmigo?

Sean me miró fijamente durante un buen rato antes de gatear sobre los asientos y darme su pequeña mano. Inseguro, le miré la carita y puse lo que esperaba fuera una sonrisa tranquilizadora.

—Buen chico.

Lo ayudé a salir del coche y tuve que encorvarme mientras caminábamos para no dislocarle el brazo al niño.

—¿Sabes?, si lo del rugby te falla alguna vez, serías un muy buen cuidador infantil —se rio Gibsie, aguantándome la puerta trasera de la casa abierta.

—Vete a la mierda —gesticulé con la boca mientras ayudaba al hermano pequeño de Shannon a subir el escalón y rezaba por mi vida—. ¿Mamá? —grité, preparándome mentalmente, mientras empujaba la puerta de la cocina hacia dentro para encontrar a mi madre sentada a la isla con una de sus carpetas de trabajo abierta—. Tengo un problema y necesito tu ayuda.

—Más bien tres problemas —apuntó Gibs—. Tres problemones que te cagas.

—Pero no te pongas como una loca —me apresuré a añadir—. Hay orejitas escuchando.

Su mirada fue a parar directamente al niño que tenía cogido de la mano y luego a Gibsie antes de volver a mí.

—Oh, Johnny, ¿qué has hecho? —Echó hacia atrás el taburete, se puso de pie y vino hasta nosotros—. ¿De quién es este niño?

—Este es el hermanito de Shannon —le expliqué tan tranquilamente como pude, con cuidado de no asustar al crío que se aferraba a mi mano.

—Hay dos más en tu jardín —dijo Gibsie—. Johnny los ha secuestrado.

—¿Has secuestrado a sus hijos? —exclamó mi madre ahogadamente, palideciendo.

—Sí, tal vez quieras llamar a tu marido para ver si está familiarizado con los casos de secuestro infantil —respondió Gibsie por mí—. Y, para que quede claro: por una vez en la vida, no ha sido idea mía.

—Este es Sean —dije, mirando fijamente a mi madre. Manteniendo una voz suave y amable, me agaché junto a él y le dije—: Sean, esta es mi mami. Se llama Edel.

El pequeño miró a mi madre, metiéndose todo el puño en la boca esta vez.

—Le gusta comerse la mano —comentó Gibsie, como si fuera una información importante—. Pero Johnny cree que está bien. —Encogiéndose de hombros, añadió—: Tampoco es que yo sepa mucho sobre niños. En casa solo tengo un gato.

—Gerard, baja al despacho y tráeme a mi marido —susurró mi madre—. Date prisa, corazón.

—Voy —respondió este, antes de salir corriendo por el pasillo hacia el despacho de mi padre.

—Bueno. —Agachándose frente a Sean, mi madre esbozó una sonrisa radiante—. Hola, Sean, mi amor, ¿cómo estás?

Sean la observó atentamente, sin emitir ningún sonido.

—¿Habla? —me preguntó con dulzura, lanzándome una rápida mirada.

Negué con la cabeza.

—No lo creo.

—¿Johnny? —gritó otra vocecita—. ¿Puedo dar de comer a tus perros?

—Eso, y ¿tienes una correa para que pueda sacar a Sookie a pasear?

Unos segundos después, Ollie y Tadhg entraron a toda velocidad en la cocina, con los ojos brillantes y las mejillas sonrosadas. En cuanto vieron a mi madre, se pusieron rígidos y se apiñaron.

—Chavales, esta es mi madre —les expliqué—. Edel.

—Hola, chicos —los saludó ella con dulzura, sonriendo cálidamente a los dos niños.

—Mamá, estos son los hermanos de Shannon: Ollie y Tadhg. —Hice las presentaciones todavía agachado junto a Sean, quien me apretaba la mano con fuerza—. No pasa nada, colega —le susurré al oído—. Estás a salvo.

—Hola, Dellie —dijo Ollie tímidamente.

—Ay, Ollie, ha dicho que se llama Edel —se quejó Tadhg—. No Dellie.

—No pasa nada —se rio mi madre, levantándose—. Dios mío, eres la viva imagen de tu hermano —añadió, sonriendo a Tadhg.

Este la observó atentamente.

—¿Qué hermano?

—Joey —respondió mi madre.

Puso cara de sorpresa.

—¿Conoces a Joey?

Mi madre asintió.

—Sí. Es un chico encantador.

Tadhg frunció el ceño.

—¿Estás segura de que conoces a Joey?

Mi madre se rio de nuevo.

—¿Así que te gusta Sookie?

La dureza en los ojos del niño se suavizó.

—Es maja.

—¿Y tú, Ollie? —Mi madre volvió su sonrisa al mediano—. ¿Te gustan Bonnie y Cupcake?

—Me encantan —le dijo, radiante—. Son tan grandes. Quiero un perro. Mucho mucho, pero no nos dejan tener uno porque mi padre le dio al último…

—Ollie —intervino Tadhg en tono de advertencia—. Cállate.

Este cerró la boca y se sonrojó.

—¿Qué es eso de que has secuestrado a los hijos de la señora Lynch? —se rio mi padre entre dientes mientras se dirigía hacia la cocina, con cara de divertirse. Sin embargo, en cuanto vio a los tres niños que tenía al lado, su sonrisa se desvaneció—. Ay, madre.

Nada más entrar en la cocina, la atmósfera cambió y los chicos parecieron ponerse en alerta máxima. Ollie y Tadhg dieron un paso hacia mí mientras el mayor se colocaba al mediano detrás. Sean se giró hacia mi pecho y me pasó los bracitos alrededor del cuello, aferrándose a mí.

A mi madre se le llenaron los ojos de lágrimas y se tapó la boca con la mano.

—Oh, Señor.

Cuidadosamente estreché el pequeño cuerpo de Sean entre mis brazos y lo aupé.

—No pasa nada, colega —le aseguré.

Asintiendo, hundió la cara en mi cuello y me puso una mano cubierta de baba en la mejilla.

Comprendí que era por los hombres. Estaban jodidamente aterrorizados de los hombres adultos. Gibsie y yo no éramos una gran amenaza para ellos porque teníamos la misma edad que Joey, a quien estos niños parecían adorar, incluida Shannon. De repente sentí tal asco que me costó funcionar.

—Chicos —dije, obligándome a volver al presente—. Este es mi padre, John. —Miré a mi madre en busca de ayuda, pero parecía tan perpleja como yo—. Es un… —Busqué las palabras que necesitaba para tranquilizar a estos niños. Me aclaré la garganta y añadí—: Es un pedazo de imbécil, chavales, pero es completamente inofensivo.

Atónitos, abrieron mucho los ojos, como si no pudieran creer lo que acababa de decir.

—Así es —dijo mi madre, al comprender mis intenciones rápidamente. Cogió a mi padre de la mano, lo condujo a la isla y lo hizo sentarse en un taburete para que no fuera tan intimidante estando de pie, pues medía casi un metro noventa—. Es un tontorrón, ¿no es así, John? —añadió, alborotándole el pelo—. Un carroza bonachón.

—Hola, John —dijo Ollie, mirando a mi padre con recelo y saludándolo con un pequeño gesto con la mano—. Yo soy Ollie.

—Hola, Ollie —respondió mi padre, sonriendo al Lynch mediano—. Encantado de conocerte.

—¿Has oído, Tadhg? —exclamó el pequeño, golpeando a su hermano en las costillas—. Habla igual que nosotros.

—Porque es de Cork —murmuró este, sacudiendo la cabeza—. Está claro.

—Hola, Tadhg —añadió mi padre—. ¿Cómo estás?

—Bien —respondió este con cautela—. Gracias.

Mi padre sonrió.

—Bueno, y ¿qué habéis hecho con Johnny, chicos?

—Nos ha llevado a McDonalds —soltó Ollie—. Y al parque, y hemos conocido a ese chico tan raro de ahí… —Hizo una pausa para señalar a Gibsie—. Bueno, Tadhg dice que es raro. Yo también lo creo, pero también es un poco majo. —Sonriendo, añadió—: Me ha dado un billete de cinco.

—Gracias, chavalín —se rio Gibsie—. Yo también creo que eres majo.

—Oh, ¿así que no tenéis hambre, chicos? —preguntó mi madre abriendo la nevera—. ¿Ni siquiera para algo de… —dejó que sus palabras se apagaran mientras sacaba un enorme pastel de chocolate de la nevera— postre?

—Huala —jadeó Ollie, que fue directamente hacia ella, todos los temores hacia mi padre olvidados ahora que había pastel de por medio—. ¿Podemos comer un poco, Dellie?

—Edel —murmuró Tadhg, pellizcándose el puente de la nariz—. Dellie no.

—Solo las tres porciones más grandes —respondió mi madre, abriendo mucho los ojos como si estuviera muy emocionada—. ¿Qué os parece?

Ollie asintió con entusiasmo.

—Fue el cumpleaños de Tadhg el mes pasado y no tuvo pastel. Le encanta el chocolate, ¿a que sí, Tadhg?

—No está mal —murmuró este, acercándose—. Supongo.

—Pues venid aquí y lo cortamos —les pidió mi madre, en un tono alegre, pero con los ojos llorosos—. Y traeré un poco de helado para acompañarlo.

—¡Qué fuerte! —exclamó Ollie, siguiendo a mi madre—. Tu madre es la mejor, Johnny.

—Y tú —empezó a decir mi madre mientras dejaba el pastel en la encimera y subía a Ollie a un taburete— me recuerdas a tu hermana. —Sonrió mientras le acariciaba el pelo—. Eres tan dulce como ella.

Ollie se iluminó.

—¿Sí?

Mi madre asintió.

—Sí que lo eres.

Tadhg soltó una risilla burlona, uniéndose a Ollie en la isla.

—Te pareces a Shannon.

—¿Y? —resopló Ollie, manteniendo la mirada fija en el pastel que mi madre estaba cortando—. Soy dulce.

—¿Quieres un poco de pastel, Sean? —pregunté cuando levantó la cabeza para seguir a sus hermanos con la mirada—. Seguro que está rico.

—No habla mucho —explicó Tadhg, con los ojos muy abiertos cuando mi madre le puso delante un enorme trozo de pastel—. Solo dice unas siete palabras.

—Es verdad —coincidió Ollie, cogiendo su porción con la mano y dándole un gran mordisco—. Y no ha dicho nada desde que papá le pego a Shannon…

—Ollie —gimió Tadhg, con los hombros hundidos—. Para de hablar.

—Tranquilos, chicos —dijo mi madre, con la voz un poco temblorosa mientras colocaba un plato de pastel frente a mi padre—. No tenemos que hablar de eso hoy.

—Oye —intervino Gibsie entonces, guiñándole un ojo a Tadhg—. No te comas todo el pastel, gordaco. Quiero un poco.

Tadhg resopló.

—Parece que has comido suficiente pastel para un mes.

—Que sepas que se necesitan horas de gimnasio para tener este tipín —respondió Gibsie, sentándose frente a ellos, en un taburete junto a mi padre.

—Sí —se rio Tadhg entre bocados de pastel, usando de nuevo las manos en vez del tenedor que tenía al lado—, horas metido en la nevera.

Gibsie echó la cabeza hacia atrás y se rio.

—Menuda jeta tiene el cabronazo.

—Gerard —dijo mi madre, sonriéndole agradecida, mientras le ponía un plato de pastel delante—. Nada de palabrotas.

—Lo siento, mami K —respondió Gibsie con una sonrisa tímida antes de deleitarse con su pastel—. Mmm.

—Voy a por el helado —anunció mi madre entonces, antes de apresurarse al lavadero, conteniendo un sollozo.

—¿Comemos un poco? —le pregunté a Sean, que ahora gravitaba físicamente hacia la comida—. ¿Sí?

El pequeño asintió y se removió en mis brazos. Me lo tomé como una señal para bajarlo y, en cuanto lo hice, fue derecho hacia sus hermanos para intentar subir. Estos lo ignoraron, demasiado concentrados como estaban en engullir su porción de pastel. Sean desistió de intentar llamar su atención, rodeó la isla y se detuvo junto a las piernas de mi padre. Observé que parecía vacilar antes de levantar una mano y tirarle de la pernera de los pantalones.

Sin decir palabra, mi padre se agachó y se lo subió al regazo sin darle demasiada importancia mientras ponía su plato de pastel frente a Sean. Lanzándose por él, el pequeño comenzó a metérselo en la boca, sentado felizmente en el regazo de mi padre mientras comía.

Ollie y Tadhg miraron a su hermano pequeño, ambos observando a mi padre con cautelosa curiosidad.

Cuando mi madre entró en la cocina con la tarrina de helado, retrocedió rápidamente de nuevo. Sacudiendo la cabeza, la seguí hasta el lavadero y la encontré sollozando contra el congelador.

—Santo cielo —susurró, con lágrimas cayéndole por las mejillas—. Oh, Johnny, esas pobres criaturas.

—Lo sé, mamá —respondí, manteniendo la voz baja—. Pero no llores. Los vas a asustar.

—Es que es terrible —dijo ahogadamente—. ¿Cómo podría alguien hacerle eso a esas criaturitas…

—Mamá, para. —Recorrí el espacio entre nosotros, le puse las manos sobre los hombros y suspiré—. Dales de comer —la animé—. Atibórralos de helado y todas esas porquerías que nos dabas cuando éramos pequeños. No necesitan más lágrimas.

—Tienes razón. —Sollozando, se secó las mejillas con el dorso de la mano y forzó una sonrisa—. No más lágrimas.

—Edel —dijo mi padre, asomando la cabeza por la puerta con Sean en la cadera—. Tenemos que hablar.

—Lo sé, John.

—No.—Sacudió la cabeza y lanzó a mi madre una mirada cargada de significado mientras Sean le tiraba de la corbata—. Tenemos que hablar ahora, cariño.

—Y una mierda —gruñí, caminando de un lado al otro del estudio de mi padre como un lunático—. No los llevaré de vuelta allí, papá.

—No tenemos elección, Johnny —respondió mi padre con cansancio—. Tenemos que devolverlos, preferiblemente antes de que su madre se dé cuenta de que no están.

—Esa familia necesita urgentemente una intervención —graznó mi madre—. No sé qué le pasa al mundo, pero no puedo entender cómo los dejan en esa casa con ella, o cómo puede estar ese hombre suelto por ahí como si nada.

—Cálmate, cariño —la persuadió mi padre, frotándole el brazo.

—No es justo, John —soltó ella—. No puedo soportarlo.

—No, no es justo —coincidió mi padre—. Pero no puedes alterarte por eso.

—¡Míralos, John! —Se acercó a la ventana y señaló fuera, donde Gibsie se revolcaba por el césped con los tres niños—. Míralos.

—Los veo, Edel —respondió mi padre con calma—. Veo lo mismo que tú, cariño.

—Entonces ¿cómo puedes esperar que los devuelva? —siseó mi madre—. Hay que hacer algo. ¡Esos niños merecen algo mejor! Son solo críos. No entienden, y no se merecen esto. ¿Y Shannon? —La expresión de mi madre se derrumbó—. Él lo vio, John —añadió, señalándome con un dedo tembloroso—. Nuestro hijo se dio cuenta desde el principio. Puede que no entendiera lo que estaba viendo, pero escuchó el grito de ayuda. La escuchó a ella. Y destapó una oscuridad a la que ningún niño debería estar expuesto.

—Lo sé —respondió mi padre, con una mirada significativa—. Pero en este momento, no tenemos ninguna cuestión legal sobre la cual basarnos. ¿Quieres que arresten a tu hijo, cariño? Porque eso es exactamente lo que sucederá si no hacemos las cosas de la manera correcta.

—Entonces ¿cuándo? —intervino mi madre casi sin voz—. ¿Cuándo, John?

—¿Cuándo qué, mamá? —pregunté, mirándola con atención.

Mi madre abrió la boca para responder, pero mi padre se adelantó.

—Edel. —Sacudió la cabeza en señal de advertencia—. Esta no es una conversación que quiero que tengamos frente a nuestro hijo.

—¿Hacer qué de la manera correcta? —pregunté, receloso—. ¿Qué está pasando aquí?

—No preguntes —dijo mi padre—. Te prometo que no necesitas saberlo.

—Por supuesto que necesito saberlo, pa…

—¡He dicho que no, Johnny! —me interrumpió él—. Tienes que confiar en mí y no hacer preguntas.

—No puedo hacer esto —graznó mi madre, dejando caer la cabeza entre las manos—. No puedo enviarlos de vuelta a esa casa.

—Johnny, necesito que le envíes un mensaje a su hermano —me indicó mi padre—. Pídele a Joey que venga.

—¿Qué? —Fruncí el ceño—. ¿Ahora?

Mi padre asintió.

—Ahora.

—¿Por qué Joey?

—Porque tiene más de dieciocho años y es con el que menos probabilidades tienes de que te denuncien —replicó mi padre.

—Joder —murmuré.

—Sí —apuntó mi padre—. Joder, Johnny.

—Pero, papá, no creo que deban volver…

—Haz lo que te digo —me ordenó mi padre—. Nunca te he aconsejado mal, y no tengo intención de comenzar ahora, así que confía en mí y envíale un mensaje a su hermano.

Frustrado, me saqué el móvil del bolsillo y suspiré abatido.

—¿Qué quieres que le diga?

—La verdad —me indicó—. Dile exactamente lo que nos has contado a nosotros y pídele que venga a recogerlos.

Presa del pánico, le envié un mensaje a la única persona que esperaba que no me denunciara.

J: Ha pasado algo raro hoy…

Joey el hurler: ¿Por qué me envías mensajes?

J: Porque me he llevado a tus hermanos y están en mi casa.

Joey el hurler: ¿Por qué?

J: No lo sé.

Joey el hurler: ¿Vas a devolverlos?

J: Supongo.

Joey el hurler: Estás jodidísimo, Kavanagh.

J: Lo sé.

Joey el hurler: Estoy en camino.

—Hecho —murmuré, guardándome el teléfono de nuevo en el bolsillo—. Está en camino.

—Gracias —dijo mi padre con un suspiro.

—No me des las gracias, papá —musité—. No por hacer algo malo.

Mi madre paseó la mirada entre mi padre y yo antes de suspirar profundamente.

—Has hecho lo correcto, Johnny. —Físicamente abatida, vino hasta donde yo estaba y me pasó los brazos alrededor de la cintura—. Todo irá bien. —Me dio un beso en el hombro y añadió antes de salir hacia la cocina—: Voy a poner la tetera al fuego.

—¿Qué está pasando, papá? —quise saber, sintiéndome al margen—. ¿Qué no me estás contando?

—No te cuento muchas cosas —respondió él con calma—. Privilegios de ser padre.

—Sabes a lo que me refiero, papá —solté—. Si sabes algo relacionado con Shannon y no me lo cuentas, se me va a ir la pinza.

—No es nada sobre Shannon —me dijo mi padre.

—Entonces ¿qué está pasando entre tú y mamá? ¿Qué significaba todo eso?

Mi padre suspiró.

—Johnny, de veras que no necesitas saberlo.

—Quiero saberlo —respondí acaloradamente.

—Pero no tienes por qué —sentenció en tono firme—. Porque lo que tu madre y yo hablamos es privado.

—¿Estáis peleados? —pregunté, perdidísimo de la hostia—. ¿Sobre los Lynch?

—Si es así, eso también es privado —replicó mi padre, sin vacilar—. Respétalo.

Con la mandíbula tensa, me tragué una respuesta mordaz y asentí con rigidez.

—Bien —dijo, sacándose las llaves del coche del bolsillo—. Bueno, tengo que ir a hacer algunas llamadas y ver si puedo mantenerte fuera de la cárcel, al menos hasta que cumplas los dieciocho. —Dio media vuelta y se dirigió hacia la puerta solo para detenerse y girarse—. Me he olvidado de preguntarte cómo ha ido el entrenamiento.

—Bien —gruñí.

—¿Y el entrenador Dennehy? —insistió—. ¿Alguna palabra?

No…

—Eh, ¿podemos hablar de eso más tarde? —dije en su lugar—. Tengo la cabeza destrozada.

—Por supuesto. —Guiñándome un ojo, apuntó—: Una familia pintoresca esta con la que te has encariñado, hijo.

—Mira quién habla —respondí en tono acusador, pensando en la parte de mi madre.

—No me lo recuerdes —murmuró mi padre—. Hasta luego.

—Sí. —Fruncí el ceño, preguntándome qué narices se traía entre manos—. Nos vemos.

54

POSTURAS PERRUNAS Y ARRUMACOS EN LA CAMA

Shannon

Eran perfectos.

Los músculos de su espalda.

Sus marcados abdominales, ocultos bajo la camisa blanca del uniforme escolar.

El profundo azul de sus ojos.

La fortaleza que transmitía.

La ternura de sus caricias.

Mi novio era, simplemente, perfecto.

—Lo estás haciendo otra vez —dijo Johnny desde su escritorio, sin dejar de escribir en su cuaderno como un poseso el jueves después de clase.

—¿El qué? —respondí con expresión culpable desde su cama, donde estaba sentada como un perro, practicando a mi rollo posturas seductoras, esas que con tanta naturalidad adoptaban las actrices despampanantes en la tele.

—Mirándome así —se explicó él, aún de espaldas a mí.

—¿Mirándote cómo? —pregunté, tratando de volver a sentarme con las piernas cruzadas con tanto disimulo como fui capaz.

—Ya sabes a qué me refiero.

Lo sabía y era cierto que lo estaba mirando así, pero llevaba media hora de espaldas a mí, así que pensé que no se daría cuenta.

—Shan, los exámenes finales están al caer —se quejó, dejando el boli sobre el libro antes de volverse hacia mí—. Coño —gruñó, mordiéndose el puño—. ¿Cómo cojones voy a concentrarme en resolver ecuaciones cuando tengo la cena despatarrada en mi cama?

—¿Soy la cena? —reí, meneando las cejas—. ¿Cuántos platos?

—Tres —respondió Johnny, tirándose de la corbata y recorriéndome las piernas desnudas con la mirada—. Joder, menos mal que terminé una buena parte de mi educación antes de conocerte —añadió con aire pensativo—, porque eres mi perdición, Shannon como el río.

«Madre mía».

Me puse roja y, como sabía que estaba de broma, sonreí.

—Hola, Johnny.

Él sonrió de oreja a oreja, mirándome con atención.

—Hola, Shannon.

—Bueno… —dije por lo bajo, acercándome al borde de la cama para sentarme sobre las rodillas.

—Bueno… —repitió Johnny, recostándose en la silla con expresión divertida.

—Estoy aburrida.

—Mal asunto —canturreó con voz melosa.

—Sí —suspiré exageradamente—, la verdad es que sí.

Johnny se quedó callado un buen rato antes de romper a reír.

—Nena, si quieres algo, solo tienes que pedírmelo y lo haré.

—¿En serio?

—Muy en serio —asintió, atravesándome con la mirada—. Haré lo que sea por ti —añadió.

«Respira, Shannon».

«Respira».

—¿Y si te quiero a ti? —me obligué a decir, mi voz apenas un susurro.

—¿Eso es lo que quieres, Shan? —preguntó con brusquedad—. ¿A mí, nena?

Respirando entrecortadamente, le devolví la mirada y asentí despacio.

No recuerdo quién fue el primero en dar el paso, pero de pronto nos convertimos en un amasijo de extremidades cuando él se lanzó hacia mí al tiempo que yo me lanzaba hacia él.

Nuestros labios se encontraron y le pasé las piernas alrededor de la cintura como por instinto. En serio, mi cuerpo parecía tener voluntad propia cuando estaba con Johnny Kavanagh.

Lo agarré del pelo y lo besé con un ansia que rozaba la desesperación.

Johnny, de pie en medio del dormitorio, me sujetaba por los muslos sin el menor esfuerzo, ya que no pesaba nada para él, y dejó escapar un profundo y reverberante gruñido de satisfacción en respuesta al salvajismo de mis besos.

Qué sonido más erótico.

Le metí la lengua en la boca, ansiando acercarme más a él, y lo besé con ganas.

Aferrado a mis muslos, yo me restregaba contra su cuerpo y le tiraba del pelo.

Pero nada.

Nada parecía funcionar.

No era capaz de calmar el hambre que me provocaba Johnny.

Puede que pareciera una lunática, pero no podía contenerme un segundo más: estaba desesperada por calmar el deseo que este chico despertaba en lo más profundo de mi ser.

El calor palpitaba entre mis piernas con urgencia, y sus besos y su lengua no hicieron más que empeorar la sensación: acabé estremeciéndome de los pies a la cabeza.

Más le valía hacer algo, porque a mí ya no me quedaban fuerzas.

La castidad era como estar a dieta y que Johnny Kavanagh fuera el trozo de tarta más dulce y tentador del planeta. No era un capricho puntual, sino una vida entera de excesos.

Las hormonas irrumpieron en mi mente y anularon mi sentido común antes de hacerse con el control absoluto; todo con la ayuda de mi corazón, dominado por entero por Johnny.

—No deberíamos estar haciendo esto —dijo, llevándome a cuestas hasta la cama.

Se dio en las piernas con la base y caí de espaldas, arrastrándolo conmigo para no despegar su cuerpo del mío. Gemí de placer al sentir su peso sobre mí reteniéndome sobre el colchón, su empalmada contra mi pubis.

—Ya —susurré, con las manos en su cinturón. En cuanto lo desabroché, le desabotoné los pantalones y le bajé la bragueta—. Es una mala idea.

—Pésima —asintió, sus manos buscando con ansia mi piel desnuda bajo la falda de mi uniforme—. La peor idea de la puta historia.

—No —jadeé cuando llevó las manos a mi falda—. Hoy no.

—¿No?

—No. —Con la respiración entrecortada, negué con la cabeza y lo empujé por los hombros—. Te toca a ti.

—Shan, no tienes por qué hacer esto por mí…

—Te toca a ti —insistí, haciendo que quedara bocarriba para poder subirme a horcajadas—. Por favor.

—Joder —gimió Johnny con los ojos cerrados. Pareció contar mentalmente hasta diez antes de añadir apenas sin voz—: ¿Estás segura?

—Estoy segura —respondí, y contuve la respiración mientras se llevaba las manos a la cinturilla del pantalón para bajárselo.

—No tienes por qué hacerlo.

—Chisss.

Me incliné hacia delante con piernas temblorosas y le bajé los calzoncillos, que eran blancos. Johnny levantó sus estrechas caderas para ayudarme y, hecha un manojo de nervios, deslicé la prenda más allá de su gigantesco paquete.

—Shan, nena, no pasa nada. De verdad que no tienes por…

—Chisss —respondí, con la mirada fija en su polla, enorme y dura.

—Joder —gruñó Johnny antes de ceder y dejar caer las manos a ambos costados.

Incapaz de dejar de mirarlo como un pasmarote, contemplé llena de curiosidad y sin cortarme un pelo cómo su erección se desplegaba a escasos centímetros de mi cuerpo.

Excitada, salí de mi ensimismamiento y dejé que mis manos lo descubrieran.

Recorrí la cinturilla de sus calzoncillos con los dedos antes de detenerme a observar su reacción.

Johnny miraba fijamente mis manos, los ojos entornados mientras se le agitaba la respiración y empezaba a jadear. Tenía los nudillos blancos de aferrarse con fuerza al edredón.

—Shan.

—Te quiero. —Temblando, recorrí su miembro de arriba abajo con un solo dedo, sorprendida al comprobar lo suave que era la piel allí—. Muchísimo.

—Y… yo… a ti —alcanzó a decir, tragando saliva con dificultad, las venas marcadas en el cuello—. Una… puta… locura.

Tomé una de sus manos entre las mías.

Él me miró confundido.

Le puse la palma en el pene y apreté.

Johnny dejó caer la cabeza hacia atrás con un gruñido.

Cubrí su mano con la mía y se la estreché, atenta a cómo se tocaba alentado por mi gesto.

—¿Qué estás haciendo? —susurró antes de morderse el labio inferior.

No tenía ni idea.

Me había quedado sin palabras.

Apenas si podía respirar.

Lo único que quería era que continuara.

Quería observarlo.

Johnny abrió los ojos de nuevo y me atravesó con la mirada, las pupilas dilatadas por el deseo y la excitación.

Volví a moverle la mano, esperando que entendiera lo que pretendía.

Lo entendió.

Continuó empalmándose con cada uno de mis movimientos.

Sus gemidos eran tan varoniles…, tan profundos, tan… primitivos.

Sentí una palpitante urgencia en mi interior.

Johnny siseó con fuerza, todavía mordiéndose el labio inferior, a medida que aumentaba el ritmo, tocándose con ansia, con desesperación.

Con una mano sobre los músculos de sus muslos, empecé a acariciar el resto de su cuerpo con la otra.

Los segundos se convirtieron en minutos y yo seguía sin poder dejar de mirarlo.

Era perfecto.

Dolorosamente perfecto.

—Mierda. —Johnny me apartó de pronto y rodó sobre sí mismo soltando una retahíla de tacos—. Mierda.

—¿Estás bien?

—Sí, Shan —jadeó entre risas antes de coger la camisa de su uniforme y limpiarse el vientre con ella. Después añadió con una sonrisilla tímida—: Mejor que nunca.

55

MAQUINILLAS DESECHABLES

Shannon

—Estamos en el mejor momento de nuestra vida, chicas —anunció Claire mientras volcaba todas las compras del día en su cama con una sonrisa—. Es hora de un cambio de imagen.

—No —se quejó Lizzie, dejándose caer en la cama, completamente agotada—. Olvídalo. No pienso hacer nada más en toda la tarde.

—Ya lo creo que sí —dijo Claire—. Vamos a hacernos un cambio de imagen y eso te incluye a ti, cascarrabias.

—Claire —apuntó Lizzie, malhumorada—. Nos has arrastrado de compras por toda la ciudad durante siete horas. Estoy agotada.

—Estoy un poco con Lizzie en esto. —Me dejé caer en el suelo, me quité las deportivas y me froté los pies—. Ya son las siete de la tarde y estoy cansadísima.

«Y quiero ir a ver a Johnny…».

—¡Exacto! No me he recorrido Cork de arriba abajo comprando toda esta basura solo para desperdiciarla —gruñó Claire, golpeando impaciente con el pie—. Os voy a hacer un cambio de imagen a las dos y os va a encantar.

Con un profundo suspiro de derrota, me puse de pie y asentí.

—Vale, hazme un cambio de imagen.

—Yuju —chilló Claire, aplaudiendo—. Gracias, Shannon.

—Chaquetera —murmuró Lizzie.

—Solo por eso, serás la primera —replicó Claire, sonriendo diabólicamente a Lizzie—. Y voy a empezar con ese entrecejo.

—No tiene entrecejo —me reí entre dientes, ojeando el montón de artículos sobre la cama.

—No, no tengo entrecejo, Shan, pero ella tendrá un puñetazo en la cara si se acerca a mí con unas pinzas —replicó Lizzie.

—¿Para qué necesitamos cuchillas? —pregunté, cogiendo el paquete de maquinillas y el bote de espuma de afeitar.

—Porque vamos a podarnos lo de abajo, chicas —dijo Claire risueña.

—Como te acerques a mi pubis con una cuchilla, te apuñalo —la advirtió Lizzie—. No estoy de coña.

—Pues vale —respondió Claire—. Eres tan peluda que necesitarías todo el paquete para ti sola.

Lizzie puso los ojos en blanco y le hizo la peineta.

—Sí. —Observé el paquete de cuchillas con cautela—. No creo que sea una buena idea.

—Es una idea terrible —intervino Lizzie—. Tampoco deberías afeitarte lo de abajo de todos modos. Para eso está la cera.

—Bueno, no puedo permitirme la cera —resopló Claire—. No soy millonaria, Lizzie.

—¿Alguna vez te lo has afeitado, Claire? —preguntó Lizzie.

Nuestra amiga frunció el ceño.

—No.

—Pues si lo hubieras hecho, sabrías que no estoy intentando quitarte la ilusión, solo intento salvaros a ambas de la irritación —dijo Lizzie arrastrando las palabras—. Pero, bueno, adelante, arrancaos la piel. Luego no me vengáis corriendo cuando andéis como un vaquero estreñido.

—Pues a mí me parece una gran idea —insistió Claire.

—Por supuesto que sí —se burló Lizzie—. Pedazo de besugo.

—Ignórala, Shan —dijo Claire, dándole la espalda a nuestra amiga y esbozando una radiante sonrisa—. Podemos hacerlo juntas.

—No voy a hacer eso contigo —me reí—. Sería raro, Claire.

—No me refería a hacerlo sentadas una al lado de la otra en la bañera —aclaró con una risilla—. Nos turnaremos.

—Bueno, si tenéis pensado pasaros la tarde a lo Eduardo Manostijeras con vuestros chichis, yo me voy a casa a ponerme al día con mis telenovelas —anunció Lizzie mientras se bajaba de la cama y se dirigía hacia la puerta—. Ten a mano el botiquín de primeros auxilios, Shan; lo vas a necesitar —añadió antes de salir de la habitación.

Abrí los ojos como platos.

—¿Botiquín de primeros auxilios?

Claire puso los ojos en blanco.

—Está mintiendo.

—Ay, madre, no sé yo —murmuré, insegura.

—Va —trató de convencerme Claire—. Vivamos al límite.

—¿Estás segura?

—¿Por qué no? —Sonriendo diabólicamente, se encogió de hombros—. Incluso lo haré yo primera.

Veinte minutos después, Claire volvió cojeando a su dormitorio, con las mejillas rojas y las piernas separadas.

—Tienes el baño libre, Shan —mascullló entre dientes mientras me dejaba el bote de espuma de afeitar en las manos.

—¡Ay, madre! —jadeé—. ¿Estás bien?

—Todo bien —respondió ella con una mueca mientras se dejaba caer con cuidado sobre el colchón—. Te toca.

—Claire, de veras que no estoy muy segura de esto. —La miré con recelo por la forma en que se abanicaba—. Parece que te duela.

—¡Shannon, he hecho esto por ti! —Entrecerró los ojos—. Te toca.

Me quedé pasmada.

—No, no es verdad.

—Sí que lo es —respondió ella—. Estoy tratando de ayudarte. Esta ha sido mi forma no muy sutil de hacerlo.

—¿Cómo? —La miré boquiabierta—. ¿Cómo demonios me va a ayudar esto?

—Con Johnny —explicó—. Vas a ir a su casa esta noche, ¿no?

—Sí.

—¡Pues eso! —respondió ella—. ¿Para qué iba a necesitar yo afeitarme el toto? No tengo novio.

—¿El toto? —Fruncí el ceño—. ¿Lo llamas toto?

—Toto, chumino... Bah, es todo lo mismo —respondió ella, agitando una mano al aire—. La cosa es que no necesito afeitarme. Nadie va a plantarme la cara en las bragas.

—Prometiste que no se lo contarías a nadie —dije ahogadamente, sonrojándome.

—Y no lo he hecho —replicó ella—. Estamos solas.

Resoplé.

—Bueno, creo que me estás mintiendo.

A Claire se le desorbitaron los ojos.

—¿Perdona?

—Ya me has oído —le dije—. Creo que Gibsie conoce muy bien tus bragas.

—¡Puaj! —Se llevó una mano al pecho y me miró boquiabierta con horror—. Tú eres la mentirosa.

—No, tú —respondí—. Y estás usando mi pubis como tapadera para tus travesuras nocturnas con el chico de enfrente.

—No es verdad.

—No te creo.

—Vamos, Shan —me suplicó entonces—. Eres mi mejor amiga. No puedes dejarme sola en esto.

Ajjj.

—Vale. —Cogí las cuchillas desechables y me metí en el baño—. Pero si esto sale mal, te haré responsable.

—Buena suerte —gritó.

«Aprende a decir que no, Shannon».

«¡En el futuro, niégate y ya está!».

—Tengo que contarte algo —fue lo primero que me dijo Johnny cuando abrió la puerta principal y me metió en su casa de un tirón. Tenía el pelo de punta como si se lo hubiera tocado un millón de veces, lo que le daba un magnífico aspecto desenfadado. Cogiéndome de la mano, corrió por el pasillo directamente a la escalera—. Es tan malo, Shan —graznó, arrastrándome hacia arriba—. Tan jodidamente malo, nena.

—Vale, pero de verdad que necesito enseñarte algo primero —dije apenas sin voz, haciendo una mueca de incomodidad mientras él me guiaba a toda velocidad, sin parar hasta que estuvimos dentro de su habitación con la puerta cerrada—. Es horrible, Johnny —gemí, quitándome la chaqueta—. Lo peor que existe.

—Oh, lo mío es peor, Shan —murmuró, paseando por el dormitorio—. Créeme. Es increíblemente malo.

—¿Puedes mirar lo mío primero? —le supliqué, a punto de tener un ataque de pánico.

—¡He secuestrado a tus hermanos! —saltó y luego se quedó inmóvil—. Lo siento —exclamó—. Te quiero. —Con una mueca de auténtico dolor, añadió—: Por favor, no rompas conmigo.

—¿Eh? —Tardé un momento en asimilar lo que había dicho antes de quedarme boquiabierta—. ¿Qué?

—Lo siento mucho —gimió, desplomándose sobre la cama—. No sé qué me ha pasado —añadió, plantando la cara en el colchón—. Normalmente no hago estas mierdas, para eso está Gibsie.

—¿Mis hermanos? —Fruncí el ceño—. ¿Mis hermanos pequeños?

Johnny levantó la cabeza y asintió lentamente.

—¿Todos?

—Todos —confirmó sombríamente—. Pero ya los he devuelto.

Sacudí la cabeza, perdida.

—¿Mi madre lo sabe?

—No, por suerte —murmuró—. Joey ha venido a recogerlos antes de que se diera cuenta de que no estaban.

—¿Estaba enfadado?

—No. —Johnny frunció el ceño—. Más divertido que enfadado.

—Espera, espera… —Levanté una mano, confundida—. Se suponía que tenían que estar con la tata Murphy hoy.

—Eso es —coincidió Johnny, saltando de la cama—. Eso es lo que me han dicho, pero tu madre estaba en la cama, Shan, y estaban solos. —Se puso a recorrer la habitación de nuevo mientras continuaba explicándose, moviendo las manos al tuntún mientras tanto—. Estaba hablando por teléfono contigo, y luego he visto al crío en la ventana y me estaba mirando directamente, y no he podido largarme, joder. Es tan pequeño y tiene esos ojazos de corderito. Así que lo he cogido, y luego a los otros también por si acaso. Por cierto, el mayor tiene un serio problema de actitud. Bueno, que los he llevado a McDonalds y al parque, y estoy bastante seguro de que han comido en exceso, pero luego Gibsie me ha dicho que parecía un pedófilo, y me he acojonado, así que se los he llevado a mi madre a casa. —Soltó un suspiro entrecortado, con expresión culpable—. ¿Estás cabreada conmigo?

—Eso es mucha información para procesar, Johnny —murmuré, apretándome las sienes con los dedos.

—Lo sé —gimió, pasándose las manos por el pelo—. Ajjj.

—¿Estás en un lío?

Hizo una pausa para fruncir el ceño.

—¿Eh?

—¿Estás en un lío? —repetí, entrando en pánico—. ¿Estás seguro de que mi madre no sabe que te los has llevado?

—No, no estoy en un lío —respondió, mirándome con recelo—. Joey me ha asegurado que no dirán una palabra.

—Uf, menos mal —dije sin aliento, agarrándome el pecho.

—¿No estás cabreada conmigo? —preguntó con cautela, acercándose más.

—No, no estoy cabreada. —Sabía que debía tomarme un momento para considerar todo lo que acababa de decirme, o enterarme de por qué mis hermanos no se habían ido con la tata, o por qué mi madre estaba en la cama cuando se suponía que debía estar vigilándolos, pero la verdad es que no podía pensar en otra cosa que no fuera la quemazón en mis bragas—. Pero realmente necesito tu ayuda.

Hubo un destello de preocupación en sus ojos.

—Mierda, Shan, ¿qué pasa?

—Voy a tener que enseñártelo —dije ahogadamente, nerviosa, mientras me quitaba las bambas y me desabrochaba los tejanos.

—Eh, eh, eh, quieta ahí —me advirtió Johnny, extendiendo una mano—. ¿Qué estás haciendo?

No paré.

Con un suspiro de humillación, me bajé los tejanos y lloré:

—Socorro.

—¿Qué cojones te has hecho? —graznó Johnny, con los ojos muy abiertos.

—Me he afeitado —dije en un hilo de voz.

Me miró boquiabierto.

—¿Todo?

—Todo —sollocé, agitando las manos al tuntún—. Había sangre ¡por todas partes!

—¿En serio? —alcanzó a decir Johnny, que parecía horrorizado—. Joder.

—¿Estoy teniendo algún tipo de reacción por tener la piel sensible? —pregunté, pateando los tejanos, en modo de pánico total—. Hay muchos cortes, Johnny. —Él miró hacia abajo y gimoteó—. Ayúdame.

—Nena. —Levantó las manos—. Tengo rabo. Estoy perdido en esto.

—Pero pinta mal, ¿verdad? —pregunté, ansiosa—. ¿Es muy malo? No debería estar así, ¿a que no? Me arde, como si estuviera en llamas.

—No lo sé —respondió él, elevando el tono de voz varias octavas—. ¿Cómo voy a saberlo?

—Porque has visto más de estos que yo —lloré—. Así que sé sincero, Johnny. ¿Pinta mal?

—Ah, no. En realidad no. O sea que no… —Johnny frunció el ceño y se frotó la mandíbula con la mano—. ¿No está tan mal?

—No me mientas —le advertí.

—Déjame ver mejor a lo que nos enfrentamos…

Observé con horror cómo Johnny se agachaba para «verme mejor» antes de volver a ponerse de pie todo lo alto que era y sacudir la cabeza.

—Sí, Shan, está bastante mal.

—¡Te lo he dicho! —gemí, volviendo a subirme la ropa interior y gimiendo en voz alta cuando el roce empeoró las cosas—. No pienso hacer caso nunca más a Claire Biggs —añadí—. Estúpidas maquinillas de afeitar desechables.

—¿Maquinillas de afeitar desechables? —preguntó Johnny medio riendo medio gimiendo—. ¿Sabes que hay salones de belleza y esteticistas a los que puedes ir para cosas como esa?

—Sí, bueno, soy tímida —resoplé, dejándome caer en su cama—. ¿Cómo voy a enseñárselo a nadie?

Me lanzó una mirada de incredulidad.

—Tú no cuentas —espeté, nerviosa.

—Mi pobre chochín —dijo Johnny con un suspiro mientras se sentaba en la cama a mi lado—. Menuda carnicería.

Ahogué un sollozo y me dejé caer de espaldas.

—Duele.

Imitándome, Johnny se dejó caer de espaldas junto a mí.

—Lo sé, nena. —Me puso una mano en el muslo y me dio un apretón para tranquilizarme—. Pero volverá a crecer.

—¿Cuánto tiempo crees que tarda?

Se giró para mirarme.

—¿Quieres que me afeite las pelotas?

—¿Qué? —Lo miré boquiabierta—. ¡No!

—Entonces deja de preguntarme sobre algo de lo que no tengo ni idea —respondió él.

—Lo siento. —Me puse como un tomate—. Es que… tú siempre sabes de estas cosas. —Gimiendo de pura angustia, rodé hasta ponerme bocabajo y enterré la cabeza en el lujoso edredón, que olía a Johnny y al detergente que su madre siempre usaba—. Qué vergüenza… —Hice una pausa para coger aire y luego lloriqueé—: Me pica… y ahora está feo.

—No, no lo está. —Sentí que me pasaba la mano suavemente por la parte de atrás de las bragas—. Me la has puesto dura como una roca.

—No sé cómo es posible —le respondí con un gemido de angustia—. Está horrendo. —Gruñí al darme cuenta de lo que le había hecho a mi pobre cuerpo, por no mencionar la quemazón que sentía entre las piernas por los estragos que me estaba causando la ropa interior en mi tierna carne, y susurré—: No sé cómo voy a ponerme lo tejanos de nuevo. —Haciendo una mueca, añadí—: O mirarte a los ojos otra vez.

—A mí me parece bien que vayas sin pantalones —se rio, sin dejar de tocarme el culo—. Va, Shan, mírame.

Negué con la cabeza.

—No puedo.

—Sí que puedes —me engatusó, recorriéndome los costados con los dedos—. Si no te das la vuelta y me miras, te haré cosquillas.

Me puse de lado y lo miré.

—Hola.

—Y… —se inclinó y presionó sus labios contra los míos—, ¿te importaría explicarme por qué te lo has afeitado?

Me retorcí de vergüenza.

—No lo sé.

Meneó las cejas.

—¿Grandes planes?

—¡Aaah!

Fui a hundir la cara en el edredón, pero Johnny me besó antes de que pudiera hacerlo.

—Me quemé terriblemente con el sol cuando estaba de gira el verano pasado —dijo, rozando su nariz contra la mía—. Todavía tengo un poco de aloe vera en el baño. —Me besó de nuevo—. Ayuda a calmarlo.

Muerta de vergüenza, dejé escapar un suspiro tembloroso y asentí.

—Gracias.

—De nada.

Johnny me dio un beso en la punta de la nariz, se bajó de la cama y fue hasta su baño para regresar un momento después con un pequeño bote de bálsamo. Desenroscó la tapa, se subió a la cama y me lo dio antes de dirigirse a mis bragas.

—¿Qué estás haciendo? —balbuceé, levantando las caderas cuando me bajó la ropa interior por las piernas—. ¿Johnny?

—Te estoy salvando —respondió con una sonrisa—. ¿Recuerdas todo aquello de «sálvame, Johnny, por favor, sálvame»?

—Sí, pero… —Me cogió el bote de las manos, se vertió un pegote de aloe vera en los dedos y me lo puso—. Oh, madre mía —gemí de alivio cuando el frío del gel apagó el fuego—. Es increíble.

Johnny se recolocó más abajo en la cama, se inclinó sobre mi cadera y sopló suavemente contra mi piel desnuda. Se me cortó respiración y tuve que tensar los músculos para evitar levantar las caderas. Mirándome con los párpados entornados, él continuó soplando para enfriarme mi tierna carne.

—¿Suficiente? —preguntó en tono áspero antes de darme un pequeño beso en la piel—. ¿O más?

Respirando con dificultad, me senté derecha y lo cogí por la camiseta.

—Quítatela.

Le ardían los ojos de deseo cuando se pasó una mano por encima del hombro y se quitó la camiseta.

Respirando temblorosamente, levanté los brazos sobre mi cabeza, sin apartar la mirada de sus ojos.

—Ahora la mía.

Sin decir una palabra, Johnny se inclinó hacia delante y me quitó la camiseta por la cabeza sin el menor esfuerzo antes de pasarme una mano por detrás para desabrocharme el sujetador. Fue casi aterrador lo rápido que pudo desabrocharlo, pero cuando me deslizó las tiras por los hombros y tiró el sujetador al suelo de la habitación, no pudo importarme menos.

Me eché hacia atrás y lo arrastré conmigo, clavándole los dedos en los duros músculos de la espalda. Johnny se dejó hacer y descargó todo su peso sobre mí mientras abría las piernas para recibirlo.

—Me gusta verte en mi cama. —Me cogió por los muslos y arrastró mi cuerpo hacia sí, para gemir en voz alta cuando conectamos—. Tumbada de espaldas conmigo entre tus piernas —añadió desde encima, antes de sellar sus labios con los míos.

Gimiendo, cerré los ojos y le pasé los brazos alrededor del cuello, frotando mi cuerpo contra el suyo. Todo era agradable con este chico, real y bueno. Noté sus labios por todas partes; en mi cuello, mis pechos, mi vientre… Lo sentía por toda la piel y, aun así, no era suficiente. Arqueándome con impaciencia, grité cuando sentí su dedo deslizarse dentro de mí, lo que hizo que el deseo en mi interior fuera casi insoportable. Aferrándome a sus hombros, me mecí contra sus caricias, ansiando todo lo que iba a darme.

—Esto es una mala idea —dijo Johnny con voz ronca antes de que su boca se estrellara contra la mía, metiéndome la lengua casi con furia—. Debería parar —gruñó, aumentando la velocidad con que deslizaba los dedos dentro de mí—. La peor idea de la puta historia.

—Me encantan tus malas ideas —susurré, llevando las mano a la cinturilla de sus pantalones—. No pares. —Al no hacer nada para detenerme como siempre, se los bajé por las caderas—. Te necesito.

Él gimió y me metió la lengua en la boca, aguantándose sobre un codo para que pudiera bajarle los pantalones más allá de la erección.

—Joder, te quiero —susurró, quitándose el chándal.

Ahogué un gemido cuando le puse la mano en la parte delantera de sus bóxeres y sentí lo dura y grande que la tenía.

—Qué grande —murmuré, jadeando con rapidez—. Es enorme.

—Joder, no digas eso —gruñó, atacándome el cuello con besos hambrientos—. Voy a explotar.

—Pero es que lo es —jadeé, restregándome contra él mientras me recorrían las sacudidas de placer que tan bien conocía ya—. Voy a… —Cerrando los ojos, seguí frotándome contra su mano mientras una oleada de felicidad me consumía por completo, prendiendo fuego a mi piel y haciendo que los músculos se me contrajeran en espasmos—. Johnny…

—Chisss.

Me mordió el labio inferior y tiró suavemente de él antes de meterme la lengua en la boca, moviendo los dedos a un ritmo perfecto mientras mi cuerpo se relajaba lentamente debajo de él.

—No te preocupes —susurró, poniéndome los labios en el cuello para succionar—. Mantendré el rabo en los gayumbos.

—No quiero que lo mantengas en los calzoncillos.

Se puso rígido.

—¿Qué?

—Quiero hacerlo.

Se quedó inmóvil por un momento y luego se irguió sobre los codos para mirarme.

—¿Vas en serio?

—Sí.

Me escudriñó con la mirada y hubo un destello de incertidumbre en su rostro, mientras me sacaba los dedos y se llevaba la mano a la cintura de sus Calvin Klein negros.

—¿Estás segura?

—Estoy segura —asentí, con el corazón a punto de salírseme del pecho—. Lo quiero todo de ti.

56

¡NO ABRAS LA PUERTA!

Johnny

¿Qué estaba haciendo?

¿Qué demonios estaba haciendo?

No podía pensar con claridad. Tan solo veía a Shannon, tirada desnuda sobre mi cama, y todas las dudas, miedos y preocupaciones que sabía que debería estar sintiendo desaparecieron.

—¿Estás segura? —le pregunté de nuevo, porque necesitaba que me lo confirmara—. ¿Estás segura segurísima?

Temblando debajo de mí, ella asintió, con los ojos muy abiertos y sonrojada.

—Estoy lista, Johnny.

—Pero no te has recuperado —dije con voz ronca mientras el rabo se me tensaba contra los pantalones, desesperado por entrar en ella—. No quiero hacerte daño.

—No me harás daño —susurró, cogiéndome de la mandíbula—. Quiero hacerlo.

Mierda.

¡Mierda!

Con un suspiro tembloroso, me bajé de ella y me puse de pie; sabía que era demasiado pronto, pero me rendí a hacerlo de todos modos.

—Puedes decir que no —le dije mientras me metía los dedos por la cinturilla de los calzoncillos para bajármelos—. En cualquier momento —añadí, quitándomelos y volviendo a ella—. Y pararé, ¿vale?

Asintiendo, Shannon se incorporó sobre los codos, ensimismada con mi rabo, que estaba durísimo.

—Pues… esta es mi polla —anuncié y luego me pateé mentalmente por soltar tal gilipollez. Como si tuviera que decir lo que eran un rabo y los huevos.

Joder.

—Pues sí —respondió Shannon, dejando escapar un suspiro tembloroso, y se sentó completamente—. Esta es tu polla. —Contuve la respiración cuando extendió una mano y me acarició la punta con un dedo, lo que hizo que, por supuesto, mi rabo se sacudiera con un saltito ante el contacto—. Se ha movido. —Levantó la mirada—. Ella sola.

—La estás animando —grazné, sintiendo las rodillas débiles mientras me acercaba un paso—. Tócala y se pondrá como una moto.

Shannon me pasó las yemas de los dedos sobre las cicatrices y suspiró con fuerza.

—Eres tan perfecto, Johnny. —Se inclinó hacia delante y me dio un beso en la línea irregular de la pelvis antes de plantarme otro en la cicatriz de mucho más abajo—. Te quiero tantísimo.

Mierda.

—Yo también te quiero —solté, con los dientes apretados y las manos en puños a mis costados. No hay palabras para explicar las sensaciones que me inundaron cuando posó sus labios sobre los míos. Decidí sentarme antes de derrumbarme y bajé a Shannon para que estuviéramos uno al lado del otro, cara a cara—. No tenemos que hacer nada, ¿vale? —dije, tocándole la mejilla—. Me vale estar aquí contigo nada más.

—¿Johnny? —susurró, imitando mis movimientos al ponerme una mano en la mejilla.

Se me cortó la respiración.

—¿Sí, Shan?

—Chisss.

Y luego me besó.

Y perdí la cabeza.

Todo el autocontrol al que me había estado aferrando se esfumó en el instante en que decidió que era una buena idea poner sus labios sobre los míos. Shannon me empujó para que me tumbara y se subió encima de mí, sin romper el beso en ningún momento, mientras me pasaba las manos por el pelo y hacía eso con los dedos que me volvía jodidamente loco.

No pude soportarlo.

Shannon era demasiado para mí.

Rodé para ponerla bocarriba, me coloqué entre sus piernas y la besé profundamente mientras alargaba una mano hasta la mesilla de noche. Palmeando a tientas, le di sin querer al mando de la minicadena, lo que provocó que la canción de Athlete «Wires» retumbara a través de los altavoces.

—Mierda —gruñí, cogiendo el mando—. Lo apagaré…

—No pasa nada —susurró Shannon contra mis labios—. Déjala puesta.

Gimiendo en su boca, abrí el cajón y cogí la caja de condones, dando gracias al cielo en silencio por tener un mejor amigo de la hostia y por su visión de futuro.

«Bien hecho, Gibs…».

Tanteando con una mano, logré abrir la caja y sacar un condón. Tiré el paquete al suelo de mi dormitorio y me coloqué entre las piernas de Shannon, con las manos temblando como un flan, al igual que el resto de mí.

—¿Estás segura, Shan? —pregunté, separando mis labios de los suyos mientras abría el envoltorio y me ponía el condón—. ¿De verdad quieres hacerlo?

—De verdad que quiero hacerlo contigo —susurró, asintiendo, y juro que se me paró el corazón. No podía soportar verla recostada sobre mis almohadas. Era demasiado para mí.

—Te quiero tanto —dije ahogadamente, con la voz cargada de emoción cuando me coloqué entre sus piernas y me apoyé sobre un codo—. Tendré cuidado —añadí, besándola profundamente mientras empujaba poco a poco contra ella—. Te lo prometo.

—Confío en ti —murmuró, poniéndome las manos en las caderas—. Quiero hacerlo contigo.

—Puede que duela —admití, pegando mi frente a la suya, mientras el corazón me retumbaba tan fuerte contra la caja torácica que podía oírlo—. No quiero hacerte daño.

—No tengo miedo —susurró, tirando de mi cintura y levantando las caderas.

La sentí muy cálida, húmeda y jodidamente perfecta, y estaba asustadísimo. En mi vida me había dado tanto miedo romper algo como en este momento con esta chica. Ella era virgen, pero yo temblaba por los dos. Sentía demasiado por ella. La quería tanto que no era seguro para mí.

—Quiero hacerlo —susurró, pasándome los brazos alrededor del cuello para acercar mis labios a los suyos—. Te lo prometo —añadió antes de besarme. Su lengua invadió mi boca, acariciando la mía con ese roce dulce y provocador que tanto ansiaba.

Me recorrió un profundo escalofrío y cerré los ojos con fuerza antes de entrar en ella con una embestida firme. Shannon gimió y me quedé inmóvil, con el corazón a punto de salírseme del pecho.

—¿Estás bien?

Asintiendo, se aferró a mi cuello y puso sus labios contra los míos una vez más.

—Sigue besándome —suplicó.

Con las caderas quietas, continué besándola, desesperado por calmar el dolor que sabía que sentía cuando su cuerpo se sacudió y se puso rígido debajo del mío.

—Te quiero —susurré entre besos, una y otra vez, mientras me golpeaban emociones que no había sentido jamás en la vida, todas ellas por culpa de esta chica y hacia ella—. Te quiero tanto, Shannon como el río.

Mi autocontrol pendía de un hilo. La idea de moverme estando dentro de ella era casi demasiado para mí. Estaba tan prieta, tan jodidamente cálida. Cada vez que se pegaba a mí, apretándome el rabo como un torniquete, se me ponían los ojos en blanco. Los pequeños gemidos y jadeos de necesidad que salían de su boca mientras se acostumbraba a sentirme dentro de ella me estaban matando.

Joder…

Shannon

Johnny pegó su frente a la mía, un gesto tan tierno y reconfortante que se me llenaron los ojos de lágrimas y a punto estuve de echarme a llorar.

—Mierda —gimió con la voz entrecortada, vulnerable para mi sorpresa, mientras se apoyaba sobre un codo y me acariciaba la mejilla con la mano libre—. ¿Te duele?

Lo que sentía era abrumador, una mezcla de escozor y excitación, pero no dolía como él pensaba.

Negué con la cabeza, mordiéndome el labio inferior, y acerqué su cara a la mía.

Noté su respiración entrecortada, su corazón retumbándole en el pecho.

Con la duda escrita en la mirada, Johnny clavó sus ojos en los míos mientras me penetraba, dejando una deliciosa sensación de ardor entre mis piernas con cada una de sus embestidas.

—¿Estás segura?

Me había aferrado a su cuello con tanta fuerza que debía de estar cortándole la circulación, pero era incapaz de soltarlo.

Físicamente incapaz.

Estaba asustada, insegura y dolorida.

Pero también irremediablemente enamorada.

Y lo único que tenía claro en ese momento fue lo mucho que confiaba en él.

Confiaba en Johnny Kavanagh con cada fibra de mi ser, y le rogué con la mirada que no me rompiera el corazón.

Como si fuera mi tabla salvavidas, me aferré a su cintura con las piernas y le supliqué:

—No me dejes nunca.

—No lo haré. —Con la cara hundida en mi cuello, fue dejando un rastro de besos húmedos por mi piel, tentándome con lametones aquí y allá que encendían cada una de mis terminaciones nerviosas—. Te lo prometo.

Con un gemido, arqueé la espalda y empecé a moverme para que mi cuerpo se acostumbrara a tenerlo dentro. Johnny me besó con dulzura mientras esperábamos a que pasara el dolor y mis músculos se relajaran, sin dejar de pasear con cariño sus labios y su lengua por mi piel, la aspereza de su barbita haciéndome cosquillas. Pero nada podía compararse con lo que suponía estar con él, porque en cuanto sentí su cuerpo encima del mío, debajo, dentro de mí, supe que estaba totalmente perdida.

No podría olvidar a este chico en la vida.

La calidez de su aliento era una tortura que hacía maravillas sobre mi cuerpo mientras, tumbada bocarriba, me entregaba a él con una fe ciega.

—Johnny…

—No pienso dejarte jamás, Shannon Lynch —respondió con brusquedad, con desesperación. No era la primera vez que me lo decía, pero en ese momento comprendí el auténtico significado de sus palabras: Johnny iba en serio, tan en serio como mi amor por él.

Johnny

—¿Estás bien? —susurré, mientras luchaba contra la abrumadora necesidad de hundirme en ella hasta el fondo. Aguantando mi peso sobre un codo, le toqué la mejilla con la mano libre y le rocé la nariz con la mía, observando su rostro con lujuria—. ¿Shan? —Pegué mi frente a la suya y solté un suspiro tembloroso—. ¿Puedo moverme ya?

—Todavía… no —musitó, clavándome las uñas en los omóplatos mientras se aferraba a mi cuerpo.

—Vale —la tranquilicé, besándola en los labios y luego pasando a su cuello—. Eres tan preciosa.

—Johnny… —Sus palabras se interrumpieron y arqueó las caderas hacia arriba, lo que hizo que me deslizara más profundamente dentro de ella.

No pude contener el gemido que me desgarró la garganta cuando me apretó con más fuerza y se me tensaron las pelotas.

—Te deseo —susurró, empujando lentamente hacia arriba—. Quiero que te muevas.

—¿Segura? —alcancé a decir, con la mirada clavada en sus ojos.

—Sí, ya estoy bien. —Shannon cogió aire, con las mejillas sonrojadas—. Me gusta tenerte dentro.

Joder.

Con un suspiro entrecortado, me incliné y la besé mientras salía lentamente para volver a hundirme en ella, con el pecho agitado por el esfuerzo de no correrme.

—¿Te gusta?

Gimiendo en mi boca, Shannon asintió y frotó sus caderas contra las mías mientras alcanzábamos un ritmo lento y suave. Le deslicé una mano por el cuerpo hasta pasarle el muslo alrededor de mi cintura, por lo que ambos gemimos cuando el movimiento hizo que todo pareciera más profundo, más estrecho, y nosotros más unidos.

—Cómo me gustas —susurró, temblando debajo de mí. Me soltó el cuello, se relajó en el colchón y me pasó las manos por el pecho y los costados—. Eres tan perfecto.

Joder, me estaba matando.

—Tú eres la perfecta —gruñí, moviéndome un poco más rápido, mientras la familiar oleada de placer comenzaba a crecer—. Joder —gemí, reclamando sus labios una vez más—. Shannon, necesito… Joder, necesito…

Toc, toc, toc…

—Johnny, mi amor, papá ha vuelto con comida china. Te ha traído albóndigas de pollo.

No.

No.

¡Por favor, no!

—Te vas a quedar sordo con esa dichosa música.

¿Había cerrado la puerta?

¿Con pestillo?

¡No me acordaba, joder!

—Johnny —dijo Shannon por lo bajo, con los ojos muy abiertos por el horror, mientras me golpeaba en el pecho—. La puerta…

—¡No abras la puerta! —rugí, saliendo abruptamente de mi novia para luego entrar en pánico cuando hizo una mueca de dolor—. Oh, mierda, Shan, nena, ¿estás bien?

—La puerta —graznó—. Que no abra.

—Johnny, ¿me oyes, cariño? —gritó mi madre—. Voy a entrar.

—¡No! —rugí por encima de la música—. ¡Espera un maldito segundo, por favor!

—¿Qué vamos a hacer? —gimió Shannon en mi cama, agitando las manos como un pájaro enjaulado.

—No lo sé… —Sacudiendo la cabeza, miré a mi alrededor, impotente. Menudo desastre—. ¡Mierda!

—Johnny, ¿vas a bajar a por tus albóndigas de pollo?

—Dame un maldito minuto, mamá —grité, mientras cogía el edredón por los lados y envolvía a mi novia como un taco antes de meterla debajo de la cama—. Quédate ahí abajo, Shan —le dije—. Yo me encargo de esto.

Cogí el mando a tientas y paré la minicadena de un manotazo para quitar la música antes de dirigirme hacia la puerta.

—¡Johnny! —siseó Shannon desde debajo de mi cama.

—¿Qué?

—Estás desnudo.

Mierda.

Me saqué el condón ensangrentado del pene, que seguía completamente erecto, lo lancé al otro lado de la habitación y me abalancé sobre la cómoda para sacar unos calzoncillos, que me puse en un santiamén. Me recoloqué la tremenda empalmada que gastaba, respiré profundamente y me acerqué a la puerta.

—Te has tomado tu tiempo para abrir —sentenció mi madre, mirándome con sospecha.

—Sí, perdona. —Nervioso y jadeando, asentí y fingí un bostezo, tratando desesperadamente de calmar mi respiración—. Estaba durmiendo.

—¿Estabas durmiendo?

Asentí.

—¿A las ocho y media de la tarde? —Mi madre arqueó una ceja sin creerme—. ¿Con la música a todo volumen?

Me encogí de hombros.

—Estoy cansado.

—Seguro que sí. —Hizo ademán de dar un paso adelante, pero la intercepté rápidamente para bloquearle el camino—. ¿Qué estás haciendo?

—Nada —mentí, meneándome como un maldito pulpo cuando trató de echar un vistazo a mi alrededor—. ¿Qué estás haciendo tú?

—Buscar ropa sucia —respondió mi madre—. Déjame entrar.

—No tengo ropa para lavar, mamá, y no quiero chino.

Sonriéndole, traté de cerrar la puerta de mi habitación, pero ella levantó una mano, deteniéndome en seco.

—¿Qué está pasando aquí?

—Nada.

—¿Nada? —repitió, mirándome con cara de «no me mientas» antes de pasar junto a mí e irrumpir en mi habitación.

Contuve la respiración mientras me preguntaba si Shannon rompería conmigo si pillaba y echaba a correr ahora que aún podía, porque esta mujer me iba a cortar el rabo.

—¿Estás solo?

—Claro. —Me mordí el puño y me giré de mala gana para seguirla, rezando a todos los dioses para que mi madre se pirara—. Estaba intentando dormir, mamá.

Eché un vistazo a Shannon, que me miraba desde debajo de la cama, con los ojos desorbitados. Me acerqué y me detuve frente a ella mientras observaba a mi madre. Claramente estaba buscando algo. A mi novia.

—Y ¿dónde está Shannon hoy? —preguntó, en un tono lleno de sospecha.

—Ni idea —respondí rápidamente. Demasiado rápido, joder.

—¿No tienes ni idea? —replicó mi madre, recelosa, mientras registraba la habitación con la mirada.

—En realidad, creo que iba a estar en casa de Claire —me apresuré a enmendar mi error—. Sí. —Asintiendo con vehemencia, me hundí en la cama y añadí—: Definitivamente me dijo que iba a pasar la noche en casa de Claire.

Mi madre arqueó una ceja.

—Ah, ¿sí?

—Sí, mamá. —Disimuladamente, arrastré la sábana de la cama y la dejé caer por el borde para ocultar a mi novia—. Caray, ¿a qué viene el interrogatorio? —Entonces sentí que una mano me cogía del tobillo y me clavaba las uñas en la piel, por lo que pegué un salto—. ¡Hostia!

—¿Perdona? —preguntó mi madre, con las manos en las caderas.

—Qué cansado —balbuceé, agarrándome a un clavo ardiendo—. Hostia, qué cansado estoy.

—Mmm.

Entonces algo le llamó la atención, algo malo de la hostia, porque entrecerró los ojos y se le puso la cara rojísima. Sin decir una palabra, mi madre caminó hacia el lado de mi cama y observé con horror cómo se agachaba para recoger la caja de condones.

Estaba.

Muerto.

—Abierta —gruñó mi madre, que se acercó adonde yo estaba desplomado y me tiró la caja en el regazo—. Bueno, ¿dónde está la chica que viene con los globitos, Johnny?

Agaché la cabeza al saber que estaba completamente jodido.

—Eh…

—Estoy aquí, señora Kavanagh —dijo Shannon con voz ronca, asomándose por entre mis piernas—. ¿Lo siento?

—Shannon. —Mama resopló entrecortadamente—. Sal de debajo de la cama, por favor.

—No puedo, señora Kavanagh —dijo Shannon.

—¿Por qué no?

—¿Porque estoy un poco desnuda? —alcanzó a decir ella, sonrojándose.

—Ay, Jesús —se lamentó mi madre, cubriéndose la cara con las manos—. Vestíos los dos y bajad conmigo a la cocina en dos minutos —dijo ahogadamente antes de dirigirse hacia la puerta, solo para vacilar—. Y dame eso —espetó mientras volvía hacia mí y me quitaba la caja de condones de las manos. Me pegó en la nuca con ella y siseó—: ¡Pedazo de embustero! —Y salió de la habitación gritando—: ¡John! Llama al párroco. ¡Tu hijo necesita una confesión!

—¿Estás bien? —logré decir en cuanto mi madre desapareció—. ¿Shan?

Me puse a cuatro patas y ayudé a mi novia a salir de debajo de la cama.

—Joder, lo siento muchísimo.

—Qué fuerte, Johnny —exclamó ella con voz ahogada mientras me daba la mano y se arrastraba por el suelo—. Nos ha pillado.

—Ya —mascullé, hecho polvo por lo que acababa de pasar, al tiempo que le pasaba el pelo por detrás de las orejas e intentaba que mi rabo se relajara de una puta vez.

—Ahora sí que me odiará —graznó, respirando agitadamente—. Jamás me dejará poner otro pie en esta casa.

—Mi madre no te odia, Shan, nunca lo ha hecho —traté de tranquilizarla, pero mis palabras le entraban por un oído y le salían por el otro. Shannon empezó a recorrer la habitación como un torbellino mientras se vestía a toda leche.

—Tengo que largarme de aquí —soltó de pronto, saltando a la pata coja para subirse los tejanos—. Mierda —gimió cuando cerró la cremallera—. Eso ha dolido.

—No jodas. —Me acerqué a ella, pero Shannon me apartó con un ademán—. ¿Estás bien, nena?

—Sí, sí —exclamó, guardándose el sujetador en el bolsillo y poniéndose la camiseta—. No te me acerques. —Hizo una mueca antes de añadir—: Por si acaso vuelve tu madre.

Vaya.

Cagada.

57

TE HICE UNA PROMESA

Shannon

Iba a morir lentamente.

La causa de mi muerte prematura: la vergüenza.

Nunca en la vida me había sentido tan avergonzada como cuando crucé la puerta de la cocina y me encontré cara a cara con los padres de Johnny, minutos después de perder la virginidad en lo que había sido el mejor y luego el peor momento de mi vida.

—Necesito hablar contigo sobre algo.

—¿Sobre qué?

—Sobre sexo, Shannon, corazón.

—No le hagas esto —le rogó Johnny a su madre desde el taburete junto al mío—. Por favor, mamá, te lo suplico. —Se volvió para mirarme—. Tápate los oídos, nena…

Con un fuerte gemido ante el recuerdo de la voz de la señora Kavanagh cuando me sentó a la isla de la cocina para darme la charla, me tapé la cabeza con mi edredón morado y me preparé mentalmente para pasar el resto de mi vida postrada en esta cama porque no podría volver a salir de casa jamás.

Peor aún, la madre de Johnny había insistido en llevarme ella a casa, lo que significaba aún más tiempo a solas para hablarme de dónde vienen los niños e insistirme en que no debía permitir que su hijo me corrompiera de ninguna forma. Según ella, todos los muchachos adolescentes eran unos sinvergüenzas hormonados, incluido su hijo, y no debía dejar que Johnathon me llevara por el mal camino.

«Demasiado tarde», pensé mientras me acurrucaba cuanto podía y suspiraba. Me sentía muy mal, porque, aunque había sido idea mía, Johnny se había llevado la peor parte de la ira de su madre, todo esto mientras su padre leía el periódico con una sonrisilla y asentía con la cabeza cada vez que su mujer se lo pedía. Para la señora Kavanagh, Johnny era mayor y tenía pene, por lo que debería haber sido más sensato. No supe qué decir o hacer cuando empezó a sermonearnos a ambos sobre cómo las partes íntimas eran privadas y no algo que compartir entre nosotros. Fue de lo más humillante y, horas más tarde, aún me ardía la cara.

Saqué los brazos lo suficiente para alargar uno y coger el móvil de la mesita de noche y volví a refugiarme bajo el edredón antes de mirar la hora, solo para gemir cuando vi que ya eran más las dos de la mañana.

«Vete a dormir, Shannon —me convencí mentalmente—. Desconecta y deja de darle tantas vueltas a la cabeza».

Clac, clac, clac...

Me puse rígida y me quedé totalmente quieta para escuchar con atención.

Clac, clac, clac.

Pegué un salto en la cama y miré alrededor de la habitación, que estaba a oscuras excepto por la farola de la calle, tratando de encontrar la fuente del ruido.

Clac, clac, clac.

Clavé la mirada en la ventana.

Clac, clac, clac.

Aparté las sábanas de un tirón, salté de la cama y cogí aire para tranquilizarme antes de descorrer las cortinas.

Pasmada, se me aceleró el corazón cuando vi al enorme chico que se balanceaba en la veranda frente a mi ventana.

—¡Johnny! —exclamé por lo bajo, mientras abría la ventana y lo miraba totalmente asombrada—. ¿Cómo has llegado ahí?

—Me he subido a tu cubo de la basura —jadeó mientras se abalanzaba hacia el alféizar de la ventana—. Déjame entrar antes de que muera.

Me hice a un lado rápidamente y observé cómo trepaba por la ventana hasta aterrizar en el suelo de mi habitación con un golpe sordo.

—¿Y tu pene? —grazné, sin dejar de mirarlo.

—Que le den al rabo —se quejó Johnny, poniéndose de pie—. No podía dejar las cosas así después de lo de mi madre, que, por cierto, siento muchísimo. Ni siquiera sé por dónde empezar a arreglar ese desastre. —Sacudiendo la cabeza, recorrió el espacio entre nosotros y me dio un beso en la mejilla—. Hola, Shannon. Joder, hueles genial —dijo en voz baja antes de apresurarse a seguir despotricando—. No sé qué demonios me ha pasado en mi habitación, Shan. Siempre cierro la puerta con pestillo... —Hizo una pausa y comprobó rápidamente mi puerta antes de asentir, conforme—. Ni siquiera sé cómo he pasado de ayudarte con el afeitado a desvirgarte, pero lo siento mucho, joder. —Hizo ademán de echar a andar por mi cuarto, pero se detuvo enseguida cuando se dio cuenta de que allí no cabía ni un alfiler—. ¡Quería que te gustara y luego voy…, y ella…, y es que…, las putas albóndigas de pollo! —Dejó escapar un fuerte suspiro y añadió—: Sé que no debo estar aquí, pero tenía que cumplir mi promesa.

Lo miré confundida.

—¿Qué promesa?

—Te dije que cuando nos acostáramos, dormiríamos juntos —respondió bruscamente—. Y sé que la he liado con la primera parte —mirándome con cara de desvalido, Johnny se encogió de hombros e hizo un gesto hacia mi pequeña cama—, pero ¿crees que puedes hacerme un hueco en la segunda parte?

Ay, madre.

Este chico.

Mi corazón.

Pasé junto a él, me subí a la cama y retiré las sábanas.

—Claro. —Asintiendo, dejé escapar un suspiro tembloroso y susurré—: Ven aquí.

Johnny se quedó en calzoncillos en un tiempo récord y se subió a la cama junto a mí para estrecharme con su enorme cuerpo, de manera que estuvimos pecho contra espalda.

—Te juro que no estoy buscando nada —susurró, dándome un beso en el hombro mientras hacíamos la cucharita—. Solo necesito abrazarte.

—No la has liado, Johnny —dije en voz baja, acurrucándome de espaldas contra su cálido pecho—. Ha sido genial.

Estuvo en silencio un buen rato antes de preguntar:

—¿Te duele, Shan? —Me estrechó con más fuerza, acurrucó la cara en el hueco de mi cuello y suspiró—. ¿Te he hecho daño?

—No, no me has hecho daño, y no me duele. —Temblando, me agarré de su antebrazo, porque lo que más deseaba era que se quedara conmigo el resto de mi vida—. Solo lo noto…

—¿Cómo? —me instó, acariciándome la oreja con la nariz—. ¿Cómo lo notas?

—¿Dilatado? —aventuré, mordiéndome el labio—. Y un poco sensible, pero no dolorido.

—No tenemos que hacerlo de nuevo —se apresuró a decir—. No hasta que estés lista.

—Estaba lista antes, Johnny —le aseguré, incapaz de contener un bostezo—. Sigo lista ahora.

—No había hecho esto nunca —admitió en voz baja.

—¿El qué?

—Desvirgar a nadie. —Soltó un profundo suspiro y sentí la vibración de su pecho en mi cuerpo—. Tenía tanto miedo de hacerte daño, Shan.

—Entonces ¿soy tu primera de verdad? —pregunté soñolienta.

—Eres mi todo.

Guau.

—Buenas noches, Shan —susurró.

Cerré los ojos y sonreí.

—Buenas noches, Johnny.

58

DOLORES EN EL PECHO

Johnny

—Ven al campo de entrenamiento de la Academia el sábado por la mañana a las siete en punto —me dijo el seleccionador de la sub-20 el lunes a primera hora—. Te he conseguido una sesión con tus entrenadores y he reservado una cancha para la mañana, así que ya veremos cómo va.

—Vale. —Asintiendo como un auténtico lunático, caminé de un lado al otro del gimnasio, apretando el móvil con más fuerza de la necesaria cuando la emoción y el pánico me dominaron—. Allí estaré.

—Tráete el equipo, Johnny —añadió—. Pero no te hagas ilusiones. No me importa lo que hayan dicho tus médicos, no pondrás un pie en el campo conmigo sin el visto bueno de mi propio equipo médico. El doctor Malachy te hará un examen completo, así que trae cualquier informe que tengas.

—Entendido. —Asentí de nuevo, con el corazón retumbándome en el pecho—. Tengo todos los papeles, tanto de la doctora Quirke como de la doctora Ó Leary. Y todos los informes de mi fisioterapeuta y preparadores.

—Bien —respondió enérgicamente—. Tráelo todo.

—Estoy listo, entrenador.

«Hace semanas que estoy listo».

—Estoy preparado.

—Eso espero, chico —respondió el seleccionador—. De verdad que sí.

—Si me… —Me quedé callado e hice una mueca, buscando las palabras adecuadas para formular mi siguiente pregunta—: Si el doctor Malachy me da el visto bueno, ¿cree que me…

—Hagamos primero esta ronda de pruebas médicas y luego ya hablaremos sobre el equipo —me interrumpió—. Te queda mucho para ponerte al día físicamente. Pero te diré que Ó Donnell y Gilbert me acompañarán. Están interesados en ti, Johnny. Quieren hacer sus propias evaluaciones… —Hizo una larga pausa antes de añadir—: No hará falta que te explique que es una gran oportunidad. No todos los días se desplazan los altos cargos por un jugador de la sub-20. Con Daly y Johnson de baja por lesiones a largo plazo, les faltan dos centros para la gira de verano del próximo mes, que es en Sudáfrica. Si vienen a verte, necesito que te lo tomes en serio. Si no estás en forma, tienes que decírmelo ahora, chico. Hacerles perder el tiempo no te hará ningún bien, y a mí tampoco.

Mierda.

Joder.

«Está pasando».

«Está pasando, joder, Johnny».

«¡Que no se te vaya la cabeza!».

—Lo entiendo —respondí, apartando a Gibsie mientras daba saltitos frente a mí, preguntándome en silencio «¿qué está diciendo?»—. Aparta —le dije a mi mejor amigo con los labios antes de darle la espalda y dedicarle toda mi atención al hombre que tenía la llave de mi futuro—. Y estoy en forma, al cien por cien. Sé lo que esto significa, entrenador, y le prometo que estoy totalmente comprometido.

—Nunca dudé de tu compromiso ni por un segundo, Johnny —respondió él—. Te veré el sábado.

—Sí, hasta el sábado —susurré—. Gracias de nuevo.

—Buena suerte, chico.

El seleccionador colgó y yo me quedé allí de pie varios segundos, entre tambaleándome y deleitándome con la llamada telefónica que había estado esperando recibir toda mi vida.

—¿Y bien? —preguntó Gibsie—. ¿Has vuelto?

—He vuelto —confirmé, dejando escapar un suspiro tembloroso. Me volví para mirarlo sin poder borrar la sonrisa de la cara—. ¡Joder, que he vuelto, Gibs!

—Hostia, claro que sí. —Esbozó una enorme sonrisa—. ¡Joder, lo has conseguido, capi! —Me dio un abrazo mientras se reía—. ¡Parece que voy a tener que comprarme un billete de avión para Francia este verano, porque mi mejor amigo va a entrar en la maldita sub-20!

—No hay nada confirmado todavía —respondí, tratando de mantener los pies en la tierra y no perder el control de mí mismo—. Tengo que trabajar mucho y solo dos semanas para hacerlo.

—Bah —replicó Gibsie, haciendo un ademán con la mano—. ¡Vas a ir a Francia con la sub-20 el mes que viene y yo voy a pillar una cogorza para celebrarlo! *Vive la France.*

—Ó Donnell vendrá a verme el sábado, Gibs —susurré, con el corazón a mil por hora—. Gilbert también. Están buscando un par de centros para la campaña de los sénior en Sudáfrica.

A Gibsie se le desorbitaron los ojos.

—¡Hostia puta, Johnny!

Asentí con la cabeza, sintiendo una gran oleada de emoción.

—Lo sé.

—¿Eso significa que…

—No lo digas —grazné, extendiendo una mano—. No me gafes.

—Pero eso es lo que significa, ¿verdad? —insistió Gibsie, con los ojos llenos de orgullo—. Estarás en Francia con la sub-20 durante la primera quincena de junio y luego en Sudáfrica para la segunda mitad —su voz se elevó por la emoción—, ¡con el puto equipo sénior, Johnny!

—Puede que no entre en ninguno de los dos equipos —murmuré, tratando de mantener los pies en la tierra. Aunque no estaba funcionando, porque mi ritmo cardiaco se estaba acelerando y el pánico se estaba apoderando de mí—. Podrían no tenerme en cuenta.

—¿Para seleccionar a quién? ¿Cormac Ryan? —bufó Gibsie—. Eres el mejor, joder.

—No sé —musité, sintiéndome un poco débil—. Joder, creo que me está dando dolor en el pecho.

—Siéntate. —Gibsie me cogió del brazo, me condujo hasta el banco de pesas y me sentó—. Baja la cabeza y respira.

—Joder, me estoy muriendo —gemí, con una mano contra el pecho—. Gibs, creo que me está dando un ataque al corazón. —Sacudiendo la cabeza, traté de respirar, pero no me entraba aire en los pulmones—. ¡Me estoy asfixiando!

—No te estás muriendo —se rio—. Esto te pasó cuando te aceptaron en la Academia, ¿recuerdas? Te escondiste en nuestra casa del árbol llorando como un puto bebé, gritando que te iba a dar un infarto y rogándole a cualquiera que te mirara que llamara a una ambulancia. También te pasó cuando te seleccionaron para la sub-18. Te metiste en la cama con síntomas de apoplejía. Y tampoco moriste entonces, colega.

—Esta vez es peor, Gibs —dije ahogadamente, cogiéndome el brazo—. Mucho peor.

—Porque esto es más grande —explicó Gibsie con calma—. Mucho más grande—. Se sentó a mi lado, me colocó una mano en la espalda y comenzó a frotármela—. Es un subidón de adrenalina, tío. Tú solo piensa que esto es algo bueno. Te has estado dejando el culo por esto, Johnny, desde que tenías seis años. Te operaron en marzo. Has pasado por toda la rehabilitación y la mierda del hospital. Has hecho todo lo que te han mandado y has vuelto a recuperar tu estado físico. ¡Este es tu momento!

—Tengo miedo —alcancé a decir—. Solo hace unas semanas que he vuelto a la cancha, tío. ¿Qué pasa si no estoy…

—Estás listo —me cortó—. Y eres mejor que simplemente bueno. —Me apretó un hombro—. La verdad es que no se me ocurre nadie más que se merezca esto más que tú, Kav. —Suspirando de satisfacción, añadió—: Así que disfruta de este sentimiento, tío, porque te esperan cosas de la hostia.

—Sí. —Me obligué a calmarme y respirar—. Joder, tengo que llamar a Shannon.

—Eh, tal vez esa sea una conversación que deberías tener cara a cara —sugirió Gibsie—. En realidad, decirle a tu novia que es muy probable que te vayas en verano no es una noticia que se dé por mensaje, tío.

—Mierda —gemí, dejando caer la cabeza entre las manos—. Cagada. —Vi el rostro de Shannon en mi cabeza, lo que me provocó otra tanda de dolores en el pecho—. Ay, joder —grazné, apoyándome en Gibsie—. ¿Qué voy a hacer con Shannon?

—¿Qué quieres decir?

—Es un mes, Gibs —escupí, rebotando las rodillas—. Me iré durante un mes, más si llego al equipo sénior.

—Eso ya lo sé —respondió—. Tú lo sabes y ella lo sabe. Así que no tienes que hacer nada más que respirar.

—No puedo dejarla durante un mes…

—Johnny, contrólate, leches —me ordenó Gibsie—. Es la selección irlandesa. De Irlanda. Nuestro maldito país. Es un mes y la oportunidad de tu vida. No me obligues a darte un guantazo para devolverte el sentido común.

—Tienes razón —murmuré, respirando profunda y lentamente.

Por supuesto que la tenía.

Pero eso no me hizo sentir mejor.

Martirizado, gruñí y me pasé una mano por el pelo.

—¿Podemos simplemente restarle importancia a esto? —Lo miré—. ¿Puedes no contarle nada a nadie?

«Tampoco a Shannon».

—Al menos hasta que sepa algo seguro.

—Ella se va a alegrar por ti, Johnny —respondió Gibsie—. Shannon te quiere, tío. Ha estado a tu lado desde la operación, deseando que te salga la oportunidad.

—Lo sé —murmuré—. Pero es que…

«Sinceramente, no creo que pueda dejarla».

Sacudí la cabeza para alejar el disparate.

—Tú no le cuentes nada hasta que esté cien por cien seguro de lo que va a pasar.

—Muy bien, tío —suspiró Gibsie—. Soy una tumba.

—Gracias.

Abatido, apoyé los codos en las rodillas y le envié un mensaje a Shannon para decirle que pronto saldría del gimnasio y la recogería para ir a clase.

—Pero son buenas noticias —añadió Gibsie antes de dirigirse a los vestuarios—. Y, para que conste, estoy orgulloso de ti.

Sacó una toalla de su bolsa de deporte y se fue a la ducha. Yo entré en la contigua, abrí el agua dándole un manotazo al botón cromado y cerré los ojos cuando me cayó el chorro de agua hirviendo.

Me eché champú en la mano antes de pasarle el bote.

—La cagué con Shannon la otra noche —le dije con un suspiro, enjabonándome el pelo antes de frotar—. Mucho, tío.

—¿Qué hiciste? —me preguntó desde el otro lado de la pared.

—Una estupidez.

—Va —me persuadió Gibsie—. Cuéntamelo todo, colega. Desahógate.

—No puedo —murmuré, haciendo una mueca—. Me doy demasiado asco.

—¿Qué hiciste? —se rio—. ¿Follártela en el coche o algo así?

Bajé la cabeza avergonzado.

—Tu silencio dice mucho —bromeó—. Venga, tío. Fuera lo que fuese, no puede ser tan malo.

—Pues lo fue, Gibs —balbuceé—. Es que ni puedo…

—¡Hala! —La cortina de la ducha donde yo estaba se abrió de golpe—. ¿Te la chingaste? —Gibsie se puso frente a mí, desnudo y cubierto de espuma—. ¿Y bien? ¿Te la follaste?

—Que te pires, capullo —espeté, volviendo a correr la cortina—. Y no me la chingué… Joder, no lo digas de esa manera.

—Lo siento, se me olvidaba que estás un poco sensible con cómo digo las cosas que implican a tu novieta. —Descorrió la cortina, puso los ojos en blanco y me miró expectante—. ¿Le hiciste el amor?

Hice una mueca.

—La hostia. —Abrió los ojos como platos—. ¡Le hiciste el amor!

—Yo… —Me callé de golpe, cerré el grifo y suspiré profundamente—. No deberíamos estar teniendo esta conversación. No está bien.

—¡A la mierda eso! —replicó, con cara de ofendido—. ¡Te acostaste con tu novia y no me lo ibas a contar! ¿Cuándo pasó esto?

—El sábado por la noche —dije ahogadamente, sintiendo el calor subirme por el cuello—. Y no me mires así.

—¿Así cómo? —resopló.

—Como si te hubiese traicionado.

—Es que me has traicionado —gruñó—. No puedes ocultarme noticias tan jugosas como esa. Debería haberme enterado de esto el domingo a primera hora de la mañana.

—Joder, Gibs… —Pasé junto a él, cogí mi toalla del suelo y volví al vestuario—. No digas tonterías.

—Bueno, ¿tuviste sexo con ella? —preguntó, siguiéndome—. Vamos, Johnny. Cuéntamelo.

—No fue eso —solté, alterado.

—¿La penetraste con el pene? —reformuló—. Porque, si lo hiciste, entonces eso es exactamente lo que fue.

—Vale, tuvimos sexo —balbuceé—. ¿Contento?

—¡Tío! —Sonrió de oreja a oreja—. Estoy tan orgulloso de ti.

—No… —Lo señalé acusadoramente—. No te enorgullezcas de mí por ser un imbécil imprudente.

—Estoy tan orgulloso de ti, colega —respondió Gibsie—. Nunca había estado tan orgulloso de ti.

Con un suspiro de cansancio, me hundí en el banco junto a mi taquilla.

—No sé qué me pasó.

—Yo sí —resopló Gibsie mientras se secaba—. Estabas desnudo con una chica de escándalo y te reventaron los sesos. —Tiró la toalla sobre el banco, se puso unos calzoncillos y se rio—. No me extraña que ya no quieras ir de gira. Probaste un poco más de la pequeña Shannon, ¿no es así? —Meneó las cejas—. Y ahora te mueres de hambre.

—Gibs —siseé, estremeciéndome—. No lo digas así.

—Espera… —Me miró con sospecha—. ¿Te la enfundaste?

—Sí —respondí.

—¿Con los condones que te hice comprar?

Asentí.

Él sonrió.

—¿Me diste las gracias en silencio?

—Mira, cabronazo, soy mayor que tú —gruñí—. Me estaba liando con tías cuando a ti aún no te había cambiado la voz.

—Pero me puse al día, ¿a que sí? —replicó sin inmutarse—. Y de nada.

—Yo te compré tu primera caja de condones —siseé—. Así que deja ya los «de nada», porque te he cubierto las espaldas muchas veces.

—Cierto —se rio entre dientes, claramente divertido con mi desgracia—. Y ¿cómo fue?

—Un completo desastre —admití mientras me secaba y me ponía el uniforme escolar—. Era su primera vez, Gibs, y mi madre entró cuando apenas habíamos empezado.

—Ay, la leche —gimió Gibsie, llevándose una mano a la boca—. Dime que estás de broma.

—Ojalá, tío —murmuré, poniéndome los pantalones.

—¿Te mató? —preguntó, con una mueca de lástima.

—Peor —mascullé—. Se llevó a Shannon a la cocina para darle la charla.

—No me jodas —se lamentó—. Menudo ascazo… —Sacudió la cabeza y me miró boquiabierto—. Tu rabo no tiene suerte.

—Qué va. —Me puse el jersey, cerré la taquilla y me encogí de hombros—. Está maldito.

59

ESTÁ ENAMORADA DEL CHICO

Shannon

—Tengo miedo, Joe —balbuceé, meciendo a Ollie, que no era más que un bebé, para que dejara de sollozar—. ¿Qué hacemos?

—No lo sé, Shan. —Con diez años, a Joey todavía no le había cambiado la voz, por lo que sonaba aniñada—. Pero tenemos que hacer algo.

—No haréis nada —dijo impasible Darren desde la litera de abajo. Había cumplido quince años el día anterior y su voz sonaba como la de un verdadero adulto—. Os quedaréis aquí y mantendréis la boca cerrada.

—No podemos dejarla ahí abajo con él —siseó Joey—. Acaba de tener al bebé. ¡Si le pega, la matará!

—No la matará —respondió Darren, que parecía frustrado—. Te matará a ti si bajas, idiota.

—Mami —sollozó Tadhg, de entonces cuatro años, acurrucándose a mi lado—. Mami.

—Chisss, Tadhg —lo calmé. Me puse a Ollie en el otro muslo y le pasé un brazo alrededor de sus regordetes hombros—. Mami está bien.

—No está bien —masculló Joey—. Y lo sabe.

—¿Qué quieres que haga, Joey? —preguntó Darren—. ¡Estoy tratando de manteneros a salvo! —Rodó de su litera, se puso de pie y nos miró a los cuatro. La luz de las farolas que entraba por la ventana le iluminaba la cara, magullada y amoratada—. Quise detenerlo y mírame… —Se le rompió la voz y respiró hondo varias veces—. Están… Él está intentando… Mira, no entiendes lo que está pasando ahí abajo, eres demasiado pequeño para entenderlo, pero yo sí, y te digo que te quedes en la cama.

Con un gruñido de rabia, Joey saltó de la litera superior y cogió su hurley, que estaba detrás de la puerta.

—Es nuestra madre —siseó, mirando a Darren con los ojos entrecerrados—. ¡Y si tú no la ayudas, yo lo haré!

—Te matará —le advirtió Darren, observando a nuestro hermano mientras

corría el pestillo del dormitorio y abría la puerta—. No bajes, Joey. No entiendes lo que está pasando…

—No me importa lo que esté pasando —escupió este—. Sé que está mal. ¡Y tal vez tú puedas oírla llorar, pero yo no!

Dicho esto, salió corriendo de la habitación cargado con su hurley. Sus pasos resonaron por las escaleras y me dio un vuelco el corazón.

—Detenlo —le supliqué mientras los gritos aumentaban y Tadhg lloraba con más fuerza—. ¡Por favor, Darren!

—No puedo parar a ese hombre —dijo ahogadamente, hundiéndose en su litera—. Lo intenté…, pero ¡es demasiado fuerte, joder! No puedo…

—Toma, Tadhg, coge a tu hermano.

Dejé a Ollie en los brazos de Tadhg, bajé de la litera y corrí hacia la escalera mientras Darren gritaba a mis espaldas:

—¡Shannon, por favor, no lo hagas!

Sabía que no debía ir, pero tenía que hacerlo. No podía dejar a Joey solo. Se suponía que debíamos defendernos el uno al otro.

Bajé las escaleras a trompicones y entré corriendo en la cocina solo para resbalar sobre algo mojado y pegar con el culo en el suelo.

Al mirar el charco de color rojo en el que estaba sentada, me estremecí del asco y rápidamente me puse de pie, limpiándome las manos en mi camisón de Barbie. No me gustaba la sangre. Siempre me provocaba arcadas.

—Desgraciado —rugió mi padre, apartando mi atención de la sangre.

Fijé la mirada automáticamente en él y el miedo se apoderó de mí con tanta fuerza que me mareé. Estaba de pie en medio de la cocina, sangrando. Una espesa sangre le chorreaba por un lado de la cara y se le veía furioso. Tenía los tejanos medio bajados, algo que me pareció muy extraño. ¿Qué estaba haciendo con los vaqueros desabrochados?

—Mírate —se burló mi padre, mirando a Joey con el ceño fruncido—. ¡El asqueroso niñito de mamá!

—Aléjate de mi madre, joder —siseó Joey mientras se ponía frente a ella y le devolvía la mirada a mi padre. Sujetaba el hurley ensangrentado con ambas manos en actitud protectora—. O la próxima vez, ¡te mataré!

Mi padre se rio cruelmente.

—¿Crees que ya eres un tipo duro, chico?

—¿Y tú? —respondió Joey sin vacilar—. ¿Mangoneándola así? ¡Obligándola a hacer eso! ¿Eso te hace sentir un hombre?

—Joey —balbuceé, entrando en pánico—. Joe…

—Vuelve arriba, Shan —me indicó este, cogiendo el hurley con más fuerza y sin apartar la mirada de mi padre ni una sola vez—. Yo me encargo de esto.

Tenía una mejilla hinchada y roja, pero le brillaban los ojos con furia, no con miedo.

No sabía cómo podía hacer esto.

¿Cómo podía ser tan valiente?

—Mamá —sollocé cuando la vi a cuatro patas detrás de Joey, con la ropa desgarrada y la cara tan hinchada que apenas se le distinguían los ojos. Sus tejanos estaban en el suelo y tenía la camiseta rota por delante. Se le veían sus partes íntimas. No entendí nada de aquello. ¿Por qué estaba desnuda? ¿Por qué había una botella de leche materna derramada por el suelo junto a ella?—. Mamá…

—Vuelve a la cama, Shannon —sollozó mi madre mientras trataba de cubrirse—. Estoy bien, cariño.

No estaba bien.

Solo tenía ocho años, pero sabía que nada de aquello estaba bien.

—Déjalo en paz, Teddy —dijo mi madre ahogadamente, cogiendo a Joey por el tobillo con una mano—. Solo es un niño.

—Es un puto error —rugió mi padre—. Todos son un error, y tú eres el más grande de todos, Marie.

—Entonces vete —lloró ella—. Déjanos en paz.

—¿Qué acabas de decirme? —preguntó mi padre, con una voz mortalmente fría.

—N-nada —murmuró mi madre.

—Repítelo —le ordenó mi padre.

—No he dicho nada —balbuceó ella—. Lo siento. —Acurrucada en el suelo, se estremeció violentamente—. Sabes que te quiero.

—Eso está mejor —siseó mi padre—. Recuerda cuál es tu puto lugar, mujer.

—No tienes que pedirle perdón, mamá —gruñó Joey, con el pecho agitado por la rabia—. Él es el error.

—Mocoso. —Limpiándose la sangre de la cara, mi padre caminó hacia Joey—. Voy a enseñarte modales…

Sus palabras se interrumpieron cuando Joey le dio otro golpe con el hurley, esta vez en el otro lado de la cara.

—¡Me cago en la puta, chico! —aulló mi padre, con una mano en la cabeza—. Estás como una cabra.

—Yo estaré como una cabra, pero tú eres el puto demonio —siseó Joey, apretando el hurley con más fuerza aún—. Acércate a mí otra vez, viejo. ¡A ver si te atreves, joder!

—Joey —lloró mi madre—. Por favor, vete a la cama…

—¿Qué coño estás mirando? —soltó mi padre al verme allí—. ¿Te he dicho que podías bajar esas escaleras, niña?

Presa del pánico, negué con la cabeza y retrocedí hasta que golpeé de espaldas contra la nevera.

—No, papá.

—Entonces ¿qué estás haciendo aquí abajo? —preguntó arrastrando las palabras, tambaleándose amenazadoramente hacia mí—. ¿Crees que eres una heroína como ese cabronazo? —Levantó una mano de repente para cogerme del brazo—. ¿También quieres pegarme? —Me sacudió bruscamente, haciendo que me diera un latigazo la cabeza—. Escucha lo que te digo, Marie, esta piltrafa será tan rastrera como tú.

—Quítale las manos de encima a mi hermana —gruñó Joey, corriendo hacia mi padre.

Pero, a diferencia de antes, ahora estaba listo. Sin soltarme del brazo, cogió a Joey por el cuello.

—Eres un hijo de puta con cojones —siseó mi padre, apretándole la garganta tan fuerte que hizo que Joey soltara el hurley para tirarle de la mano—. Sí, así es, chico. Aún no eres lo bastante fuerte para enfrentarte a mí.

—Déjalo en paz. —La voz de Darren llenó el aire, autoritaria y profunda, mientras irrumpía en la cocina. Posó la mirada directamente en mi madre y lo recorrió un escalofrío—. Eres un maldito monstruo —soltó.

—Fuera de aquí, Darren —ladró mi padre—. Tienes partido por la mañana.

—¿Partido? —Mi hermano sacudió la cabeza indignado—. Deja que se vayan. —Tenía las manos apretadas en puños a los costados y temblaba violentamente—. Solo son críos.

—Entonces deberían estar en la cama —escupió mi padre—. No aquí abajo, metiéndose donde no los llaman.

—Qu… e… te… den —jadeó Joey, intentando pegarle a nuestro padre con los puños y los pies—. Gi… li… po… llas…

—Hay que joderse —se rio mi padre, que sacudió la cabeza—. Este… —dijo señalando con la cabeza al hijo que tenía cogido por la garganta— tiene más pelotas que cerebro.

—Deja que se vayan —repitió Darren con frialdad—. Si quieres verme en el partido de mañana, será mejor que les quites las manos de encima a esos niños.

Mi padre se lo quedó mirando un buen rato antes de soltarnos a Joey y a mí.

—Será un buen partido —dijo, dando media vuelta—. Seguro que ganamos —añadió—. Si estás en forma.

Tosiendo y escupiendo, Joey volvió a lanzarse contra nuestro padre, pero Darren le impidió el paso.

—A la cama.

A Joey se le llenaron los ojos de lágrimas.

—Pero él…

—Coge a Shannon y vete a la cama —repitió Darren, mirando a nuestro hermano con dureza—. Ahora.

Furioso, Joey se volvió hacia nuestra madre.

—No lo hagas, mamá —le rogó—. No hagas como si nada.

—Haz lo que te ha dicho, Joey —sollozó ella, con una pequeña sonrisa—. Todo va a ir bien.

—No —balbuceó este—, no lo hará. —Me cogió de la mano y me arrastró hasta la puerta—. Se va a ir, Shannon —susurró, lo suficientemente bajo como para que solo yo pudiera escucharlo—. Se irá pronto.

—¿Papá? —pregunté, esperanzada.

—No. —Joey negó con la cabeza, medio arrastrándome escaleras arriba—. Darren.

—Darren no se iría —respondí, sintiendo náuseas ante la idea—. Dijo que nunca nos abandonaría.

—Lo he visto —siseó Joey—. En sus ojos. Se va a ir. No le importa, Shannon. Solo está esperando hasta que termine el instituto y luego se irá.

Negué con la cabeza.

—Pero no puede irse…

—No te preocupes —dijo, deteniéndose frente a la puerta de su dormitorio—. Pase lo que pase, tú y yo nos mantendremos unidos.

—¿Me prometes que…

El lunes por la mañana me desperté de un salto, me sacudí las sábanas, empapada como estaba de sudor, y me quedé allí, inmóvil como una estatua, esperando que el corazón volviera a latirme a un ritmo normal. Tenía la nuca cubierta de sudor y notaba las gotas frías deslizándose por mi piel. Temblando, me concentré en un punto concreto en el techo de mi dormitorio y respiré hondo pausadamente hasta que el corazón dejó de intentar salírseme del pecho.

Desde que había vuelto del hospital, me despertaba todas las noches con la misma pesadilla. «Recuerdos —me indicaba mi cerebro—. Solo son pesadillas si no son reales».

Estaba claro por qué mi mente parecía estar atascada en una noche específica de hacía ocho años, y el miedo a lo desconocido me dejaba paralizada en la cama la mayoría de las mañanas, empapada en una fría capa de sudor y ardiendo en mi propio infierno personal.

Como había predicho Joey, Darren había empezado a desmoronarse ante la presión de vivir bajo este techo. Se estaba alejando de la vida familiar y hacía viajes de trabajo cada vez más largos a Belfast. Ni siquiera habíamos conocido a su novio, Alex, lo que solo me demostraba que no tenía ninguna intención de mezclar su vida real en Belfast con su vida temporal en Cork.

Patricia y su equipo de trabajadores sociales habían reducido sus visitas. Satisfechos con nuestro progreso, aparecían una vez cada dos semanas en lugar de cada dos días, como había predicho Joey.

Y, tal como había predicho Joey, actualmente nuestro padre andaba libre por Ballylaggin. Habían pasado un par de semanas desde la confrontación que tuvo con Johnny fuera del cine, y aunque el pedazo de papel en la cocina nos aseguraba que no podía volver a casa, la mujer que me dio a luz dejaba lugar a dudas.

Todo estaba cambiando, vivía en una espiral, y lo único que parecía ser inmutable y tranquilizarme en medio de aquella carnicería era el chico cuya camiseta llevaba puesta. Entonces me llegó una notificación al móvil, justo a tiempo, y prácticamente me caí de la cama en mi prisa por desconectarlo del cargador. Cada vez que oía vibrar mi teléfono o veía que la pantalla se iluminaba, una avalancha de mariposas me asaltaba de inmediato el estómago. Se me agitó el corazón. Se me pusieron las palmas de las manos resbaladizas por el sudor. Estaba extasiada por completo con él. No era bueno ni seguro ni sensato, pero así era exactamente como me sentía, y deseaba correr ese peligro. Añoraba los mensajes y los encuentros secretos. Lo anhelaba a él.

J: Saliendo del gimnasio, nena.
Nos vemos en media hora. Besos

La emoción me palpitaba en las venas, por lo que me costó mantener las manos lo suficientemente firmes para teclear un mensaje.

S: ¿Cómo ha ido? ¿Te duele? ¿Has ido con cuidado?
Besos

Me apreté el móvil contra el pecho y esperé con impaciencia. Menos de un minuto después, sonó el teléfono.

J: Todo bien. Deja de preocuparte. Besos

No podía evitarlo. Estaba preocupada. Siempre estaba preocupada por él. Mi teléfono volvió a sonar.

J: Para… Besos

Sonriendo como una tonta, escribí otro mensaje.

S: No puedo evitarlo. Besos

J: Puedes hacerme un repaso integral cuando llegue. Solo para quedarte tranquila ;)

S: Guau, qué considerado eres :P

J: En el coche. Ahora nos vemos. Besos

S: OK. Besos

J: Enséñame las tetas.

Solté una carcajada ante el mensaje en la pantalla.

S: Buen intento, Gibsie.

J: ¡Mierda! Hola, pequeña Shannon.

Dejé el móvil, salí corriendo de la habitación y me metí en la ducha antes de que alguno de mis hermanos entrara. Me recogí el pelo de cualquier manera en un moño para que no se me mojara, me enjaboné con gel de ducha y dejé que mi mente divagara. Como de costumbre, mis pensamientos se dirigieron automáticamente a Johnny.

Siempre a Johnny…

Estábamos a 9 de mayo, casi en verano, y a medida que los días se hacían más largos, lo que sentía por él era cada vez más fuerte. El sábado por la noche todo cambió para mí. Estar con él de esa manera hizo que todo pareciera mucho más profundo ahora. Mis sentimientos por él amenazaban con imponerse a todo sentido común…

—¡Shannon! —oí que gritaba mi madre mientras golpeaba la puerta del baño—. Pensaba que habíamos dejado claro que Darren te llevaría a clase y te traería luego.

La emoción burbujeó dentro de mí.

«Ya está aquí».

Corté el agua, me envolví con una toalla y me apresuré a volver a mi habitación para vestirme, con cuidado de ignorar a mi madre a mi paso. Le di un portazo en la cara, me vestí en un tiempo récord y me deshice el moño para cepillarme el pelo. Me guardé el móvil en el bolsillo de la camisa, me puse los zapatos, cogí mi mochila y abrí la puerta una vez más.

—Cuando te hago una pregunta, espero que me respondas —dijo mi madre, de pie frente a mi habitación con las manos en las caderas—. ¿Qué está haciendo ese aquí?

—Me recoge para ir a clase cada mañana —le recordé—. Ya lo sabes.

«O al menos lo sabrías si no te pasaras todo el tiempo en el trabajo o en la cama».

—Y tú ya sabes que debes ir con Darren —replicó mi madre, con el ceño fruncido.

Resistiendo el impulso de poner los ojos en blanco, pasé junto a ella y me acerqué a la barandilla. Aunque mi madre había dejado de amenazar con denunciar a Johnny a la Gardaí, tampoco era tolerado ni bienvenido en nuestra casa. No lo aceptaba ni a él ni a nuestra relación. Fingía que mi novio no existía en absoluto, lo cual me estaba bien, porque yo estaba haciendo lo mismo con ella.

—¡Shannon Lynch!

—Adiós —respondí, bajando las escaleras como un rayo mientras se me ensanchaba la sonrisa con cada paso que me acercaba a la puerta principal. A él.

—Sabes que deberías venir conmigo —comenzó a decir Darren mientras salía de la cocina con un bol de cereales en las manos. Pero tampoco puso demasiado empeño. En realidad no le importaba si me iba con Johnny o no. Estaba recitando las tonterías habituales—. No tiene sentido que se desvíe media hora de su ruta…

—Nos vemos —grité, abriendo la puerta de un tirón y saliendo corriendo hacia el sol de la mañana.

Vacilé cuando mi mirada se posó en Johnny, sentado en el muro de mi jardín con las llaves del coche colgando de los dedos. No llevaba puesto el jersey del uniforme (sin novedad), y tenía la camisa desabrochada y la corbata suelta, lo que le daba un aspecto deliciosamente desaliñado. Observaba la fachada de mi casa con el ceño fruncido, pero en el momento en que me vio, esbozó una sonrisa perezosa.

—Shannon como el río —susurró en tono seductor, poniéndose de pie de un salto. Se señaló el cuerpo y guiñó un ojo—. Estoy aquí para la inspección.

Sonriendo, recorrí la distancia que nos separaba, obligándome a caminar y no correr hacia él como tanto deseaba.

—Hola, Johnny.

—Hola, Shan —respondió, dándome un beso en los labios antes de pasarme un brazo por los hombros—. ¿Todo listo?

Asintiendo, lo cogí por la cintura y suspiré complacida mientras caminábamos hacia su coche, sintiéndome bien por primera vez desde la noche anterior.

—Podemos irnos.

—¡Shannon! —Mi madre salió de casa, arrebujándose en su bata—. ¿Podemos hablar?

Tensándome, me di la vuelta y le supliqué con la mirada que no dijera nada.

—¿De qué?

Ella le lanzó una mirada mordaz a Johnny antes de centrarse en mí.

—En privado. —Señaló la puerta con la cabeza—. Ahora.

—Tengo que irme —respondí temblorosa, sabiendo muy bien que si volvía adentro, no iría a clase hoy—. Podemos hablar más tarde. —Aunque no lo haríamos porque no tenía intención de mantener esta conversación con ella—. Adiós.

—Shannon —repitió, esta vez en tono de advertencia—. Entra ahora mismo.

Me puse rígida.

—Me voy al instituto. Me quedan tres semanas para las vacaciones de verano y no me voy a perder ningún día, mamá. Dentro de poco tengo los exámenes finales.

—Con él no —masculló mi madre—. No irás a ninguna parte con él.

—Él tiene nombre —respondí, muerta de vergüenza por que Johnny estuviera presenciando aquello. Me erguí y entrecerré los ojos—. Se llama Johnny, y es mi novio.

—No tienes ningún respeto —siseó mi madre, volviendo su ira hacia él—. Eres un chico horrible.

Johnny suspiró con cansancio.

—No estoy en su propiedad, señora Lynch. —Manteniendo un tono más educado de lo que se merecía mi madre, añadió—: Sé que no le gusto, pero no estoy infringiendo ninguna ley.

—Te dije que te mantuvieras alejado de mi hija —graznó ella, temblando ahora—. Pero tú no haces caso.

—Mamá…

—Con el debido respeto, ya tengo una madre que me dice qué debo hacer —respondió Johnny sin alterarse—. Estoy aquí por Shannon, no por usted, así que, le guste o no, será mejor que se acostumbre a verme por aquí, porque no me iré a ningún lado.

Mi madre se puso roja.

—Si piensas poner…

—No se preocupe, mamá de Shannon. —Una cabeza rubia había asomado por el techo solar del Audi, con una amplia sonrisa de guasa en la cara. Gibsie meneó las cejas y dijo—: Cuidará muy bien de su pequeña.

Luego desapareció dentro del coche y subió el volumen de la radio al máximo. Apareció una vez más y se arrancó a cantar el estribillo de «Like A Virgin» de Madonna a pleno pulmón mientras hacía movimientos sugerentes con las manos, todo dirigido a mi madre.

—Joder —gimió Johnny, sacudiendo la cabeza—. Voy a matarlo.

Mi madre se quedó boquiabierta mientras miraba horrorizada a Gibsie. Tomé su distracción momentánea como la oportunidad para escapar con Johnny antes de que estallara otra acalorada bronca.

—Vamos.

Cogí a Johnny de la mano y medio lo arrastré hasta su coche. Abrí la puerta del copiloto de un tirón y prácticamente me lancé adentro antes de cerrarla de un portazo.

—¡Qué pasa, tía! —gorjeó Claire desde el asiento trasero—. Perdónalo —añadió, señalando la mitad inferior de Gibsie que no sobresalía por el techo—. No sé qué decir.

—Sí —asintió solemnemente Feely, que estaba sentado junto a ella—. Nos gustaría darte una explicación por su comportamiento, pero la verdad es que no creo que haya ninguna.

—¿A qué coño te crees que estás jugando, Gibs? —preguntó Johnny entonces. Se zambulló en el asiento del conductor, cerró la puerta de golpe y aceleró el motor—. Como si la mujer no me odiara ya bastante… —Alejándose de la casa, alargó una mano y apagó la radio—. ¡Tenías que ir y provocarla, metiéndole más ideas en la cabeza!

«¡Ojalá te metiera más ideas a ti en la cabeza, Johnny Kavanagh!».

—Estaba usando mis encantos —se rio Gibsie, bajándose de nuevo del techo solar—. Y ha funcionado —añadió, hundiéndose en el asiento trasero entre Claire y Feely—. Ha podido escapar, ¿no?

—Qué fuerte —jadeé entre ataques de risa mientras me abrochaba el cinturón de seguridad—. No puedo creer que hayas hecho eso.

—Ya ves —replicó Gibsie, sonriendo—. Se estaba poniendo un poco pesado para ser lunes por la mañana, y me ha parecido lo correcto. Ha sido como un impulso o algo así.

—Cuando las cosas parecen correctas en tu cabeza, suelen ser una cagada monumental —se quejó Johnny, con pinta de estar dolido—. La próxima vez, reprime el impulso, Gibs.

—Lo que tú digas, tío —se rio este—. Te he salvado de otro rapapolvo de tu suegra y lo sabes —añadió, antes de enzarzarse en un acalorado debate con Claire sobre la idoneidad de darle una serenata a las vírgenes.

Johnny me cogió una mano y se la llevó a la boca para darme un beso en los nudillos.

—Oye —dijo en voz baja, ignorando el alboroto procedente del asiento trasero—. Quería preguntarte algo.

—Oh. —Bullendo de la emoción, me giré para dedicarle toda mi atención—. ¿Qué?

—Cena esta noche. —Me echó una rápida mirada de reojo antes de volver a concentrarse en la carretera—. En mi casa.

Se me disparó la ansiedad al instante.

—No lo sé, Johnny —murmuré, sintiendo que me ardía la cara—. No estoy segura de que sea una buena idea.

Era una idea terrible. Su madre era amable, cordial y cariñosa, pero dudaba que quisiera que volviera después de lo del sábado por la noche. Había visto la forma en que me miró cuando me dejó en casa; toda recelosa y preocupada. Las palabras que Johnny me había dicho meses atrás todavía flotaban en mi cabeza.

«Mis padres no quieren que vaya a tu casa. Creen que es una mala idea...».

No hacía falta ser un genio para leer entre líneas y deducir que yo era la mala idea.

—Fue idea suya —dijo Johnny, al darse cuenta de en qué estaba pensando.

Lo miré sorprendida.

—¿En serio?

—Es verdad —intervino Gibsie desde el asiento trasero—. Mami K lo ha estado rayando para que te lleve otra vez a casa. Los he escuchado hablar por teléfono esta mañana. Tiene una gran noticia para los dos.

Abrí los ojos como platos.

—¿Una gran noticia?

—¡Gibs! —ladró Johnny—. Deja de cotillear, joder.

Fruncí el ceño.

—¿Qué noticia?

—Ni idea —murmuró Johnny, frotándose la mandíbula.

—Vamos en el mismo coche, imbécil —gruñó Gibsie—. Escucho claramente tus conversaciones. ¿Qué quieres que haga? ¿Sacar la cabeza por la ventana y ladrar al tráfico como un perro?

—Quiero que dejes de escuchar mis conversaciones —replicó Johnny, con una vena marcada en el cuello—. ¡Hostia ya!

—Vale. —Levantando las manos, Gibsie se recostó en su asiento—. No diré nada más sobre el asunto.

—Gracias.

—Espera, yo también estoy invitado a cenar esta noche, ¿verdad?

—¡Gibs!

—¿Sí o no?

—No.

—¿Por qué no?

—Hostia, Gibs. Te juro que voy a parar el coche y...

—¡Vale! —resopló este—. De todos modos, tampoco quería patatas asadas. Las de mi madre son mejores.

—Gerard —dijo Claire—. No pasa nada. Puedes cenar conmigo.

—¿Puedo cenarte a ti? —preguntó, en tono juguetón una vez más.

—Si te portas bien —respondió ella, palmeándole el hombro.

—¿Qué? —Gibsie elevó tanto la voz que sonó casi afeminada—. O sea... —Se aclaró la garganta varias veces antes de exclamar—: ¿Qué?

Feely rio en voz baja.

—¿Sin palabras, Gibs? Eso es nuevo.

—Ya ves —respondió Claire con una risilla mientras usaba un dedo para cerrarle la boca a Gibsie—. Creo que me lo he cargado.

—Entonces ¿vendrás esta noche? —preguntó Johnny, atrayendo mi atención hacia él—. ¿Por favor? Significaría mucho para mí.

—Vale —susurré, obligándome a pronunciar la palabra cuando lo único que quería era negarme y esconderme—. Iré.

Se volvió para mirarme y sonrió de oreja a oreja.

—¿En serio?

Ay, madre, esa sonrisa.

—En serio —asentí, con el corazón a mil por hora—. Si tú quieres.

—Claro —respondió, con los ojos encendidos.

—Sé que no debo hablar contigo —intervino Gibsie—, pero mira la carretera, capi. Tengo una cena inaplazable esta noche, con un tentador plato principal, y no quiero morirme.

—¿Qué...? ¡Mierda! —ladró Johnny, dando un volantazo y esquivando por poco los coches que venían en dirección opuesta—. Creo que me he saltado un semáforo en rojo —añadió, con las mejillas rojas.

—Ya lo creo, buldócer —comentó Gibsie, dándole una palmadita en el hombro.

—¿Qué es eso que siempre les dices a los colegas, Gibs? —observó Feely—. Ah, sí: déjate de tanta chavala y céntrate en la calzada.

—Qué gracioso —dijo Johnny, inexpresivo—. Graciosísimo.

—¿Qué vamos a hacer por tu cumpleaños, Johnny? —preguntó Claire entonces—. Solo faltan, qué, ¿tres semanas?

—¿Vamos? —Johnny arqueó una ceja—. No sabía que éramos ese tipo de amigos, Claire.

Esta resopló.

—Tu novia es mi mejor amiga, Johnny Kavanagh, lo que significa que iré a tu fiesta. Voy a estar en un montón de sitios a los que vayas. Como en tu coche ahora mismo. Así que anímate y dime qué quieres que te regale.

—Voy a cumplir dieciocho años, no ocho —se rio Johnny—. Y no voy a dar una fiesta, así que no me compres ningún maldito regalo.

—Oh, sí, ya lo creo que vas a dar una fiesta, joder —respondió Gibsie—. Una grande. Con pastel, salchichillas y un huevo de tequila.

—¿Tequila otra vez? —Feely miró a Gibsie—. ¿En serio?

—Oye, no voy a sentarme aquí a disculparme por algo que pasó hace un millón de años —resopló Gibsie—. Le vomité a tu perro, Feely. Fue un completo error. Se lo he hecho a Sookie un millón de veces y no la ves despreciándome. Y no lo he vuelto a hacer, así que, ¿podemos dejarlo correr?

—No tengo perro, ¡era mi madre a la que vomitaste! —saltó Feely, indignado—. Y fue la Navidad pasada, no hace un millón de años, imbécil.

—¿Qué? —Gibsie frunció el ceño—. ¿Esa era tu madre?

—¡Sí, capullo!

—Buah, tío, lo siento mucho —graznó Gibsie, tapándose la boca con una mano—. Pensaba que era un perro.

—No lo estás arreglando, Gibs —apuntó Johnny, aguantándose la risa.

—No quería decir que parezca un perro —se corrigió rápidamente—. Pero era tan suave y peluda…

—Ahórratelo —ordenó Johnny.

Gibsie frunció el ceño.

—Oye, ¿es por eso por lo que tus padres no…

—¿No te dejarán volver a poner un pie en mi casa? —terminó Feely, mirándolo mal—. Sí, Gibs. Es exactamente por eso.

Entonces nos envolvió un silencio incómodo, que por suerte Claire rompió al aclararse la garganta y decir:

—Bueno, dejando a un lado las prodigiosas peripecias de regurgitación de Gerard, creo que deberíamos hacer algo por tu decimoctavo cumpleaños, Johnny. Y si no quieres dar una fiesta, podríamos ir de acampada.

Johnny la miró confundido.

—¿De acampada?

—De acampada —reiteró Claire, en un tono lleno de emoción—. Las clases habrán terminado para entonces, debería hacer buen tiempo y todos vosotros tenéis coche, así que podríamos ir adonde quisiéramos. Y lo mejor de todo es que Shan, Lizzie y yo no empezamos los exámenes finales hasta la semana después de tu cumpleaños. —Sonriendo, añadió—: Todos salimos ganando.

—Nena, eres un genio —declaró Gibsie—. Me encanta ir de acampada.

—¿Qué te parece, Shan? —preguntó Johnny, mirándome de soslayo—. ¿Vendrías?

—¿A ti qué te parece? ¡Claro que vendrá! —respondió Gibsie por mí—. ¿Verdad, pequeña Shannon?

—No hables por ella —gruñó Johnny—. No tiene por qué…

—Iré —solté, emocionada.

Johnny puso cara de sorprendido.

—¿Sí?

Asentí.

—Ya lo creo.

—Pero tu madre…

—Dirá que no —admití, apretándole la mano—. Pero cumples dieciocho años y voy a ir.

—Entonces está decidido —intervino Claire, juntando las manos—. ¡Nos vamos de acampada!

60

¡YA BASTA!

Shannon

—Será mejor que volvamos a clase —gimió Johnny, rompiendo nuestro beso.

Se había acabado la hora de la comida y estábamos escondidos detrás del invernadero del instituto, donde pasábamos juntos la segunda media hora casi cada día.

Como de costumbre, yo estaba sentada en el muro que rodeaba el huerto y, como de costumbre, Johnny estaba de pie entre mis piernas, con las manos en mis caderas y la lengua en mi boca.

—Podemos ir directamente a mi casa después de clase —sugirió, dándome otro ardiente beso—. Y hacer algo antes de cenar.

Yo no quería cenar a menos que él estuviera en el menú.

—¿Algo como qué? —pregunté, un poco sin aliento, mientras le pasaba los dedos por las cavidades de sus fuertes abdominales—. ¿En qué has pensado?

—No lo sé —respondió bruscamente, poniéndome las manos en el culo—. Podríamos jugar un poco al *GTA*. O hablar. —Me dio un fuerte apretón y gemí—. Lo que quieras, Shan. —Me hundió la cara en el cuello y me dio un buen chupetón—. Mierda, creo que te dejado marca —murmuró, echando la cabeza hacia atrás, sin dejar de mirarme el cuello. Sonriendo tímidamente, añadió—: Lo siento.

—Seguro que sí. —No parecía arrepentido ni de lejos—. Te creo.

—¿Cómo te sientes? —preguntó entonces. Sonriendo suavemente, me rozó la cadera con los dedos—. ¿Estás bien?

—Estoy bien —susurré, acercándolo más a mí—. Deja de preocuparte.

—No puedo evitarlo —gimió—. Siempre estoy preocupado por ti.

—Quería hacerlo, Johnny —le aseguré—. Sigo queriéndolo.

Se le ensombrecieron los ojos.

—¿Sí?

Estremeciéndome, asentí.

—Sí.

—No sé qué voy a hacer contigo, Shannon Lynch —admitió con voz ronca—. Me haces perder la cabeza.

—Mejor —bromeé—. Me gusta cuando desconectas el cerebro.

Sonó la segunda campana, que nos avisaba de que teníamos dos minutos para llegar a clase, pero me quedé justo donde estaba, cogida a su cintura con los muslos y rogándole mentalmente que se quedara, que se quedara, que se quedara...

Una hora no era suficiente. Nunca pasaba bastante tiempo con él, pero lo solté a regañadientes cuando murmuró algo sobre un examen de francés.

Johnny me ayudó a bajar del muro y luego me cogió de la mano mientras regresábamos al instituto.

—¿Estás nerviosa por la cena?

Asentí.

—Aterrorizada.

—No lo mencionará —me prometió, recorriéndome los nudillos con el pulgar—. Así que no te preocupes por eso, Shan.

—¿Tu padre también estará allí? —pregunté en un hilo de voz.

—Sí —respondió, aguantándome la puerta abierta para que entrara—. Sigue tratando de esforzarse más y estar presente. —Puso los ojos en blanco ante la idea—. Mi madre me está volviendo loco, Shan. Está peor que nunca. Cuanto más nos acercamos a junio, más va llorando por los rincones —añadió con un escalofrío—. Se pasa el día con «¿cómo tienes la cuca, mi amor?» y «¿se te están hinchando los testículos otra vez?» o leyéndome estadísticas sobre lesiones en la cabeza en los partidos de rugby.

Sabía exactamente cómo se sentía su madre. Cuanto más nos acercábamos a junio, más iba yo también llorando por los rincones. Pero tenía cuidado de hacerlo cuando Johnny no estaba junto a mí. Yo no tenía el lujo con que contaba la mayoría de las chicas de mi edad. Mi novio se iría pronto. Sabía que los ojeadores habían empezado a llamar, me hablara de ello o no. Sabía que teníamos las horas contadas y nos acercábamos cada vez más a la separación que me mantenía despierta por las noches, al día en que él se iría y yo me quedaría.

—Y ¿qué piensas de lo que ha dicho Claire en el coche esta mañana? —pregunté, obligándome a salir de mis deprimentes pensamientos. Me detuve frente al baño de las chicas, le apreté la mano y sonreí—. De ir de acampada por tu cumpleaños. ¿Te hace ilusión?

—Solo si tú vienes. —Johnny me miró y frunció el ceño—. No voy a ir si tú no vienes.

—Voy a ir, Johnny. —Granice, llueva o nieve—. No pienso perderme tu cumpleaños.

—Ah, ¿sí? —Sonrió—. ¿Vas a compartir tienda conmigo?

—Eso depende —bromeé, devolviéndole la sonrisa—. ¿Sabes montar una tienda de campaña?

Johnny esbozó una sonrisa traviesa cargada de intención y me puse rojísima de la vergüenza.

—No ese tipo de tienda de campaña —apunté rápidamente, toda roja.

—Eres tan mona —se rio entre dientes, sacudiendo la cabeza—. Quedamos aquí después de clase, ¿vale? Podemos ir juntos a mi casa.

—No, tendré que pasar por casa primero para cambiarme.

—Estás perfecta tal cual —replicó—. Más que perfecta. —Sonriendo, me cogió por la cintura y me arrastró hacia él—. De hecho, yo te comía para cenar.

Me desplomé contra él al sentir que mi cuerpo se encendía con el calentón.

—Aun así, tengo que ir a casa primero y ver cómo está Joey. —Le puse las manos contra el pecho y di un paso hacia atrás antes de que perdiera todo el sentido común e hiciese alguna locura—. Puedo pedirle que me lleve a tu casa, ¿hacia las ocho? Habrás terminado el entrenamiento para entonces, ¿no?

—Ah, mierda, sí. —Johnny frunció el ceño, como si acabara de pensar en ello—. Tengo entrenamiento.

—Lo sé —asentí, sonriendo—. Puedo ir después.

—O podríamos simplemente saltarnos…

—Tú entrena, que yo iré cuando hayas terminado —lo interrumpí—. Ese es el plan, ¿recuerdas?

Parecía frustrado, pero asintió de mala gana.

—Sí, tienes razón.

Sonreí.

—Lo sé. —Dando otro paso hacia atrás, le hice señas para que se fuera—. Ahora ve y disfruta de las dos horas de Francés.

Con un profundo suspiro, Johnny me dio un beso en la mejilla antes de alejarse por el pasillo.

Sonriendo como una idiota, lo despedí con la mano y corrí al baño. Llevaba aguantándome las ganas de hacer pis desde la clase antes de la comida, pero no había querido perder ni un minuto de mi tiempo con él. Sin embargo, en cuanto entré en el baño, me arrepentí. No solo me acababa de encontrar cara a cara con Bella Wilkinson, sino que estaba con dos de sus amigas de primero de bachillerato.

Hasta ahora, había logrado evitar milagrosamente estar a solas con ella y, aparte de los comentarios diarios por los pasillos y en el comedor, no me había causado ningún problema. Tenía la sensación de que eso estaba a punto de cambiar. La mirada de puro odio en su rostro mientras avanzaba hacia mí solo confirmó esa impresión.

—Mirad quién es, chicas —comentó Bella, tan tremendamente guapa como siempre, mientras se detenía frente a mi única salida—. La putita sin sus perros guardianes.

—Déjala en paz, Bella —dijo para mi sorpresa una de las chicas, la de cabello castaño.

—Es una zorra, Tash —escupió Bella, lanzando una mirada de advertencia a su amiga—. Sabes lo que me ha quitado.

Recurriendo a la huida, giré sobre mis talones y me dirigí hacia la puerta, pero ella me interceptó y me bloqueó el paso.

El corazón me retumbaba salvajemente en el pecho, sacudiéndose, saltando y gritándome que escapara. Pero yo, en cambio, me quedé allí, mirando a la chica que sabía que me odiaba.

—Tengo que irme —alcancé a decir, con la voz apenas un susurro de terror—. Déjame salir —añadí, obligándome a enderezar los hombros.

—No hemos terminado de hablar —siseó Bella—. No hemos ni empezado.

—No quiero hablar contigo. —El corazón me latía tan fuerte que me sentí mareada—. Solo quiero irme —dije con voz temblorosa—. No quiero problemas.

—Solo quieres irte —me imitó Bella y luego se rio—. Pues qué putada, cariño, porque tengo mucho que decirte.

«Tonta —siseó mi cerebro—, a quién se le ocurre entrar aquí sola».

Solo nos quedaban tres semanas de clase y luego se acabó durante el verano. Bella dejaría Tommen por completo. Podría haberla evitado durante otros veintiún dichosos días.

Maldita sea, ¿por qué tuve que entrar aquí?

Inclinando la cabeza hacia un lado, Bella me sonrió con crueldad.

—¿Cómo está papá, Shannon?

Me puse rígida cuando una mezcla de devastación y humillación me inundó.

—¿Os habéis enterado de lo del padre de Shannon, chicas? —continuó burlándose—. Su padre es un borrachuzo que vive de la Seguridad Social. —Entrecerrando los ojos, añadió—: Al parecer, le pegó una paliza en Semana Santa que la mandó al hospital, pero yo creo que fue una buena jugada por parte del hombre. Probablemente solo estaba tratando de hacer que se le quitara lo puta que es a base de hostias.

—¡Bella, para! —ladró la chica a la que había llamado Tash—. Ya basta.

—No basta —gruñó Bella—. Esta perra me ha robado el novio, Tash.

—Pues no pienso formar parte de esto —dijo, y salió del baño, apartando a Bella de un empujón.

La otra chica, la rubia apoyada en el lavabo, no dijo nada. Simplemente se quedó allí, mirando a todas partes menos a mí, recordándome a tantas otras que había conocido a lo largo de los años, lo que me hizo despreciarla más que a nadie. Odiaba a las chicas como ella. Las que sabían que aquello estaba mal, pero no hacían nada para detenerlo.

«Defiéndete, Shannon —la voz de Joey inundó mi mente—. ¡No dejes que esas perras te intimiden!».

—Yo no te he robado el novio —le respondí, temblando de pies a cabeza—. Porque Johnny nunca fue tuyo.

Bella arqueó una ceja finamente depilada.

—Y ¿crees que es tuyo?

—Sí. —Respondí, sorprendiéndome a mí misma con mis palabras—. Lo es.

—Entonces será mejor que sepas que solo está contigo por una cosa —escupió, furiosa—. Eres un polvo facilón.

—Eso es por lo que estaba contigo —dije, para mi asombro—. No todas somos así, Bella.

Se le puso la cara roja.

—¿Perdona?

—Déjame salir —repetí, mirando a la puerta para enfatizar—. Ahora.

Al ver que no se hacía a un lado, hice ademán de rodearla, solo para tambalearme hacia atrás y aterrizar torpemente en el suelo cuando me empujó con todas sus fuerzas en el pecho.

—He dicho que no hemos terminado, puta. —Vino hacia mí y me quitó la mochila, que me vació encima tras abrir la cremallera—. Eres una zorra asquerosa —siseó, empujándome la frente con los dedos—. No perteneces a esta escuela, así que regresa a tu gueto con el resto de tu familia de mierda.

«Eres una inútil…».

«Tú eres el mayor error de todos, niña…».

«Ni tu propia madre te quería…».

«Eres una desgracia para esta familia…».

Basta.

Basta.

Basta.

—¡Ya basta! —grité, poniéndome de pie—. ¡No me toques! —Las lágrimas se acumulaban en mis ojos, pero parpadeé para alejarlas, más furiosa en este momento de lo que había estado en toda mi vida—. ¡No vuelvas a tocarme nunca, joder! —continué chillando mientras perdía por completo el juicio y cargaba contra Bella.

Alcancé a ver su expresión de sorpresa unos dos segundos antes de abalanzarme sobre ella y descargar dieciséis años de dolor y maltrato mientras la arañaba y la empujaba con todas mis fuerzas. Bella era demasiado grande para mí, y sabía que no tenía la más mínima esperanza de terminar lo que ella había empezado, pero, por una vez en mi vida, me estaba defendiendo. Algo había cambiado dentro de mí, lo sentí el día que desperté en aquella cama de hospital, con la suerte de estar viva, y me negué a aguantar una más. No me iba a mangonear ella ni nadie más.

—Zorra asquerosa —gruñó Bella mientras me tiraba al suelo del baño y se subía encima de mí—. ¿Quién te crees que eres? —gritó mientras me arañaba y me tiraba del pelo—. Arrastrada de mierda.

Negándome a quedarme allí tirada sin más como había hecho un millón de veces antes en mi antiguo instituto, la empujé y la zarandeé.

—¡Quítate de encima!

La cogí del pelo y tiré con fuerza, y me quedé alucinada con mi propia fuerza al ver que me llevaba una de sus extensiones negras.

—¡Mi pelo! —se lamentó con un chillido—. ¡Oh, te voy a destrozar! —Se echó hacia atrás y me soltó un guantazo en la cara antes de sujetarme bruscamente las manos por encima de la cabeza—. Kelly, trae mi mochila.

—¡Para! —Apenas podía respirar con su peso encima, pero continué revolcándome y sacudiéndome para tratar de liberarme—. ¡Déjame, Bella!

—Eh, Bella, tal vez deberíamos simplemente…

—¡Que traigas mi puta mochila, Kelly! —gritó Bella con todas sus fuerzas—. ¡Ahora!

Sin una palabra más, la rubia le pasó la mochila a Bella.

—¿Qué quieres?

—Comida, agua y maquillaje —ordenó Bella antes de toser una enorme flema y escupirme en la cara.

Kelly sacó un táper de plástico y Bella dijo:

—Sujétale las manos por mí.

—Pero yo…

—¡Que lo hagas!

Suspirando profundamente, Kelly se arrodilló y se encargó de sujetarme las manos mientras Bella abría su táper y empezaba a untarme el contenido por todo el uniforme.

—¿Te gusta esto, puta? —siseó, mientras abría un sándwich de atún y me lo restregaba por el suéter y la falda—. El olor te sienta bien.

Todavía a horcajadas sobre mí, se sacó un pintalabios de la mochila y luego me cogió de la mandíbula bruscamente.

—Vamos —se burló, mientras me pintarrajeaba la frente y las mejillas—. Llora, mocosa. ¡A ver si te atreves!

«No voy a llorar».

«No voy a llorar».

«No le des el gusto, Shannon».

Sacudiéndome, traté desesperadamente de liberarme, pero fue inútil.

No era lo bastante fuerte.

—¿No vas a decir nada? —se recochineó Bella mientras se bajaba de mí, con su botella de agua en las manos. La volcó y me vació el contenido encima—. Es verdad. No vas a decir una palabra porque, si lo haces, te hundo.

«No te quedes ahí —siseó la voz de Joey dentro de mi cabeza—. Defiéndete, aunque no puedas ganar».

Una única lágrima me resbaló por la mejilla.

—Oh, mira, la bebé está llorando —se burló Bella—. Puta perdedora.

«Defiéndete, Shannon».

«Vamos».

«Puedes hacerlo».

—¡Vete a la mierda! —dije ahogadamente—. Que os den por culo a las dos.

—¿Que me den por culo? —repitió Bella con desprecio.

Se sacó el móvil del bolsillo de la falda, lo abrió y se puso a hacer fotos. Cuando terminó, volvió a guardárselo en el mismo sitio y me cogió de la cara con ambas manos, clavándome las uñas en las mejillas con tanta fuerza que hice una mueca de dolor.

—Que. Te. Den. A. Ti. Puta.

Me quedé sin fuerzas, y mi voluble fe en la humanidad se esfumó con ellas. Bella pensó que me estaba haciendo daño, pero no sabía lo que era el dolor. Temblando violentamente, me quedé inmóvil por completo, esperando a que terminara.

—Vamos, Kel —dijo Bella echándome un último vistazo, sin duda admirando su obra—. Dejemos a la puta aquí.

—Lo siento mucho —me susurró la chica rubia al oído antes de apresurarse a ponerse de pie y seguir a Bella fuera del baño.

Entumecida hasta los huesos, me quedé exactamente donde estaba durante varios minutos, contando las placas del techo sobre mí antes de levantarme a duras penas.

Me dolía cada centímetro del cuerpo y me ardían los pulmones, pero era mi orgullo el que había recibido el golpe más duro. Humillada y temblando, me saqué el móvil del bolsillo y sollocé de alivio cuando vi que no estaba empapado como el resto de mí.

Con el teléfono en la mano, me tambaleé hacia el lavabo y tuve unas tremendas arcadas hasta que mis entrañas se fueron por el desagüe. Jadeando, me sujeté a la cerámica con la mano libre y me obligué a mirar mi reflejo. Pequeños hilos de sangre teñían mis mejillas desde donde Bella me había clavado las uñas, y ni siquiera me sorprendió ver lo que me había escrito en la cara.

Me había garabateado en la frente «B ♥ J-13», a juego con «Kav» en la mejilla izquierda y «puta de» en la derecha.

Aparté la mirada del espejo para centrarme en el móvil y, con manos temblorosas, marqué el número que me sabía de memoria.

«Por favor, responde».

«Por favor, responde».

«Por favor, que no esté en clase y responda…»

—¿Shan? —oí su familiar voz al otro lado de la línea—. ¿Qué pasa?

—Joey. —Cerrando los ojos con fuerza, me estremecí violentamente—. N-necesito que vengas a b-buscarme.

61

PUÑOS VOLADORES

Johnny

Había visto muchas cosas raras en Tommen. Qué narices, había perdido la cuenta de todos los encuentros extraños que había tenido en este centro a lo largo de los años. Pero ver a un muchacho con el uniforme del instituto de Ballylaggin atravesar a zancadas el aparcamiento del instituto hacia mí después de la última clase del día fue definitivamente algo nuevo para mí.

Tardé unos segundos en identificar al chico que vestía el jersey gris con el escudo de la escuela pública como Joey Lynch, y demasiado más en darme cuenta de que el brazo que estaba cargando iba dirigido a mí. Me soltó tal puñetazo en la cara que la cabeza me dio un latigazo hacia un lado.

—¿Qué coño has hecho? —preguntó, fuera de sí—. Si le has hecho daño, te quemaré vivo y me mearé sobre tus huesos.

—¿De qué estás hablando? —rugí, escupiendo una bocanada de sangre. Estaba bastante harto de toda esta familia y aunque, hasta el golpe en la mandíbula, la verdad es que Joey me caía bien, tenía la sensación de que eso estaba a punto de cambiar—. ¡Yo no le he hecho nada a nadie!

Una gran multitud se estaba acumulando a nuestro alrededor, vitoreando y gritando como malditos imbéciles.

—Shannon está en algún sitio dentro de ese instituto llorando —gruñó Joey—. Me ha llamado para que viniera a buscarla. —Me estampó las manos contra el pecho y caminó en mi dirección—. No sabrás nada de eso, ¿verdad?

—No, joder —mascullé, apartándolo de un empujón. Tenía que retroceder y rápido, porque se me estaba acabando la paciencia y con mis cuatro stones de músculo le sacaba como diez centímetros de altura—. Apártate, Lynch.

—¿O qué? —dijo con desprecio, viniendo hacia mí de nuevo—. ¿Qué vas a hacer, Kavanagh?

—Eh, eh, eh —exclamó Hughie mientras se nos unía, corriendo por el aparcamiento para interponerse entre nosotros—. Calma, chavales.

—¡Estoy calmado! —rugí, en absoluto calmado—. Él es el imbécil que ha venido aquí y me ha pegado en la cara.

—Porque le has hecho algo a mi hermana —replicó Joey.

—No le he hecho nada a tu hermana —gruñí—. Nunca le haría daño.

—¡Pues alguien le ha hecho algo, hostia ya! —rugió Joey antes de abalanzarse sobre mí una vez más.

Esta vez fue Gibsie quien interceptó a Joey, pero por la espalda.

—Qué hay, colega —le dijo en tono amistoso, mientras le pasaba los brazos alrededor y lo apartaba de mí a rastras—. Veo que hemos vuelto a la vieja postura de espaldas.

—Joder, que me dejes, Gussie —le espetó Joey, luchando por soltarse.

—Es Gibsie —respondió este con calma—. Y no va a poder ser. No puedes ir pegándole a mi centro, Joey. Tiene un asunto importante este sábado, y sería terriblemente irresponsable por mi parte soltarte ahora mismo.

—¡Joey! —gritó una voz femenina por encima del jaleo de la multitud. Segundos después, apareció en mi campo de visión una rubia que se dirigía directamente hacia Joey. Su novia. Aoife.

—¿Qué estás haciendo, Joe? —resopló, deteniéndose frente a él—. Habíamos dicho que nada de peleas. —Lo cogió de la cara y lo obligó a mirarla—. Preguntar primero, ¿recuerdas?

—Se me ha olvidado, nena —murmuró, lo suficientemente flojo como para que Gibsie lo soltara y diera un paso atrás.

—¿Qué demonios está pasando? —quise saber, sintiendo que me atravesaba una mezcla de furia y pánico.

—Shannon me ha llamado —gruñó Joey, temblando de rabia—. Alguien en este instituto estirado le ha hecho algo.

—¿Le ha hecho algo? —Lo miré boquiabierto, confundido—. ¿Qué? —¿Algo le había pasado a Shannon?—. ¿Qué le han hecho? —pregunté sin poder creérmelo—. He estado con ella en la comida —añadí, sintiendo que se me acumulaba la rabia por dentro—. ¿Qué cojones está pasando, Joey?

—¡No lo sé! —Se pasó una mano por la mata de pelo rubio, soltó un gruñido y miró a la multitud—. Pero cuando descubra quién de estos imbéciles repipis le ha hecho daño a mi hermana, ¡tendrán que encerrarme!

—¿Qué está pasando aquí?

Cuando la familiar voz del señor Twomey cortó el aire, la multitud que nos rodeaba se dispersó rápidamente hasta que solo quedamos nosotros cinco y el director en el aparcamiento, con los coches zumbando y pitando.

—Johnny —dijo con un suspiro cuando me vio en medio de lo que estaba pasando, como de costumbre. Entonces vio a Joey y Aoife y entrecerró los ojos—. ¿Son ustedes dos conscientes de que no se les permite estar en el recinto escolar si no son alumnos del mismo?

—Que te den —respondió Joey, lo que provocó un gemido por parte de Aoife, que se tapaba la boca con una mano.

—¡Joe! —siseó esta, llevándose la mano al pecho—. Es su director.

—¿Y? —Joey se encogió de hombros, sin inmutarse—. No es el mío. —Entrecerrando los ojos al señor Twomey, escupió—: Estoy aquí para recoger a mi hermana, ya que tu escuela de mierda no puede controlar a sus estudiantes y mantenerla a salvo.

El director frunció el ceño.

—¿Y su hermana es?

—Shannon Lynch. —El señor Twomey palideció y Joey se le lanzó a la yugular como si pudiera oler sangre fresca—. Sí, así es —dijo con desprecio—. Sabes de quién te estoy hablando. Le hiciste un montón de promesas, ¿no? Sobre mantener a los estudiantes seguros. ¡Menuda puta broma eres!

—Le ruego me disculpe —balbuceó el señor Twomey—, pero no tengo ni idea de lo que está hablando…

—Hola, Joe —dijo una vocecita, y todos nos dimos la vuelta para encontrar a Shannon caminando hacia nosotros.

Tenía el pelo empapado y la ropa embadurnada de comida. Tenía la cara roja y llena de manchas, como si se hubiera frotado hasta dejarse la piel en carne viva, pero cuando me fijé bien, vi rasguños y lo que parecían palabras. Entonces me miró y su expresión se derrumbó. Se le llenaron los ojos de lágrimas mientras sollozaba.

—H-hola, Johnny.

—¿Qué coño? —exclamé, corriendo hacia ella—. ¿Qué te ha pasado en la cara, Shannon?

Ella sacudió la cabeza y prácticamente se derrumbó contra mí cuando la alcancé.

—Quiero irme a casa —sollozó, temblando violentamente—. Solo quiero irme.

—No pasa nada, chisss, cálmate.

Le tomé la cara con ambas manos, entrecerré los ojos y traté de distinguir las marcas de pintalabios.

¿«Puta de Kav»?

¿«B y J-13»?

—¿Quién te ha hecho esto? —preguntó Joey, apartándome de un empujón. O al menos lo intentó, porque no me moví ni un centímetro—. Shan, ¿qué ha pasado?

—¿Ha sido ella? —quise saber, temblando tanto como Shannon ahora—. ¿Qué estoy diciendo? Claro que ha sido ella.

—¿Quién? —graznó el señor Twomey—. ¿Quién te ha hecho esto, Shannon?

—Bella Wilkinson de los cojones —mascculló Gibsie—. ¿Quién si no?

—La quiero fuera de este instituto —gruñí, girándome para mirarlo—. No puede salirse con la suya. Usted sabe por lo que está pasando Shannon. ¡Aquí debería estar a salvo!

Palideciendo, el señor Twomey se acercó a nosotros.

—Shannon, ¿estás diciendo que la señorita Wilkinson te ha hecho esto?

—Apártate, joder —le advirtió Joey, adoptando una postura protectora frente a su hermana. No sabía qué se pensaba que iba a hacerle el viejo Twomey, pero el muchacho no iba a arriesgarse. Estaba tenso de pura rabia apenas contenida y tuve la sensación de que la única razón por la que no había explotado ya era porque la rubia le acariciaba el brazo—. No te acerques a mi hermana —añadió, fulminando a nuestro director con la mirada—. Te lo advierto.

El señor Twomey abrió la boca y sentí una punzada de lástima por el anciano al verlo relegado al fondo. Yo sabía bien lo que se sentía. Estar en el punto de mira de la ira de Joey Lynch no era una sensación agradable.

Con el rabillo del ojo, vi a Bella y Cormac atravesando el patio hacia el aparcamiento, todo sonrisas.

¡Oh, de eso nada, joder!

—¡Tú! —rugí, apartando a Shannon—. ¡Quiero hablar contigo!

—Johnny, no te muevas —me advirtió el señor Twomey.

—Johnny, no… —suplicó Shannon.

—Capi, tienes un contrato —gritó Hughie.

—Piensa en el sábado —vociferó Gibsie.

Cormac palideció cuando me acerqué.

—¿Todo bien, capi?

—¿Qué te dije? —pregunté, yendo directamente hacia él—. ¿Eh? ¿Qué cojones te dije sobre esa perra?

—Eh, Johnny, no tengo idea de lo que…

Pum.

Cormac cayó al suelo como un saco de patatas antes de que yo tuviera la oportunidad de levantar el puño.

Confundido, me di la vuelta y miré a Joey.

—¿Qué co…?

—Te debía una —dijo a modo de explicación, encogiéndose de hombros mientras sacudía la mano—. Además, me van a arrestar igualmente.

Lo miré boquiabierto.

—¿Por qué?

—Por esto —respondió antes de abalanzarse sobre Cormac.

—¡Suéltalo! —gritó Bella mientras abofeteaba y golpeaba a Joey en la cabeza—. Chusma asquerosa.

—Oye, no llames chusma a mi novio —gruñó Aoife mientras corría hacia Bella—. ¿Es ella, Shan? —quiso saber—. ¿Ella te ha hecho esto?

—Por favor, dejadlo estar —dijo Shannon ahogadamente.

—¿Quién narices eres tú? —siseó Bella, mirando a Aoife.

—Oh, soy tu peor pesadilla, zorra. —Aoife la derribó de un solo golpe y se sentó a horcajadas sobre ella—. ¿Te gusta aterrorizar a las niñas? —preguntó—. Prueba con alguien de tu tamaño.

—¿De qué te sirve el dinero ahora, pijito? —masculló Joey, forcejeando con Cormac en el suelo—. Ser una chusma asquerosa tiene sus beneficios, ¿no?

—¿Crees que puedes llamar chusma a mi novio? —continuó Aoife mientras le daba un puñetazo a Bella.

«Guau, esta chica no es de las que dan bofetadas».

—¿Crees que puedes intimidar a su hermana, eh? ¿Crees que estás a salvo porque eres una chica y él no puede devolverte el golpe? —Echó el puño hacia atrás y le pegó a Bella en la boca—. ¡Pues yo sí que puedo!

—¡Voy a llamar a la Gardaí! —rugió el señor Twomey—. ¡Deteneos en este instante o haré que arresten hasta el último de vosotros!

—Llame a la Gardaí y se queda con una cuarta parte del equipo de rugby —intervino Hughie con calma—. Y el centro recibirá una malísima prensa. Mire lo que le ha hecho —apuntó, señalando el rostro de Shannon—. Pensaba que en Tommen no se toleraba el acoso lo más mínimo. Si es así, será mejor que cambie su política, porque esa chica lleva meses dándole el coñazo a Shannon. —Encogiéndose de hombros, añadió—: También me encantaría conocer su política en temas de acoso, porque Bella lleva un año atormentando a Johnny día y noche. Pero es demasiado educado para decirlo.

—¡Joey, para! —gritó Shannon, corriendo hacia su hermano—. No…

—No te van a hacer esto, joder —gruñó Joey—. ¡Nunca más, Shannon!

—No ha sido él —balbuceó ella mientras tiraba de su hermano por los hombros—. Para, por favor. Te vas a meter en un lío.

—Ven aquí —le dije, alejándola de la pelea—. Quédate atrás, Shan.

—Haz que pare —me suplicó, cogiéndome del brazo—. ¡Por favor!

—Bueno, se acabó la fiesta —anunció Gibsie mientras se metía y arrastraba a Cormac para apartarlo de Joey, mirándome de reojo en el proceso, como diciendo «¿qué cojones?».

Me encogí de hombros sin inmutarme. No estaba dispuesto a olvidar una mierda. Ambos se merecían todo aquello y más.

—Todo esto es culpa mía —balbuceó Shannon, temblando violentamente—. No debería haberlo llamado…

—No, no lo es —la corregí, acurrucándola contra mi pecho—. Es culpa de Bella. No tuya.

—Vamos, nena —jadeó Joey sin aliento, mientras apartaba a su novia de Bella—. Vamos. No vale la pena. No puedes pelearte en…

—Te ha llamado chusma —gruñó Aoife, intentando sin éxito liberarse de su novio—. ¡No se lo consiento, Joe!

—Lo sé, nena —la engatusó, caminando hacia atrás con Aoife entre sus brazos—. Pero necesito que tengas cuidado.

—¡Todo el mundo al despacho! Voy a llamar a sus padres —ladró el señor Twomey mientras se sacaba el móvil y hacía un gesto a Bella y Cormac para que lo siguieran—. A los suyos también.

—Eso —escupió Joey, mirando a nuestro director como si fuera un antílope indefenso que se hubiera separado de la manada—. Haz algo.

—¡Joe! —graznó Aoife, dándole la mano—. Estás sobre aviso.

—Necesito que salgas de aquí, Aoife —jadeó Joey, sin dejar de mirar al señor Twomey mientras se dirigía hacia su despacho con Bella y Cormac cojeando tras él—. No has estado aquí y no has visto una mierda. —Se volvió hacia su novia y dijo—: ¿Lo has entendido?

—¿Qué? —Aoife negó con la cabeza, con los ojos muy abiertos—. No, ni de coña. No te voy a dejar…

—Sube al coche y vete a casa, nena —le ordenó—. Ahora. —Nos miró y apuntó—: Nadie te va a mencionar.

—Pero te van a…

—Estaré bien —susurró, dándole un beso en la frente—. Tú vete, y te llamaré cuando pueda.

62

EL DESPACHO

Shannon

Aturdida, me senté en el banco de madera frente a los despachos con Johnny, Hughie y Gibsie. Delante de nosotros estaban sentados Bella y Cormac.

—¡Ay, madre mía! —No podía contener las lágrimas que me caían por las mejillas mientras veía a la Gardaí llevarse a mi hermano esposado del instituto—. ¡Por favor, no se lo lleven!

—No pasa nada, Shan —dijo Joey por encima del hombro mientras lo conducían por el pasillo—. Estaré bien, no llores.

No estaba bien.

Nada de esto estaba bien.

Habían arrestado a mi hermano, y todo por mi culpa.

—Lo siento, Joe —dije ahogadamente justo antes de que los dos policías lo sacaran por la puerta—. Lo siento mucho.

—No pasa nada —continuó susurrándome Johnny una y otra vez mientras me cogía con un brazo—. Va a estar bien, Shan.

—Menuda cagada —grazné, llorando con todas mis fuerzas y la cara contraída—. Se ha metido en un buen lío.

—Ni lo dudes —masculló Cormac—. Voy a denunciar al asqueroso de tu hermano.

—Córtate —gruñó Johnny, tensándose a mi lado—. O no estarás aquí para denunciar a nadie.

—Por favor —supliqué, sollozando.

Me subí las mangas del jersey de Johnny, que ahora llevaba yo puesto, y me enjugué las mejillas mientras trataba de controlar mis emociones. Pero fue casi imposible. Estaba tan preocupada por Joey que apenas podía respirar.

—¡Él me ha atacado! —saltó Cormac, a la defensiva.

—Y ella a mí —sollozó Bella.

—Porque tú la has atacado a ella —gruñó Johnny agitado, mientras me señalaba—. Solo hay una chusma asquerosa aquí, Bella, y ¡esa eres tú!

—Que te jodan, Johnny Kavanagh —escupió—. Esto es culpa tuya.

—Será mejor que mantengas la boca bien cerrada —siseó Gibsie—. Niñata de los cojones.

—Soy una víctima —se lamentó Bella.

—¿Una víctima? —replicó Gibsie, que parecía indignado—. Joder, espero que tus padres no engendraran más como tú, porque eres venenosa. El mundo no necesita a otra de tu especie.

—Vete por ahí a algún sitio donde ahogarte, Gibs —respondió Cormac, mirando a mi mejor amigo—. Como el resto de tu…

—¡Que te calles, joder! —rugieron tanto Johnny como Hughie al unísono.

Mientras tanto, Gibsie permaneció rígido y en silencio.

—Ni se te ocurra seguir por ahí —gruñó Johnny, hecho una furia—. ¿Qué narices te pasa?

—Ha insultado a mi novia…

—Y ¿eso justifica que lo menciones? —mascullό Johnny—. Ni se te ocurra poner excusas, Ryan. Eso ha sido despreciable.

—De aquí en adelante, hemos terminado, Cormac —añadió Hughie, temblando de la rabia—. Si eres tan lerdo como para liarte con alguien como ella, entonces no te molestes ni en mirarme. Y me refiero tanto a dentro como fuera de la cancha.

—Como si me importara, Biggs —respondió Cormac con desprecio—. Estás tan pegado al culo de Kav que me da igual…

—¿Quién es ella? —preguntó Bella entonces, recuperando la atención—. La chica que me ha atacado, ¿cómo se llama? —Entrecerrando los ojos, escupió—: Sé que todos sabéis quién es.

—¿Qué chica? —respondió Gibsie con calma—. Yo no he visto a ninguna chica, ¿y vosotros, tíos?

—Ninguna —negó Johnny—. Pero sí que he visto que Cormac le pegaba a Joey primero.

Ryan abrió los ojos como platos, asqueado.

—Mentiroso.

Johnny se encogió de hombros.

—Eso es lo que he visto.

—Qué curioso, yo también he visto eso —intervino Gibsie—. Se ha abalanzado sobre ti, Johnny, y Lynchy solo te estaba protegiendo.

—Eso es lo que he visto yo también —apuntó Hughie—. Y el señor Twomey estaba de pie detrás de Johnny. No ha podido ver bien quién daba el primer golpe.

—Y no hay cámaras en el aparcamiento —reflexionó Gibsie—. Supongo que eso hace que sea tu palabra contra la nuestra.

—Cinco contra dos —terció Hughie—. Qué cosas.

—El karma es algo hermoso —coincidió Gibsie con una sonrisilla.

—¡Erais seis! —siseó Bella—. Había una chica.

—Qué va —respondió Gibsie encogiéndose de hombros—. Te estás imaginando cosas.

—Sois una panda de mentirosos —bufó Bella, furiosa.

—¿Te das cuenta de que tú eres la causante de todo esto? —observó Hughie—. ¿O simplemente te da igual?

El sonido de alguien que silbaba se fue acercando y los seis giramos la cabeza justo cuando Ronan McGarry, uno de los chicos de mi curso, doblaba la esquina del pasillo. Cuando nos vio a todos los que estábamos sentados frente al despacho del director, tuvo que mirar dos veces.

—¿Qué estáis haciendo todos...

—Sigue caminando, mongolo —le advirtió Johnny, crispado—. Y mantén la maldita boca cerrada.

Ronan se lo quedó mirando un buen rato antes de volverse hacia mí.

—¿Causando problemas de nuevo, Shannon? —Una sonrisa maliciosa le asomó a los labios—. ¿Por qué no me sorprende?

—¡He dicho que largo! —gruñó Johnny, poniéndose de pie—. Antes de que te destroce.

Ronan se tambaleó hacia atrás tan rápido que se le cayó la mochila, lo que provocó que Gibsie se riera por lo bajo.

—Buah, tío —dijo soltando una risilla—. Gracias por eso. Necesitaba reírme.

—Vete a la mierda, Gibs —gruñó Ronan, con la cara roja, mientras recogía su mochila del suelo—. No le tengo miedo...

—Que te pires, pervertido —retumbó con fuerza la voz de Johnny, que sonó de lo más autoritaria, mientras daba un paso amenazador hacia Ronan—. ¡No creas que me he olvidado de lo que hiciste!

Ronan desanduvo todo el camino que acababa de recorrer por el pasillo antes de desaparecer por la esquina.

—Qué bueno. —Gibsie se golpeaba en el muslo mientras reía como un demente—. Pensaba que se iba a mear encima...

La puerta del despacho se abrió entonces y todos nos quedamos en silencio mientras nuestros padres salían, bueno, sus padres.

Las primeras en aparecer fueron las madres de Bella y Cormac. Ryan se alejó con la suya sin decir una sola palabra.

Para mi máxima sorpresa, la señora Wilkinson se acercó a su hija y siseó:

—Levántate. —Haciendo pucheros y resoplando con fuerza, Bella se puso de pie con un pañuelo pegado al corte del labio—. Ahora dame tu móvil.

—Mamá…

—Que. Me. Des. El. Móvil.

Sin decir palabra, Bella se sacó el teléfono del bolsillo y se lo entregó a su madre. La señora Wilkinson toqueteó la pantalla con furia y se puso rígida cuando encontró lo que buscaba. Me miró con los ojos llenos de culpa y luego se volvió hacia su hija.

—Ve y discúlpate por lo que le has hecho a esa pobre chica.

Ay, madre…

Me puse tensa por el miedo.

No quería que se disculpara conmigo.

No quería que se acercara a mí nunca más.

Bella gimió.

—Pero, mamá…

—¡No me provoques, Isabella! —estalló su madre—. ¡Tienes suerte de que no te lleve a comisaría y te entregue yo misma! Nunca había estado tan decepcionada contigo.

—Su amiga me ha pegado —le discutió Bella—. Y ellos saben quién es…

—No me sorprende —espetó la señora Wilkinson, con la cara roja—. Después de lo que le has hecho a esa chica, es un milagro que su tutor no presente cargos. ¡Ahora ve y discúlpate!

—Ni se te ocurra —se interpuso Johnny cuando Bella y su madre se acercaron a nosotros—. Aleje a su hija de mi novia y que no se le acerque —le ordenó, estrechándome más fuerte—. Shannon no quiere sus disculpas. Su hija ya ha hecho suficiente daño. No significa nada para nosotros que pida perdón. Así que largo y déjala en paz.

La señora Wilkinson abrió la boca para decir algo, pero luego la volvió a cerrar. Me lanzó una mirada compasiva antes de llevarse a Bella a rastras.

—Gracias —susurré, fundiéndome contra él.

—De nada —respondió bruscamente.

La siguiente en aparecer fue Sinead Biggs, seguida al momento por la madre de Gibsie, cuyo nombre supe que era Sadhbh.

—Oh, chicos —suspiró la madre de Claire mientras le pasaba un brazo por la cintura a Hughie—. ¿Qué vamos a hacer con vosotros?

—Hoy no le he pegado a nadie —anunció Gibsie alegremente—. Me he portado bien.

—«Hoy», esa es la palabra —respondió su madre con un suspiro. Alborotándole el pelo, añadió—: Venga, gordo. Vámonos a casa antes de que te encuentren más problemas.

—Eso es, mamá —respondió Gibsie mientras saltaba detrás de ella—. Los problemas me buscan a mí, no al revés.

No fue hasta que estuvimos solos que Johnny habló.

—¿Cuándo ha pasado? —dijo apenas sin voz por la emoción. Se puso de lado para mirarme y preguntó ahogadamente—: ¿Dime, qué te ha hecho, nena?

—No importa —murmuré, agotada por completo. Ya se lo había explicado todo al señor Twomey y a Darren cuando fue nuestro turno de hablar con él en el despacho.

—Necesito saberlo, Shan —insistió Johnny—. Así que, por favor..., cuéntamelo.

Con un suspiro de cansancio, le expliqué lo que había pasado en el baño con Bella y sus amigas sin omitir nada. Demasiado exhausta para cortarme, se lo conté todo, hasta la parte de los vómitos.

—¿Por qué no me has llamado? —preguntó cuando terminé—. O buscado. Shan, habría...

—Porque tenías examen de francés y no quería meterte en problemas —susurré, agitando las rodillas nerviosa—. Sé que la Academia y los ojeadores están observando cada uno de tus movimientos en este momento, y tenía miedo de que te enfadaras y tomaras represalias, así que he llamado a Joey porque pensaba que vendría a buscarme... —Se me rompió la voz y un gran sollozo me desgarró la garganta—. Solo quería ir a casa. No he pensado que fuese a hacer eso.

La puerta del despacho del director se abrió de nuevo y esta vez salió el señor Kavanagh con Darren y el director tras él.

—De nuevo, lamento mucho lo que pasó —dijo el señor Twomey, ofreciéndole la mano a mi hermano—. Por favor, tenga por seguro que Tommen tiene una estricta política de tolerancia cero al acoso y este asunto se tratará de inmediato. —Cuando Darren no le dio la mano, el señor Twomey me miró e hizo una mueca—. Shannon, he visto las fotografías y lo siento mucho.

—Y ¿qué va a hacer al respecto? —preguntó Johnny en tono tenso—. Está muy bien decir que lo siente, pero eso no significa nada si no toma medidas. ¿Van a expulsar a Bella? ¿Qué pasa con Kelly? Ella también ha estado involucrada. ¿Y Tash? Es igual de mala por largarse y no detenerlas.

—Johnny. —El señor Twomey suspiró con cansancio—. Mantente al margen.

—¡No! —estalló él, poniéndose de pie de un salto—. Las tres acorralaron a mi novia en el baño, dos de ellas la sujetaron y la agredieron. Son todas de primero de bachillerato. Son mayores de dieciocho años. Shannon es menor de edad. Deberían ser denunciadas por agresión.

—Johnny —murmuré, sintiendo otra oleada de vergüenza—. Déjalo ya.

—No, Shan —respondió él—. No voy a dejarlo. —Mirando a nuestro director, siseó—: Quiero justicia.

—Tiene razón —coincidió Darren con Johnny, para mi absoluta sorpresa—. Mi hermana ha sido brutalmente agredida por dos chicas en el instituto, una de las cuales, por lo que me he enterado, lleva meses acosándola. Mi hermano ha sido arrestado por defenderla cuando su profesorado no ha podido. Ya estamos pasando por un infierno, algo de lo que usted está muy al tanto, y ¿lo único que puede decir es que lo siente? —Darren negó con la cabeza—. Perdóneme por decir esto, señor Twomey, pero ¿qué demonios hacemos pagando cuotas de miles de euros a este centro si no puede cumplir algo tan básico como garantizar la seguridad de mi hermana aquí?

—Bella ha sido expulsada durante los próximos tres días —respondió el señor Twomey, con las mejillas rojas—. Informaré de este incidente a la junta directiva en nuestra próxima reunión. Allí decidiremos las medidas apropiadas a tomar.

—Tome medidas expulsándola definitivamente —gruñó Johnny, furioso—. A la mierda la expulsión de tres días. Eso no servirá de nada. ¡No deberían dejarla entrar en este instituto después de lo que le ha hecho a mi novia!

—Tengo las manos atadas —respondió el señor Twomey, mirando al padre de Johnny en busca de ayuda.

—Esto es un desastre, Seamus —dijo el señor Kavanagh con calma—. Espero sinceramente que el centro tenga suficiente representación legal. Y, por el bien de la familia Wilkinson, sugiero que les haga saber esto mismo. Por supuesto, ofreceré mis servicios a la familia Lynch y me pondré en contacto cuando mi cliente decida las acciones que desea tomar, ya sea solo contra la señorita Wilkinson o contra Tommen por su negligencia e incapacidad para salvaguardar a una menor a su cargo.

Estupefacto, el señor Twomey se quedó con la boca abierta, y estaba bastante segura de que su expresión era un reflejo de la que teníamos Darren y yo mientras mirábamos al padre de Johnny.

—¿Disculpe?

—Bueno, está muy claro, Seamus —respondió el señor Kavanagh con esa voz asquerosamente melosa que solo usan las personas muy poderosas—. No ha dudado en llamar a la Gardaí y presentar cargos contra el joven Lynch por su papel en el incidente, de modo que considero justo, y mi responsabilidad personal, poner mis servicios a disposición de su familia. Sin embargo, dadas las circunstancias que rodean a los dos hermanos, creo que debo advertirle de que va a resultarle de lo más complicado encontrar un juez a lo largo y ancho de este país que no sienta la menor compasión ante su difícil situación y condene a Joey Lynch, y créame, conozco a muchos jueces. —Ajustándose la corbata, el señor Kavanagh sonrió—. Que tenga un buen día, señor Twomey.

Johnny sonrió a su padre.

Mientras tanto, Darren y yo seguíamos asombrados.

—Vamos —indicó el señor Kavanagh en tono frío, tranquilo y sereno, mientras se volvía hacia su hijo—. Tu madre necesita que compre salsa de pimienta para la cena, y tengo que hacer una parada en la comisaría antes de que…

—Espere, espere, espere —graznó el director—. Señor Kavanagh, ¿puede volver a mi despacho, por favor?

El padre de Johnny se miró el reloj con teatralidad y suspiró antes de asentir de mala gana.

—Puedo concederle quince minutos.

—Sí, sí, gracias.

El señor Twomey se hundió aliviado y se apresuró a regresar a su despacho.

—¿Pan comido, papá? —bromeó Johnny.

Riendo suavemente, el señor Kavanagh le guiñó un ojo a su hijo antes de seguir al señor Twomey. Se detuvo en la puerta del despacho, se volvió hacia Darren y le dijo:

—Tu hermano estará en casa a las diez de la noche.

—Muchas gracias. —Suspirando pesadamente, Darren se acercó al señor Kavanagh y le tendió la mano—. Y lamento mucho la forma en que mi familia…

—Es irrelevante —respondió el padre de Johnny, estrechándole la mano a Darren—. Todos necesitamos un poco de misericordia a veces. —Le lanzó una mirada aguda a Johnny y dijo—: Llévale esa salsa de pimienta a tu madre antes de ir a entrenar, hijo. —Entonces se volvió hacia mí y me dedicó una leve sonrisa—. Espero que algún día nos veamos en circunstancias felices, Shannon.

Dicho esto, el señor Kavanagh entró en el despacho, dejando que la puerta se cerrara detrás de él.

—Va a torturarlo —se rio Johnny, mientras se acercaba hasta donde yo estaba sentada y me ayudaba a ponerme de pie—. No te preocupes, Shan —añadió, pasándome un brazo por la cintura—. Él lo arreglará.

Solté un suspiro tembloroso.

—No puedo creer que haya hecho eso por nosotros.

—Ni yo —murmuró Darren, frotándose la mandíbula.

—Te dije que mis padres te adoran —me aseguró Johnny, cogiéndome una mano entre las suyas—. ¿Me crees ahora?

Temblando, le apreté la mano y me desplomé contra su pecho.

—Lo siento.

—Calla —susurró, estrechándome entre sus brazos.

—Huelo a pescado —le advertí—. Se te pegará a la ropa.

—No me importa —dijo en voz baja, y me dio un beso en el pelo—. Me encanta el pescado, me encantas tú y todavía me encantaría comerte para cenar.

—No tanto como el pollo —sollocé.

—Me flipa el pollo —asintió con una risita—. No pasa nada, Shan. —Dando un paso atrás, me cogió de la cara con las manos y me miró a los ojos—. ¿Me oyes?

Me encogí de hombros débilmente.

—Te oigo.

—Vas a estar bien —dijo bruscamente, con esos ojos azules fijos en los míos—. Y Joey también.

—No creo que pueda ir a cenar esta noche, Johnny —le dije.

—No pasa nada —respondió, dejando caer las manos sobre mis hombros—. La repetiremos en otro momento. —Acariciándome la clavícula con los pulgares, añadió—: Voy a hacer que esto salga bien.

Me derrumbé contra él.

—No importa.

—Importa —me corrigió, tirando de mí para abrazarme—. Y nunca más te volverá a pasar.

—Tengo tanto miedo por Joey —confesé, hundiéndole la cara en el pecho—. No quiero que se meta en problemas por mí.

—Mi padre se encargará. —Me dio un beso en la coronilla—. En serio, si supieras la mitad de cosas de las que ha sacado a Gibs a lo largo de los años, no te preocuparías. Él lo aclarará todo, Shan. Como si no hubiera pasado.

—¿En serio? —pregunté, sorbiendo por la nariz—. ¿Estás seguro?

—Al cien por cien —respondió Johnny—. Iba en serio cuando ha dicho que Joey estará en casa esta noche.

El alivio me inundó, pero tenía miedo de absorberlo. Me aterrorizaba hacerme ilusiones solo para acabar recibiendo más malas noticias.

—Te juzgué mal. —La voz de Darren atravesó el aire. Pasmada, me di la vuelta para ver que estaba mirando a Johnny—. Me equivoqué contigo —añadió con voz ronca—. Y te debo una disculpa.

—Sí, te equivocaste —dijo Johnny con dureza—. No soy la persona que tu madre dice que soy. —Suspiró profundamente y añadió—: Pero no necesito una disculpa.

—Bueno, pues te pido perdón de todos modos —respondió mi hermano con cansancio.

—Y lo acepto —dijo Johnny para mi sorpresa. No tenía por qué perdonar a Darren. Lo habían tratado fatal tanto él como mi madre—. Sin rencor —añadió, asintiendo brevemente con la cabeza—. Pero no voy a ir a ninguna parte.

—Ya. —Darren suspiró—. Estoy empezando a darme cuenta.

Johnny sorbió por la nariz.

—Solo para que quede claro.

—Queda claro, Kavanagh —respondió Darren antes de volverse hacia mí y preguntar—: ¿Vienes conmigo?

¿Quería?

¿De veras me estaba dando clccción?

Fruncí el ceño.

—¿Eh?

—¿Vienes a casa ahora? —repitió Darren lentamente—. ¿O después?

—Pues, eh… —Sacudiendo la cabeza, miré a mi hermano y dije—: Ahora.

—¿Segura? —preguntó Johnny, poniéndose rígido detrás de mí—. Puedo llevarte a casa.

—Tienes entrenamiento —susurré—. Y necesito ir a casa y ducharme.

—No tengo que ir, Shannon —me dijo Johnny, inseguro, paseando la mirada entre Darren y yo—. Puedo quedarme contigo.

Quería gritar que sí, pero me contuve. Johnny llevaba bien el entrenamiento. Pasaba la mayor parte de los días mirando el móvil embobado. Yo sabía que estaba esperando que los seleccionadores irlandeses lo llamaran pronto, y no podía esperar que se descarriara cada vez que me pasara algo. Esta no había sido mi primera desgracia ni sería la última.

«Además, cuando se vaya, vas a tener que hacer esto tú sola».

«Porque se va a ir, Shannon…».

—Tengo que ayudar a mis hermanos. —Le dediqué una sonrisa insípida—. Te llamaré más tarde.

Johnny no parecía convencido, pero no me discutió. En cambio, me besó en la frente, asintió rígidamente y dio un paso atrás. Sentí su ausencia en lo más profundo de mi alma mientras me alejaba con Darren.

63

PADRES PERSUASIVOS

Johnny

Shannon me culpaba por lo que había pasado hoy. Joder, lo sabía, y lo peor era saber que tenía razón. Había sido culpa mía. Le habían hecho eso por mi culpa. La vi salir del instituto y supe bien que debía ir a decir algo para arreglarlo, pero no tenía palabras. No sabía cómo arreglar aquello.

Joder, estaba tan enfadado que casi podía saborearlo.

Fui a entrenar por la tarde sin otra razón que no tener que sentarme en casa solo con mis pensamientos sintiéndome inútil, porque me habría vuelto loco. El ejercicio tampoco ayudó lo más mínimo a rebajar la furia que se agitaba dentro de mí. No pude concentrarme una mierda. Durante el entrenamiento, mi mente estaba atrapada en Shannon. En el fisio, lo mismo. No podía sacármela de la cabeza. Me quedaban poco más de cuatro días para prepararme para lo que sería el encuentro más importante de mi vida y, aun así, no podía centrarme en el partido.

Maldita Bella.

Sabía que la había cagado al dejar que se fuera a casa con Darren, pero aparte de meterla en mi coche y largarme, ¿qué podía hacer? Había dicho que quería ir con él. Era mentira. Shannon nunca quería volver a su casa.

La duda, desconocida y enervante, se estaba apoderando de mí y, como de costumbre, empecé a darle vueltas a todo. Tenía algún problema en el cerebro. Iba demasiado rápido, pensaba demasiadas locuras y daba demasiadas vueltas. La mayor parte del tiempo, lograba mantenerlo bajo control con rutina y planificación, pero hoy me estaba costando. La llamada de esta mañana, sumada a lo que había pasado en el instituto, me había dejado la cabeza hecha un lío. Todo estaba hecho un gurruño, mis neuronas se habían ido a la mierda y dudaba de todo.

Cuando finalmente aparqué en la parte trasera de mi casa, un poco después de las nueve de la noche, todavía estaba lleno de energía. Ni todos los entrenamientos, piscinas y jugadas que hice habían rebajado la rabia que me abrasaba por dentro.

Cabreado y nervioso, cogí mi bolsa de equipo del asiento del copiloto y entré dando zancadas en casa, con toda la intención de engullir lo que fuera que mi madre estuviese cocinando. Sin embargo, mi apetito se esfumó y me quedé inmóvil cuando entré y vi a Joey desplomado en la isla de la cocina con la cabeza entre las manos. Mi madre estaba sentada en el taburete frente a él.

Deteniéndome en la puerta, los observé mientras ella le ponía una taza de café delante.

Él no la cogió.

—Yo creo que sí importa, Joey —le dijo mi madre en ese tono de voz que usaba cuando quería sonsacarnos algo de niños. Me refiero a Gibsie y a mí, porque él era lo más parecido que tenía a un hermano—. Y creo que tú también importas.

—Se equivoca —respondió Joey en voz tan baja que tuve que esforzarme para escucharlo. Miró la taza de café frente a él, con la mandíbula apretada y una expresión de desconfianza y cautela—. Así que simplemente déjelo.

—Joey —dijo mi madre con dulzura—. Has recorrido un larguísimo camino, corazón. Quizá es hora de descansar esos pies y dejar que otra persona lleve esa carga por ti.

Silencio.

—Déjame ayudarte.

Más silencio.

—Déjame salvarte, Joey.

—No puede —graznó, crujiéndose los nudillos con nerviosismo—. No queda nada que salvar, señora Kavanagh. Así que, por favor, déjelo ya.

Aclarándome la garganta, dejé caer la bolsa de equipo en la puerta y entré.

—Te han soltado.

—Sí —murmuró Joey, sin molestarse en levantar la cabeza.

—Oh, mi amor, ya has vuelto. —Mi madre esbozó una sonrisa, pero estaba llena de preocupación—. ¿Cómo ha ido el entrenamiento?

La miré boquiabierto. Mierda, esto era malo. Nunca me preguntaba por el entrenamiento.

—Genial —respondí con cautela—. ¿Qué está pasando?

—¿Tienes hambre, Johnny? —dijo mi madre, ignorando mi pregunta mientras se dirigía hacia los fogones—. He preparado rosbif con salsa de pimienta.

Sacudiendo la cabeza, me acerqué a la isla y cogí un taburete.

—Flipa —murmuré al percatarme de la hinchazón que tenía Joey bajo el ojo derecho—. Cormac te ha dado bien.

—Sí, y yo a ti —respondió, señalándome el corte del labio—. Lo siento. —Haciendo una mueca, añadió—: Escasas dotes de comunicación.

Me encogí de hombros.

—Bueno, ¿qué está pasando?

—Estoy un poco en la mierda, Kav —dijo Joey inexpresivamente—. Eso es lo que está pasando.

—Sí, eso ya lo he pillado. —Descansando los codos en el mármol de la encimera, me incliné hacia delante y estudié su expresión de cautela—. ¿Te han acusado de algo?

—No lo van a acusar de nada —respondió mi madre por Joey, en tono firme—. Tu padre se ha asegurado de eso.

Levanté las cejas.

—¿Estás libre de culpa?

Joey se encogió de hombros, con cara de impotencia.

—Eso parece. —Entonces me dirigió una mirada muy extraña y juro que pude ver el terror en sus ojos antes de que los cerrara y girara la cara—. Según tus padres.

—¿Dónde está tu madre? —pregunté entonces, preparándome para la reacción que sabía venía con una pregunta como esa—. ¿Ha ido a buscarte a comisaría?

Joey me lanzó una mirada que decía «¿a ti qué coño te parece, gilipollas?» y, en ese momento, sentí que me subía por el pecho una oleada de lástima.

—Está trabajando —explicó en tono tenso—. No he podido hablar con ella por teléfono.

—Era el director Twomey —anunció mi padre, entrando en la cocina con el móvil en la mano—. La junta escolar ha celebrado una reunión de emergencia esta noche.

Me puse rígido.

—¿Y?

—Y Bella no regresará a Tommen para terminar el curso —respondió mi padre.

Joey dejó escapar un fuerte suspiro.

—Joder, menos mal.

—Se le permitirá realizar los exámenes finales en alguna de las escuelas locales, pero no será bienvenida en Tommen. Su taquilla ha sido vaciada, su móvil ha sido confiscado y todas las fotos que le ha hecho a Shannon han sido borradas —explicó mi padre, guardándose el teléfono en el bolsillo—. Natasha Ó Sullivan y Kelly Dunne han sido expulsadas durante una semana por su participación en el incidente. Sin embargo, por las declaraciones de Shannon, y tras mucha discusión, la junta ha decidido que ambas muchachas regresarán a Tommen después de su expulsión, y se les permitirá realizar sus exámenes allí.

—¡Eso es una gilipollez! —saltamos Joey y yo al unísono, y luego nos miramos con el ceño fruncido.

—No tan rápido, chicos —respondió mi padre—. Ha sido un buen desenlace. —Mi madre le trajo una taza de café y él le dio un beso en la mejilla antes de que volviera su atención a nosotros—. Eliminad las emociones de la ecuación y mirad este resultado como lo que es: una victoria.

—¿Y Cormac? —pregunté, mirando a mi padre a los ojos—. ¿Cómo te las has arreglado para sacarlo de en medio? Estaba empeñado en denunciarlo.

Mi padre me guiñó un ojo.

—Con mucha persuasión.

—Qué fuerte —resoplé, impresionado—. Recuérdame que nunca vaya contra ti.

—No todo son buenas noticias —advirtió mi padre, mirando a Joey con esos ojos, azules como el hielo—. Has sido expulsado del instituto de Ballylaggin. Al parecer, estabas sobre aviso después de siete expulsiones tan solo este año y muchas otras que se remontan a tu primera semana en primero. —Mi padre se tiró de la corbata para aflojarla—. He hecho lo que he podido, Joey, pero no han cedido. Cometer un acto de violencia contra otra escuela con el uniforme del instituto de Ballylaggin va en contra de su política y se castiga con la expulsión inmediata.

Joey se encogió de hombros con cansancio.

—No pasa nada.

—¿Cómo? —Lo miré boquiabierto—. Pero tienes los exámenes finales el próximo mes.

—No importa —murmuró.

—No —contesté—. Sí que importa.

—Tampoco iba a llegar a ninguna parte —respondió—. Así que me da lo mismo.

—¿Qué narices, Joey? —solté—. Esto es importante. —Me volví hacia mi padre y le pregunté—: ¿Hay algo que puedas hacer por él?

Mi padre suspiró.

—Tengo las manos atadas, hijo. Joey tiene un historial de violencia que hace que Gibsie parezca un santo. No están dispuestos a negociar su readmisión, ni siquiera para que haga los exámenes.

—¿Qué pasa con Tommen? —intervino mi madre.

—Tommen es privado, cariño —respondió mi padre.

—¿Otra escuela pública entonces? —sugerí.

—Ninguna en la zona —dijo mi padre—. Nada público, al menos.

—¿En la ciudad?

—Ningún centro me tocaría ni con un palo de tres metros —dijo Joey rotundamente—. Tu padre tiene razón, Kavanagh. Tengo un historial alucinante, nadie me va a querer, pero tampoco importa, porque me da igual. Así que no malgastes saliva hablando de eso.

Miré a mi padre, que me lo confirmó con una pequeña inclinación de cabeza.

—Joder —murmuré, dejando caer la cabeza entre mis manos—. Menudo desastre.

—¿Puedo usar el baño, por favor? —preguntó Joey mientras se levantaba del taburete y miraba a mi madre.

—Por supuesto que puedes, Joey —respondió esta, con la voz espesa—. No tienes que preguntar, corazón.

Asintió rígidamente y se dirigió hacia la puerta que daba al pasillo, solo para vacilar en la entrada.

—Gracias —dijo en voz baja, mirando por encima del hombro—. Por todo.

—No hay de qué, Joey —respondió mi padre—. Recuerda lo que hemos hablado. La oferta sigue sobre la mesa y no tiene fecha de vencimiento.

Él asintió rígidamente y, antes de desaparecer por el pasillo, murmuró:

—Lo pensaré.

El sonido de la puerta principal cerrándose reverberó a través de la casa unos segundos después.

—No —le advirtió mi padre a mi madre, interceptándola cuando se dirigía hacia la entrada—. Déjalo estar, Edel.

—¿Quién va a cuidar de él? —soltó mi madre, girándose para mirar a mi padre. Tenía los ojos llenos de lágrimas no derramadas y la voz cargada de emoción—. ¿Eh? Ni a su propia madre le ha dado la gana de presentarse en la comisaría de la Gardaí para ver cómo estaba, John, y su padre es un psicópata. —Sus hombros se hundieron y suspiró profundamente—. Hay algo muy especial en ese chico, pero está perdido, y si nadie da un paso al frente y hace algo, nunca encontrará el camino.

—Lo sé, cariño, de veras que sí. Pero, por ley, es un adulto.

—Es un niño, John —balbuceó mi madre, que sonaba ferozmente protectora—. Es un niño destrozado que está atrapado en el cuerpo de un adulto, y nos necesita.

—Edel, ya lo sé…

—No son zapatos —continuó despotricando mi madre, sin darle a mi padre la oportunidad de hablar—. No puedes escoger un favorito y dejar el resto en su caja. Son cinco, y destrozados, doblegados o resentidos, ¡los quiero todos!

—¿Los Lynch? —De repente lo comprendí y se me descolgó la mandíbula—. ¿Te los vas a quedar?

—Me los voy a quedar —confirmó mi madre con un brillo de determinación en los ojos—. A todos.

—Jesús —murmuró mi padre, pasándose una mano por el pelo con evidente exasperación—. No sé cómo he sobrevivido viviendo en una casa con dos buldóceres.

—Buena comida y sexo aún mejor, así es cómo —replicó mi madre, sin vacilar.

Mi padre esbozó una sonrisilla.

—Eso es cierto.

—Un momento, joder —balbuceé—. Que alguien me explique, por favor, qué narices está pasando aquí.

—Esa boca —me regañó mi madre.

—Si supieras la mitad de cosas que me están pasando por la cabeza en este momento, no me echarías la bronca por decir la palabra «joder» —gruñí—. Empezad a hablar.

—¿Recuerdas cuando vivíamos en Dublín? —comenzó mi padre—. ¿La niña que vivió con nosotros durante dieciocho meses?

Lo miré boquiabierto.

—No. ¿Qué niña?

—Apenas era un bebé, John —intervino mi madre, sentándose en el taburete junto a mi padre—. Cómo va a acordarse de Rayna.

—¿Quién? —Los miré boquiabierto—. ¿Quién demonios es Rayna? —Entrecerré los ojos—. ¿Habéis fumado algo con Joey?

—Acogimos a una niña en Dublín —explicó mi madre—. Se llamaba Rayna. Era un año mayor que tú y estabas loco por ella.

—Me cuesta creerlo teniendo en cuenta que no tengo ni puta idea de quién es —murmuré.

—Si empiezas a escucharme y te callas un poco, entonces tal vez empieces a entender algo —espetó mi madre.

Resoplando, le hice un gesto para que continuara.

—Tuvimos a Rayna desde los dos años hasta justo antes de su cuarto cumpleaños —intervino mi padre—. La registramos como tu hermana —añadió—. Erais iguales para nosotros.

—¿Qué le ocurrió?

—Fue devuelta a sus padres biológicos —respondió mi padre y mi madre sollozó—. Fue muy duro para tu madre —apuntó, estrechándola con un brazo—. Así que tomamos la decisión de no acoger a más niños. Fue demasiado difícil para nosotros devolver a Rayna después de haber pasado tanto tiempo con ella.

—La considerábamos nuestra hija —dijo mi madre en un susurro—. Al igual que a ti te consideramos nuestro hijo.

—¿Al igual que me consideráis vuestro hijo? —¿Qué demonios? Me rasqué la nuca, tratando de asimilarlo todo—. ¿Estáis tratando de decirme que soy adoptado?

Mi padre echó la cabeza hacia atrás y se rio.

—No, Johnny, eres cien por cien fruto de mis entrañas.

—Y de mi óvulo —apuntó mi madre con una sonrisilla.

—Lo que intentamos decirte, Johnny —dijo mi padre, luchando por serenarse mientras ahogaba la risa—, es que tenemos experiencia trabajando con el sistema de adopciones.

—Y queremos acoger a Shannon y sus hermanos —saltó mi madre directamente—. Nos lo han aceptado. —Cogió un sobre de la encimera y me lo lanzó—. Ha llegado esta misma mañana.

—Tacto, cariño —gruñó mi padre, dejando caer la cabeza en una mano—. En situaciones delicadas, debes tener un poco más de tacto.

—¿Queréis acoger a Shannon? —pregunté, francamente atónito.

—Sí —respondió mi madre de inmediato—. Y a Ollie, Sean, Tadhg y Joey.

—¿Cu… —Negué con la cabeza, tratando de entenderlo—. ¿Cuándo planeasteis esto?

—En marzo —contestó mi madre.

—No —intervino mi padre—. Lo hablamos en marzo.

—Lo solicitamos en marzo —lo corrigió ella—. El día después de que encontrase a Shannon y Joey en casa.

—¿Y no me lo contasteis? —pregunté—. ¿Por qué no me lo contasteis?

—No queríamos hacerte ilusiones. Es un proceso largo y no estábamos seguros de que nos fueran a aceptar, dada nuestra edad y nuestras carreras —explicó mi padre.

—Tenéis cuarenta y seis y cuarenta y nueve años —repliqué—. No es que seáis unos carcamales.

—Tampoco queríamos que se lo contaras a Shannon —añadió mi padre.

—¿Por qué no? —pregunté, mirándolo boquiabierto.

—Porque es un tema delicado —respondió—. Hay un proceso que debemos seguir, hijo. No podemos irrumpir en su casa y llevárnoslos… —Hizo una pausa y me lanzó una mirada cargada de intención—. Bueno, nosotros no podemos —rectificó, señalándose a sí mismo y a mi madre.

Con las mejillas rojas, me encogí de hombros.

—No me arrepiento.

—Ni debes, mi amor —coincidió mi madre, estirándose sobre la encimera para darme una palmadita en la mano—. Yo hubiera hecho exactamente lo mismo en tu situación.

—Caray, Edel —murmuró mi padre—. Dame al menos alguna oportunidad de poner al muchacho en el buen camino.

—Bueno, es que es verdad —resopló ella—. Es así de simple, cariño.

Sacudiendo la cabeza, mi padre volvió su atención a mí.

—Lo tenemos todo en orden, hijo —dijo—. Pero no haremos ningún movimiento a menos que estés cien por cien de acuerdo con esto.

—Cuando habláis de hacer un movimiento… —Lo miré con cautela—. ¿Qué tenéis pensado?

—Hay un caso grave de negligencia en esa casa —respondió mi padre—. Es un evidente caso de abuso infantil, y tu madre no está dispuesta a hacer la vista gorda, y yo tampoco. Así que, si tengo que jugar sucio para probarlo y sacar a esos niños de ese entorno, entonces eso es exactamente lo que haré.

—Flipa —murmuré—. Vas en serio.

—Completamente —asintió mi madre—. Son víctimas de un trauma. Esos niños necesitan una familia. Necesitan tutores capaces y un entorno estable donde se satisfagan sus necesidades sin temor a reacciones violentas ni al maltrato psicológico. Necesitan que se les dé la oportunidad de ser simplemente niños. Su madre no puede hacer eso por ellos, y el sistema no puede garantizar que permanezcan todos juntos, pero nosotros sí podemos.

—Pero, como he dicho, esta es tu decisión también —intervino mi padre—. No haremos nada sin tu aprobación.

—No necesitáis mi aprobación —dije ahogadamente, con la voz cargada de emoción—. La quiero, y no estoy hablando de sexo ni de ninguna de esas mierdas adolescentes que estás pensando, mamá —me apresuré a añadir—. La quiero. La necesito a salvo.

Mi madre suspiró con tristeza.

—Lo sé, Johnny, mi amor…

—No, no lo sabes —dije con voz ronca—. Estoy enamorado de esa chica. En plan amor de verdad, joder, y no soporto saber que está en esa casa ahora mismo. No puedo dormir de lo preocupado que estoy. —Solté un suspiro tembloroso y confesé—: Dennehy me ha llamado hoy. Van a venir a verme este sábado. Lo más probable es que para finales de semana sepa si estoy o no…

—¿Qué? —soltó mi madre, con los ojos muy abiertos—. Ay, dios mío.

—Esas son noticias fantásticas, Johnny. —Mi padre sonrió de oreja a oreja—. Estoy tan orgulloso de ti…

—No, no lo son. No son noticias fantásticas, papá. Me aterra —balbuceé, frustrado—. Llevo meses muerto de la preocupación pensando que tendré que dejarla si me seleccionan —admití bruscamente—. Y ahora que está a la vuelta de la esquina, a menos de un maldito mes, sé que no puedo hacerlo.

Mi padre frunció el ceño.

—¿Qué estás diciendo, Johnny?

—Estoy diciendo que no puedo dejarla en esa casa, papá. No con esa mujer, y no con el padre rondando por ahí. No puedo irme, no un mes entero, sin saber si está a salvo o no, así que si hay alguna posibilidad de sacarla de ese lugar, entonces la acepto. —Miré a mis padres—. Salvadla. —Tragué saliva profundamente y añadí—: Salvadlos a todos.

Los ojos de mi madre estaban encendidos cuando dijo:

—Lo haremos, mi amor.

—No puedo no contarle esto a Shannon —les advertí—. No hay secretos entre nosotros.

—No esperamos que le ocultes nada a Shannon, hijo —respondió mi padre—. Ambos sabemos que mientes fatal.

—Se habrá ido de la lengua en una hora —coincidió mi madre, sonriendo a mi padre.

Los miré.

—No se me da tan mal.

Ambos me miraron con una sonrisilla.

—No es verdad —me defendí—. Sé mentir muy bien.

—Fatal —musitó mi madre.

—Eres un libro abierto, Johnny —coincidió mi padre con una risita—. Y esa es una buena forma de ser.

—Quise invitar a Shannon a cenar esta noche para poder hablar con ella —dijo mi madre, afortunadamente desviando la conversación de mis lamentables capacidades—. Queríamos preguntarle cómo se sentiría viniendo a vivir con nosotros.

No sabía qué pensaría Shannon, pero sí cómo me sentía yo: jodidamente eufórico.

—Pero será un proceso lento —dijo mi padre, siempre la voz de la razón en casa—. No perdáis la cabeza, chicos. No va a suceder de la noche a la mañana, y es posible que no quieran vivir con nosotros. Hay muchos obstáculos legales que tendremos que sortear antes de tener que preocuparnos por eso, así que mantened los pies en la tierra. —Le lanzó a mi madre una mirada de complicidad—. Y no arrases.

64

VE A DORMIR

Shannon

Cuando mi madre llegó del trabajo, Darren y yo le explicamos lo que había pasado en el instituto y se derrumbó en el suelo, llorando y gimiendo. Tras unos minutos de ver a mi hermano tratando de consolarla, pasé junto a ambos y subí a mi habitación.

Me di cuenta de que ya no la soportaba. La paciencia a la que solía recurrir se estaba agotando con rapidez, y cada vez que ella lloraba, yo solo quería gritar. Sabía que eso era malo y me convertía en una persona horrible, pero no podía evitarlo. Apenas soportaba estar en la misma habitación que mi madre.

Patricia llegó a casa un poco después de las seis, y para entonces Darren había logrado que mi madre se calmara. Hizo todas sus preguntas, rellenó todos sus informes, chasqueó la lengua, chocó los tacones y se fue poco después.

Entumecida, había regresado a mi habitación, con el móvil en la mano y rezando por mi hermano. Aoife me había escrito al menos treinta veces a lo largo de la tarde preguntándome si había novedades, y cada vez que respondía con un «todavía nada», una pequeña parte de mí moría. Cuando dieron las diez, la ansiedad que había estado sintiendo toda la tarde se disparó hasta tal punto que no podía mover un músculo.

El señor Kavanagh había dicho a las diez en punto.

Eran casi las once ya, y todavía estaba sentada en mi cama, viendo las horas pasar, esperando que volviera a casa.

Oí el sonido de una llave en la cerradura y salté de la cama. Cogí el móvil y le escribí un mensaje rápido a Aoife.

S: Ha vuelto.

A: Menos mal… Estoy en camino.

Tiré el móvil sobre la cama y atravesé a toda velocidad el rellano para bajar las escaleras. En el momento en que vi a Joey cerrando la puerta principal a sus espaldas, una gran oleada de alivio me inundó. Emocionadísima, bajé los últimos tres escalones a trompicones y lo abracé.

—¡Has vuelto! —Le planté la mejilla en la espalda y solté un suspiro entrecortado—. Menos mal.

—Ya está, Shan —murmuró, arrastrando las palabras ligeramente. Me dio unas palmaditas en la mano con que lo estaba estrechando y mantuvo la cabeza gacha mientras pasaba junto a mí para dirigirse a la cocina—. Todo va bien.

—Espera… —Lo cogí de la mano y tiré de él hacia atrás—. Mírame.

No lo hizo.

El miedo me subió por la columna.

—Joey. —Tiré más fuerte de él—. Mírame.

De mala gana, hizo lo que le pedí y se me cayó el alma a los pies.

—Joe. —Apretándole la mano con más fuerza, lo miré con desesperación a los ojos, que tenía inyectados en sangre—. ¿Por qué?

—Quítate de encima, Shan —se quejó Joey, apartando la mano de un tirón para pasársela por el pelo—. Estoy bien.

Sacudiendo la cabeza, dio media vuelta y se dirigió a la cocina, ignorando a mi madre y Darren, que estaban sentados a la mesa.

—¡Joey! —Mi madre ahogó un grito—. Oh, gracias a dios.

—Madre —la saludó sarcásticamente—. ¿Cómo va?

Darren se puso de pie de un salto y recorrió el espacio entre ellos para darle a nuestro hermano un fuerte abrazo. Joey permaneció rígido todo el tiempo, con las manos cerradas en puños a los costados, sin devolverle el abrazo. Darren retrocedió y frunció el ceño.

—¿Qué te pasa? ¿Por qué estás temblando? —Le puso una mano en la mejilla y le examinó los ojos antes de soltar un gruñido—. ¡Joder, Joey! —Furioso, lo empujó bruscamente y se puso a caminar de un lado al otro—. ¿A ti qué narices te pasa?

—¿Qué ocurre? —graznó mi madre.

—¿Que qué ocurre? —Darren se dio la vuelta para mirarla—. ¡Pues que tu hijo ha vuelto a las drogas!

Mi madre puso los ojos como platos.

—¿Q-qué?

Sacudiendo la cabeza, Joey se acercó a la nevera y sacó su habitual lata de Coca-Cola y el paquete de jamón cocido para hacerse un sándwich, ignorando a Darren y a mi madre a su paso.

—¿Es eso cierto? —quiso saber ella, poniéndose en pie de un salto—. ¿Joey?

—No he vuelto a las drogas —refunfuñó este.

—Sí, porque nunca las has dejado para empezar, ¿verdad? —preguntó Darren.

Joey puso los ojos en blanco.

—Estáis exagerando.

—Estás colocado —escupió Darren—. Otra vez.

—Y tú eres un imbécil —respondió Joey—. Otra vez.

—¿Qué estás haciendo, Joey? —siseó mi madre, acercándose a él. Le quitó la lata de Coca-Cola de la mano, la dejó sobre la encimera con un golpe y sacudió la cabeza—. ¿Por qué te metes esas cosas en el cuerpo otra vez?

—Mira quién habla —le respondió, riendo con sorna—. Metiéndote Prozac y Valium.

—Eso me lo recetó un médico —dijo mi madre ahogadamente—. No me lo pasan los gamberros del barrio.

—Vale, mamá. —Volvió a poner los ojos en blanco—. Lo que tú digas.

—¿Es Shane Holland? —gruñó ella—. ¿Está rondando por aquí de nuevo?

—La virgen, pero ¿a ti qué te importa? —siseó Joey—. Que me dejéis en paz, joder.

—No, no pienso dejarte en paz —ladró Darren—. Has vuelto a las drogas, te han expulsado del instituto, estás fuera del equipo de hurling… —Sus palabras se interrumpieron y levantó las manos—. ¡Te estás arruinando la vida!

—¡No tengo vida! —rugió Joey, dejando caer el paquete de jamón cocido que estaba tratando de abrir—. Nunca he tenido vida.

—Bueno, vida o no, si sigues así, acabarás como él —gruñó Darren—. Vas a terminar convirtiéndote en lo que más odias en el mundo.

—¡Darren, cállate! —Tragándome el nudo que tenía en la garganta, corrí hacia él—. Joey, chisss, ya está. —Vi cómo caía en picado y me sentí más impotente que cuando nuestro padre rondaba por casa—. No le hagas caso, ¿vale? No es verdad. Vas a estar bien…

—¡Joder, que pares de decir eso, Shannon! —graznó, con la cara roja—. Nada va bien. ¡Nada! —Pasándose las manos por el pelo con frustración, ahogó otra risa irónica—. ¿Sabes? Me he pasado horas sentado en esa celda, preguntándome cómo había llegado a esto… —Se le rompió la voz y soltó un suspiro tembloroso antes de continuar—. Cómo he acabado siendo como soy, estando de la puta olla. Pero luego te he llamado —añadió, con los labios temblando, mientras miraba fijamente a mi madre—. Te he llamado para que vinieras a ayudarme y no has contestado. —Una lágrima se deslizó por su mejilla—. Y entonces lo he entendido. Me he dicho a mí mismo: eso es, por eso estoy así. —Sollozó y gritó—: ¡Porque tú me destrozaste!

Mi madre ahogó un sollozo.

—Eso no es cierto. —Sacudiendo la cabeza, siseó—: Retíralo.

—Me jodiste más que él —le rugió Joey en la cara—. Él me pegó, pero tú me destrozaste. Usó los puños, pero ¿tú? —Se golpeó la sien con el dedo—. Te metiste en mi cabeza. Me jodiste la cabeza. Ya no funciono bien y es porque tengo tu voz metida en la sesera. Lo único que oigo son tus llantos suplicándome que te ayude. Cada vez que cierro los ojos, estás ahí. En mi cabeza. Llorándome. Suplicándome. Gritando «Sálvame, Joey. Sálvame». Pero yo no podía salvarte, mamá. ¡No podía salvarte porque tú no querías que lo hiciera! ¡Querías que papá estuviera aquí! Querías que todo esto pasara...

La mano de mi madre salió disparada tan rápido que Joey no tuvo oportunidad de reaccionar antes de que le estampara toda la palma en la mejilla.

—¡No te atrevas a culparme! —graznó ella—. Hice todo lo que pude por ti y tus hermanos.

—Hiciste todo lo que pudiste por él —siseó Joey—. A mí no puedes mentirme, ¿recuerdas? Te tengo calada...

Mi madre lo abofeteó de nuevo, más fuerte esta vez, tanto, de hecho, que le giró la cara.

—¡Mamá! —jadeó Darren—. ¿Qué estás haciendo? No le pegues.

Me quedé helada, sin respirar apenas, esperando con temor lo que se venía.

«Vete, Joe —lo alenté para mis adentros—. Vete».

—¿Y yo soy el que se está convirtiendo en él? —preguntó Joey en un tono de voz mortalmente tranquilo—. No pienso seguir viviendo así. —Sacudiendo la cabeza, salió de la cocina y subió las escaleras de tres en tres—. ¡Estoy harto!

—Joey, para..., ¡es-espera! —Corriendo torpemente tras él, lo perseguí solo para detenerme en la puerta de su habitación cuando lo vi meter su ropa en una bolsa de deporte—. ¿Qué estás haciendo?

—No puedo quedarme aquí —fue todo lo que respondió, su voz apenas un susurro entrecortado mientras abría cajones y cogía prendas de ropa al azar. Las lágrimas le caían por las mejillas mientras llenaba la bolsa—. Lo siento. —Cerró los ojos con fuerza, se estremeció y siguió haciendo la maleta—. Voy a reventar si me quedo en esta casa.

—¿Te refieres a esta noche? —grazné, temblando—. Irás a casa de Aoife y volverás mañana, ¿verdad?

No me respondió.

—Joey, por favor...

—Lo siento —dijo ahogadamente, metiendo varios pares de calcetines en la bolsa antes de cerrarla—. ¡Lo he intentado, pero no puedo hacer esto!

—¡Joey, por favor! —Desesperada por impedírselo, lo cogí de la manga y tiré de él para que se detuviera—. ¿Qué pasa conmigo?

—¿Y conmigo? —me rugió en la cara, con esos ojos verdes llenos de lágrimas. Soltó un desgarrador sollozo y se le rompió la voz—. ¿Qué pasa conmigo, Shannon? —Se echó la bolsa al hombro, sorbió por la nariz y se enjugó las lágrimas bruscamente con el dorso de la mano antes de pasar junto a mí—. ¿Qué pasa conmigo?

—¡Yo te quiero! —grité entre llantos—. De verdad. Te quiero muchísimo, Joe. —Las lágrimas me nublaron la vista y parpadeé bruscamente—. Yo me preocupo por ti. A mí me importas. Podemos resolver esto —sollocé, aferrándome a su sudadera y arrastrándolo hacia mí—. Podemos superar esto juntos. No tienes que…

—Escucha. —Cogió aire para calmarse, cerró los ojos con fuerza y vi cómo las lágrimas caían de sus pestañas—. Necesito que cuides de ti, ¿vale? Necesito que hagas eso por mí. —Me cogió por la nuca, dio un paso adelante y me plantó un beso en la frente—. No dependas de ella, ni de Darren, ni de nadie más, porque al final el mundo te defraudará. Todos te dejarán tirada.

—¿Y tú? —balbuceé, con las lágrimas cayéndome sin cesar por las mejillas—. ¿Eso te incluye a ti?

—Especialmente a mí —alcanzó a decir antes de pasar junto a mí y dirigirse hacia las escaleras.

—¿Adónde va? —oí que decía Tadhg y me giré para verlo a él y a Ollie de pie en la puerta de su dormitorio—. ¿Se va?

—¿Para siempre? —susurró Ollie, los ojos brillando por las lágrimas—. Pero no puede irse.

Me enjugué los ojos y corrí hacia las escaleras, desesperada por evitar que mi hermano se fuera.

—¡Joey, no te vayas!

—Joey, piénsatelo —le estaba diciendo Darren cuando llegué al último escalón. Estaba de espaldas a la puerta, bloqueándole el camino—. No te precipites. Consúltalo con la almohada y ya hablaremos de esto por la mañana, cuando tengas la cabeza despejada.

—No puedo hacer esto, Darren —dijo Joey ahogadamente—. Apártate.

—Joey, no, habla conmigo.

—Quítate de en medio, Darren —repitió Joey, temblando de los pies a la cabeza—. Ahora.

Devastada, miré a mi alrededor y vi a mi madre en la cocina. Estaba sentada en su silla con un cigarrillo en la mano.

—Haz algo —le supliqué desde el pasillo—. Mamá, di algo. Por favor. ¡Detenlo!

Ella miró en mi dirección como si yo ni siquiera estuviera allí.

—Joey, no te vayas —le rogó Ollie, bajando corriendo las escaleras—. Por favor.

—Lo juraste —le increpó Tadhg con dureza—. ¡Prometiste que no nos abandonarías, joder!

—Tete —lloraba Sean mientras bajaba los escalones de culo—. ¡Teteee!

Joey se estremeció con un fuerte escalofrío y dejó caer la cabeza.

—Lo siento mucho.

—Quédate, Joey —susurró Darren—. No puedo hacer esto sin ti.

Levantó la cabeza para mirarlo.

—Vas a tener que hacerlo. —Lo apartó de su camino y abrió la puerta—. No los defraudes.

En el momento en que la puerta se cerró de golpe tras Joey, nuestros hermanos pequeños comenzaron a gritar y llorar tan fuerte que no oía lo que les decía Darren en su intento por consolarlos y convencerlos de que subieran las escaleras.

Presa del pánico, corrí hacia la entrada, negándome a permitir que esto sucediera, negándome a ver cómo se marchaba. Abrí la puerta de un tirón y salí corriendo solo para pararme en seco estrepitosamente cuando vi a Aoife. Había aparcado el coche frente a nuestra casa y estaba apoyada, en pijama, contra la puerta del conductor, cortándole el paso a Joey.

—¿Ibas a irte sin decirme nada? —le preguntó con voz ronca mientras el viento le alborotaba la larga melena—. ¿Ni siquiera merezco una puta despedida?

Joey parecía destrozado, de pie frente a ella con la bolsa de deporte a la espalda y la cabeza gacha.

—¡Mírame! —gritó—. ¡Maldita sea, Joey Lynch, más te vale que me mires!

—Aoife, por favor —susurró, sacudiendo la cabeza—. Deja que me vaya.

—No puedo —gritó, sollozando—. ¡No lo haré!

—¡No tengo nada que darte! —rugió entrecortadamente—. No soy bueno para ti. ¿Por qué no te entra en la cabeza?

—No me importa lo material, Joey —balbuceó mientras le pasaba los brazos por la cintura y se aferraba a él—. Solo te quiero a ti.

—Estoy harto, Aoife. —Sacudiendo la cabeza, levantó las manos—. Estoy harto de arrastrarte conmigo.

—No te vayas —gritó ella tras él—. Por favor. Por favor, no te vayas. ¡Joey! ¡Joey! ¡Te quiero!

—Lo sé —dijo ahogadamente, sin mirar atrás, mientras se alejaba—. Y no deberías. Vete a casa y no vuelvas por aquí. ¡Hazte un favor y olvídate de mí!

Observé con horror cómo le fallaban las piernas a Aoife, que se derrumbó en el suelo con un ruido sordo y se cogió del pelo mientras gritaba.

—¡Vuelve!

Aturdida por completo, me apresuré a arrodillarme a su lado.

—Lo siento. —Le pasé los brazos alrededor de los hombros y la abracé con fuerza—. Lo siento mucho.

Aoife volvió la cara hacia mi cuello y lloró desconsoladamente, temblando tanto que temí que le diera un ataque.

—Haz que vuelva —suplicó, sujetándose la barriga con las manos—. ¡Por favor! Lo necesito.

Yo también…

—Chisss. —Le aparté el pelo de la cara y la abracé con fuerza mientras le susurraba una y otra vez al oído—: Ya pasó.

Pero era mentira.

Porque cuando mi hermano desapareció de la vista, supe que aquello solo podía empeorar.

—Voy a ir a buscarlo —dijo en voz baja Darren, que ni siquiera me había dado cuenta de que había salido. Con las llaves del coche en la mano, rodeó el muro del jardín hasta su Volvo—. Deberías entrar, Shan. —Abrió la puerta del conductor antes de añadir—: Y tú deberías irte a casa, Aoife.

—Por favor, encuéntralo, Darren —jadeé.

—Lo haré —respondió, antes de subirse al coche y cerrar la puerta.

Sollozando, Aoife se puso de pie lentamente. Observé cómo se sacudía la parte de atrás de los pantalones del pijama amarillo de felpa que llevaba puesto con movimientos rígidos y robóticos.

—Me voy ya —dijo sin ninguna emoción en la voz—. Adiós, Shannon.

—Adiós, Aoife.

Sin otra palabra, se subió a su viejo y maltrecho Opel Corsa y se fue.

Esperé a que Darren se alejara de casa en su Volvo antes de dejar caer la cabeza entre las manos, en el suelo mismo, y echarme a llorar. Lloré desconsoladamente, incapaz de contenerme un segundo más.

Lloré por vivir en un hogar roto, por tener una familia jodida y por mis hermanos pequeños, pero sobre todo lloré por Joey, por autodestruirse y volar por los aires lo único bueno que tenía en la vida.

Un rato después, escuché a lo lejos el motor de un coche acercándose y vi unas luces brillantes iluminar la oscura calle. Cuando aparcó frente a mi casa, no pude evitar sentir que se encendía la llama de esperanza dentro de mí.

Sollozando, me enjugué las mejillas con las manos y me puse de pie.

—¿Joey? —lo llamé, esforzándome por ver quién había detrás de las ventanas polarizadas—. ¿Eres tú?

La puerta del conductor se abrió y vi el pelo rubio y la sonrisa.

Solo que no era el pelo rubio de Joey, y no era su sonrisa.

No…

—Hola, Shannon.

El aire se me escapó de los pulmones en un silbido de angustia y me derrumbé cuando sentí que se me paraba en seco el corazón antes de volver a arrancar con un ruido sordo.

—N-no. —Sacudiendo la cabeza, me tambaleé hacia atrás solo para perder el equilibrio y desplomarme en el suelo—. Tú n-no deberías estar aquí.

Mi padre entró al jardín y vino hacia mí.

—Vivo aquí, ¿recuerdas?

El miedo me estalló en el pecho y me quedé clavada en el sitio, sin poder mover las extremidades.

—Vamos. —Se detuvo frente a mí, me miró con los ojos inyectados en sangre, tambaleándose, y sonrió—. Dame la mano —dijo, tendiéndome la suya—. Deberías estar en la cama.

El golpe del olor a whisky fue como un maremoto que trajo consigo un tsunami de dolor y recuerdos.

—Deja que te lleve.

«Ha vuelto para acabar contigo».

«Deberías haber mantenido la boca cerrada».

«¡Vete ahora, Shannon!».

Entrando en acción, me puse a cuatro patas y medio gateé, tropezando hacia la puerta principal, con el corazón latiéndome tan fuerte que me dolía.

—¡Ayuda! —grité mientras giraba el pomo de la puerta de un manotazo y caía yo al suelo del vestíbulo—. ¡Mamá! —chillé, jadeando mientras se me erizaba la piel con la familiar sensación de terror—. ¡Mamá!

—¿Qué? —Mi madre salió corriendo de la cocina, solo para detenerse en seco cuando vio quién había de pie en la puerta detrás de mí—. Ay, dios mío —dijo, con una mano sobre el pecho, y se tambaleó hacia atrás.

—Hola, Marie.

—Mamá. —Temblando violentamente, me arrastré por el suelo a cuatro patas y me aferré a su pierna—. ¡Mamá!

—Teddy —graznó ella, temblando tanto como yo—. No puedes estar aquí.

Él levantó las manos.

—Solo quiero hablar contigo. —Dio otro paso dentro de la casa, tambaleándose un poco—. No voy a volver a hacerte daño, cariño.

«Está mintiendo».

Negué con la cabeza.

—¡Mamá, no, no le hagas caso!

—Tienes que irte —jadeó ella, retrocediendo conmigo a rastras—. Tienes que irte ahora mismo.

—Marie —dijo mi padre con ese tono de voz meloso que ponía, arrastrando las palabras—. Somos una familia. —Cerró la puerta tras él y echó el pestillo—. Tenemos que estar juntos.

—No. —Mi madre negó con la cabeza—. No, no, tienes que irte ahora mismo.

—¿Están los niños en la cama? —preguntó, ignorando sus súplicas, mientras se guardaba la llave de casa en el bolsillo—. Bien. —Dio otro paso hacia nosotras—. Es mejor que estén dormidos.

—Teddy… —A mi madre se le rompió la voz—. Por favor, no…

—No pasa nada, Marie —la persuadió mi padre—. Volveremos a estar todos juntos.

«Esto es grave, Shannon».

«Esto es muy grave».

«Tienes que irte de aquí».

«Vete».

«Corre…».

Solté la pierna de mi madre y me abalancé hacia las escaleras con cada centímetro del cuerpo tenso por el miedo a lo que se venía.

—Buena niña, Shannon, no voy a hacerte daño —farfulló mi padre—. Vete a la cama y cierra los ojos. Todo se habrá arreglado por la mañana.

Decidí escapar en lugar de quedarme a esperar a que cambiara de opinión y subí las escaleras a trompicones tan rápido como me lo permitieron las piernas.

—¿Qué pasa? —preguntó Tadhg, asomándose a su dormitorio—. Shan…

—Echad el pestillo —grazné—. Papá ha vuelto.

Tadhg abrió mucho los ojos, aterrorizado.

—¿Q-qué?

—¡Que eches el puto pestillo, Tadhg! —grité—. No es una broma.

Volvió corriendo a su habitación y cerró la puerta con cerrojo.

Respirando con dificultad, corrí a mi dormitorio y di un portazo. Eché el pestillo y miré a mi alrededor como una loca mientras el pánico me desgarraba las entrañas. Mi instinto de supervivencia se puso en marcha y me abalancé sobre la cómoda, que empujé con todas mis fuerzas hasta atrancar la puerta. Todavía histérica, arrastré también la mesilla de noche.

Su voz estaba allí.

Podía oírlo.

Podía oír a mi madre.

No estaban gritando ni chillando.

Estaban hablando.

¿Por qué estaban hablando?

Traté de recuperar el aliento dando vueltas de un lado al otro, pero me estaba costando. Me subí a la cama, me deslicé bajo las sábanas y tiré bruscamente del edredón para cubrirme la cabeza. Entonces algo repiqueteó en el suelo y me puse rígida.

El móvil.

Temblando, aparté el edredón y lo cogí. Marqué el número sin pensar siquiera en lo que estaba haciendo. Era como si estuviera actuando por instinto. Pulsé llamar, me puse el teléfono en la oreja y contuve la respiración.

—Gibs —dijo la voz soñolienta de Johnny al otro lado de la línea, y sentí una oleada de alivio—. Si esto no es una emergencia, voy a retorcerte el maldito pescuezo.

—H-hola, Johnny.

—¿Shannon? —Su voz era más suave ahora—. ¿Estás bien?

Negué con la cabeza y me puse de pie, incapaz de quedarme quieta.

—No.

—¿Qué pasa? —preguntó con la voz llena de preocupación—. ¿Qué ha ocurrido?

No podía hablar.

No podía decirlo en voz alta.

—Háblame, Shan —insistió—. ¿Sí?

—Está aquí —alcancé a decir—. Está abajo y tengo miedo.

—¿Qué quieres decir?

—Mi padre —balbuceé—. Está en casa, Johnny.

—¿Puedes salir? —preguntó.

—No. —Negué con la cabeza y contuve un sollozo—. Está en la cocina. No puedo volver a bajar.

—Estoy en camino —respondió sin dudarlo—. Salgo ahora mismo.

—Lo siento —susurré, hundiéndome de nuevo en mi cama.

—No pidas perdón —me dijo—. ¿Estás a salvo? ¿Estás en tu cuarto?

—Sí. —Asentí con la cabeza—. He cerrado la puerta.

—Ya estoy en el coche, Shan —me informó—. Iré tan rápido como pueda.

—Algo va mal —solté—. Está diferente esta noche. No sé qué está pasando, Johnny, pero algo va muy mal. Lo siento en los huesos.

—Voy a sacarte de ahí —prometió—. Te lo juro. Voy a sacarte de ese jodido agujero para siempre.

—Johnny, estoy muy asustada.

—Lo sé —me tranquilizó—. Lo sé, nena, pero ya voy. —Suspiró pesadamente—. Shannon, te quiero.

—Yo también te quiero, Johnny —susurré, y colgué.

Sabía que era egoísta llamarlo en plena noche y sacarlo de la cama, pero la verdad es que no podía aguantar ni un segundo más. Me sentía al borde de algo de lo que no estaba segura que hubiese vuelta atrás.

Tenía miedo de morir en esta casa.

Inquieta, me pasé las manos por el pelo al menos una docena de veces antes de darme por vencida y hacerme una trenza que me bajaba por el hombro derecho.

Los pasos en la escalera resonaron en mis oídos y me estremecí.

«Date prisa».

«Por favor, date prisa».

Poniéndome las deportivas, me apoyé contra la ventana de mi habitación conteniendo la respiración y miré hacia la calle.

Cuanto más tiempo pasaba, y más fuerte se oía el ruido de abajo, más paranoica me volvía.

Para cuando los familiares faros entraron en la calle, ya jadeaba sonoramente.

Llamaron a la puerta e instintivamente me tensé del miedo.

—¿Estás en la cama, Shannon? —preguntó la voz de mi padre desde el otro lado.

Miré de mi puerta a la ventana con los ojos desorbitados de puro terror.

—Sí —me las arreglé para decir, aunque era difícil respirar cuando el pánico te consumía.

—Buena chica —respondió y el sonido de algo derramándose en el suelo frente a mi cuarto resonó en mis oídos—. Vete a dormir ya, Shannon—. El hedor a alcohol flotaba por debajo de la puerta de mi dormitorio y el terror me desgarró el pecho—. Tus hermanos también están durmiendo —añadió—. Tú cierra los ojos y todo se habrá arreglado por la mañana.

—Vale —dije con voz ronca, temblando de pies a cabeza, mientras abría la ventana de mi habitación y me subía a la repisa—. B-buenas noches, papá.

65

SÁCALOS DE AQUÍ

Johnny

Cuando me detuve frente a la casa de Shannon y salí del coche, las manos me temblaban sin parar. Hecho una furia, atravesé el sendero del descuidado jardín con toda la intención de derribar la jodida puerta de una patada para sacar a mi novia de esa casa.

—¿Johnny? —La voz de Shannon resonó en mis oídos y retrocedí para mirar la ventana de su dormitorio, que estaba en el segundo piso.

Joder.

—Hey, hey, hey… —Levanté las manos, con el pulso acelerado—. No salgas por ahí, nena —le advertí, mirando con el corazón en la boca cómo se subía al alféizar de la ventana y bajaba a la veranda de mierda. Sabía que era una birria porque casi me rompo el cuello escalándola. Shannon llevaba puesto un pijama azul marino de pantalón corto y unas deportivas desgastadas en sus diminutos pies. Sin sudadera. Sin chaqueta. Nada—. Tú vuelve a subir —la engatusé, aterrorizado al verla allí arriba—, que ahora entro a buscarte.

—No puedo. —Sacudió la cabeza y siguió balanceándose de culo hasta el borde de la veranda—. He atrancado la puerta.

—Tírame tus llaves —le pedí—. No bajes hasta aquí…

—No, no, no, no lo entiendes —susurró—. Está muy raro, Johnny, y no quiero que sepa que me voy. Tú cógeme, ¿vale?

Ay, mierda.

—Shannon, te vas a hacer daño —alcancé a decir, ahora en modo de pánico total—. No puedes saltar de ahí, nena. Eres demasiado pequeña.

—No te acerques a la puerta, Johnny —me rogó cuando fui a hacer precisamente eso—. ¡Por favor! Solo… solo evita que me caiga, ¿vale?

Furioso, reprimí un gruñido y caminé hasta el borde del sendero, muy agradecido de medir un metro noventa.

—Vale. —Estiré las manos hacia arriba, rezando para que fuera lo bastante ágil para no tropezar y romperse el maldito cuello—. Despacio.

Se acercó al borde de la veranda y entré en pánico.

—No saltes —le advertí—. Baja las piernas y yo te las cogeré.

Afortunadamente, Shannon me hizo caso y bajó con cuidado.

—Buen trabajo. —Le pasé un brazo alrededor de las piernas y levanté la mano libre para que me la cogiera—. Te tengo —le prometí—. Confía en mí...

No tuve la oportunidad de terminar la frase, porque Shannon se abalanzó literalmente sobre mí.

La atrapé sin problema, le pasé un brazo por la espalda y la puse de pie.

—No vuelvas a hacerme eso jamás —dije ahogadamente, respirando con dificultad por el ataque al corazón que casi me da—. Podrías haberte matado.

—Lo siento —susurró, hundiendo la cara en mi pecho—. Gracias por venir.

—¿Dónde está Joey? —pregunté mientras la conducía a mi coche.

—Se ha ido, Johnny —sollozó—. Se ha marchado.

—¿Y Darren?

—Ha ido a buscar a Joey —gimoteó, hundiéndose en el asiento del copiloto—. Todo se ha ido a la mierda.

—¿Está tu madre ahí con él?

Ella asintió.

—No he podido hacer nada. Ha... ha aparecido y ella estaba allí de pie. Tenía miedo, así que he salido corriendo y la he dejado con él.

—Bien —le dije, muerto del alivio de que hubiese tenido la prudencia de huir.

—No, no, no está bien —discutió débilmente, con voz de estar confundida—. No está bien en absoluto. —Sacudiendo la cabeza, se presionó las sienes con los dedos y dejó escapar un suspiro entrecortado—. Mi padre ha subido para asegurarse de que estaba dormida, y ha sido amable —me explicó, mirándome con los ojos como platos, aterrorizada—. No entiendo lo que está pasando.

—¿Dónde están los chicos?

—En sus habitaciones. —Dejó caer la cabeza entre las manos y sollozó—. He entrado en pánico. Debería habérmelos llevado conmigo, pero no... no podía pensar con claridad.

Joder.

—Vale. —Tratando de mantener un tono de voz tranquilo, me saqué el móvil del bolsillo—. Llamaré a la Gardaí. No puede estar aquí. Lo arrestarán...

—¿Q-qué? Johnny, no, no, no... —Sacudiendo la cabeza, Shannon se abalanzó sobre mi teléfono—. Si llamas, se nos llevarán ahora mismo —graznó, presa del pánico—. Me llevarán lejos de aquí. —Las lágrimas corrían por sus mejillas—. No te volveré a ver.

—No, no es cierto —traté de convencerla—. Nadie se te va a llevar a ninguna parte…

—No lo entiendes —sollozó—. Tú no sabes cómo funciona esto, pero yo sí.

Me quedé allí quieto, completamente perdido. ¿Qué demonios se suponía que debía hacer? No podía largarme de allí como si nada.

—Shannon —lo intenté de nuevo—, no dejaré que nadie se te lleve. Mis padres me han dicho que…

—No lo entiendes —me interrumpió—. Si viene la Gardaí, llamarán a Patricia y a los trabajadores sociales. —Un gran sollozo hizo que su cuerpecillo se estremeciera—. Nos sacarán de casa, y no podrás detener eso. Nadie podrá.

—No puedes vivir así, Shan —dije con voz ahogada, sintiendo una descarga de ira—. Esto tiene que parar.

—Lo sé —sollozó ella—. Pero es que no sé cómo detenerlo.

Soltando un gruñido bajo, me pasé las manos por el pelo y miré hacia la casa.

—Escucha, tú espérame en el coche y cierra todas las puertas.

—Johnny…

—Quédate aquí —repetí, tratando de mantener un tono suave de voz—. Tengo que sacar a los chicos. No puedo dejarlos allí con él, ¿vale?

—¡No! —Pegó un bote del coche y se agarró a mi camiseta—. Nos quiere a todos en la cama. Si te ve, sabrá que te he llamado, sabrá que no estoy en la cama, y no sé qué hará. —Sacudió la cabeza rotundamente, aferrándose a mí con fuerza—. Ahora está tranquilo, pero si entras, podría hacerles daño. ¡Podría hacerte algo a ti! No sabes de lo que es capaz, Johnny. ¡Tú no lo sabes!

Las alarmas se disparaban a mi alrededor.

—No dejaré que me vea —le aseguré con voz firme—. Me colaré y sacaré a los chicos sin que me coja. Te lo prometo. Pero no puedo dejarlos en esa casa, Shannon.

Parecía indecisa mientras me miraba con expresión suplicante.

—Entonces voy contigo…

—No, de eso nada —prácticamente siseé, acompañándola de vuelta al asiento del copiloto, con el corazón retumbándome con fuerza ante la idea de que se acercara a ese hombre—. Quédate en el coche, nena —le ordené, cerrando la puerta de golpe antes de que tuviera la oportunidad de responder, y apresurándome a regresar a la casa.

Me temblaban las manos cuando cogí el contenedor y lo arrastré en silencio hasta la veranda. Odiaba las alturas, pero no tanto como odiaba esta maldita casa. Me subí a la parte superior del cubo y me aupé a la veranda, tratando de no pensar en lo que estaba haciendo y rezando para que Shannon tuviera la sensatez de quedarse en el coche. Me sujeté al alféizar de la ventana de su dormitorio y me colé, con cuidado de no hacer ruido. Lo primero que noté fue el insoportable hedor a whisky mientras apartaba rápidamente los muebles que Shannon había apilado contra la puerta.

Borracho de los cojones.

Mi instinto me exigía que bajara y le arrancara la puta cabeza, pero mi cerebro gritaba con más fuerza que sacara a aquellos niños de esa casa y que me llevara a Shannon de allí.

«No te vuelvas loco —me repetí mentalmente mientras despejaba el camino—. Sé astuto».

«No puedes protegerla si estás en prisión, Johnny».

«Mantén la calma».

«Han sufrido bastante».

«¡Sácalos de aquí!».

Con el corazón martilleándome en el pecho, abrí la puerta del dormitorio de Shannon lentamente e hice una mueca cuando crujió. El silencio en la casa era inquietante y los susurros que llegaban desde la cocina me habían puesto de los nervios. Shannon tenía razón. Aquí pasaba algo muy malo. Crucé un charco de vete a saber qué y salí al rellano solo para quedarme paralizado del terror cuando vi a Sean bajando los escalones de culo.

Sin pensarlo siquiera, impulsado por los gritos de advertencia de mi instinto, lo llamé en voz baja:

—Sean.

El pequeño se detuvo en el recodo de la escalera y me miró, con los ojos muy abiertos y temeroso, y juro que se me desgarró el corazón.

Sonriendo tanto como pude, lo saludé con la mano y le hice un gesto para que viniera hacia mí. Decir que estaba horrorizado era quedarse corto para la sensación que me invadió cuando vi una mancha húmeda extenderse por la entrepierna de los pantalones de su pijama de *Bob y sus amigos* mientras subía obedientemente las escaleras hacia mí. Ahora que me fijaba, estaba mojado de la cabeza a los pies.

Joder…

Cuando llegó al rellano, se limitó a mirarme fijamente, con el pelo empapado, un oso de peluche andrajoso en las manos, los ojos como platos y cara de devastación mientras se chupaba tres deditos.

—Hola, Sean —susurré, agachándome a su altura y casi farfullando cuando me llegó el tufo a whisky—. ¿Te acuerdas de mí? —le pregunté, con los ojos llorosos por el hedor—. Soy Johnny.

Me miró con esos enormes ojos tristes y asintió lentamente.

—¿Quieres venir a dar una vuelta conmigo de nuevo? —le dije, desesperado por sacarlo de este infierno—. ¿Te apetece?

Silencioso como un fantasma, asintió de nuevo.

—Buen chico. Voy a cogerte, ¿vale? —lo persuadí, alargando lentamente las manos hacia él—. No te voy a hacer daño. Soy un buen amigo, ¿recuerdas? Tengo un coche rápido y un montón de chuches… —Lo cogí en brazos poco a poco, como si fuera una bomba a punto de explotar. La hostia, estaba empapado—. Bien hecho, colega —lo tranquilicé al ver que no se resistía—. Voy a llevarte con tu hermana ahora, ¿vale?

—Tete.

Me quedé helado al escucharlo hablar por primera vez.

—Eeeh…, ¿Sean? —susurré, con el corazón en la boca—. ¿Qué has dicho?

—Tete ido —musitó, tocándome la cara con los dedos babosos—. Tete.

—Lo sé, colega, pero volverá pronto. —Me lo coloqué sobre la cadera y fui de puerta en puerta, revisando cada habitación en busca de los niños—. Voy a conseguirte algo de ayuda. Te llevaré otra vez a mi casa, donde no hay gritos, y puedes darte un baño. Un gran baño de burbujas con patos y todo. Te quitaremos esa priva cochina.

—Papi malo —susurró, acariciándome la mandíbula con sus dedos regordetes.

—Lo sé, colega —mascullé—. Pero yo no te haré daño.

—Papi au —murmuró—. Au, au, papi.

«Mantén la calma, Kav».

«No te vuelvas loco con un bebé en brazos».

—¡Vete a la mierda! —escupió una voz familiar desde detrás de la puerta que había cerrada al final del pasillo cuando probé de abrirla—. Tengo un cuchillo.

—Tadhg —susurré—. No pasa nada. Abre la puerta.

—¿Quién está ahí?

—Johnny —respondí—. No os asustéis, chicos. Voy a sacaros de aquí.

—Quiero irme —dijo Ollie desde detrás de la puerta.

—Cállate, Ollie —siseó Tadhg—. No sabemos seguro si es él.

—Es él —graznó este—. Tiene la voz rara, Tadhg.

—Soy yo —les aseguré, esforzándome por tener paciencia cuando lo único que quería hacer era abrir la puerta de una patada y sacarlos a rastras—. He venido a llevaros, chavales, pero necesito que estéis lo más callados posible. ¿Podéis hacerlo? Hablad en voz baja y no hagáis ningún ruido.

Esperé un minuto y medio antes de que sonara un clic y la puerta del dormitorio se abriera lo suficiente para que asomaran dos cabezas rubias.

—¿Qué haces aquí? —susurró Tadhg, mirándome desconfiado.

—Shannon me ha llamado —respondí con calma—. Sé que vuestro padre está en la cocina con vuestra madre, y he venido a sacaros.

—¿Yo también puedo ir? —preguntó Ollie, mirándome con una expresión esperanzada.

—Por supuesto —alcancé a decir, con la voz cargada de emoción—. He venido a por todos vosotros.

—¡Ollie! —escupió Tadhg entre dientes—. ¿Qué hay de mamá?

—No me importa —lloró este mientras empujaba la puerta y salía al rellano—. No quiero estar aquí.

—¿Qué pasa con mi madre? —me preguntó Tadhg, mirándome con cautela, como si estuviera sopesando sus opciones—. ¿Puede venir ella también?

—Si quiere, sí —me obligué a decir—. Pero antes tengo que sacaros sin que vuestro padre nos vea, ¿vale? Luego volveré a por ella —añadí, buscando la manera de que saliera de esa habitación—. Te llevaré a mi casa y te prometo que después volveré a buscar a tu madre.

Se le dilataron las fosas nasales.

—¿En serio?

Asentí.

—En serio.

Me estudió con atención un momento.

—¿Tu madre estará allí?

—Sí —respondí uniformemente, hundiéndome de alivio cuando soltó la puerta.

—¿Nos dará helado otra vez?

—Ya lo creo.

Miró hacia su habitación y soltó un suspiro antes de volverse hacia mí.

—Vale.

—Vale. —Suspiré aliviado y les hice un gesto para que me siguieran a la habitación de Shannon—. Escuchad, la puerta de abajo está cerrada, así que vamos a tener que salir por la ventana.

El corazón me latía tan fuerte que me preocupaba que el crío en mis brazos pudiera sentirlo. De hecho, estaba seguro de que podía, porque Sean me puso una manita en el pecho y susurró:

—Bum, bum.

—No podemos salir por la ventana —dijo Ollie en voz baja, cuando me asomé con Sean en brazos—. Se te caerá. Y tengo miedo.

—No pasa nada —dije secamente, sabiendo que no había forma segura de sacar a tres niños por una ventana a dos pisos de altura sin matarlos—. Pensaremos en otra cosa.

—¿Cómo vamos a salir? —preguntó Tadhg, que parecía aterrorizado—. ¿Estamos atrapados?

—Estamos atrapados —lloró Ollie—. Papá está abajo y nos va a matar cuando te vea. —Sollozando, añadió—: ¡Ha dicho que íbamos a dormir todos, y no estamos dormidos!

—Pasa algo, Johnny —balbuceó Tadhg—. Estamos en un lío, ¿no?

—No, no, no lo estamos —le aseguré, con el pulso acelerado—. Lo prometo, os sacaré de aquí. Vuestro padre no nos va a ver. Todo va a ir bien—. Busqué con la mirada por la pequeña habitación y dije—: Solo tenemos que encontrar las llaves de Shannon.

—Se las guarda en el abrigo —graznó Ollie, temblando visiblemente ahora—. Siempre lo cuelga en la barandilla de abajo.

Asintiendo, traté con desesperación de controlar mis emociones mientras me pasaba a Sean al otro lado de la cadera y le tendía una mano a Ollie. Este vino de buena gana y se aferró con los brazos a mi cintura como si le fuera la vida.

—No tengas miedo —susurré, tratando de consolarlo—. Vamos a bajar las escaleras lo más en silencio que podamos, ¿vale? —Mirando a Tadhg, dije—: Coge a tu hermano de la mano y quédate justo detrás de mí.

—¿Y si nos ve? —preguntaron ambos.

—No lo hará —negué en voz baja, haciendo otra promesa que no estaba seguro de poder cumplir mientras me dirigía hacia las escaleras con Sean aferrado a mí como un mono—. No hagáis ningún ruido —susurré.

Descalzos y en pijama, Tadhg y Ollie asintieron y me siguieron sin decir una palabra.

Mientras bajaba sigilosamente la escalera de madera, que estaba resbaladiza y mojada, sentí una terrible punzada de remordimiento en lo más hondo por la forma en que estos niños tenían que vivir. Cuando yo tenía nueve años, jugaba con Pokémon y construía fuertes. A los doce, mi mayor preocupación era marcar un tanto. No podía concebir cómo debían de sentirse estos críos.

—Buen trabajo —le susurré al oído a Sean. Cuanto más descendíamos por las escaleras, más fuerte temblaba en mis brazos—. Ya casi hemos llegado.

Jamás me había alegrado tanto de ver un abrigo caqui como cuando encontré el de Shannon descansando en la barandilla. Resbalé con el líquido del escalón inferior, pero logré enderezarme antes de caer. Tras recuperar el equilibrio, deslicé una mano en el bolsillo del abrigo y casi lloré de alivio cuando toqué con los dedos el llavero. Eché un vistazo a Tadhg y Ollie, que estaban de pie en el último escalón, y les dediqué lo que esperaba fuera una sonrisa tranquilizadora. Ambos chicos se hundieron de alivio cuando agité las llaves frente a ellos.

—No tiene por qué ser así —escuché que lloraba la madre de Shannon, y me quedé helado, con el corazón retumbándome en el pecho. Me volví para ver las expresiones de terror de Tadhg y Ollie y me llevé un dedo a los labios—. Sabes que te quiero —continuó ella, en voz baja y queda—. Podemos arreglar esto, Teddy, pero no si...

—Marie, Marie, Marie —farfulló su padre—. Esta es la única manera.

Un pequeño gemido escapó de la garganta de Sean y le acurruqué la cara en mi pecho, rezando a lo más sagrado para que me ayudara a sacar a estos niños.

—Chisss —gesticulé con los labios, meciéndolo en mis brazos—. Chisss.

—No para ellos —sollozó su madre—. Para nosotros tal vez, pero no para ellos, Teddy.

—Ellos son parte de nosotros —respondió él en un tono de voz espeluznante—. Todos lo son.

—Por favor —continuó sollozando la madre en voz baja—. Te quiero, Teddy. No hagas esto. Te quiero.

—Esta es la única manera —contestó el padre con calma—. Bebe conmigo. Te ayudará a calmarte.

Levanté una mano cuando Tadhg hizo ademán de venir hacia mí y miré alrededor del pasillo, preguntándome cómo narices iba a sacar a estos niños de casa sin que sus padres nos vieran. La puerta de la cocina estaba abierta de par en par, por lo que tendrían una vista perfecta de la entrada.

Obligándome a respirar lentamente, mantuve la espalda pegada a la pared y me acerqué a la puerta, haciendo un gesto a Ollie y Tadhg para que me siguieran despacio. La maldita escalera era como una trampa mortal. El mediano resbaló en el último escalón y se abalanzó sobre mí. Con los brazos alrededor de mi cintura, se aferró a mí con más fuerza que Sean.

—Chisss —susurré cuando se sacudió con un pequeño sollozo—. Chis, colega.

Temblando de la cabeza a los pies, Tadhg patinó por el suelo hasta mi otro lado y me hundió la cara en el costado, lo que hizo que se me partiera el corazón completamente. Sabía que este niño era orgulloso. Era duro para tener doce años. Y verlo desmoronarse así fue preocupante.

Le pasé una mano por su cabeza rubia y me dirigí con cuidado hacia la puerta con los tres colgando literalmente de mí, vigilando el líquido en el suelo y sin apartar la mirada de la puerta de la cocina mientras avanzaba.

Cuando llegué a la entrada, vi a su padre desplomado en una silla a la mesa de la cocina, de espaldas a la puerta. Había varias botellas vacías de whisky y vodka alineadas frente a él y supe que si se daba la vuelta en ese momento, lo mataría. Había tomado la decisión nada más escuchar su espeluznante voz y estaba extrañamente conforme con ello. Si le ponía una mano encima a estos niños, iba a enterrar a ese hombre.

Concentrándome en mantener el pulso firme, deslicé la solitaria llave en la cerradura y la giré despacio, haciendo una mueca cuando chirrió.

Una fuerte tos proveniente de la cocina amortiguó el ruido y giré la cabeza hacia atrás para ver a la madre de Shannon mirándome fijamente.

Mierda.

Se me paró el corazón y, por unos momentos aterradores, esperé a ver qué hacía.

Ella asintió.

Yo vacilé.

Asintió de nuevo.

Sin apartar la mirada de ella, giré el pomo lentamente y abrí la puerta hacia dentro. La madre volvió a toser con fuerza y ahogó el crujido de los goznes cuando empujé a Tadhg y a Ollie a través de la pequeña rendija de la puerta.

Con Sean en brazos, le di la espalda para irme, pero enseguida me volví para mirarla, nervioso y dubitativo.

—Vete —gesticuló con la boca, mirándome directamente a los ojos—. Vete ya.

—¿Y tú? —me sorprendí respondiendo, indeciso por el aprieto en que me vi.

—Beberé contigo —dijo la señora Lynch en un tono tranquilo, sin dejar de mirarme—. Un trago de despedida.

—Buena chica —farfulló su esposo, con los hombros caídos.

—Antes cerraré esta puerta —añadió ella—. Para no despertarlos.

—Así es —respondió él, asintiendo con la cabeza—. Es mejor que duerman mientras tanto.

La señora Lynch se puso de pie y se dirigió con calma hacia la puerta de la cocina, con el rostro vacío de toda emoción y la mirada clavada en mis ojos.

—Sácalos —gesticuló con los labios lentamente—. Llévatelos de aquí.

Aturdido y confundido, me quedé en la puerta principal con su bebé en mis brazos.

—Ven conmigo —respondí en silencio, instándola a huir—. Vamos.

Ella sacudió la cabeza.

—No.

—¿Por qué?

—Vete.

—No puedo.

—¡Vete ya!

—Volveré a por ti. —Completamente impotente, dejé escapar un suspiro entrecortado—. Te lo prometo.

—No vuelvas. —Sacudió la cabeza—. Salva a mis hijos. —Entonces miró a Sean, que tenía la cara en mi cuello, y una lágrima solitaria se deslizó por su mejilla—. Diles que lo siento —articuló con la boca, y luego cerró la puerta de la cocina.

Tambaleándome en silencio y con su hijo más pequeño aún en mis brazos, salí de la casa, cerré la puerta detrás de mí y corrí hacia mi coche.

66

AH, MIERDA

Shannon

Entumecida hasta los huesos, estaba sentada en el asiento del copiloto del Audi de Johnny, con su mano apoyada en la mía sobre la palanca de cambios, y mis tres hermanos pequeños en el asiento trasero. Los niños iban descalzos y en pijama, por lo que Johnny tenía la calefacción a tope para mantenerlos calientes.

—¿Qué hay de esta, chavales? —preguntó, subiendo el volumen de «Why Don't You Get A Job», de The Offspring.

Había estado poniendo todas las canciones explícitas que había podido encontrar en el CD recopilatorio de Gibsie desde que dejamos Elk. Cuantas más palabrotas y obscenidades hubiese en la canción, más dejaban de sollozar y moquear mis hermanos para echarse a reír. Johnny estaba tratando de distraerlos, y estaba funcionando. Cantando a pleno pulmón, sacudía la cabeza como un loco, animando a los niños a soltar tacos y cantar con él.

Para cuando sonó «Just Lose It», de Eminem, y Johnny se arrancó a rapear con entusiasmo, incluso Sean estaba riéndose. Una amplia sonrisa le atravesó las mejillas, surcadas de lágrimas, mientras miraba con asombro a mi novio.

—Mejor no dejes el rugby —se rio Tadhg desde el asiento trasero—. Se te da fatal rapear, tío.

—Se te da fatal rapear, tío —lo imitó Johnny con acento de Cork, haciendo que su voz se elevara varias octavas—. Al menos no parece que esté cantando cuando hablo.

—No —dijo Tadhg con una risilla—. Porque no sabes cantar una mierda.

—Tadhg —suspiré pesadamente—, no digas palabrotas.

—Él ha dicho que podíamos —replicó mi hermano, señalando la nuca de Johnny.

—Eso es porque habla raro —se rio Ollie—. Dice mucho «mierda».

—Ollie —lo regañé—. No digas esas cosas.

—Solo tenéis permiso esta noche, chavales —les informó Johnny—. Y puede que queráis cuidar vuestros modales con los adultos.

—¿Qué hay de mi madre? —preguntó Tadhg entonces.

Suave como la miel y sin vacilar, Johnny dijo:

—He hablado con vuestra madre antes de irme. Ha dicho que podéis quedaros todos en mi casa esta noche.

Ollie abrió los ojos como platos.

—¿Sí?

Johnny asintió con la cabeza, pero no se me escapó el temblor en su mano, el que trató de sacudirse discretamente. Estaba mintiendo.

—No hay problema, chavales —añadió, atravesando las vallas de su propiedad—. Consideradlo una aventura.

—Me gustan las aventuras —sentenció Ollie.

Todas las luces del lugar estaban encendidas, lo que hacía que el edificio pareciera aún más impresionante que durante el día a medida que nos acercábamos a la casa de Johnny. Desesperada por mantener la mente lo más despejada posible, conté una y otra vez las dieciocho ventanas que había en la fachada y luego me pregunté cuántas veces al mes llamaría la señora Kavanagh a los cristaleros, porque siempre estaban impecables y relucientes.

En el momento en que Johnny apagó el motor del coche, la puerta principal se abrió y su madre salió corriendo en bata, con los ojos desorbitados y una mirada desquiciada.

—¿Adónde has ido? —le preguntó, con una mano contra el pecho—. ¡Te he estado llamando!

—Ah, mierda —murmuró Johnny, desabrochándose el cinturón de seguridad—. Esperad aquí un segundo, iré a calmarla.

Salió del coche y corrió hacia su madre para darle unas palmaditas en la espalda cuando lo abrazó.

—Estoy bien, mamá. Estoy bien, solo me he dejado el móvil en el coche.

—No sabía lo que estaba pasando —alcanzó a decir, abrazando a su hijo—. He oído unas ruedas derrapar y cuando he ido a tu habitación, te habías ido. —Sacudiendo la cabeza, le cogió la cara entre sus manos—. No puedes hacerme esto, Johnny. —Volviéndose hacia la casa, gritó—: John, está bien. Vuelve a llamar a Sadhbh, amor. Dile que le diga a Gerard que puede dejar de buscar. Está en casa.

Me estiré entre los asientos y pulsé el botón de la puerta de Johnny para subir las ventanas; no quería que mis hermanos escucharan lo que estaban hablando.

—¿Por qué está llorando Dellie? —preguntó Ollie en un susurro, inclinándose entre los asientos para observar la conmoción.

—Porque estaba preocupada por Johnny —le expliqué, con un nudo en la garganta al verlo—. Es su hijo.

—¿Por qué estaba preocupada? —quiso saber, mirándome con esos ojos castaños—. ¿Está en un lío o algo así?

—No, Ollie, pero es medianoche y probablemente temía por él.

—¿Porque es muy tarde?

Esbocé una sonrisa insípida.

—Exacto.

Ollie volvió a mirar hacia donde la señora Kavanagh seguía estrechando con todas sus fuerzas a su hijo antes de soltar un suspiro. El señor Kavanagh se había unido a ellos y cogía a Johnny por la nuca mientras hablaban por encima de la cabeza de su esposa.

—Vaya —exclamó Ollie en voz baja—. Su mamá y su papá lo quieren un montón, ¿eh?

—Mamá también nos quiere a nosotros —dije con voz ronca, sintiendo la necesidad de tranquilizar a mi hermano—. No lo dudes nunca.

Tadhg hizo un ruido desde el asiento trasero y murmuró algo ininteligible, algo que se parecía muchísimo a «sí, sigue soñando».

—Sean, ¿tienes frío? —pregunté, intentando que no me temblara la voz.

Tiritando, mi hermano menor asintió.

—Apesta —señaló Tadhg con un resoplido—. Se ha vuelto a mear.

—Y huele a papá —añadió Ollie, arrugando la nariz—. No huele muy bien, Shan.

—Ven aquí conmigo, Sean —lo engatusé, extendiendo las manos hacia él—. Yo te mantendré caliente.

—Un momento —se quejó Tadhg cuando Sean trató de levantarse con el cinturón de seguridad aún puesto—. Tengo que desabrocharte primero, tontaco.

—Mierda —susurró Sean mientras esperaba que lo soltara.

—Eso es —se rio este, desabrochándole el cinturón.

—No le animéis a decir palabrotas —les advertí a mis hermanos mientras ayudaba a Sean a pasar por los asientos y lo abrazaba contra mi pecho—. Solo tiene tres años.

Ollie y Tadhg se encogieron de hombros a modo de respuesta antes de ponerse a abrir todos los compartimentos y apretar todos los botones que encontraron en la parte trasera del coche de Johnny.

—Teté —graznó Sean, temblando violentamente, mientras me pasaba los bracitos alrededor del cuello—. Tete ido.

—No —susurré, meciéndolo con suavidad—. Volverá.

El corazón me retumbaba con fuerza en el pecho y las yemas de los dedos me hormigueaban, entumecidas, mientras me obligaba a mantener la calma.

Estaba cohibida, aterrorizada y avergonzada. Por ridículo que sonara, no quería que Johnny viera esta parte de mi vida, pero ahora lo estaba viendo todo; lo desagradable que era mi familia en realidad. Las razones por las que yo era así. Todos mis problemas…, todos empezaban y terminaban con ese hombre al que llamaba papá.

Mantuve la mirada en los Kavanagh y supe el momento exacto en que Johnny explicó lo que había sucedido esa noche, porque su madre se tapó la boca con las manos y hundió la cara en el pecho de su marido. La mirada de su padre se desvió hacia el coche y pude ver la preocupación en sus ojos. Hablaron durante varios minutos más en voz baja mientras yo permanecía sentada, inmóvil como una estatua, sintiéndome como si me estuvieran juzgando, antes de que Johnny corriera hacia nosotros. Su madre hizo ademán de seguirlo, pero el señor Kavanagh la acompañó de regreso a la casa. Johnny rodeó el coche, me abrió la puerta y me sonrió.

—Vamos, Shan. Entremos.

Oh, menos mal.

Solté un suspiro entrecortado.

—¿Están seguros?

Él asintió y cogió a Sean.

—Ven aquí, hombretón. —Con mi hermano en brazos, me tendió la mano—. Vamos a entrar todos en calor. —Mirando a Ollie y Tadhg, dijo—: Venga, chavales, mi madre ha ido a por el helado.

—Toma —vitoreó el mayor mientras abría la puerta y salía disparado del coche, corriendo hacia la casa.

Ollie, a la zaga, gritaba mientras lo perseguía:

—Espérame, Tadhg.

Temblando de los pies a la cabeza, salí del coche, helada hasta los huesos, y miré a mi novio.

—Gracias —dije con voz ronca, con los dientes castañeteándome y palpitaciones por la adoración que sentía por el chico que tenía delante—. Por todo.

—Haría cualquier cosa por ti, Shannon como el río —respondió Johnny bruscamente, acercándome a su lado—. Lo que fuese.

Le creía, pero deseaba que no tuviera que hacerlo.

67

LA MORDACIDAD DE LA CONCIENCIA

Johnny

Me sorprendía cómo podía estar tan tranquilo cuando estaba sufriendo una crisis nerviosa por dentro. En cuanto les conté a mis padres lo que había pasado, mi padre me indicó que actuara con normalidad con Shannon y sus hermanos mientras él entraba con mi madre para llamar a la Gardaí. Asimilar lo que había hecho me estaba afectando mucho, y el olor a alcohol que emanaba del pequeño en mis brazos me traía pensamientos chunguísimos. Sabía que tenía que volver a por su madre. Le había prometido que lo haría. Cada parte de mi ser me gritaba que regresara a esa casa ahora mismo, pero, por una vez en mi vida, estaba tratando de hacer lo que mi padre me había pedido manteniendo la calma y dejando que la Gardaí se ocupara.

Con Sean en un brazo y Shannon debajo del otro, los conduje a la sala de estar, donde mi padre estaba volviendo a encender el fuego. Fue una lección de humildad ver lo increíblemente fuertes que eran estos niños. Acababan de pasar por algo que trastornaría a un hombre adulto, yo mismo incluido, y sin embargo aquí estaban, aceptando sin más la mano que les habían tendido para recuperarse y seguir adelante. Al igual que había visto hacer a su hermana en innumerables ocasiones. Joder, eran unos auténticos supervivientes.

—Guau —exclamó boquiabierto Ollie, que había bajado corriendo de la cocina con un tazón de helado en la mano, patinando hasta detenerse en medio de la sala de estar—. Esto parece un cine. —Señaló la pantalla plana colgada de la pared sobre la chimenea y le dio un codazo a su hermano—. Mira qué grande es.

—Tengo ojos —respondió Tadhg, demasiado interesado en el tazón de helado que estaba devorando—. ¿Qué esperas? Están forrados.

—¿Podemos decir eso? —preguntó Ollie, mirando a su hermano—. ¿Llamarlos ricos?

Tadhg se encogió de hombros.

—Es cierto, ¿no?

—No, no puedes decir eso —dijo ahogadamente Shannon, que parecía muerta de la vergüenza, mientras se unía a sus hermanos y los fulminaba con la mirada—. Ahora sed educados y dadle las gracias a la señora Kavanagh por el helado.

—Gracias, Dellie —gorjeó Ollie.

—Sí —murmuró Tadhg, sonrojándose un poco mientras miraba a mi madre—. Gracias por esto, Edel.

—No es nada, chicos —respondió mi madre, con voz ronca mientras se dirigía hacia la sala de estar—. Y, Shannon, corazón, llámame Edel.

—Lo siento, señora Kavanagh —murmuró Shannon, nerviosa—. O sea…, Edel.

—Bueno, chicos —dijo mi padre, agitando el mando de la tele en su mano—. ¿Qué vamos a ver? Tenemos todos los canales.

—¡Toma! —aplaudió Tadhg y se zambulló en el sofá—. ¿Puedo elegir?

—No, no, yo —rogó Ollie, corriendo tras su hermano—. Por favor, John. Yo, yo…

—Yo, yo —lo imitó Tadhg, que sonrió triunfalmente cuando mi padre le dio el mando—. Gracias, John. —Se volvió hacia Ollie y puso cara de picardía—. Siéntate, niño. Ya te llegará el turno cuando Sean sea más mayor.

Resoplando, Ollie se sentó en el sofá a su lado y se metió una cucharada de helado en la boca.

—No es justo ser más pequeño.

—Sí, bueno, así es como me siento yo con Shannon y Joey —respondió Tadhg, inmutable—. Supéralo.

—Y Darren —apuntó Ollie—. Es el mayor.

Tadhg resopló.

—Él no cuenta.

Ollie se volvió para mirar a su hermano.

—¿Joey todavía cuenta?

Tadhg asintió rígidamente.

—Por ahora.

—Vale. —Conforme, Ollie asintió con la cabeza y se volvió para mirar la televisión mientras Tadhg zapeaba con mi padre.

—¿Estás bien, Shannon, corazón? —preguntó mi madre en voz baja, con la mirada clavada en la cara de mi novia, que tenía toda arañada.

Shannon se sonrojó y asintió.

—Estoy bien, gracias. —Se pasó el pelo por detrás de la oreja e hizo ademán de venir hacia mí, pero rápidamente se detuvo y, tensa, pareció dudar—. Solo, eh… —Mirando a sus hermanos, soltó un suspiro entrecortado—. De veras que siento muchísimo meterlos en mis problemas otra vez, señora

Kavanagh. —Con los hombros caídos, susurró—: Es que no sabía qué más hacer.

—Oh, corazón, ven aquí... —Mi madre fue directa hacia ella y la estrechó entre sus brazos. Con uno sesenta y cinco de altura, no era una mujer alta, pero, aun así, hacía que Shannon se viese enana, pues apenas medía uno cincuenta y cinco—. Vas a estar bien —escuché que le susurraba al oído mientras mi novia permanecía rígida—. Voy a cuidar de todos vosotros.

Temblando, Shannon se fue relajando lentamente y le devolvió el abrazo a mi madre.

—Lo siento mucho.

—No lo sientas, mi amor. Has hecho lo correcto esta noche. —Le dio un beso en la cabeza, le apartó el pelo de la cara, tomó su pequeño rostro entre las manos y le sonrió—. Tú y tus hermanos os quedaréis con nosotros esta noche. Ya lo arreglaremos todo por la mañana, ¿de acuerdo?

Shannon asintió débilmente.

—Muchas gracias por su ayuda.

—Estoy muy orgullosa de ti por llamar —continuó diciendo mi madre—. Debías de estar muy asustada, así que ha sido muy valiente por tu parte hacer esa llamada sabiendo lo que podría pasar.

—¿Crees que mi madre está bien? —preguntó Shannon en un susurro, echando un vistazo nervioso a los niños y luego otra vez a mi madre antes de mirarme a mí—. No debería haberla dejado allí.

—Estoy segura de que está bien, corazón. ¿Por qué no te sientas con tus hermanos mientras Johnny va a preparar el té por mí? —sugirió mi madre, desviando la conversación de su madre—. Y yo... —Vino hacia mí y le hizo cosquillas en los dedos de los pies a Sean mientras le sonreía a esa carita triste—. Le daré un baño a este precioso niño. —Le acarició la mejilla—. ¿Mmm? ¿Qué dices, Seany? ¿Te dejamos bien limpito?

—Buena idea, Sean —lo animó Shannon, con la voz cargada de emoción—. Pero no tengo ropa para él. —Se puso como un tomate y susurró—: Y todavía, eh..., suele escapársele cuando se pone nervioso.

—No te preocupes —respondió mi madre, sin dejar de sonreír a Sean—. Hay muchas cajas con la ropa vieja de Johnny en el ático.

—¿Qué dices, colega? —le pregunté a Sean—. ¿Vas a darte un buen baño y lavarte esa apestosa priva?

Sean se me quedó mirando un buen rato antes de asentir e inclinarse hacia mi madre.

—Oh, pero qué niño más bueno —lo persuadió esta, abrazándolo contra su pecho mientras salía de la sala de estar—. Ah, y menudos abrazos que das.

El teléfono de mi padre comenzó a sonar entonces.

—Dos minutos, chicos —dijo, levantándose de donde había estado sentado, entre Ollie y Tadhg, para mediar en su lucha por el mando a distancia—. Voy a responder.

Al pasar junto a mí, inclinó la cabeza para que lo siguiera.

—Tardaré dos minutos —susurré, dándole un beso en la frente a Shannon—. ¿Vale?

Temblando, se abrazó a sí misma y asintió.

—Vale.

Me acerqué a la puerta solo para vacilar y darme la vuelta.

—¿Shan?

Ella se volvió con la mirada perdida.

—Dime, Johnny.

—Te quiero.

El alivio brilló en sus grandes ojos azules y me devolvió la sonrisa.

—Johnny… —me llamó mi padre, y aparté la mirada de Shannon y sus hermanos antes de salir corriendo hacia el pasillo tras él.

—¿Qué pasa? —pregunté, observándolo con cautela mientras asentía y respondía con monosílabos a quien estuviese al teléfono—. ¿Papá?

—Ven aquí —articuló en silencio, haciéndome un gesto para que lo siguiera.

Un estremecimiento de inquietud me recorrió la espalda mientras hice lo que me pedía, sin detenerme hasta que estuvimos en la cocina y con la puerta cerrada.

—Un millón de gracias por llamarme, Billy —dijo mi padre al teléfono—. Lo haré… Sí…, sí, lo sé, hombre. Lo entiendo. Gracias. Sí, ahora nos vemos. —Colgó, me miró y suspiró pesadamente—. Johnny… —Se le rompió la voz. Sacudiendo la cabeza, dejó el móvil en la isla de la cocina y resopló acongojado antes de decir—: Siéntate, hijo.

Y lo supe.

En ese mismo momento supe que iba a decir algo terrible.

—Papá —dije secamente, hecho un manojo de nervios—. ¿Qué está pasando?

—Johnny… —Con otro suspiro de congoja, mi padre se acercó y me condujo a un taburete—. Necesito que te sientes, hijo.

Mierda.

Mareado, me hundí en un taburete de la isla y dejé caer la cabeza entre mis manos.

—Cuéntamelo —dije ahogadamente, cerrando los ojos con fuerza—. Dímelo y ya está. Por favor.

—Era Billy Collins —me explicó mi padre, sentándose en el taburete frente al mío—. ¿Te acuerdas de Billy? Estudiamos juntos. Éramos muy buenos amigos. Ha estado aquí varias veces con su esposa para cenar…

—Sé que es el comisario de la Gardaí, papá —balbuceé, sabiendo exactamente de quién estaba hablando. Su amigo de la policía—. ¿Qué ha dicho?

Mi padre asintió rígidamente.

—Va a enviar una patrulla a casa. Estarán con nosotros en breve. —Miró su móvil, que se estaba iluminando de nuevo—. También he llamado a Darren. Está en camino.

—¿Se los van a llevar de vuelta? —gruñí, levantando la mirada para encontrarme con la suya—. ¿De verdad vas a dejar que se lleven a esos niños a esa maldita casa?

—No, Johnny —respondió mi padre con calma.

—Nadie se va a llevar a nadie allí, te lo prometo, hijo, así que cálmate.

—Entonces ¿a qué viene la Gardaí? —pregunté.

—Necesitan tomarte declaración —contestó mi padre en voz baja.

—¿Declaración por qué? —Lo miré boquiabierto—. ¿Me he metido en un lío por llevármelos? Porque su madre me ha dicho que… —Mis palabras se interrumpieron y respiré hondo varias veces antes de continuar—: Ella me ha dicho que me fuera, papá —siseé, estremeciéndome al recordar a la señora Lynch mirándome con puro terror en los ojos—. ¡Ella me ha dicho que me los llevara!

A mi padre se le llenaron los ojos de lágrimas y palidecí.

—Oh, mierda, es malo, ¿no? —balbuceé, saltando del taburete—. ¿Qué está pasando? —Temblando, me alejé de la isla, sabiendo en lo más hondo que algo malo estaba pasando—. ¿Le ha hecho daño? —Sentí una punzada de dolor al pensarlo—. ¿Es eso? ¿Está en el hospital?

—Johnny, respira…

—¡No entiendo lo que está pasando! —rugí, sintiendo que se me iba a salir el corazón por la boca—. ¡Cuéntamelo ya, papá!

—Ha habido un incendio en la casa de los Lynch.

—¿Qué? —Se me paró el corazón—. No, no, no. —Negué con la cabeza, rechazando las palabras que salían de su boca—. He estado allí hace menos de dos horas, papá. ¡No había ningún incendio!

—Ha habido un incendio, Johnny —repitió mi padre—. Cuando has aparecido aquí con los niños y he llamado a Billy, ya estaba en la escena de un incendio en Elk. Cuando han llegado los servicios de emergencia, la casa estaba en llamas.

—¿Qué? —Se me había elevado la voz por el pánico—. No… ¿Cómo…? ¿Qué?

—Johnny, cariño, tienes que sentarte.

—Hay media hora desde su casa hasta la nuestra —espeté—. ¿Cómo se incendia una casa en media hora, joder, papá?

—Una casa se quema tan rápido si se enciende intencionalmente —respondió mi padre con brusquedad—. El edificio había sido rociado con productos inflamables, Johnny, y todas las ventanas y puertas estaban cerradas. No había posibilidad de salir. —Temblando, añadió—: Billy me ha llamado para avisarme de que han encontrado dos cuerpos. —Suspiró profundamente y dijo—: Con toda la información que le he dado, está seguro de que el incendio se ha iniciado minutos después de que te llevaras a los niños, porque los cuerpos están…

—No lo digas… —Con las manos en la cabeza, me tambaleé hacia atrás hasta chocar contra el fregadero—. No, papá. Joder, no me digas eso…

—Johnny, chisss, no pasa nada, hijo. —Mi padre echó su taburete hacia atrás y vino hacia mí—. Ven aquí…

—¿Está muerta? —susurré, sintiendo cómo me caían las lágrimas por las mejillas—. Pero le he dicho que volvería a por ella —alcancé a decir, sacudiendo la cabeza—. Joder, ¡debería haberla obligado a venir conmigo!

Mi padre me abrazó.

—Chisss —susurró, sosteniéndome cuando me quedé sin fuerzas en el cuerpo—. No pasa nada. Te tengo.

—La he dejado allí, papá —dije sin voz, aferrándome a mi padre—. ¡La he dejado en esa casa!

—¿Sabes lo que has hecho esta noche? —preguntó, estrechándome aún más—. Has salvado a cuatro niños.

—No. —Cerré los ojos con fuerza y le hundí la cara en el cuello—. No lo digas así…

—Habrían muerto quemados dentro de esa casa si no hubieras sido el joven loco, temerario y brillante que eres —continuó diciendo mi padre—. No habrían tenido ninguna oportunidad de salir de allí, hijo. Sean estaba empapado en alcohol. Los has salvado a todos, Johnny. Estaban en sus camas, hijo. Estaban aterrorizados de ese hombre. Esos niños no habrían salido de sus habitaciones de ninguna manera si no hubieras ido a buscarlos. —Mi padre se estremeció antes de añadir—: Y ¿lo que nos has contado sobre que la escalera, el rellano y el pasillo de la casa estaban resbaladizos? Era alcohol y gasolina, Johnny. Una chispa y todo había terminado para esos niños, todo el lugar se habría incendiado con vosotros dentro, pero has mantenido la calma y los has sacado.

—No, no, no —grazné, aterrorizado—. No sabía lo que estaba haciendo.

—Has confiado en tu instinto —apuntó—. Puede que no hayas entendido lo que estaba pasando, hijo, pero sabías que debían salir de allí. Gracias a ti, hay cuatro niños vivos en esta casa esta noche.

—¿Ya lo saben? —susurré, cerrando los ojos con fuerza.

—No —respondió mi padre.

—Joder —grazné—. ¿Cómo se lo voy a decir a Shannon?

—¿Decirme qué? —oí que decía esta y me estremecí.

—Shan —dije con voz ahogada, alejándome de mi padre para verla en la puerta de la cocina, pequeña y aterrorizada—. ¿Estás bien?

—¿Qué pasa? —graznó, con los ojos muy abiertos y llenos de miedo—. ¿Por qué estás llorando?

—No estoy llorando, nena. —Sollozando, me enjugué las lágrimas y fui a acercarme a ella, porque necesitaba estrecharla entre mis brazos y que el mundo se detuviera durante un minuto. La cabeza me daba vueltas, tenía el corazón desquiciado y no podía asimilarlo todo. Recorrí el espacio entre nosotros, la atraje a mis brazos y la estreché más fuerte de lo que sabía que debía—. Te quiero —susurré, abrazándola—. Joder, Shan, lo siento mucho.

—¿Qué sientes? —balbuceó ella, aferrándose a mi cintura—. ¿Qué está pasando?

—Lo he intentado, Shan —alcancé a decir, apretándola con más fuerza—. De veras que sí.

—Johnny, ¿qué está pasando? —preguntó ella quedamente.

—¡Shannon! —La voz de Darren resonó en mis oídos y me giré justo cuando irrumpió por la puerta del lavadero, con las mejillas surcadas de lágrimas—. ¿Estás bien? —Tenía los ojos inyectados en sangre y una mirada desquiciada por el pánico cuando entró tambaleándose en la cocina—. ¿Dónde están los chicos?

—¿Darren? —gritó Shannon, apartándose de mí—. ¿Qué está pasando?

—Shan… —Un sollozo desgarrador salió de su garganta—. No puedo…

—Los niños están aquí y están todos a salvo —respondió mi padre, que fue a sostener a Darren justo cuando le fallaron las piernas—. Eso es, no pasa nada. —Deslizándose hasta el suelo, mi padre lo atrajo hacia sus brazos—. Te tengo.

—Mamá —lloró, hundiendo la cara en el cuello de mi padre—. ¡Mi madre!

—Lo sé —susurró mi padre, con una mano en la nuca de Darren—. Chisss, ya lo sé, muchacho. Lo sé.

—¿Qué le ha pasado a mi madre? —preguntó Shannon apenas sin voz, temblando violentamente—. ¿Q-qué le ha h-hecho?

—¡Está muerta! —lloró Darren—. ¡La ha matado!

—¡No! —Shannon sacudió la cabeza y retrocedió como si las palabras de su hermano quemaran—. No, no, no, estás mintiendo.

—Ha matado a mi madre —balbuceó Darren, aferrándose a mi padre—. Grandísimo hijo de puta…

—¡Deja de decir eso! —chilló Shannon, tirándose del pelo—. No está muerta, Darren. Está en casa, ¡la he visto! —Con las manos en la cabeza, miró a su hermano y siseó—: Mamá está bien. —Las lágrimas le corrían por las mejillas cuando se volvió hacia mí—. ¡Díselo, Johnny! —rogó, abalanzándose sobre mí—. ¡Dile que se equivoca! —Me cogió de la mano y tiró de ella—. D-díselo…

—Ha habido un incendio en tu casa, Shan —solté con voz ahogada, temblando de arriba abajo por lo que me estaba costando mantener la calma.

—¿Un incendio? —Tenía los ojos muy abiertos y llenos de lágrimas—. ¡No, Johnny, no!

—Sí, ha habido un incendio, nena —dije con voz ronca y el corazón acelerado—. Y tu madre…, tu madre, eh… —Mis palabras se interrumpieron y me aclaré la garganta antes de forzarme a continuar—: Ella y tu padre no han sobrevivido.

—No.

Fue una sola palabra, pero sabía que el sonido me perseguiría hasta el día de mi muerte mientras Shannon me miraba, con esos ojazos azules suplicándome que le dijera lo contrario. Quería hacerlo, más que nada, pero no había forma de escapar de aquello. Sus padres estaban muertos.

—Lo siento mucho —susurré, yendo hacia ella—. Shan, lo sie…

—¡No! —repitió, retrocediendo hasta que golpeó de espaldas contra la pared—. ¡No! —Cubriéndose la cara con las manos, se dejó caer—. ¡Mamá, no, no, no! Mi madre no…, mi madre no.

Una lágrima se deslizó por mi mejilla mientras la miraba, más impotente de lo que me había sentido en la vida. Me agaché a su lado y le puse una mano en la rodilla.

—Shan…

—No —balbuceó, sacudiéndose mi mano—. No, no, no.

Solté el aire entrecortadamente y lo intenté de nuevo.

—Shan…

—¡He dicho que no! —sollozó, abrazándose las piernas—. No… —Pegó la cara a las rodillas y se balanceó adelante y atrás—. Oh, dios, han muerto los dos.

—Lo sé. —Sin saber qué hacer en absoluto, me acerqué y le acaricié el hombro con la mejilla, desesperado por consolarla—. Lo siento mucho.

—Joey —sollozó Shannon—. Joey… Ay, madre, ¿dónde está Joey?

—No te preocupes, Shannon —respondió mi padre, en un tono persuasivo—. Lo encontraremos, corazón.

—Él no lo sabe —se lamentó—. ¡Se ha ido! —Se tiró bruscamente del pelo—. Se acababa de ir…

—Para —alcancé a decir, cogiendo sus manos entre las mías—. No te hagas eso, nena. —No podía soportar otro segundo viéndola así—. Por favor.

—¡No me toques! —Temblando, Shannon apartó las manos, con el pecho agitado—. N-no lo hagas, ¿vale?

—Vale. —Levantando las manos, la vi mirarme, sintiendo que el corazón se me hacía pedazos—. No haré nada que no quieras que haga.

Permanecí exactamente donde estaba, sin mover las manos, mientras esperaba que ella tomara lo que necesitara de mí.

Al final, lo hizo.

Con un gran sollozo, Shannon trepó a mi regazo y me pasó los brazos por el cuello, aferrándose a mí con un sentimiento que sabía que nunca merecería por completo.

—No me dejes… —Estrechándome con más fuerza, hundió la cara en mi pecho y susurró—: Por favor, no te vayas…

Con un suspiro entrecortado, la abracé y la sostuve contra mí.

—No lo haré. —Sujetando con más fuerza su frágil cuerpo, la mecí suavemente—. Estoy aquí. —Dejé escapar un suspiro tembloroso, agaché la cara y le di un beso en el pelo—. Te lo prometo.

Quería ponerme frente a esta chica y protegerla de todo el horror al que estaba expuesta. Aquello no estaba bien, maldita sea, y sentí que me asfixiaba lo injusta que era su vida. Si hubiese podido trasladar sus cortes y moretones a mi piel, lo habría hecho.

Entonces se oyó que llamaban a la puerta trasera, seguido de una voz masculina.

—John, ¿podemos entrar?

—Estamos aquí, Billy —gritó mi padre, todavía sosteniendo a Darren—. Adelante.

Dos agentes uniformados de la Gardaí entraron en nuestra cocina entonces, seguidos por el amigo de mi padre, el comisario Billy Collins. En cuanto se quitaron las gorras y dijeron «Lamentamos mucho su pérdida», un horrible sollozo desgarró a Darren y Shannon se dejó caer débilmente contra mí.

Sujetándola con fuerza, la mecí con suavidad en mis brazos, susurrándole todo lo que se me ocurrió al oído para que no tuviera que escuchar lo que los agentes les estaban diciendo a mi padre y a Darren. Estaba fuera de sí, le costaba respirar y lloraba más fuerte de lo que jamás la había oído jamás. El corazón se me estaba rompiendo en un millón de pedazos y la cabeza me daba vueltas, pero me quedé allí con ella, incapaz de separar mis emociones de las suyas.

Cuando mi padre, Darren y los policías bajaron a la sala de estar, donde mi madre estaba con los pequeños, para darles la noticia y comenzaron los gritos, la abracé aún más fuerte. Allí mismo, en el suelo de mi cocina, la mecí en mis brazos, sintiendo cada uno de sus sollozos y llantos en lo más profundo de mi alma.

—Chisss, *little darling*…

—Estás c-cantando. —Sorbiendo por la nariz, se aferró a mi pecho—. «Here comes the sun».

Estaba cantando.

Estaba haciendo todo lo posible para que se sintiera mejor.

—Esa es la c-canción de m-mi abuelo Murphy —jadeó—. ¿Recuerdas q-que te lo c-conté?

—Sí. —Recordaba cómo me contó que su abuelo le cantaba esta canción cuando estaba asustada y eso fue lo único que podía hacer en ese momento—. ¿Paro?

—N-no. —Shannon negó con la cabeza—. N-no pares.

Temblando, continué meciéndola en mis brazos y tarareándole suavemente la letra de la canción al oído, mientras esperaba al médico que sabía que habían llamado.

68

«HERE COMES THE SUN»

Shannon

Al principio estaba aturdida, aturdidísima por completo, mientras mi mente trataba de asimilar las palabras, las imágenes, lo desconocido. Entonces sentí un hormigueo por el cuerpo que acometió contra cada terminación nerviosa en mí, lo que hizo que las extremidades me temblaran violentamente. Pero el dolor fue lo más insoportable. Llegó el último y me asfixió con un sufrimiento desgarrador y aplastante que marcaría un antes y un después en mi vida. No podía soportar la presión en el corazón y estaba segura de que se me pararía. Para mi sorpresa, no fue así. Me sorprendía seguir con vida después de que me hubiesen abierto el corazón. No me habían apuñalado por la espalda. Me habían apuñalado de frente, en el pecho, justo en el centro. Y a diferencia de lo que haría una hoja, sentía ese dolor como perdigones, abriendo y recomponiendo innumerables zonas de mi ser de mil formas irreparables. Cómo seguía latiéndome el corazón se me escapaba por completo.

Era incapaz de pensar en mi padre sin que me invadieran el dolor y la ira, hundiéndome en la amargura.

No estaba segura de si todavía estaba gritando, porque ya no escuchaba ni mi propia voz. Alguien había entrado en la casa y me había hecho daño. Me había pinchado con algo afilado. Al menos, eso fue lo que sentí. La persona que me había apuñalado me dijo que no pasaba nada, que era una chica muy valiente y que aquello me haría sentir mejor. No hice caso a esa voz, sino que me concentré en el grave timbre de la voz de Johnny mientras me cantaba al oído «Here comes the sun» de los Beatles una y otra vez. Desplomada sobre él, cerré los ojos cuando me sentí un poco grogui y traté de respirar mientras buscaba una manera de sobrevivir a la terrible hemorragia en mi corazón y la devastación que había sufrido a manos de mi padre. Cordura había perdido sin duda. Delirante y desconsolada, mi mente seguía dando vueltas y atormentándome con la verdad.

Estaban muertos.

Ambos estaban muertos.

—Mamá —balbuceé entrecortadamente, ya sin reconocer siquiera mi propia voz —. Mi mamá…

—*You're my little darling* —susurró Johnny. Me sujetaba la cabeza con su gran mano mientras me sostenía contra su pecho, meciendo lentamente nuestros cuerpos—. *My little darling is safe with me.*

El familiar olor de su dormitorio me rodeó entonces, pero aquello no tenía sentido. ¿Cómo íbamos a estar en su cuarto? ¿Estaba en mi habitación? Todo estaba oscuro y no lograba entender nada.

—Chisss —me acalló Johnny, acostándome sobre algo suave y cálido—. Estoy aquí.

Temblando, me aferré a su cuerpo al sentir el suelo hundirse debajo de mí. O tal vez era un colchón. Ya no estaba segura de nada. Temblando en sus brazos, cerré los ojos y respiré su olor.

—Mamá.

—Chisss —me susurraba una y otra vez, sosteniéndome tan cerca de su pecho que podía sentir en la mejilla los latidos de su corazón—. Cierra los ojos. —Sentí sus labios en el pelo—. Estaré aquí cuidándote.

—Siempre lo haces —balbuceé, somnolienta y entumecida. Todo me parecía lejano. No lograba controlar mis pensamientos. Sentía que me estaba cayendo. Como si una oscuridad cálida y tentadora tratara de envolverme—. Se me va la cabeza.

—Déjala —musitó—. No la necesitas esta noche.

Acurrucándome más, me aferré a él, entumecida y agotada.

—Joey… —Traté de parpadear, pero no pude abrir los ojos de nuevo—. Joey… se ha ido…

—Lo encontraré —me aseguró Johnny en voz baja—. Te lo traeré de vuelta.

—¿Lo… prometes? —grazné, sintiendo que me invadía una espesa oleada de cansancio.

—Lo prometo —fueron las últimas palabras que le escuché decir antes de soltarme y dejar que la oscuridad me llevara.

69

VEO FUEGO

Johnny

—No tienes por qué venir conmigo, hijo —dijo mi padre por décima vez mientras atravesábamos la ciudad de Ballylaggin—. Puedo dar la vuelta y llevarte a casa.

—Voy contigo.

No podía quedarme en casa. Necesitaba salir de allí y alejarme de los gritos. El médico había llegado hacía un rato y le había puesto a Shannon una inyección para sedarla. Ahora estaba durmiendo, derrumbada en mi cama y hecha una bolita. La sostuve mientras el médico la atendía, incapaz de soltarla, hasta que finalmente cedió y se dejó llevar por el sueño. Mi madre todavía estaba en la sala de estar con Darren y los niños, que seguían llorando y sollozando desconsolados. Era demasiado para soportar y sentí que me asfixiaba su dolor.

—No puedo estar allí ahora mismo —admití, moviendo las rodillas inquieto.

No podía hacer una mierda en esa casa, pero podía ayudar a mi padre a buscar a Joey. Billy había llamado para avisarle de que se había presentado en la casa y estaba comprensiblemente fuera de sí. Se las arregló para abrirse camino entre las autoridades e irrumpir en la casa antes de que los bomberos lo sacaran a rastras. La Gardaí no podía hacer nada por él y no querían arrestarlo ni retenerlo. Estaban buscando un pariente cercano, alguien que lo ayudara y lo sacara de la zona, pero los Lynch tan solo contaban con una bisabuela de ochenta y tantos años, y con nosotros.

—Va a ser sobrecogedor —dijo mi padre mientras subíamos la familiar colina hacia la casa de Shannon—. El fuego aún no se ha apagado y es posible que no hayan movido los cuerpos. ¿Estás seguro de que puedes soportarlo?

—Estaré bien.

Me miró de reojo.

—Johnny, ¿estás seguro?

Asentí con rigidez.

—Necesito hacer esto, papá.

No veía, ni olía, más que llamas, humo y fuego cuando mi padre se detuvo en la calle. La realidad cayó sobre mí cuando vi la casa de Shannon ardiendo. Joder, había estado allí dentro hacía apenas un par de horas.

Esos niños…

Shannon…

Me recorrió un escalofrío.

Podría haberlos quemado vivos a todos.

—Papá —alcancé a decir, con la mirada fija en la ambulancia y los camiones de bomberos—. He tenido la oportunidad de salvarla y no…

—No —me cortó él mientras aparcaba el coche y se giraba hacia mí—. Has salvado a sus hijos.

—Pero ella estaba justo ahí —dije ahogadamente, temblando—. Justo delante de mí. —Dejé caer la cabeza en mis manos—. Y ahora no tienen a nadie.

—Todavía nos tienen a nosotros —me corrigió mi padre, desabrochándose el cinturón de seguridad—. Y yo todavía te tengo a ti. —Alargó una mano y me cogió del cuello para obligarme a mirarlo—. Podrías haber muerto en esa casa esta noche —susurró—. Podría haber perdido a mi chico… —Pegó su frente a la mía y dejó escapar un suspiro entrecortado—. Me desharía del mundo entero por ti, incluidos ellos, y no me arrepiento de decirlo.

—Estoy bien, papá —grazné—. Estoy bien…

—Entonces no te hagas esto —me ordenó, echándome el pelo hacia atrás—. Has hecho lo correcto. Eres una buena persona. Has salvado a los hijos de esa mujer.

—Me siento tan responsable —confesé.

—No lo eres —respondió bruscamente, mirándome con esos azulísimos ojos—. Esto no es culpa tuya. Ha sido la obra de un loco.

—¿Cómo ha podido hacer esto? —grazné—. No lo entiendo…

—Yo tampoco, hijo —contestó mi padre—. Ni quiero. —Me dio un beso en la frente, se echó hacia atrás y me miró directamente a los ojos—. Tengo que ir a buscar a Joey ahora —dijo con calma—. Puedes quedarte en el coche, Johnny. No es necesario que vengas conmigo…

Me llamó la atención el alboroto que rodeaba a un grupo de la Gardaí, y ambos nos giramos para ver a Joey retorciéndose como un maniaco, sacudiéndose una manta que intentaban colocarle sobre los hombros. Estaba fuera de sí, gritando mientras trataba de abrirse camino hasta la casa a empujones. Estaba solo. El último Lynch, solo.

—¡Mis hermanos y hermana! —gritaba, mientras se sacudía contra los agentes que lo retenían—. ¡Dejadme entrar, joder!

—No queda nadie más ahí dentro.

—¡Os equivocáis! —rugió—. ¡Mis hermanos y mi hermana están arriba! Están dentro de esa casa. Tenéis que dejarme ir a por ellos. ¡Los he abandonado! ¡Los he dejado ahí con ella!

—Mierda —murmuró mi padre, mientras salía del Mercedes y corría hacia la casa—. ¿Joey? Ya está, muchacho.

—¡Los he dejado ahí! —seguía gritando—. Quítame las putas manos de encima, madero asqueroso…

—Ah, mierda.

Me desabroché el cinturón de seguridad, abrí la puerta del coche y corrí hacia la casa. Pasé bajo la cinta policial y fui directamente hacia el hermano de mi novia, esquivando a los agentes que intentaban detenerme.

—Joe, no pasa nada…

—Kav —balbuceó al verme—. Los he dejado ahí dentro. —Las lágrimas le caían por las mejillas, cubiertas de hollín, cuando se liberó del agente de la Gardaí y corrió directamente hacia mí—. Tienes que ayudarme a sacarlos —jadeó, con los ojos desorbitados y la ropa cubierta de hollín y manchas de tizne—. Me he largado, estaba cabreado y me he ido, pero no he podido hacerlo. No podía abandonarlos, así que he vuelto, pero la casa estaba… Y mi madre… Joder, Shannon… ¡Tadhg! Nadie me hace caso…

—Están conmigo, Joey —le dije bruscamente, desesperado por que me escuchara—. Los he sacado.

—Están contigo… —Se le rompió la voz—. ¿Los has sacado?

Asentí, temblando.

—A Ollie, Tadhg, Sean y Shannon.

—Mierda…, Darren. —El pánico destelló en sus ojos y salió disparado hacia la casa una vez más—. Mi hermano todavía está ahí dentro…

—No, también está en mi casa —solté ahogadamente, arrastrándolo hacia mí—. Están todos allí. Te lo juro, tío, todos tus hermanos y Shannon están en mi casa en este momento. —Lo retuve sujetándolo con los brazos y susurré—: Están a salvo.

Un suspiro entrecortado le desgarró la garganta y se desplomó contra mí.

—Tenéis que salir de aquí los dos —ladró un bombero—. No es seguro.

—Ya nos vamos —grazné, retrocediendo con Joey en mis brazos—. Venga, colega… —Se me cortó la respiración cuando mi mirada se posó en las bolsas para cadáveres que estaban subiendo a la parte trasera de una ambulancia. Me di la vuelta con Joey, tratando desesperadamente de alejar la imagen tanto de mi cabeza como de la suya—. Es mejor que no veas esto.

—Esto es culpa mía —susurró.

—No. —Sacudiendo la cabeza, lo arrastré bajo la cinta policial y me dirigí directamente hacia nuestro coche—. No lo es. —Levanté la mirada para encontrarme con la de mi padre y le hice un gesto para que subiera—. Esto es culpa de tu padre, Joey. No tuya.

—Estaba colocado —balbuceó—. Se me ha ido la olla y los he abandonado.

—Y si te hubieras quedado, te habrías desmayado en tu cama —ladré—. Darren no habría salido a buscarte, Shannon no habría estado despierta para llamarme y ¡os habríais muerto todos quemados mientras dormíais!

—Joder —siseó, poniéndose rígido en mis brazos—. Mi madre...

—Esto no es culpa tuya —prácticamente le gruñí al oído mientras lo arrastraba al asiento trasero del coche de mi padre y me subía a su lado—. ¡Así que no te atrevas a dejar que ese cabronazo se meta en tu cabeza!

Joey se hundió en el asiento, echó la cabeza hacia atrás y cerró los ojos, inmóvil como una estatua y silencioso como un fantasma.

—Tú no has hecho esto —repetí, inclinándome para abrocharle el cinturón de seguridad—. Ha sido él.

—Joey —dijo mi padre desde el asiento del conductor mientras arrancaba el motor y se alejaba de allí—. Vas a venir a casa con nosotros, ¿vale?

Este empezó a temblar violentamente, pero no respondió. Con los ojos bien cerrados, colocó las manos sobre las rodillas para calmarse.

—Vamos a cuidar de ti —continuó mi padre, manteniendo un tono de voz tranquilo y firme—. Y no te lo estoy preguntando, hijo, te lo estoy diciendo.

—Debería haber estado aquí —susurró, temblando—. Es mi deber mantenerlos a salvo.

—Están a salvo. —Me acerqué a él y le pasé un brazo por los hombros—. Y tú también.

—No. —Negó con la cabeza y vi cómo una lágrima le caía por la mejilla—. Era mi deber mantener a mi madre a salvo.

—Me van a odiar —siseó Joey, alejándose de la puerta de la sala de estar cuando finalmente logramos sacarlo del coche y hacer que entrara en casa—. No puedo hacerlo. Me van a echar la culpa...

Se dio la vuelta para irse, pero mi padre le puso las manos sobre los hombros para obligarlo a mantener el contacto visual con él.

—Nadie podría odiarte —le aseguró, sin soltar a Joey por temor a que se escapara. Era una posibilidad muy grande con este chico. Era propenso a huir—. Y nadie te culpa por nada.

—Suéltame... —Se sacudió violentamente para liberarse de mi padre—. No quiero que me toques.

—Vale —respondió este con calma—. Estás a salvo.

—La he cagado —dijo con voz ahogada, cogiéndose del pelo con las manos—. La he cagado mucho.

—Entonces lo arreglaremos —respondió mi padre—. Puedo ayudarte, Joey, pero tienes que dejarme.

—No necesito tu ayuda —graznó—. Solo necesito… —Desquiciado, miró a su alrededor con aspecto de estar acorralado y asustado. Retrocedió un par de pasos, se tocó con una mano el pelo, que tenía lleno de hollín, y preguntó—: ¿Dónde está Shan? —Temblando, miró a su alrededor una vez más, claramente agitado y asustado—. ¿Dónde está mi hermana?

—Está arriba durmiendo —le dije, tratando de mantener la voz firme—. En mi cuarto. Puedes ir con ella si quieres, tío —lo tranquilicé, acercándome a él con las manos en alto—. Haz lo que quieras…

—No me toques —escupió, sacudiéndose la mano de mi padre cuando se acercó a él. Sobresaltado, sacudió la cabeza y siseó—: No… no te acerques.

—Joey, no pasa nada —lo persuadí, recorriendo el espacio entre nosotros—. Estás bien…

—¡Que no me toques, joder! —siseó de nuevo, empujándome en el pecho—. No quiero…

La puerta de la sala de estar se abrió antes de que tuviera la oportunidad de terminar la frase y mi madre apareció en la puerta.

—Oh, Joey, corazón —sollozó, yendo directamente hacia él. Sin detenerse hasta que le puso las manos en las mejillas, mi madre lo miró—. Oh, pobrecito mío —lo arrulló, bajándole la cabeza para que la descansara sobre su hombro—. Ven aquí.

Conteniendo la respiración, lo observé con cautela, rezando para que no hiciera nada en ese momento que me obligara a hacerle daño. Si se desquitaba con mi madre, desolado o no, se me iba a ir la maldita pinza.

Con un suspiro entrecortado, Joey se desplomó y se aferró a ella con fuerza.

—¿Qué voy a hacer?

—Estoy aquí —le susurró mi madre al oído mientras le acariciaba el pelo y le frotaba la espalda—. Chisss, aquí me tienes, Joey, cariño.

—Has vuelto —sollozó Ollie mientras salía corriendo de la sala de estar—. ¡Tadhg! Joey está aquí. —Mi madre se hizo a un lado justo cuando el mediano se abalanzó sobre su hermano—. Sabía que volverías —lloró—. Se lo he dicho a todos.

—Tete —se lamentó Sean, tambaleándose por el pasillo con las manos extendidas—. ¡Tete!

Joey se arrodilló sobre las baldosas del pasillo y cogió a su hermanito en brazos.

—Lo siento, Seany. —Sollozando, pasó un brazo alrededor de Ollie y abrazó a los dos niños contra su pecho—. Lo siento mucho, Ol.

—Mami está en el cielo —exclamó este—. Los policías han dicho que papá se la ha llevado.

Sorbiendo, Joey asintió y los acercó más a sí.

—Ya está.

Mi madre hundió la cara en el pecho de mi padre, sollozando en silencio.

—Chisss —susurró este, estrechándola con un brazo—. Ya está, cariño.

—Pero se ha ido —gimoteó Ollie—. Se ha ido al cielo sin nosotros.

—Mami —lloró Sean—. Mami ido.

—No se ha ido, chicos —susurró Joey, sollozando—. Es solo que ahora es un ángel.

—¿Un ángel? —sollozó Ollie, mirando a Joey—. ¿Con alas?

—Sí. Unas alas grandes y preciosas —dijo con la voz rota, enjugándose la mejilla con el hombro—. Un ángel muy especial solo para vosotros.

—¿Papi? —preguntó Sean, receloso—. Au, au.

—Papi se ha ido —le prometió Joey—. No más au, Sean.

—¿Mami es un ángel? —susurró Ollie, que sonó casi reverente—. Guau.

—Sí, y os está mirando ahora mismo —siguió diciendo Joey, en voz baja y queda, a sus hermanos—. No quiere veros llorar. Eso la p-pondría triste. Tenéis que estar c-contentos… —Se le rompió la voz y respiró hondo varias veces antes de continuar—: Pensad cosas alegres, ¿vale?

—Te has ido —dijo Tadhg con mordacidad desde la puerta de la sala de estar. Las lágrimas le resbalaban por las mejillas mientras miraba a Joey con cara de rabia—. ¡Nos has abandonado!

—Déjalo en paz —lo defendió Ollie, sollozando—. Ha vuelto.

—Tete, no vayas —gruñó Sean—. Tete queda con Sean.

—Lo sé —dijo Joey con voz ahogada, mientras le devolvía la mirada a su hermano—. Lo siento.

—¡Te odio! —Un pequeño sollozo de dolor escapó de la garganta de Tadhg, que entonces salió corriendo hasta estamparse contra Joey, derrumbándose en los brazos de su hermano mayor—. Te odio, joder —sollozó mientras se aferraba a él—. Te odio muchísimo.

—Lo sé. —Con los ojos cerrados, Joey sostuvo a los tres niños contra él—. Yo también.

—Lo habéis encontrado —dijo Darren mirando a mi padre, con la voz cargada de emoción y alivio, de pie en la puerta donde Tadhg acababa de estar—. Gracias. —Tambaleándose hacia delante, vaciló apenas un segundo antes de agacharse junto a sus hermanos—. Hola, Joe.

—Hola, Dar —susurró este, con la mirada clavada en su hermano.

—¿Estás bien?

Joey negó con la cabeza y su rostro se contrajo de dolor.

—Mírame… —Darren le puso las manos en la cara y apoyó su frente en la de Joey con un suspiro entrecortado—. Hiciste más por ella que cualquier otra persona.

Joey cerró los ojos con fuerza.

—No hice lo suficiente…

—Sí que lo hiciste —lo corrigió Darren, con la voz ronca y espesa—. Tú eres la razón de que sobrevivieran tanto tiempo. Ni yo ni nadie más. Solo tú.

Las lágrimas resbalaron por sus mejillas.

—No, debería haber estado allí…

—Tú —repitió Darren—. No podrías haber hecho nada más.

En silencio, mi madre y mi padre condujeron a Tadhg, Ollie y Sean de regreso a la sala de estar para darles a Darren y Joey un poco de privacidad.

—Los he abandonado —graznó Joey, dejando caer la cabeza sobre el hombro de Darren—. Eso he hecho. Yo. Me he largado.

—No has abandonado a nadie —susurró Darren, acariciándole la cabeza a su hermano—. Solo necesitabas un respiro.

—Tengo un problema, Darren —dijo entre sollozos—. Tengo un problema y no puedo parar.

—Lo sé —lo tranquilizó este, abrazándolo—. Te buscaremos ayuda, Joe. Lo prometo.

—Lo ha hecho —jadeó este, llorando desconsolado ahora—. Al final se la ha cargado… —Se le rompió la voz y soltó un gran sollozo—. Joder, la ha quemado viva…

El sonido del motor de un coche vino de fuera y me di la vuelta para dirigirme, hecho un manojo de nervios, hacia la puerta. No podía estar aquí. No soportaba su dolor ni un segundo más. Abrí la puerta principal y prácticamente corrí hacia la noche, alejándome a trompicones de la casa en mi intento por despejarme un poco.

Cuando vi el Ford Focus plateado aparcado fuera y la familiar cabeza rubia saliendo de él, sentí que me fallaban las piernas.

—Te tengo, Johnny —dijo Gibsie, envolviéndome con sus brazos justo antes de que me desplomara—. Estoy aquí, colega —susurró, bajándonos a ambos a la grava—. Sácalo.

Así que lo hice.

—Les has salvado la vida, Johnny —dijo Gibsie cuando logré recomponerme lo suficiente como para contarle lo que había pasado. Estábamos sentados, uno al lado del otro, en nuestra vieja y destartalada casa del árbol, en el patio trasero de mi casa, mirando cómo salía el sol tras las montañas—. A todos.

—Deberías haber visto al bebé, colega. Estaba empapado en whisky. —Temblando, me abracé las rodillas y contuve un grito—. En ese momento, ni siquiera se me ha ocurrido, solo he pensado que a ese borrachuzo se le habría caído la priva encima o algo así. —Negué con la cabeza, perdido y desconcertado—. No me ha venido a la cabeza, Gibs.

—Normal —respondió este, copiándome el gesto—. ¿Quién hace algo así?

—Él —murmuré, todavía tambaleándome.

Gibsie suspiró pesadamente.

—¿Están todos en tu casa ahora?

—Sí, están dentro con mis padres. Es que… necesitaba salir a por algo de aire. —Me encogí de hombros con impotencia—. Es demasiado angustiante.

—Lo has hecho bien, Johnny —respondió Gibsie en voz baja.

—La madre estaba ahí —dije en un hilo de voz, con los ojos llenos de lágrimas—. Mirándome fijamente. Le dije que volvería a por ella. —Cerré los ojos con fuerza y me estremecí al recordarlo—. Parecía resignada, Gibs. Como si lo supiera.

—Probablemente lo sabía, tío —contestó—. Y debes de haberle dado a esa mujer mucha paz. Ver que sus hijos escapaban. Saber que estarían a salvo. Tú le has dado eso, colega. Ella no podía ir a ninguna parte. Y lo sabía. Todo el lugar estaba preparado para arder. Si hubiera intentado irse contigo y él hubiera prendido esa cerilla, todos habríais muerto quemados en un pispás, tú y Sean incluidos.

—¿Por qué haría eso? —siseé, temblando al darme cuenta de lo cerca que había estado de la muerte—. ¿Por qué haría alguien eso, Gibs?

—No lo sé, Johnny —respondió.

—No tiene ningún sentido —grazné.

—No —coincidió con un profundo suspiro—. Ninguno.

—Estoy acojonado —confesé, mordiéndome el labio—. No dejo de pensar en qué habría pasado si se hubiese dado la vuelta cuando estábamos en el pasillo. —Me estremecí de nuevo—. ¿Qué demonios les habría pasado a esos niños…

—Pero eso no ha pasado porque los has sacado de allí —me recordó Gibsie—. Estás a salvo, tío.

—También los he sacado gracias a ella. —Me giré para mirarlo—. Ella me ha ayudado, tío, y sé que suena jodido, pero lo ha hecho. Era como si… quisiera que los sacara de la casa. —Me estremecí—. Y una vez que lo he hecho, simplemente ha girado sobre sus talones y ha vuelto con él. Se… se ha sacrificado por esos niños. Por mí…

—Buah —susurró Gibsie.

—Sí. —Asentí—. Buah.

Permanecimos sentamos en silencio durante varios minutos antes de que Gibsie finalmente se levantara y se dirigiera a la escalera.

—Será mejor que me las pire —dijo—. Mi madre estará en plena crisis.

—¿Gibs?

—Dime, tío.

—No te vayas a casa todavía, ¿vale?

Se detuvo en la escalera, con las manos en la estructura de madera, y observé cómo una multitud de emociones le asomaban a la cara. Finalmente, volvió a subir y ocupó el espacio junto a mí.

—¿Sabes? Si querías ver la salida del sol conmigo, solo tenías que decírmelo, tío —dijo, dándome un empujoncito en el hombro.

—Sí —respondí con una risa vacía—. Eso era.

70
RECONSTRUCCIÓN

Johnny

—¿Qué haces aquí arriba, tío? —me preguntó Gibsie el viernes por la tarde cuando me encontró en el patio trasero de mi casa.

Habían pasado cuatro días desde el incendio, desde que el mundo de Shannon y sus hermanos se había derrumbado, y nunca me había sentido tan impotente en mi vida. Hacía un sol que rajaba las piedras, pero llevaba allí desde que había amanecido y los llantos habían vuelto a empezar. Hasta las narices de los trabajadores sociales y la Gardaí, por no mencionar a los amigos de la familia y los parientes, me mantuve alejado de casa. De todos modos, nada de lo que decía o hacía parecía ayudar, así que decidí quitarme de en medio. No tanto como para no poder volver si Shannon me necesitaba, pero lo suficiente para darle algo de espacio con su familia.

Además, la gente había estado llamando a casa todo el día, a diario desde que sucedió, y si tenía que escuchar una vez más la perorata de «eres un héroe, jovencito», se me iba a ir la pinza. Yo no era ningún héroe; quería a mi novia y había hecho lo que cualquier otro muchacho en mi posición.

—Tienes miedo a las alturas, Johnny —me recordó Gibsie, como si fuera algo que pudiera olvidar fácilmente—. Y estás bastante alto, colega.

—Estoy renovando nuestra antigua casa del árbol —respondí, colgado de una rama del viejo roble, con un martillo y clavos en la mano—. Y no le tengo miedo a las alturas —escupí—. Tengo extremo cuidado con cualquier cosa que pueda amenazar con estamparme contra el suelo y matarme.

—Tiene sentido. —Con las manos en las caderas, Gibsie me miró con expresión pensativa—. Entonces ¿por qué estamos renovando el fuerte?

—Porque necesito estar ocupado —le expliqué—. Y no puedo hacer nada en casa.

—¿Has entrenado hoy?

—No.

—¿Gimnasio?

—No.

Suspiró con fuerza.

—Johnny…

—Necesito hacer esto, Gibs —dije ahogadamente, con la voz cargada de emoción. Me sentía inútil y aquello no me hacía ningún bien. No podía arreglar la situación de Shannon ni cambiar lo que había sucedido—. Necesito arreglar algo.

—Entonces lo arreglaremos —se limitó a responder Gibsie—. Llamaré a los muchachos.

En una hora, Hughie y Feely habían llegado en uno de los tractores y remolques del padre de este, cargados con viejas tablas y tablones de madera.

—Espero que no te importe, capi, pero mi madre quería pasarse con Claire y Lizzie —resopló Hughie mientras sacaba una rueda de tractor de la parte trasera del remolque y la hacía rodar hasta el tronco del árbol—. Están dentro.

Trabajamos todos en silencio. No creo que ninguno de los cuatro quisiera estar dentro en ese momento. No podía dejar a Shannon, pero tampoco arreglar aquella situación, y la culpa que sentía me estaba asfixiando. Era insuperable y yo estaba cerca del límite. A lo largo de la tarde, mi madre fue apareciendo con bandejas de bocadillos y termos con té, pero ninguno se detuvo el tiempo suficiente para charlar.

—¿Cuándo es el funeral? —preguntó Feely después de un par de horas de trabajar juntos en un afectuoso silencio.

—Después de la misa de las doce del lunes —respondí, sintiendo que se me hacía un fuerte nudo en el pecho ante la idea—. Han devuelto los cuerpos esta mañana, tras las autopsias que les han tenido que hacer y toda esa mierda.

—Entonces ¿la misa es mañana por la tarde y el funeral, el domingo?

Asentí con rigidez.

—Será un funeral cerrado y, obviamente, los ataúdes también estarán cerrados.

Feely soltó un profundo suspiró.

—Qué mal, tío.

—Sí. —Secándome la frente con el antebrazo, resoplé con fuerza—. Pásame una botella de agua, ¿quieres? —Tensé las piernas alrededor de la rama sobre la que me balanceaba, me quité la camiseta y la tiré—. Me estoy derritiendo, joder.

—No eres el único que está sudando como un cerdo —se quejó Feely, pasándome una botella—. Estoy rojo como una gamba.

Bajé la mirada hacia sus hombros desnudos e hice una mueca.

—Uf, tío. Deberías ponerte un poco de crema en los hombros.

—Lo he hecho —gruñó—. No todos nos ponemos morenos como tú, capi.

Me miré a mí mismo y me encogí de hombros.

—No estoy tan moreno.

—Aún —apuntó Feely—. Una semana con este tiempo y parecerá que hayas pasado el dichoso verano en Oz.

—Venga, no seas envidioso, tío. Tienes el moreno de un importante granjero —observó Gibsie—. Me encantan tus brazos.

—Soy granjero —gruñó Feely—. Pero gracias, Gibs. Aprecio el gesto. Tú también tienes unos brazos bonitos.

—Yo lo tengo todo bonito —lo corrigió este, señalándose el bronceado del pecho—. Tengo un tono de piel medio —añadió con un guiño—. El sol me adora.

—Bien por ti —replicó Feely malhumorado.

—Oye, ¿qué hay de Joey? —preguntó Hughie entonces. Cubriéndose los ojos del sol, me miró y añadió—: ¿Cómo le va?

Me incliné para cogerle otra tabla a Gibsie antes de arrastrarla y colocarla sobre las vigas de la casa del árbol.

—El centro de rehabilitación enviará a algunos tipos para que lo acompañen el lunes después de la misa.

—Madre mía —murmuró Hughie, frotándose la mandíbula—. ¿En qué demonios estaba pensando al meterse en drogas?

—Probablemente en que su padre era un psicópata que se había pasado la mayor parte de su vida dándole palizas y quisiera escapar —soltó Gibsie, sacándose la camiseta de la parte de atrás de los tejanos y usándola para secarse la frente—. Ninguno de nosotros sabe por lo que ha pasado, Hugh, no hemos estado en su lugar, así que no lo juzgues.

—No lo estoy juzgando —respondió este, levantando las manos—. Me sabe mal por él, por todos ellos. Recuerdo cuando Shannon empezó a salir con Claire. Era la hostia de quisquilloso y protector con ella. Nunca lo entendí. No íbamos al mismo colegio ni nada, pero teníamos la misma edad y no me entraba por qué se preocupaba tanto por su hermana pequeña. Yo no soportaba a Claire cuando éramos pequeños, pero Joey mantenía a Shannon consigo allá donde fuera. Ahora sé por qué.

—¿Cuánto tiempo estará fuera? —preguntó Feely.

—El verano —respondí, entumecido hasta los huesos mientras martilleaba la tabla—. Es un programa de noventa días, pero depende de cómo lo lleve. Puede tardar más o menos. —Encogiéndome de hombros, añadí—: Él quiere hacerlo.

—Eso es bueno —sentenció Gibsie, en tono firme, mientras me pasaba otra tabla para que la clavara—. Solo tiene dieciocho años. Tiene tantas posibilidades como cualquiera de superarlo.

—¿Y el resto? —preguntó Feely—. ¿Qué pasa con Shannon y los pequeños?

—Se quedan aquí —le dije—. Mi padre presionó para que se hiciera una audiencia de emergencia. Les han concedido a él y a mi madre la tutela temporal.

—Y ¿a Darren le ha parecido bien eso? —quiso saber Gibsie, que parecía confundido.

—Al parecer, lo apoyó —dije con cansancio—. Sigue aquí.

—Pero no se quedará para siempre, ¿verdad? —preguntó—. Al final volverá a Belfast.

—Quién coño sabe, tío. —Me encogí de hombros, sintiéndome estúpido por no tener las respuestas—. Mis padres han dicho que puede quedarse todo el tiempo que quiera.

—¿Y Shannon? —preguntó Feely—. ¿Cómo está?

Derrotado, hundí los hombros.

—Está fatal.

—¿Dónde está ahora?

—La última vez que la he visto, estaba con Joey —murmuré—. Estaban escondidos en uno de los dormitorios libres. No se separan el uno del otro. —Negué con la cabeza—. Son como imanes.

—¿Qué hay de los otros?

—No sé si Sean entiende lo que está pasando, pero Ollie y Tadhg no podrían ser más buenos, teniendo en cuenta que su padre acaba de quemarse vivo a sí mismo junto a su madre —solté directamente.

Feely se estremeció.

—Guau.

—Ni siquiera sé qué decir, tío —graznó Hughie—. Lo siento mucho.

—¿Sí? Bueno, yo también. —Volví mi atención a la casa del árbol y puse la última tabla del suelo en su sitio—. Debería haberla sacado a rastras de esa casa cuando tuve la oportunidad. —Furioso conmigo mismo y con todo el maldito mundo, dejé el último clavo y luego tiré el martillo por si acaso—. Tengo las manos manchadas con su sangre. Esos niños no tienen madre porque yo la dejé en esa casa. Con él. La miré a los ojos y me largué. La dejé que se quemara. Fue culpa mía.

—¡Y una mierda! —espetó Gibsie, subiendo la vieja y desvencijada escalera para unirse a mí en la casa del árbol con el nuevo suelo—. Ya hemos pasado por esto… ¡Ese niño era una bomba con patas, Johnny! Toda la casa estaba rociada para que estallara en llamas en cuanto ese monstruo trastornado encendiera una cerilla —continuó despotricando—. Salvaste cuatro vidas, tío. Cuatro vidas inocentes, cinco incluyéndote a ti. No te castigues, porque hiciste más por esa familia que nadie.

—Es que me siento tan responsable —alcancé a decir.

—Hughie, tráeme el martillo —le pidió Gibsie—. ¡Voy a clavarle un poco de sentido común en ese cabezón estúpido!

—Así es como me siento, tío —solté.

—¡Pues son unos sentimientos jodidos! —respondió Gibsie—. ¡Así que para ya!

—¿Que pare?

—Sí. Para —gruñó—. Deja de sentirte así. Es absurdo. No tiene ningún sentido. Te estás hundiendo a ti mismo. Eres un puto héroe, y si no te las arreglas para controlarte, vas a ser un héroe muerto, porque te mataré, Johnny. ¡Sabes que lo haré!

—Eh, probablemente esa no sea la mejor amenaza dadas las circunstancias, Gibs —intervino Hughie.

—Sé cómo te sientes, Johnny —ladró Gibsie—. He estado ahí, así que te digo que pares. Tengo el derecho y la experiencia para decirte que te calmes. Hiciste lo que pudiste y lo hiciste que te cagas. Ahora se acabó. Deja de torturarte. Obcecarte con lo que pasó no hará que cambie. Lo único que va a cambiar es lo que te pase a ti: los tiempos presente y futuro.

Me lo quedé mirando a través de la casa del árbol un buen rato antes de que, a mi pesar, asomara a mis labios una sonrisa.

—Serías un terapeuta malísimo, Gibs.

—Estás sonriendo, ¿no? —dijo a modo de respuesta, con una media sonrisa.

—Muy cierto —observó Feely desde el suelo, martillo en mano—. ¿Necesitas esto?

—Eso depende —respondió Gibsie, sin dejar de mirarme a los ojos—. ¿Voy a tener que inculcarte algo de sentido común, Johnny?

Derrotado, negué con la cabeza.

—No, ya lo has hecho, colega.

—Bien. —Gibsie asintió a modo de aprobación—. Y aquí va otra cosa que va a pasar. —Se columpió en una rama, aterrizó sobre sus pies y se estiró antes de volverse a mirarme—. Vamos a terminar esta casa del árbol. Vamos a hacer que sea la mejor renovación imaginable, joder, y devolveremos la sonrisa a las caras de esos críos. Y luego vamos a entrenar, porque estarás listo para los seleccionadores irlandeses mañana por la mañana.

—Gibs —negué con la cabeza—, ahora no puedo ir…

—Joder si vas a ir, Johnny Kavanagh —me interrumpió él—. ¡Aunque tenga que llevarte yo mismo colgado de la espalda! Es tu futuro, y no lo vas a desperdiciar. De ninguna maldita manera voy a dejar que eso pase.

—Caray —murmuré, frotándome la mandíbula—. ¿Cuándo te has vuelto tan mandón?

Gibsie se encogió de hombros.

—A veces, Robin tiene que tomar la iniciativa.

—¿Robin? —se rio Hughie—. ¿En serio te acabas de referir a ti mismo como Robin?

—Entonces ¿el capi es Batman y tú eres Robin? —preguntó Feely pensativo—. Hummm. Tiene sentido.

—Estás fatal de la cabeza —dijo Hughie con una risilla.

—Podría ser peor —respondió Gibsie con una sonrisa—. Podríamos ser como vosotros dos.

—Ah, ¿sí? —se defendió Hughie—. Y ¿cómo es eso?

—Sí —asintió Gibsie, sonriendo—. Bebop y Rocksteady.

—¡Yo no soy Bebop ni Rocksteady! —resopló Hughie, que parecía ofendido—. En todo caso, ¡soy Robin!

—Ajá —se rio Gibsie—. Y ¿yo estoy mal de la cabeza? Muy bien, Bebop.

—Es que no tiene sentido —argumentó Hughie—. Son de dos series completamente diferentes.

—Exacto —dijo Gibsie despacio—. Como si estuviéramos en dos planos completamente diferentes. —Sonriendo, se llevó una mano sobre la cabeza y dijo—: Yo estoy aquí con tu hermana y tú estás… por aquí abajo —apuntó con la mano por la cintura.

—Feely, dame el martillo —gruñó Hughie mientras avanzaba hacia Gibsie—. Voy a enterrar a este hijo de puta de una vez por todas.

71

TE VEO

Shannon

—La tata está abajo con Darren —susurré, sentándome en el borde de su cama y acariciándole la frente, que tenía sudada—. ¿Quieres bajar a verla?

No respondió. En cambio, simplemente continuó temblando, aferrado a la almohada que se había presionado contra el estómago. Al menos había dejado de vomitar. La verdad es que no creía que le quedara nada que pudiera echar. Sus ojos no eran más que orbes vacíos, huecos, de color verde en su cabeza. Nada parecía estar pasando allí dentro.

—¿Joe?

Silencio.

—Por favor, háblame —supliqué, apartándole el pelo rubio de los ojos.

Nada.

Una lágrima resbaló por su mejilla y se la enjugué.

—Te quiero. —Me incliné y presioné mi mejilla contra la suya—. Mucho.

Catatónico, continuó acostado de lado, de cara a la ventana y mirando a nada en particular. Los médicos habían venido varias veces en los últimos días desde el incendio. Según dijeron, mi hermano estaba pasando la abstinencia. Había confesado a la señora Kavanagh y Darren que había estado tomando drogas duras durante meses y meses antes de que yo terminara en el hospital. No lo sabía. No me había dado cuenta de las señales. Joey también estaba conmocionado y me aterrorizaba dejarlo solo por si huía de nuevo. Ahora que lo miraba, no me parecía que tuviera la energía para levantarse de la cama, pero una nunca podía estar segura con Joey. Era tan impredecible como el verano irlandés.

Pronto se lo llevarían. Cuando terminara el funeral, lo internarían en un hospital especial para que se mejorara. En un lugar donde podrían tratar sus adicciones y su salud mental. No entendía por qué tenía que irse ni quería que lo hiciera, pero él mismo había firmado el papeleo justo antes de dejar de hablar. Quería irse, y yo estaba aterrorizada de que llegara el lunes, porque lo cierto es que no sabía cómo iba a sobrevivir a todo esto sin él.

Llamaron suavemente a la habitación en la que habían instalado a Joey y la cabeza de la señora Kavanagh asomó por la rendija de la puerta.

—Hola, Shannon, corazón —dijo, sonriéndome cálidamente—. Hay dos personas que han venido a verte.

Se me cortó la respiración y me puse rígida. No podía con más trabajadores sociales o la Gardaí. Estaba demasiado cansada.

—No…

—Claire y Lizzie —se apresuró a explicar la señora Kavanagh—. Están abajo, en la sala de estar, cariño.

—Eh… —vacilé, porque no quería dejar a mi hermano—. Tal vez… no debería dejarlo en su…

—Y también han venido a visitarte a ti, Joey —anunció la señora Kavanagh en tono suave. Abrió la puerta por completo para revelar a Aoife de pie a su lado—. Pasa, corazón.

Entré en pánico al ver a su novia, ya que la última vez que Joey habló nos advirtió que no la dejáramos entrar. Hizo prometer a Darren que la mantendría alejada. No la quería aquí. No quería que lo viera.

Joey permaneció completamente inmóvil, todavía aferrado a la almohada y mirando por la ventana, mientras Aoife entraba en la habitación.

—No puedes esconderte de mí —le dijo yendo directa hacia él—. Y tampoco puedes rendirte.

Lo observé con atención, rezando por que reaccionara de alguna manera, y luego sentí una punzada de alivio cuando se sobresaltó ante el sonido de su voz.

Me puse de pie y me quedé cerca de la cama, incapaz de dejar a mi hermano, que tenía la mirada clavada en Aoife mientras esta se sentaba en la cama frente a él.

—Mi Joey —le susurró, poniéndole una mano en la mejilla—. Mi amor.

Lo recorrió un escalofrío y apretó la almohada, con los pies temblándole de vez en cuando esporádicamente.

Aoife acercó la cara a la de Joey y lo acarició suavemente con la nariz.

—Vuelve a mí —le pidió, susurrándole al oído mientras le pasaba una mano por el pelo y luego por la mejilla y la mandíbula—. Porque no voy a renunciar a ti.

Joey tembló con más fuerza y tuvo espasmos en las extremidades mientras un gemido de dolor salía de su garganta.

Me quedé atónita. Era el primer sonido que emitía en días.

—Lo sé —continuó susurrando Aoife mientras lo tocaba y lo acariciaba como si fuera un niño pequeño—. Estás ahí, ¿no? ¿Hummm? —Le dio un beso en la comisura de la boca—. Te veo, Joey Lynch. —Le tocó la nariz con la suya y dijo en voz baja—: No puedes esconderte de mí.

La mano de Joey salió disparada entonces directamente a su estómago.

—Eso es —lo animó ella, poniéndole la cabeza sobre su regazo y acunándolo allí—. Vuelve a mí, cariño.

Dejó escapar otro gemido y hundió la cara en la barriga de Aoife, temblando violentamente.

—Ya está —susurró ella, inclinándose sobre los anchos hombros de mi hermano para abrazarlo—. No puedes echarme. —Su rubia melena los cubrió a ambos mientras susurraba—: Eres mío, ¿recuerdas?

—Vamos, Shannon, cariño —dijo la señora Kavanagh tras aclararse la garganta, y pasé la mirada de mi hermano a ella, que me sonreía con tristeza—. Démosle a Joey y Aoife algo de tiempo a solas.

Obedecí a regañadientes y seguí a la señora Kavanagh fuera de la habitación, sin dejar de mirar mientras cerraba la puerta del dormitorio. Nerviosa e insegura, fui tras ella, pero mi paso vaciló cuando llegamos a la parte superior de la escalera y escuché todas las voces que venían de abajo.

—No lo sé —solté, deteniéndome.

—¿Hummm? —La señora Kavanagh se volvió para mirarme—. ¿Qué has dicho, corazón?

—No estoy segura —dije ahogadamente, sujetándome a la barandilla. Incliné la cabeza hacia las escaleras y me removí inquieta—. Hay mucha gente ahí abajo.

Los ojos de la señora Kavanagh se llenaron de lástima.

—Oh, cosita mía. —Recorrió el espacio entre nosotras y me atrajo hacia sus brazos—. Estás a salvo con nosotros.

—¿Tengo que bajar? —susurré, temblando—. Tengo miedo.

—¿De qué tienes miedo, Shannon? —me preguntó—. ¿Hummm? Nada volverá a hacerte daño, cariño.

—La realidad —admití—. Enfrentarme a todo el mundo.

—La realidad puede ser desalentadora —coincidió, cogiéndome una mano entre las suyas—. Y hacerle frente puede ser peor, pero eres una chica fuerte. —Sonriéndome, añadió—: Y tú puedes hacer esto, Shannon Lynch. Sé que puedes.

Solté un suspiro tembloroso.

—¿En serio?

Sonriendo, ella asintió.

—En serio.

Con un suspiro entrecortado, solté la barandilla y bajé las escaleras, aferrándome a su mano con todas mis fuerzas, segura de que esta mujer había caído directamente del cielo por querer ayudarnos. Por quedarse con nosotros. Con todos. No la entendía, y probablemente nunca lo haría, pero sabía que no quería dejar esta casa jamás. La señora Kavanagh era buena y amable, y me hacía sentir segura.

—¿Está Johnny por aquí? —quise saber cuando llegué al último escalón, obligándome a hacer la pregunta y sintiendo que se me aceleraba el pulso por la presión bajo la que estaba.

—Está por aquí, corazón —respondió la señora Kavanagh—. Está en el patio trasero con los chicos.

No había visto mucho a Johnny desde esa noche. Todo estaba pasando muy rápido y tenía tanto miedo de dejar solo a Joey que no había pasado nada de tiempo con él. Sentía su ausencia en lo más profundo de mi ser, lo cual era ridículo porque estaba viviendo en su casa.

—¿Quieres que lo llame? —preguntó la señora Kavanagh, arrastrando mis pensamientos de vuelta al presente—. Entrará de inmediato, Shannon. Sé que le encantaría pasar algo de tiempo contigo…

—Oh, no, no —me apresuré a decir, soltándole la mano—. No, por favor, no lo moleste. —Tragué saliva profundamente y forcé una sonrisa—. Está con sus amigos.

—¿Estás segura? —insistió, mirándome con preocupación—. Sé que no le molestaría lo más mínimo.

No.

—Estoy segura —dije con voz ronca, juntando las manos—. Iré, eh, iré a saludar a las chicas ahora, si le parece bien.

—Por supuesto. —Dando un paso atrás, me indicó que me dirigiera a la sala de estar—. No tienes que pedir permiso a nadie.

—Gracias —le respondí con la voz cargada de emoción.

Me di la vuelta antes de acabar derrumbándome y me obligué a respirar lentamente mientras avanzaba por el elegante pasillo hacia la sala de estar.

Mi valentía, determinación y control sobre mis emociones se esfumaron en cuanto vi a mis dos mejores amigas.

—Shan —gritó Claire, levantándose del sofá.

—Oh, Shan —dijo Lizzie ahogadamente, uniéndose a ella.

—Siento mucho lo de tus padres —susurró Claire.

—Yo también —musitó Lizzie—. ¿Estás bien?

Se me contrajo la cara de dolor y negué con la cabeza antes de correr hacia ellas.

—Estamos aquí —susurraron ambas, abrazándome—. No te vamos a dejar.

Las compuertas de mi corazón se abrieron y lo dejé salir todo, cada gramo de dolor y angustia en mi organismo, antes de que me paralizara irremediablemente.

72

MARTILLOS Y ELLA

Johnny

Estábamos dando los toques finales a la casa del árbol cuando la voz de Ollie resonó desde el suelo.

—Guau —jadeó, mirándonos a los cuatro con cara de asombro—. ¡Es la casa del árbol más grande que he visto! —Sacudió la cabeza—. En toda mi vida.

—¿Te gusta? —le pregunté, inclinándome sobre la barandilla que habíamos colocado en el borde—. Está chula, ¿eh?

—¿Este quién es? —susurró Feely.

—Ollie —respondí en voz baja.

—Es mi favorito —anunció Gibsie.

—Hey, Ollie —dijo Feely, saludándolo con la mano.

—Qué hay, chaval —añadió Hughie, asomando la cabeza.

—Hola. —Ollie saludó a los muchachos mientras paseaba la mirada por la casa del árbol—. ¡Es superchula, Johnny! —Una enorme sonrisa se extendió por su rostro—. ¿Qué estáis haciendo ahí arriba?

—Es una reunión secreta —soltó Gibsie—. Solo para mayores de diecisiete años, chaval.

La expresión de Ollie se hundió y negué con la cabeza antes de girarme para mirar a Gibsie, que estaba de espaldas en la casa del árbol, fumando como una chimenea.

—Maldito imbécil. —Me volví hacia el pequeño, le sonreí y le dije—: No le hagas caso, Ollie. La hemos hecho para ti y tus hermanos.

—¿Para nosotros? —Abrió los ojos como platos—. ¿En serio?

Asentí.

—Sí, así que ve a buscar a Tadhg.

—¡Guau! —Giró sobre sus talones y salió disparado por el jardín hacia la casa, gritando a pleno pulmón—: ¡Tadhg! ¡Tienes que venir a ver esto!

—No quiero bajar —gimió Gibsie, exhalando una nube de humo—. Me encanta esta casa del árbol.

—Eres el tío más infantil que he conocido jamás —murmuró Feely.

—Pero es que es muy bonita —resopló Gibsie—. Y ahora tenemos que dejársela.

—Estoy seguro de que te dejarán visitarla —respondí, poniendo los ojos en blanco—. Ahora apaga ese cigarrillo antes de que regresen.

Menos de tres minutos después, Tadhg y Ollie llegaron corriendo por el jardín hacia nosotros.

—¡La hostia! —jadeó el mayor cuando llegó al árbol. Con los ojos hinchados, puso cara de asombro—. ¿En serio habéis construido esto vosotros?

—Te lo he dicho —dijo Ollie con orgullo—. La han hecho para nosotros.

—¿En serio? —Tadhg frunció el ceño—. ¿Por qué?

—Porque nos sentíamos generosos —dijo Gibsie poco a poco, bajando la escalera—. Y espero acceso gratuito cuando quiera.

—Debe de ser resistente —reflexionó Tadhg, echándole una mirada de reojo— para aguantar tu peso.

—¡No estoy gordo! —resopló este—. ¡Soy *flanker*! Se supone que debo estar fornido. Soy todo músculo. Ya verás...

—Joder —murmuré, bajando detrás de él—. Déjate la ropa puesta, Gibsie.

—Todo músculo —se burló Tadhg, subiendo la escalera una vez que Feely y Hughie bajaron—. Un caraculo, me parece a mí.

—Pues este es mi favorito —se rio Hughie.

—Yo es que flipo con ese crío —se quejó Gibsie mientras perseguía a Tadhg por la escalera—. Tienes doce años —jadeó, trepando a la casa del árbol—. Deberías ser un niño dulce, no un monstruito.

—Si fuera dulce, intentarías comerme —replicó Tadhg—. Y está claro que ya has comido bastante.

—Por última vez, que no estoy gordo —gruñó Gibsie—. Soy de huesos anchos, hay una gran diferencia.

—Enorme —se rio Tadhg, claramente disfrutando del pique—. En eso tienes razón.

—No puedo con este crío —refunfuñó mi mejor amigo.

—Déjalo, Gibsie —dijo Ollie, uniéndose a ellos en la casa del árbol—. Yo no creo que estés gordo.

—Gracias, Ollie —sollozó este—. Menos mal que hay un buen chico por aquí.

—Eso es porque soy dulce —respondió él inocentemente—. Eso dice Dellie.

—Chavales, ¿estaréis bien aquí solos si entramos un rato? —pregunté.

—Oh, no pienso bajar nunca —gritó Ollie—. Así que estoy superbién.

—Oye, Johnny —dijo Tadhg, asomando la cabeza por encima de la barandilla.

—¿Sí?

—Eh, gracias. —Se le pusieron las mejillas rojas—. Por esto.

—De nada.

—Y, eh, por lo otro también —añadió con voz ronca, mirándome fijamente con esos ojos marrones—. Lo de venir a por nosotros.

—Ya. —Tragué saliva con dificultad y asentí—. Ningún problema.

—Tadhg, mira —chilló Ollie, y el mayor desapareció de la vista—. Es un teniscopio.

—¿Un qué?

—Un teniscopio.

—Telescopio —escuché a Tadhg suspirar—. Gibsie, déjale un rato, ¿no? Solo tiene nueve años.

—Vamos, Gibs —me reí entre dientes, rascándome la nuca—. Te haré un sándwich.

—Bien, pero lo quiero tostado y con una bolsa de patatas fritas —refunfuñó este—. Uy, espera, que nos olvidamos las herramientas.

—Juro que sigue teniendo siete años mentalmente —apuntó Hughie.

—Es probable que tengas razón —coincidió Feely—. No ha cambiado mucho desde que hicimos la comunión.

—Árbol va…

Bum.

—¡Ay, joder! —rugí, agarrándome la nuca mientras el dolor me subía por el cuero cabelludo. Mirando a mi alrededor, vi el martillo en la hierba y palidecí—. ¿Qué coño, Gibs? —gruñí al cabronazo asomado por la barandilla—. ¿Árbol va? ¿Qué se supone que significa eso?

—Es una advertencia en clave —respondió Gibsie tímidamente.

—¿En clave? —pregunté—. ¿Una advertencia para qué? ¿Para intentar abrirme la cabeza?

—«Árbol va» es una expresión de advertencia válida para que la gente se aparte, Johnny —respondió—. Tú eres el listo. Deberías saberlo.

—También lo es «bola» —escupí—. «Bola» es un aviso en clave.

Gibsie se encogió de hombros.

—Es una referencia de golf.

—Soy más golfista que leñador —siseé, todavía tocándome la cabeza—. ¡Joder!

—He tirado un martillo, no un palo de golf —se defendió, bajando la escalera para unirse a nosotros—. Ay, mierda, tío —murmuró, dirigiéndose directamente hacia mí—. Tienes la cabeza toda pegajosa y sangrante.

—No me digas, Sherlock —espeté—. Porque me has tirado un maldito martillo.

—Técnicamente, he tirado un martillo por encima de ti, no a ti. Y he avisado —me recordó mientras me tocaba el cuero cabelludo—. No es culpa mía que no sepas interpretar las señales... Creo que igual necesitas un punto o siete.

—Dame tu camiseta —gruñí—. Y tienes prohibido la entrada a la casa del árbol y usar las herramientas. ¿Me oyes? Se acabó.

—¿Estás bien, Johnny? —gritó Ollie, que sonaba preocupado.

Mierda.

Ni siquiera podía matarlo en paz.

—Estoy genial, chicos. —Le quité la camiseta a Gibsie de las manos, me presioné la cabeza con ella y forcé una sonrisa, cuando lo único que quería hacer era estrangular a mi mejor amigo—. Acordaos de volver a casa antes de que oscurezca demasiado —añadí, y me volví para darle la espalda a la casa del árbol y murmurar a Gibsie, que ya había salido por patas hacia mi casa—: Más te vale que corras, cabrón.

—No te lo cargues demasiado, capi —me gritó Feely cuando eché a correr detrás de Gibsie.

—No le hagas caso, capi —se rio Hughie—. Tortúralo.

—Mira, es como un hipopótamo intentando correr más rápido que un guepardo —escuché reír a Tadhg y Ollie, y aunque estaba cabreadísimo y me goteaba sangre por la nuca, tuve que admitir que fue un sonido encantador.

—Gerard, no le tires martillos a Johnny —repitió mi madre por décima vez cuando estuvimos de nuevo en la cocina, después de volver de Urgencias para que me dieran unos puntos rápidos.

—Vale —resopló Gibsie, cruzando los brazos sobre el pecho—. Pero recuérdale tú lo que no debe hacerme él.

—Oh, señor, libérame de la estupidez adolescente. —Dejando su bolso en la isla de la cocina, mi madre nos hizo sentarnos a ambos en los taburetes y suspiró profundamente—. Johnny, no asfixies a Gerard con tu camiseta ensangrentada, sabes que es aprensivo con los fluidos corporales.

—Mi camiseta ensangrentada —la corrigió Gibsie, mirándome con los ojos entrecerrados—. Era mi camiseta la que estaba ensangrentada, a juego con el tajo en mi barbilla.

—No te he abierto la barbilla —bufé—. Te la has raspado.

Me miró boquiabierto.

—¡Tengo un boquete en la cara!

—Sí. —Le devolví la mirada—. ¡Como el boquete que tengo yo en la cabeza!

—Me han dado cuatro puntos —gruñó, señalándose el vendaje de la barbilla.

Me señalé el vendaje de la cabeza.

—¡A mí, seis!

—La cuestión es que no deberíais acabar necesitando puntos el uno por culpa del otro —espetó mi madre—. Vais a hacer dieciocho años. Sois un poco mayores para esto.

—Ay, dios —dijo mi padre cuando entró en la cocina con Sean en la cadera—. ¿Qué habéis hecho ahora?

—Hemos tenido un pequeño problema de comunicación —respondió Gibsie, dándome un codazo en las costillas—. Un pequeño cruce de cables.

—Sí —asentí, devolviéndole el codazo—. Pero ahora ya estamos en paz. —Miré a Sean, con su nuevo pijama de *Bob y sus amigos*, y le guiñé un ojo—. ¿Cómo está mi hombretón?

Él me devolvió la sonrisa.

—Onny. —Escurriéndose de los brazos de mi padre, atravesó la cocina y vino directamente hacia mí con las manitas en alto—. Au, au, Onny.

—Sí. —Asentí y me agaché para cogerlo—. Así es, pero estoy bien. —Lo dejé en la encimera frente a mí, le hice cosquillas en la barriga y me reí cuando aulló de risa—. Menuda tripa tienes —dije por lo bajo con una risilla, repitiendo el gesto y sonriendo como un tonto cuando soltó un chillido de alegría—. ¿Es esta la barriga de Papá Noel? ¿Hummm? Dame esa tripilla…

—Te encanta este, ¿no? —comentó Gibsie, observándome mientras bajaba la cabeza para que Sean investigara mi vendaje—. Te estás ablandando, Kav.

—Míralo —me defendí, señalando al hermano de mi novia. Había pasado mucho tiempo con este crío desde que se mudaron a mi casa. Sean siempre parecía el más contento de verme, y era demasiado desgarrador para ignorarlo. Sabía que no estaba bien tener favoritos, y nunca lo admitiría en voz alta, pero si tuviera que elegir, sería a este siempre. Y tal vez Ollie. Joder, me gustaban todos, pero ¿este? Sean era otra cosa—. Mira qué ojazos —le dije, señalando los ojos castaños de color chocolate del pequeño—. Es como un cachorro. ¿Cómo no me va a encantar esta cara?

—Es una persona, no un cachorro —se rio Gibsie.

—Es mi cachorro, ¿a que sí, colega?

Sean asintió felizmente.

—Onny. —Me apretó las mejillas con las manos—. Onny mío.

—¿Onny tuyo? —saltó Gibsie—. No, no, no lo creo. —Me pasó un brazo por encima de los hombros y dijo—: Este es mi Onny.

Sean se puso rojo.

—Onny mío. —Con sus diminutas manos en mi cara, me acercó más a él—. Onny mío.

—Joder, colega, eres como el hombre que susurraba a los bebés —se rio Gibsie, que parecía impresionado—. Apenas se comunicaba la última vez que lo vi, y ahora se pirra por ti. —Frunciendo el ceño, preguntó—: ¿Solo tiene problemas con la jota? ¿Es un defecto del habla o algo así?

—No tiene ningún problema —respondí con voz de bebé, haciéndole una mueca a Sean—. Te estás tomando tu tiempo, ¿no es así, colega?

Sean asintió felizmente, y aunque sabía que no tenía ni idea de lo que estaba hablando, era tan jodidamente mono que me hizo reír de todos modos.

—¿Ves a este sinvergüenza, Sean? —bromeé, señalando a Gibsie—. Vamos a pillarlo, ¿a que sí? ¿Qué decimos cuando perseguimos a la gente?

—Guau. —Mirando a Gibsie con los ojos entrecerrados, se lanzó hacia delante y ladró—: Guau.

—¡Qué fuerte! —Con las manos en la barriga, mi amigo se cayó del taburete de la risa—. ¡Dime que no has enseñado al bebé a ladrar!

—Onny guau —ladró Sean—. Onny mierda guau.

—¡Johnny! —Mi madre ahogó un grito—. ¿Has enseñado al bebé a decir palabrotas?

—Ay, mierda —gemí.

—Ay, mierda, Onny —me imitó Sean, frotándome la cabeza—. Ay, mierda.

—Pues ya has tenido suficiente juego con Johnny —se rio mi padre por lo bajo, cogiendo a Sean en brazos una vez más—. Vamos, hombrecito. —Se llevó de la encimera un vaso con boquilla lleno leche y se fue por el pasillo—. Vamos a leer un cuento antes de dormir.

—No le leas ese libro —le grité.

—Oh, no te preocupes, mi amor —intervino mi madre—. Te quemé ese libro hace años.

—No te seguirá dando miedo ese libro, ¿verdad? —preguntó Gibsie con una risilla—. Han pasado muchos años.

—Estoy bien —gruñí—. Pero Sean es pequeño.

—Johnny, tío, nadie más piensa como tú —se rio entre dientes—. No todos analizamos cada cosa como haces tú. Es un libro de cuentos sobre cerditos.

—Era verdaderamente aterrador —me defendí—. No pude dormir durante semanas.

—No podías dormir porque no conseguías desconectar ese cerebro tuyo —respondió Gibsie—. Sigues siendo exactamente el mismo.

—Tiene razón —intervino mi madre—. Eres un poco preocupón, cariño.

—Sí —murmuré, pues no iba a molestarme en discutir cuando estaban en lo cierto—. Tenéis razón.

—Bueno, creo que debería ponerme en marcha y dejarte dormir un poco antes del gran día —dijo Gibsie, con una mirada cargada de significado—. ¿Tengo que venir a buscarte por la mañana y arrastrar tu culo hasta allí, o vas a ser un niño grande y conducir tú mismo?

—Yo conduciré —le dije—. Gracias de todos modos, colega.

—Oh, dios bendito, las pruebas —jadeó mi madre, llevándose una mano a la boca—. Me había olvidado por completo.

—No pasa nada, mami K —dijo Gibsie—. Yo cuido de tu chico. —Me lanzó una mirada mordaz—. Levántate o vendré a por ti.

—Estaré allí —respondí, con la voz ronca y espesa—. Lo conseguiré.

—Joder, ya lo creo —respondió Gibsie, asintiendo—. Llámame en cuanto hayas terminado. —Se volvió hacia mi madre y le dio un beso en la mejilla antes de robar un sándwich de la bandeja que tenía en las manos y salir por la puerta trasera—. Venga.

—Johnny —susurró mi madre cuando la puerta trasera se cerró tras Gibsie—. Lo siento mucho, mi amor. —Corrió hacia mí, cogió el taburete que había quedado libre y se sentó a mi lado—. No sé cómo he podido olvidarme de que los seleccionadores venían mañana.

—Mamá, no pasa nada —murmuré—. No es para tanto.

—Es para mucho —me corrigió, poniéndome una mano en el brazo—. Has trabajado muy duro para recuperarte de una lesión. Toda tu vida… Oh, Johnny, cariño, lo siento mucho.

—Has tenido muchas cosas en la cabeza —la tranquilicé—. Y muchos niños a los que cuidar. Es solo otra prueba. Ni te preocupes por eso.

—Pero tú eres mi hijo —graznó—. Debería haber estado apoyándote y ayudándote a prepararte para esto.

—Mamá, hay seis personas más viviendo en esta casa que acaban de perder su hogar y a sus padres —le dije—. No me importa prestarles los míos.

—Oh, corazón. —Mi madre sonrió con tristeza—. Solo quiero que sepas que sigues siendo mi preferido.

—Lo sé. —Sonreí—. Y que sepas que no necesito ese tipo de reafirmación. —Le di unas palmaditas en la mano—. Sé quién soy y a quién pertenezco —apunté, y me encogí de hombros—. No estoy preocupado, mamá, así que no te preocupes por mí.

—¿Quieres que te acompañe por la mañana? —se ofreció, apretándome la mano—. Puedo esperar en el coche o sentarme en las gradas…

—¿Presentarme al entrenamiento con mi madre? —Negué con la cabeza y me reí—. Venga ya, mamá, ¿qué pretendes? Los entrenadores me lo recordarán toda la vida.

—¿Qué hay de papá entonces? —sugirió en tono esperanzado.

—No. —Negué con la cabeza—. Ni papá, ni tú, ni Gibsie. Iré solo.

—Oh, Johnny, ¿estás seguro?

—Al cien por cien.

—Muy bien —suspiró ella—. Pero estaré pensando en ti todo el tiempo, y te pondré una vela, corazón.

—Intenta no preocuparte —le respondí—. Es un día más.

—¿Qué tal si me preocupo yo por los dos? —sugirió, sonriendo—. Y así tú solo tienes que concentrarte en dejarlos con la boca abierta.

—Sí. —Reprimí los nervios y forcé una sonrisa—. Eso haré.

—Claro que sí —respondió ella—. Siempre lo haces, mi amor.

—¿Cómo está Shannon? —me obligué a decir entonces, desesperado por hacer la pregunta y aterrorizado por saber la respuesta—. ¿Ha salido de su habitación hoy?

—Ha bajado las escaleras un rato para estar con Claire y Lizzie. —Mi madre suspiró pesadamente—. Pero ha vuelto con Joey poco después. Aoife sigue ahí arriba también. Le he dicho que puede quedarse todo el tiempo que quiera. Parece estar progresando más con ella que con cualquier otra persona.

Asentí, asimilándolo todo lentamente.

—¿Y Darren?

—Ha ido a dejar a su bisabuela en casa —explicó mi madre—. Es una mujer encantadora, Johnny. Que dios la proteja. Marie era su nieta, ya sabes. Ella la crio desde que era una niña.

—¿Shannon ha comido? —pregunté, incapaz de pensar en otra cosa que no fuera mi novia—. ¿Ha tomado algo hoy?

—Sí, un poco de sopa con las chicas —respondió mi madre.

—Menos mal —grazné, hundiéndome del alivio—. Va a perder mucho peso, mamá.

—Estará bien, Johnny, mi amor —me aseguró mi madre—. Tan solo necesita algo de tiempo para aceptarlo todo. Es mucho para asimilar.

Lo sabía, pero no era fácil observarla desde la distancia.

Mi madre se mordió el labio antes de decir:

—Creo que es más porque tiene miedo de perder de vista a Joey por si sale corriendo que cualquier otra cosa.

—No pasa nada, mamá —murmuré.

—No quiero que sientas que te están dejando de lado —se apresuró a consolarme—. No está enfadada contigo, corazón. Solo está afligida por la pérdida.

—Lo sé.

—¿Estás seguro de que lo sabes?

No.

—Sí. —Eché hacia atrás mi taburete para ponerme de pie y estiré los brazos sobre la cabeza—. Me voy a ir a la cama. A ver si desconecto el cerebro durante una hora. —Le di un beso en la coronilla a mi madre antes de dirigirme al pasillo—. Buenas noches, mamá.

—Buenas noches, Johnny, cariño —dijo detrás de mí.

Cerré la puerta de la cocina, atravesé el pasillo alicaído y subí las escaleras de tres en tres, escuchando el sonido de las voces que venían de todas direcciones. Tadhg y Ollie habían regresado de la casa del árbol y los oí trasteando en una de las habitaciones libres. Era tan inusual escuchar algo más que mis propios pensamientos en esta casa que me quedé un momento en el rellano a escuchar a los hermanos discutiendo sobre chucherías antes de ir a mi habitación, obligando a mis piernas a dejar atrás el cuarto en el que sabía que estaba Shannon.

Entré en mi habitación, cerré la puerta y apoyé la frente contra el marco. Con la luz apagada, me obligué a respirar hondo y despacio. Tenía la mente en vilo, mis pensamientos eran un revoltijo, mientras trataba de concentrarme en lo que se venía por la mañana, lo que sabía que tenía que demostrar tanto física como mentalmente. El problema era que no podía dejar de pensar en la chica de la habitación al final del pasillo. A la que no podía ayudar. A la que pertenecía. ¿En qué estaba pensando yéndome mañana? No podía irme ahora. ¿Cómo iba a dejarla? Joder, sentía que iba a explotar…

—Hola, Johnny.

Sobresaltado al oír la voz de Shannon, me di la vuelta para encontrarla sentada en el borde de mi cama, a oscuras. La luz de la luna se colaba por la ventana de mi habitación e iluminaba su pálido rostro mientras me miraba con la expresión más solitaria que había visto jamás.

—Hola, Shannon —respondí, aclarándome rápidamente la garganta cuando las palabras me salieron roncas y bruscas. Cauteloso, me quedé exactamente donde estaba, sin saber qué quería que hiciera—. ¿Cómo te sientes?

Tenía la larga mata de pelo suelta y sobre un hombro, e iba vestida con un conjunto de pijama de una de las innumerables bolsas de ropa nueva que llenaban la habitación de invitados. Las madres de los muchachos llevaban días trayendo cosas a casa y supe, de un vistazo a la camiseta rosa con purpurina y los pantalones cortos a juego que llevaba, que Claire había ayudado a comprarlo.

—Eh... —Se miró las manos, que tenía entrelazadas, y soltó un suspiro tembloroso antes de volver a mirarme a la cara—. Ay, madre, Johnny, tu cabeza —dijo ahogadamente. Sonaba aterrada y tenía los ojos como platos—. ¿Qué ha pasado?

—Bueno, todo comenzó en la primavera de 1988, cuando Gerard Gibson llegó al mundo. Diez años después, apareció en mi vida y todo se fue a la mierda a partir de ahí —me reí entre dientes y luego me fustigué mentalmente por hacer bromas—. Lo siento.

—No pasa nada —susurró ella, tirándose nerviosamente del dobladillo de la camiseta—. Te echo de menos.

Se me rompió el corazón y mis piernas echaron a andar antes de que mi cerebro tuviera la oportunidad de dar la orden.

—Estoy justo aquí, Shan. —Sentándome a su lado, resistí el impulso de subírmela al regazo y decidí ponerle una mano sobre la rodilla—. No me he ido, nena. Solo estaba tratando de darte un poco de espacio.

—No quiero más espacio —susurró, acercándose—. Solo te quiero a ti.

—Ya me tienes —dije con voz ronca, sintiendo que se me aceleraba el corazón—. Siempre.

—Me salvaste la vida, Johnny. —Temblando, me apoyó la mejilla en el brazo y dejó escapar un suspiro entrecortado—. Le salvaste la vida a mis hermanos.

—Sí, bueno, tú me la salvaste a mí hace mucho tiempo —respondí bruscamente—. Solo te estaba devolviendo el favor.

Ella negó con la cabeza, tensa.

—No, no lo hice...

—Sí que lo hiciste. —Le pasé un brazo alrededor de los delgados hombros y me acurruqué su cuerpecillo debajo—. Me despertaste, Shan. Me hiciste ver las cosas de otra manera. Me diste una vida más allá del rugby. Algo que esperar con ilusión. —Encogiéndome de hombros, me incliné y le di un beso en la cabeza—. Has hecho mucho por mí, nunca lo dudes.

—Tus padres quieren acogernos —me contó, mirándome con los ojos muy abiertos y llenos de culpa—. A mí y a mis hermanos.

—Lo sé, Shan —respondí suavemente.

—Tu madre nos dijo que quiere quedarse con nosotros, con todos —soltó—. Incluso con Joey.

—¿Sí? —Se me agitó el corazón en el pecho mientras trataba de medirla—. Y ¿qué opinas?

—Yo quiero quedarme con tu familia —admitió en voz baja.

Mentalmente, solté un suspiro de alivio.

—Eso es bueno, ¿verdad? —dije—. Que quieras esto.

—Es que me siento fatal —graznó—. Todo esto... —Se le hundieron los hombros y agachó la cabeza—. Estamos todos ocupando tu espacio, y no es justo para ti...

—Yo quiero que estés aquí —la interrumpí—. Te quiero en mi espacio, Shannon. —Me giré hacia un lado y le levanté la barbilla para obligarla a mirarme a los ojos—. No querría que estuvieras en ningún otro lugar más que aquí mismo conmigo y mi familia, ¿vale?

—Pero no es justo para ti —susurró ella, con los ojos llenos de lágrimas sin derramar—. Todos mis hermanos y mis problemas. —Temblando, me apoyó la mejilla en la mano y suspiró—. No quiero que termines odiándome.

—¿Odiándote? —Negué con la cabeza—. Shannon, te quiero. Me muero por que te quedes aquí, joder.

—Pero mis hermanos...

—También quiero que se queden —me apresuré a decir—. Adoro al pequeño Sean, ¿y Ollie? Joder, hasta me gusta Tadhg. Es un cabroncete bocazas, pero lo entiendo. ¿Y Joe? Solo necesita un poco de ayuda. Qué narices, incluso Darren está empezando a caerme bien. —Le enjugué una lágrima de la mejilla con el pulgar y me acerqué más—. Quiero que todos os quedéis con mi familia.

—Pero somos un montón de problemas —susurró, sollozando.

—Me gustan tus problemas —le dije—. Quiero tus problemas, y tus complicaciones, y todo lo que venga contigo. —Me incliné y le acaricié la nariz con la mía—. Te quiero.

—¿Qué pasa si cambias de opinión? —preguntó, pegando su frente a la mía—. ¿Entonces qué?

—No cambiaré de opinión.

—Pero ¿y si...

—Ya te dije que no soy un tío de un rollo —dije bruscamente—. No soy ese tipo de persona, Shannon. No cambiaré de opinión sobre ti. —Sonriendo, le di un beso en los labios y me eché hacia atrás para mirarla a los ojos—. Estoy aquí para siempre.

—¿De verdad?

Asentí lentamente.

—Cien por cien.

—Es que... —Tragó saliva profundamente y soltó un suspiro entrecortado—. Es que no sé qué voy a hacer ahora. —Las lágrimas resbalaron por sus mejillas—. No la volveré a ver nunca —sollozó—. No pude despedirme de ella, ni disculparme por todas las cosas malas que le dije...

—No tienes nada por lo que disculparte —le aseguré, obligándome a controlar mis emociones—. Ni entonces ni ahora. Cometió muchos errores contigo, Shannon. Ella lo sabía, nena. No necesitaba que le pidieras perdón.

—Sigo enfadada con ella —confesó—. La quiero y la odio, y quiero gritar por la injusticia de todo esto. —Soltó un pequeño sollozo y, sin poder aguantar un segundo más, me la subí al regazo—. Es que... —Sorbiendo, hundió la cara en mi cuello y se aferró a mis hombros—. Quiero volver a cuando éramos pequeños y suplicarle que se quiera a sí misma más de lo que le temía a él. Que nos quiera a nosotros más de lo que lo quería a él...

—Ella te quería —dije, temblando ahora—. De veras, Shannon.

—No sé...

—Yo sí lo sé —le aseguré, estrechándola con más fuerza—. ¿Crees que yo saqué a esos niños de la casa? Pues no podría haberlo hecho sin tu madre. Ella me ayudó, Shannon.

—¿Qué quieres decir?

—Cuando iba a abrir la puerta —expliqué con voz ronca mientras el dolor y la culpa me carcomían por dentro—, la mano me temblaba muchísimo y los niños lloraban. Estaba seguro de que tu padre se daría la vuelta y me vería allí. Pero entonces tu madre comenzó a toser, haciendo suficiente ruido para ahogar sus sollozos, ofreciéndome la distracción necesaria para abrir esa puerta y sacarlos.

—¿Q-qué?

—Sí —me obligué a continuar—. Tu madre hizo un montón de cosas chungas, nena, y no estoy excusando ninguna de ellas, pero esa noche me miró fijamente a los ojos en el último segundo y me dijo que salvara a sus hijos. Eso fue lo único que tuvo en mente al final, asegurarse de que tanto tú como tus hermanos no estabais en aquella casa.

Shannon ahogó un grito.

—¿H-hablaste con e-ella?

Lleno de culpa, miré a mi novia a los ojos y asentí.

—Tu padre estaba sentado de espaldas a la puerta de la cocina, y había botellas vacías esparcidas por toda la mesa. En ese momento simplemente no supe lo que eran, o en todo caso no quise verlo. —Sacudiéndome la horrible imagen de la mente, me concentré en el rostro de Shannon mientras hablaba—. Pero tu madre me vio y asintió con la cabeza. No sabía qué hacer... Estaba seguro de que me iba a gritar, pero no lo hizo. Me miró y asintió. Me estaba pidiendo que me fuera. Y luego caminó hacia la puerta, y yo...

Me estaba costando verbalizar la noche que me atormentaba, así que me callé.

—Sigue —me rogó Shannon, llorando en silencio—. Por favor.

—No podíamos hablar —jadeé—, así que nos leíamos los labios el uno al otro, y ella dijo «vete, vete ya»... —Temblando, me enjugué la mejilla en el hombro y me obligué a seguir adelante—. «Sácalos», me seguía diciendo. «Llévatelos de aquí».

Shannon me apretó los hombros.

—Le dije que volvería a por ella —admití entrecortadamente—. Se lo prometí y ella me d-dijo «no vuelvas»... —Se me rompió la voz y, tembloroso, tuve que coger aire antes de poder terminar—. No lo entendía. No sabía por qué no venía conmigo. Le supliqué que viniera. La habría protegido. Lo juro. Pensé que tenía miedo de que tu padre le pegara. No sabía que iba a hacer eso, pero ella debía de saberlo, porque me pidió que salvara a sus hijos. Esas fueron sus palabras exactas: «salva a mis hijos». —Sorbí por la nariz y balbuceé—: Y me p-pidió que os d-dijera a t-todos que lo s-sentía. —Se me escapó un tremendo sollozo y traté desesperadamente de controlar mis emociones—. Y entonces tan solo... c-cerró la puerta de la cocina y yo me largué... —Cerré los ojos con fuerza, tratando de contener las lágrimas—. ¡La dejé allí, en esa casa con él, y lo siento tanto, Shannon!

—Johnny...

—Lo siento... —Sacudiendo la cabeza, hundí la cara en su cuello y susurré una y otra vez, hasta que sentí que no podía respirar—: Lo siento mucho. —Ella también estaba llorando y supe que nunca superaría por completo la decisión que tomé aquella noche—. Si pudiera volver, lo haría —le prometí—. Lo cambiaría todo...

—Mírame —sollozó Shannon y negué con la cabeza. Estaba demasiado avergonzado—. Johnny Kavanagh, mírame a la cara.

Al no obedecer, me cogió la cara entre sus pequeñas manos y me obligó a mirarla.

—Lo siento —susurré, sintiendo las lágrimas resbalarme por ambas mejillas—. Lo siento mucho...

Mis palabras se interrumpieron cuando sus labios chocaron contra los míos. Estremeciéndome ante el contacto, le devolví el beso y sentí la humedad de sus lágrimas mezclarse con las mías.

—No digas que lo sientes —dijo Shannon con voz ronca, apartando sus labios de los míos—. No te disculpes con nadie porque no fue culpa tuya. Tú eres bueno. Me salvaste. Muchas veces. Así que no cargues con eso. Nunca. —Sollozando, me enjugó las lágrimas de las mejillas con los pulgares y soltó un suspiro tembloroso—. ¿Está claro?

—Sí —asentí, ahogándome en sus palabras. Shannon no me culpaba. No estaba enfadada conmigo. Ni me odiaba—. Está claro.

—Te quiero —me susurró, aún con mi cara entre sus manos—. Más que nada en el mundo.

Dejé escapar un suspiro entrecortado y besé aquellos carnosos labios.

—Más que nada en el mundo.

—¿Puedo quedarme aquí contigo esta noche? —me preguntó entonces—. Solo… quiero estar cerca de ti.

—Claro. —Sentía la voz ronca y áspera. El corazón me latía a la velocidad de la luz—. Puedes quedarte conmigo.

Esperé a que se bajara de mi regazo y se deslizara bajo las sábanas antes de quitarme la ropa y acostarme a su lado.

—Tienes la piel siempre tan caliente —susurró cuando la estreché con un brazo y me la acurruqué contra el pecho—. Qué gustito. —Me volví de manera que mi otro brazo quedara debajo de su cabeza y ella me restregó la mejilla y respiró hondo—. Hueles a casa.

Temblando, me acurruqué junto a ella y le di un beso en la mandíbula.

—Estás en casa.

Cuando me fui de casa esa mañana, dejé a Shannon durmiendo en mi cama. Horas más tarde, todavía podía sentirla en mi piel. Me había duchado, vestido con ropa de entreno limpia y me había alejado de aquella chica, pero aún podía sentirla sobre mí.

«Puedes hacer esto, Johnny —oí su voz en mi mente—. Vas a brillar».

Con ganas de vomitar, me senté en el banco del vestuario de la Academia después de haber pasado todos los exámenes médicos que me habían hecho esa mañana y me concentré en estabilizar los latidos de mi corazón. La ansiedad me estaba carcomiendo por dentro y la adrenalina me corría por las venas a un ritmo vertiginoso, lo que hacía que me temblaran las rodillas.

Sacudiendo las manos, cogí aire para tranquilizarme y volví a atarme los cordones de las botas antes de dirigir mi atención a los vendajes en mi muslo. Aislándome de todo lo que me rodeaba, dejé la mente en blanco y me vendé el cuerpo hasta que estuve satisfecho con el nivel de sujeción. De pie, moví las extremidades, girándolas de lado a lado, asegurándome de que estaba listo.

Me estaban esperando.

Justo afuera.

Había llegado el momento.

«Puedes hacer esto —me alenté mentalmente—. Naciste para hacer esto».

Sonó un fuerte golpe al otro lado de la puerta del vestuario, seguido de la voz de mi entrenador:

—Vamos, Kavanagh.

—Voy —respondí, incapaz de reprimir el escalofrío que me recorrió el cuerpo mientras sentía una mezcla de nervios y emoción.

Cerré los ojos y recé mentalmente.

«Por favor, que no la cague en esto…».

Entonces me sonó el móvil, avisándome de que tenía un mensaje. Me lancé a por él, lo desbloqueé rápidamente y abrí el mensaje.

S: Puedes hacerlo, Johnny Kavanagh.
Demuéstrales de qué estás hecho y brilla.
Estoy orgullosa de ti. Te quiero.
(En plan una puta locura). Besos

Joder.

73

«LIGHTNING CRASHES»

Shannon

Sentada en la primera fila de la iglesia de Saint Patrick un precioso día de verano de mayo, con mis hermanos a cada lado, sentí que me abstraía cuando fueron pasando innumerables caras frente a mí para estrecharme la mano y decirme cuánto lamentaban nuestra pérdida. No estaba segura de a qué pérdida se referían; a la de nuestra madre, que había sido asesinada, o a la de nuestro padre, que la había asesinado.

Mis hermanos iban los cinco muy elegantes, idénticos con su traje negro, la impecable camisa blanca y la corbata negra que la señora Kavanagh había mandado a casa antes de la misa del sábado. A mí me había comprado un vestido negro hasta la rodilla y un cárdigan con unos tacones bajos del mismo color. Todo era un caos y mi mundo se estaba desmoronando a mi alrededor, pero a mí solo me venía a la cabeza lo bien que me quedaba el vestido. Era un detalle de lo más extraño e intrascendente, pero seguía dándole vueltas y vueltas.

Tenía la mirada clavada en los ataúdes de mis padres, que yacían uno al lado del otro frente al altar.

El de nuestro padre estaba a la derecha.

El de nuestra madre estaba a la izquierda, más cerca de nosotros.

Como en una escalera, mis hermanos y yo estábamos alineados según nuestra edad: Darren sentado en el extremo del banco, Joey a su izquierda, seguido por mí, y luego Tadhg, Ollie y finalmente Sean.

Darren estaba agradeciendo a todo el mundo sus condolencias, como hacía el cabeza de familia en momentos tan duros como este, mientras Joey permanecía sentado con rigidez, con la mirada clavada en el ataúd de nuestra madre como en estado de trance, ignorando a todos los que estrechaban su mano inerte. Ollie lloraba suavemente en su pañuelo, mientras que Tadhg fruncía el ceño a cualquiera que intentara acariciarle la cabeza. Sean estaba mirando los vía crucis que colgaban de las paredes y las hermosas vidrieras que nos rodeaban.

No parecía entender lo que estaba pasando y su desconocimiento fue un inmenso consuelo para mí. Tenía la oportunidad de sobrevivir a esto. La pareja sentada detrás de mis hermanos me hacía tener esperanza en el futuro de todos. John padre tenía la cabeza inclinada entre Ollie y Tadhg, susurrándoles algo al oído lo bastante divertido como para sacarle una sonrisa al mayor y un pulgar aprobatorio entre sollozos al mediano, mientras que Edel se había colocado en el reclinatorio detrás de Sean, entreteniéndolo en silencio y explicándole las diferentes imágenes y estatuas.

Junto al señor y la señora Kavanagh estaba sentada la hermana de mi madre, Alice; su esposo, Michael, y mi bisabuela materna, de ochenta y un años, la tata Murphy.

Eso fue todo.

Esa era toda la familia que mi madre tuvo en sus treinta y ocho años en la tierra.

Sabía que mis amigos y los de mis hermanos, así como sus familias, estaban en los bancos detrás de nosotros. Los había visto a todos antes, cuando se habían acercado a darnos el pésame, y aquello me dio la fuerza necesaria para no mirar hacia el otro lado de la iglesia, donde estaba sentada la parte de mi padre, llorando y lamentándose en voz alta. Ninguno de nosotros conocía ese lado de la familia, y no tenía intención de hacerlo ahora.

Cada vez que uno de sus parientes sollozaba demasiado fuerte, sentía que Joey se ponía rígido. Darren también lo había notado, porque se agachaba y le colocaba una mano sobre la rodilla para evitar que temblara. Cogí del brazo a Joey y me aferré a él con todas mis fuerzas, aterrorizada de lo que pudiese llegar a hacer si no paraban. El clan Lynch había causado terribles problemas con la disposición del funeral, dándole demasiada importancia al panteón familiar y exigiendo que ambos descansaran juntos. Darren explotó y aseguró que antes se incineraría a nuestra madre que permitir que la colocaran con él, pero entonces el señor Kavanagh intervino y dispuso a golpe de talonario que mi madre fuera enterrada en su propio nicho. Mis padres compartirían la misa y el cementerio, pero al menos ella podría descansar por fin en paz.

—Ya casi estamos —le susurré a Joey al oído cuando una de las hermanas de nuestro padre lloró particularmente fuerte mientras el sacerdote rociaba con agua bendita los ataúdes—. Un poco más y se acaba.

Joey asintió con rigidez, sin apartar la mirada de la fotografía de mi madre que había encima de su ataúd.

Temblando, me recosté en el asiento, buscando el consuelo de la mano que asomaba por debajo del respaldo del banco y me acariciaba el costado. Sabía en lo más hondo que la única razón por la que lograba mantener la compostura era el chico que estaba sentado justo detrás de mí. Mi instinto me exigía que subiera al banco y buscara consuelo en los brazos de mi novio, pero me mantuve firme y aguanté por mis hermanos.

Cuando terminó la misa y la familia de mi padre se puso de pie para sacar su ataúd de la iglesia con el segundo sacerdote en el altar, le cogí la mano a Johnny con fuerza, el contacto que me ayudaría a reunir el coraje suficiente para no desmoronarme. Los seis permanecimos sentados y volvimos la cabeza, negándonos a ver cómo sus amigos y parientes se llevaban al asesino de nuestra madre.

Las emociones contra las que estaba tratando desesperadamente de luchar pudieron conmigo y me desgarró un sollozo de dolor, pero luego sentí a Johnny justo detrás de mí.

—Puedes hacerlo —me dijo al oído, rozándome el lóbulo de la oreja con los labios. Acariciándome la mejilla con la nariz, susurró—: Te lo prometo.

Estremeciéndome, asentí y le estreché la mano contra mi pecho, apretándola con tanta fuerza que debió de ser incómodo para él, porque tuvo que arrodillarse a mis espaldas para sacar todo el brazo, pero no podía soltarlo. No cuando ya había perdido tanto hoy.

Finalmente, cuando se llevaron a mi padre y fue el momento de sacar a nuestra madre de la iglesia, vi a Darren y Joey ponerse de pie. Todo el mundo lloraba detrás de nosotros, sollozando con fuerza mientras los dos mayores sacaban con cuidado la foto del ataúd y se la entregaban al padre McCarthy, antes de doblar el velo y devolvérselo también. Pero entonces Darren y Joey se quedaron allí, mirando el ataúd de nuestra madre, completamente absortos y con lágrimas cayéndoles por las mejillas.

Dejé escapar un suspiro tembloroso, le solté la mano a Johnny y me puse de pie. Con la espalda erguida, me acerqué a mis hermanos y susurré:

—¿Qué pasa?

—Hacen falta seis personas para llevarlo —susurró Darren—. No pensé… —Sacudió la cabeza y sollozó—. No sé qué hacer…

Todos los asistentes en la abarrotada iglesia nos miraban fijamente. Algunos confundidos. La mayoría con lástima.

—¿Johnny? —llamó Darren con voz ronca, dirigiéndose a mi novio, que estaba sentado junto a Aoife en la segunda fila y le hacía muecas a Sean.

Él nos miró de repente y se enderezó, como si lo hubieran pillado con las manos en la masa, haciendo algo que no debía.

—¿Sí?

—¿Nos ayudarías a llevar a nuestra madre?

Claramente desconcertado, Johnny se hundió en su asiento.

—¿Estáis seguros? —Con esos ojos azules llenos de duda, paseó la mirada de mí a Joey antes de posarla en Darren—. ¿Queréis que lo haga yo?

—Habría cuatro ataúdes blancos aquí arriba si no hubieras hecho lo que hiciste —respondió este, señalando a nuestros hermanos y a mí—. Queremos que lo hagas, y ella también lo habría querido.

La emoción inundó los ojos de Johnny, que rápidamente se puso de pie. No tenía puesta la chaqueta, solo la camisa blanca y la corbata, cuando salió a trompicones del banco y caminó hasta ponerse junto a mí, al lado del ataúd de mi madre.

El marido de nuestra tía se acercó a nosotros entonces y le estrechó la mano a Darren justo antes de que Alex, que había venido desde Belfast el sábado, se nos uniese frente al altar.

—Estoy contigo, cariño —le susurró al oído. Ignorando al sacerdote, que les lanzó una mirada peculiar, el guapísimo novio de mi hermano se inclinó y besó a Darren en los labios—. Siempre.

Este sollozó y se aferró a su mano.

—Solo necesitamos uno más.

—Gussie —dijo Joey con voz trémula, señalando a Gibsie, que estaba sentado en la tercera fila con nuestros amigos—. Necesito un favor, colega.

—No se diga más, tío. —Este se levantó del banco y fue directamente hacia Joey—. Aquí está Gussie —dijo, dándole una palmada en el hombro.

Temblando, regresé con Tadhg y Ollie, y les estreché las manos con fuerza entre las mías mientras los enterradores levantaban cuidadosamente el ataúd sobre sus hombros y luego reorganizaban con diligencia a los chicos por altura antes de darles el visto bueno.

El padre McCarthy avanzó por el pasillo y todo el mundo se puso de pie. Con los brazos entrelazados, Darren y Joey cargaron el ataúd de nuestra madre desde el frente, con Alex y Michael en el medio, y Johnny y Gibsie en la parte de atrás.

Sollozando en silencio, seguí lentamente el ataúd mientras ellos sacaban poco a poco a mi madre de la iglesia y salían al glorioso sol del cementerio contiguo.

—Sean —le murmuré a Tadhg cuando salimos—. Ay, madre, que nos hemos olvidado de Sean.

Mirando a mi alrededor, busqué entre la multitud frenéticamente a mi hermano, solo para encontrarlo unos metros detrás de mí, balanceándose tan contento entre los padres de Johnny, feliz en su ignorancia de que estábamos a punto de enterrar a su madre. Vi entonces a Aoife, con su pelo dorado revoloteándole por la cara con la ligera brisa de primavera. No me estaba mirando. Toda su atención estaba en mi hermano, a quien observaba como si fuera una joya preciosa que pudiese desaparecer en cualquier momento.

—Mami —sollozó Ollie, hundiéndome la cara en un costado.

—Chisss. Ya está.

Aparté la mirada de Aoife y pasé un brazo alrededor de los pequeños hombros de Ollie para sostenerlo a mi lado, con la mano de Tadhg firmemente en la otra. Nos guie tras el ataúd, con la mirada fija en la camisa de Johnny, el único de blanco en un mar de chaquetas oscuras.

Cuando llegamos a la tumba, recién excavada en el rincón más alejado del cementerio, observé aturdida cómo pasaban a mi madre a las tablas junto a la parcela. Sin decir palabra, Joey y Darren volvieron a nuestro lado mientras el padre McCarthy continuaba rezando sobre la tumba de mi madre.

Johnny estaba tan cerca de mí que me llegaba el olor de su loción para después del afeitado y notaba el ligero movimiento de su camisa contra mi espalda mientras respiraba.

Despacio.

Cogía aire y lo soltaba.

Bum, bum, bum.

Me permití apoyarme en él, aceptando todo el consuelo que me ofrecía y dejando que fuese mi fuerza en este momento.

Cuando el padre McCarthy terminó la parte final del servicio, vi cómo Patrick Feely se acercaba al micrófono que el sacerdote había estado usando y rasgueó suavemente la guitarra que llevaba colgada del pecho. Cuando el padre McCarthy nos preguntó si había alguna canción que nos gustaría que se tocara durante el servicio, Johnny le había mencionado a Darren que su amigo tocaba la guitarra y que sería un honor para él hacer esto por nosotros. Con la ayuda de Feely, mi hermano había elegido algunas canciones preciosas para la ceremonia, pero fue Joey quien escogió la que sonaría cuando bajaran a mi madre. Insistió categóricamente en que tenía que ser esa canción específica.

Cuando Feely comenzó a cantar la letra de «Lightning crashes», de Live, con esa voz tan hermosa y evocadora, la letra tan dura y profunda, perdí la batalla contra mis emociones. Saber que Joey había elegido esa canción para mi madre hizo que escucharla fuera casi insoportable. El dolor en mi corazón fue demasiado.

Llorando desconsoladamente, me di la vuelta y hundí la cara en el pecho de Johnny, incapaz de ver cómo Joey y Darren la bajaban poco a poco.

El padre de Johnny se agachó y levantó a Ollie en brazos para alejarlo enseguida de la tumba y llevarlo de regreso a la entrada, donde la señora Kavanagh estaba de pie con Sean.

Mis hermanos bajaron el ataúd con cuidado y luego se santiguaron.

Sollozando con fuerza, Darren fue directo hacia Alex.

Como había hecho cuando estaba viva, Joey permaneció al lado de nuestra madre, mirando el agujero en el suelo que sería el lugar donde descansaría por fin. Una solitaria lágrima le cayó por la mejilla y la vi desaparecer en la tumba junto con ella.

Patrick terminó la canción, y la multitud de dolientes se dispersó lentamente hasta que solo quedaron unos pocos de nuestros amigos cercanos.

Sollozando, Tadhg fue hacia donde estaba Joey y le dio la mano. Sin dejar de mirar la tumba, este pasó un brazo alrededor de nuestro hermano pequeño y lo atrajo hacia su pecho.

—Tienes que irte, Joe —le dijo Tadhg—. Esos tipos están esperando en la entrada con John y Edel para llevarte al hospital.

—Eh… —Joey se aclaró la garganta y le dio unas palmaditas en la cabeza—. Ve con Darren. Solo necesito un momento.

—Pero tienes que irte ya…

—Vamos, Tadhg —lo interrumpió Darren suavemente mientras lo alejaba de Joey—. Dale un minuto. —Apretando el hombro de Joey, susurró—: Iré a verte en cuanto te permitan recibir visitas.

—Vuelve, ¿vale? —Sollozando, Tadhg abrazó a Joey por la cintura—. Mejórate y vuelve con nosotros, cabronazo.

—Sí. —Joey asintió débilmente—. Ese es el plan, chaval.

—Se recuperará —les dijo Darren—. Lo harás. Puedes con esto, Joey Lynch. Eres la persona más fuerte y cabezota que he conocido en mi vida.

—Llévatelo, Darren… —Con un suspiro entrecortado, Joey bajó la cabeza—. No puedo hacer esto con ellos aquí.

Sin una palabra más, nuestro hermano mayor alejó a un desconsolado Tadhg de la tumba.

—Joe —dije con voz ronca, con lágrimas cayéndome por las mejillas, mientras me aferraba a mi novio—. No quiero que…

—No lo digas, Shan —me suplicó, apartando la mirada de la tumba para dirigirla hacia mí—. Si pronuncias esas palabras, no podré hacerlo. Y de verdad que necesito hacer esto… —Se le rompió la voz y respiró hondo antes de volver una mirada inyectada en sangre hacia Johnny—. Kavanagh, ¿puedes hacerme un favor y ocuparte de…

—Considéralo hecho, tío —respondió Johnny bruscamente, apretándome con más fuerza—. No hay problema.

Aoife, que había estado de pie a un lado, observando en silencio, dio un paso adelante entonces. Sin una palabra, caminó hasta la tumba de mi madre, dejó caer una sola rosa roja dentro y se dio la vuelta para mirar a mi hermano.

—Te dije que no vinieras —le dijo Joey, temblando.

—Y yo que no malgastaras saliva —respondió ella, mirándolo con la cabeza en alto.

—No deberías estar aquí —alcanzó a decir Joey, sacudiendo la cabeza—. Sabes que no es bueno…

—No me importa —lo interrumpió ella—. Ahora ven aquí y abrázame como si no fueras a verme en tres meses.

—Joder… —Estremeciéndose, Joey la atrajo hacia sí y pegó su frente a la de Aoife—. No me esperes, ¿me oyes? —Sollozando, le tocó las mejillas con manos temblorosas y la miró a los ojos—. Vive tu vida, ¿vale?

—Cállate, Joey Lynch —sollozó ella, cogiéndolo de los costados—. Te quiero.

—Cállate tú, Aoife Molloy —le respondió él bruscamente y le dio un beso en la frente—. Yo también te quiero.

—Estaré aquí cuando salgas —le aseguró.

—No lo hagas —graznó—. Búscate algo mejor.

—Tú a mí no me dices lo que tengo que hacer —dijo ella con voz ahogada—. Deberías saberlo a estas alturas.

—Porque eres una pirada estúpida —susurró—. Estás desperdiciando tu vida conmigo. Y lo sabes. Todo el mundo te lo dice y tú sin hacerles caso…

—Porque es mi vida —respondió ella, desafiante—. Ahora recupérate y tráeme ese culazo de vuelta a casa. —Le pasó una mano por detrás y le pellizcó el culo para enfatizar—. Porque te necesito bien, ¿vale? Así que dame un beso y dime que me quieres —le pidió, con los labios temblando—. Y que sea bueno.

—Vamos, Shan —dijo Johnny, distrayéndome de Joey y Aoife mientras me pasaba un brazo por el hombro—. Dejémoslos en paz.

—Sí, vale. —Temblando como una hoja, me apoyé en su costado mientras nos alejábamos de la tumba—. Gracias por lo de hoy —le dije, pasándole una mano alrededor de la cintura—. Por todo.

—Shan, has estado increíble estos últimos días —respondió Johnny bruscamente—. No sé de dónde viene esa fuerza, pero es conmovedora. —Negó con la cabeza y soltó un suspiro—. Ni siquiera tengo palabras para decirte lo jodidamente increíble que eres, Shannon Lynch.

—No soy para nada increíble, Johnny —dije con voz ronca—. Solo intento mantenerme a flote y no ahogarme.

—No te ahogarás, eres una superviviente —me aseguró.

—No se me da bien nadar —admití.

—Entonces te tiraré un chaleco salvavidas e iré a por ti —respondió, acurrucándome a su lado—. Porque nado de maravilla.

Nos unimos a Gibsie y al resto de nuestra familia y amigos a las puertas del cementerio. Claire dio un paso adelante para abrazarme.

—Lo has hecho muy bien hoy. Estoy tan orgullosa de ti.

—Gracias, Claire. —Temblando, le devolví el abrazo con fuerza antes de dar un paso atrás y sonreír débilmente—. Gracias a todos por venir. —Miré a Feely, que estaba de pie entre Hughie y Gibsie, y dije—: Muchas gracias por lo que has hecho por mi familia. —Juntando las manos, señalé con la cabeza el estuche de la guitarra a sus pies y sonreí—. Tienes una voz muy bonita.

Se le pusieron las mejillas rojísimas.

—Ha sido un honor que me lo pidieran.

—Este está lleno de sorpresas —intervino Gibsie con buen humor, dándole una palmadita en el hombro a Feely.

—John, ¿tenías que darle grageas de chocolate? —gimió la señora Kavanagh en voz alta, lo que me llamó la atención—. Estamos a veinticuatro grados y lleva un Ralph Lauren hecho a medida. —Arrodillándose frente a Sean, se sacó un pañuelo del bolso de diseño y le limpió a mi hermano la cara y los dedos, que tenía embadurnados de chocolate—. ¿Qué te ha dado, eh, Seany?

—Quería picotear. —El señor Kavanagh, que no sonaba arrepentido lo más mínimo, se rio entre dientes—. Y tú eres peor por ponerle un traje de seiscientos euros a un bebé, cariño. —Se metió la mano en el bolsillo del pantalón de su traje hecho a medida, sacó un puñado de bolsitas de grageas de chocolate y se las pasó a Tadhg y Ollie, que sonrieron encantados.

—No seas celoso —le advirtió Johnny a Gibsie, que miraba con el ceño fruncido a mis hermanos—. Estás a dieta, y eres un adulto.

—No te preocupes, amiguete —dijo el señor Kavanagh antes de lanzarle una bolsita a Gibsie—. También tengo para ti.

—Toma —exclamó este con una risilla mientras abría las grageas de chocolate y las engullía de una vez.

—No sé yo, Gibs —comentó Feely con un suspiro de dolor.

—Lleva a los niños de regreso al coche, ¿quieres, amor? Necesito hablar con Joey antes de irnos —dijo la señora Kavanagh mientras se enderezaba y se alisaba el vestido—. Estáis todos invitados a comer en casa.

—Gracias.

—Sí, un millón de gracias, señora Kavanagh.

—De lujo, mami K —intervino Gibsie—. Estaré allí como un reloj.

—Y no te atrevas a darles más golosinas a estos niños antes de la comida, John. —Sonriéndole, la señora Kavanagh se puso de puntillas y le dio un beso a su marido en una bien afeitada mejilla antes de decir—: O tú te quedarás sin la tuya.

—Joder —graznó Johnny, restregándose la cara—. Vamos, Shan... —Fingiendo arcadas, me cogió de la mano y nos dirigimos hacia la entrada—. Salgamos de aquí antes de que la ansiedad nos haga vomitar.

74

PÍCNICS Y PIERCINGS

Johnny

Era un día de primavera sofocante y, bajo cualquier otra circunstancia, me habría quedado en gayumbos en algún lugar cerca de una playa o un río, pero mi novia acababa de enterrar a sus padres, así que me aguanté y me conformé con quitarme la corbata y desabrocharme los tres botones superiores de la camisa.

Estábamos ocho tirados en el jardín trasero de mi casa, todavía vestidos con la ropa del funeral, mirando cómo jugaban Tadhg, Ollie y Sean en la casa del árbol. Todos los adultos estaban dentro, sirviendo comida y hablando de tonterías. Aquello era demasiado para Shannon, lo supe en cuanto cruzamos la puerta y se enfrentó a una nueva horda de condolencias, así que escapamos fuera con nuestros amigos y una montaña de comida bajo el brazo.

Tumbado bocarriba en la hierba, me enrosqué un mechón de su pelo en el dedo e inhalé profundamente, llenándome los pulmones con su aroma, y luego suspiré de satisfacción.

—Podría quedarme aquí para siempre —susurró ella, expresando mis pensamientos en voz alta, acurrucada en el hueco de mi brazo mientras se cocía bajo el sol de primavera. Entrelazó sus dedos con los míos y me acarició el pecho con la mejilla—. Justo aquí, en este momento.

—Mmm. —Asintiendo con la cabeza, le di un apretón tranquilizador—. Yo también.

—Bueno, no puedo soportarlo más —anunció Gibsie con un resoplido—. Lo siento mucho, pequeña Shannon —añadió mientras se sentaba y comenzaba a desabrocharse la camisa—. Sé que se supone que debo ser respetuoso y considerado con tus sentimientos y esa mierda, y de veras que estoy intentando comportarme, pero si no me quito esta ropa pronto, ¡será a mí a quien entierren! —Se quitó la camisa y se la tiró encima a Claire, que estaba tumbada a su lado, antes de pasar a la hebilla del cinturón—. ¡Me están sudando tanto las pelotas que se me va a escocer el entrecojón!

Abrí la boca para darle un sermón sobre discutir sus gilipolleces con mi novia, pero el sonido de la risa de Shannon me hizo morderme la lengua.

—¿Qué es un entrecojón?

—Ay, Shan, no acabas de preguntarle eso —se quejó Lizzie, que estaba haciendo una guirnalda de margaritas.

—Puaj —gimió Katie, uniendo su guirnalda a la de nuestra amiga—. Odio esa palabra.

—Yo también —coincidió Lizzie—. Es demasiado perturbadora.

—¿Qué? —Shannon se encogió de hombros—. No sé qué es eso.

—Yo tampoco —intervino Claire, levantando la mano.

—Bueno, pues… —se rio Gibsie, poniéndose de pie—. Ya es hora de que os enseñe un poco de anatomía masculina, ¿no es así, chicas?

—Si te quitas los gayumbos delante de mi hermana y mi novia, te quedarás sin entrecojón —gruñó Hughie, fulminando con la mirada a Gibsie, que se había quitado los pantalones y los zapatos e iba a por sus bóxeres blancos.

—Ni corazón —le advertí, levantándome sobre los codos para mirarlo—. Ni se te ocurra, flipado.

—Vuelve a ponerte los pantalones —dijo Feely con calma—. Hay niños en ese árbol.

—No voy a volver a ponerme los pantalones —respondió Gibsie, que parecía indignado—. Por el bien de los ojos inocentes, acepto dejarme los gayumbos puestos, pero esa es mi mejor oferta. Hace demasiado calor.

—Miradle las tetillas —se rio Ollie desde la casa del árbol. Señalando con el dedo a Gibsie, dijo—: Tiene pendientes.

—Deja de chafardear, Ollie —respondió Shannon.

—¡Y mira! Tiene un tatuaje en el…

—Ollie —espetó Shannon—. Vete a jugar.

—Vale —resopló este antes de desaparecer de nuevo en la casa del árbol.

—Tetillas —se rio Hughie por lo bajo—. Adoro a ese niño.

—Oye, Katie —dijo Gibsie seductoramente como venganza, meneando las cejas hacia la novia de Hughie. Flexionando los pectorales, preguntó—: ¿Qué te parecen mis tetillas?

—Prefiero las de Hughie —respondió ella con una sonrisa—. Son mucho más respingonas.

—Buen intento, cabronazo —se rio su novio, levantándose para darle un beso en la mejilla a su novia.

Resoplando, Gibsie se volvió hacia Claire y sonrió diabólicamente.

—El entrecojón es la zona de la piel entre las pelotas y el…

—Tío, cállate, joder —siseé, tirándole una botella de agua.

—Ojete —terminó Gibsie, impasible por completo a la botella que acababa de golpearle en un lado de la cabeza—. O el ano, si nos ponemos técnicos.

—¡Júralo! —jadeó Claire, arrastrándose hasta quedar sentada. Tenía los ojos muy abiertos del asombro y la mirada clavada en la parte delantera de los calzoncillos de Gibsie—. ¿Y no me lo habías contado nunca?

—Puedo enseñártelo —sugirió él en tono coqueto—. Ven detrás de ese árbol conmigo y te daré una lección completa sobre la anatomía masculina...

—¡Eh, un momento! —gruñó Hughie, con la mirada clavada en el mismo lugar que su hermana. Se puso de pie de un saltó, señaló los calzoncillos de Gibsie y siseó—: ¿Cuándo te has hecho eso?

—No tengo ni idea de lo que estás hablando —silbó Gibsie, fingiendo inocencia.

Con aspecto ligeramente horrorizado, Hughie inclinó la cabeza hacia un lado, sin duda inspeccionándole el miembro.

—Enséñanoslo.

—Has dicho que no puedo quitarme los calzoncillos —lloriqueó Gibsie, cruzando los brazos sobre el pecho—. Has amenazado a mi entrecojón.

—Hostia —se carcajeó Feely—. ¡No puede ser!

—Eso parece —murmuró Hughie, palideciendo un poco.

—Buah, tío —gimió Feely, rodando sobre un costado—. Estás fatal.

—No pareces sorprendido, capi —señaló Hughie, mirándome con sospecha—. ¿Por qué no te sorprende?

—¿Qué ha hecho? —me preguntó Shannon.

—Eh... —Sentándome, contuve el impulso de esconderle la cara en mi pecho y taparle los oídos—. No quieres saberlo.

—El genio se ha hecho un piercing en el pene —dijo Lizzie, inexpresiva—. Míralo, se le marca a través de los gayumbos. Prácticamente está saludándonos.

—No lo mires —ladré—. No lo miréis. —Volviéndome hacia Gibsie, siseé—: Guárdate eso.

—No puedo creer que te hayas hecho un príncipe Alberto —dijo Lizzie, poniendo los ojos en blanco—. Es tan hortera.

—No lo es —se apresuró a defenderlo Claire—. Se ha hecho una escalera de Jacob, y no es hortera. Es muy bonito.

—Y ¿cómo narices lo sabes tú? —soltó Hughie, lanzándole a su hermana una mirada asesina—. ¿Qué has estado haciendo? ¿Eh? —Entrecerró los ojos—. ¿Le has estado mirando la escalera? —A Claire se le pusieron las mejillas rojas y su hermano se volvió hacia Gibsie—. ¿Has corrompido a mi hermana?

—No... —respondió Claire, que tenía la cara ardiendo ahora—. Eh..., tan solo lo vi.

—Lo viste —repitió Hughie, en un tono lleno de desconfianza—. Y ¿dónde viste exactamente que tenía el rabo perforado, Claire?

—¡A Johnny lo han seleccionado! —soltó Gibsie, tirándome a los leones—. A Johnny lo han seleccionado. A Johnny lo han seleccionado. ¡Centrémonos en eso!

—¿Qué? —Hughie abrió los ojos como platos y giró la cabeza hacia mí—. ¿Te han seleccionado?

—¿Es cierto? —quiso saber Feely, con cara de auténtico asombro—. ¿Cuándo?

Shannon se puso rígida a mi lado y me imaginé levantando y moliendo a palos a mi mejor amigo.

—Gracias, amigo —escupí, mirando con el ceño fruncido a Gibsie.

—¡Sí! —chilló Claire, asintiendo con entusiasmo—. Por favor, centrémonos en eso.

—Y no en lo que le hice a tu hermana —apuntó Gibsie.

—¿Qué cojones le hiciste a mi hermana? —preguntó Hughie—. Como se te ocurra acercarle esa barra de metal, voy a cortarte…

—A Johnny también lo han seleccionado para el equipo sénior —saltó Gibsie, lanzándome toda la manada de leones en su patético intento de cubrirse las espaldas—. En la sub-20 y los sénior. —Sigue hundiéndome, ¿por qué no, joder?—. ¡Para las dos!

—¡Hostia puta, lo has conseguido, capi! —Hughie se puso de pie a trompicones y, con la mano en el pecho, se me quedó mirando boquiabierto—. ¡Joder, que lo has conseguido!

—¿El equipo sénior? Uf, voy a vomitar —comentó Feely, respirando con dificultad por la nariz—. Estoy tan orgulloso de ti y tan asustado ahora mismo que no me siento los pies.

—Solo soy un reserva en el equipo sénior —dije, increíblemente incómodo.

—Y empezarás como segundo centro para la sub-20 —me recordó Gibsie—. Supongo que a ti el número trece no te trae mala suerte, ¿verdad, capi?

—No es para tanto —le dije, mirando a mi novia de reojo.

Sí, todo mi trabajo estaba a punto de ser recompensado. Había pasado los últimos doce años en modo bestia, esforzándome para alcanzar la escurridiza carrera que ahora estaba llamando a mi puerta. Con todos los sacrificios que había hecho en la vida; sin salir de fiesta, controlando mi ingesta de alimentos como un robot y entrenando mi cuerpo hasta el límite. Ser un cabrón aburrido o darlo todo en el gimnasio los sábados por la tarde y los domingos por la mañana en lugar de salir con mis amigos había sido todo para este preciso momento. Para llegar a este punto. Ser reconocido por lo que era y por lo que era capaz de lograr. Que me llamaran al despacho del entrenador el sábado pasado y me dijeran que era lo bastante bueno. Que lo había logrado. Y en lugar de sentirme realizado, me sentí vacío. Porque en algún punto del camino, sin el permiso de mi cerebro ni mi corazón, mis sueños y metas de futuro habían cambiado. Ni siquiera me había dado cuenta del cambio. No había sentido todo el peso de mi aprensión hasta ese momento exacto, cuando comprendí de repente que no quería nada de aquello sin ella. El contrato que se cernía sobre mi cabeza, el que me garantizaba mi ciudad natal si rendía durante los partidos de verano, no significaba absolutamente nada si me alejaba de ella. Porque ella se quedaría aquí y yo me iría. Y ¿cómo cojones iba a dejarla después de todo?

Entrar en la sub-20 había sido mi aspiración durante mucho tiempo y me moría por la oportunidad. Me la había ganado. La quería. Joder, por supuesto que la quería. Más que casi nada en el mundo. Simplemente no más que a ella.

No podía estar más indeciso, y la idea de irme de gira con el equipo sénior durante el verano, sumada a la muerte de los padres de Shannon y la agitación en su vida, me tenía completamente destrozado.

Sabía lo que tenía que hacer por mí, pero no era lo mismo que lo que tenía que hacer por nosotros. Si me iba, significaba alejarme de ella en el momento en que más me necesitaba. Se acercaban sus exámenes finales y su hermano estaba en rehabilitación. Su mundo se había derrumbado a su alrededor, joder, y yo pensaba en perseguir una pelota de rugby por un campo en la otra punta del mundo.

Me había pasado días pensando si contarle a Shannon lo del equipo, peleándome por encontrar las palabras con que explicarlo, antes de decidir dejar todo lo relacionado con el rugby en un segundo plano hasta después del funeral. Ahora que el imbécil de mi mejor amigo se había ido de la lengua, Shannon tan solo me miraba con una expresión que no lograba descifrar.

Furioso por dentro con Gibsie por abrir la boca, hoy de entre todos los malditos días, me apresuré a decir:

—Ni siquiera estoy seguro todavía de si voy a ir, y aún quedan varias semanas, así que ¿podemos no hablar de esto? ¿Al menos hasta que acabemos las clases? Todavía nos quedan esta semana y la que viene. Y los exámenes finales.

—No —respondieron tanto Hughie como Feely, indignados.

—¿Todos los sueños y planes, las madrugadas, los innumerables sacrificios y las prisas? —Hughie negó con la cabeza y me miró como si ya no me reconociera—. Por fin vas a demostrarle al mundo de qué estás hecho, capi.

—Esto es gordo, Johnny —añadió Feely—. Colosal.

—En realidad no —murmuré, restándole importancia, mientras me pasaba una mano por el pelo muy exasperado—. Así que ¿podemos calmarnos todos?

—De hecho, probablemente sea el suceso más grande de tu vida hasta la fecha —sentenció Lizzie, que había decidido unirse al redil—. Solo para que lo sepas.

—¿Puedes no venirme con esas? —espeté, agitado—. Joder, hoy no es el día para hablar de esto.

—Felicidades —graznó Shannon, con lágrimas en las mejillas—. Lo has conseguido.

¿Estaba contenta? ¿Estaba triste? No lo sabía. No tenía ni puta idea. Yo solo podía pensar en su expresión de desconsuelo mientras veía cómo enterraban a su madre, hacía apenas unas pocas horas. Quería decirle que no iría, que me quedaría aquí con ella. Y realmente lo haría si ella también lo quisiera…, pero una parte de mí estaba desesperada por esta oportunidad. Estaba asqueado conmigo mismo por sentirme así, pero no podía cambiarlo.

—Shan, no llores, nena. Todavía no es definitivo. No he tomado ninguna deci…

—¡Lo has conseguido! —gritó y luego me abrazó—. ¡Lo has logrado, Johnny! —Se me subió al regazo, me pasó brazos y piernas alrededor, y chilló—: Qué fuerte, estoy tan orgullosa de ti.

Puse cara de sorpresa.

—¿Sí?

—Por supuesto —sollozó, apartándose para sonreírme—. Has luchado por esto, Johnny. —Acariciándome las mejillas, se inclinó y me dio un beso en los labios—. Te lo has ganado.

—Pero estás llorando —dije ahogadamente, con la voz cargada de emoción.

—Porque me alegro mucho por ti. Todo el trabajo que has hecho está siendo recompensado. —Sollozando, me puso sus pequeñas manos en la cara y pegó su frente a la mía—. Este es tu momento. —Mirándome con esos ojazos azules, me dijo—: Acéptalo. Es tuyo. —Entonces me dio un fuerte beso en los labios—. Acéptalo y brilla.

—Tengo miedo —le susurré al oído, sin importarme una mierda que nuestros amigos estuvieran allí, escuchando. Necesitaba desahogarme o explotaría—. Tengo miedo de aceptarlo y perderte.

—Yo también soy tuya —me prometió—. Puedes tener ambas cosas.

—Llevo luchando por esto toda la vida, Shannon —alcancé a decir, con tal nudo en el pecho que me costaba respirar—. Esto no es un capricho para mí.

Ella asintió.

—Lo sé.

—Tengo que hacerlo —le confesé, rogándole con la mirada que me perdonara—. Tengo que vivirlo.

Ella sonrió.

—Lo sé.

—Entonces ¿por qué me siento mal? —balbuceé.

—No es nada malo, Johnny —susurró—. Es bueno y eso es lo que da miedo.

—No lo haré —solté, retractándome al entrar en pánico—. Si tienes dudas, dímelo ahora y me quedo. Si no quieres que vaya, entonces no lo haré. Tú dime qué hacer y lo haré…

—Quiero esto para ti —me interrumpió Shannon—. Quiero que persigas tus sueños y le demuestres al mundo lo increíble que eres.

—Pero me iré un mes entero —dije con voz ronca, con el corazón retumbándome violentamente en el pecho—. Tal vez incluso un mes y medio. Quizá sea más. Eso es mucho tiempo, Shan.

—Y estaré aquí cuando vuelvas a casa. Ya sea un mes, o un mes y medio, o dos meses, o cuatro… —Sollozando, sonrió de oreja a oreja—. Estaré justo aquí, esperándote.

—Pobrecita mi escalera —dijo Gibsie con voz triste.

—¿Qué? —preguntamos Shannon y yo al unísono mientras nos volvíamos a mirarlo.

—Mi escalera —explicó Gibsie con un suspiro apesadumbrado—. Habéis hecho que se me encogiera con toda esta charla sobre la partida de Johnny. —Hundiéndose en el césped junto a Claire, resopló—: Ahora estoy deprimido, joder.

—Oh, vamos. También volverá a tu lado. —Claire lo cogió del brazo y apoyó la mejilla contra el hombro de Gibsie—. Y no puedes estar triste, Gerard, recuerda que vamos a tener bebés este verano.

—Sí, lo sé —suspiró este profundamente mientras le apoyaba la barbilla en la cabeza—. Pero todavía no estoy seguro de que estemos listos para ese tipo de responsabilidad, muñeca. O sea, solo tengo diecisiete años.

—Pues, listos o no, habrá bebés —respondió Claire, dándole unas palmaditas en la rodilla—. Y es culpa tuya por meterlo dentro.

—¿Qué cojones? —exclamaron Lizzie y Hughie a la vez.

—Brian —aclaró Gibsie en tono sombrío—. Resulta que tenía un testículo no descendido y no estaba tan seco como pensábamos.

—Y ¿cómo explica eso que vayáis a tener bebés este verano exactamente? —graznó Katie, con los ojos como platos.

—Tuvo sexo con Cherub —gimió Gibsie—. Los pillamos en la habitación de Claire durante las vacaciones de Semana Santa. Y ahora está embarazada.

—¿Nuestra gata Cherub? —preguntó Hughie—. ¿Brian la ha dejado embarazada?

—Hace un tiempo que lo sospechábamos, pero el veterinario lo confirmó el miércoles pasado —se quejó Gibsie—. Los vimos y todo, ¿a que sí, Claire?

—Ajá, en una ecografía —asintió esta—. Va a tener seis gatitos.

—¿Sabíais que el embarazo de una gata puede durar entre cincuenta y seis y sesenta y siete días? —preguntó Gibsie.

—No —respondimos los demás.

—Pues podría dar a luz en cualquier momento desde mediados del mes que viene en adelante —nos dijo Claire—. ¿No es emocionante?

—Me va a costar un dineral —suspiró Gibsie—. Y mi madre dice que son mi responsabilidad por llevarlo a su habitación y que debería haberlo sabido, pero cómo cojones iba a saber nada si suponía que iba por ahí con un condón permanente en su rabo felino. Pero no, me mintió, y a los veterinarios también. ¡Tenía un huevo lleno de esperma!

—Y ella no es la única gata en la calle a la que ha dejado preñada —añadió Claire—. Al parecer, la señora Lovell tiene una gata gris atigrada que tuvo una camada de gatitos blanquísimos el martes pasado. Tenían el pelo largo y todo.

—Estáis hechos el uno para el otro —se rio Katie entre dientes—. Qué adorables.

—No les digas eso, cariño —gruñó Hughie—. No les des ideas.

—Pero van a tener bebés —señaló ella—. Ya están comprometidos.

—Vale, cambiemos de tema antes de que vomite la comida —intervino Lizzie, fingiendo una arcada—. ¿Qué vamos a hacer con el año de transición?

—¿Qué quieres decir? —preguntó Shannon, secándose las mejillas con el dorso de la mano.

—Hablaron de ello en clase la semana pasada —me explicó Lizzie—. Van a meter la opción de pasar un año fuera.

—¿Estás de coña? —pregunté, sintiendo una repentina punzada de indignación—. Les supliqué que me dejaran saltarme cuarto, pero Twomey me aseguró que no iban a ofrecer este programa en Tommen.

—Pues está claro que cambió de opinión, porque a nosotros nos lo han ofrecido —respondió Lizzie—. Podemos saltarnos cuarto y pasar directamente a primero de bachillerato después del verano. —Miró a Shannon y Claire—. Y yo voy a hacerlo, chicas.

Claire frunció el ceño.

—¿En serio?

—Y ¿aguantar un año menos de gilipolleces? Por supuesto —replicó Lizzie—. Me iría ahora mismo si pudiera.

—Buena elección —intervino Feely en voz baja, inclinando levemente la cabeza.

Lizzie se sonrojó.

—Lo sé.

—Pues yo todavía no sé lo que haré —sentenció Claire—. Ni siquiera había pensado en eso.

—Deberías hacerlo —la alentó Gibsie, meneando las cejas—. Así estarías un curso más cerca de mí.

—Y ¿de qué me serviría eso? —se quejó Claire.

—Nos adelantará a lo previsto —respondió él, sin vacilar—. Es una buena señal. Lo siento en los huevos.

Claire puso los ojos en blanco.

—Tú y tus cosas raras.

—Y su entrecojón —apuntó Katie con una risita.

—Siempre el entrecojón —coincidió Gibsie riéndose.

—Joder —se quejó Hughie—. Ya vale con el entreco…

—¿No deberíamos dejar de hablar así? —preguntó Feely entonces, lanzando una mirada de culpabilidad en dirección a Shannon—. Ya sabéis, dadas las circunstancias…

—Por favor, no —se apresuró a decir esta—. Actuad normal conmigo. —Encogiéndose de hombros tímidamente, se sentó entre mis piernas mirando a los demás y susurró—: Ayuda.

—¿Quieres normalidad? —preguntó Gibsie, con una sonrisa lobuna—. Eso puedo hacerlo.

—No puede —intervino Lizzie—. Le es fisiológicamente imposible actuar como un humano normal.

—Bueno, ya saltó la víbora —respondió Gibsie en tono sarcástico—. Bien hecho, tía. Has mantenido esa lengua venenosa bajo control durante más de una hora.

—Que te follen —gruñó Lizzie.

—Me follo a cualquiera antes que a ti —respondió.

—Estoy devastada —fingió ofenderse Lizzie—. Mira cómo lloro —añadió, haciendo ver que se enjugaba la mejilla con un dedo.

—¿Alguna vez os llevaréis bien? —gimió Claire—. ¿Ni que sea por un día?

—No —respondieron ambos al unísono antes de mirarse con el ceño fruncido.

Shannon se apoyó en mi pecho y suspiró suavemente.

—¿Lágrimas, rugby y esos dos peleándose? Esta es nuestra normalidad.

—Sí. —Le pasé los brazos alrededor y la besé en el hombro—. Supongo que sí.

75

RECUPERACIÓN

Shannon

—¿Cómo te ha ido, Shannon, cariño? —me preguntó la señora Kavanagh cuando entré en la cocina, dos semanas después del funeral, y dejé mi mochila en la encimera junto a ella.

El olor era siempre lo primero que me llegaba cuando entraba en esta casa. Era difícil de describir, pero era como si pudiera oler su calidez, lo cual era ridículo porque no se puede oler la amabilidad de alguien. Pero esta mujer irradiaba bondad. Y la comida..., madre mía, no podía con la cantidad de comida y tentempiés deliciosos que había disponibles todo el día.

—Pues he terminado tercero —le dije, arrastrando mis pensamientos de regreso al presente—. Lo he conseguido.

Ella me sonrió.

—Claro que sí.

—Pero voy a suspender los exámenes —dije con voz ronca, mirando a Sean, que estaba sentado en su propia mesita junto a la ventana, concentrado en la última obra maestra que estaba pintando y que se uniría a la docena que ya colgaba de la nevera y las paredes. Sookie roncaba a sus pies con una mancha de pintura verde en la cabeza—. No aprobaré los finales. —Tragué saliva profundamente y me volví hacia la madre de Johnny—. No... no quiero que se haga ilusiones conmigo. —Me encogí de hombros, impotente—. No tengo la inteligencia a la que está acostumbrada...

—¿Qué te dije sobre esos exámenes? —respondió ella, dejando una vaporera llena de patatas en el fregadero para dirigirse directamente hacia mí—. No importa las notas que saques. —Me cogió la cara entre sus manos y sonrió—. Ni siquiera tenemos que abrir los resultados cuando lleguen porque no importan, cariño. Una nota en una hoja de papel no me dice nada, pero que te levantes y regreses al instituto para terminar el curso y asistas a clase dice muchísimo sobre la chica maravillosa y fuerte que eres. Y me haces sentir más orgullosa que cualquier resultado de un examen. —Me dio un apretón rápido antes de decir—: Ahora siéntate y déjame alimentarte. Pondremos algo de chicha en esos huesos.

Aguantándome la risa, obedecí y me senté a la isla para poner los ojos como platos cuando me plantó el plato de panceta con col más grande que había visto jamás frente a mí.

—Eh, gracias —grazné, preguntándome cómo demonios iba a comer una décima parte de lo que había en mi plato.

Tampoco bromeaba con el comentario de poner chicha en mis huesos. Había engordado casi tres kilos en el último mes gracias a la comida de la señora Kavanagh.

—De nada, corazón —respondió ella, dejando un plato de patatas en la encimera—. Bueno ¿dónde está ese hijo mío?

—En la Academia. —Cogí mi cuchillo y tenedor y comencé a cortar la panceta en pedazos pequeños—. Me ha dejado en casa primero, pero los entrenadores lo presionan mucho para que esté preparado antes de que se vaya de gira. Ha dicho que volvería a casa antes de las nueve, pero ya sabes cómo es esa gente.

—Oh, Jesús —murmuró la señora Kavanagh—. Odio ese maldito deporte.

—Sí. —Sabía cómo se sentía. Negándome a mortificarme por el hecho irrevocable de que mi novio se iría en siete días, me metí un trozo de carne con verdura en la boca, mastiqué y tragué antes de preguntar—: ¿Dónde están los chicos?

—Haciendo los deberes en la casa del árbol —respondió la señora Kavanagh con un suspiro dramático—. Te juro que vivirían en esa cosa si se lo consintiera.

—Es la primera vez que tienen un espacio completamente suyo —expliqué con una pequeña sonrisa—. Es una gran novedad para ellos tener un lugar al que ir y donde no quepan los adultos. Los hace sentir seguros.

—¿Tú te sientes segura? —preguntó la señora Kavanagh, tomando asiento en la isla—. ¿Eres feliz aquí, Shannon, corazón?

Asintiendo con entusiasmo, me tragué la comida que tenía en la boca antes de responder.

—Oh, sí, y le estoy muy agradecida, señora Kavanagh, a usted y al señor Kavanagh por acogernos a todos…

—Es John y Edel —me corrigió con una sonrisa—. Se acabó eso de señor y señora, ¿me oyes?

—Sí, señora Kavanagh, quiero decir, Edel —rectifiqué, sonrojándome—. Gracias.

—He ido a ver a Joey esta mañana —me dijo entonces—. Se le ve bien, cariño.

Abrí los ojos con sorpresa.

—¿Ha mencionado si puedo ir a visitarlo?

—Necesita más tiempo, cariño. —Ella sonrió con tristeza—. Ya vendrá.

—Sí. —Se me hundió el corazón. Joey no quería verme ni a mí ni a ninguno de nosotros, incluida Aoife, desde que había ingresado en ese centro de rehabilitación. Sabía que necesitaba estar allí por razones mucho más profundas que sus adicciones, pero se me hacía duro no hablar con él todos los días—. Vale.

—Pero se pondrá bien —me aseguró—. Y tú también.

—Darren ha vuelto a llamar hoy —dije entonces, encogiéndome al recordar las frenéticas sesiones telefónicas de mi hermano mayor—. Cuatro veces hoy.

La señora Kavanagh sonrió.

—También ha llamado a casa.

—¿Sí? —Arqueé una ceja—. ¿Cuántas veces?

—Cinco —se rio la señora Kavanagh entre dientes.

—Necesita relajarse —suspiré—. Un millón de llamadas cada día no le hace bien a nadie.

—Se está adaptando al cambio —dijo, todavía sonriendo—. Es duro para él estar en Belfast y no veros todos los días. Se acabará calmando. Está preocupado por vosotros porque os quiere. Le importáis.

—Lo sé —murmuré, y era verdad. Ahora veía las cosas con algo de claridad, lo cual no había tenido en el pasado. Veía a mi hermano bajo una luz diferente. Sabía que Darren nos quería, y nos había demostrado cuánto al hacer lo correcto dejándonos con los Kavanagh. Él y Alex no podían criar a los niños solos; ambos tenían carreras y eran demasiado jóvenes para ese tipo de responsabilidad, y él lo sabía.

—Y tu tía Alice ha llamado por teléfono —añadió la señora Kavanagh—. Tu bisabuela se ha instalado en Beara. Quería que supiéramos que está bien y que Joey y tú no tenéis que preocuparos por ella.

—¿Está bien de verdad? —pregunté ahogadamente al pensar en lo frágil que me había parecido mi bisabuela el último día que la vi, el día después del funeral de mis padres, cuando subió a un coche con todas sus pertenencias y se fue a su nuevo hogar con su nieta—. ¿Está segura?

—Es mayor, está cansada y está de duelo, Shannon —respondió la señora Kavanagh suavemente—. Ya es hora de que descanse. Que tenga un poco de paz y tranquilidad en su vida. Tu tía la está cuidando muy bien.

—Mi Onny —anunció Sean entonces, sosteniendo una imagen de dos círculos verdes con las manos—. Sean y mi Onny.

—¡Guau! —exclamó la señora Kavanagh efusivamente mientras se levantaba para inspeccionar el dibujo de mi hermano—. Este es el mejor que has hecho.

Sean le sonrió.

—Mi Onny.

—Sí, mi amor —se rio entre dientes la señora Kavanagh, cogiendo el dibujo de los dedos pegajosos de Sean para colgarlo de la nevera—. Es tu Johnny.

El eufemismo del siglo. Sean estaba obsesionado con Johnny. En serio, lo seguía a todas partes, observando cada uno de sus movimientos. Al principio estaba preocupada porque no quería que Johnny se sintiera incómodo. Ya me sentía yo bastante mal por estar en su espacio personal sin mi hermano pegado a él como un mono, pero a él no parecía importarle lo más mínimo. De hecho, siempre buscaba tiempo para Sean. Cada noche, cuando llegaba a casa del gimnasio o del entrenamiento, se sentaba en el sofá con él y escuchaba pacientemente mientras balbuceaba sobre su día. La mayor parte de lo que decía no tenía sentido, pero Johnny siempre lo escuchaba de todos modos, respondiendo con entusiastas palabras de aliento y sonrisas. Sí, se podía decir que mi hermano se había encariñado con mi novio, y estaba aterrorizada de cómo reaccionaría cuando Johnny se fuera a Francia la próxima semana.

—Sean, mi amor, ¿podrías bajar al despacho a buscar a John? —dijo entonces la señora Kavanagh—. ¿Y decirle que la cena está lista?

Asintiendo con entusiasmo, Sean salió de la cocina con Sookie pisándole los talones.

—Buen chico —exclamó ella antes de girarse con una sonrisa hacia mí—. Ahora que tenemos un minuto a solas, quería hablar contigo sobre algo.

Entré en pánico al instante.

—Eh, ¿vale? —Dejé el tenedor y el cuchillo en la encimera, me pasé el pelo por detrás de las orejas y traté de quedarme quieta—. ¿Q-qué pasa?

«No se deshaga de nosotros. Por favor, no se deshaga de nosotros…».

—Relájate, corazón, no pasa nada malo —me tranquilizó la señora Kavanagh, sentándose en el taburete frente al mío. Dejé escapar un suspiro entrecortado y sentí que se me hundían los hombros de alivio—. Solo quería tener una charla de chicas.

—Vale. —Le presté toda mi atención, más agradecida por esta mujer de lo que podía gestionar—. Por supuesto.

—Bueno, el viaje de acampada por el cumpleaños de Johnny es el próximo miércoles —dijo, mirándome fijamente con esos cálidos ojos marrones.

—Eh, sí —respondí, asintiendo.

—Y compartiréis tiendas de campaña —continuó—. Chicos y chicas… Tú y Johnny.

Me sonrojé en cuanto lo comprendí. De repente, supe exactamente adónde quería llegar.

—Dormiré en la tienda de Claire —mentí, sintiendo que me subía el calor por el cuello—. No habrá problema.

—Te adoro por tratar de tranquilizarme —respondió la señora Kavanagh, sonriendo—. Pero sería una tonta si te creyera.

Me puse roja.

—No estoy enfadada contigo, Shannon, corazón —se apresuró a calmarme—. De hecho, he estado en una situación muy similar a la tuya. —Sonriendo, se acercó y me cogió de la mano—. Viví con la familia de John durante años antes de casarnos.

Le miré boquiabierta.

—¿En serio?

—Así es —confirmó ella—. Me escapé de casa cuando era un poco más joven que tú ahora. La madre de John me acogió. Me dio un techo, comida y ropa, así como acceso a una educación que acabó en una exitosa carrera en la moda. —Me apretó los dedos con dulzura antes de decir—: Me dio la segunda oportunidad que necesitaba desesperadamente. Ella vio algo en mí, algo que ni siquiera yo veía en mí misma por entonces, y lo alimentó. Era una mujer maravillosa, y no dudé ni un segundo en regresar a Cork para cuidarla en su lecho de muerte —continuó—. Johnny se puso furioso por dejar atrás Dublín y la vida en la ciudad, pero yo sabía que tenía que volver aquí. Quería que mi hijo creciera en el mismo lugar que su padre. Vivir rodeado del tipo de bondad que parecía emanar naturalmente de su abuela. Quise fomentar esas raíces. —Sonriendo, añadió—: Es por eso que nos quedamos en Cork, y al ver el hombre en que se ha convertido mi hijo, sé que tomé la decisión correcta.

—Guau —jadeé, sintiendo una oleada de emoción en el pecho—. Parece una persona increíble.

«Igual que usted».

—Lo era —asintió la señora Kavanagh, sonriendo con cariño—. Pero por lo que le estoy más agradecida es por el día en que me sentó en su cocina y me dio la charla más incómoda de mi vida. —Puso una sonrisilla—. Algo así como la conversación que estoy a punto de tener contigo ahora.

Ay, madre.

—Sé que quieres a mi hijo —continuó—. Y sé que él te quiere a ti profundamente. Por lo tanto, sería una tonta si mirara hacia otro lado e hiciese ver como que no sentís deseo.

—¿Deseo? —grazné, muerta de la vergüenza.

¡Ay, madre!

—Deseo —repitió la señora Kavanagh—. El tipo de deseo al que os encontré cediendo a ambos el mes pasado.

Oh, no.

Por favor, no…

—Johnny es un buen chico, Shannon —continuó—. De veras que sí, pero pierde la cabeza cuando está contigo.

Avergonzada, junté las manos y contuve un gemido.

—¿Siento hacerle perder la cabeza? —dije finalmente, sin saber qué más decir.

—Quiero que sepas que John y yo creemos que eres una maravillosa influencia para nuestro hijo —añadió, sonriendo—. He visto a Johnny abrirse cada vez más desde que llegaste a su vida. Está animado otra vez. Se comporta como un adolescente de verdad. Me preocupaba que lo hubiera perdido, pero sacas al niño que hay en él, aunque también al imprudente. —Suspiró y añadió—: No soy estúpida, Shannon, mi amor. Entiendo lo que está pasando aquí, y al vivir tan cerca el uno del otro…, bueno, necesito asegurarme de que estás teniendo cuidado.

—Ay, madre —dije ahogadamente, al borde de las lágrimas por la vergüenza.

—He tenido esta misma conversación con Johnathon una docena de veces, pero sé que me está mintiendo sobre vuestra relación física.

Parpadeé rápidamente.

—Eh…

—Y sé que si te hago las mismas preguntas, también me mentirás —apuntó—. Quiero a mi hijo, Shannon, más de lo que puedo expresar con palabras, pero si te mete en problemas, lo mataré. Estás a mi cargo, corazón. Soy responsable de ti y te quiero, y aunque puedo supervisar vuestra relación mientras estéis en casa, necesito estar preparada para lo que sucede cuando no estoy cerca. Como esta acampada, por ejemplo.

—Eh… —Lo cierto es que no sabía qué decir aparte de eso—: Eh…

Con otra cálida sonrisa, preguntó:

—¿Tu madre te habló alguna vez sobre anticoncepción?

—Hummm, no. —Sonrojándome, me volví a pasar el pelo por detrás de la oreja y suspiré—. No era lo que se dice una fanática de la anticoncepción. —Fue una broma terrible, así que agaché la cabeza, avergonzada—. No, no lo hizo —susurré—. No teníamos ese tipo de relación.

—Entonces ¿no estás utilizando nada?

Negué con la cabeza, sin mirarla a los ojos.

—¿Qué te parece si pedimos una cita con el médico de cabecera?

La miré.

—¿Usted qué cree?

—Creo que estaré condenada tanto si lo hago como si no —dijo con una sonrisa irónica—. Si te llevo, es casi como si estuviera aprobándolo, lo cual ya te digo que no es así, al menos no hasta que tengas veinticinco años, como mínimo; pero si no te llevo y pasa algo, os habré fallado a ambos. Así que supongo que me decantaré por la primera opción y al diablo con lo que piensen los demás.

—¿Está enfadada conmigo?

Ella rio suavemente.

—No, Shannon.

Solté un suspiro tembloroso.

—¿No me echará?

—Nunca —juró, apretándome la mano—. Este es tu hogar para siempre, tuyo y de tus hermanos, y no irás a ninguna parte, ¿de acuerdo? Solo estoy evitando que suceda algo, como la muerte de mi hijo si se le ocurre acercar sus partes íntimas a las tuyas y hacerme abuela antes de los cincuenta.

No estaba segura de si quería llorar, echar a correr o lanzarme a abrazar a esta mujer.

—Vale. —Tragando saliva profundamente, asentí—. Me gustaría hacerlo... Lo de, eh, la cita —me apresuré a aclarar—. Con el médico de anticonceptivos. —Sacudí la cabeza, nerviosa—. Me refiero al médico de cabecera.

La señora Kavanagh sonrió.

—Buena chica.

Sonreí débilmente.

—Gracias.

—Pero esto no significa que consienta —añadió, ahora en un tono más severo—. Las reglas de mi casa siguen en pie. No se comparte el dormitorio. No se cierran las puertas cuando estéis juntos, Johnathon tampoco se cuela sigilosamente en tu habitación por la noche, y desde luego nada de tocarse las partes íntimas...

—¿Panceta con col? ¡Menos mal! —La voz de Johnny resonó en la cocina y me di la vuelta para verlo lanzar una bolsa de deporte al suelo mientras entraba, recién duchado y devastadoramente guapo.

De hecho, era doloroso verlo en verano por culpa de esas dichosas camisetas holgadas que llevaba, que dejaban a la vista cada protuberante músculo en su pecho y esculpidos brazos. Le vi un oscuro pezón cuando se volvió hacia un lado y apreté discretamente los muslos.

—Me muero de hambre, mamá. —Sonriendo, vino derecho hacia nosotras y me pasó una mano por la espalda antes de coger mi plato—. ¿Has terminado, Shan? —Abrí la boca para decirle que sí, pero él ya estaba engullendo lo que me había dejado—. Joder, está delicioso —murmuró entre bocados, guiñándole un ojo a su madre—. Mi estómago te adora.

—Esa boca, Johnathon —lo regañó ella, aunque le asomaba una sonrisa a los labios—. ¿Cuántas veces tengo que decírtelo?

—Sigue alimentándome así, y haré lo que quieras —fue la respuesta que musitó. Se dirigió hacia los fogones con mi plato, ahora vacío, y comenzó a servirse otro montón de panceta con col—. ¿Hay patata, mamá?

—Sobre la encimera —contestó la señora Kavanagh, poniendo los ojos en blanco.

Asintiendo con aprobación, Johnny volvió a la isla y se sentó en el taburete junto al mío.

—¿Dónde está mi hombrecito? —preguntó, deteniéndose para darme un beso en la mejilla antes de servirse cinco patatas en el plato—. ¿Qué? Necesito carbohidratos —dijo con un guiño cuando arqueé una ceja.

—Sean está en el despacho con tu padre —explicó la señora Kavanagh, observando a su hijo cuidadosamente mientras engullía la comida con gusto—. Shannon y yo estábamos conversando sobre sexo, ¿verdad, mi amor?

Johnny tosió tan fuerte que estuve segura de que se le había ido la comida por el otro lado.

—Sexo —respondió finalmente, aclarándose la garganta varias veces.

—Sí, y la acampada —añadió su madre—. Y los métodos anticonceptivos.

—Sexo y la acampada —solté nerviosa, pronunciando las palabras como si las vomitara—. ¡Y sin nietos!

Johnny tosió más fuerte esta vez y se le puso la cara ligeramente morada.

—Caray —alcanzó a decir al fin, con la mirada clavada en su plato—. Esa es mucha información para un viernes por la noche.

—Y hemos repasado las reglas de casa otra vez —añadió la señora Kavanagh, observando atentamente el rostro de su hijo—. Te acuerdas de cuáles son, ¿verdad, mi amor?

—Recuerdo que papá me pidió que hiciera algo —anunció Johnny, echando hacia atrás su taburete. Cogió su plato, corrió hacia la puerta de la cocina y gritó antes de salir—: ¿Cómo dices, papá? Claro, ya voy.

—¿Va a hacer que tomes la píldora? —fueron las primeras palabras que salieron de la boca de Johnny cuando se coló en mi habitación más tarde esa noche.

—Chisss —susurré, apresurándome a cerrar la puerta detrás de él—. Ollie está justo al otro lado del pasillo y todavía está en plan de vigilancia, y no tengo cerrojo en mi cuarto.

—Ese pequeño traidor —murmuró Johnny, frotándose la mandíbula.

Llevaba unos bóxeres rojos y el pelo de punta como siempre—. Le he dado diez libras para que haga la vista gorda.

—Y tu madre le da veinte cada vez que le informa de que has acercado a la puerta de mi dormitorio —le recordé—. Casi ha conseguido lo que vale ese nuevo juego de Lego que quiere, así que quiere tu sangre.

—Pues qué bien, ¿no? —refunfuñó Johnny, acercándose a mi cama—. Primero, Tadhg me roba a mi perra como compañera de cama, y ahora Ollie a su sustituta.

—Oh, así que ¿ahora soy la sustituta? —Crucé los brazos sobre el pecho, observándolo mientras se zambullía en mi cama y descansaba las manos sobre su estómago—. Guau, Sookie debe de hacer la cucharita que da gusto.

—Eres mi reina —dijo seductoramente, golpeándose los muslos—. Así que ven aquí y déjame adorarte.

Con una risilla, apagué la luz y corrí hacia mi cama. Me subí a su regazo y contuve un chillido cuando deslizó las manos bajo el dobladillo de mi camisón.

—Te lo tienes tan creído —me reí, inclinándome para rozar mis labios contra los suyos.

—Y ¿a qué viene todo esto de los anticonceptivos? —me dijo en la boca.

—Tu madre me ha preguntado si quería utilizar alguno —le conté, echándome hacia atrás para medir su reacción—. Se ha ofrecido a pedirme una cita con el médico de cabecera.

—Oh. —Deslizó las manos por debajo de mi camisón para cogerme de la cintura—. Y ¿qué has dicho tú?

Le acaricié los abdominales con los dedos y sonreí.

—Que sí.

Se le encendieron los ojos.

—¿Sí?

—Pero sigues sin poder entrar aquí —susurré, mordiéndome el labio para evitar gemir cuando Johnny levantó las caderas y sentí que se endurecía.

—¿No? —Su voz era ronca y su tono, coqueto—. ¿Vas a delatarme, Shan? —Me apretó con fuerza contra su cintura mientras él levantaba las caderas—. ¿Mmm? —Me cogió la cinturilla de las bragas y tiró—. ¿Vas a chivarte de mí por estar en tu cama? —Soltó la goma para que volviera a chocar contra mi carne y me palmeó el culo—. ¿Me harías algo así, nena?

Sin aliento, negué con la cabeza.

—Nunca.

Él sonrió con picardía.

—Joder, eres tan sexy.

Ay, madre.

—Johnny…

—Y tienes la piel tan suave… —Me cogió por el dobladillo del camisón, se sentó y me lo sacó lentamente por la cabeza—. Dime si no quieres esto —susurró, su pecho desnudo rozando el mío—. Y pararemos.

—¿Re-recuerdas aquella noche en tu habitación? —pregunté, con el corazón retumbándome violentamente en el pecho—. ¿Antes de que entrara tu madre?

Johnny asintió despacio.

—Eso es lo que quiero —susurré cuando logré hablar de nuevo—. Eso es lo que necesito de ti.

—¿Estás segura? —preguntó en un tono de voz ronco.

Asentí.

—Cien por cien. —No habíamos dormido juntos desde la primera vez, y saber que se iría pronto hizo que la presión que sentía en el pecho fuera insoportable—. Quiero estar contigo antes de que te vayas —le dije, sorprendida con mi valentía. Me aparté para mirarlo a los ojos y añadí—: Quiero que estemos juntos antes de que te vayas. De todas las formas posibles.

—Shannon, volveré —respondió Johnny, con los ojos ardiendo—. No hay prisa.

—Lo sé —respondí.

—Y no quiero presionarte —añadió—. No después de todo lo que has pasado…

—Necesito esta conexión contigo, Johnny —le dije—. De veras. La necesito.

—Sí. —Dejó escapar un suspiro tembloroso—. Yo también necesito hacer esto contigo, Shan.

Se me aceleró el corazón.

—¿En serio?

—Joder, siempre. —Me hizo rodar hasta quedar bocarriba y buscó mi boca con la suya—. ¿Vas a arruinarme, Shannon como el río? —Me dio un beso excitante—. ¿Mmm? —Arrastró los labios hasta mi cuello y luego a mi pecho desnudo. Me recorrió el pezón con la lengua y preguntó—: ¿Vas a acabar conmigo?

—No. —Mi columna vertebral salió disparada del colchón cuando me recorrió el interior de los muslos a besos. Tenía los labios suaves, me raspaba con la mandíbula y me hacía cosquillas hacia las ingles, de manera que cada músculo al sur de mi ombligo se contrajo. Con un suspiro entrecortado, le hundí los dedos en el pelo y gemí—. Nunca lo haría.

—Entonces será mejor que te quedes conmigo —me advirtió, acomodándose entre mis piernas—. Porque soy todo tuyo, joder. —Me bajó las bragas antes de colocarse mis piernas sobre los hombros—. Vigila esa puerta —me ordenó antes de zambullirse en mí.

—Ay, dios mío. —Cerrando los ojos, me moví contra él sin soltarle el pelo—. Johnny…

—Chisss —me acalló, jugueteando con los dedos y la lengua—. Vigila esa puerta y no hagas ruido.

—Oh, dios —grité, con el corazón retumbándome salvajemente en el pecho—. Vale, vale… —Ahogué mis gemidos con una mano mientras le tiraba del pelo y movía las caderas con desesperación contra su cara—. Oh…, voy a…, Johnny, voy…

—No estás vigilando —gruñó, levantándose sobre los codos y rompiendo el contacto—. Tienes que mantener la mirada en esa maldita puerta, Shan. Mi madre es como un puto sabueso, y ¡ese hermano tuyo es peor! Sigue gimiendo mi nombre y soy hombre muerto.

—No me importa —prácticamente siseé, dejándome caer sobre la almohada—. Ni siquiera importa. Sigue…, ¡por favor!

—Créeme, importa. —Me dio un beso en el interior del muslo y refunfuñó—: Y te importará si me mata.

—Vale… —Asintiendo frenéticamente, me obligué a pronunciar las palabras—: Vigilar… puerta…, entendido.

—Gracias —respondió él antes de volver a bajar.

—¡Johnny! —grité, con los ojos en blanco—. ¿Qué estás… Oh, dios mío, sí…

—Joder, vas a hacer que me maten —gimió. Con un gruñido de impaciencia, me bajó las piernas de sus hombros y se inclinó hacia delante para cogerme por debajo de los brazos—. Si voy a morir esta noche… —Hizo una pausa para levantarme y colocarme más arriba en la cama—. Entonces lo haré estando dentro de ti. —Se inclinó de nuevo sobre mí y me besó en la boca, ahogando mis gemidos con hábiles movimientos de lengua.

Con una mano, tiré de la cintura de sus bóxeres, desesperada por sentir piel contra piel.

—Quítatelos —le supliqué contra sus labios—. Por favor.

—Lo haré —me aseguró—. Relájate.

No podía. Estaba desesperada por hacerlo. Por estar con él de nuevo. Todo parecía frenético. Estaba impaciente.

—¿Por favor?

—Joder, no me lo pidas así, por favor —alcanzó a decir mientras se bajaba de mí. Se sacó un envoltorio de aluminio de un lado de los calzoncillos y lo tiró sobre la cama antes de quitarse la ropa—. Sigue suplicándome y harás que reviente antes de que te haya tocado siquiera.

—Lo siento. —Temblando, me escurrí debajo de las sábanas y observé fascinada mientras abría el envoltorio del condón y se lo enrollaba rápidamente—. Es que… Sí. —Asintiendo, me dejé caer de espaldas y susurré—: Sí.

—¿Sí? —Retirando las sábanas, Johnny se metió a mi lado—. ¿Estás segura?

Incapaz de soportar otro momento sin tocarlo, lo cogí por el cuello con una mano y atraje su rostro al mío, pegando nuestros labios en un beso que no quería que terminara nunca. Se puso encima de mí y luego se recolocó, separándome lentamente los muslos con los suyos. Dejé que se me abrieran las piernas, con los dedos clavados en sus costados mientras lo sentía acomodarse. Respiraba con dificultad, su pecho subía y bajaba con rapidez, mientras entraba dentro de mí con una delicadeza que me desesperó.

Pegó su frente a la mía en un gesto tan reconfortante y tierno que sentí el escozor de las lágrimas en los ojos mientras mis emociones amenazaban con desgarrarme.

—Mierda —gimió, en un tono extrañamente impotente, afligido, mientras apoyaba todo su peso en un codo y usaba la mano libre para acariciarme la mejilla—. ¿Te duele? —Se quedó quieto dentro de mí y susurró—: ¿Te estoy haciendo daño?

Estaba abrumada, apabullada por sensaciones que me encendían y abrasaban, pero no me estaba haciendo daño de la manera que él pensaba. Mordiéndome el labio, negué con la cabeza y acerqué su rostro al mío.

—No —susurré contra sus labios mientras le pasaba los brazos alrededor del cuello—. Eres perfecto.

Sus ojos buscaron los míos y vi un destello de incertidumbre en su rostro mientras entraba más dentro de mí, dejando un rastro abrasador de deliciosa destrucción con cada movimiento de caderas.

—¿Estás segura?

Le apretaba el cuello con tanta fuerza que estaba segura de que le estaba cortando la circulación, pero no podía soltarlo. Físicamente no podía. Me asustaba lo desconocido, la incertidumbre del futuro y lo quería con desesperación. Lo único que tenía claro en ese momento era que confiaba en este chico. Confiaba en él con cada centímetro de mi cuerpo y, mirándolo, deseé que nunca me rompiera el corazón.

—Estoy segura de ti —susurré—. Muévete.

Un escalofrío lo recorrió de arriba abajo y luego empezó a entrar y salir, bien adentro y con calma, meciendo las caderas a un ritmo adictivo y sin separar sus labios de los míos en ningún momento. Aferrándome a él como una tabla salvavidas, cerré las piernas alrededor de su cintura y me dejé llevar por el instinto, moviendo las caderas hacia arriba con cada embestida de él.

—Dímelo otra vez —le supliqué, arqueándome y clavándole las uñas en la bronceada carne de su espalda desnuda—. Por favor... —Mordiéndome el labio para evitar gritar, absorbí la sensación de su piel, de su peso hundiéndome en el colchón, de las inexplicables emociones que había despertado en mí, mientras me penetraba una y otra vez—. Johnny..., dímelo de nuevo.

—Te quiero, Shannon como el río —susurró, y el calor de su aliento en mi carne hizo que me atravesara un escalofrío de placer—. Y voy a volver a casa contigo. —Respiraba con dificultad y el corazón le latía casi con violencia entre jadeos—. Te lo prometo.

Sentí un momentáneo destello de alivio, que fue superado rápidamente por el placer que empezó a retumbarme en las venas mientras me ahogaba de amor.

76

CUMPLEAÑERO

Johnny

Alguien cantando «cumpleaños feliz, cumpleaños feliz, te deseo, capullo, cumpleaños feliz» me arrancó de un sueño brutal que estaba teniendo, donde aparecía Shannon desnuda y con mi rabo en la boca. El sonido de una puerta cerrándose con fuerza atravesó mis pensamientos felices y luego sentí sobre mí un peso insufrible, mientras su preciosa cara desaparecía de mi mente.

Me desperté con un sobresalto y luché para apartarme de la cara las sábanas bajo las que me estaba asfixiando.

—¡Mi mejor amigo ya se ha hecho mayor! —continuó diciendo la voz—. ¡La edad más importante! Ahora puedes invitarme legalmente a beber y fumar cuando quiera. Es tu cumpleaños, pero como si me llevara yo los beneficios.

—¡Quítate de encima, pedazo de gilipollas! —gruñí cuando finalmente logré liberarme de las sábanas en las que estaba enredado. Me erguí de golpe y saqué un brazo para apartar a Gibsie de la cama de un empujón y volver a echar las sábanas, presa del pánico al pensar que habría convertido a mi novia en una tortita de haber aterrizado sobre ella, pero no estaba allí.

Confundido, busqué por el colchón, pero no había ninguna Shannon desnuda.

—Qué forma tan encantadora de tratarme —resopló Gibsie desde donde había ido a parar en el suelo—. Maravillosa.

—¿Qué hora es?

—He venido hasta aquí para desearte un feliz cumpleaños y tú vas y me tiras de la cama —refunfuñó, poniéndose de pie—. Deberías disculparte por maltratarme, Johnny, no preguntarme la hora…

—¿Qué hora es, joder, Gibs? —espeté, rodando hasta bajarme de la cama para mirar el colchón.

—Son solo las seis y media —resopló—. Caray, deberías estar más animado en tu cum… ¡Oh, por el amor de Dios! ¡Quieres hacer el favor de guardarte esa bestia descomunal!

—Si no quieres verme la polla, llama a la puerta antes de entrar en mi habitación —le respondí mientras avanzaba, completamente desnudo, hacia mi baño y cerraba la puerta detrás de mí. En voz baja, dije—: Shan, ¿estás aquí?

—Por aquí —susurró ella.

Sonriendo, corrí la cortina de la ducha y arqueé una ceja.

—Sabía que no lo había soñado.

—Eh, no, no fue un sueño. —Sonrojándose, cogió la cortina para cubrirse el cuerpo y se removió—. Feliz cumpleaños.

—El mejor cumpleaños hasta ahora —dije seductoramente, y aparté la cortina una vez más para entrar en la bañera—. Tú en mi cama… —Haciendo una pausa, la cogí por los muslos y la levanté en brazos. La puse contra la pared de la ducha y sonreí—. Con la boca en mi…

—¿Estás hablando solo otra vez? —gritó Gibsie desde el otro lado de la puerta—. ¿Debería preocuparme? ¿Estás teniendo otro ataque de pánico? ¿Es por la gira o por tu cumpleaños? Porque solo cumples dieciocho, tío, no ochenta, y la gira irá genial. Tú respira. Despacio. Iré a por tu madre…

—¡No! Joder, no llames a mi madre —grazné, hundiendo la cara en el cuello de Shannon—. No estoy teniendo un ataque de pánico, tío.

—¿No?

Volví a levantar la cabeza.

—¡No!

—Entonces ¿qué estás haciendo?

—Estoy cagando —respondí, lo que hizo que Shannon se riera—. Chisss —gesticulé con la boca, restregándome contra ella—. Ve abajo y espérame, Gibs —grité—. Tardaré unos quince minutos… —Paseé la mirada por el cuerpo desnudo de mi novia y se me puso dura. Mierda—. Tal vez veinte.

—Sí, veo unas bragas rosas en el suelo, así que sé exactamente qué tipo de cagada estás pegando, cabronazo con suerte —respondió—. Hola, pequeña Shannon.

Ella abrió mucho los ojos.

—Eh, hola, Gibsie.

—Bonito sujetador de flores, Shan —añadió—. Me encantan los colores… ¡Espera un segundo! ¿Usas la copa B ahora?

—Que te pires, joder —rugí—. Y ¡no toques su sujetador!

—Solo digo que toda una talla de copa es un gran salto en un mes —respondió Gibsie—. Bien hecho, tía. Te estás desarrollando…

—Voy a arrancarte el entrecojón y a dártelo de comer, maldito pervertido —gruñí, dejando a Shannon en el suelo para poder salir de la bañera. Abrí la puerta de un tirón y fui hacia él—. Y ¿cómo cojones sabes qué talla de sujetador usa mi novia?

—Porque tengo ojos —se rio Gibsie y luego me lanzó el sujetador de Shannon antes de zambullirse en la cama para escapar por el otro lado—. ¿Sabes que hay gente que tiene muy buen ojo para calar a los demás? Pues yo tengo muy buen ojo para las tallas de sujetador…

—Espero que hayas disfrutado tu última comida, Gerard —gruñí, saltando sobre mi cama, completamente desnudo—. Porque vas a morir hoy.

—¡Mantén a esa bestia alejada de mí! —graznó, haciendo la señal de la cruz con los dedos índices—. ¡El poder de Cristo te obliga!

—¿Qué estás haciendo? —La voz de Ollie resonó en mis oídos y me dejé caer sobre el colchón más rápido que un gato.

—¿Todo bien, colega? —dije sin aliento, cubriéndome con las sábanas.

—¿Qué haces desnudo, Johnny? —preguntó, de pie en la puerta con su pijama de Spiderman—. ¿Dónde está tu pijama?

—Me estaba duchando —mentí entre dientes y, tratando de cubrirme, añadí—: Gibsie se ha colado y me ha robado la toalla, así que se la estoy liando.

—Sí. —Riendo nerviosamente, este se encogió de hombros—. Siempre nos hacemos bromas.

—No tiene gracia —dijo Ollie con el ceño fruncido—. Podría coger una ceremonia doble si no se seca el pelo.

—¿Una cerequé doble? —se rio Gibsie.

—Una ceremonia doble —repitió Ollie—. Mi mamá nos dijo que casi se lleva a la tata una vez. —Frunció el ceño—. No estoy seguro de lo que significa, pero la cogió porque no se secaba el pelo, y se supone que eso es supermalo. ¡Te llevan al hospital y todo!

—Quiere decir neumonía doble —lo corregí, ahogando un gemido—. Estoy bien, Ol. No te preocupes. Es verano. No me enfermaré.

—Bueno, sigue sin tener gracia —resopló. Dirigiéndose a Gibsie, añadió—: ¿Cómo te sentirías si alguien te quitara la toalla a ti?

—Bien visto, chaval —respondió mi mejor amigo, aguantándose la risa—. Te prometo que no volveré a quitarle la toalla a Johnny.

—Pues devuélvesela ya —insistió Ollie, sin moverse de la puerta—. Vamos —lo instó—. Sé bueno y pídele perdón.

—Lo siento mucho, Johnny —alcanzó a decir Gibsie, llevándose una mano a la boca—. Y me encantaría devolverte la toalla, pero me parece que la he perdido.

—No te preocupes, Johnny —intervino Ollie con un resoplido—. Yo te traeré una nueva.

Se fue hacia mi cuarto de baño más rápido de lo que fui capaz de procesar su movimiento.

—No, no, no… —grité, pero ya era demasiado tarde. Tenía la puerta abierta de par en par, dejando a la vista a Shannon, afortunadamente envuelta en una toalla.

—Ollie, vete —siseó esta, cerrando la puerta de golpe una vez más—. ¡Ay, madre!

—¡Dellie! —chilló el niño a pleno pulmón—. ¡Los he vuelto a pillar!

—Por favor, por favor, para de gritar —le supliqué—. No se lo digas…

—Quiero mi dinero —replicó Ollie—. Y ya conoces las normas, señor rebelde. —Me miró entrecerrando los ojos y dijo—: No puedes jugar a solas con mi hermana. —Cruzó los brazos sobre el pecho—. Y no llevas ropa puesta. Dellie dice que eso está prohibidísimo.

—Pero es mi cumpleaños —solté, recurriendo al chantaje emocional dadas las circunstancias actuales y las posibles consecuencias—. Y te daré cincuenta libras si no se lo cuentas a Dellie.

Ollie inclinó la cabeza hacia un lado, estudiándome cuidadosamente.

—Cien.

—¿Qué? —Lo miré boquiabierto—. Pero ¡es mi cumpleaños!

—Por eso pido cien —respondió Ollie—. De lo contrario, sería un billón.

Entrecerré los ojos.

—¿Para qué necesitas cien libras?

—Para mis Legos —respondió—. Y mi negocio.

—Ah, ¿sí? —Arqueé una ceja—. Y ¿qué negocio es ese?

—Mi negocio de espionaje —me dijo—. Y tú eres mi objetivo número uno. —Me miró entrecerrando los ojos—. Te estoy vigilando.

La hostia… Sacudiendo la cabeza, señalé mis tejanos.

—Tráeme la cartera.

—¡Yupiii! —Con una sonrisa de oreja a oreja, Ollie la sacó de los pantalones que había desechado y me la entregó—. Has tomado una buena decisión, Johnny.

—Más te vale que no digas nada sobre esto —le advertí mientras le daba dos billetes de cincuenta—. O de lo contrario le declararé la guerra a la casa del árbol.

—No te atreverías —jadeó.

—Oh, ya lo creo —respondí con una inclinación de cabeza—. Gibs y yo haremos una casa del árbol aún más grande y luego bombardearemos la tuya con globos de agua hasta que te rindas, y luego la abordaremos como piratas.

—Uf, me apunto de cabeza —declaró Gibsie en tono emocionado—. Tengo una puntería excelente.

—Vale, no me chivaré —resopló Ollie, quitándome el dinero de la mano y luego sosteniéndolo a contraluz para comprobar su autenticidad—. Pero este es un trato de una sola vez. Si te vuelvo a pillar cerca de mi hermana, vas listo, Johnny Kavanagh.

—Trato hecho —acepté—. Ahora, vete.

Con una rígida inclinación de cabeza, Ollie salió de mi habitación solo para detenerse en la puerta y volver corriendo a mi cama.

—Oh, y feliz cumpleaños —dijo, dándome un rápido abrazo—. Te quiero.

Dicho esto, salió corriendo del dormitorio con mi dinero en las manos.

—Qué chaval más espabilado —dijo Gibsie en un tono lleno de admiración por el joven gángster—. El pequeño Lynch tiene más de Joey el hurler de lo que pensaba.

—¿Sí? Pues el pequeño Lynch acaba de salir de aquí con nuestro dinero para la cerveza de la acampada de hoy —refunfuñé mientras cogía unos bóxeres del suelo y me los ponía.

—Será mierdecilla —gruñó Gibsie, que ya no parecía tan jodidamente impresionado—. Solo por eso, voy a bombardear la casa del árbol con globos de agua y a abordarla.

—No, no lo harás, tío —le dije con cansancio—. Vas a bajar y esperarme en la cocina.

—Vale —resopló Gibsie mientras salía—. Pero un día de estos, recuperaremos el fuerte. Lo recuperaremos todo —apuntó antes de cerrar la puerta de mi habitación detrás de él.

—Despejado, Shan —grité—. Estamos fuera de peligro.

—¡Ay, madre! —Shannon salió corriendo del cuarto de baño, con la cara roja y agitándose—. Qué vergüenza.

—No pasa nada —la tranquilicé, palmeando el colchón a mi lado—. Ven aquí…

—¡Ni de coña! —graznó Shannon, cogiendo su ropa del suelo del dormitorio—. Va a volver. Ese soborno solo dura lo que tarde en guardarse el dinero en su hucha. Es despiadado, Johnny. Le doy cinco minutos, como máximo.

—¿Me darás un beso, al menos? —me quejé cuando se apresuró hacia la puerta.

—Te lo doy luego, en nuestra tienda —gritó, lanzándome un beso antes de salir al pasillo—. ¡Te quiero!

—Sí —murmuré, dejándome caer de nuevo en la cama—. Yo también te quiero.

77

CAMPAMENTO Y CATÁSTROFE

Shannon

—¿Cork, Claire? —se quejó Hughie, apoyándose en un lado de su coche—. De todos los lugares del país a los que podríamos haber ido a acampar, ¿elegiste Cork?

Guiñándome un ojo, Johnny me lanzó una sonrisa de complicidad y continuó sacando bolsas del maletero de su flamante Audi A4 nuevo, cortesía de sus padres, y pasándoselas a Feely. Hughie se había estado quejando del sitio de acampada desde que salimos de la casa Kavanagh, hacía tres horas, y menos mal que había podido ir en el coche de Johnny junto a él y Feely en lugar de con los demás. Katie estaba de mal humor, Gibsie parecía inquieto y Lizzie estaba furiosa como siempre. Hughie y Claire llevaban discutiendo desde que cruzaron la puerta esa mañana. La única persona que parecía estar normal en ese momento era Feely, aunque tampoco podía estar segura nunca porque siempre estaba muy callado. Algo estaba pasando, algo que no tenía nada que ver con el lugar donde dormiríamos aquella noche, y era deprimente, porque era el cumpleaños de Johnny. Se iba el viernes. Nos quedaban dos días juntos y nuestros amigos se estaban peleando.

—Es un lugar encantador —dijo Claire con un profundo suspiro—. Tiene un río y está rodeado por un bosque. —Cogió una bolsa de globos con forma de pelota de rugby de color verde, blanco y dorado de la parte trasera del coche de Johnny y se encogió de hombros—. Esto es preciosísimo, y prometo que nos divertiremos. —Metió una mano en el asiento trasero y sacó dos enormes globos de color rojo con la forma de los números uno y ocho—. Intenta ser positivo.

—Pues yo creo que es genial, Claire —intervino Johnny en tono tranquilo—. Te agradezco mucho todo el esfuerzo, así que un millón de gracias.

—De nada, Johnny —respondió ella, aliviada.

—Estoy de acuerdo —apunté—. Es el sitio más bonito en el que he estado en toda mi vida.

—Solo has salido de Cork una vez —dijo Lizzie arrastrando las palabras—. Para el partido de Dublín.

—Dos veces —murmuré, con la cara roja—. Fui a Kerry una vez cuando era pequeña.

—Pero solo has estado en tres sitios, Shan…

—Por ahora —replicó Johnny, lanzándole a Lizzie una mirada de advertencia.

—Pero es que no hemos salido de Cork, capi —se quejó Hughie.

—El oeste de Cork —lo corrigió Gibsie, con un deje de advertencia en la voz, mientras adoptaba una postura defensiva frente a Claire—. Y pírate con tu actitud pesimista de mierda —añadió, colocándose una caja de Heineken bajo el brazo—. Al menos a tu hermana se le ocurrió todo este viaje. Estaríamos sentados en Biddies, bebiendo pintas y espantando a las pegajosas si no fuera por ella. —Volviéndose hacia Claire, dijo—: No le hagas caso, nena. Has hecho un gran trabajo. —Con su mano libre, la cogió por la coleta para obligarla a mirarlo—. Mantén la cabeza bien alta —le ordenó, tocándole la barbilla con el pulgar—. No te atrevas a negarle al mundo esa carita de ángel.

Las mejillas de Claire, que ya estaban sonrosadas, se pusieron tan rojas como los globos que tenía en las manos.

—Gracias, Gerard.

—Pero podríamos haber ido a cualquier otra parte —se quejó Hughie—. No nos hemos movido de Cork.

—Dilo una vez más y quemo la tienda contigo dentro —gruñó Gibsie, fulminando a Hughie con la mirada—. ¿Crees que estoy de broma? Sigue desmoralizándola y veremos qué pasa, joder…

—Hey, hey, hey —intervino Feely, interponiéndose entre los chicos—. Nada de esta mierda en el cumpleaños del capi. —Dirigiéndose a Gibsie, añadió—: Rebaja la testosterona. Te estás pasando tres pueblos con las amenazas de muerte, Gibs.

—Hughie tiene razón —decidió meter baza Lizzie—. Esto es un desastre.

A Claire se llenaron los ojos de lágrimas y se apresuró a atravesar el bosque en dirección al campamento, murmurando algo acerca de que tenía una mosca en el ojo.

—¡Hostia ya! —bramó Gibsie, claramente rebotado—. ¡Si alguno tiene algún problema con estar aquí, entonces que vuelva al coche y se largue! —Señalando detrás de él, hacia donde Claire se había ido a toda prisa, añadió—: Pensad muy bien vuestro próximo movimiento, porque si vais a venir, estaréis contentos. Sonreiréis y lo pasaréis de puta madre. ¡Comeréis pastel, cantaréis el maldito «Cumpleaños feliz» y le daréis las gracias a esa chica por haberse pasado el último dichoso mes organizando este viaje para unos desagradecidos como vosotros! —Con un pesado suspiro, miró a nuestro alrededor—. Hemos dejado a la gata en casa por esto, y Claire ya está bastante preocupada por el embarazo de Cherub como para que no la dejéis en paz, así que si hacéis que se disguste, otra vez, os juro que se me va a ir la pinza y la voy a liar parda. —Con los ojos desorbitados, apuntó—: ¡No me provoquéis, porque me queda poca paciencia!

—Vale, tío —accedió Hughie, levantando las manos y mirando a Gibsie con cautela—. No me escucharás quejarme más.

Gibsie asintió rígidamente antes de volver su mirada hacia Lizzie.

—¿Y tú?

—Por Claire, me aguantaré —masculló Lizzie.

—Bien. —Gibsie volvió a ajustarse el paquete de cerveza que llevaba en las manos y dijo—: Ahora, si me disculpáis, necesito ir a buscar algún sitio donde cagar, porque llevo aguantándome desde que hemos salido de Ballylaggin. Y cené curry anoche, así que ni os imagináis lo que estoy sufriendo ahora mismo.

—Ve, tío —comentó Feely, poniéndole un rollo de papel higiénico encima de la caja de cerveza antes de que Gibsie se fuera rápidamente hacia unos arbustos—. Aquí estamos todos de lujo y contentos.

—Me toca —intervino Johnny, atrayendo la atención de todos hacia él—. Personalmente, me importa una mierda si os alegráis de estar aquí o no. Me da igual si os comportáis como una panda de mocosos malcriados porque no hemos salido de Cork. Me da igual si no os caéis bien los unos a los otros. Y me da igual si os habéis peleado. Ni siquiera me importa que sea mi cumpleaños. Me. Da. Igual. Me importan una mierda esas gilipolleces —gruñó, mirando a Katie, Hughie y Lizzie—. Porque me quedan dos días con mi novia, dos, y luego me iré todo el verano. Ha sido un año duro. Hemos tenido operaciones y funerales, incendios y pérdidas. Hemos visitado más hospitales y derramado más lágrimas de lo que puede comprender ese diminuto cerebro de mosquito que tenéis, y hemos sufrido un golpe de la hostia. Este es nuestro descanso, un pequeño respiro de toda la mierda en casa, así que no me lo vais arruinar, y muchísimo menos a ella. ¿Está claro?

—Joder, tienes razón —dijo Hughie, avergonzado—. Lo siento, chicos.

—Sí —coincidió Katie, con la cara roja—. Estábamos siendo egoístas.

—Yo también —suspiró Lizzie—. Lo siento, Shan, ni se me ha ocurrido lo que significaba este viaje para ti y Johnny.

—Mucho —soltó este—. Significa mucho para nosotros.

Todos asintieron, comprensivos.

Ignorando los resoplidos a mi alrededor cuando los demás empezaron a cargar bolsas, centré mi atención en mi novio, comiéndome con los ojos la forma en que el bañador azul que llevaba puesto le colgaba de las caderas. Los huesos allí le marcaban una profunda V, una clara señal de lo mucho que se cuidaba, y del ombligo le bajaba un rastro de vello oscuro que desaparecía por la cinturilla de los pantalones cortos. Tenía los muslos muy musculados, así como las pantorrillas. Todo en Johnny estaba firme, tonificado y era enorme.

—¿Te gusta lo que ves? —preguntó cuando me pilló mirándolo.

Me puse roja como un tomate.

—Eh, ¿perdón?

Riendo suavemente para sí mismo, Johnny cerró el maletero de su coche y cogió nuestras bolsas del suelo.

—Vamos, mironcilla —bromeó, pasándome un brazo por encima del hombro—. Pero no te sientas mal por mirarme. —Se me acercó al oído y susurró—: Yo también te he estado mirando.

—Claro. —Puse los ojos en blanco—. Seguro.

—¿Estás de coña? Llevas una camiseta sin mangas y no te has puesto sujetador. Tienes suerte de que no me haya estampado con el maldito coche de camino aquí, porque no podía dejar de mirarte —respondió con una sonrisa lobuna—. He bajado la ventanilla deseando que te llegara la brisa.

—Ostras —me reí, pasándole un brazo alrededor—. Eres un friki.

—Sí, probablemente sea cierto —asintió con una risilla—. Va a ser una buena escapada, Shan.

—Sí. —Suspiré satisfecha—. Creo que tienes razón.

—¡Lo estás haciendo mal otra vez! —siseó Lizzie, dándole un empujón en el pecho a Gibsie cuando intentó ayudarlas a ella y a Claire a levantar su tienda—. Mira que eres ignorante, joder.

—¿Ves la tienda de campaña de allí, la de Feely y mía? —escupió Gibsie secamente, pasando el palo a través de la tela—. Tiene mucho mejor pinta que la vuestra, ¿no? ¡Porque sé lo que estoy haciendo, así que quítate de encima!

—Pero, según las instrucciones, se supone que hay que hacerlo de esta manera —continuó discutiendo Lizzie, agitándole una hoja de papel en la cara—. ¿Quieres bajar ese maldito palo y mirar esto? ¡Vamos, no seas tonto y mira las instrucciones!

—Sí, claro. No hay problema… —Le quitó el papel de las manos, hizo una bola con él y lo tiró al río—. Eso es lo que pienso de tus instrucciones.

—¿Por qué has hecho eso? —preguntó Lizzie, pegándole en el pecho de nuevo—. Intentaba enseñarte…

—Porque no sé leerlas, joder —le rugió en la cara—. Y no necesito que me enseñes nada.

—Chicos, parad —les advirtió Claire, interponiéndose entre ellos—. Liz, no lo provoques.

—Era una foto —gritó esta en respuesta, dando un paso alrededor de Claire para ponerse de nuevo frente a Gibsie—. No me estaba burlando de tus problemas de aprendizaje.

—No, por supuesto que no —respondió él con desdén—. Me estabas llamando tonto e ignorante por diversión. —Irritado, sacudió la cabeza y siguió pasando el palo por los aros de la tela de la tienda—. Para ti todo son risitas, ¿no, Liz? Puedes decir lo que quieras a cualquiera y nosotros tenemos que aceptarlo porque tienes problemillas.

—Ni se te ocurra, Gibs —siseó Lizzie, con los ojos entrecerrados, mientras continuaba empujándolo hacia atrás—. ¡Ni se te ocurra mencionar eso!

—Chicos, alejaos de la orilla —les ordenó Claire en tono preocupado—. Os vais a caer al río.

—¿Por qué no? —preguntó Gibsie secamente, apartándose de Lizzie y acercándose peligrosamente al borde del agua—. Está claro que tienes uno enorme conmigo, así que ¿por qué no te desahogas? —la provocó—. De una vez por todas.

Presa del pánico, busqué a Johnny, pero se había ido al aparcamiento para recoger las últimas cosas con Hughie.

—Quédate atrás —me susurró Katie al oído, poniéndome una mano en el hombro—. Esos dos son como un volcán que lleva años a punto de entrar en erupción. —Suspirando, añadió—: Y es mejor que no estés cerca cuando eso suceda, Shan.

—Hey —gritó Feely, que salió corriendo de la tienda que compartía con Gibsie y se acercó a ellos—. Calmémonos un poco todos...

—Sabes lo que le hizo —gruñó Lizzie—. ¡Sabes lo que me quitó!

—¡Yo no soy él! —bramó Gibsie a pleno pulmón, levantando las manos al aire—. ¡No tuve nada que ver con eso!

—¿Qué narices está pasando? —preguntaron Johnny y Hughie al unísono mientras atravesaban a la carrera la línea de árboles hacia el campamento—. ¡Eh, vosotros dos, parad!

—Gibs, aléjate del agua... —comenzó a gritar Hughie, pero su voz fue ahogada por el grito agudo de Lizzie.

—¡Es familia tuya! —chilló esta, y luego le dio un empujón en el pecho—. ¡Y tú eres como él!

Como la escena de una película de terror, vi cómo Lizzie empujaba a Gibsie de nuevo, lo que hizo que este se precipitara hacia el borde de la orilla.

En el momento en que cayó al agua, se desató el infierno.

—¡Ay, madre, se está ahogando!

—¡Sácalo de ahí!

—¡Gibs, aguanta, tío!

Presa del pánico, hice ademán de saltar tras él, pero no sabía nadar. Con el corazón en la boca, observé cómo se quedaba completamente inmóvil en el agua, con los ojos desorbitados por el miedo, antes de comenzar a hundirse como una piedra. Ni siquiera agitó las manos ni pataleó. Simplemente se quedó inmóvil.

Johnny, Hughie y Feely pasaron corriendo junto a mí y saltaron al río a por él.

—¡Gerard! —gritaba Claire, corriendo hacia la orilla—. ¡Gerard!

—Lo siento —dijo Lizzie ahogadamente, como si estuviera conmocionada—. No pretendía…

—¿Por qué has hecho eso, Lizzie? —comenzó a gritar Claire. Y luego hizo algo que nunca habría imaginado: le dio una bofetada en la cara—. Le da miedo el agua, perra cruel —siguió chillando—. Y lo sabes.

Lizzie negó con la cabeza, como si estuviera en fase de negación.

—No pretendía… No quería… Lo juro…

—Ya está, colega —lo calmó Hughie, manteniendo fuera del agua el pálido rostro de Gibsie con ambas manos mientras Johnny nadaba hacia atrás con el cuerpo tembloroso de su amigo colgado del hombro—. Te tenemos —continuó diciendo en tono tranquilizador, atravesando el agua mientras Feely se arrastraba por la orilla—. Estamos justo aquí. Estás con nosotros, ¿vale? Ya no estás allí. Eso es, buen trabajo, tío. Tú mantén la calma, tranquilo…

—¿Lo tienes? —preguntó Johnny, respirando con dificultad, mientras empujaba el cuerpo inerte de Gibsie hacia Feely, que estaba echado bocabajo sobre el borde de la orilla, con los brazos extendidos para coger a su amigo—. No lo sueltes, Pa…

—Lo tengo, capi —respondió Feely, agarrando a Gibsie por debajo de los brazos—. No te soltaré, colega.

Gibsie parecía un niño asustado, paralizado por la conmoción, mientras Feely lo sacaba del agua y lo llevaba a la embarrada orilla.

Se derrumbó allí mismo a cuatro patas y los sonidos que salieron de su garganta fueron desgarradores. Parecían los lamentos de un animal herido.

—Venga, colega —jadeó Feely, dejándose caer al lado de Gibsie y poniéndole una mano en la espalda—. Chisss, estás a salvo.

A continuación, Johnny salió del agua, seguido rápidamente por Hugh, y luego los tres muchachos se arrodillaron junto a su amigo, susurrándole al oído palabras que no alcancé a entender.

Paralizada, vi como Gibsie se alejaba de la orilla del río a cuatro patas, sin detenerse hasta que tuvo la espalda pegada contra el tronco de un árbol cercano. Temblaba violentamente, con la cabeza gacha y las manos entrelazadas alrededor de las rodillas, sin duda luchando por controlar la respiración.

—Ya está, Gerard —lo tranquilizó Claire mientras se arrodillaba frente a él con una toalla en la mano—. Chisss… —Con una tremenda ternura, le enjugó suavemente la cara y el pelo—. Estoy aquí contigo. —Pasó a los hombros y se los secó con delicadeza con la toalla antes de envolverlo con ella y cogerle el pálido rostro entre sus manos—. Respira hondo. —Pegó la frente a la suya, le acarició las mejillas y susurró—: Yo te mantendré a salvo.

—¿Está bien? —preguntó Katie, que sonaba preocupada—. ¿Gibs?

—Estaría mucho mejor si dejarais de mirarlo —siseó Claire, poniéndose delante para ocultarnos a todos la cara de Gibsie—. ¡No es un puto circo!

Guau…

—Gibsie, lo siento —soltó Lizzie, con lágrimas resbalándole por las mejillas, mientras corría hacia él—. Te juro que no ha sido mi intención…

—¡Aléjate de él! —rugió Claire, adoptando una postura defensiva frente a un chico que la doblaba en tamaño—. Apartaos. ¡Todos!

—No ha sido mi intención —graznó Lizzie—. Lo juro…

—Dale un maldito respiro —gruñó Johnny, poniéndose de pie—. Podrías haberlo matado.

—Lo sé, y ¡lo siento mucho! —sollozó Lizzie, sacudiendo la cabeza—. No ha sido mi intención…

—Nunca es tu intención —murmuró Hughie, acercándose a Katie, que le ofrecía una toalla—. Pero nos estamos cansando de escuchar siempre la misma excusa, Liz.

—He dicho que lo siento…

—Pues esta vez no basta con sentirlo.

—Y que lo digas, capi.

—¡Podrías haberlo matado! ¿Qué parte de eso no entiendes?

—Chicos, parad —dije ahogadamente, sintiendo una gran oleada de lástima por Lizzie, que parecía arrepentida de veras y al borde de un ataque de nervios—. No ha sido su intención.

—¡Claro que sí, Shannon! —espetó Hughie.

—Eh, no le grites —le advirtió Johnny, que se puso frente a mí.

—No lo he hecho.

—¡Joder que no!

—Vale, chavales, relajaos —intervino Feely—. Lizzie es consciente de su error, está claro que lo siente, así que no hay necesidad de empezar a desquitarse con ella, ni con los demás.

—Pero… —empezó a objetar Hughie, pero Feely lo interrumpió.

—¿Eres perfecto ahora, Hugh? —preguntó, arqueando una ceja—. ¿Y tú, Kav? —Se volvió hacia Johnny—. ¿Nunca se te ha ido la pinza en una pelea?

—Nunca hemos intentado ahogar a nadie —respondió Hughie, fulminando a Lizzie con la mirada.

—No ha intentado ahogarlo —dijo Feely con calma—. No seas tan exagerado, joder. Ha perdido los estribos y lo ha empujado. Gibsie se ha caído y ha entrado en pánico. Sabemos por qué. Es una mierda y un asco, pero ha pasado, así que pasemos página.

—Y lo siento mucho —sollozó Lizzie.

—Lo saben —respondió Feely, que volvió hacia ella y le indicó con un gesto del dedo—: Ven aquí.

—¿Q-qué?

—He dicho que vengas —repitió en tono serio—. Ahora. —Aturdida, observé cómo Lizzie obedecía sin decir una palabra y se acercaba a él—. Tú y yo nos vamos a dar un paseo y dejar que todos se calmen —dijo Feely, cogiéndola de la mano—. Y volveremos cuando todos recuerden que no son unos angelitos.

—V-vale. —Sollozando, Lizzie asintió y dejó que Feely la guiara fuera del campamento.

—¿Estás bien? —pregunté, siguiendo a Johnny mientras caminaba hacia nuestra tienda y se metía dentro—. ¿Johnny?

—Estoy genial, Shan —respondió, sacando una toalla de su bolsa—. Solo un poco alterado. —De rodillas, se secó el pecho y la espalda antes de suspirar profundamente—. Menudo desastre de día, joder.

—No tiene por qué ser así —apunté, poniéndome de rodillas para verlo secarse.

—Todos peleándose —refunfuñó, pasándose la toalla por el pelo.

—Nosotros no —susurré.

Hizo una pausa y bajó la toalla.

—Cierto.

—Y estamos juntos —añadí, sonriendo.

Él me devolvió la sonrisa.

—Cierto también.

—¿Qué acaba de pasar, Johnny? —pregunté entonces, tratando desesperadamente de no mirarlo de cintura para abajo cuando se quitó el bañador mojado y lo lanzó por la entrada de la tienda—. ¿Gibsie no sabe nadar?

—Sabe nadar —me corrigió Johnny, buscando un par de calzoncillos limpios—. Simplemente ha entrado en pánico.

—¿Por qué?

—Su padre y su hermana se ahogaron cuando él era pequeño —murmuró Johnny, con el ceño fruncido, concentrado en ponerse los calzoncillos—. Tuvieron problemas en el mar o algo así. —Encogiéndose de hombros, añadió—: Tiene miedo al agua desde entonces.

—Oh, madre mía —jadeé, con el corazón desgarrado—. ¿Cuándo pasó?

—El día de su comunión, creo. Así que debía de tener ¿siete años? —respondió Johnny, en tono ronco. Dejó de intentar subirse los calzoncillos con las piernas mojadas, se los quitó de una patada y se cubrió con una toalla—. Pasó mucho antes de mudarme a Cork. Solo me habló de ello una vez, y fue cuando yo tenía once años, así que no lo recuerdo muy bien, pero sí que me contó que sus padres estaban pasando por una separación de mierda en aquel momento. No conozco los detalles, pero fue un follón tremendo, nena; mierda a palas. Aun así, todos se reunieron para el día señalado y organizaron un fiestón conjunto para Gibs y Hughie.

—¿Hughie?

—Bueno, sí, también era su comunión, Shan —explicó Johnny—. Y ambas familias siempre han estado unidas. Prácticamente se criaron juntos.

—Oh. —Asentí—. Vale.

—El caso es que su padrastro, Keith, se había gastado un dineral en celebrar la fiesta en aquel lujoso hotel en la costa para Gibs —continuó Johnny—, y su padre quiso superarlo, así que alquiló un bote y se llevó a un grupo a navegar.

—Oh, no —dije con voz ronca, tapándome la boca con las manos, sin saber si quería escuchar el resto de la historia.

—Tuvieron algún tipo de problema —continuó Johnny—. No conozco todos los detalles, pero Gibsie y su hermana, Bethany, cayeron por la borda.

—No —sollocé.

Johnny resopló con tristeza.

—Su padre saltó a por ellos, pero no volvió a salir. —Con un profundo suspiro, añadió—: Su hermana tampoco.

Ay, madre mía.

—¿Qué pasó con Gibsie? —alcancé a decir, secándome las lágrimas que me caían por las mejillas—. ¿Cómo salió?

—Esa es la parte que no me ha contado —murmuró Johnny—. Sé que tiene algo que ver con la familia Biggs, y tal vez incluso con Claire. Pero supongo que alguno de ellos salió nadando y lo salvó. —Se encogió de hombros nuevamente, un poco con impotencia—. No habla de ello, y yo no lo presiono.

—¿Qué edad tenía su hermana?

Johnny hizo una pausa y lo pensó un momento antes de responder.

—Gibs tenía siete años, así que unos dos o tres.

Se me rompió el corazón.

—¿Era solo un bebé?

—Sí. —Johnny dejó escapar un profundo suspiro—. Tendría más o menos la edad de Sean.

—Ay, madre. —Negué con la cabeza, luchando por comprender lo que acababa de escuchar—. No me lo puedo creer.

—Todos tenemos nuestros secretos —respondió Johnny en voz baja—. Todos estamos un poco rotos, Shan.

—¿Puedes dejarnos el coche a Gerard y a mí? —La voz de Claire resonó en mis oídos segundos antes de que asomara la cabeza por la abertura de nuestra tienda. Sin decir una palabra, Johnny cogió las llaves del suelo y se las entregó.

—Gracias —respondió ella antes de desaparecer una vez más.

—¿Crees que debería conducir después de lo que ha pasado? —pregunté, preocupada.

Johnny se encogió de hombros.

—Probablemente no, pero necesita espacio —me dijo, con el ceño fruncido profundamente por la concentración mientras se quitaba las hebras de hierba húmeda de la espinilla y luego las tiraba—. Darán un paseo, ella hará lo que sea que haga para aplacarlo y luego él se recuperará.

—¿Claire?

—Claire —confirmó con una inclinación de cabeza.

—Creo que esconden algo —confesé, acercándome a él.

—Creo que tienes razón —coincidió Johnny—. Pero sea lo que sea lo que necesite en este momento, ella se lo dará. —Sacudiendo la cabeza, añadió—: Yo no puedo dárselo.

—¿Qué pasa contigo? —pregunté en tono suave. Estaba tratando de poner buena cara, pero ya había visto la preocupación en sus ojos, la más absoluta impotencia—. ¿Qué necesitas tú ahora mismo?

Johnny me cogió y me puso en su regazo.

—Tengo todo lo que necesito aquí mismo.

—¿Crees que lo arreglarán? —pregunté entonces.

—¿Quiénes, Claire y Lizzie o Gibs y Lizzie?

—Todos.

Johnny se encogió de hombros.

—Sí, estarán bien. Gibsie volverá en una hora o dos, todo sonrisas y bromeando. Lo barrerá debajo de la alfombra, y ya está.

—¿Tú crees?

—Lo conozco, Shannon —respondió—. Así es como lo sobrelleva. El humor es lo suyo.

—No quiero que os enfadéis todos con Lizzie —susurré—. Está pasando por mucho.

—Shan…

—Hablo en serio —le dije, suplicándole con la mirada que me hiciera caso—. Por favor, no le guardes rencor por esto.

—Me da mucha rabia lo que le ha hecho —admitió honestamente.

—Lo sé —le aseguré, sentándome a horcajadas sobre él—. Pero ¿puedes hacer un esfuerzo cuando vuelva con Feely? ¿Por mí?

Johnny me miró fijamente durante un buen rato antes de soltar un suspiro.

—Vale.

—Gracias. —Sonreí—. Sé que Lizzie te parece insoportable, y lo es, pero es mucho más de lo que aparenta. —Le cogí la mano y se la apreté—. Siempre está a la defensiva, pero hay una buena persona detrás de todo eso. Se parece mucho a Joey en algunos aspectos. Hace que a la gente le cueste mucho quererla, pero es un mecanismo de defensa. Créeme, lo sé.

—Si tú lo dices —refunfuñó Johnny, que no parecía impresionado.

—Entonces ¿serás amable con ella?

—Seré amable —confirmó sombríamente—. Por ti.

—Te he traído un regalo —dije entonces, tratando de cambiar de tema—. En realidad no es nada especial, pero puedo dártelo ahora si quieres.

—¿Me has traído un regalo? —Johnny puso cara de sorpresa y echó la cabeza hacia atrás para mirarme—. Shan, no tenías por qué hacerlo.

—Cumples dieciocho años —respondí—. Por supuesto que te he traído un regalo. —Me bajé de su regazo y levanté una mano—. Pero te lo advierto: no es nada tan sorprendente como ese cochazo que te han comprado tus padres.

—Guapo, ¿eh? —se rio—. Ronronea como un gatito.

—Ajá. —Sin el más mínimo interés en hablar de coches con él, metí la mano en mi bolsa de viaje y rebusqué hasta que mis dedos encontraron el libro—. Lo hice yo misma —le dije, mientras sacaba el álbum de recortes y se lo ponía en las manos—. Y si es feo, o no te gusta, puedes tirarlo a la basura, te juro que no me importará. —Juntando las manos en mi regazo, me encogí de hombros, nerviosa—. Feliz cumpleaños, Johnny.

—¿Me has hecho un libro? —Tenía la voz grave y áspera cuando abrió la portada y miró el interior—. ¿De mí?

—Bueno, es más un álbum de recortes —le expliqué—. Detallando tu carrera desde los benjamines hasta ahora… —Alargué una mano y pasé a la última página, donde había pegado una fotocopia de su carta de admisión en la academia irlandesa de rugby—. Es como un recorrido por tu vida en el rugby. —Solté un suspiro tembloroso—. ¿Te gusta?

—Shan… —Negó con la cabeza y hojeó página tras página de recortes de periódicos y fotografías suyas donde aparecía desde los seis hasta los dieciocho años—. ¿Dónde encontraste todo esto?

—Tu madre me ayudó —le dije—. Cuando le conté lo que quería hacerte, me llevó al desván, donde tiene al menos treinta cajas con periódicos y trofeos y vete a saber qué más.

—¿En serio? —preguntó, sin apartar la mirada del libro.

—Sí —asentí—. Ese ático es como un santuario dedicado a ti. Nunca había visto tantos recuerdos de una sola persona en mi vida. —Encogiéndome de hombros, añadí—: Eres un poco famoso, Johnny Kavanagh.

Una pequeña sonrisa asomó a sus labios y golpeó el libro con un dedo.

—Me encanta. —Me derrumbé de alivio.

—¿Sí?

Asintiendo, cerró el libro y me miró.

—Y te quiero.

—Yo también te quiero —respondí, devolviéndole la sonrisa.

—Lo digo en serio, Shan —dijo en tono serio, con los ojos brillantes—. De verdad.

—Te creo —susurré, con el corazón retumbándome de emoción.

—Si pudiera llevarte conmigo, lo haría —musitó, dejando el libro y tirando de mí hacia su regazo una vez más—. No quiero irme sin ti.

Se me partió el corazón.

—Tienes que ir, Johnny.

Me estrechó entre sus brazos y hundió la cara en mi cuello.

—Estoy muy triste.

—No estés triste —le supliqué—. Sé feliz.

—Lo soy —graznó—. Pero es que… no sé qué voy a hacer sin ti. Siento que acabamos de empezar, y ahora tengo que irme… —Sus palabras se interrumpieron y me gimió en el cuello—. No estoy listo para renunciar a todo.

—¿Renunciar a qué? —susurré, pasándole los dedos por el pelo—. ¿Hummm?

—Mi juventud —admitió en voz baja.

—Johnny, todavía eres joven —le aseguré.

—No estoy hablando de mi edad —murmuró—. Estoy hablando de ti, y de esos cabronazos de ahí fuera —añadió, señalando con el dedo la entrada de la tienda—. Y los incordios de tus hermanos pequeños. —Sacudió la cabeza y suspiró pesadamente—. No estoy listo para renunciar a todo, Shan.

—Puedes hacerlo —me obligué a pronunciar, cuando lo único que quería hacer era gritarle que no se fuera. Pero no sería egoísta con él. Johnny necesitaba hacer esto y yo, apoyarlo—. Y solo será en verano.

Se puso rígido un momento antes de asentir.

—Sí, lo sé.

—¿Quieres el resto de tu regalo? —lo distraje, desesperada por animarlo antes de que acabáramos los dos hundiéndonos—. ¿Hummm?

—¿Hay más?

Con una sonrisilla, lo empujé hasta tumbarlo y le quité la toalla.

—Si quieres más…

—Oh, mierda —gruñó, asintiendo con vehemencia, mientras llevaba las manos hacia mis caderas—. Ya lo creo que quiero más.

Más tarde esa noche, todos parecían haberse calmado y estar pasándoselo bien de verdad. Montamos las tiendas, nos comimos el pastel, dejamos las discusiones de lado, se disculparon unos a otros y las malas caras fueron reemplazadas por sonrisas flojas de borracho, cortesía de la media docena de vasos de cerveza y otras bebidas alcohólicas disponibles.

Sentada frente a una fogata a la orilla del río, con los brazos de Johnny a mi alrededor, escuché atentamente las bromas y chistes que hacían sin parar. Gibsie y Lizzie habían formado una especie de tregua silenciosa y estaban sentados uno a cada lado de Feely, como si nada hubiera pasado entre ellos antes. No estaba segura de qué pensar, la verdad, pero tenía que admitir que fingir llevarse bien era mucho mejor que una guerra abierta. Claire estaba sentada al otro lado de Gibsie, y Hughie y Katie acababan de volver, sonrojados y desastrados, tras haber pasado veinte minutos «en el baño» detrás de un árbol cercano.

Mirando fijamente las llamas ambarinas, sentí una repentina punzada de culpa por sentirme tan feliz. El rostro de mi madre apareció en mi mente, seguido de inmediato por la mirada de angustia en los ojos de Joey la última vez que lo vi. Las emociones que me invadieron fueron tan abrumadoras que me estremecí y se me cayó la botella de cerveza que había estado bebiendo.

—Ya tenemos la primera en caer —vitoreó Gibsie desde el otro lado de la fogata, otra vez tan bromista y despreocupado como siempre—. La pequeña Shannon. —Chasqueó la lengua varias veces y sonrió—. ¿Derramar la bebida en el quinto botellín? —Sacudió la cabeza, fingiendo decepción—. ¿Qué vamos a hacer contigo, eh?

Recuperándome antes de que el dolor me superara, parpadeé para contener el escozor de las lágrimas en los ojos y planté una sonrisa de oreja a oreja.

—Dame un respiro —bromeé, obligándome a sonar animada, mientras enderezaba mi botella en el suelo—. Es la primera vez que bebo.

Riéndose, Gibsie volvió su atención a Feely, que estaba tocando la guitarra y cantando a pleno pulmón un verso de «The Langer», de Tim O'Riordan. Todos nuestros amigos lo acompañaban, riéndose como locos mientras tanto, pero yo no podía concentrarme en la divertida letra ni en el sonido de la preciosa voz de Feely porque no dejaba de pensar en mi familia.

—¿Qué pasa? —me preguntó Johnny al oído y el olor a alcohol en su aliento me golpeó como una bola de demolición. Arrastraba un poco las palabras tras vaciar la caja de Heineken a su lado, y aunque era tan amable como siempre, no lograba alejar de mi mente la cara de mi padre.

«¿Qué te pasa, niña?».

«¿Qué cojones te pasa ahora?».

«Vete a dormir ya, Shannon. Tú cierra los ojos y todo se habrá arreglado por la mañana...».

—¿Shan? —me preguntó Johnny de nuevo, sacándome de mis deprimentes pensamientos.

—¿Hummm?

—¿Qué pasa, nena?

—¿Por qué lo preguntas?

—Te has puesto rara —dijo arrastrando las palabras, por suerte manteniendo la voz lo suficientemente baja para que solo yo pudiera escucharlo—. Te has puesto rígida y luego temblorosa, y luego te has reído, pero no era tu risa..., ha sido en plan «ja, ja, ja, me estoy riendo, pero en verdad no me hace gracia».

Guau...

—¿Estás bien? —insistió, acariciándome la mejilla con la nariz—. ¿Estás cansada? ¿Quieres ir a dormir o algo? ¿En mi paja de campaña?

—¿Tu qué?

—Mi tienda de campaña —farfulló.

—No, estoy bien.

—Oh, oh —murmuró—. Eso es malo... ¿Estoy en un lío?

—No, es solo el olor a alcohol —admití, volviendo la cara para mirarlo. Tenía los ojos vidriosos y las mejillas sonrojadas. Parecía contento. Parecía todo lo que mi padre no era, pero el olor seguía allí. En él—. Es tu aliento y me has...

—¿Recordado a él?

Dejé escapar un suspiro tembloroso y asentí con culpabilidad.

—Lo siento.

—No estoy borracho, Shan —farfulló Johnny, y luego arrugó la nariz—. Bueno, puede que un poco borracho —se corrigió, claramente muy borracho—. Pero es solo porque es mi cumpleaños.

—Lo sé —me apresuré a calmarlo, sintiéndome fatal—. Y quiero que te diviertas, Johnny…

—Sé que estoy hablando un poco raro; escucho mi propia voz y eso nunca es algo bueno… Un momento, ¿qué estaba diciendo? —Sacudió la cabeza y se centró en mi cara una vez más—. Ah, sí, eso no nos pasará a nosotros. —Levantó la mano y me tocó la mejilla—. Nunca te haré daño, nena —susurró, rozándome la nariz con la suya—. Nunca jamás, nunca, ni en tropocientos billones de años.

—Lo sé —jadeé, con el pulso acelerado.

—*You're my little darling* —cantó arrastrando las palabras—. Tienes todo mi corazón.

Y el mío me retumbaba contra el pecho.

—Johnny…

—Tú nunca serás como ella —continuó divagando—. Y yo nunca seré como él.

—¿Lo prometes?

Asintió.

—Te lo ultramegaprometo.

Temblando, me relajé lentamente contra él.

—Te quiero, Johnny Kavanagh.

—Y sabes que yo también te quiero, mi pequeño río azul —balbuceó—. Bueno, sé que estoy bastante pedo, pero podría estar un mil por ciento pedo y seguirías estando a salvo conmigo. —Sonriendo socarronamente, añadió—: Y seguirías siendo lo mejor que han visto estos ojos jamás. —Se señaló las cuencas oculares—. Sí, a estos les encaaanta mirarte. Joder, ahora se me ha puesto dura otra vez.

—¿No habías dicho que solo estabas un poco borracho? —pregunté, reprimiendo una risilla cuando me quedó claro que se le había puesto dura de nuevo. Podía sentirlo crecer debajo de mí.

—Chisss. —Me puso un dedo contra los labios—. Estás borracha.

—No —me reí, sintiendo que me relajaba con su alegría—. Tú estás borracho.

—Yo estoy cachondo —sentenció bruscamente—. Y eso no es bueno. —Sacudió la cabeza—. Qué va, no es un buen plan, Shan, porque soy un cumpleañero sin globitos.

—¡Johnny!

—Mmm. —Me cogió el labio inferior con la boca y lo chupó—. Lo siento —se disculpó, soltándome el labio con un sonoro sorbo—. Solo quería un mordisquito.

Ay, madre…

—Gente, gente, gente, ¿os queréis callar? ¡Tengo una canción para vosotros! —anunció Gibsie mientras se ponía de pie, solo para caer sobre el tronco en el que había estado sentado y aterrizar de espaldas hecho un gurruño—. Feely, dame el tono, ¿quieres? —gritó mientras yacía bocarriba con un cigarrillo entre los labios—. Eres un gran tío.

Todos se echaron a reír a carcajadas cuando Gibsie se aclaró la garganta y, borracho, comenzó a cantar su propia versión de «My Girlfriends Pussy Cat» de Richie Kavanagh a pleno pulmón. Sonriendo, fijó la mirada en Claire y en ese momento supe que le estaba dedicando cada palabra. Le estaba cantando esa letra con la intención de que ella supiera que quería decir todo lo contrario.

—Se me da genial navegar —sentenció Johnny, distrayéndome de los desternillantes maullidos de Gibsie—. ¿Lo sabías?

—No. —Sonriendo entre sus brazos, me giré completamente—. ¿Te gusta navegar?

—Me encantaría navegar —susurró con picardía, dándome un apretón en el culo—. Por tu río otra vez.

—Oh. —Me puse rojísima cuando lo entendí—. Bueno, en ese caso, eres un excelente marinero.

—¿A que sí? —dijo sonriendo con orgullo—. Años de práctica.

Arrugué la nariz.

—Ah, ya…

—Ups. —Se tapó la boca con una mano—. La he cagado.

—Sí —asentí—. Un poco.

—¿Debería sacar el rabo salvavidas? —preguntó, con los ojos como platos.

—No, Johnny —me reí, demasiado divertida para que me molestara aquel exceso de información—. Aquí no.

—Bueno, ahora solo navego un río —apuntó con el ceño fruncido—. El tuyo… —Hizo una pausa para señalarme—. Por si no te ha quedado claro.

—Vale —me reí entre dientes—. Lo pillo. Pero gracias.

—No, gracias a ti —ronroneó antes de soltar un fuerte suspiro—. Tengo que mear.

—Eh, ¿vale?

—No puedo —respondió, en tono melancólico.

—¿Por qué no?

—Porque la tengo dura.

—Ostras… —Me reí por lo bajo, le pasé los brazos alrededor del cuello y lo abracé—. Me haces tan feliz.

—Haré que te sientas orgullosa cuando me haya ido —sentenció, estrechándome y vaciándome sobre la sudadera la mitad de su botella de cerveza en el proceso—. Y voy a mantener el rabo en los pantalones.

—Eh, ¿gracias?

—Sí, sí —asintió, todavía arrastrando las palabras—. Mierda, nena, ¿te he mojado?

—Eh, solo un poco —respondí, haciendo una mueca cuando el líquido me bajó por la espalda. Me quité la sudadera, la hice una bola y la lancé en dirección a nuestra tienda—. No ha llegado tan lejos como esperaba —observé, mirando la prenda, que había caído a menos de metro y medio de donde estábamos sentados—. Tal vez deberías haberla tirado tú por mí.

—No te preocupes —respondió Johnny antes de beberse el culillo de cerveza y luego mirar por el borde de la botella con una cara triste de lo más mona cuando no salió nada más—. A mí me ha parecido un saque perfecto.

—Te lo habrá parecido a ti —me reí entre dientes, disfrutando muchísimo de esta versión de él.

—¿Por dónde iba? —preguntó, confundido.

—Estabas hablando de mantener el rabo en los pantalones cuando te vayas con el equipo.

—¡Ah, eso es! —Me guiñó un ojo y asintió con aprobación—. Y luego cumpliré todos los planazos que tengo contigo cuando vuelva a casa.

—Oh, ¿tienes grandes planes?

—Unos enormes —confirmó—. Me gustan los niños, y ¿a ti?

—Eh, sí, claro. —Parpadeé—. Me gustan los niños, Johnny.

—Entonces tendremos varios —anunció—. Yo me dedicaré al rugby y tú serás veterinaria, y luego sentaremos cabeza y haremos algunos bebés. —Sonrió—. Buen discurso.

—¿Crees que voy a ser veterinaria? —pregunté, pasando completamente por alto la locura de los bebés—. ¿Yo? ¿Veterinaria?

—Por supuesto —balbuceó—. Eres tan inteligente, nena, con tu ciencia y cómo tratas a todos los animales. Mi perra te adora. Brian te adora. Mi polla te adora. Joder, serás la veterinaria más sexy que he visto en mi vida.

—Pero eso solo te lo mencioné una vez —susurré, recordando una de las conversaciones que surgió una noche que Johnny se coló en mi habitación—. No puedo creer que te acuerdes de eso, y más en tu estado actual.

—Tú solo tienes que decirme una cosa, una vez, y se me queda. —Se golpeó la sien—. Llevo un registro de todas tus palabras aquí mismo.

—Eres un listillo —bromeé—. ¿Lo sabes?

—Lo soy —coincidió—. Mi cabeza está siempre en plan ¡buahhh!

—Eso es porque eres muy inteligente —le aseguré—. Pensando sin parar.

—Hummm.

—¿A qué viene ese hummm?

—No soy inteligente contigo —balbuceó—. Se me va cuando estoy contigo.

—¿Eso es malo?

—Es la hostia —gimió—. Es solo que…, joder, tengo que dejar de hablar.

—No, sigue hablando —lo engatusé, llena de curiosidad—. Dime qué está pasando por esa cabeza tuya.

—¿Ahora mismo?

Asentí.

—Sí, ahora mismo.

—Tus tetas, tu culo, tus piernas y tu coño perfecto —soltó de golpe—. Solo quiero follarte, comerte, lamerte, tocarte y… Joder, ni siquiera sé qué más puedo hacerte, pero sé que también quiero hacértelo.

—Johnny —jadeé, temblando.

—Tal vez deberías emborracharte —sugirió entonces—. Tal vez así no me meta en demasiados problemas.

—Sí. —Hecha un manojo de nervios, cogí mi botella—. Tal vez debería.

La palabra «resaca» se quedaba corta a la hora de describir los martillazos que sentía en la cabeza cuando volví en mí a la mañana siguiente, destruida en el suelo de nuestra tienda. Mi estómago estaba librando una guerra contra mis ganas de vomitar y no me atrevía a mover un músculo, aterrorizada solo de pensar en quién ganaría. Completamente inmóvil, abrí los ojos para gemir cuando la luz del sol atacó mi pobre vista.

—Me estoy muriendo —gimoteé, rezando por alguna salvación, o al menos una pequeña intervención divina—. Señor, sálvame.

Un gemido de dolor vino de algún lugar cercano y, con gran esfuerzo, me las arreglé para girar la cabeza hacia un lado, donde encontré a Johnny. Tenía tan mal aspecto como yo me sentía y se retorcía en lo que parecía dolor físico.

—Haz que pare —rogó con voz grave. Se tumbó bocabajo, plantó la cara en el suelo y luego gimió con fuerza—. Cierra las cortinas o algo, Shan, lo que sea, joder… —Enterró la cara en la almohada y suplicó—: Haz que el sol deje de brillar.

—No puedo —lloriqueé, compadeciéndome de mí misma—. Me estoy muriendo, Johnny.

Debió de costarle un gran esfuerzo, pero sentí un brazo caerme pesadamente sobre el estómago y luego que me trazaba pequeños círculos en la piel con los dedos.

—Al menos nos iremos juntos —me tranquilizó, con la cara aún plantada en la almohada—. Hemos podido disfrutar.

—Pero estoy desnuda —grazné—. No quiero morir desnuda.

—No importará cuando estemos muertos —sentenció, igualmente desnudo a mi lado.

Ni con aquella resaca pude resistir el impulso de recorrer con la mirada su figura, recreándome en el culo.

—¿Anoche, eh… —temblando, me cubrí los pechos con los brazos—, lo hicimos?

—¿Hacer qué?

—¿Tener sexo?

—Nada de penetración. —Dándome un pequeño apretón en la cadera, volvió a enterrar la cara en la almohada y se quedó despatarrado en el suelo—. Duérmete.

Poco convencida, miré a mi alrededor en busca de la evidencia de un envoltorio de aluminio, solo para entrar en pánico cuando no encontré ninguno.

—Pero estamos desnudos —balbuceé. Moví tentativamente las caderas y sentí la familiar molestia.

—Lo sé —murmuró—. Duérmete, Shan. Por favor. Tengo que conducir de vuelta a casa en unas pocas horas y estoy intentando deshacerme del Jameson, nena.

—Ah, vale. —Retorciéndome por la molestia en mi entrepierna, copié sus acciones rodando con cuidado hasta quedar bocabajo y lo observé dormir.

Estuve en silencio unos siete minutos antes de alargar una mano y tocarle el bíceps, ridículamente grande, del brazo que tenía alrededor de la almohada.

—Oye, ¿estás seguro de que no nos acostamos?

Gimiendo por lo bajo, Johnny intentó asentir, somnoliento.

—Cien por cien.

—Siento como si hubiera tenido algo dentro, Johnny —alcancé a decir, temblando al notar el cuerpo completamente saciado—. Tal vez no penetración en sí —apunté, y me atravesaron unas hormigueantes oleadas de placer y excitación ante la idea—. Pero definitivamente he tenido algo dentro.

—Sí —respondió Johnny, mirándome a través de un ojo entrecerrado. Levantó la mano y meneó los dedos—. Estos.

—Oh. —Sentí que me acaloraba—. Vale.

—Buenas noches, te quiero —murmuró, cerrando los ojos una vez más.

—Pero es de día.

—Chisss…, duerme.

Desvalida, me abracé y me contoneé lentamente para acercarme a su cuerpo. Estaba ardiendo y su piel desprendía un calor acogedor. Acurrucándome a su lado, le acaricié el hombro con la mejilla.

—Estoy intentando morir en paz, Shannon —gimió—. Y tú le estás dando ideas a mi rabo.

—Tengo frío. —Temblando, me acurruqué más junto a su enorme figura, que parecía un horno siempre.

—Hace como treinta grados fuera —apuntó, levantándose sobre los codos para mirarme—. No puedes tener frío.

—Pues lo tengo —argumenté, temblando—. Estoy muerta.

Johnny rodó hasta quedar de costado y me dio un repaso lento de la cabeza a los pies.

—Ah, mierda —se quejó, pasándome un muslo por encima y dejando caer la cabeza sobre mi pecho—. Mi plan para hoy acaba de salir por la ventana.

—¿Qué? —susurré, recibiendo con avidez su calor mientras lo estrechaba entre mis brazos para mantenerlo cerca—. ¿Qué pasa?

Me cogió de la cadera y soltó un suspiro de satisfacción.

—No puedo pensar en morir cuando te veo así.

78

VOLVERÉ

Johnny

—Te llamaré todos los días —le prometí, de pie en medio del aeropuerto de Dublín mientras anunciaban por megafonía mi vuelo—. Y te enviaré un millón de mensajes.

—Pero no será lo mismo.

—Lo sé, pero haremos que funcione —le aseguré.

—¿Cómo?

—Ya veremos, ¿vale? Pero necesito que dejes de llorar —le supliqué—. Por favor.

—No puedo evitarlo. Se me rompe el corazón.

—Volveré a casa pronto —lo tranquilicé—. Esto no es para siempre.

—¡N-no! No y no. ¡No puedes dejarme, Johnny!

—Me tengo que ir —gemí—. Vamos, no hagas esto más difícil de lo necesario.

—¿Me prometes que no es un adiós para siempre?

—Te lo prometo —le aseguré, dándole unas palmaditas en la espalda—. Venga, Gibs. Me estás cortando la respiración.

—Bueno. —Sollozando, me liberó el cuello de su agarre mortal y dio un paso atrás, con lágrimas en las mejillas.

—No puedo creer que estés llorando —me reí, y luego me puse serio rápidamente cuando aquello solo hizo que llorara con más fuerza—. Son seis semanas, tío.

—Se te van a rifar —sollozó, enjugándose los ojos—. Y perderé a mi mejor amigo.

—No podrías perderme aunque quisieras, pedazo de imbécil —refunfuñé, tirando de él para darle un abrazo—. Venga, cálmate —le pedí, dándole unas palmaditas en la espalda—. Sean te está mirando.

—Ah, sí. —Aclarándose la garganta, dio un paso atrás y sacó pecho—. Todo bien —dijo ahogadamente, obligándose a sonreír, aunque pareció que le doliese algo—. Estaré bien —añadió, y se le rompió la voz en la última sílaba—. Hala, a la mierda, esto es demasiado duro. Me voy al coche. —Sollozando, me chocó los cinco y, antes de alejarse por el aeropuerto gimiendo como un alma en pena, musitó—: Muchísima suerte, colega.

—Qué barbaridad —murmuré, frotándome la mandíbula mientras observaba a mi mejor amigo—. Más os vale no liármela así al resto de vosotros. —Me giré hacia mi familia y miré de reojo a mi madre, que lloraba—. Volveré antes de que termine el verano.

—Nos vemos en la tele —dijo Tadhg, chocándome el puño—. No me gusta el rugby, pero supongo que veré tus partidos porque sales tú.

—Guau. —Sonreí—. Qué generoso de tu parte.

Se encogió de hombros.

—Bueno, veremos cómo va. Puede que los quite si me aburro.

—Adiós, Johnny —dijo Ollie entonces, empujando a Tadhg a un lado para abrazarme las piernas—. No dejes que el avión se estrelle y explote contigo dentro, ¿vale?

Joder…

—Sí, vale. —Le di unas palmaditas en la espalda—. Me aseguraré de decirle al piloto que no me mate.

—Gracias —respondió Ollie, apaciguado, mientras se apartaba—. Porque te voy a echar de menos.

—Yo también te voy a echar de menos, colega.

—Estoy orgulloso de ti, hijo —dijo mi padre mientras daba un paso adelante y me abrazaba—. Más de lo que puedo expresar.

—Gracias, papá.

—Te quiero, Johnathon… —Se le rompió la voz y se aclaró la garganta antes de añadir—: Mucho.

—Yo también te quiero, papá.

Le di una palmada en la espalda, di un paso atrás y esperé a mi próximo doliente.

—Mi bebé —sollozó mi madre, echándome los brazos al cuello—. Mi pequeño.

—Mido uno noventa, mamá —dije, apretándola con fuerza—. Y tengo dieciocho años. Soy un hombre adulto.

—No me importa. Siempre serás mi bebé —lloró, arrastrándome la cara hacia abajo para dejarme media docena de besos con pintalabios en las mejillas—. Cuídate allí, ¿me oyes? No te subas al coche de ningún extraño. Y bebe solo de botellas, no vasos, cuando salgas. Y no dejes que ninguno de los chicos mayores del equipo te lleve por el mal camino…

—Vale, mamá —la tranquilicé, resistiendo el impulso de poner los ojos en blanco—. Estaré en el campamento la mayor parte del tiempo, así que no tienes de qué preocuparte.

—Tampoco hables con desconocidos —añadió—. Y si parecen unos prenda y te ofrecen cualquier cosa, les dices que no. ¿Me oyes, Johnathon?

—Vamos, Edel —se rio mi padre, quitándome los brazos de mi madre del cuello—. Estará bien. Lo criaste bien.

—Te veré muy pronto, ¿vale? —le dije a Sean, que me estaba tirando de la pernera del chándal, agachándome junto a él—. Te traeré un gran regalo.

—Onny —sollozó, con los labios temblando—. Onny con Sean.

—Volveré —lo tranquilicé, sintiendo que se me rompía el corazón—. Te lo prometo. —Le levanté la barbilla para enjugarle una lágrima en la mejilla y sonreí—. ¿Cuidarás de Sookie por mí?

Sollozando, asintió.

—Buen chico —le dije, alborotándole el pelo—. Ahora no llores más, porque te llamaré, ¿vale? Llamaré a casa y diré: Dellie, ¿está mi Seany ahí?

Él sonrió.

—Y yo digo: ¿mi Onny ahí?

—Así es. —Riendo, lo abracé y me levanté mientras aún podía para echarme la bolsa de mano al hombro—. Te veré muy pronto.

—Vamos, chicos —sollozó mi madre, pastoreando a los Lynch como si fueran su propio rebaño de corderitos—. John nos comprará algo en la tienda de juguetes.

—Toma —vitorearon Ollie y Tadhg mientras salían corriendo detrás de mi madre, con Sean y mi padre a la zaga.

—En serio, tú no puedes hacerme eso —dije con voz ahogada, sintiendo que me rompía por dentro al ver esos ojos azul noche cubrirse de lágrimas—. De lo contrario, me vuelvo a casa contigo.

—Lo s-siento. —Con lágrimas en las mejillas, Shannon soltó un pequeño sollozo y caminó directamente a mis brazos—. Es s-solo…

—Lo sé —alcancé a decir, dejando caer mi bolsa del hombro para estrecharla entre mis brazos. Hundí la cara en su cuello e inhalé su olor, tratando desesperadamente de no perder la cabeza—. Yo también.

—Te quiero —susurró, clavándome los dedos en el cuello mientras acercaba mi cara a la suya y me besaba—. En plan una puta locura.

—Yo también te quiero… —Se me rompió la voz y solté un suspiro ahogado antes de añadir—: Más que nada en el mundo. —Le cogí la cara entre mis manos y la miré fijamente, registrando la imagen de su rostro en mi mente, y luego estuve a punto de perder la cabeza cuando pensé en cuánto tiempo pasaría hasta que la viera otra vez—. Volveré a casa —le dije—. Pase lo que pase. —Le enjugué una lágrima de la cara y le di un beso en la mejilla húmeda—. Voy a volver contigo, Shannon como el río. —Con otro suspiro entrecortado, le acaricié la nariz con la mía—. Te lo prometo.

—T-tómate tu tiempo —sollozó ella—. V-ve y brilla, ¿v-vale?

Asentí con tristeza.

—Vale.

—Quiero que tengas e-éxito —continuó diciendo, destrozándome con sus lágrimas y recomponiéndome con sus palabras—. Quiero que s-seas la hostia, el p-puto mejor segundo centro que haya visto este país jamás… —Se detuvo para besarme—. Pero no olvides que siempre serás mi número trece. —Sollozó y me enjugó la mejilla con los dedos—. Yo gané la operación Placaje al centro.

Ahogué una risa de dolor, pensando en aquella estúpida apuesta.

—¿Lo sabías?

—Sí. —Shannon sonrió y asintió—. La gané yo.

—Sin lugar a dudas. —Besé aquellos carnosos labios—. Nunca tuviste rival.

—Ahora me quedaré con el centro para siempre —me dijo—. Así que vuelve a casa conmigo cuando hayas terminado, ¿vale?

—Lo haré.

79

AMOR DE VERANO

Shannon

Querida Shannon:

Soy yo, Johnny. Te escribo esta carta para sorprenderte e impresionarte una vez más con mis alucinantes habilidades de redacción. ¡Tachán! ¿Ves?, te dije que no te preocuparas por el golpe que me dieron en la cancha el fin de semana pasado. En la tele tenía peor pinta, y todavía recuerdo cómo escribir, comprar un sello y enviar una carta, así que mi cerebro sigue funcionando. Espero que estés bien. Rezo para que me eches tanto de menos como yo a ti porque, si no, no sería justo.

Estoy en el campo de entrenamiento en Sudáfrica con el equipo sénior. Comparto habitación con el puto Mick Flanagan, nena, nuestro capitán... Y ahora me siento estúpido por contártelo en una carta, porque hemos hablado de esto por teléfono hace una hora.

Te echo de menos.

Cada parte de mí echa de menos cada parte de ti. Echo de menos sentirte. Dormir junto a ti. Hablar contigo. Conducir por Ballylaggin contigo en el asiento del copiloto. Mierda, hasta creo que estoy empezando a echar de menos a tus hermanos también. Así de mal estoy llevando este tiempo separados. Y no solo echo de menos el sexo, Shan, aunque mi rabo te echa tantísimo en falta que me duele.

¿Estás bien? Por teléfono siempre me dices que sí, pero te noto la voz triste. Yo no lo cuento porque me pasa lo mismo. He descubierto que no llevo bien no tenerte cerca, Shan. Me paso las noches visitando como un acosador la dichosa cuenta que Claire te abrió en Bebo, y te lo digo sin la más mínima vergüenza. (Por cierto, yo también me he hecho una, así que acéptame como pareja, por favor...) Ah, y no te cortes en enviarme algunas fotos desnuda por privado. No me vendría mal material nuevo. Mis recuerdos nunca parecen hacerte justicia.

Aquí hay playa, a unos seis kilómetros y medio del hotel donde nos alojamos, y cada vez que paseo por la arena me acuerdo de ti. De aquel día que pasamos en la playa de Cork.

Pienso en ti a todas horas, Shannon. Y siempre te tengo en mi corazón. Me hiciste algo todos esos meses juntos. Creo que me rompiste, porque no estoy bien desde entonces. Cuando estamos lejos como ahora, me siento inseguro, como si cargara con un peso sobre los hombros que me hace tambalearme y mi recompensa por no dejarlo caer es volver a verte.

Así que, bueno...

Voy a decirte algo en esta carta, algo que no puedo decir por teléfono ni por mensaje porque no creo que sea capaz de soportar tu respuesta inmediata...

Tengo miedo, Shannon. Me siento como un pez fuera del agua en esta gira. Los chicos del equipo son todos mucho mayores que yo y tienen más años de experiencia. Son jugadores de verdad, hombres adultos, nena, y me siento como un intruso, un jodido pipiolo con suerte al que le quedan dos días.

Nunca me había sentido así. No sé qué narices estoy haciendo, para ser sincero. Me paso la mayor parte del tiempo queriendo tirar la toalla y coger el próximo vuelo a casa, a tu lado. Pero sigo aquí porque te hice la promesa de que brillaría... o resplandecería, o lo que sea que me pediste que hiciera. Se comenta que igual este sábado dejo de ser suplente para ser titular, así que tal vez entonces pueda hacer mi trabajo.

Las cosas son intensas aquí, Shannon. Esto no se parece a nada que haya vivido jamás. La gira con la sub-20 fue un paseo por el parque en comparación con el nivel de la sénior. Allí fui titular en todos los partidos; sin presión. Pero ¿esto? Joder, lo doy todo y soy apenas mediocre en este equipo, y eso me basta para que quiera dejarlo. Nunca había querido dejarlo, nunca se me había pasado por la cabeza. Me estoy esforzando por adaptarme. Se me hace raro luchar por una camiseta que siempre ha sido mía. Me está costando soportar la presión de saber que hay media docena de jugadores de primera clase listos para arrebatármela. Estoy de los nervios todo el tiempo, Shannon... Tal vez solo tenga morriña, o puede que le esté dando demasiadas vueltas a las cosas, o tal vez sea que tengo la cabeza en Cork contigo.

Lo bueno es que he ganado un *stone* en músculo. Y ya mido más de uno noventa y cinco. Pero basta de mis tonterías; ¿cómo va el verano? ¿Gibsie está bien? ¿Has sabido algo de Joey ya? ¿Sean ha aprendido alguna palabra nueva? Y ¿qué hay de Aoife? ¿Hay señales de ella? ¿Cómo está mi Sook? Más les vale a esos críos no estar pintarrajeándola. ¿Te has puesto morena? ¿Estás sonriendo? Joder, te echo de menos...

Sé que dices que todo va bien cuando nos llamamos, pero si, como a mí, te cuesta mucho hablar por teléfono, entonces quizá puedas escribirme una carta tú también.

¿Sabes qué? No creo que mi redacción de Inglés para los exámenes finales fuera tan larga como esta carta. ¿Qué dice eso sobre mí? Ah, espero que no te estés agobiando por las notas de los dichosos finales. Sé que lo petaste. Joder, te quiero. ¿Te lo había dicho ya? A la mierda, si no lo he hecho, aquí va de nuevo. Te quiero, Shannon Lynch. Todas y cada una de tus partes.

Bueno, me estoy quedando sin espacio para escribir en el papel, así que me lo tomaré como una señal para ir terminando. Oh, y ¿puedes pedirle a mi madre que deje de llamarme tanto? Sé que me echa de menos, pero se le está yendo de las manos.

Siempre tuyo,

Johnny.

Besos

(P. D.: Mi rabo sigue en mis pantalones y yo sigo queriéndote en plan una puta locura).

Guardé cuidadosamente la carta de Johnny en su sobre y la metí debajo de mi almohada junto a las demás antes de coger la caja que había sobre mi cama con mi nombre escrito.

Con ella en las manos, miré la pulcra letra de Johnny y suspiré con nostalgia. Nuestra comunicación durante las últimas seis semanas había consistido en un flujo constante de mensajes y llamadas nocturnas, cartas y paquetes, pero no era suficiente. Ni de lejos. Su carta rezumaba ansiedad y me dolía en el alma. Lo único que quería hacer era coger un avión e ir con él, pero pronto estaría en casa. Unos días más tarde de lo que había previsto en un primer momento, pero vislumbraba su regreso.

—¿Qué es esta vez? —preguntó Ollie, zambulléndose en mi cama, con lo que casi me provoca un ataque al corazón—. Jo, tío, te envía regalos todos los días.

—No todos los días, Ollie —murmuré, sonrojándome.

—Has recibido dos paquetes cada semana desde que se fue —gruñó—. Han pasado seis semanas. Eso son doce paquetes. Yo he recibido uno.

—Porque es mi novio —apunté a la defensiva, aunque estaba sonriendo encantada—. Ahora apártate para que pueda abrirlo.

—Es porque le deja que le toque las tetas —dijo Tadhg con una risilla desde la puerta, donde Bonnie, Sookie y Cupcake se rozaban contra sus piernas—. Por eso le manda todos esos regalos, Ol.

—¡Tadhg! —grazné—. No digas eso.

—Es verdad —se rio este, rascándole la oreja a Cupcake—. Niégalo.

—Primero, dejaste que te diera besos con lengua y ¿ahora le enseñas las tetas? —gimió Ollie, con una mano en la barriga—. Se me ha revuelto un poco el estómago.

—Nosotros no hacemos nada de eso —mentí entre dientes—. Solo nos cogemos de la mano.

—Ajá —se burló Tadhg—. Sigue diciéndote eso, Shan.

—¿Por eso envió aquellas entradas para el festival de música al que la llevará cuando vuelva a casa? —quiso saber Ollie—. ¿Para poder verle las tetas?

—Probablemente —se rio Tadhg.

Ignorando a mis hermanos, abrí la caja y sonreí cuando vi la camiseta verde con el número trece grabado en la espalda. La saqué y la sostuve contra mi pecho, respirando su olor. Temblando, recordé la conversación que tuvimos por teléfono la semana anterior…

—¡No te creo!

—Pues créeme, Shan.

—Mientes.

—A veces, pero a ti nunca.

—Imposible. —Negué con la cabeza, incapaz de creerme aquella locura—. Las entradas para esos conciertos se agotaron hace meses.

—Subestimas mis dotes de persuasión, nena —dijo seductoramente al otro lado de la línea—. He pensado que podríamos compartir tienda de nuevo.

—Ay, madre, hablas en serio, ¿no? —Abrí los ojos de par en par por la emoción—. No puedo creérmelo —prácticamente grité mientras hacía un bailecito de felicidad—. ¡Nos has conseguido entradas para Oxegen!

—Cien por cien, Shan —respondió—. No puedo pensar en otra cosa. Sin padres. Sin hermanos tocacojones. Sin entrenamiento. Sin drama. Solo tú y yo, una tienda de campaña y música decente durante todo un fin de semana.

—¿Quién es el cabeza de cartel este año?

—Green Day y The Foo Fighters —respondió.

—¡Ahhh!

—Lo sé.

—¿De verdad vamos a ir?

—De verdad de la buena.

—¿Solo nosotros?

—Solo nosotros —confirmó, antes de retractarse rápidamente—: Bueno, no, no solo nosotros. Gibs se ha encalomado, y probablemente traiga a Claire.

Sonreí.

—Eso puedes darlo por hecho.

—Adivina quién más tocará —dijo entonces.

—¿Quién?

—Jimmy Eat World.

Me quedé boquiabierta.

—No. —Mi canción. El himno de mi vida. ¿Tenía la oportunidad de escucharlo en directo?—. Ay, madre mía…

—Esa camiseta es cara —señaló Ollie, sacándome de mis pensamientos—. Un montón.

—Ni se te ocurra —le advertí, apresurándome a ponérmela antes de que el trapis de mi hermano decidiera intentar quitarme la camiseta de la suerte de mi novio.

Tras una inspección más detallada de la prenda, que me sobraba por todos lados, Ollie hizo una mueca.

—No, es solo la de la sub-20 —me dijo, un poco decepcionado—. Quédate con esta, Shan. La camiseta del equipo sénior, esa es la que vale dinero.

—Estás obsesionado con el dinero —le regañé—. Se te está yendo de las manos.

—Qué va —respondió él—. John dice que soy un tiburón.

—Y ¿qué tiene eso de bueno?

—Dice que será algo bueno cuando esté en los tribunales. —Radiante, añadió—: Voy a ser apocado como él.

—Se dice abogado.

—Pues yo voy a ser mecánico —replicó Tadhg—. Como Joey.

—Pero Joey no es mecánico —respondió Ollie, frunciendo el ceño—. Joey está enfermo.

—Ya —resopló Tadhg—. Pero cuando se recupere y esté en casa otra vez, volverá a ser mecánico.

—¿Va a volver pronto? —preguntó Ollie.

—No —gruñó Tadhg—. Porque aún no está bien.

—Oh. —Ollie frunció el ceño—. ¿Qué era lo que le pasaba?

Se me encogió el corazón. No había visto a Joey ni hablado con él desde el funeral, en mayo. Llevaba casi dos meses en rehabilitación y todavía se negaba a dejarme visitarlo.

—Solo está descansando —me obligué a decir—. Está muy cansado.

—¿En serio? —Ollie arrugó la nariz—. Pensaba que era porque estaba jugando con harina.

—¿Harina?

—Sí —asintió Ollie inocentemente—. Freddie, de mi equipo de fútbol, dijo que su mamá le dijo a la mamá de Donal que Joey está en el hospital porque estaba jugando con harina y agujas. —Arrugó la nariz—. ¿Por qué iba a jugar Joey con agujas en la cocina? ¿No se pincha?

Tadhg lo fulminó con la mirada.

—No es harina, tontaco, es heroí…

—No, no, es harina —me apresuré a interrumpir a Tadhg con una mirada suplicante—. ¿Recuerdas?

—Oh, sí —asintió él, encogiéndose—. Es verdad.

—Y está muy cansado —añadí, hundiéndome de alivio—. Por eso está descansando tanto.

—Sí. —Tadhg forzó una sonrisa—. De cuidarnos.

—Sí, pero ya no tiene que hacer eso —respondió Ollie inocentemente—. Dellie lo hace ahora. Sonrió de oreja a oreja—. Y John.

—¿Sabes lo que echo de menos? —dijo Tadhg, por suerte cambiando de tema—. Las muestras que nos traía Aoife del trabajo.

—Ah, sí —coincidió Ollie—. Nos traía cosas superchulas. —Rascándose la nuca, miró a su alrededor y preguntó—: ¿Adónde ha ido?

—Pues está con Joey —explicó Tadhg bruscamente—. Así que cuando él no esté por aquí, ella tampoco lo estará.

—Ah, vale —respondió Ollie, encantado con la explicación—. Debería quedarse con ella. Es tan guapa.

—Sí. —Tadhg asintió con la cabeza—. Tiene algo especial.

—Tadhg Lynch —bromeé—. ¿Te gusta Aoife?

Se le pusieron las mejillas de un rosa intenso.

—No.

—Ohhh —exclamé—. Eres tan mono.

—Ay, vete a la mierda —replicó enfadado.

—Y eres aún más mono ahora que te está cambiando la voz —me reí por lo bajo—. Mi pequeño Tadhg se está haciendo mayor. —Meneando las cejas, pregunté—: ¿Deberíamos tener esa conversación?

—¿Acerca de que Johnny se colaba en tu habitación todas las noches de la semana cuando estaba aquí? Desnudo —replicó, sin vacilar—. ¿Esa conversación? Claro. ¿Quieres tenerla aquí, o abajo en la cocina con su madre?

Rápidamente cerré la boca.

—Ya, me lo suponía —se respondió a sí mismo, sonriéndome con complicidad.

—John va al partido, así que Darren bajará el fin de semana para ayudar a Dellie —dijo Ollie entonces—. Espero que traiga a Alex.

—Espero que Alex no traiga a Darren —respondió Tadhg con una sonrisa diabólica.

—Sé amable —me reí entre dientes—. Probablemente traerá el coche lleno de regalos para vosotros.

—Como tiene que ser —observó Tadhg—. Nos debe cinco años de regalos.

—Cierto —asintió Ollie solemnemente.

—Sois terribles —me reí.

—¿Crees que estará nervioso por hoy? —preguntó Tadhg entonces—. Johnny.

—No —respondió Ollie por mí—. Es Johnny. No le tiene miedo a nada, y su padre estará con él. —Sonrió—. John.

—Uf, ¿quieres dejar ya esa obsesión con John? —murmuró Tadhg—. Pareces un acosador.

—¿Como tú con Dellie? —replicó Ollie—. La quieres.

—Pues sí —respondió Tadhg, sin parpadear—. Mucho.

—Ya, yo también —suspiró Ollie felizmente—. Es la mejor.

—Cómo cocina —añadió Tadhg con nostalgia—. Y cuánta comida.

—Shannon se está poniendo gorda —soltó Ollie—. También le encanta la comida de Dellie.

—Tengo una talla 36, bruto —dije ahogadamente, ofendida—. Peso siete *stones* y medio. No estoy gorda.

—No llames gordas a las chicas, Ol —gruñó Tadhg—. ¿Recuerdas lo que nos dijo Joey? Siempre están flacas, aunque estén como focas.

—Todos nos estamos engordando —apuntó Ollie con una sonrisa—. Tú no eres la única, Shan. —Se dio una palmadas en la barriga, que se le estaba redondeando lentamente—. ¿Ves?

—Habla por ti —respondió Tadhg, que solía estar seco como un palo pero ahora se le veía un poco más fornido—. Yo estoy ganando músculo.

Entonces se oyó el claxon de un coche sonar tres veces, mi señal de que habían venido a recogerme para ir a Biddies, y salté de la cama.

—Oh, chicos, lo siento, pero tengo que irme —les dije a mis hermanos mientras salía corriendo de la habitación hacia las escaleras, con una sonrisa cada vez más amplia con cada paso que daba.

—Pásalo bien, Shannon, mi amor —se rio la señora Kavanagh cuando atravesé la cocina como alma que lleva el diablo, evitando por poco a Sean, que iba vestido como un chef y jugaba con su cocina de juguete.

—Gracias, Edel. Adiós, Sean —grité antes de salir corriendo y abrir la puerta trasera del Ford Focus plateado de Gibsie.

—¿Dónde está el fuego? —se rio Gibsie y luego gruñó en voz alta cuando Claire, en el asiento del copiloto, le dio una palmada en el estómago.

—Filtro, Gerard —siseó—. ¡Vamos!

—Oh, mierda —murmuró—. Lo he dicho sin pensar…

—No pasa nada, no pasa nada —respondí, apresurándome a cerrar la puerta y abrocharme el cinturón de seguridad—. ¿Podemos irnos ya? Es su primer partido internacional con la selección absoluta y no me lo quiero perder.

Cuando entré en Biddies, me saludó un mar de rostros familiares y camisetas irlandesas. La enorme televisión montada en la pared ya tenía el partido sintonizado. Las camisetas verde y blancas llenaban la pantalla. Era lo único que alcanzaba a ver. Fiyi contra Irlanda. Uf, esto era serio. Y grande. Sabía que el señor Kavanagh estaba entre la multitud, en algún lugar de ese estadio al otro lado del mundo, animando a su hijo, esperando para traerlo a casa con nosotros, y la idea me hizo sonreír.

Mientras miraba a la gente en el local, una extensión de la familia de Johnny, pude ver cuánto lo querían. Lo estaban animando. Seguí a Gibsie y Claire hasta su mesa habitual, donde me saludaron Feely, Hughie, Katie, Lizzie y el resto de sus compañeros de equipo de Tommen, menos Cormac y Ronan.

La ansiedad me carcomía por dentro cuando saludé tímidamente con la mano a sus amigos y me senté en una silla junto a la mesa, rebotando las rodillas por los nervios. Rebusqué en el bolsillo de los tejanos cortos que llevaba, saqué el billete de cincuenta euros que la señora Kavanagh me había dado y le pedí una botella de Coca-Cola a Gibsie, que se dirigía a la barra.

Con la enorme camiseta de Johnny, que estaba sin lavar, ignoré obedientemente las miradas y los susurros que me dirigían, en parte porque era «la hija de ese hombre que se suicidó y mató a su esposa», pero sobre todo porque era «la muñeca del joven Kavanagh», y me concentré en la pantalla de televisión.

Cuando los dos equipos salieron corriendo del túnel y entraron en el campo, la multitud en el bar enloqueció.

Fue surrealista.

Johnny estaba ahí.

En la pantalla de televisión.

Con el número trece.

El corazón me latía tan fuerte que tuve que llevarme una mano al pecho para calmarme. Claire se acercó y me la apretó para darme apoyo.

—Respira —me animó, sonriéndome con complicidad, y agradecí el contacto físico. Necesitaba algo a lo que aferrarme en ese momento.

—¡Entra ahí, capi, maldita leyenda! —vitoreó Gibsie mientras dejaba tres botellas de Coca-Cola sobre la mesa para Lizzie, Claire y para mí, antes de beberse la mitad de su pinta con la mirada clavada en la televisión. Claramente rebosante de orgullo, sacudió la cabeza, sonriendo para sí mismo.

Y luego comenzó a sonar «Ireland's Call» a todo volumen por los altavoces y un escalofrío me recorrió la espalda.

Ay, madre…

Había llegado el momento.

¡Había llegado!

La cámara enfocó a los jugadores, uno por uno, y cuando aterrizó en Johnny, el ruido en el bar pasó de ensordecedor a salirse de la escala de Richter. Los hombres mayores golpeaban la barra con los puños en señal de triunfo, animando al héroe de su ciudad natal. Feely se había llevado las manos a la cabeza y miraba la pantalla con puro asombro. Hughie lloraba a mares mientras aplaudía a su amigo. El resto de sus compañeros de equipo estaban fuera de sí. Era una locura…

—Algún día estaré ahí —me aseguró Johnny, inclinando la cabeza en dirección a la televisión—. Cualquier día seré uno de ellos, Shannon.

—Lo sé —respondí, porque creía cada palabra. Mordiéndome el labio, me volví hacia él y le dije—: No te olvides de mí cuando seas un jugador de rugby rico y famoso.

Sacudiendo la cabeza para despejar mis recuerdos, me concentré en la pantalla del televisor, donde se desarrollaba el partido, sin apartar la mirada del número trece de los verdes ni una sola vez durante el primer y el segundo tiempo.

Tres minutos antes del pitido final, Irlanda perdía por tres puntos. Sentada en el borde de la silla, me mordía las uñas, sacudiéndome y estremeciéndome cada vez que hacían un placaje. Le dieron a Irlanda el balón cuando Fiyi lo perdió por la línea de cinco metros y la multitud en las gradas enloqueció, cantando a pleno pulmón el estribillo de «The Fields of Athenry».

El corazón me estalló en el pecho y la adrenalina empezó a correrme por las venas cuando vi a Johnny acechando junto a la melé.

Rompiendo la defensa de Fiyi en su línea de cinco metros, Johnny esquivó a su número ocho y luego se lanzó hacia delante para interceptar un lanzamiento del centro rival solo un segundo después. Se desplomó sobre la línea con el brazo completamente extendido, pelota en mano, y consiguió tocar la línea de ensayo. Era el último partido de la gira y habíamos ganado. Habíamos ganado y Johnny volvía a casa…

De repente, el bar entró en un estado de máxima locura.

Gibsie se abalanzó sobre la mesa, tirando vasos por todas partes, para abrazar a los muchachos.

Mientras tanto, salté de mi asiento, aplaudiendo tan fuerte que pensé que se me iban a romper las manos. Sin dejar de mirar la pantalla, vi cómo las cámaras se acercaban al rostro sonriente de Johnny, mientras los hombres que sabía que él idolatraba lo rodeaban para celebrarlo.

Una única lágrima me resbaló por la mejilla cuando vi al chico que me había salvado la vida en innumerables ocasiones recibir por fin las recompensas que tan justamente merecía.

El chico lo había hecho bien…

—Tengo que hacer pis —anunció Claire, poniéndose de pie de un salto—. Shan, ¿me acompañas?

En realidad no necesitaba ir al baño y quería quedarme exactamente donde estaba, viendo a Johnny sonreír pletórico, pero obedecí de mala gana y dejé que mi mejor amiga me arrastrara a través del bar hasta el baño de mujeres.

—Claire, mi brazo —grazné, liberando mi mano antes de que me la arrancara—. ¿A qué viene tanta prisa?

—Vale, no entres en pánico, pero Bella está en el bar —soltó, un poco sin aliento. Abrió la puerta del baño de un tirón, miró hacia fuera y luego la cerró de nuevo antes de volverse hacia mí—. Quería decírtelo antes de que la vieras y te asustaras. Ella, Cormac y su grupo de amigos han entrado justo antes de que Johnny marcara el último ensayo. Están junto a la barra. —Soltando un suspiro tembloroso, se subió las mangas de la camiseta, que era de la selección irlandesa, y entrecerró los ojos—. Pero no pasa nada, porque estoy totalmente dispuesta a patearle el culo. He traído al mundo unos bebés con Gerard este verano. Ya nada me asusta. —Me miró de arriba abajo y sonrió—. Estás tan sexy con la camiseta de Johnny y esos diminutos pantalones que Bella va a volverse loca. —Puso una sonrisa diabólica y añadió—: Por cierto, deberías ponerte exactamente este modelito cuando Johnny regrese a casa de la gira la semana que viene.

Una vez con los demás, Claire y Gibsie se marcharon, pero yo no pude desviar la atención de la chica que me fulminaba con la mirada. Para mi sorpresa, no me achanté y mantuve el contacto visual, contemplando a Bella Wilkinson con la cabeza en alto.

—Vamos a jugar al billar en el salón —le dijo Cormac al chico que estaba a su lado—. Estoy harto de esta mierda. —Dirigiéndose a Bella, le preguntó—: ¿Vienes?

—No —respondió ella, sin apartar la mirada de mí.

—Bella, déjalo ya…

—¿Tú qué miras, huérfana? —preguntó con desdén, mirándome.

—Más te vale que retires eso, puta —gruñó Lizzie, dirigiéndose hacia ella.

—Da igual, Liz. —Levanté una mano para detener a mi amiga y que no se abalanzara sobre Bella, sin romper en ningún momento el contacto visual con ella—. Sus palabras no me hacen daño.

—Para ya y déjala en paz —le advirtió Cormac, mirando a su novia—. Te lo dije, Bel, no volveré a pasar por esto. Si estás conmigo, tienes que acabar con esta mierda que tienes con ella y Johnny.

—Debes de hacer unas mamadas de la hostia si has conseguido meterte a ti y a esa panda de bastardos que tienes por hermanos en la casa Kavanagh —siseó Bella, ignorando a su novio—. ¿También se la estás chupando a su padre, huérfana?

—¡Es que estás obsesionada con él, joder! —soltó Cormac. Sacudiendo la cabeza, cogió su chaqueta de la barra y se puso de pie—. Estoy justo aquí, y tú… ¡es que ni me ves! Solo piensas en él. No sé qué más puedo hacer…

—Pues claro que te veo —espetó Bella, apartando la mirada de mí para posarla en su novio—. Estoy contigo, ¿no?

—Solo porque él está con ella —respondió Cormac, con los ojos llenos de dolor—. Tenían razón sobre ti, ¿no? Tú no me quieres.

—No seas calzonazos —replicó ella—. Échale huevos.

—Yo te quiero —le dijo Cormac, con la cara roja—. De verdad que sí, pero no puedo seguir haciendo esto.

—¿Haciendo qué?

—Ser un segundón —gruñó—. Estoy harto de esta mierda, Bella. Estoy harto de que me utilices. ¡Y me he cansado de ti!

—Tú no te has cansado de nada —respondió ella, riéndose—. Volverás arrastrándote.

—No soy cruel, Bella, y lo que le estás haciendo es cruel —le dijo, temblando—. Lo que me estás haciendo tú a mí es peor. —Tragó saliva profundamente y añadió—: No voy a volver esta vez… Esta vez, hemos terminado.

—Entonces vete —lo desafió ella.

—Oh, no te preocupes. —Cormac empujó a Feely y se dirigió hacia la salida—. Ya me voy.

La falta de sentimientos hacia su novio quedó clara, porque cuando Cormac salió del bar, Bella ni siquiera se inmutó. Siguió escupiéndome veneno, soltando comentarios crueles y palabras como balas destinadas a herirme, pero ya no podía hacerlo. Porque me había cansado de ella. Juro que me había cansado de Bella Wilkinson y cualquier otra chica que me hubiese acosado desde los tres años hasta ahora. Lo que había soportado durante el último año; enterrar a mis padres, perder mi hogar, casi perder a mi hermano por las drogas, así como la vida, me había cambiado. Ahora era diferente, más fuerte, y ella no podía hacerme daño porque me negaba a darle ese tipo de poder a ella o a cualquier otra persona.

Me había desprendido de todo el miedo como una manta que dejé caer de mis hombros, lejos de mi cuerpo, mientras canalizaba la fuerza que sabía tenía dentro. Siempre habría otra Bella, pero, tal como me dijo mi terapeuta, no habría otra como yo, y esa era mi fuerza, mi poder especial. Puede que no fuera un genio ni un jugador de rugby de primera clase, pero era una superviviente, y eso se me daba que flipas. Así que, con la cabeza bien alta, la miré directamente a los ojos y le di algo que nunca pediría y probablemente tampoco merecería:

—Te perdono por lo que me hiciste aquel día —dije. Ella podía seguir rabiosa y aferrarse a su rencor, pero eso no significaba que yo tuviera que hacerlo—. Y espero que encuentres algo de paz. —Dicho esto, me di la vuelta y volví con mis amigos.

—Guau —musitó Lizzie, hundiéndose en el asiento frente a mí—. No sé si hay que abofetearte por no darle a esa zorra su merecido o santificarte por haber escogido el buen camino.

—Santificarla —sentenció Feely, deslizándose en el reservado junto a ella—. Definitivamente santificarla.

—Chicos —murmuré, sonrojándome—. No es para tanto.

—Eres la definición de defenderse con una sonrisa y vencer con la indiferencia —me dijo Feely.

—Que le den al buen camino —soltó Lizzie—. Yo le habría partido la cara.

—¿Qué has hecho, Shan? —me preguntó Hughie, separando sus labios de los de Katie para mirarnos—. ¿Te estabas peleando?

—Qué va —dije ahogadamente, todavía temblando—. No soy de las que pelean.

—Uy, yo creo que sí —respondió Feely—. Aquí Muhammad Ali, amigos.

—Vuela como una mariposa, pero pica como una abeja —apuntó Katie con una risilla entre dientes—. Una abeja muy chiquitita.

—Noqueó a Kav, ¿no? —se rio Hughie.

—Eh, ahí está otra vez…, ¡mirad! —chillé al ver a Johnny aparecer en la pantalla para recibir una medalla—. Le están dando la medalla al Mejor jugador del partido.

—¡Chis, chis!

—¡Callad, panda de guarras, que está hablando!

El volumen de la tele estaba al máximo y la multitud en el bar se quedó en silencio justo cuando la periodista comenzó a hablar.

—Johnathon, muchísimas felicidades por una actuación fantástica esta noche. Ha sido tu primera participación en el equipo sénior y has marcado dos tantos, y con solo dieciocho años. Esta noche debes de haber hecho tus sueños realidad. ¿Qué puedes decirnos?

—Ha sido un honor tener la oportunidad de representar a mi país —respondió Johnny, todavía un poco sin aliento—. Soy muy consciente de la suerte que tengo de estar en esta posición y por eso me gustaría agradecer a mis padres su compromiso y apoyo. A mis preparadores y entrenadores de la Academia; a mi instituto, por proporcionarme las bases que me han hecho alcanzar esta etapa y concederme favores siempre que los he necesitado; y a los chicos con los que entreno todos los días de la semana, en especial a mis tres amigos más cercanos y compañeros del club: Gibs, Feely y Hughie. No estaría aquí sin su apoyo, así que la actuación de esta noche ha sido para ellos.

—Bueno, por si esta maravillosa serie de victorias fuera poco, también has sido nombrado el Mejor jugador del partido de esta noche. —La presentadora colocó una medalla en el cuello de Johnny y le estrechó la mano—. Felicidades, Johnathon.

—En realidad, quería mencionar a una persona más si puede ser —le dijo, todavía estrechándole la mano.

—Por supuesto.

—Me gustaría darle las gracias a mi novia por su amor y apoyo incondicionales. He pasado por una montaña rusa para recuperarme de mi lesión y puedo afirmar con toda sinceridad que no estaría aquí hoy sin la fiereza con que me ha alentado. —Cogió su medalla con una mano, miró a la cámara y la sacudió un poco antes de decir—: Shannon, te quiero, y pronto estaré en casa.

—¡Oooh! —chilló Katie, pegando un bote de su asiento—. ¡Shan, eres famosa!

—¡A la mierda, yo soy famoso! —vitoreó Hughie—. Ha dicho mi nombre. —Volviéndose hacia Feely, sonrió—. Maldito capi, ¿eh? Es un máquina.

—Ya ves —se rio este—. A Gibs se le va a ir la pinza cuando vea la repetición.

—Sí, el chaval la clava —suspiró Lizzie a regañadientes—. Yo soy fría como el hielo, pero me estoy derritiendo un poco.

—Sí. —Asintiendo rápidamente con la cabeza, me quedé mirando la pantalla, con el corazón latiéndome a mil por hora.

«Shannon, te quiero, y pronto estaré en casa…».

«Shannon, te quiero…».

«Pronto estaré en casa…».

No me di cuenta de que me apretaba el pecho con una mano hasta que Lizzie me la agarró.

—Respira, Shannon —se rio entre dientes—. Vuelve a casa.

—Vuelve a casa, Liz. —Mordiéndome el labio, le sonreí—. ¡Vuelve a casa de veras!

80

LOS CHICOS DE VERDE

Johnny

El rugby unió a nuestro país de norte a sur y de este a oeste. Durante ochenta minutos, no hubo fronteras ni política de qué preocuparse. Éramos una nación apoyando a veintitrés hombres que iban a la batalla. Éramos uno, y eso era un logro de la hostia de por sí.

La canción «Ireland's Call» resonó en el estadio y se me puso toda la piel de gallina. Con la cabeza en alto, las emociones desbordadas y los nervios de punta, nos mantuvimos unidos. Con un respeto sin precedentes, trabajamos juntos los unos por los otros y por el orgullo de nuestra gente, por todos.

Los hinchas irlandeses eran los mejores seguidores del planeta. Todo el jodido mundo reconocía ese mérito. Daba igual el deporte o la ocasión que fuera. Vinieron en tropel a pesar del tiempo y, a pesar de la puntuación en el minuto ochenta, regresaron la semana siguiente. De esto se trataba todo. Esta gente hacía que se me llenara el pecho de orgullo. Jugamos por ellos, por nuestro país, los unos por los otros.

Este era el momento de mayor orgullo de mi carrera, vistiendo la camiseta verde con el número trece. Se lo di todo a mis compañeros, me dejé la piel en la cancha y, tras los ochenta minutos del último partido de la gira, ganamos a Fiyi.

Agotado más allá de lo imaginable, obligué a mi cuerpo a cumplir con mi corazón, que me exigía que me mantuviera jodidamente de pie y no me derrumbara en el suelo, cuando bajé del autocar para entrar en el hotel donde nos alojábamos, con mi medalla de Mejor jugador del partido colgando del cuello.

Encabezado y flanqueado por mis compañeros de equipo, dejé el refugio que era nuestro autocar y entré en el caos absoluto que era la celebración de una noche de partido internacional. Como la persona más joven y con menos experiencia en el equipo, seguí el ejemplo de mis compañeros manteniendo la cabeza alta y mirando al frente, haciendo ver que era inmune a la locura cuando, en realidad, estaba temblando por dentro.

Bandadas de seguidores me gritaban en la cara, tironeándome de la ropa y tocándome como si mi cuerpo fuera propiedad pública, mientras nos conducían a través de las puertas del hotel y nos enfrentábamos a más fanáticos que chillaban en el vestíbulo. Me ponían móviles y cámaras en la cara, junto con camisetas y pedazos de papel arrugado. Los reporteros gritaban mi nombre y luego mi capitán los distraía respondiendo sus preguntas. Ignoré a la prensa y, en cambio, dirigí mi atención a los seguidores. Sonriendo para las fotos, firmé cada camiseta, folleto, póster y pedazo de papel que me ofrecieron, obligándome a no hacer una mueca cuando me plantaron innumerables pares de labios en las mejillas.

—¡Johnny, has estado increíble!

—Estoy en la habitación 309 esta noche.

—Kavanagh, ¿puedo hacerme una foto contigo?

—¿Cómo se siente al ser comparado con el mejor centro de Irlanda?

—¡Ay, dios mío, me ha mirado!

—¿Qué tal las costillas después del último placaje?

—Mi hijo te adora, ¿puedes hacerte una foto con él?

—Tu madre debe de estar orgullosa de ti, muchacho.

—¿Estás orgulloso de ti mismo?

—¡Te quiero, Johnny Kavanagh!

Abrumado y fuera de lugar, mantuve la mirada fija en el rotulador que tenía en la mano, haciendo todo lo posible para mantener una actitud profesional, mientras garabateaba mi nombre en una pelota de rugby para un niño.

—¿Te ha gustado el partido? —le pregunté, ignorando al grupo de mujeres que trataban de tirar de mí—. ¿Sí?

—Eres mi favorito —respondió él, sonriéndome—. Quiero ser como tú cuando sea mayor.

Uf.

—Gracias por venir —dije, avanzando para hacerme una foto rápida con él y su madre antes de escabullirme, incapaz de seguir con la farsa un minuto más. No veía más que destellos, lo que me dificultaba la visión, mientras atravesaba a duras penas la horda para llegar a mi destino.

Para llegar a mi padre.

Lo vi delante de mí, apoyado contra una mesa con un periódico en la mano, ignorando diligentemente la locura que lo rodeaba. El corazón me retumbaba con fuerza contra la caja torácica por la mezcla de adrenalina, desesperación y miedo mientras me abría paso entre la multitud, ignorando todo y a todos a mi paso para llegar hasta él. Respirando para alejar el pánico, recorrí la distancia entre nosotros y dejé que mi bolsa de deporte me cayera del hombro cuando lo alcancé.

—Papá —dije apenas sin voz, temblando como un maldito niño.

Observé cómo se le tensaban los hombros ante el sonido de mi voz. Oí el pequeño suspiro que salió de su boca. Se volvió lentamente y me miró a la cara con una mirada de puro orgullo.

—Hola, Johnathon.

—Papá —repetí, mi voz un gemido de dolor, agachando la cabeza.

—Estoy aquí, hijo. —Tres palabras. Tres jodidas palabras que me hicieron caer de rodillas—. Estoy justo aquí —susurró, estrechándome entre sus brazos.

—Papá… —Dejé caer la cabeza sobre su hombro, aferrándome a él como un niño—. Sácame de aquí.

Dos horas después, estábamos sentados en un rincón al fondo de un restaurante medio vacío y mi corazón había recuperado su ritmo normal. Agradecido de tener a mi padre conmigo después de pasar tanto tiempo lejos de mi gente, escuché atentamente mientras me resumía todo lo que había pasado en casa desde que yo no estaba.

—¿En serio Sean dice ya todas esas palabras? —pregunté entre bocados de bistec—. ¿Frases enteras?

—En su mayoría, todavía balbucea —se rio mi padre—. Pero lo está intentando. Está progresando a pasos agigantados.

—Qué fuerte. —Pinché un trozo de patata, me lo metí en la boca y lo mastiqué pensativamente antes de preguntar—: Y ¿de verdad Shannon va a ese terapeuta?

—Así es —confirmó mi padre—. La está ayudando, Johnny. Se está curando. —Sentí que se me hundían los hombros de alivio. Shannon me había dicho que asistía a las sesiones, pero no sabía con seguridad si me estaba diciendo la verdad—. Está empezando a prosperar, hijo. Todos ellos.

—La echo de menos. —Continué engullendo sin dejar de mirar la comida en mi plato, tratando de distraerme del terrible dolor que sentía en el pecho—. Echo de menos mi hogar.

—Y nosotros a ti —respondió—. Pero también estamos muy orgullosos de ti.

—¿Está saliendo? —grazné, obligándome a hacer la pregunta—. Shannon. ¿No está demasiado triste?

—Se siente sola sin ti —respondió mi padre con sinceridad—. Me imagino que desesperadamente, pero le pone buena cara al mal tiempo y sigue adelante. Pasa mucho tiempo con sus amigos. Supongo que está entrando en la dinámica de lo que es ser una adolescente. —Sonriendo, añadió—: Y tu madre la tiene emperifollada hasta decir basta. —Se rio entre dientes—. Nunca había visto tanto rosa y purpurina en mi vida, hijo. Está por todas partes. Maquillaje. Joyas. Planchas para el pelo. Zapatos. Vestidos. Te juro que cada vez que cruzo la puerta de casa, hay otra media docena de bolsas de compras obstruyendo el pasillo.

—Ay, madre —gemí—. Está tratando a Shannon como una muñeca, ¿no?

—Es una forma de decirlo —se rio mi padre.

Haciendo una mueca, tomé un sorbo de mi vaso de agua antes de preguntar:

—Y ¿cómo está mamá?

—Como siempre —contestó mi padre, con una mirada de complicidad.

—Está en su salsa, ¿no?

—Oh, le encanta tener tantas criaturas por las que preocuparse —asintió, sonriendo con cariño ante la idea—. Aunque echa de menos a su bebé. Ni todos los niños del mundo podrían llenar el vacío que dejaste en su corazón. O el mío.

—Me lo imagino —me reí, aunque fue un sonido hueco—. Yo también la echo de menos.

—¿Qué pasa, Johnny? —me preguntó entonces mi padre al notar mi estado de ánimo.

—Me han ofrecido un contrato de dos años, papá —susurré.

—¿En Francia?

—No. —Negué con la cabeza—. En Dublín.

Mi padre soltó un suspiro tembloroso y se recostó en la silla, olvidando la comida.

—Y ¿el dinero?

—Más allá de nuestras expectativas, teniendo en cuenta mi edad y experiencia —murmuré—. La cantidad de dinero que no esperaba ganar hasta los veinte años.

Levantó las cejas.

—El plan era jugar en un club francés durante uno o dos años para ganar experiencia antes de fichar por casa —señaló—. Deben de pensar que estás listo.

—Sí. —Dejé el tenedor y el cuchillo e, imitándolo, me recliné en la silla—. Supongo.

—Te quieren en el equipo.

—Sí.

—Y ¿tú? —Inclinó la cabeza hacia un lado, estudiándome con una mirada astuta—. ¿Qué quieres tú?

—Si firmo, tendré que volver a Dublín en septiembre y terminar la secundaria en Royce —le dije—. Están dispuestos a ayudarme con mi plan de entrenamiento. Oficialmente sería un alumno de Royce, pero supongo que sería más como un alumno externo que otra cosa, ¿sabes? Iría a algunas clases, me mantendría al día con las tutorías y haría los exámenes allí.

—Y ¿qué opinas tú de eso?

—No lo sé —respondí con sinceridad, todavía aturdido por lo rápido que estaba pasando todo—. Es mucho para asimilar, papá.

—¿Estás indeciso?

Asentí lentamente.

—Por Shannon.

¿Sí? ¿No? ¿Tal vez? Me encogí de hombros con impotencia.

—Entiendo —respondió con calma.

Lo dudaba. No creo que nadie fuese capaz de entender lo que era para mí este momento.

—No sé —fue todo lo que pude decir, lo único que se me ocurrió—. De veras que no sé, papá.

—Dublín está a dos horas y media en coche desde Cork —sugirió—. Es viable.

—No es eso —gruñí, bajando la mirada para estudiarme las manos.

—Entonces ¿qué es, Johnny?

Abrí la boca para explicarme, pero la cerré de golpe. No encontraba las palabras. No podía explicar cómo me sentía cuando ni yo mismo lo entendía.

—Estoy perdido —dije finalmente—. Estoy indeciso.

—¿Ya no es esto lo que quieres? —preguntó suavemente—. Porque no pasa nada.

—Sí lo quiero —dije con voz ahogada—. De verdad que quiero esto, papá. El rugby es lo que quiero hacer con mi vida. Eso no ha cambiado.

—¿Pero?

—Es solo que… —Dejé escapar un suspiro de dolor—. No sé si lo quiero ahora mismo. —Con expresión de culpabilidad, me obligué a mirarlo—. No sé, papá. Si firmo, entonces ya está. Se acabó. Tendré que renunciar a todo.

—¿Renunciar a qué?

—A Tommen, mis amigos, Shannon, Gibs… —Me encogí de hombros, perdido e indefenso—. Seré un hombre.

—Ya eres un hombre, Johnny.

—Lo sé, pero es solo que… pensé que tendría más tiempo. —Negué con la cabeza—. Ni siquiera me había dado cuenta de que quería más tiempo hasta que me ofrecieron ese contrato y vi que todo se me escapaba.

—¿Más tiempo para ser un adolescente?

Asentí, abatido.

—Qué patético.

—No es patético —me corrigió—. Es música para mis oídos. Eso es todo lo que hemos querido tu madre y yo siempre para ti: que fueras simplemente libre.

—No he hecho suficientes cosas, papá —le dije—. Todos mis amigos se lo estaban pasando en grande y yo siempre estaba tan centrado en los partidos que no me unía a ellos.

—Y lo has probado este año —añadió, con expresión pensativa.

—Sí. —Asentí—. Y sé que estás pensando que esto es por Shannon y que no quiero firmar porque tengo miedo de dejarla, y hasta cierto punto es verdad. No quiero dejarla, pero se trata principalmente de mí. De quién soy y cuál es mi lugar, y necesito más tiempo para averiguarlo. No le he prestado suficiente atención a mi vida. No he vivido ninguna de las cosas que ahora me doy cuenta de que quiero experimentar. Probé una pequeña parte, durante unos pocos meses, y ahora se ha acabado.

—No se ha acabado —respondió mi padre—. No tienes que firmar nada, Johnny. Esta es una decisión adulta, es una apuesta por tu futuro, por lo que no tiene que hacerse ahora. Puedes volver a casa, hijo. Puedes seguir trabajando con la Academia, entrenando con la sub-20 y terminar tus estudios en Tommen. Ya hablaremos de la universidad después de los exámenes finales y de dónde quieres jugar, si es que quieres jugar. Tu futuro es tuyo, Johnathon. Te pertenece a ti, no a los entrenadores. Todavía tienes dieciocho años. Puedes permitirte ese año de más, hijo. Tu madre y yo te apoyaremos en lo que sea.

—Pero quiero ese contrato, joder —grazné, sin poder decidirme—. Muchísimo, papá.

—Y ¿tienes miedo de rechazarlo por si no te ofrecen otro el año que viene?

Suspirando pesadamente, asentí.

—Exacto.

—No creo que eso vaya a suceder, Johnny —respondió mi padre—. Tienes demasiado talento.

—Podría pasar —le advertí—. Podría rechazarlo y volver a lesionarme. Peor que antes. Una lesión de la que no pudiese recuperarme. Podría perderlo todo, papá. No hay nada seguro en este deporte. Lo sabes tan bien como yo.

—Creo que necesitas tomarte un tiempo y pensar en esto —me dijo—. ¿Para cuándo necesitan una respuesta?

—Tengo una semana para decidirme —respondí con cansancio—. Se están portando increíble conmigo.

—Entonces dedicarás cada uno de esos días a pensártelo —apuntó—. No hay que decidir nada esta noche.

—¿En serio?

—En serio —asintió—. Vuelves a casa la semana que viene y luego tienes ese festival de música en Dublín con tus amigos ese mismo fin de semana. Tómate ese tiempo para divertirte, hijo. Ve y sé un adolescente. Vuélvete loco. Pásatelo bien. Relájate. Emborráchate, aunque no demasiado o tu madre me matará —se corrigió rápidamente con una sonrisa—. Pero disfruta de tu vida. Hablaremos sobre lo que quieres hacer con el contrato cuando llegues a casa. Entonces tomaremos una decisión.

81

ADIVINA QUIÉN HA VUELTO

Johnny

—Bueno, y ¿dónde está? —pregunté, con la emoción retumbándome en las venas ante la perspectiva de ver a mi novia después de haber pasado más de siete semanas separados—. ¿Está en casa? ¿En la de Claire? No le dijiste que me recogerías temprano, ¿verdad?

—Perdona, pero ¿puedo ser tu prioridad durante diez minutos? —preguntó Gibsie de malas—. No te he visto en casi dos meses y en lo único que piensas tú es en mojar rabo, cabrón egoísta. Ni siquiera me has preguntado sobre mi viaje a Escocia del mes pasado.

—Yo también te he echado de menos, tío —me reí entre dientes, encantado de estar de vuelta en su Focus, aferrado al dichoso asidero del techo mientras rezaba en silencio para que no nos matara a los dos con esa forma de conducir desquiciada—. Y tengo tu Toblerone en la maleta.

—Toblerones —me corrigió, esquivando por poco a una anciana que cruzaba la calle—. En plural. Ni se te ocurra darle a Hughie y Feely mi alijo. —Volvió a su lado de la carretera con un volantazo, miró por el espejo interior y resopló—. Uf, menos mal, sigue en pie. Por un minuto he pensado que le había dado con el retrovisor lateral.

—Tal vez deberías detenerte y dejarme conducir a mí —sugerí, tratando de respirar de manera uniforme y no volverme loco cuando se subió a la acera al doblar una esquina—. ¿Cómo cojones te sacaste el carnet?

—Con lengua —respondió con aire de suficiencia—. Es un arma maravillosa.

Hice una mueca.

—¿Quiero saberlo?

Se encogió de hombros.

—Probablemente no.

Apresurándome a cambiar de tema antes de que me marcara de por vida con sus indiscreciones, le pregunté:

—Y ¿cómo están tu tía Jacqui y toda la pandilla de Escocia?

Gibsie tenía familia en Escocia y todos los veranos, desde que tengo memoria, subía una semana a Edimburgo para visitar a la hermana pequeña de su padre.

—Ella es una salvaje, tío —se rio Gibsie—. Te lo juro, no estaba seguro si volvería a casa de una sola pieza. La mujer se bebe las pintas más rápido que cualquier hombre, y su amiga Sharon es divertidísima que te cagas.

No lo dudaba. Había ido con él a visitarla en tercero y sabía que no exageraba sobre el desenfreno de su tía paterna. Claramente era cosa de familia.

Me reí, sacudiendo la cabeza.

—Y ¿has estado siguiendo tus entrenamientos?

Él sonrió.

—Pues sí que lo he hecho.

—¿Y?

—Y soy la hostia —se rio Gibsie.

—Lo sé —musité, encantado—. Sigue así y pronto estarás conmigo.

—El que la sigue la consigue —respondió, con una sonrisa lobuna.

—Y ¿adónde vamos ahora?

—A la playa —me explicó Gibsie, desviándose hacia la carretera del litoral—. La marea está alta, ha salido el sol, el agua está buena y la cerveza fría, y mi mejor amigo ha vuelto a casa. Hoy es un buen día. —Cogió el volante un poco más fuerte antes de murmurar—: Siempre y cuando nadie intente ahogarme de nuevo.

—Tengo que ver a Shannon —le dije, haciendo una mueca ante el último comentario—. Te quiero, tío, estoy encantado de estar de vuelta contigo, pero de veras que necesito ver a mi novia.

—Y la verás —se rio entre dientes—. Está en la playa con todos los demás.

—¿Sí? —Esbocé una enorme sonrisa—. ¿Cómo se la ve? ¿Parece feliz? ¿Está bien?

—No está nada mal —respondió con una sonrisilla.

Fruncí el ceño.

—¿Qué significa eso?

—Ya lo verás —se rio Gibsie por lo bajo.

—Hostia puta.

—Lo sé —coincidió Gibsie con una inclinación de cabeza.

—¿Qué narices?

—Lo sé —se rio.

Sacudiendo la cabeza, la incliné hacia un lado y observé cómo Shannon corría por la playa, suplicándole a Claire a gritos que tuviese piedad mientras esta la perseguía con un puñado de algas. Se reía y sonreía, toda bronceada, y su precioso pelo castaño, que llevaba suelto, le ondeaba con la ligera brisa. Pero ninguna de esas cosas era lo que me había dejado con la boca abierta. No, era el diminuto biquini rojo que llevaba puesto, además del cuerpo que no recordaba que tuviera. Podrían haberme entrado moscas en la boca de lo pasmado que me había quedado.

Qué barbaridad, algo le había pasado a mi novia en el tiempo que habíamos estado separados ese verano. Cuando me fui al campamento, dejé a Shannon con una camiseta holgada y pantalones cortos que le quedaban aún más holgados. Estaba superpálida y se le marcaban los huesos. Allí de pie en ese momento, sentí como si hubiera salido del coche de Gibsie y hubiera entrado en un puto universo alternativo.

Las piernas.

Las malditas piernas.

Y las tetas.

Uf, tenía tetas.

Y ese culo.

Todavía era diminuta, más delgada que las demás chicas, pero joder cómo llenaba ese biquini.

—Eso no es normal —grazné, apartando la mirada de Shannon para volverme boquiabierto hacia Gibsie—. ¿Cómo pasa esto en un par de meses?

—¿La pubertad? ¿Un estirón? ¿Vitaminas? ¿Tres comidas al día? —enumeró Gibsie, encogiéndose de hombros—. ¿No estar estresada en casa ni vomitando cada dos minutos por la ansiedad? ¿Que alguien la cuide? Joder, yo qué sé, tío. Ni siquiera me importa. Pero da gusto verla, así que no le mires el diente al caballo regalado y simplemente aprécialo.

Madre mía, tuve que reprimir un gemido al ver a Shannon rodando por la arena.

—¿No es como si fuera un rayo de sol? —soltó Gibsie con voz ahogada, pegándome en el pecho—. ¡Mira a esa chavala, tío, joder!

Sabía que estaba hablando de Claire, con su pequeño biquini amarillo, pero yo no tenía ojos para nadie más que para Shannon. Había sido un verano largo y no tenía idea de cómo gestionar toda aquella nueva información tan emocionante, ni lo que estaba viendo, que me freía el cerebro. Siempre me había atraído Shannon. Siempre había sido preciosa para mí e increíblemente sexy, pero ¿ahora? Esos sentimientos se habían intensificado hasta el punto de que apenas podía pensar con claridad. Quise arrodillarme y dar las gracias a la parte que fuese de la pubertad por haber visitado a mi novia. Era como despertarse la mañana de Navidad esperando encontrar la bicicleta que le había pedido a Papá Noel debajo del árbol, solo para rasgar el papel de regalo y descubrir una BMX de gama alta en su lugar.

Era la hostia…

Con solo un vistazo a Shannon, me alegré de haberme machacado hasta el límite ese verano y haber pasado incontables horas entrenando a diario para volver a casa con un *stone* de más en músculo y cinco centímetros más de altura.

—¡Capi! —Entonces la voz de Hughie resonó en mis oídos y me giré para verlos a él, a Feely, a Katie y a Lizzie de pie alrededor de una barbacoa desechable más arriba en la playa—. Hostia, es él.

—¡Ha vuelto!

—¡Hola, Johnny!

Levanté la mano y les devolví el saludo, pero mantuve la mirada en Shannon, que nos observaba desde la arena debajo de Claire.

—Shannon como el río —la llamé, incapaz de dejar de sonreír mientras bajaba por las rocas para llegar hasta ella—. ¿Vas a venir a abrazarme o qué?

—¡Ay, madre mía! —chilló, literalmente, mientras se desembarazaba de Claire y se ponía de pie de un salto—. ¡Has vuelto! ¡Estás en casa! —gritó, corriendo hacia mí—. Oh, Johnny… —Sus palabras se interrumpieron cuando se abalanzó sobre mis brazos, con esa piel tan suave y unas delicadas curvas. La levanté fácilmente, deleitándome con la sensación de sus piernas alrededor de mi cintura y sus brazos alrededor de mi cuello—. Has vuelto —sollozó, embadurnándome toda la cara con brillo de labios mientras me cubría de besos de bienvenida—. Has vuelto a mi lado.

—Sabías que volvería, Shan —respondí bruscamente, sintiendo como si se me hubiese abierto el corazón de golpe. La soledad que tanto me había esforzado por mantener a raya mientras estaba en el campamento me golpeó con fuerza en el pecho.

—Pero has llegado pronto.

—Llego tarde —le dije, rozándole la nariz con la mía—. Debería haber estado aquí todo el verano. —Incapaz de contenerme, me incliné y la besé, saboreándola por primera vez en lo que parecía una eternidad. Ella me devolvió el beso con la misma desesperación. Nuestras lenguas y dientes chocaron y juro que fue el mejor beso de mi vida—. Joder, te he echado tanto de menos —le aseguré, respirando con dificultad contra sus labios—. Te quiero una burrada. —Y era verdad. La quería más de lo que me convenía. No podía contener mis emociones cuando se trataba de esta chica.

—Yo más —susurró contra mis labios—. Y también te quiero más.

Lo dudaba.

Lo dudaba y mucho, joder.

—Bueno, supongo que probablemente quieras deshacer las maletas cuando llegues a casa, pero yo quiero mis regalos —soltó Gibsie, empujándome al pasar con mi equipaje en la mano—. Tú puedes seguir follándote a la pequeña Shannon con la boca —añadió en tono alegre, dejándose caer en la arena y abriendo la cremallera de mi maleta—. No me importa. Yo solo te aviso de que estoy a punto de hurgar en todas tus pertenencias.

—Oye, no te los quedes todos —gritó Hughie, corriendo por la playa hacia nosotros—. Ese es mi Toblerone, cabronazo.

—Quien lo encuentra se lo queda —se rio Gibsie, que salió corriendo con un montón de chocolatinas en los brazos—. Claire, coge la bolsa y corre, nena. Está llena de dulces.

—Bienvenido a casa, Johnny —chilló esta, persiguiendo a Gibsie con mi bolsa de mano en los brazos—. Gracias por los dulces.

—Hay que joderse —murmuré, dejando a Shannon de mala gana en el suelo.

Dando un paso atrás, esta cruzó los brazos debajo del pecho y contuve un gemido al verle las turgentes tetas tan juntas bajo el diminuto biquini que llevaba puesto. Tenía los pezones duros y se le marcaban contra la fina tela roja, claramente provocándome. ¡Joder!

—Tráelos, pedazo de gilipollas —le grité a Gibsie, tratando desesperadamente de calmarme y evitar que mi semiempalmada alcanzara todo su esplendor—. Algunas de esas chocolatinas son para los niños.

—Él es un niño —se rio Feely, recorriendo el espacio entre nosotros—. Bienvenido a casa, capi. —Me dio un abrazo y me palmeó la espalda—. Estuviste increíble allí.

—Sí, capi, bienvenido a casa —gritó Hughie mientras hurgaba en mi equipaje—. Me alegro mucho de verte… Hostia, ¿tienes todas sus firmas aquí? —Sacó una camiseta de Nueva Zelanda y la agitó, con los ojos muy abiertos—. ¿Puedo quedármela?

—Sí, tengo otras dos para Feely y Gibs —le dije, haciendo una mueca al recordar lo que había tenido que aguantar de mis compañeros de equipo por hacer que nuestros oponentes me firmaran esas camisetas. Sin embargo, no me importaba una mierda. Yo todavía estaba en el instituto, y jugaba con y contra la mayoría de mis héroes de la infancia—. También hay algunas camisetas de Fiyi, Australia y Sudáfrica.

—Fuiste una buena inversión —reflexionó Hughie, escogiendo una del montón—. Lo supe el día en que cruzaste las puertas de Scoil Eoin, con tu acento de Dublín y esa actitud perdonavidas. —Le pasó un puñado de golosinas a Katie, que me saludaba con la mano, y siguió hurgando en mis cosas—. Se lo dije a Feely y Gibs ese mismo día, que aquel urbanita era tan intenso que, o le daría a las drogas o triunfaría a lo grande. —Encogiéndose de hombros, añadió—: De todos modos, decidimos por unanimidad que estábamos dispuestos a averiguarlo.

—Guau, Hugh —contesté inexpresivamente—. Gracias.

—De nada, tío —respondió él—. Estoy orgullosísimo de ti, por cierto.

—Todos lo estamos —apuntó Lizzie, que fue junto a Feely—. Bienvenido a casa, Capitán Fantástico.

—Gracias…, ¿creo? —dije a modo de respuesta, mirándola con recelo.

—Estoy siendo sincera —contestó ella, sonriendo—. Me alegro de que hayas vuelto, por Shannon. A mí me da igual tanto si vuelves como si no, para ser sincera.

—Ahí está. —Guiñándole un ojo, añadí—: Yo también me alegro de verte, víbora.

—¿Podemos ir a dar un paseo? —me preguntó Shannon entonces, dándome la mano, con esos ojos azules resplandecientes del entusiasmo—. Solo nosotros.

Joder, claro.

—No puedes llevártelo todavía, Shan —objetó Hughie—. Tenemos que hablar de rugby.

—Ella puede llevarme adonde quiera —respondí, siguiendo a mi novia.

—Eres un calzonazos, capi —me gritó—. De la peor calaña.

Tropezando a ciegas en un pequeño recodo entre las rocas, con los labios de Shannon sobre los míos y sus dedos clavados en mis hombros, no tuve tiempo de pensar en lo que estaba haciendo o si era acaso una buena idea. Tenía la mente demasiado nublada para pensar racionalmente; todo mi ser estaba inmerso por completo en este momento, en la forma en que me hacía sentir. Estaba ansioso, y la necesidad de estar dentro de ella era insoportable.

—¿Estás segura? —grazné, respirando con dificultad contra sus labios, cuando Shannon pasó una mano entre los dos y tiró de la cinturilla de mis pantalones cortos—. Shan, no traigo nada.

—Da igual —jadeó ella, asintiendo frenéticamente—. Y estoy más que segura.

—¿En serio?

—Estoy tomando la píldora ahora, ¿recuerdas?

Mierda.

Tiré de las delgadas cintas a ambos lados de su braga de biquini y le gemí en la boca cuando la tela se desprendió de su cuerpo antes de quitarme rápidamente los pantalones.

—¿Qué quieres que haga? —susurré, deshaciéndome del pequeño sujetador y luego estremeciéndome cuando sus pechos quedaron libres—. Joder, nena, tu cuerpo es tan diferente.

—Solo quédate conmigo —me rogó, pasándome un brazo alrededor del cuello y aupándose—. En mí.

Le puse las manos sobre los muslos al instante, con el rabo esforzándose por llegar a ella. Le pegué la espalda contra las rocas, recorrí el espacio entre nosotros, la besé en la boca y entré en casa.

—¿Qué…

—… ha sido…

—… eso? —exclamamos ambos al mismo tiempo, con los ojos desorbitados y mirándonos el uno al otro.

—¿Qué acaba de pasar? —chilló Shannon mientras se ponía la parte de abajo del biquini y volvía a atarse las cintas.

—No lo sé —respondí, sacudiendo la cabeza entre jadeos, mientras me recolocaba los pantalones cortos—. Pero sea lo que sea… —incliné la cabeza hacia un lado y le sonreí—, deberíamos hacerlo de nuevo.

Se puso rojísima y se volvió a atar el sujetador rápidamente.

—Te he echado de menos.

—Me he dado cuenta —bromeé, agachándome en la arena a su lado. Le di un beso en el hombro y le acaricié el cuello con la nariz, sumergiéndome en su embriagador olor—. Yo también te he echado de menos, Shan.

—No, lo digo en serio, te he echado muchísimo de menos, Johnny —susurró, subiéndose a mi regazo—. Terriblemente.

—Lo sé. —Temblando, la estreché entre mis brazos—. Yo igual.

—No vuelvas a irte tanto tiempo —murmuró, hundiendo la cara en mi cuello—. O, si lo haces, llévame contigo.

Me estremecí ante sus palabras.

—Tengo que contarte una cosa.

Se puso rígida en mis brazos antes de susurrar:

—Te escucho.

—Me ofrecieron un contrato.

Sentí que se quedaba de piedra y me clavaba las uñas en los hombros.

—¿En Francia?

—No. —Solté un suspiro entrecortado—. En Dublín.

Estuvo en silencio tanto tiempo que no estaba seguro de que me hubiera escuchado, pero luego susurró:

—¿Lo aceptaste?

—Todavía no —respondí con voz ronca—. Pero es un contrato de dos años, con mucho dinero. —Solté otro suspiro de dolor antes de añadir—: Quieren que me transfiera a Royce y termine la secundaria allí. Tendría que volver a Dublín en septiembre.

—¿Vas a ir? —preguntó en voz baja.

—Quería hablarlo contigo primero.

—Es lo que quieres, ¿verdad?

—He estado trabajando toda mi vida para esto —admití.

Se estremeció con un fuerte escalofrío.

—Entonces deberías ir.

—Pero no quiero dejarte —confesé, con la voz rota.

—Lo sé —respondió ella, temblorosa—. Pero no pasa nada si tienes que hacerlo.

—Shannon… —Negué con la cabeza y hundí la cara en su cuello.

—No pasa nada, Johnny —sollozó, acariciándome el pelo—. Esto es bueno.

—Mi cabeza lo sabe —grazné—. Pero mi corazón está destrozado, joder.

—Hablemos de ello —dijo con una voz más firme de la que yo era capaz de encontrar en aquellas circunstancias. Se echó hacia atrás, me cogió la cara entre sus manos y me miró con los ojos llenos de lágrimas—. Estoy tan orgullosa de ti —dijo, mientras las lágrimas le corrían por las mejillas—. Eres la mejor persona que he conocido y quiero esto para ti. —Acariciándome el pómulo con el pulgar, susurró—: Me advertiste de esto hace mucho tiempo y lo acepté en ese momento. Lo acepto ahora. Este es tu futuro, Johnny, y vas a ir a por él. —Me besó con fuerza antes de continuar—: Y yo voy a estar a tu lado apoyándote, pase lo que pase, mientras así lo quieras.

—Siempre te querré a mi lado —le prometí—. Joder, siempre. No digas esas cosas, Shan. La hostia.

—Lo que quiero decir es que si soy la única razón por la que tienes miedo de firmar el contrato, entonces debes hacerlo —se explicó—. Hablo en serio, Johnny. No vas a perderme. Puedes tener ambas cosas. Te lo prometo.

—Es que no sé si estoy listo para eso —dije con voz ronca y cargada de emoción—. Pensé que tenía más tiempo.

—Es porque eres increíble, y ahora todo el mundo sabe cuánto. —Esbozó una sonrisa insípida—. Todos te quieren en su equipo.

—Yo solo te quiero a ti —murmuré, pegando la frente a la suya.

—Me tienes —respondió Shannon en voz baja—. Con contrato o no. Soy toda tuya.

82

FESTIVALES Y ADMIRADORAS

Shannon

Cuando me desperté la segunda mañana del festival de música en Dublín, sentía un peso en el corazón y un nudo en el estómago. Llevaba mucho rato acostada de lado en mi saco de dormir, mirando a Johnny dormir junto a mí. Estudié cada centímetro de sus preciosas facciones, observando cada peca y cicatriz, así como la forma en que sus gruesas pestañas oscuras le abanicaban los pómulos durante el sueño.

Los recuerdos del día anterior llenaron mi mente y sonreí para mis adentros al pensar en Johnny y Gibsie saltando como un par de locos al son de «N17», de The Saw Doctor. Con un brazo alrededor de los hombros del otro, habían cantado la letra a la banda mientras daban brincos como dos chalados. Fue divertidísimo. Ambos habían estado extremadamente borrachos y disfrutaron de su mutua compañía, sin importarles la estampa que tenían en ese momento, mientras chocaban las barrigas y trataban de saltar más alto que el otro. «N17» había dado paso a «Joyce Country Céilí Band» y luego a «I Useta Lover», y habían bailado juntos, cantándose las letras el uno al otro como un viejo matrimonio.

A pesar de que estaba increíblemente emocionada por el día que teníamos por delante y por ver a todas las demás bandas y artistas de alucine que iban a tocar, esa mañana no quería salir de la tienda. Porque al día siguiente, tendríamos que volver a casa. Porque al día siguiente, Johnny tendría que dar una respuesta. No sabía lo que iba a hacer. Su padre le había dicho que se tomara unos días para rumiarlo y decidiese cuando volviéramos a casa después Dublín, y eso es exactamente lo que estaba haciendo él. No habíamos hablado de ello desde aquel día en la playa, y estaba bastante segura de que ninguno de los dos quería volver a sacar el tema hasta que no nos quedara otra. Pero la idea de que se fuera para siempre hacía que se me encogiera el corazón de tal manera que me costaba respirar. El día anterior había puesto mi mejor cara y bailé, canté y me reí, pero ahora estaba sola. Lo echaba de menos incluso antes de que se hubiese marchado.

—Me estás mirando —susurró, con los ojos aún cerrados.

Sonreí.

—Deberías estar durmiendo.

—No puedo.

—¿Por qué no?

—Porque siento que me miras. —Sonriendo, abrió un ojo—. Hola, Shannon.

—Hola, Johnny.

Se estiró todo lo largo que era y me atrajo hacia su pecho.

—Necesitamos una tienda de campaña para casa.

—Ah, ¿sí?

Él asintió y me besó en el pelo.

—Con un candado en la entrada para que tus hermanos y mi madre no entren.

Suspirando de satisfacción, le acaricié el pecho desnudo con la mejilla.

—Siempre me haces entrar en calor.

—Siempre me la pones dura.

Puse los ojos en blanco y sonreí para mis adentros.

—Lleva lloviendo toda la noche.

—¿Estás mojada?

—Para —me reí, pegándole en el pecho—. No seas malo.

—Solo estoy jugando —se rio entre dientes, cogiéndome de la mano para entrelazarla con la suya—. No es más que un poco de lluvia de verano, Shan. El sol saldrá pronto. —Me dio un beso en los nudillos y dijo—: Me encanta esto.

—¿Qué te encanta?

—Tú —respondió—. Esto. —Se encogió de hombros—. Estar aquí ahora.

Me coloqué sobre mi estómago y lo miré.

—A mí también me encanta esto.

—¿Quieres quedarte para siempre? —sugirió como si nada, pero pude ver el dolor en sus ojos—. ¿Podemos escondernos en esta tienda y no volver a salir nunca?

—No creo que a Gibsie le pareciera bien —respondí, con una sonrisa.

—Ya. —Johnny suspiró pesadamente—. Debería haber dejado al cabronazo en casa. Ayer estaba chalado.

—Es divertido —me reí.

—Está pirado —me corrigió Johnny.

—Venga ya, le quieres y lo sabes —me burlé.

—Sí —refunfuñó—. Le tengo cariño al muy idiota.

—Johnny…

—Dime, Shan.

—Estaremos bien, ¿no?

—Sí. —Me puso una mano en la mejilla—. Estaremos bien.

—¿Pase lo que pase? —pregunté en un susurro, apoyándome en su mano.

—Pase lo que pase —respondió bruscamente.

El techo de la tienda comenzó a sacudirse mucho entonces, y la voz de Gibsie resonó en mis oídos.

—Oye, capi, ¿estás chingando? Quiero decir, ¿estás haciendo el amor dulcemente o puedo entrar?

—Sí, lo estoy —gruñó Johnny—. Así que pírate.

Se abrió la cremallera de nuestra tienda y asomó una cabeza rubia.

—Buenos días, familia.

—Te he dicho que estaba haciendo el amor, imbécil —espetó Johnny, irguiéndose.

—Lo sé —se rio Gibsie, arrastrándose adentro—. Así es como he sabido que no era cierto.

—Podría haberlo sido —argumentó Johnny.

—Qué va —respondió Gibsie—. La tienda no se sacudía.

—Buenos días —canturreó Claire mientras se arrastraba tras él, toda maquillada y vestida ya—. ¿Cómo están mis tortolitos favoritos? ¿Listos para otro día increíble?

—¿Tienes pilas de sobra? —le preguntó Johnny—. Tu optimismo es infinito.

—Soy una chica alegre —observó ella.

—Tenemos hambre —confesó Gibsie con una sonrisa tímida—. Nos hemos quedado sin picoteo en nuestra tienda.

—Porque no trajiste nada —se quejó Johnny, dejándose caer y arrastrándome con él—. Como te dije que hicieras.

—Oooh, ¿tenéis ositos de gominola? —preguntó Claire, hurgando en nuestras bolsas—. Vaya, pensaba que no comías porquerías, Johnny.

—No lo hago —bostezó él. Se puso de lado y me rodeó con un brazo—. Son para Shan.

—Oooh —exclamó con ternura—. Qué considerado.

—¿Podríais serlo vosotros… y marcharos? —murmuró Johnny.

—No seas cascarrabias —le regañé, pellizcándole un pezón.

—Hazlo de nuevo —dijo seductoramente—. Más abajo.

Me sonrojé.

—Johnny…

—Shannon puede cascártela más tarde —sentenció Gibsie—. Ahora mismo, tenemos sitios a los que ir y borrachos que ponernos.

—¿Borrachos que ponernos? —Johnny negó con la cabeza—. Tío, en serio que necesitas empezar a atender en clase.

—Sal del saco de dormir y ven a divertirte conmigo —le ordenó—. O me voy a tirar un pedo con tu novia aquí. Y, créeme, va a ser uno fétido. Ayer estuve tomando sidra todo el día.

—Va en serio —observó Claire entre arcadas—. Lo de sus pedos no tiene nombre, chicos. Anoche pensé que íbamos a salir volando por los aires.

—Tú también te los tirabas —respondió él—. Eres una pedorra.

—Lo sé —respondió ella, sin inmutarse—. Tenía que intentar sofocar los tuyos, ¿no?

—Uf, estáis fatal los dos —se rio Johnny.

—Levántate, o desato a la bestia —le advirtió Gibsie—. Ahora o puede que se me escape un pino en el proceso.

—Puaj, Gerard —se rio Claire por lo bajo—. Eso suena muy chungo.

Arqueé una ceja.

—¿Un pino?

—Está hablando de cagar —confirmó Johnny, saliendo del saco de dormir como un rayo—. Ya voy, así que coge tu pino y plántalo en otro sitio.

Gibsie sonrió.

—Como en el río de tu nov…

—Dilo y te mataré.

—Eh, mira, Gibs —gritó Johnny por encima del barullo cuando Green Day subió al escenario y comenzó a tocar «Basket case»—. Es tu canción.

Riendo, Gibsie le hizo la peineta y siguió saltando como el muñeco de una caja sorpresa demente, con el torso desnudo y Claire sobre sus hombros. No parecía asustada, todo lo contrario. Confiaba ciegamente en que no la dejaría caer de cabeza entre la masa de gente. A mí eso me pareció extraño, teniendo en cuenta que el chico ya había perdido sus botas de agua y la camiseta entre la multitud. Sin embargo, aquello no pareció desconcertar lo más mínimo a Claire, que tenía las manos en el aire mientras reía y cantaba con la banda y las sesenta mil personas que nos rodeaban.

—Vamos, Shannon como el río —dijo Johnny, agachándose frente a mí—. Sube aquí tu culo.

—¿Q-qué?

Él sonrió.

—Que te subas.

—Pero…

Johnny me aupó a sus hombros mientras la banda comenzaba a tocar el famosísimo *riff* de guitarra. Buscando dónde agarrarme, le clavé los dedos en el cuero cabelludo mientras Johnny se levantaba, elevándose sobre la gente a nuestro alrededor, lo que me proporcionó una vista perfecta de la banda en el escenario.

—¡Ay, madre! —grité entre ataques de risa nerviosa cuando me sujetó por los muslos y comenzó a saltar—. Johnny… ¡Aaah! —Encogiéndome, me incliné hacia delante y me aferré a él pasándole los brazos alrededor de la cabeza—. Por favor, no dejes que me caiga.

—Jamás —respondió Johnny.

Iba sin camiseta, que le colgaba de la parte trasera de los pantalones cortos, y llevaba una gorra con la visera hacia atrás mientras cantaba junto con la banda conmigo sobre sus hombros. Sabía que todo el mundo a nuestro alrededor lo estaba mirando, especialmente las chicas. Me fijé en que la gente lo reconocía. Era obvio por la forma en que intentaban hacerle fotos de extranjis. Sin embargo, Johnny no pareció darse cuenta. Eso o simplemente no le importaba.

Sintiéndome increíblemente libre, levanté las manos y me reí.

—¡Shannon! —me llamó Claire, y me estiré para cogerla de la mano, riéndonos mientras los cuatro cantábamos a pleno pulmón.

Los flashes de las cámaras nos rodeaban, pero, por una vez, no me importó.

Éramos jóvenes, libres y estábamos juntos.

Ya llegaría mañana, trayendo consigo todo el terror que acompañaba al futuro incierto, pero, por ahora, estaba feliz. Estaba contenta. Había venido al mejor festival de música del mundo con el único chico al que le entregaría mi corazón.

Cuando Jimmy Eat World subió al escenario, casi me da un ataque. Me volví aún más loca cuando empezaron a tocar «The middle». Fue en ese momento exacto cuando supe que iba a estar bien. Que podía hacerlo. Que podía llevar esta vida con él. Decidiera lo que decidiese, encontraría una manera de sobrellevarlo, porque, sentada sobre los hombros de Johnny Kavanagh, con sus brazos alrededor de mis piernas y sus manos en mis muslos, supe que no había ningún otro lugar donde quisiera estar. Yo era parte de este chico y él era parte de mí.

Para finalizar el repertorio, la banda comenzó a tocar «Hear you me». Miré a Gibsie y a Claire, que estaban completamente absortos el uno en la otra. Él le había pasado un brazo por la parte delantera de las piernas a mi amiga y sujetaba un vaso de plástico de lo que fuera que estuviera bebiendo con la otra mano. Un cigarrillo le colgaba de la comisura de la boca mientras se mecía lentamente de un lado a otro entre la multitud.

No se me escapó la forma en que, cada pocos minutos, Gibsie la acariciaba desde la pantorrilla hasta el tobillo. Tampoco se me escapó la forma en que Claire recompensaba este gesto apretando los muslos alrededor de su cuello y dejando caer una mano para rozarle un lado de la mandíbula.

No me dio la impresión de que ninguno de los dos se daba cuenta de que se estaban tocando abiertamente. Tan solo parecían estar sincronizados por completo, tanto a nivel físico como emocional.

Volviendo mi atención a la banda, escuché la letra y sentí esa familiar oleada de tristeza crecer en mi interior al pensar en mi madre. Una lágrima me cayó por la mejilla mientras cantaba suavemente para mí misma. Al notar que Johnny me apretaba el muslo con una mano, me volví hacia él.

—Te quiero —dijo, articulando con los labios y el cuello estirado para mirarme.

Sollozando, respondí en silencio:

—Yo también te quiero.

Sin dejar de mirarme, Johnny continuó cantando la letra moviendo solo los labios, balanceándonos suavemente al ritmo de la música.

Acariciándole la mejilla, me incliné y presioné mis labios contra los suyos, una hazaña nada fácil, dado que estaba sentada sobre sus hombros, pero tenía que besarlo. Necesitaba hacerlo. Johnny movió la mano que tenía sobre mi muslo para cogerme por la nuca mientras me besaba, justo allí en medio de un descampado, rodeados de sesenta mil personas y Jimmy Eat World cantándonos.

—¿Estás cansada, Shan? —me preguntó Johnny más tarde esa noche.

Había oscurecido por completo y yo estaba sentada en una barandilla cualquiera que había encontrado para descansar. Johnny estaba de pie justo detrás de mí, con un brazo protector alrededor de mi estómago, mientras esperábamos a Claire y Gibsie, que estaban haciendo cola en el puesto de comida ambulante.

Johnny seguía sin camiseta, ya que me la había dejado cuando se puso el sol y comenzó a hacer fresco. Descansé la cabeza contra su cálido pecho y solté un suspiro de satisfacción.

—Mmm.

—¿Mmm? —Con la barbilla en mi hombro, Johnny se balanceaba distraídamente al ritmo de la música que aún sonaba en la distancia—. ¿Qué es ese mmm?

—Solo lo estoy asimilando todo —le dije.

—¿Johnny Kavanagh? —gritó alguien entonces, haciendo que ambos nos giráramos en dirección a un grupo de chicas mucho mayores.

—Ay, qué fuerte, es él —chilló una de ellas—. ¡Os lo he dicho!

—Hola —respondió Johnny, arrastrando ligeramente las palabras por la cerveza que tanto él como Gibsie llevaban bebiendo todo el día, pero en un tono tan educado y profesional como siempre.

—Ay, madre, estuviste increíble contra Fiyi —le dijo otra chica, una con los pechos más grandes que había visto jamás en persona—. Superincreíble.

—¿Podemos hacernos una foto? —preguntó otra.

Johnny vaciló, estrechándome con más fuerza.

—No pasa nada —dije con un pequeño movimiento de cabeza, animándolo a hacerse la foto para que pudiéramos volver a lo nuestro.

Conteniendo un suspiro de frustración, esbozó una sonrisa de lo más profesional y caminó hacia las chicas.

—¿Puedes hacérnosla tú, por favor? —preguntó una de ellas, tendiéndome su cámara digital.

Asentí con la cabeza, salté de la barandilla y le cogí la cámara.

—Vale, está puesto el flash, así que debería salir bien. Patata.

Johnny parecía extremadamente incómodo, pero sonrió cuando el grupo de seis chicas se apretó a su alrededor.

Les hice cuatro fotos y luego le devolví la cámara a la chica.

—Muchas gracias —dijo ella efusivamente, mirando a mi novio como si fuese un ser maravilloso—. Es increíble.

—Sí. —Me obligué a sonreír—. Lo es.

«Y es mío».

—Lo siento —dijo Johnny en voz baja, mientras se despedía de ellas con la mano y se apresuraba a volver junto a mí—. Qué vergüenza, joder.

—No pidas perdón por que la gente te quiera —le reñí.

Él sacudió la cabeza y me ayudó a subir otra vez a la barandilla.

—No me quieren, Shan.

—Te idolatran —apunté, acercándolo más a mí hasta que estuvo entre mis piernas—. Y eso está bien.

—Tal vez —asintió, con las manos en mis caderas—. Pero no me quieren.

Arqueé una ceja.

—¿Cómo estás tan seguro?

—Porque sé lo que se siente cuando alguien te quiere. —Me tocó la nariz con un dedo—. Y no es eso.

Sentí que me subía el calor por el cuello.

—Johnny…

—Ya sé lo que voy a hacer, Shan —susurró—. Con el contrato. He tomado una decisión.

El corazón me martilleaba salvajemente en el pecho.

—¿En serio?

Él asintió despacio.

—Tengo que hacerlo por mí —murmuró—. Lo necesito. Es lo que me conviene, ¿sabes?

—Lo entiendo —jadeé, sintiendo el peso del mundo sobre los hombros.

—¿Me querrás pase lo que pase? —Se estremeció con un escalofrío y cerró los ojos con fuerza—. ¿Por muy duro que sea?

—Pase lo que pase —me obligué a decir, sabiendo que estaba aceptando que se me rompiera el corazón—. Firmas el contrato y brillas.

—Y ¿tú estarás bien? —insistió—. ¿Pase lo que pase?

Me obligué a sonreír.

—Estaré bien.

—Me casaré contigo —dijo entonces—. Cuando seamos mayores y todo se calme. —Me cogió las manos entre las suyas, se las colocó alrededor del cuello y se acercó más—. Tú solo quédate a mi lado —añadió con la voz cargada de emoción—. Quédate conmigo. —Me apretó las manos—. Y te haré sentir orgullosa. Haré lo correcto contigo.

Se me escapó el aliento en un suspiro de dolor.

—Johnny…

—Tendremos una familia —continuó diciendo—. Una propia, y te apoyaré completamente. En lo que elijas hacer. Sea lo que sea.

—Esto no podrá con nosotros —grazné, pegando mi frente a la suya.

—Nada puede acabar con nosotros —susurró—. Te lo prometo.

83

UN NUEVO CURSO ESCOLAR

Shannon

Era el 1 de septiembre de 2005.

Un nuevo semestre y mi primer día de bachillerato. Tras decidirme por la opción de pasar un año fuera con Lizzie y Claire, crucé las puertas de Tommen para mi penúltimo año de secundaria, vestida con un uniforme nuevo, planchado a la perfección por la señora Kavanagh, con mis mejores amigas a mi lado.

Todo era diferente ahora. Yo no era la misma chica de hacía nueve meses. Era una persona completamente distinta, con un nuevo hogar y una nueva familia. Todo porque tuve la imprudencia de tomar un atajo atravesando un campo de rugby y me topé con el chico que había cambiado mi vida. El chico que me había salvado la vida.

—Este va a ser nuestro mejor año hasta el momento, chicas —sentenció Claire, tan impecable como siempre, contoneando las caderas y haciendo rebotar esos rizos rubios al caminar—. Lo presiento.

—No. Es que… no, Claire —se quejó Lizzie, a su lado, que parecía una de las tres Furias—. Es demasiado pronto para ese optimismo diabólico que tienes.

Claire chilló entonces, distrayéndonos a ambas.

—Míralo.

Girándome para ver a quién estaba señalando, sonreí cuando vi a Tadhg caminando hacia nosotras con el ceño fruncido.

—Oh, ese chico va a romper más de un corazón —añadió, llevándose una mano al pecho—. Me lo quiero comer.

—Sí, fíjate en cómo lo están mirando ya esas niñas de primero —se rio Lizzie, señalando a un grupo de chicas que observaban sin cortarse a mi hermano pequeño—. Va a ser todo un guaperas.

—No, claro que no —dije, horrorizada—. Aún no ha cumplido ni los trece años.

—¡Mirad qué mono ese de primero! —exclamaron Shelly y Helen al unísono mientras corrían hacia nosotras—. Es tan cuqui.

—Es el hermano de Shannon —explicó Claire—. Y sí, somos conscientes de que es más que adorable.

—Hola, Tadhg —lo saludé, con una inmensa sonrisa, cuando se acercó—. ¿Qué te parece todo…

—No me hables —me advirtió, mirándome horrorizado—. Joder, que eres mi hermana. Aquí no me conoces.

—Estás en el ala equivocada —le respondí, con los ojos entrecerrados—. Las taquillas de los de primero están abajo.

—Lo que tú digas. —Poniendo los ojos en blanco, se echó la mochila al hombro y se dio la vuelta para dirigirse a la zona común de su curso, gruñendo—: Menuda mierda de instituto. —Entonces volvió rápidamente hacia nosotras—. Por cierto, tú sí puedes hablar conmigo —le dijo a Claire, que le sacaba una cabeza, guiñándole un ojo.

—Eh, ¿gracias? —se rio esta, sonriéndole.

—Lo que necesites, rubia —respondió Tadhg antes de irse a paso tranquilo.

—Ya lo creo —dijo Claire con una risilla—. Dale un par de años y definitivamente será todo un guaperas.

—¿Quién será todo un guaperas? —preguntó Gibsie, que se había acercado a nosotras con sigilo, con Hughie y Feely a la zaga. Meneó las cejas mirando a Claire y sonrió—. ¿Estás hablando de mí otra vez, muñequita?

—Pues no —respondió Lizzie por ella—. Tienes competencia este año, Thor.

—Oh, por favor. —Gibsie bufó con desdén y agitó una mano frente a él—. Yo no tengo competencia por aquí. —Añadió con cara pensativa—: Básicamente, soy mi propia competencia.

—Oye, rubia —gritó Tadhg desde el pasillo, lo que hizo que todos nos giráramos para mirarlo—. Bonitas piernas. —Volviéndose hacia Gibsie, sonrió con picardía—. Más vale que te espabiles, colega. Porque ha empezado el juego.

—Oh, qué fuerte —se rieron por lo bajo Helen y Shelly—. Vaya jeta.

—Demasiada —murmuré entre dientes.

—Será mierdecilla —siseó Gibsie, pasando junto a nosotras para cazar a mi hermano pequeño—. Más te vale que dejes de mirar a mi chati, pipiolo de mierda. ¡O te quedas sin huevos!

—Tengo los huevos más grandes que tú, gordinflón —respondió Tadhg, riéndose a carcajadas—. Pregúntaselo a tu madre.

—¡Que no estoy gordo! —rugió el otro—. ¡Y no metas a mi madre en esto!

—Voy a por tu chica, Gibs —continuó burlándose Tadhg, que disfrutaba como un crío volviéndolo loco—. El que avisa no es traidor.

—Te voy a dar una que te voy a mandar de regreso a primaria —gruñó Gibsie—. El que avisa no es traidor.

—Cálmate, Gibs —se rio Feely, arrastrándolo hacia atrás por el pescuezo—. Es de primero.

El móvil comenzó a sonarme en el bolsillo, distrayéndome de la cómica indignación de Gibsie, y me hice a un lado para contestar.

—¿Hola?

—Shannon como el río —ronroneó la familiar voz de Johnny al otro lado de la línea, y se me aceleró el pulso—. ¿Cómo está mi chica?

Sonriendo, me mordí el labio y contuve un gemido ante la intensidad de su voz.

—Hola, Johnny.

—Hola, Shannon. —Se rio suavemente—. ¿Cómo va tu primer día?

—Bien, ¿y el tuyo?

—Productivo.

Sonreí.

—Ah, ¿de verdad?

—Sí —respondió, con un deje burlón en la voz—. Verás, esta noche he tenido un sueño increíble con el bombón de mi novia.

Apoyándome contra la taquilla, miré alrededor para asegurarme de que mis amigos no estuvieran escuchando antes de susurrar:

—Cuéntame.

—Entró de puntillas en mi habitación en plena noche —continuó—. Y luego se metió debajo de las sábanas…, y cuando se quitó la ropa, se puso a hacerme cosas que le pusieron esas bonitas mejillas suyas todas rojas.

—Oh, vaya. —Retorciéndome, dejé escapar un suspiro tembloroso—. Parece un gran sueño.

—Fue el mejor. —Un par de brazos me rodearon por detrás y tiraron de mí hasta un pecho de fuertes músculos—. Pero no fue un sueño, ¿verdad?

Me di la vuelta sonriendo y, sin cortarme, le pegué un repaso a mi novio, con su uniforme de Tommen, como si fuera lo mejor que había visto jamás.

—No, no lo fue.

—Estas visitas nocturnas se nos están yendo de las manos, Shan —ronroneó Johnny, agachándose para darme un ardiente beso en la boca—. Casi me duermo cuando me ha sonado la alarma para el entrenamiento, y mi madre me miraba como un maldito halcón cuando he bajado a desayunar. —Sonriendo, añadió—: Creo que nos ha pillado.

—Oh, ¿tú crees? —me reí.

—Hummm. —Asintiendo, se inclinó y me besó de nuevo—. Vamos a tener que ser un poco más creativos este año.

Con un suspiro de satisfacción, le pasé los brazos alrededor de la cintura y lo abracé, agradecida de que hubiera tomado la decisión de retrasar la firma del contrato un año para poder terminar la secundaria aquí, en Tommen. Conmigo. Eso nos daba un año más para estar juntos antes de que tuvieran que tomarse las decisiones importantes. Nos daba un respiro. Suponía un poco más de tiempo juntos, y yo estaba saboreando cada minuto. Me sentía culpable por alegrarme tanto de que Johnny hubiera elegido quedarse. También me sentía tremendamente culpable y responsable por que hubiese tomado esa decisión. Me preocupaba que se hubiese quedado conmigo por obligación, o porque tuviese miedo de que no pudiera hacer frente a la situación. Cuando me contó que no estaba listo, que sentía que no podía dejar la vida que tenía todavía, y que lo había pensado tan a conciencia como era habitual en él, me relajé. Johnny necesitaba este año. Algo más de tiempo para crecer y vivir un poco antes de unirse a los profesionales. Tenía suficiente talento como para poder tomar ese tipo de decisión y, aun así, contar con todo el apoyo y respaldo no solo de sus entrenadores en la Academia, sino también de los seleccionadores irlandeses. Por supuesto, su madre estaba más que encantada de tenerlo en casa otro curso, pero yo tenía la sensación de que su entusiasmo se estaba desvaneciendo rápidamente, ya que había aumentado su patrulla de espionaje reclutando a Sean también.

—¿A qué viene eso? —se rio Johnny entre dientes, sacándome de mis pensamientos.

—Solo te he echado de menos —susurré, restregándole la mejilla contra el pecho.

—Me has visto esta mañana, Shan —me recordó—. Y en la cena anoche. —Su voz se volvió más intensa cuando añadió—: Y luego, cuando tenías la boca…

—Lo recuerdo —dije ahogadamente, sonrojándome—. No tienes que hacerme un resumen.

—Necesitas controlar a ese protegido tuyo —anunció Gibsie, atrayendo nuestra atención—. Hablo en serio, Johnny —apuntó, todavía con el ceño fruncido—. Me está hartando.

—Es un crío, Gibs —dijo este, arrastrando las palabras y arqueando una ceja—. Puedes soportarlo.

—Oh, sé que puedo —respondió Gibsie, todavía frunciendo el ceño—. Pero mi forma de soportarlo es muy diferente a la tuya, y lo más probable es que acabe encerrado en prisión. Por lo tanto, estaría bien que decidieras quedarte hasta junio, capi, porque este año vas a tener que evitar que sea yo quien arrase.

—Por cierto, Johnny, he visto a tu madre y a tu padre entrar en secretaría antes —dijo Helen, que se sonrojó y pestañeó mientras hablaba—. Espero que vaya todo bien.

—Sí —asintió Shelly, pestañeando también—. Espero que no sea nada grave.

—¿Por qué seguís aquí vosotras dos? —preguntó Lizzie secamente.

—Liz —dijo Claire con una risilla—. Sé amable.

—Estoy siendo amable —respondió ella—. Podría haberles dicho que se fueran a la mierda —apuntó, lanzando a las chicas una mirada mordaz.

—Deberías comprarle un bozal a esta, Claire —resopló Shelly, fulminando a Lizzie con la mirada—. Está de la olla.

—Y mucho —coincidió Helen antes de alejarse junto a su amiga, cogidas del brazo.

—¿Era eso necesario? —preguntó Claire, todavía riéndose—. Son inofensivas.

—Son molestas —la corrigió Lizzie—. Y maliciosas, y unas cabronas.

—Lo son —asintió Gibsie—. Y en este grupo solo nos queda espacio para una cabrona maliciosa.

—Thor, será mejor que no empieces conmigo esta mañana —le advirtió Lizzie—. Estoy tratando de ser cordial, y tu cara me está sacando de quicio.

—Uf, venga, Shan —murmuró Johnny sacudiendo la cabeza—. Es demasiado pronto para esta mierda. —Me cogió de la mano y me arrastró por el pasillo tras él.

—¿Qué crees que están haciendo tus padres en secretaría? —pregunté, apresurándome a su lado.

Johnny se encogió de hombros.

—Arreglar la inscripción de tu hermano, supongo.

—Sí. —Dejé escapar un suspiro tembloroso, nerviosa y ansiosa al pensar en él—. ¿Crees que estará bien? —pregunté—. ¿Crees que hará amigos y se adaptará en Tommen?

—Solo hay una manera de averiguarlo —comentó Johnny cuando nos paramos justo frente al baño de chicas—. Allá vamos —añadió, en un tono ligero y lleno de humor, mientras señalaba la entrada principal.

Se me cortó la respiración cuando miré al chico que había en la puerta, vestido con el uniforme de Tommen, con expresión dura, guapísimo y un poco perdido. Llevaba una bolsa de deporte colgada al hombro y un hurley en la otra mano. Tenía la camisa desabrochada y la corbata, roja sobre blanco, suelta. Llevaba la mata de pelo rubio despeinada y su expresión decía «que le jodan al mundo y a todos en él». Parecía más delgado, más oscuro y más angustiado, pero esos ojos verdes volvían a tener una mirada aguda y centrada.

—Ay, madre mía —jadeó Claire con voz ahogada, corriendo hacia nosotros con una mano en el pecho—. ¿Ese es…

—Joey —dije yo con una pequeña inclinación de cabeza—. Sí.

—¿Cuándo ha salido?

—La semana pasada —le dijo Johnny.

—Pero no nos lo habíais contado —respondió ella, frunciendo el ceño.

—No estábamos seguros de lo que iba a hacer —expliqué, cogiendo a Johnny de la mano mientras miraba a mi hermano—. Si aceptaría la oferta de sus padres.

—Pero ¡aquí está!

—Sí —respondimos Johnny y yo—. Aquí está.

—¿Quién es ese? —chilló Shelly, uniéndose a nosotros una vez más—. Ay, madre del amor hermoso, me he enamorado.

—Es el nuevo de segundo de bachillerato —le explicó Helen con un suspiro distraído—. El chico nuevo de Tommen.

—Bueno —reflexionó Gibsie, que vino junto a nosotros—, pues este año va a estar lleno de acontecimientos.

—Va a estar bien —respondió Johnny.

—Sí —se rio Gibsie—. Que comience la locura.

¡MUCHAS GRACIAS POR LEER MI NOVELA!

La historia de Johnny y Shannon ha concluido, pero habrá muchas más sobre los chicos de Tommen por descubrir en el futuro.

Para obtener actualizaciones sobre las fechas de lanzamiento, visita chloewalshauthor.com.

Puedes dejar una reseña en el sitio web donde compraste este libro.

Para ver una escena adicional de la historia de Johnny y Shannon, pasa a la página siguiente.

ESCENA ADICIONAL

TOMAR BUENAS DECISIONES

Johnny

—Eres el cabronazo más suertudo que he conocido jamás —dijo Hughie después de clase el lunes, en un tono de voz tremendamente parecido al asombro—. En serio, me siento que flipas de inferior en este momento. —Suspiró con pesadez—. Tenemos la misma edad, capi, y tengo la sensación de que voy unos quince kilómetros por detrás de ti.

—Alégrate por él —se rio Feely—. Se lo ha ganado.

—Me alegro por él —aseguró Hughie—. Pero también estoy un poco destrozado por no tener vagina. —Suspirando dramáticamente, añadió—: Podría haber ido con él a la ceremonia de entrega de premios.

—Ya —se burló Feely—, porque te habría llevado a ti en vez de a su novia real.

Reprimiendo un gruñido, me guardé el equipo en la bolsa de deporte y me volví para mirar a mis amigos. Acabábamos de terminar el entrenamiento escolar y no me apetecía para nada hablar de eso aquí.

—En serio, no es para tanto, chavales.

—Es para mucho, joder —me corrigió Gibsie mientras salía de las duchas con una toalla alrededor de la cintura—. Has sido nominado al Mejor jugador joven del año, Johnny.

—Exacto —coincidió Feely—. No hay nada más grande que eso, capi.

—Y vas a ganar —apuntó Hughie—. Nuestro amigo, el Mejor jugador joven del año del puto país. —Se reclinó en el banco y sacudió la cabeza—. Es que no me lo creo, tíos.

—Dejadlo ya —refunfuñé, avergonzado—. Todavía no he ganado nada.

—No dirás eso el sábado por la noche —se rio Gibsie—, cuando salgas de ese hotel tan pijito con un reluciente trofeo nuevo para la colección.

—Kavanagh. —La voz del entrenador Mulcahy irrumpió en nuestra conversación y me giré para encontrarlo de pie en la puerta, con un portapapeles en las manos—. Buena suerte en Dublín el fin de semana.

—Gracias, entrenador —respondí, con una rígida inclinación de cabeza.

—Gánalo por Irlanda, hijo —añadió, con una sonrisa que solo pude describir como una mueca.

—Lo hará —respondió Gibsie por mí, palmeándome el hombro.

—Y tú. —El entrenador entrecerró los ojos mirando a mi amigo—. Tienes las pruebas al caer. Deja la bebida y el tabaco.

—Lo hará —dije yo esta vez, mientras le daba una palmada a Gibsie en el hombro—. ¿No es así, tío?

—Me haces daño —soltó este, haciendo una mueca cuando le clavé los dedos en el omóplato.

—Oh, lo sé —respondí, apretándole con más fuerza—. Y te haré mucho más daño si no te pones las pilas y dejas de hacerme perder el tiempo.

—Oído —gimió Gibsie, liberándose—. La hostia —murmuró, frotándose el hombro—. Voy a tener un moretón por tu culpa.

—Eres un *flanker* —se rio Feely—. Se supone que tienes moretones.

—Entonces ¿a qué hora salís tú y tu novia para Dublín? —preguntó Hughie con retintín, claramente molesto por llevarme a Shannon y no a él—. A saludar a todas las personas que he idolatrado desde que nací.

—Probablemente nos pongamos en marcha el sábado por la mañana —respondí, cuidándome de ignorar el enfado en su voz—. Para evitar el tráfico de la tarde.

—¿Estás seguro de eso? —se rio Gibsie para sí mismo.

—¿Seguro de qué?

—De que Shannon irá contigo.

—Claro. —Fruncí el ceño—. ¿Por qué?

—Oh, por nada —reflexionó—. Es que Claire me comentó que la pequeña Shannon no sabía si iba a ir o no.

—¿Qué? —Lo miré boquiabierto—. ¿De qué mierda estás hablando? ¿Por qué no iba a saberlo?

—Tal vez porque no se lo pediste —señaló, sonriendo.

Negué con la cabeza, perdido.

—¿Cómo dices?

—Que no se lo pediste —repitió Gibsie, que parecía estar divirtiéndose con ganas ahora—. A tu novia —aclaró—. No le pediste que fuera contigo, capi.

Parpadeé, confundido.

—¿Se supone que debo hacerlo?

—Sí —respondieron los tres al unísono.

—Tienes que preguntarles siempre —explicó Hughie—. Es ridículo que te cagas, lo sé. Pero las chicas son así de raras. Necesitan que les pidas salir y esas mierdas. Es obligatorio invitarlas. Es todo política de pareja, tío. Créeme, lo mejor es preguntarles siempre. Es lo que yo hago con Katie. —Hizo una mueca antes de murmurar—: Aprendí por las malas.

—Pero Shannon es mi novia —observé, sin creerme una mierda—. ¿Por qué tengo que pedirle que me acompañe? ¿Por qué no lo sabe ya?

—Porque es una trampa —sugirió Hughie.

Lo miré pasmado.

—¿Una trampa?

—A mí no me preguntes —se rio Gibsie por lo bajo—. Yo casi nunca me entero de nada de lo que pasa a mi alrededor.

—¿Casi nunca, Gibs? —preguntó Feely.

—Está claro que es una trampa —dijo Hughie sombríamente, y volví la atención a la conversación más extraña que habíamos tenido en mucho tiempo—. La has liado, Johnny.

Oh, mierda.

—¿Sí?

—Sin duda —dijo con una mueca—. Mala suerte, tío.

—Tiene razón —asintió Feely—. Deberías haberle pedido que te acompañara, colega, tienes que curarte en salud.

—De lo contrario, te la devolverá —añadió Hughie—. En cualquier momento.

Feely asintió.

—Día o noche.

—Sin importar cuánto tiempo haya pasado.

—¿A que sí?

—Qué me vas a contar, tío.

—Eso es una gilipollez —espeté, nervioso.

—Es su forma de comportarse, tío —respondió Hughie solemnemente—. Hay que currárselo con las tías.

—Muchísimo —señaló Feely.

—Con la mía no —me defendí.

Hughie sonrió con superioridad.

—Ya veremos.

—Pues ¿qué hago ahora? —pregunté, un poco aterrorizado.

—Ve a pedírselo —respondieron los tres.

—¿Ahora?

—Ahora —confirmaron.

Mierda…

Sin aliento por haber atravesado el instituto a la carrera, apoyé un hombro contra la taquilla junto a la de Shannon y esperé a que me viera, y a que mi ritmo cardiaco se calmara.

No lo hizo.

No, solo pareció acelerarse al verla.

A.

La.

Mierda.

Shannon cerró la puerta de su taquilla entonces, solo para pegar un salto cuando me vio allí de pie como un acosador.

—Oh —chilló y luego se colocó rápidamente el pelo por detrás de las orejas—. Hola, Johnny.

—Hola, Shannon —me apresuré a responder para dejar a un lado nuestro saludo antes de ir directamente al grano—: La cagué, nena.

—Ah, ¿sí? —Shannon imitó mi gesto y frunció el ceño—. ¿Cómo?

Mi mano salió disparada por sí sola para suavizar la línea de su frente, pero rápidamente me detuve.

«No la toques».

«Aquí no».

«Estás sobre aviso».

«Tu último maldito aviso, imbécil».

«Mantén las manos en los bolsillos».

«No tienes bolsillos».

«Pero ella sí».

Mierda…

—No te lo pedí —admití encogiéndome de hombros, con los puños apretados a los costados—. Ni siquiera pensé en preguntarte, joder —añadí, reprimiendo un gemido por lo desesperado que estaba—. Solo supuse que iríamos juntos, ¿sabes?

Ahora ella parecía realmente perpleja.

Perpleja y nerviosa.

Se le borró la sonrisa.

Mierda.

—No pasa nada malo —solté rápidamente—. Todo va bien.

El alivio brilló en su rostro, y esos grandes ojos azules parecieron derretirse y suavizarse.

—Ah, vale. —Volviendo a pasarse por detrás de las orejas exactamente el mismo mechón de pelo, se encogió de hombros y me sonrió—. ¿Es por la cena de la gala de este fin de semana?

Asentí con entusiasmo, agradecido de que supiera de lo que estaba hablando.

—Gibsie me ha dicho que le dijiste a Claire que no te invité.

—Bueno, eh, es que no lo hiciste —respondió Shannon con esa vocecita suya—. No estoy molesta —se apresuró a añadir, con la mirada gacha mientras se le ponían las mejillas rojas—. N-no… no espero que me lleves ni nada…

—Pues yo espero que me acompañes —le dije, interrumpiendo su divagación.

Levantó la cabeza de golpe.

—¿Sí?

Joder…

—Sí, Shannon —respondí, conteniendo mi impaciencia—. Estamos juntos. Eres mía. Y yo soy tuyo. Esto es bastante importante para mí. Tú eres importante para mí. Di por hecho que iríamos juntos. —Con un suspiro, mantuve la mirada fija en sus ojos y resistí el impulso de darle un repaso integral—. Shan, eres mi compañera de equipo en esto. No quiero ir a ningún evento de etiqueta sin ti.

Me miró sorprendida.

—Ah, ¿no?

—No. No quiero.

—Pero tus padres van contigo —dijo entrecortadamente—. Darren viene el fin de semana para quedarse con los chicos.

—Lo sé. —Con una sonrisilla, me acerqué a la tentación y aspiré su perfume. Uf, Shannon era de otro mundo—. Pero no quiero a mis padres conmigo.

—¿No?

Negué con la cabeza.

—No.

—Entonces ¿a quién quieres?

—A ti.

Ella dejó escapar un suspiro tembloroso.

—¿En serio?

Asentí.

—Cien por cien.

Se le puso la cara aún más roja.

—No te sonrojes —gemí, incapaz de evitar alargar una mano y acariciarle la mejilla—. Me vuelve loco.

—Me compré un vestido —admitió, y me miró fijamente con esos ojazos azules—. Solo en caso de que, eh, quisieras que te acompañara.

—Sabia elección —apunté bruscamente, con el corazón latiéndome con fuerza ahora—. ¿Por qué color te decidiste?

—Rojo —susurró, sonriéndome—. Como tu corbata.

—Joder —grazné—. Me encanta el rojo, Shan.

—Sí. —Ella se mordió el labio—. Lo sé.

—Entonces ¿vas a venir conmigo? —pregunté, incapaz ya de quedarme quieto mientras la atraía hacia mí y descansaba las manos en su cintura—. ¿Vas a ser mi pareja, Shannon Como el Río?

Asintiendo, me pasó los brazos alrededor del cuello y sonrió.

—Seré tu pareja, Johnny.

Bajé la cabeza hacia ella y le di un beso en los labios.

—Gracias.

Temblando, se puso de puntillas y me rozó la nariz con la suya.

—De nada.

—¿Aplaudirás si gano? —bromeé, sumergiéndome en su olor, sintiéndola—. ¿Has estado practicando para corear «oh, Johnny, mi héroe»?

—Te lo tienes tan creído —se rio Shannon.

—Lo que tengo son ganas de estar dentro de ti —apunté con un tonillo—. Ahora mismo, por ejemplo.

—Para —dijo con una risilla, sonrojándose—. Y ten por seguro que aplaudiré cuando ganes el sábado por la noche —añadió—. Porque lo harás, señor Rugby.

Me dio un vuelco el corazón.

—¿De verdad lo crees, Shan?

Ella me sonrió de oreja a oreja.

—Lo sé, Johnny.

Uf...

Entonces hice algo increíblemente imprudente: le levanté la barbilla y la besé.

Me dije a mí mismo que sería rápido.

Solo un pico.

Un beso reconfortante.

Sin embargo, no fue eso lo que pasó.

Porque no pude separarme.

Estaba jodidísimo cuando se trataba de esta chica, y ambos lo sabíamos.

—¿Quieres ir a algún lado? —pregunté tras romper el beso, sabiendo que estaba cortando el rollo al hacer una pregunta con segundas, pero cargaba con un problema gordo en los pantalones del que sabía que Shannon estaba al tanto—. Antes de ir a casa y que mi madre nos acorrale.

—Ya lo creo —asintió ella con la voz entrecortada.

Joder, sí.

—¿La playa?

—Vamos.

Menos mal...

Tomé la decisión correcta cuando opté por aplazar un año mi contrato. Lo supe el día que me senté en el despacho del entrenador con mi padre al lado y lo sabía ahora. Sentado en el coche, con mi novia de la mano y todo un año por delante lleno de infinitas posibilidades, una profunda sensación de satisfacción se instaló dentro de mí. Me encantaba el rugby y quería a Shannon. Podría tener ambos, y lo haría. Según mis condiciones. Cuando estuviera listo.

—Te quiero —dijo Shannon, expresando mis pensamientos en voz alta cuando aparqué en lo que se había convertido en nuestro sitio en la playa. Últimamente nos estaba costando pasar tiempo a solas, con mi madre entrometiéndose y sus dichosos hermanos de las narices cortándome el rollo constantemente, pero como ante cualquiera de los obstáculos que se nos habían presentado el año pasado, estábamos haciendo que funcionara.

Apagué el motor, me desabroché el cinturón de seguridad y me giré para mirarla. Había pasado casi un año desde el primer día que la vi y mirarla todavía me dejaba pasmado. No me parecía que eso fuera a cambiar pronto.

—Yo también te quiero, Shan.

Era la verdad. La quería más de lo que podía gestionar. Veía todo delante de mí: mi vida, mi futuro, mi carrera y a ella. La chica que sabía sería la protagonista en todo aquello. Lo había dado todo por ella y no tenía dudas. Ni una sola. Ella era mi compañera de equipo ahora. Mi mejor amiga. Por supuesto, no se me habría ocurrido decir eso en voz alta: a Gibsie le daría un paro cardiaco si escuchara tal blasfemia.

—Bueno —reflexionó Shannon, desabrochándose el cinturón de seguridad y girándose para mirarme—. Tenemos unos cuarenta minutos antes de que tu madre empiece a llamarnos. —Tenía una sonrisa traviesa grabada en la cara mientras se quitaba lentamente la bufanda del cuello y la lanzaba al asiento trasero, junto a su abrigo—. ¿Qué quieres hacer?

«Tú, Shannon Lynch».

«Siempre tú».

—No lo sé, Shan. —Sonriendo con picardía, le seguí el juego—. ¿Qué quieres que haga?

—Quiero que me beses —soltó si cortarse—. Quiero que me ayudes a dejar totalmente empañadas las ventanas de este carísimo Audi.

—Uf —gruñí, empalmándome al instante—. Eso es mandar.

Sonrojándose, Shannon se subió la falda por encima de los muslos y pasó por los asientos para acomodarse en mi regazo con un suspiro de satisfacción.

—Has preguntado —susurró, aferrándose a la parte delantera de mi suéter—. Simplemente me expreso mejor ahora.

—Sí que lo haces —asentí en tono áspero, mientras la cogía por las caderas y la mecía en mi regazo, deleitándome con la sensación de su cuerpo sobre el mío—. Lo estás haciendo de puta madre, nena.

Y era verdad. En el instituto. En la vida. Shannon estaba prosperando y yo no podría haber estado más orgulloso de ella.

Temblando, Shannon me pasó los dedos por el pelo, volviéndome loco con sus caricias felinas, antes de bajar su rostro hacia el mío.

—Johnny…

El corazón me martilleaba violentamente contra la caja torácica mientras la observaba mirarme, con el ceño fruncido.

—¿Sí, Shan?

—Me quedaré contigo —me dijo, y había una confianza en su voz que crecía lentamente con cada día que pasaba—. Eres mío —añadió, mientras una sonrisa asomaba a sus carnosos labios—. Para siempre.

—Joder, menos mal —fue todo lo que se me ocurrió decir antes de perder el control y lanzarme a besarla.

TODO LO QUE TRANSMITE EL LIBRO

Canciones para cada escena y situación:

Una que me recuerda a Gibsie y Claire: «Home», Edward Sharpe & The Magnetic Zeroes

Cómo se siente Joey: «Black flies», Ben Howard

Los sentimientos de Joey por Aoife: «Hurt», Johnny Cash

Cómo se siente Gibsie: «Feel it still», Portugal. The Man

Joey vuelve a casa: «Home», RHODES

La señora Lynch y sus hijos: «The State of Massachusetts», Dropkick Murphys

Joey: «Oats in the water», Ben Howard

Johnny junto a Shannon después del incendio: «The heart never lies», McFly

El amor que siente Johnny por Shannon: «95», Picture This

Cuando Johnny le canta a Shannon: «Here comes the sun», Imaginary Future

Joe Lynch: «All goes wrong», Chase & Status, Tom Grennan

Shannon a Johnny: «Couple of kids», Maggie Lindemann

Lo que piensa Aoife sobre Joey: «Medicine», Daughter

La conversación tácita entre Johnny y la señora Lynch aquella noche: «The way», Zack Hemsey

Cuando Johnny y Shannon se acuestan en su habitación: «They don't know about us», One Direction

Johnny y Shannon en la intimidad: «Lips on me», Maroon 5

La relación entre Aoife y Joey: «Wild ones», Flo Rida & Sia

Cómo se sintió Joey cuando Darren se marchó: «Too bad», Nickelback

Joey cuando lleva a Shannon al hospital: «Open your eyes», Snow Patrol

Shannon cuando Johnny la ayuda a escapar de casa: «Everywhere», Fleetwood Mac

Aoife y Joey: «Desperado», Rihanna

En la playa con el coche: «Grace», The Dubliners & Jim McCann

Aoife en el funeral: «Stand by your man», Carla Bruni

Gibsie cantando en el viaje de acampada: «My girlfriends pussy cat», Richie Kavanagh

Feely cantando en el viaje de acampada: «The langer song», Tim O'Riordan & Natural Gas

Shannon y Johnny en su sala de estar: «Are you gonna kiss me or not», Thompson Square

Cuando dan la noticia a Shannon de sus padres y el funeral: «Lightning crashes», Steve Acho

Joey y Darren o Joey y Tadhg: «Lock-Sport-Krock», Nikola Sarcevic

Cuando Johnny se va de gira con la sub-20: «I'll come back for you», MAX

Gibsie y Johnny en la mayoría de sus escenas juntos: «Bromance», Chester See & Ryan Higa

Johnny a sus padres: «I wouldn't be», Kodaline

El amor que siente Gibsie por Claire: «Jane», Picture This

Shannon cuando se despierta en el festival de música: «Like I'm gonna lose you», Jasmine Thompson

Los hermanos Lynch: «Zombie», The Cranberries

Aoife hacia el final: «Consequences», Camila Cabello

Johnny tratando con Bella: «Bitch came back», Theory of a Deadman

Cada vez que Johnny tiene que separarse de Shannon por el rugby: «Photograph», Ed Sheeran

Johnny se va de gira: «Nobody knows», Los Lumineers

Cuando Johnny habla con Shannon durante la gira: «Whatever else happens», Declan O'Rourke

Johnny y Gibsie: «Brother», Kodaline

Lizzie: «Just Like A Pill», Pink

La relación del señor y la señora Kavanagh: «You're still the one», Shania Twain

La primera vez de Johnny y Shannon: «Wires», Athlete

El altercado de Johnny con el padre de Shannon: «Face down», The Red Jumpsuit Apparatus

Johnny gestionando lo que siente por Shannon: «Cupid's chokehold», Gym Class Heroes

Joey cuando se marcha pensando en Aoife: «Screw Paris», Chord Overstreet

Sobre Gibsie y Claire: «Him & I», G-Eazy & Halsey

Shannon sobre su padre: «Another empty bottle», Katy McAllister

Todas las veces que Shannon se levanta: «Skyscraper», Demi Lovato

Claire a Gibsie: «I wanna have your babies», Natasha Bedingfield

Gibsie y Claire: «My life would suck without you», Kelly Clarkson

CANCIONES PARA JOHNNY

«Always», Gavin James
«Lips on you», Maroon 5
«Have a little faith in me», Charly Luske
«Hall of fame», The Script
«Girls like you», Maroon 5 & Cardi B
«Wish You Well», Mick Flannery
«Ocean», Martin Garrix & Khalid
«Kiss me», Ed Sheeran
«All of me», John Legend
«95», Picture This
«Bruises», Lewis Capaldi
«First kiss», Kid Rock
«Jane», Picture This
«YOUTH» (acústica), Troye Sivan
«Daughters», John Mayer
«Superman» (remix), Eminem
«Cupid's chokehold», Gym Class Heroes
«Save Tonight», Eagle-Eye Cherry
«Shannon», Bend Sinister
«Stereo Hearts», Gym Class Heroes
«I'll come back for you», MAX
«Give me love», Ed Sheeran
«Take on the world», You Me At Six
«Johnny B. Goode», Chuck Berry
«We belong together », Richie Valens
«Wicked twisted road», Reckless Kelly
«Over and Over Again», Nelly & Tim McGraw
«Ahead of Myself», Jamie Lawson

«Trumpets», Jason Derulo
«A little mercy», Jamie Lawson
«Same old brand new you», A1
«Can't see straight », Jamie Lawson
«Paparazzi», Making April
«Don't let me let you go», Jamie Lawson
«In our own worlds», Jamie Lawson
«I'm gonna love you», Jamie Lawson
«Bop Bop Baby», Westlife
«This year's love», David Gray
«She ain't you», New Hollow
«Try» (versión de Douglas George), Nelly Furtado
«Thunder», Imagine Dragons
«Heartbeat», Scouting for Girls
«You & I», Picture This
«Marry me», Scouting for Girls
«Every you every me», Placebo
«Love me for a reason», Boyzone
«Nothing», The Script
«Only place I call home», Every Avenue
«Mirrors», Justin Timberlake
«Sangria», Blake Shelton

CANCIONES PARA SHANNON

«Are you gonna kiss me or not», Thompson Square
«Heaven is a place on Earth», Katie Thompson
«Show me Heaven», Maria McKee
«In My Mind», Dynoro y Gigi D'Agostino
«River Lea», Adele
«Everywhere», Fleetwood Mac
«Fall at your feet», Boy & Bear
«You're not innocent», Codi Kaye
«The Shoop Shoop Song», Cher
«Here comes the sun», Joshua Radin
«Close my eyes», Astrolina
«One and only», Adele
«Breathe me», Sia
«Knocking on Heaven's door», Raign
«My skin», Natalie Merchant
«I really like you», Carly Rae Jepson
«Come away with me», Nora Jones
«You found me», The Fray
«Johnny got a boom boom», Imelda May
«With you», Jessica Simpson
«Dancing on my own», Robyn
«Wild horses», Natasha Bedingfield
«Airplanes», Hayley Williams
«The only exception», Paramore
«Paparazzi», Lady Gaga
«Family portrait», Pink
«Crazy for you», Madonna
«Runaway», The Corrs

«Malibu», Miley Cyrus
«Invisible», Hunter Hayes
«Consequences», Camila Cabello
«Love story», Taylor Swift
«2002», Anne-Marie
«A new day has come», Celine Dion
«Don't let me down», The Chainsmokers
«Nicest Thing», Kate Nash
«Can't help falling in love», Haley Reinhart
«Stand by you», Rachel Platten
«Alarm», Anne-Marie
«Still into you», Paramore
«Walking on sunshine», Katrina & the Waves
«Breathe (2am)», Anna Nalick

AGRADECIMIENTOS

Quiero dar las gracias a todas aquellas personas que apostaron por Los Chicos de Tommen y se enamoraron de estos personajes tanto como yo. Ha sido un proceso de escritura difícil y tedioso por lo mucho que se aleja de mi género habitual, y estoy muy orgullosa de estos personajes.

Quiero agradecer especialmente a la encantadora gente del grupo de lectura anticipada de esta serie. Vuestro apoyo y aliento fueron cruciales durante el proceso de escritura, así que gracias.

Como siempre, debo agradecer a mis hijos por despertar ese entusiasmo dentro de mí y por darme el coraje y la determinación para perseguir mis sueños. Hago esto por vosotros, chicos. Mamá os quiere con todo su corazón. Siempre y para siempre. Os quiero infinito a los dos.

Julie, gracias por ser la mejor hermana que una chica podría desear.

Quiero dar las gracias a mis padres por su apoyo constante durante estos últimos meses. El año 2018 ha sido increíblemente duro para mí a nivel personal y estoy muy agradecida por el aliento de mi familia.

Nikki, Brooke y Aleesha: cuánto significáis para mí, chicas. No tengo palabras para deciros lo mucho que valoro y aprecio vuestra amistad. Gracias por estar siempre ahí para mí, en cada paso del camino. Sinceramente, no podría hacer esto sin vosotras tres. Os querré siempre.

Un enorme agradecimiento, como siempre, a las señoritas de *Chloe's Clovers*. Os adoro. Gracias por ser las mejores lectoras del mundo.

Danielle y Casey, os quiero mucho a los dos. Gracias por ser siempre mis mayores seguidores. No sabéis cuánto os respeto y admiro a ambos. Muchas gracias por vuestra amistad. No sabe nadie lo jodidamente increíbles que sois.

¡Alycia, estoy por tus huesos, nena! Me alegro de haber retomado el contacto este año. Te quiero desde siempre.

Otro enorme agradecimiento a todos los que revisaron, promocionaron y compartieron *Binding 13*. Muchas gracias a todos.

Quiero agradecer con todas mis fuerzas a Jay Aheer por crear unas portadas tan preciosas para mis bebés. Desbordas talento. Muchas gracias.

Nikki y Vic (sé que ya he mencionado a Nikki, pero es que se merece un millón de menciones): chicas, os quiero de veras a las dos. Nuestro grupito y el cachondeo me dan la vida. Gracias por ser sinceras, únicas y vosotras mismas. Sois extraordinarias. Os quiero a las dos.

Sharon y Jacqui, del grupo de lectura anticipada de Los Chicos de Tommen: vuestro entusiasmo me animó cuando quise tirar la toalla, así que no sabéis cuánto os lo agradezco.

Muchas gracias a todos los que han leído y siguen leyendo mis obras. Vuestro apoyo significa el mundo para mí.

Tanya y Jen, gracias por ser tan buenas colegas conmigo. Vuestros mensajes siempre me animan y me hacen sentir mejor. Os aprecio a ambas.

A mis amigas madres de la escuela y la vida, gracias por estar ahí apoyándome y echándome una mano.

Quiero agradecer a todo el mundo que me escribió y se puso en contacto conmigo. Lo siento mucho si no he respondido todavía. El año 2018 ha sido intenso para mí, pero prometo que lo haré mejor, gente. Os quiero a todos. Besos.

Ah, y ¡muchísimas gracias a los muchachos por ganar el Grand Slam en marzo y haber tenido un increíble 2018!